HEYNE
BÜCHER

Von Eric Van Lustbader
sind als Heyne-Taschenbücher erschienen:

Der Ninja · Band 01/6381
Schwarzes Herz · Band 01/6527
Teuflischer Engel · Band 01/6825
Die Miko · Band 01/7615
Ronin · Band 01/7716
Dolman · Band 01/7819
Jian · Band 01/7891
Dai-San · Band 01/8005
Zero · Band 41/12
Moichi · Band 01/8054
Shan · Band 01/8169
Teuflischer Engel/Schwarzes Herz · Band 23/54
Zero · Band 01/8231
French Kiss · Band 01/8446
Der Kaisho · Band 01/9083
Der weiße Ninja · Band 01/8642
Okami · Band 01/9456
Schwarze Augen · Band 01/8780
Dai-San/Moichi · Band 23/99
Schwarzes Schwert · Band 01/9625

ERIC VAN LUSTBADER

SCHWARZER CLAN

Ein Nicholas-Linnear-Roman

Aus dem Amerikanischen
von Bernhard Liesen

Deutsche Erstausgabe

WILHELM HEYNE VERLAG
MÜNCHEN

HEYNE ALLGEMEINE REIHE
Nr. 01/9785

Titel der Originalausgabe
SECOND SKIN

Umwelthinweis:
Dieses Buch wurde auf
chlor- und säurefreiem Papier gedruckt.

Redaktion: Dr. Andreas Gößling

Printed in Germany 1996
Umschlagillustration: Photodesign Mall, Stuttgart
Umschlaggestaltung: Atelier Ingrid Schütz, München
Gesamtherstellung: Ebner Ulm

ISBN 3-453-09311-9

Mein ganz besonderer Dank gilt:

Frank Panico
Frank Capone für Einblicke in Ozone Park und East New York
Virgil England für den Entwurf von Micks Stoßdolch
Jim Schmidt für seine wissenschaftliche Abhandlung über Damaszenerstahl

Vielleicht zieht ein großer Magnet
die Seelen zur Wahrheit hin,
oder vielleicht ist es das Leben selbst,
das die Jugend
Weisheit lehrt.

›Constant Craving‹
k. d. lang / Ben Mink

Bis der Tag des Todes gekommen ist,
kann sich niemand seines Mutes sicher sein.

Jean Anouilh

Prolog

TOTE KÖNNEN TANZEN

Im Sturm der Zeiten sind wir alle verloren.

William Carlos Williams

Tokio

»Was wolltest du schon immer haben?«

Mick Leonforte starrte über den Tisch auf die große, elegante Frau, die sich kaum bewegte, während sie ruhig einen dünnen schwarzen Zigarillo rauchte. Die Vietnamesin Giai Kurtz entstammte einer der wichtigsten Familien Saigons und war verheiratet, was die Affäre mit ihr noch aufregender machte. Allein und ungebunden wäre sie nicht annähernd so begehrenswert gewesen. Sie entsprach exakt dem Frauentyp, nach dem Mick sich gesehnt hatte, seit er vor mehr als zwanzig Jahren nach Asien gekommen war. Vielleicht schon vor dieser Zeit, wenn er ehrlich war.

Mick musterte das wie eine Gemme geschnittene Gesicht mit den hohen Wangenknochen, der makellosen Haut, deren Farbe der von Teakholz glich, und dem vollen schwarzblauen Haar. Er begriff, daß diese wundervolle Frau – oder jemand, der ihr sehr ähnelte – ihm schon im Traum erschienen war, bevor er überhaupt an Asien gedacht hatte. Erst durch den Krieg war er nach Vietnam gekommen. Kein Wunder, daß er nie mehr nach Hause zurückkehren wollte – Vietnam war sein Zuhause geworden.

»Sag's mir.« Seine Mundwinkel deuteten ein Lächeln an. »Sag's mir, und du wirst es bekommen.«

Die Frau zog an ihrem Zigarillo und blies träge den grauschwarzen Rauch durch die halbgeöffneten Lippen. Jemand, der die Menschen Südostasiens nicht so gut kannte wie Mick, hätte den metallischen Schimmer von Furcht übersehen, der sich in ihren Augen widerspiegelte.

»Du weißt, was ich will«, sagte sie endlich.

»Du kannst alles haben«, antwortete Mick. »Nur das nicht.«

Sie saßen im hinteren Teil des Pull Marine, einem eleganten französischen Restaurant im exklusiven Stadtteil Roppongi, das Mick gekauft hatte. Das Lokal war nur eines von vielen blühenden Unternehmen in Asien, die er kontrollierte. Mick war in etlichen legalen und illegalen Geschäften dieser Art engagiert, hatte diese Tatsache aber vor seinem Partner Rock immer geheimgehalten.

»Ich will *dich*.«

Nein, dachte er, das ist das, was *ich* will. Oder wenigstens möchte ich, daß du glaubst, daß du mich willst.

»Du hast mich schon«, entgegnete er und hob die Arme.

In der gegenüberliegenden Ecke des Raums sang eine schlanke Vietnamesin schwermütige Lieder von Jacques Brel, die an die schwarzen Segel des Todes erinnerten. Sie betonte die tiefe Traurigkeit der Musik, als singe sie von den Wunden des schrecklichen Krieges. Der Raum wurde von ihrer eindrucksvollen Stimme und der gedämpften, kunstvoll arrangierten Beleuchtung beherrscht.

»Du weißt, was ich meine. Ich möchte, daß wir immer zusammen sind.«

»Ich werde nicht immer hier sein«, antwortete Mick und betonte dabei jedes Wort.

Die Sängerin wurde von einem Gitarristen und einem Mann am Synthesizer begleitet, der sein Instrument von Zeit zu Zeit wie eine Kirchenorgel zum Klingen brachte. Der religiöse Grundton erinnerte Mick an die Geschichten von Jeanne d'Arc, die sein Vater ihm einst erzählt hatte. Diese Geschichten – ob wahr oder nicht – hatten Mick als jungen Mann verfolgt, wahrscheinlich auch deshalb, weil sie der Weltsicht seines Vaters entsprachen. Heilige, die für eine gerechte Sache kämpften, waren immer ein Leitmotiv in Johnny Leonfortes Leben gewesen.

»Ich werde dich begleiten, egal, wo du hingehst.« Giai zog an ihrem Zigarillo. »*Das* will ich.«

Mick blickte lange in ihre dunklen Augen und überlegte. »In Ordnung«, sagte er gedehnt, während sie lächelte und den Rauch in die Luft blies.

Das Lokal war ein Stück jenes Saigons, das man in Tokio nachzuahmen versuchte, und erinnerte an den Wandel und den neuen Reichtum, der Saigon jetzt prägte. Die Goldverkleidung der Wände schimmerte und funkelte, und der schwarze Marmorfußboden reflektierte das mitternachtsblaue Licht über dem gewölbten Glasdach. Die Kerzen auf den Tischen verströmten einen schwachen Weihrauchduft, der an das Innere eines Tempels denken ließ. Im kühlen blauen Licht der Lampen war eine stilisierte Maske aus karmesinfarbenem Lack im traditionellen vietnamesischen Stil zu erkennen, die eine ganze Wand beherrschte.

Die adrett gekleideten Kellner wurden von Honniko beaufsichtigt, einer aufsehenerregenden Blondine mit nackten Schultern, die ein goldfarbenes Samtbustier und einen figurbetonten Seidenrock trug, der ihr bis zu den Fußknöcheln reichte. Sie beherrschte die französische und japanische Sprache perfekt, sprach aber auch vietnamesisch. Ihre Autorität im Lokal war unumstritten. Normalerweise wäre um diese Zeit jeder Besucher von der aufrichtigen Wärme beeindruckt gewesen, mit der Honniko die Kunden begrüßte und zu den Tischen geleitete. Aber in dieser Nacht stand sie regungslos hinter ihrem Bronzepult und blickte schläfrig auf die Sängerin, weil sie nichts zu tun hatte. Außer dem Paar im hinteren Teil des Restaurants waren keine weiteren Gäste anwesend. Die Eingangstür zu dem Lokal im zweiten Stock, die sich hinter ihr befand, war bereits geschlossen worden, und man hatte die Spitzenvorhänge vor die schmalen Fenster gezogen. Durch die gläserne Terrassentür sah man die Lichter des nächtlichen Roppongi wie ein funkelndes Diadem schimmern.

Ein Kellner, dessen Gesicht so kühl und unbewegt aussah wie das eines Arztes, brachte eine Platte mit Meeresfrüchten und Hummerkrabben in einer delikaten Sahnesoße mit Knoblauch.

Mick griff wortlos nach seiner Gabel, während Giai weiter ihren Zigarillo rauchte.

»Ich frage mich, ob du es wirklich ernst meinst«, sagte sie schließlich.

Mick begann zu essen, genießerisch wie ein Mann, der lange auf exquisite Speisen hatte verzichten müssen. Giai beobachtete ihn, während sie einen Fingernagel über einen anderen schnalzen ließ. Ihre Nägel waren in der gleichen Farbe lackiert wie eine Wand des Restaurants. *Klick-klick . . . Klick-klick . . .* Das Geräusch hörte sich an, als ob Käfer gegen eine Fensterscheibe flögen.

»Iß. Bist du nicht hungrig?« fragte Mick, aber der Ton seiner Stimme verriet, daß es ihm gleichgültig war, ob sie antworten würde. »Ich persönlich bin fast am Verhungern.«

»Ja«, antwortete Giai endlich. »Ich kenne deine Bedürfnisse.« Sie warf ihm einen forschenden Blick zu, der an einen Engel erinnerte, doch zugleich auch teuflisch war, und musterte sein rauhes, charismatisches Gesicht mit der römisch geschnittenen Nase. Die seltsamen Augen, grau und orangefarben, verliehen ihm ein grimmiges, wildes Aussehen. Sein graumeliertes Haar war eher lang, und er trug einen sorgfältig gestutzten Bart. Sein Gesicht erweckte den Eindruck, als ob er dazu geboren wäre, Befehle zu geben, und es schien, als ob seine Persönlichkeit eine radikale Lebensphilosophie und zugleich dunkle Geheimnisse in sich barg. Seine individuelle Weltsicht war wohl unerschütterlich und gegen alle traditionellen Werte gerichtet.

»Wo ist er?« fragte sie, und ihre Stimme verriet, daß sie versuchte, Ruhe zu bewahren. »Zeig ihn mir.«

Natürlich wußte er, wovon sie sprach. »Woher willst du denn wissen, daß ich ihn bei mir habe?« Er stopfte sich eine Hummerkrabbe in den Mund und begann zu kauen.

»Ich kenne dich.« Sie war im Begriff, sich den nächsten Zigarillo anzuzünden, aber er kam ihr zuvor und nahm ihn ihr weg. Einen Moment lang blickte sie ihn erschrocken an, und ihre Schultern zitterten leicht. Dann nickte sie kurz, griff nach ihrer Gabel und begann gehorsam zu essen. Aber es lag keine Freude in ihren Bewegungen, sondern eine mechanische Geschäftigkeit. Mick war enttäuscht, weil sie sich so zurückhaltend benahm, daß er die Bewegungen ihrer gleichmäßigen weißen Zähne nicht sehen konnte.

Er wollte diese Zähne sehen, und so zauberte er an der Seite des Tisches den Dolch hervor und hielt ihn schräg in die Höhe; das Kerzenlicht warf glitzernde Strahlen über die ganze Länge der Damaszenerklinge.

Giai war wie versteinert. Ihre Hand hielt in der Bewegung inne, und kleine Fischstückchen rutschten durch die Zinken ihrer Gabel. Ihre Nasenlöcher bebten wie bei einem Tier, das die frische Spur seiner Beute wittert.

»Das ist er?« fragte sie, obwohl sie die Antwort kannte.

Es war eine ungewöhnliche Waffe. Micks Handrücken wurde durch ein lotusblattförmiges Bronzeschild geschützt. Ein vertikaler Steg verband den Schild mit dem Griff des Dolchs, aus dem zwei nah nebeneinanderstehende Klingen bösartig hervorragten.

»Er ist sorgfältig abgewischt.« Mick bewegte den Dolch vor ihren Augen. »Ich habe ihn in Château Talbot getaucht, Jahrgang 1970. Das war doch sein Lieblingswein und der Jahrgang, den er bevorzugte, nicht wahr? Paßt doch ganz gut, findest du nicht?«

Sie zuckte zusammen, und ihre Schultern zitterten wieder, aber ihr Gesicht drückte keine Abscheu aus. Ganz im Gegenteil – ihre Augen leuchteten. Ihre Lippen waren noch immer geschlossen.

»Ja«, sagte sie dann langsam, ohne zu wissen, welche Frage sie eigentlich beantwortete. »Wir haben in der letzten Nacht gemeinsam eine Flasche geleert. Er feierte unseren fünften Hochzeitstag und nahm den ersten Schluck aus meinem Nabel. Ich lag auf dem Teppich und mußte mich zusammenreißen, um mich nicht zu übergeben. Mit meinen Fingern fuhr ich durch sein Haar, und er dachte, daß es Leidenschaft wäre. Dabei mußte ich die ganze Zeit daran denken . . .«

Giais Blick löste sich von dem Dolch, und sie fixierte Mick. Ihre Augen drückten jetzt jene schockierende Intimität aus, die man bei Frauen sonst nur im Bett wahrnimmt. »Ich dachte, daß es sein Herz wäre, das ich zwischen meinen Händen zerquetschte.«

»Keine Frage, er war ein elender Bastard«, stimmte Mick zu. »Er hat versucht, mich beim TransRim-CyberNet-Geschäft über den Tisch zu ziehen. Dachte wohl, es würde reichen, sich hinter einer Clique von prominenten Persönlichkeiten und Rechtsanwälten zu verstecken, aber er wußte nicht, daß sie unter meinem Einfluß stehen und mich fürchten. Sie haben ihn fallengelassen, freiwillig sogar, und waren richtig glücklich vor Erleichterung.« Er zuckte die Achseln. »So ist Saigon: Einfluß, Kontakte, Geld – das ist alles, was du brauchst. Aber es ist schwer, diese Machtposition zu erlangen.« Er hob die Faust und rammte die Doppelklinge des Dolchs in die Tischplatte. Die Sängerin und Honniko blickten überrascht in ihre Richtung. »Man muß Blut vergießen, wenn man das kriegen will, was man schon immer haben wollte. Manchmal sogar mehr als nötig, stimmt's, Giai? Das ist Asien. Ein Menschenleben ist billiger als ein Kilo Reis. Ist das nicht die Lebensphilosophie, mit der du aufgewachsen bist?«

Giais Blick heftete sich auf den zitternden Dolch, als handele es sich um eine giftige Natter, die sie jeden Moment angreifen könne. Ihr Gesichtsausdruck verriet nicht, ob sie die Macht der Waffe verachtete oder von ihr fasziniert war, aber ihre Wangen erröteten, und auf ihre Oberlippe trat Schweiß.

»*Du* hast ihn umgebracht, oder etwa nicht?«

»Nein, Giai, *du* hast ihn getötet.«

»Ich? Ich habe gar nichts getan.«

Er musterte sie eine Weile. »Erstaunlich. Ich kann mir gut vorstellen, daß du das wirklich glaubst. Aber die Wahrheit ist, daß du am Spielfeldrand stehst, die Beine breitmachst, mit dem Unterleib Befehle erteilst und dann behauptest, keine Verantwortung für deine Triebe zu tragen. Als ob du nicht für diese Entscheidungen über Leben oder Tod verantwortlich wärst.«

»Ich kann den Anblick des Todes nicht ertragen«, erwiderte Giai flüsternd. Ihre Augen wandten sich ab und blickten auf einen fernen Punkt über seiner linken Schulter. Er wußte, was sie vor sich sah: die Vergangenheit. »Seit ich meine Mutter auf dem Fußboden ihres Zimmers fand ... Das Blut, das Blut ...« Sie atmete tief durch. »Ihre Eingeweide waren über den Fußboden verstreut, und das Ganze sah aus wie ein Schlangennest.« Ihr Blick kehrte zu ihm zurück. Sie sah ihn anklagend an. »Das weißt du. Du *weißt* es. Und trotzdem beurteilst du mich nach deinen Maßstäben.«

Er beugte sich vor, und seine grauen Augen glänzten. »Ich kann nicht anders, Giai. Es war nicht persönlich gemeint.« Er spießte eine Hummerkrabbe mit der Gabel auf. »Iß jetzt. Sonst wird alles kalt.«

Giai aß nun tatsächlich mit einem gewissen Eifer. Ein-

oder zweimal hatte er sogar das Vergnügen, ihre kleinen Zähne zu sehen, die wie Lichter blitzten. Irgendwie tat es ihm leid, daß ihr Ehemann tot war. Ein Teil der Faszination ihrer Beziehung hatte darin bestanden, daß sie eigentlich einem anderen gehörte. Die Dinnerparty fiel ihm ein, wo er sie in der Speisekammer genommen hatte. Er hatte ihren Rock hochgezerrt, mit den Händen ihre Brüste gepackt und war sofort in sie eingedrungen. Und während er ihr leidenschaftliches Stöhnen hörte, hatte ihr selbstgefälliger Mann nichtsahnend auf der anderen Seite der Wand gesessen und sich mit der Weinflasche und seinen Geschäften befaßt. Es hatte einen gewissen Reiz gehabt, einem Mann Hörner aufzusetzen, der versucht hatte, ihn zu betrügen. Das war jetzt vorbei. Eigentlich schade. Andererseits, überlegte Mick, war es wirklich Zeit, einen neuen Anfang zu machen. Und die Intervention Nicholas Linnears in Floating City war dafür genau der richtige Anlaß.

Floating City war eine Festung gewesen, fast ein eigener, verborgener Staat in den Bergen Nordvietnams. Von hier aus hatten Mick und Rock ihr weltweit verzweigtes Netzwerk aus Waffenschmuggel und Drogenhandel dirigiert. Doch Linnear hatte Floating City ausgelöscht, und jetzt war es nur noch eine Erinnerung. Mick hatte damit keine Probleme: Schon seit einigen Monaten war ihm bewußt gewesen, daß er etwas Neues beginnen wollte. Er hatte nur einen Tritt in den Hintern gebraucht, um aus den Startlöchern zu kommen, und Nicholas Linnear hatte ihm diesen Tritt gegeben. Er hatte die Situation in Floating City durchschaut und Rock getötet.

Vielleicht hätte Linnears außergewöhnliche Persönlichkeit auch Mick korrumpiert, wenn da nicht die Geschichte mit der Nuklearexplosion der für Experimentierzwecke gedachten Handwaffe Torch gewesen wäre. Mick hatte Nicholas in Floating City erstmals persönlich getroffen, und das war ein schwerer Schock gewesen. Er hatte geglaubt, vor dem Vater von Nicholas zu stehen, dem legendären Colonel Linnear. Und er hatte geglaubt, seiner anderen Hälfte begegnet zu sein, seinem Doppelgänger.

Zwischen dem Oberst und Micks Vater hatte eine einzigartige Beziehung bestanden, und auch zwischen ihren Söhnen hatte sich eine enge Verbindung ergeben. Damals hatte Nicholas das noch nicht gewußt. Mick selbst hatte es kaum glauben können, als er die Wahrheit entdeckt hatte. Monatelang hatte er eifrig und erfolglos versucht, die Tatsachen zu widerlegen, bis er akzeptieren mußte, daß sie sein Leben für immer verändern würden. Bei Nicholas würde es sich in nicht allzu ferner Zukunft ebenso verhalten. Mick, der wie immer alle Aspekte eines Problems sorgfältig gegeneinander abgewogen hatte, war fest entschlossen, selbst den Zeitpunkt und den Ort zu bestimmen, an dem Nicholas alles erfahren sollte.

Mick hatte jahrelang Leben und Persönlichkeit von Oberst Linnears Sohn ausspioniert, und schließlich hatte er geglaubt, ihn besser zu kennen als jede Frau, mit der er ins Bett gegangen war. Aber als sie sich dann von Angesicht zu Angesicht in Floating City gegenübergestanden hatten, waren seine Illusionen wie eine Seifenblase zerplatzt. Der wirkliche Nicholas Linnear war ganz anders gewesen, als Mick ihn sich vorgestellt hatte. Er hatte tief in seine klaren braunen Augen geblickt, und seine Nackenhaare hatten sich gesträubt. In dem Moment, als die Ergebnisse seiner Nachforschungen mit der Realität konfrontiert wurden, erkannte er, daß das Schicksal dieses Mannes untrennbar mit seinem eigenen verbunden war.

In Nicholas Linnear hatte Mick Leonforte seinen endgültigen Gegenspieler erkannt, den er sein ganzes ruheloses Leben lang gesucht hatte. Und deshalb hatte er dafür gesorgt, daß Nicholas aus dem Bambuskäfig entkommen konnte, in den Rock ihn gesperrt hatte. Im Finale der mörderischen Auseinandersetzung, das war ihm klargeworden, mußte er sich jeden nur möglichen Vorteil verschaffen, um die magischen Kräfte von Nicholas' *tau-tau* zu bezwingen, der geheimnisvollen Kunst der alten Geisterbeschwörer. Mick war Zeuge der Macht des *tau-tau* geworden, als Nicholas seine Bewacher überwunden und Rock getötet hatte. Rock war ein riesiger Kerl gewesen, der es mit jedem Drogenboß in den Hügeln des Goldenen Dreiecks aufgenommen hätte. Er konnte sich noch zu gut daran erinnern, wie er mit hoher Geschwindigkeit mit einem Lastwagen aus Floating City geflohen war, auf den Nicholas sich geschwungen hatte. (Hatte Nicholas durch seine geheimen Kräfte gewußt, daß Mick den Truck fuhr?) Im Rückspiegel hatte er den blutenden Körper Rocks gesehen, der mit Torch auf Nicholas gezielt hatte. Noch immer spürte Mick den kalten Atem des *tau-tau*. Nicholas hatte das Geschoß durch die Kraft seines Geistes einfach abgelenkt.

Dann war Nicholas von der Ladefläche des Lastwagens gesprungen und hatte sich in die tosenden Fluten des tief unter ihnen liegenden Wasserfalls gestürzt. Er hatte nicht gewußt, daß Mick den Lastwagen mit Blei ausgekleidet hatte und sie sich außerhalb der Detonationszone von Torch befanden.

Bald darauf hatte Floating City in Schutt und Asche gelegen, aber Mick lebte noch, und er glaubte, daß auch Nicholas Linnear nicht gestorben war. Mick hatte seine Hand im Spiel gehabt, als Nicholas aus Rocks Gefängnis geflohen war, und Nicholas hatte Mick davor bewahrt, durch Rocks letzte Attacke ums Leben zu kommen. Sie hatten eine Verabredung für die Zukunft, und dann würden sie miteinander abrechnen. Mick wußte jetzt, daß er sich sein ganzes Leben lang auf diesen Moment zubewegt hatte. Deshalb war er nach Tokio gekommen, und deshalb war er mit Giai Kurtz zusammen.

»Entschuldige mich«, sagte er und erhob sich von seinem Stuhl. Auf dem Weg zur Herrentoilette drehte er sich um und blickte zu Giai zurück, die noch immer mit ihren Hummerkrabben beschäftigt war und ihre langen, zarten Finger wie Eßstäbchen benutzte. Er beobachtete sie, wie sie einen Fingernagel zwischen Kopf und Körper des Tieres schob, um das Gehäuse aufzubrechen. Dann ging er durch einen schmalen Korridor und betrat die Herrentoilette. Nachdem er uriniert hatte, überprüfte er die Kabinen, obwohl er wußte, daß er allein war. Dann zog er sein Mobiltelefon aus der Tasche und erledigte einen kurzen Anruf.

»Es ist Zeit zu gehen«, sagte er, als er an ihren Tisch zurückgekehrt war.

»Möchtest du keinen Nachtisch?« fragte Giai. Sie sah ihn mit großen Augen an. Genau dieser Blick hatte ihn fasziniert, als er sie vor etwa fünfzehn Monaten auf einem Botschaftsempfang in Saigon kennengelernt hatte. Solche Partys waren gewöhnlich langweilig, es sei denn, man kannte die richtigen Leute. Und Mick kannte diese Leute. Er hatte den japanischen Handelsbeauftragten nach ihr gefragt und sie dann mit der Zielstrebigkeit eines australischen Polizeihundes aus dem Pulk der Gäste entführt. Ihr Ehemann war ein rotbäckiger, blonder arischer Geschäftsmann aus Köln, der mit seiner Arroganz allen auf die Nerven ging. Er glaubte, alles über Südostasien zu wissen, und war nur an seinen Geschäften interessiert. Mick hatte den Eindruck gehabt, daß er nicht mit der Wimper gezuckt hätte, wenn er es an Ort und Stelle auf dem persischen Teppich mit Giai getrieben hätte. Statt dessen hatte er sie im Waschraum genommen. Eine Kristallschale mit herzförmigen Seifenstükken war auf dem Marmorboden zersprungen, als sie gekommen war.

»Später«, sagte er. »Nicht jetzt.« Er streckte seine Hand aus, und sie ergriff sie und stand auf. Als sie die Tanzfläche überquerten, winkte er Honniko zu, der Blondine im goldenen Bustier. Die Sängerin hatte ihre Vorstellung längst beendet, sonst hätte er sich auch von ihr verabschiedet.

»Wohin gehen wir?«

»Nach Hause«, antwortete er. »Hoan Kiem.«

Sie hielt ihn zurück und blickte ihn spöttisch an. »In *mein* Haus? Ich bin den ganzen Tag nicht dort gewesen.«

Mick wußte, was sie meinte. »Keine Sorge«, sagte er, während er sie weiterführte, »er ist nicht mehr da.« Er lächelte. »Und falls Blut geflossen ist, hat man es längst aufgewischt.«

»Wo ist er?«

»Das wirst du sicher nicht so genau wissen wollen.« Er stieß die Tür auf, und sie traten in die lärmende Nacht von Roppongi. Sofort waren sie von Touristen und ausgeflippten Teenagern umgeben. Man könnte schon Nasenbluten bekommen, wenn man sie nur ansieht, dachte Mick. Tätowierte Köpfe, Hände mit Brandzeichen und Metallringe, die durch Nasen, Augenlider, Zungen, Lippen und Brustwarzen gezogen worden waren. Ein Alptraum. Der Niedergang dieser Gesellschaft war unübersehbar. »Die arbeitsamen Rassen finden eine große Beschwerde darin, den Müßiggang zu ertragen«, hatte Friedrich Nietzsche geschrieben. Anfangs hatte Mick die Japaner dafür bewundert. Aber wenn man sie jetzt betrachtete! Sie lungerten herum, entstellte, groteske Gestalten.

Die regennassen Straßen schienen durch die hormonbedingte Vitalität der Jugend zu vibrieren. Menschenmassen bevölkerten die Bürgersteige und drängten sich auf den mit Autos verstopften Straßen. Ein dichter Schwall von Abgasen hing in der Luft und verlieh den Neonreklamen eine gespenstische Färbung. In den Schaufenstern sah man die teuersten Modelle der aktuellen Designermode, und Mick dachte, daß man einige der Kleidungsstücke kaum tragen könnte.

Sie erwischten ein vorbeifahrendes Taxi an der Roppongidori, das sie zu Giais Villa im Tempelbezirk Asakusa brachte.

Hoan Kiem – das ›zurückgeschleuderte Schwert‹ – war ein wundervolles, kegelförmiges Gebäude aus Beton und Holz und geräumiger als die meisten Häuser in Tokio. Die kühle und schlichte Inneneinrichtung fiel vor allem durch die Möbel aus dunklem, gebeiztem Rattan auf, das an Saigon erinnerte und die Vermutung zuließ, das Ehepaar Kurtz hätte sich dort eher zu Hause gefühlt als in Tokio. Die Räume wurden nachts durch Messinglampen erleuchtet, tagsüber filterten Jalousien das Sonnenlicht, das durch die großen Fenster hereinströmte. Von hier hatte man eine grandiose Aussicht auf den Fluß und die futuristische ›Goldene Flamme‹. Phillippe Starke hatte dieses Gebäude aus schwarzem Glas entworfen, eine Art Pyramide, die von einem entfernt flammenähnlichen Gebilde überragt wurde und von den Tokiotern spöttisch ›Goldene Scheiße‹ genannt wurde.

Giai zögerte, als sie die Tür öffnete, aber Mick stieß sie auf.

»Ich habe dir doch erzählt, daß er nicht mehr hier ist«, sagte er. Er ergriff ihre Hand und zog sie über die Türschwelle. »Ich werde dir zeigen, wo es passiert ist.«

»Nein«, schrie sie, und fast wäre es ihr gelungen, ihre Hand aus seinem festen Griff zu befreien.

Mick trat ins Wohnzimmer des Hauses, das bis kurz nach Mitternacht noch das Zuhause von Rodney Kurtz gewesen war. Er lächelte Giai spöttisch an und machte mit den Armen eine ausladende Geste. »Du wolltest doch, daß das alles dir gehört, oder?«

Giai starrte ihn düster an. »Ja, du Bastard.«

Mick ging zu der verspiegelten Bar und holte zwei Cognacgläser aus dem Regal. »Nicht ich bin der Bastard, mein Schatz.« Er schenkte ihnen eine großzügige Portion Napoléon ein, wandte sich um und reichte ihr ein Glas. »Der Bastard war dein Mann Rodney. Erinnerst du dich?« Er stieß mit ihr an, nahm einen Schluck und beobachtete sie. So mochte er sie: nervös und etwas unsicher. Ein Gefühlszustand, den er bei allen Menschen hervorzurufen versuchte.

»Die Nächte, in denen ich dich anrief, nachdem er mich geschlagen, vergewaltigt und bespuckt hatte . . .«

»Aber du bist jedesmal zu ihm zurückgekehrt, und alles ging so weiter.«

»Er hat sich immer entschuldigt und war voller Reue wie ein kleines Kind.«

Mick verbarg seinen Widerwillen hinter einer Maske, die er perfektioniert hatte, und dachte daran, was in dieser Nacht noch geschehen würde.

»Jetzt hast du alles, was du wolltest.«

»Nicht *alles*«, entgegnete sie trotzig und stürzte den Cognac mit zwei großen Schlucken hinunter. Ihre Augen wurden feucht. »Ich habe die Sache durchgestanden. Er ist tot, und ich bin glücklich darüber.«

»Du hast recht«, sagte Mick nickend. »Auf unsere Gesundheit und ein langes Leben.« Er nahm einen etwas größeren Schluck und kostete den Geschmack des Cognacs aus. Eines mußte man dem alten Rodney lassen: Er hatte es verstanden, das Leben zu genießen. Mick stellte sein leeres

Glas ab und rieb sich die Handflächen. »Gehen wir ins Bett.« Er nahm sie in die Arme und fühlte, wie sie sich gegen ihn drängte. Er war davon überzeugt, daß er, um mit den Worten Nietzsches zu sprechen, für den Sieg und die Verführung bestimmt war. Nietzsche war während des Vietnamkriegs sein Vorbild gewesen. Wie er hatte Mick den tieferen Zusammenhang zwischen Sieg und Verführung begriffen. Er war versessen darauf, sich zu kontrollieren *und* sich zu überlisten. Wie Alkibiades und Napoleon, zwei von Nietzsches Vorbildern, beherrschte er das Kriegshandwerk bis in alle Feinheiten. Und so forderte er das Leben permanent heraus.

Giai duftete nach Karamel. Er drückte sie enger an sich. Während er ihr die Kleider vom Leib riß, sog er den Geruch ihres Moschusparfüms ein. Wie gewöhnlich trug sie keine Unterwäsche. Ihre Brustwarzen richteten sich unter seiner Berührung auf, und sie stöhnte tief und kehlig. Er griff nach ihren Schenkeln, hob sie hoch, und sie schlang die Beine um seine Taille. Beide konnten es nicht erwarten, endlich auf dem Bett zu liegen. Ihre Finger, die das Gehäuse der Hummerkrabben so geschickt geöffnet hatten, öffneten flink seinen Gürtel und zerrten seine Hose hinunter. Sie preßte sich leidenschaftlich an ihn, und ihre Augen waren vor Erregung weit geöffnet. Dann senkte sie langsam ihre Lider, während sie ihren Rhythmus fanden.

›Quidquid luce fruit, tenebris agit‹, dachte Mick, während er seine Zähne in ihr dunkles Fleisch grub. ›Was immer im Licht beginnt, es setzt sich in der Dunkelheit fort.‹ Das war eines von Nietzsches Lieblingszitaten gewesen, und bei ihm war es nicht anders. Die Wahrheit dieses Satzes hatte sich in seinem Leben immer wieder bestätigt.

Es stieß sie rauh gegen die Wand, wo er den ersten Stoß mit dem Dolch ausgeführt hatte. Rodney Kurtz' arroganter Gesichtsausdruck war zuerst der Ungläubigkeit, dann der Angst gewichen. Was für eine Euphorie er gefühlt hatte! Er, der Übermensch im Sinne Nietzsches, hatte die arische Beute erlegt.

Er stöhnte jetzt, aber das hing nicht nur mit der körperlichen Anstrengung zusammen, sondern auch mit den Bildern, die seinen Geist durchfluteten. Giai lutschte an seinem Ohrläppchen und drängte sich wie ekstatisch gegen ihn. Sein Körper arbeitete, sein Geist jubilierte. Natürlich war Kurtz unerträglich gewesen, natürlich hatte er seine Frau regelmäßig verprügelt. ›Es gibt unzählige Körper neben der Sonne zu erschließen – solche, die wir nie sehen werden‹, hatte Nietzsche geschrieben. Kurtz hatte zu ihnen gehört. Als er Giai geheiratet hatte, hatte er eine Grenze überschritten. Die Vorstellung von der Auflösung und Vermischung der Rassen mußte für den stolzen Arier unerträglich gewesen sein, und trotzdem hatte er sie nicht verlassen können. So hatte er sie geschlagen und für die Sünde bestraft, die er beging und sich nicht eingestehen wollte.

Giai stand kurz vor dem Höhepunkt. Sie stöhnte, verdrehte die Augen, und ihr Unterleib vibrierte. Sie preßte die Muskeln ihrer Oberschenkel und ihres Hinterns zusammen, und wie ein Haus, das von einem Tornado fortgeschleudert wird, riß ihn ihre Leidenschaft mit. Sie umklammerte seinen Nacken, fuhr durch sein feuchtes Haar und summte wortlos vor sich hin wie ein Kind im Delirium.

Mick glaubte fest und unumstößlich daran, daß Moral eine Ausgeburt der Angst war, die durch ein philosophisches Mäntelchen verdeckt werden sollte. Und selbst wenn er das nicht in ›Jenseits von Gut und Böse‹ gelesen hätte, hätten ihn seine eigenen Erfahrungen im Vietnamkrieg zu dieser Einsicht gebracht. So hatten sie die Wirkung von Nietzsches Worten in seinem Geist verstärkt. Man mißversteht das Raubtier und den Raubmenschen gründlich, dachte er. Was war die Moral denn anderes als ein Rezept gegen die Leidenschaft, ein Versuch, die gefährlichen Situationen zu leugnen, in die sich die Menschen gegenseitig verstrickten?

»Ja«, stöhnte Giai. »O ja . . .«

Er hielt sie fest. Sie war leicht wie eine Feder, als sie stöhnend erschauerte und sich an ihn klammerte. Sie seufzte schwer, aber er begann sofort wieder von neuem. Seine weißen Zähne gruben sich in das zarte Fleisch ihrer Schulter, als er sich dem Höhepunkt näherte. Als es soweit war, dachte er über das Leben nach, über Kurtz' Leben, das sich in eine Masse von stinkenden und dampfenden Eingeweiden aufgelöst hatte.

Er öffnete die Augen. Giai starrte ihn an.

»Jetzt bin ich frei, oder?«

Er fühlte ihre klebrige, heiße Körperflüssigkeit – und vielleicht auch seine eigene – auf seinen Oberschenkeln.

»Hast du schon genug?«

»Nein«, schrie sie. »Nein, nein, nein!«

Natürlich nicht. Das Ganze war ein Teil des Spiels.

Bevor seine Erektion nachlassen konnte, rieb er das gerötete Fleisch mit Kokain ein. Er fühlte zuerst das gewohnte Kribbeln und dann die seltsame Betäubung, die es ermöglichte, daß die sexuelle Begierde brennen konnte wie ein Leuchtfeuer in dichtem Nebel. Er drang erneut in sie ein und stieß sie quer durchs Zimmer, ihre Fersen gegen seinen Hintern gepreßt.

Giai war immer leidenschaftlich, wenn sie mit ihm zusammen war, aber diesmal war sie besonders wild. Und tatsächlich hatte ihre Freiheit, wie sie es nannte, sie fast unersättlich gemacht. Mick dankte dem glücklichen Stern, unter dem er geboren worden war, für die Unempfindlichkeit, die das Kokain hervorrief. Sonst hätte selbst er das nicht durchgestanden.

Er nahm sie auf Kurtz' Eßzimmertisch, einem polierten Möbelstück aus Teakholz, danach auf dem Schreibtisch, von dem das schnurlose Telefon auf den Boden knallte. Anschließend kamen der orientalische Teppich, das Ehebett und schließlich die Dusche an die Reihe. Und als Giai dachte, daß alles vorbei sei, tat er das, was er schon die ganze Zeit über gewollt hatte: Er nahm sie von hinten.

Sie wollte nach der körperlichen Anstrengung schlafen, aber er war immer noch aufgekratzt. Er sagte, daß das am Kokain liege, forderte sie auf, sich anzukleiden, und zündete sich eine Zigarre an. So krochen sie nicht zwischen Kurtz' seidene Bettlaken, sondern kehrten in der regnerischen, von Neonlichtern erhellten Nacht nach Tokio zurück.

Das Taxi, das er gerufen hatte, wartete schon. Es war

nach Mitternacht. Sie fuhren zum Lagerhausbezirk Shibaura und kamen schließlich in der Kaigan-dori-Straße an. Mick bat den Taxifahrer anzuhalten, bezahlte, und sie stiegen aus. Sie gingen auf das Mudra zu, eine der vielen schikken Diskotheken, die hier in den frühen neunziger Jahren wie Pilze aus dem Boden geschossen waren.

Sie waren gerade erst einen Häuserblock weit gegangen, als ein Stück hinter ihnen ein schwarzer Mercedes um die Ecke bog und auf der Kaigan-dori heranfuhr. Mick blickte über die Schulter und sah den Wagen näher kommen, der plötzlich auf den Bürgersteig ausbrach. Zwei blasse Nachtschwärmer, die nach der *Grunge*-Mode gekleidet waren, sprangen zur Seite. Ihr Haar war wie das von Woody Woodpecker geknotet, und ihre Lippen glänzten schwarz.

»Was ist denn?« fragte Giai.

Weiter vor ihnen saßen zwei Motorradfahrer, die mehrere Nasenringe trugen, in leuchtenden Trenchcoats rittlings auf ihren düster lackierten Maschinen. Sie tranken Bier und erzählten sich wirre Geschichten über verstümmeltes Fleisch. Mick ging ein paar Schritte weiter und brüllte die betrunkenen Teenager an. Giai wartete. Er drehte sich um und fluchte: »Idioten!« Starr blickte er auf den sich nähernden Mercedes, der, nachdem er die Autos vor sich überholt hatte, noch einmal beschleunigte.

Mick brüllte ein paar unzusammenhängende Worte. Giai wandte sich um, und ihre Augen öffneten sich weit. In diesem Moment rammte die Stoßstange des Mercedes sie, und sie wurde mit solcher Wucht zurückgeschleudert, daß ihr Rückgrat schon gebrochen war, bevor sie auf dem Boden aufprallte. Sie ertrank in ihrem eigenen Blut.

Der Mercedes war längst davongerast, als die Passanten den ersten Schock überwunden hatten und zu schreien begannen. Es entstand eine wilde Rempelei, und Mick kämpfte sich durch die von Panik ergriffene Menschenmenge. Er rannte auf der Straße hinter dem Mercedes her, um die überfüllten Bürgersteige der Kaigan-dori zu meiden. Jetzt war auch der vertraute Klang einer Polizeisirene zu hören, die noch ein gutes Stück entfernt war, sich der Menschenmenge hinter ihm aber schnell näherte.

Mick sah, wie der Mercedes nach links in eine schmale Gasse bog, und rannte hinterher. Seine Beine bewegten sich mit Leichtigkeit, sein Herz schlug wild, und er atmete tief. Er war erleichtert.

Er bog um die Ecke und sah, daß das Auto angehalten hatte und auf den Spezialstoßdämpfern noch von der plötzlichen Vollbremsung vibrierte. Die Straße lag wie ausgestorben da, weil die neugierigen Anwohner zum Unfallort gerannt waren.

Eine Hintertür des schwarzen Mercedes öffnete sich. Mick rannte auf das Auto zu. Sein Herz sang. Wie hatte Nietzsche geschrieben? ›Man liebt zuletzt seine Begierde und nicht das Begehrte.‹

Endlich hatte er den Wagen erreicht. Er warf sich auf den Rücksitz und hörte das Getriebe knirschen und die Reifen quietschen, als der Wagen anfuhr. Mick schlug die Tür zu und beugte sich vor. »Gut gemacht, Jochi«, sagte er.

Erstes Buch

ZWISCHEN HUND UND WOLF

Der beste Weg, sein Wort zu halten,
besteht darin, es gar nicht erst zu geben.

Napoleon

1
Tokio / New York

Nicholas Linnear blickte auf Tokio hinab. Die pinkfarbenen und giftgrünen Neonreklamen täuschten eine künstliche Morgenröte vor, die vergessen ließ, daß es Nacht war. Weit unten bevölkerte eine dichte Menschenmenge mit schwarzen Regenschirmen die Bürgersteige Shinjukus. Der heftige Regen überflutete die Rinnsteine der breiten Straßen, auf denen sich die Autos drängten.

Nicholas Linnear befand sich in seinem Eckbüro im zweiundfünfzigsten Stockwerk des Shinjuku-Suiryu-Gebäudes, und die Aussicht war ihm vertraut. Trotzdem hatte er den Eindruck, als habe sich alles geändert.

Fünfzehn Monate waren vergangen, seit er zuletzt in Tokio gewesen war, um die *giri* zu erfüllen. Er hatte seinem alten Vater, Oberst Denis Linnear, versprochen, diese Schuld einzulösen. Vor fünfzehn Monaten hatte ein Vertrauter Mikio Okamis, der einer der engsten Freunde seines Vaters gewesen war, Kontakt mit ihm aufgenommen. Okami, so hatte sich herausgestellt, war der Kaisho, der *oyabun* der *oyabuns* aller Clans der Yakuza, der mächtigen japanischen Unterweltorganisation.

Weil einige seiner engsten Verbündeten aus dem Beraterkreis ihn mit dem Tode bedrohten, hatte Okami sich in Venedig versteckt und gefordert, Nicholas solle ihm helfen und ihn beschützen. Nicholas hatte gute Gründe gehabt, die Yakuza zu hassen, und hätte Okamis Bitte und die Verpflichtung seinem Vater gegenüber durchaus ignorieren können. Aber das entsprach nicht seiner Persönlichkeit: Die Ehre war ihm wichtiger als alles andere. Außerdem gefiel ihm die Ironie, daß ausgerechnet er das Leben jenes Mannes beschützen sollte, der die Yakuza verkörperte. Das erhöhte – in bester japanischer Manier – den Reiz der Aufgabe für ihn.

Den gedungenen Killer, einen furchterregenden Vietnamesen namens Do Duc Fujiro, hatte er zusammen mit dem *oyabun*, der ihn angeheuert hatte, aufgespürt und liquidiert. Nun lebte mit Tetsuo Akinaga nur noch ein *oyabun* des innersten Kreises, und er erwartete ein Gerichtsverfahren wegen Erpressung und Verschwörung mit Mordabsicht. So war Okami nach Tokio zurückgekehrt und mit ihm Nicholas, der sich hier einer ganz neuen Herausforderung stellen mußte.

Nur fünfzehn Monate waren vergangen, doch Nicholas fand, Tokio habe sich so verändert, daß es kaum noch wiederzuerkennen sei.

Diese Veränderungen hingen mit der wirtschaftlichen Rezession in Japan zusammen, die 1991 begonnen hatte und offensichtlich noch längst nicht überwunden war. Man sah heute mehr Obdachlose in den Straßen als je zuvor, und die Unternehmen machten kaum noch Profit oder schrieben rote Zahlen. Kündigungen, ein bis dahin unbekanntes Phänomen, wurden zu einem ernsthaften Problem, und wer eine feste Stelle besaß, hatte seit vier Jahren keine Gehaltserhöhung mehr bekommen.

Auf dem Weg zu seinem Büro in Shinjuku hatte Nicholas an diesem Abend gesehen, daß sich vor den Lebensmittelgeschäften lange Schlangen von Hausfrauen bildeten, die darauf bestanden, statt des importierten amerikanischen Reises japanische Ware zu kaufen. Der Handelskrieg mit den Vereinigten Staaten verschärfte sich fast täglich. Zusätzlich mußte das immer militantere und aggressivere nordkoreanische Regime aufmerksam beobachtet werden. Zahlreiche Unternehmen, die traditionell von gebürtigen Japanern betrieben worden waren, befanden sich inzwischen in den Händen von Koreanern, von denen viele Beziehungen zu Nordkorea unterhielten. Die japanische Regierung war verärgert, da die Gewinne der Firmen direkt an das diktatorische und unberechenbare Regime gingen, das den Norden Koreas beherrschte.

Zum erstenmal seit dem großen Wirtschaftswunder der frühen fünfziger Jahre schienen Aktivität und Entschlußkraft der Japaner gelähmt zu sein. Die Menschen waren mutlos und resigniert. Die Medien hatten sich daran gewöhnt, nur von schlechten Nachrichten zu berichten und die guten zu unterschlagen. Für sie glich die Entwicklung einer düsteren, abwärtsführenden Spirale.

Nicholas fühlte, wie eine Hand sanft seinen Rücken berührte, und sah Koeis Gesicht, das sich in der regennassen Fensterscheibe spiegelte. Mit ihren großen, feuchten Augen, dem kleinen Mund und den eckigen Wangenknochen entsprach sie sicher nicht dem klassischen Schönheitsideal, aber er liebte sie deswegen um so mehr. Sie war die Tochter eines *oyabun* der Yakuza. Sie waren sich 1971 begegnet und hatten sich auf eine verrückte und magische Weise ineinander verliebt. Deshalb hatte Nicholas einen Mann getötet, von dem er angenommen hatte, daß er Koei vergewaltigt und gequält habe. Bald danach hatte er feststellen müssen, daß der Mann unschuldig gewesen war – ihr eigener Vater war der Täter. Die Scham hatte sie zur Lüge gezwungen. Für Nicholas war das Grund genug gewesen, sie zu verlassen, und er hatte sie bis vor einem Jahr nicht mehr gesehen. Okami hatte ein Treffen zwischen ihnen arrangiert, und Nicholas hatte die Wut, die er ihr und den Mitgliedern der Yakuza gegenüber empfunden hatte, allmählich überwunden.

Im Lauf der Jahre hatte sich Koei von der Welt der Yakuza losgesagt, sich dann aber in die Hände der synkretistischen Shugendo-Shinto-Sekte begeben, die in den sagenumwobenen Bergen von Yoshino ansässig war. Vielleicht wäre sie dort auch geblieben, hätte sie nicht ein Befehl ihres Vaters erreicht. Er mußte eine neue Allianz schmieden, und um diese zu besiegeln, wurde Koei gezwungen, einen Mann zu heiraten, den sie nie zuvor gesehen hatte. Nachdem sie sechs Monate mit ihm zusammengelebt hatte, wollte sie sich von ihm trennen, aber er hatte nicht die Absicht, sie gehen zu lassen. Verzweifelt wandte sie sich an Mikio Okami, den Kaisho, der mehr Macht als ihr Ehemann hatte und bereit war, es mit ihm aufzunehmen. Okami sorgte dafür, daß sie untertauchen konnte, und ließ sie ins Hinterland Vietnams bringen, wo ihr Mann sie nicht finden konnte, obwohl er es hartnäckig versuchte. Dieser Mann – der Mann, mit dem sie zusammengelebt hatte, den zu heiraten sie gezwungen worden war und den sie verachtete und fürchtete – hieß Mick Leonforte.

»Nangi-san ist noch nicht hier«, sagte Koei, »und das Dinner soll in zehn Minuten beginnen.« Tanzan Nangi war der Präsident von Sato International. Dieses High-Tech-Unternehmen – ein *keiretsu* – war ein japanisch-amerikanischer Konzern, der Nicholas und Tanzan Nangi gehörte. Das Unternehmen war aus der Fusion von Sato Petrochemicals und Nicholas' Firma Tomkin Industries hervorgegangen. »Hoffentlich ist das alles nicht zu anstrengend für ihn.« Tanzan Nangi hatte vor sechs Monaten einen leichten Herzinfarkt erlitten und lebte seitdem sehr zurückgezogen.

»Hoffentlich nicht«, antwortete Nicholas, der im Spiegel überprüfte, ob seine Fliege richtig saß. »Die japanische Premiere des TransRim CyberNet war sein Traum, seit unsere Leute die Technologie bereitgestellt haben.«

Koei wandte sich um und machte sich ebenfalls am Knoten seiner Schleife zu schaffen. »Die Prominenten treffen bereits ein, und Torin wird schon nervös. Er wundert sich, warum du nicht längst im Indigo bist, um sie zu begrüßen.«

»Ich muß noch einen letzten Test in der Abteilung für Forschung und Entwicklung im vierzigsten Stock durchführen.« Nicholas küßte sie flüchtig. »Die gesetzlich geschützten CyberNet-Daten werden an den Zentralrechner übermittelt.«

Das CyberNet, eine Multimedia-Datenautobahn für Handel und schnelle Informationsübertragung in ganz Südostasien, konnte Sato International aus dem Teufelskreis der Rezession befreien und dafür sorgen, daß das Unternehmen wieder Profit machte. Wenn die CyberNet-Initiative aber scheiterte, war auch Sato International dem Untergang geweiht. Die einzigartige Kombination von Nangis logischem Denken und Nicholas' brillantem, intuitivem Erfindungsreichtum waren der Hauptgrund für den Erfolg des Unternehmens. Aber in dieser Zeit mußte sich auch Sato, wie alle japanischen Firmen, einem schmerzhaften Prozeß der Umstrukturierung unterziehen.

Die *keiretsu* waren die Überbleibsel der Familienunternehmen aus der Vorkriegszeit, der *zaibatsu*. Untereinander verbundene Firmen aus der Industrie wurden um eine zentrale Bank gruppiert. In wirtschaftlichen Blütezeiten hatte das den großen Vorteil, daß die Unternehmen sich selbst zu günstigen Zinssätzen Geld leihen konnten, um es in die Expansion zu investieren, aber auch in die Erforschung und Entwicklung neuer Projekte. Während einer Rezession wie der gegenwärtigen litten die *keiretsu* jedoch unter enormen Verbindlichkeiten, weil die Banken gleich zwei Probleme hatten: die sinkenden Preise ihrer Immobilienportfolios und den hohen Kurs des Yen. Erst kürzlich hatte die amerikanische Niederlassung von Linnears Firma Geld für die Erforschung und Entwicklung neuer Produkte der Sato International zur Verfügung stellen müssen, hauptsächlich für die streng geheime CyberNet-Technologie. Aber trotz des revolutionären technischen Durchbruchs war die Schuldenlast bedrückend. Es war gut möglich, daß Nicholas seinem Unternehmen die schlimmsten Konsequenzen der Rezession erspart hätte, wenn er sich nicht vor fünfzehn Monaten mit Mikio Okami geschäftlich verbündet hätte. Trotzdem hatte er darauf bestanden, daß Sato International bei der Entwicklung der Glasfaserkabel-Technologie an vorderster Front mitmischen sollte. So war der größte Teil der Kapitalreserven in die Expansion investiert worden, nicht nur in Südostasien und China, sondern auch in Südamerika. Diese Geschäftsstrategie verriet sicher die langfristigen, klugen Überlegungen eines Visionärs, aber augenblicklich gab es große Probleme. Die Rezession hatte die Situation von Sato International katastrophal verschlechtert. Das Unternehmen war jetzt auf Gedeih und Verderb darauf angewiesen, daß das CyberNet-Projekt erfolgreich war, und Nicholas wußte, daß er allein die Verantwortung trug.

»Nicholas.«

Er lächelte und nahm Koei in den Arm, und diesmal küßte er sie intensiver als vorher. »Mach dir keine Sorgen. Ich kümmere mich darum.«

In ihrem dunklen, mit einer Brosche geschmückten Kleid sah sie entzückend aus. »Ich kenne dich«, sagte sie. »Du bist ein Mann der Tat. Ein Dinner mit Geschäftsfreunden macht dir keinen Spaß. Du solltest aber an den Grund denken und dein Versprechen einhalten. Nangi-san hat dich persönlich gebeten, an diesem feierlichen Abendessen teilzunehmen. Ich muß dich nicht daran erinnern, wie wichtig es ist. Es geht schließlich um die offizielle Premiere des TransRim CyberNet in Japan, und es werden Gäste aus Amerika, Rußland, Vietnam, Thailand, Singapur und China anwesend sein. Für Nangi-san ist das Projekt unglaublich wichtig, aber natürlich auch für Sato International insgesamt.«

Sie hatte völlig recht, ihn an seine Pflichten zu erinnern. Koei war für Nicholas mehr als nur eine Geschäftspartnerin, sie war auch seine Ratgeberin. Die beiden hatten so viele Augenblicke durchlebt, in denen es um Leben oder Tod gegangen war, daß ihre Schicksale längst untrennbar miteinander verknüpft waren.

Koei nahm den Telefonhörer und führte ein kurzes Gespräch. Als sie sich dann wieder Nicholas zuwandte, runzelte sie die Stirn. »Nangi-san ist immer noch nicht eingetroffen. Das paßt nicht zu ihm. Er kommt sonst nie zu spät.« Sie berührte seinen Arm. »Aber du hast mir ja erzählt, wie müde und mitgenommen er in der letzten Zeit wirkte.«

Er nickte. »Ich werde versuchen, ihn zu erreichen, dann komme ich nach unten, in Ordnung?«

»Okay.« Koei ließ Nicholas im Halbdunkel seines Büros allein.

Er ging zum Schreibtisch und befahl dem Selbstwählprogramm, das mit einem Spracherkennungssystem ausgerüstet war, Nangis Privatnummer anzuwählen. Nach zehnmaligem Läuten brach er den Versuch ab. Nangi war sicher schon auf dem Weg.

Nicholas griff in die Tasche seines Smokings und zog einen mattschwarzen, rechteckigen Gegenstand hervor, der etwas kleiner als ein Mobiltelefon mit Akku war. Er drückte auf einen Knopf, und das Gerät öffnete sich. Ein kleiner Bildschirm begann grünlich zu schimmern. Das war das Kami, der Prototyp des Kommunikationsgeräts, das im künftigen Online-Betrieb des CyberNets benötigt wurde. Nicholas war oft unterwegs, und während seiner Abwesenheit konnte er durch das Kami mit Nangi und den Büros der Sato International ständig Kontakt halten. Er wollte eben über den Touch-screen-Bildschirm Nangis Privatnummer wählen, als das Gerät zu vibrieren begann. Es war auf lautloses Klingeln gestellt, und die Vibrationen bedeuteten, daß ein Ruf einging. Nicholas berührte den Bildschirm.

»Linnear-san.« Nangis Gesicht erschien auf dem flachen LCD-Monitor. Durch die digitale Videotechnik war das Bild sehr scharf. Die vid-byte-Breitbandkommunikation verkörperte den technischen Durchbruch, der das CyberNet so lukrativ machte – aber auch interessant für Industriespionage.

Die Inbetriebnahme des TransRim CyberNet in Südostasien und Rußland hatte bei den Konkurrenten der Sato International nervöse Hektik hervorgerufen. In einer Zeit, in der nichts wichtiger war als die Übertragungsgeschwindigkeit von Daten, konnte derjenige, der den sogenannten Cyberspace im pazifischen Raum kontrollierte, in absehbarer Zukunft mit einem Profit in Milliarden-Dollar-Höhe rechnen.

»Nangi-san, wo sind Sie? Das TransRim-Eröffnungsdinner beginnt gleich . . .«

»Ich weiß, wie spät es ist«, unterbrach Nangi Nicholas in einer für ihn überraschend heftigen Art. Er fuhr sich mit der Hand über das Gesicht.

Wo war er? Nicholas wußte es nicht, da der Hintergrund des Raums auf dem Monitor nicht klar zu erkennen war. Er wußte nur, daß das nicht Nangis Haus war.

»Ich hatte einen merkwürdigen Schwindelanfall . . .«

»Sind Sie in Ordnung?« Eine kalte Angst durchfuhr Nicholas. »Haben Sie einen Arzt benachrichtigt?«

»Das ist nicht nötig, das versichere ich Ihnen.« Nangis Antwort kam hastig, während sein Blick kurz zur Seite wanderte. War noch jemand bei ihm im Zimmer? »Für mich wird gut gesorgt.«

»Aber wo sind Sie? Die Gäste warten.«

»Ja, ich verstehe Ihre Sorge«, antwortete Nangi, während eine unsichtbare Person eine kleine Teetasse vor ihn stellte. »Aber ich bin nicht unersetzlich. Die Party kann auch ohne mich stattfinden.«

Warum machte er ein Geheimnis aus seinem Aufenthaltsort? Nicholas war verwundert. »Vielleicht sollten wir die CyberNet-Eröffnung verschieben.«

»Unsinn. Die Premiere muß heute abend stattfinden.« Für einen Moment schien wieder etwas von Nangis gewohnter Energie und Begeisterung aufzuflackern. »Wir sind viel zu sehr auf den Erfolg des Projekts angewiesen. Eine Verschiebung würde nur Gerüchte provozieren und mit Sicherheit das Vertrauen in unsere Unternehmung untergraben. Nein, nein. Ich vertraue Ihnen und Torin. Sie werden gute Gastgeber sein. Wenn Sie Hilfe brauchen, wird Torin Ihnen beistehen. Er ist seit kurzem meine rechte Hand und kann auch für Sie sehr nützlich sein.«

Nangi war im Begriff, das Gespräch über die CyberNet-Verbindung abzubrechen, als Nicholas nochmals das Wort ergriff.

»Nangi-san, hören Sie mich zu Ende an.« Er hatte eine Idee, aber würde Nangi sich überzeugen lassen? »Eventuell gibt es eine Möglichkeit, Ihr Nichterscheinen in unserem Sinn zu nutzen.«

Vielleicht war der plötzliche Geistesblitz abwegig, aber er erregte Nangis Aufmerksamkeit. Er hob eine Hand. »Fahren Sie bitte fort.«

»Wir könnten die offizielle CyberNet-Premiere in Japan so gestalten, daß wir die erste Verbindung aus dem Restaurant zu Ihnen schalten.«

»Nein.«

Nicholas war irritiert. »Aber die Idee ist perfekt, Nangi-san. Sie bleiben dort, wo Sie sich augenblicklich aufhalten, und jeder Gast kann sehen, wie Sie plötzlich auf dem Spezialmonitor auftauchen, den wir unten im Restaurant aufgebaut haben.«

»Ich habe nein gesagt, und das ist endgültig«, schnauzte ihn Nangi an. Dann unterbrach er ohne ein weiteres Wort die Verbindung.

Nicholas wußte nicht, ob er irritiert oder betroffen sein sollte. Seine Loyalität galt in erster Linie Sato International, aber auch Mikio Okami. Er hätte sich früher nie vorstellen können, daß Nangi einmal so kalt und irrational reagieren würde. Was war mit seinem Freund geschehen? Diese plötzlich abgebrochenen Gespräche waren in letzter Zeit schon eher die Regel als die Ausnahme. Er wußte natürlich, daß Nangi während der Installation des CyberNet unter Hochdruck gestanden hatte, und mit sechsundsiebzig Jahren war er auch nicht mehr der Jüngste. Aber Nicholas vermutete, daß diese Vorfälle nicht in erster Linie mit Nangis Alter zu erklären waren. Hatte der Herzinfarkt ihn verändert? Nicholas beschloß, ihn persönlich zu treffen, sobald die heutige Zirkusvorstellung vorbei wäre.

Während er den Sitz seines Smokings überprüfte, nahm er sich noch einen Moment Zeit, die Entscheidung zu überdenken, mit Mikio Okami – dem Kaisho – gemeinsame Sache zu machen.

Die Yakuza spielt in Japan eine wichtige Rolle. In Amerika stand die Unterwelt außerhalb der Gesellschaft, die Yakuza dagegen war ein wichtiger Bestandteil der gesellschaftlichen Ordnung. Vielleicht hielten sich ihre Mitglieder selbst für Außenseiter, aber es war eine unausgesprochene Wahrheit, daß die Organisation zu jenem Ehernen Dreieck gehörte, das Japan seit 1947 regierte: Bürokratie, Geschäft und Politik. Das Ministerium für Internationalen Handel und Industrie, MITI, hatte sich in der Nachkriegszeit als einflußreichste bürokratische Institution etabliert. Es diktierte die Wirtschaftspolitik und gewährte den *keiretsu,* den untereinander verbundenen Handelsgruppen, die von den früheren Industriellenfamilien geleitet wurden, Steuererleichterungen und Investitionsanreize. Deshalb engagierten sich die Firmen in Bereichen, von denen das MITI annahm, die Profite kämen der Gesellschaft Japans insgesamt zugute. In den sechziger Jahren hatte das Ministerium beispielsweise beschlossen, führende Industriekonzerne zu ermutigen, ihre Produktionsstrategie zu ändern. Die Unternehmen sollten sich von der Schwerindustrie – etwa der Stahlproduktion – abwenden und sich statt dessen auf die Computer- und Halbleitertechnologie konzentrieren. So hatte das MITI Japans Wirtschaftswunder unterstützt und gleichzeitig viele Industrielle zu Milliardären gemacht. Das Ministerium hatte seine absolute Kontrolle über die Wirtschaft gesichert, indem es ehemalige Minister für die *keiretsu* arbeiten ließ, auf die seine Politik zugeschnitten war.

Aber das MITI hatte nicht allein gestanden. Die Liberale Demokratische Partei hatte Japans politische Szene von den vierziger Jahren bis zu ihrer Amtsenthebung im Jahr 1993 beherrscht. Die Partei hatte Hand in Hand mit dem Ministerium zusammengearbeitet, um das Unternehmen Japan auf Kurs zu halten. Das war relativ einfach gewesen, weil die Japaner daran gewöhnt waren, daß ihre Führer für sie sorgten. Vor dem Krieg hatten sie sich von ihrem Kaiser führen lassen, danach hatten die Premierminister der LDP diese Rolle übernommen.

Die Yakuza war der Vermittler gewesen, der das Getriebe des Wirtschaftsmotors schmierte. Mit Geld hatte sie die Wahlkreise der jeweiligen Premierminister gekauft und so dafür gesorgt, daß die LDP an der Macht blieb. Die Bestechungsgelder hatte man beschönigend ›politische Beiträge‹ genannt. Die *keiretsu* hatten die Politiker manipuliert, damit diese Gesetze erließen, die für die Wirtschaft günstig waren. Das alles hatte jahrzehntelang funktioniert – ein geschlossener Kreis aus rasend schnellem Fortschritt und tief verwurzelter Korruption.

Bis die große Depression des Jahres 1991 das Unternehmen Japan zu einem kreischenden Stillstand gebracht hatte.

Nicholas wollte gerade in die Abteilung für Forschung und Entwicklung hinübergehen, als sein Kami vibrierte. Diesmal sah er Mikio Okamis Gesicht auf dem Monitor. Trotz der feinen Fältchen in den Augenwinkeln, die durch eine sichtbare Erschöpfung heute noch betont wurden, wirkte er mindestens zehn Jahre jünger als seine neunzig.

»Nicholas«, sagte Okami ohne die üblichen Höflichkeitsfloskeln, »ich habe wichtige Neuigkeiten.«

Niemand wußte, daß Nicholas Okami einen Prototyp des Kami gegeben hatte, damit sie ständig in Kontakt bleiben konnten. Die CyberNet-Kommunikation war sehr viel abhörsicherer als Gespräche mit den meisten Funktelefonen.

»Morgen früh wird der Premierminister seinen Rücktritt einreichen.«

Nicholas fühlte sich plötzlich leer. Er setzte sich auf die Kante seines hölzernen Schreibtischs. »Das ist der sechste Rücktritt in etwas mehr als drei Jahren.«

Okami nickte. »Richtig. Ich habe es ja vorausgesagt. Ohne die LDP kann die Koalition der kleineren Parteien den Kurs der Mitte nicht halten. Es gibt zu viele verschiedene und unvereinbare Punkte auf der Tagesordnung, um einen wahren Konsens zu erreichen. Vor allem die Sozialisten machen immer wieder Schwierigkeiten, und das hat jeden neuen Premierminister geschwächt, der in der einen oder anderen Weise auch immer ein Kompromißkandidat war.«

»Was können wir jetzt tun?«

»Um das zu besprechen, rufe ich Sie an. Der für morgen vorgesehene Rücktritt wird für alle Parteien ein Schock sein. Diesmal steht niemand auf Abruf bereit. Wir haben keinen starken Außen- oder Wirtschaftsminister, der in die Bresche springen kann, wie das bei den letzten Rücktritten der Fall war. Es wird ein Machtvakuum entstehen, und das bedeutet ein politisches Chaos. Das dürfen wir auf keinen Fall zulassen.«

»Wir sollten uns treffen.«

Okami nickte. »Genau das denke ich auch. Am besten übermorgen im Karasumori Jinja um sieben Uhr abends. Bis dahin bin ich durch dringende Termine verhindert.«

»Okay.«

»Gut.« Okami sah sichtlich erleichtert aus. »Wie läuft's beim Empfang?«

»Das werde ich jetzt herausfinden.«

»Viel Glück.«

Nicholas dankte ihm und beendete das Gespräch. Er verließ sein Büro und ging durch das Vorzimmer. Dann wandte er sich dem Privataufzug des Präsidenten zu, der ihn mit hoher Geschwindigkeit in den Zwischenstock bringen würde. Er sah auf die Uhr. Ihm blieb keine Zeit mehr, auf dem Weg nach unten in die Abteilung für Forschung und Entwicklung vorbeizuschauen. Vielleicht konnte er sich während des Dinners kurz entschuldigen, um den CyberNet-Datentransfer zu überprüfen. Während er den Schlüssel ins Schloß der verschnörkelten Bronzetür des Lifts schob, hörte er in der Erinnerung die Stimme Okamis, als der ihn über die wahren Gründe aufgeklärt hatte, weshalb er die Ehrenschuld von Nicholas einforderte:

»Als Sie im letzten Jahr zu mir kamen, sah ich, daß Sie voller Haß gegen die Yakuza waren, und ich wußte nicht, wie ich Ihnen die Wahrheit über Ihren Vater erklären sollte. Er und ich – der Kaisho, das Oberhaupt aller Yakuza-Clans – waren seit 1946 Partner. Bis zu seinem Tod im Jahr 1963 hatten wir gemeinsam das neue Japan errichtet. Danach war ich verpflichtet, praktisch allein an der Verwirklichung seiner Pläne weiterzuarbeiten.

Ihr Vater war ein bemerkenswerter Visionär, und weil Sie sein Sohn sind, habe ich Sie schließlich an meine Seite berufen. Ich habe Ihnen erzählt, daß es nicht darum ging, mich zu beschützen. Sie haben ja mittlerweile gesehen, daß ich sehr wohl in der Lage bin, selbst für meinen Schutz zu sorgen. Es ging darum, bei Ihnen einen Heilungsprozeß in Gang zu setzen, vor allem bezüglich Ihrer Wut über Koeis Fehler, aus der sich Ihr unbegründeter Haß auf die Yakuza entwickelt hatte. Sie sollten die Wahrheit verstehen, die hinter der sorgfältig ausgedachten Maske Ihres Vaters verborgen gewesen war. Und Sie sollten lernen, diese Wahrheit zu akzeptieren. Für Sie ist jetzt die Zeit gekommen, die Pläne zu verwirklichen, die Colonel Linnear und ich gemeinsam entwickelt haben.«

Vor zwei Jahren hatten sich Nicholas und Nangi entschlossen, einen langfristigen Pachtvertrag für das französische Restaurant in einem Zwischenstock des Shinjuku-Suiryu-Komplexes zu unterzeichnen, das pleite gegangen war. Binnen achtzehn Monaten hatten Architekten, Techniker und Designer den einfachen Raum in einen vornehmen

Nachtclub mit Restaurant verwandelt, der Unterhaltung auf höchstem Niveau garantierte.

Das Indigo war vor drei Monaten mit großem Pomp eröffnet worden und bis jetzt ein riesiger Erfolg. Heute war das Lokal für den Publikumsverkehr geschlossen, weil Sato International hier die TransRim-CyberNet-Premiere feierte.

Der beeindruckende, dreigeschossige Raum bestach durch eine ansteigende Reihe von Plattformen, die fliegenden Teppichen ähnelten. Auf jeder Ebene standen drei oder vier bumerangförmige Tische. Von den Bänken aus blickte man auf die Tanzfläche, die durch ein Laserstrahlmuster einem persischen Teppich ähnelte. Hoch über den Tischen verbreiteten Lampen gedämpftes Licht. Die Tanzfläche wurde auch von unten beleuchtet, so daß man den Eindruck hatte, in einem blaugrünen Lichtermeer zu treiben. Die Wände des Restaurants waren mit indigoblau gefärbtem Kirschholz getäfelt, und an einer der Seitenwände befand sich eine lange Bar, auf deren bläulicher Oberfläche aus rostfreiem Stahl sich die Lichter spiegelten. Auf gläsernen Regalen standen vor einem langen Spiegel Schnaps- und Likörflaschen, und es gab auch importiertes Bier aus Südostasien, von den Philippinen und kleinen Brauereien aus den Vereinigten Staaten.

Als Nicholas den Raum betrat, war die Tanzfläche bereits mit extravagant gekleideten Menschen bevölkert, und das Stimmengewirr von zahllosen Gesprächen in wenigstens einem Dutzend Sprachen erfüllte den Raum. Vor dem Tresen standen die Gäste in drei Reihen, und die Barkeeper mußten sich anstrengen, der Vielzahl von Bestellungen nachzukommen. Aus sechsundsechzig Lautsprecherboxen, die in die Wände, die Decke und den Fußboden eingelassen waren, ertönte Cool Jass von Miles Davis.

Die Leute drehten sich um, als Nicholas eintrat, und das war kein Wunder. Er war kräftig, hatte breite Schultern und schmale Hüften und ging elegant wie ein Tänzer. Besonders beeindruckend – aber auch einschüchternd – war die Gewandtheit seiner Bewegungen. Er bewegte sich nicht wie andere Menschen, sondern schien – wie in einem

Raum mit verminderter Schwerkraft – über den Boden zu schweben. Beim Gehen verlagerte er das Gewicht in den Unterleib, das Kraftzentrum, das die Japaner *hara* nennen. Er hatte dunkles, dichtgelocktes Haar, was einen merkwürdigen Kontrast zu seinem orientalisch geschnittenen Gesicht mit den hohen, flachen Wangenknochen und den mandelförmigen Augen bildete. Dennoch war sein Gesicht lang und knochig, als ob sich hier ein englischer Einfluß bemerkbar gemacht hätte, der tief in seinen Genen verborgen lag.

Nicholas erblickte Kanda Torin und ging durch die Menschenmenge auf ihn zu. Torin war ein großer, schlanker Mann Anfang Dreißig mit einem länglichen, hübschen Gesicht und den kühl kalkulierten Umgangsformen eines Menschen, der über jahrzehntelange Erfahrung im Geschäftswesen zu verfügen schien. Nicholas hatte sich noch keine bestimmte Meinung über ihn gebildet. Während seiner Abwesenheit war Torin für Nangi offensichtlich eine unschätzbar wertvolle Hilfe gewesen. Deshalb hatte Nangi ihn auch kürzlich zum ersten Vizepräsidenten befördert, was für einen Mann seines Alters ein sehr hoher Posten war.

Wenn er ehrlich war, fühlte sich Nicholas durch die häufige Anwesenheit des jungen Mannes gestört. Torin beeinträchtigte eine besondere Beziehung zu Tanzan Nangi. Ganz zweifellos war Torin scharfsinnig und vielleicht sogar, wie Nangi glaubte, brillant, aber Nicholas vermutete, daß sein Ehrgeiz auch Selbstüberschätzung einschloß. Sein Griff nach der Macht beim CyberNet-Projekt war das beste Beispiel. Oder war Nicholas zu hart mit seinem Urteil? Vielleicht hatten Torin einfach nur die geschäftlichen Interessen von Sato International am Herzen gelegen, und so hatte er das Vakuum ausgefüllt, das Nicholas hinterlassen hatte.

Nicholas konnte – auch wenn das vielleicht ein vorschneller Eindruck war – den Verdacht nicht loswerden, daß Torin nur so lange Teamgeist zeigen würde, wie es seinen eigenen Interessen entgegenkam. Und das war ein möglicherweise gefährlicher Charakterzug.

Als Nicholas näher kam, sah er, wie Torin von einem Amerikaner mit gesunder Gesichtsfarbe angesprochen wurde. Der Mann hatte lockiges rotes Haar und das aggressive Benehmen eines Menschen, der nur noch mit Frustration auf die mysteriösen und ärgerlichen Handelsschranken der Japaner reagierte. Leider entsprach das heute der Haltung vieler Amerikaner. Nicholas erkannte in dem Mann Cord McKnight, den Handelsbeauftragten eines Konsortiums aus Silicon Valley, das Halbleiter herstellte.

Nicholas schlenderte weiter, bis er hinter Torins rechter Schulter stand.

»Sie armseliger Bastard«, sagte McKnight gerade. Mit seinem strengen Gesichtsausdruck und seinen noch strengeren Idealen hätte er auf dem Sportplatz eines amerikanischen Universitätscampus durchaus eine gute Figur abgegeben. »Ist es wirklich erst drei Jahre her, daß ihr Japaner euch in Hollywood, Manhattan und Pebble Beach eingekauft und euch zwei Drittel von Hawaii unter den Nagel gerissen habt? Zu Preisen, die kein geistig gesunder Geschäftsmann auch nur in Erwägung ziehen würde? Aber jetzt, wo euer Wirtschaftswunder wie eine Seifenblase zerplatzt, könnt ihr es euch nicht mehr leisten, eure Besitztümer zu halten.«

Torin entgegnete nichts, vielleicht aus Höflichkeit, vielleicht aber auch, weil er gedemütigt war. Die Rezession hatte eine unkalkulierbare emotionale Wirkung auf die jungen japanischen Geschäftsleute, die sich an eine außergewöhnliche Machtfülle – *ichiban* – gewöhnt hatten. Sie wollten immer an erster Stelle stehen. Die Vorstellung, daß Japan im internationalen Geschäft nur noch die Nummer zwei sein könnte, was vor vier Jahren noch unvorstellbar gewesen war, hatte ihrem Selbstbewußtsein einen harten Schlag versetzt.

»Sehen Sie doch nur, was jetzt passiert«, fuhr McKnight fort, während sich um sie herum eine kleine Menschenmenge zu bilden begann. Unter den neugierigen Zuschauern bemerkte Nicholas auch Koei und Nguyen Van Truc, den vietnamesischen Marketing-Chef der Minh Telekom.

Die Gesellschaft hatte versucht, Nicholas und Nangi für eine Kapitalbeteiligung zu interessieren, die ihr einen Anteil an Sato International sichern sollte. »Japan ist schon jetzt nur noch eine zweitrangige Macht. Erinnern Sie sich noch, wie hart Sie unser Erziehungssystem kritisiert haben? Von dem ganzen Unsinn hört man jetzt nichts mehr.« McKnight grinste überheblich. »Wollen Sie wissen, warum? Wenn ihr die Universität verlaßt, sitzt ihr wie Analphabeten vor dem Computer. In unseren Schulen werden Computer von Anfang an eingesetzt, aber Japaner finden die moderne Technologie zu ›unpersönlich‹. Eure verfeinerten und umständlichen Geschäftsrituale lassen sich am Computer nicht umsetzen, und so sehen Sie in ihm ein Symbol, kein Werkzeug.« Er lachte rauh. »Um Himmels willen, benutzen Sie lieber ein verdammtes Rechenbrett.« Sein Lachen wurde lauter. »Mein Gott, was Sie und Ihre Freunde verpassen, gemessen an der Entwicklung in den Staaten, Torin! Ihr habt euch in einem monopolistischen System eingeschlossen und beherrscht nicht die Methoden, die unseren Erfolg sichern. Für das einundzwanzigste Jahrhundert schmieden wir aus der Verflechtung von Telekommunikation, Konsumelektronik, elektronischen Medien und neuorganisierten Computerfirmen unsere eigene Form des *keiretsu.* Vor allem unsere Computerunternehmen haben das Fett des letzten Jahrzehnts abgespeckt und sind produktiver und wettbewerbsfähiger geworden. In den japanischen Unternehmen herrscht immer noch Überdiversifizierung, und die Zahl der Mitarbeiter ist viel zu groß.«

»Glauben Sie nicht, daß Sie die Grenzen der Höflichkeit gerade etwas überschritten haben?« fragte Nguyen Van Truc. Er war in England erzogen worden und sprach mit jenem übertriebenen Akzent, den Ausländer der englischen Sprache oft verleihen.

»Wer zum Teufel sind Sie denn?« fragte McKnight. »Ich sage nur die Wahrheit. Solange Sie nichts Konstruktives zu unserer Unterhaltung beizutragen haben, halten Sie sich besser raus.«

Van Truc ließ seinen Blick über die Menge schweifen. Er

kannte jeden und war ganz in seinem Element. Er bedachte den Amerikaner mit einem überlegenen Lächeln. »Meiner Meinung nach reagieren Sie ein bißchen überempfindlich und über...«

»Das ist nicht konstruktiv«, fauchte McKnight und wandte seine Aufmerksamkeit wieder Torin zu. »Ich meine folgendes. Wir Amerikaner haben uns verändert, sind jetzt durchtrainierte und aggressive Kampfmaschinen. Wir können schon jetzt Milliarden von digitalen Bits aus dem gesamten Multimediabereich an Millionen von Haushalten überall in den Vereinigten Staaten übermitteln, weil wir das fortschrittlichste Kabelsystem der ganzen Welt haben.« Diesmal klang sein Lachen wie ein verächtliches Bellen. »Und was ist mit Ihnen? Ist Ihnen überhaupt bewußt, daß Japan die einzige Industrienation ist, die nicht über eine ausgereifte Kabelindustrie verfügt? Euer unsinniges Bestreben, die Telekommunikations-, Fernseh- und Rundfunkindustrie völlig abzuschotten, wird Japans Niedergang einleiten. Dieser Isolationismus bringt einen unüberwindlichen Nachteil. Schon mal was von freiem Wettbewerb gehört, Kollege? Das ist der amerikanische Weg, und sein Erfolg wird Japans Untergang sein. Nehmen wir das HDTV-Fernsehen als Beispiel für die künftige Entwicklung. Japan mußte einen ganzen Industriezweig aufgeben, in den es viele Milliarden Dollar investiert hat, stimmt's? Und warum? Weil das japanische HDTV nach dem analogen Prinzip funktioniert und daher schon jetzt veraltet ist. Unser System ist digital und der japanischen Variante so haushoch überlegen, daß sich ein Vergleich erübrigt.«

»Sie sprechen von der Vergangenheit, Mr. McKnight«, sagte Nicholas. Sein Einwand erregte Aufsehen. Torin blickte kurz über die Schulter, und Nicholas fragte sich, ob Torin sich freute, ihn zu sehen. »Heute nacht werden wir beweisen, daß die Zukunft begonnen hat. In Rußland ist das TransRim CyberNet schon in Betrieb genommen worden, und der Erfolg hat unsere Erwartungen in kürzester Zeit übertroffen. Fragen sie Torin-san, er hat die aktuellen Zahlen.«

Der junge Mann nickte mühsam. »Ich werde die Statistik während des Dinners präsentieren.«

McKnight blickte finster drein. »Sie sind Nicholas Linnear, nicht wahr? Gut, Linnear, verbessern Sie mich, wenn ich mich täusche, aber gibt es in Rußland nicht bereits ein funktionierendes CyberNet? Wer braucht da noch ein zweites?«

»Torin-san kann diese Frage besser beantworten als ich.« Das entsprach nicht ganz der Wahrheit, aber Nicholas dachte, daß Torin eine Chance erhalten sollte, den Gesichtsverlust wettzumachen, den er durch McKnight erlitten hatte.

»Es stimmt, daß unser CyberNet in Rußland nicht wie in Südostasien das erste System war, aber das ist unwichtig, denn es ist das beste«, sagte Torin sofort. »Es holt gegenüber dem einheimischen System Relkom schnell auf, weil diesem viele Eigenschaften des CyberNet fehlen, die ihr Amerikaner zuerst entwickelt habt. Die Bandbreite des CyberNet – also die Menge der Information, die übertragen werden kann – ist sehr viel größer als bei der Relkom oder irgendeinem anderen Netz. Das CyberNet ist in Rußland bereits aktiv, und in Südostasien wird mit dem Kami die Kommunikationsform der nächsten Generation eingeführt: das digitale Videosystem.«

Nicholas erblickte Sergei Vanov, einen jungen schwarzhaarigen Mann mit slawischen Gesichtszügen und gutmütigem Blick. Er zog den Russen in ihren Kreis und lächelte McKnight gewinnend zu. »Wir haben Informationen aus erster Hand.«

»Nicht aus der Hand, sondern von Herzen: Ich bin Russe und liebe das TransRim-Projekt«, sagte Vanov lächelnd. Er war ein eingefleischter Anhänger der neuen Technologie und mochte deshalb auch amerikanische und andere fremdsprachige Ausdrücke. Wenn er sie verwendete, kam er sich bedeutender vor, fühlte sich als Mitglied der internationalen Gemeinschaft. »Mein Land ist reif für das CyberNet. Es gibt viele Menschen wie mich, Unternehmer des einundzwanzigsten Jahrhunderts, die begriffen haben, wie wertvoll das Netz für sie ist, auch wenn wir nur die Modems und billige Kopien von veralteten IBM-Computern besitzen. Wir brauchen uns bloß gegen eine Gebühr in das Netz einzuklinken, und schon können wir, ohne von der Regierung oder wem auch immer eingeschränkt zu werden, schalten und walten, wie es uns gefällt.«

Nicholas breitete die Arme aus. »Stellen Sie sich doch einmal vor. Diese Osteuropäer handeln mit allem: mit Kartoffeln, Wagenladungen voller Pottasche und Rechten an der neuen sibirischen Ölpipeline. Dazu kommen Weizen aus der Ukraine und Früchte aus Bulgarien.«

Torin nickte; endlich schien auch er an dem offenen Schlagabtausch Gefallen zu finden, den Nicholas eröffnet hatte. »Jetzt ist absolut alles möglich. Man braucht nur die Hardware, eine Ware, die man verkaufen kann, und den Erfindungsreichtum, um Geschäfte abzuschließen. Und natürlich den Anschluß ans CyberNet.«

»Die elektronische Post ist im Moment noch das Lieblingsspielzeug der Netzbenutzer, aber sie wird bald der Vergangenheit angehören«, fügte Torin hinzu. »Warum soll man weiter Wörter in den Computer eintippen, wenn man seine Botschaft auch durch Videobilder übermitteln kann? In unserer Welt ist nichts so wichtig wie die Geschwindigkeit. Und in dieser Hinsicht ist die vid-byte-Technologie unschlagbar. Mit dem Kami kann man Texte bearbeiten, den Inhalt von Finanz- und Buchhaltungsprogrammen aktualisieren und sich mit sämtlichen Computern der internationalen Geschäftswelt verbinden lassen. Man kann Faxe und Videobotschaften versenden, praktisch alles kaufen und verkaufen und Transaktionen an allen Börsen durchführen.«

»Na großartig, aber wird die digitale Videotechnik auch funktionieren?« fragte McKnight säuerlich, da ihm der Wind aus den Segeln genommen worden war.

»Wir haben uns heute nacht hier versammelt, um das zu überprüfen«, antwortete Nicholas.

»Ich persönlich glaube schon jetzt an das CyberNet«, sagte Raya Haji. Der große, dunkelhäutige Muslim war der Repräsentant der Regierung von Singapur. Nicholas hatte vor mehreren Jahren bei einem Glasfaserkabel-Projekt der

Sato International in seinem Land mit ihm zusammengearbeitet. Raya Haji hatte das neue Netz von Anfang an begeistert unterstützt. »Ich kann beweisen, daß es funktioniert.« Er zog einen Prototyp des Kami aus der Tasche. »Nach der offiziellen Eröffnung werde ich den Premierminister persönlich anrufen. Ich versichere Ihnen, daß ich mich darauf freue, sein erstauntes Gesicht zu sehen.«

Die Zuhörer lachten und klatschten Beifall.

»Meine Arbeitsbelastung hat durch das CyberNet um ein Drittel abgenommen«, warf der Vietnamese Nguyen Van Truc ein. »Es gibt jetzt in ganz Vietnam zuverlässige Kommunikationswege. Leitungszusammenbrüche und die Überlastung altmodischer Telefonverbindungen sind für mich kein Thema mehr.«

»Nachdem wir das Programm des heutigen Abends entgegen jeder Absicht schon erläutert haben, können wir eigentlich auch mit dem Dinner beginnen«, sagte Nicholas heiter. »Ich weiß nicht, wie es Ihnen geht, aber ich bin halb verhungert.«

Er erntete allgemeine Zustimmung. Die Gäste studierten die kleinen Karten, die ihnen bei der Ankunft überreicht worden und auf denen ihre Plätze verzeichnet waren, und bewegten sich langsam auf die Tische zu. Koei stand neben Nicholas, der Hände schüttelte und mit verschiedenen wichtigen Persönlichkeiten Nettigkeiten austauschte. Als sie endlich einen Moment lang unbeobachtet waren, ergriff sie diskret seine Hand und drückte sie.

»Keine schlechte Vorstellung für einen Mann, der solche Veranstaltungen eigentlich verachtet«, flüsterte sie.

»Irgend jemand mußte Torin zur Hilfe kommen. Er mag ein erstklassiger Mitarbeiter in der Verwaltung sein, aber über Geschäftsdiplomatie muß er noch eine Menge lernen.«

»Genau wie McKnight.«

Nicholas nickte. »Er ist ein ziemlicher Rowdy, keine Frage. Aber andererseits erledigt er auch nur seinen Job. Es scheint, daß eines der anerkannten Ziele der amerikanischen Regierung darin besteht, die Japaner wachzurütteln, einzuschüchtern und zu tyrannisieren, damit sie ihre Märkte so weit wie möglich öffnen.«

Koei runzelte die Stirn. »Nach monatelangen erbitterten Diskussionen und einem fast gewaltsamen Aufstand unserer Bauern haben wir immerhin den Reismarkt für die Amerikaner geöffnet. Aber du hast ja selbst gesehen, daß nichts weiter dabei herausgekommen ist als lange Schlangen vor den Geschäften. Wenn das so weitergeht, werden wir bald ein Land der dritten Welt sein. Wie Rußland.«

Nicholas und Koei saßen mit japanischen Politikern und Bürokraten zusammen, und Nicholas fragte sich, wie sie reagieren würden, wenn sie am nächsten Morgen erfuhren, daß der Premierminister seinen Rücktritt eingereicht hatte. Torin, der zusammen mit McKnight, Raya Haji und anderen etwas weiter weg saß, starrte finster und neidisch in seine Richtung.

»Armer Torin«, sagte Koei, als sie ihre Tischnachbarn begrüßt und sich gesetzt hatte. »Er sieht so elend aus wie ein nasses Kätzchen.«

Nicholas vermutete, daß Nangi die Sitzordnung festgelegt hatte. Er grinste. »Es kann ihm nicht schaden, sich in die Höhle des Löwen zu begeben. Je eher er sich daran gewöhnt, mit schwierigen Menschen umzugehen, desto besser. Dabei ist McKnight eigentlich harmlos. Selbst wenn Torin einen Fehler macht und ihn verärgert, kann er keinen Schaden anrichten.«

Die Kellner brachten den ersten Gang: Zu einer chinesischen Kräutersoße gab es pochierte Hummerkrabben, deren gestreiftes Gehäuse so dünn und durchsichtig war, daß sich niemand die Mühe machte, es zu öffnen. Man zerkaute alles und verschlang die Hummerkrabbe samt Kopf und Gehäuse. Dann wurden frische, kalte Nudeln auf hölzernen Tabletts gebracht. Die helle Buchweizen-Pasta war eine Delikatesse, die von den Gästen geräuschvoll und mit Genuß gegessen wurde. Anschließend servierten die Kellner Sake, Bier und Wein.

Nach diesem Gang wurde der Raum verdunkelt, und Torin nahm seinen Platz im Scheinwerferlicht auf der Tanzfläche ein. Direkt hinter ihm war eine große Leinwand entrollt worden. Groß und gutaussehend, mit zurückgekämmten Haaren und forschem Auftreten, wirkte er äußerst charismatisch und war wieder ganz der gelassene, unberührbare Manager.

»Meine Damen und Herren, so wenig es mir auch behagt, Sie beim Genuß der wunderbaren Speisen zu stören, die wir für die heutige Feier vorbereitet haben, ist es mir dennoch ein Vergnügen, den Vorsitz bei der Eröffnung des in Japan beheimateten TransRim CyberNet zu übernehmen, das von Sato International und Denwa Partners gemeinsam betrieben wird.«

Nicholas stutzte. Denwa Partners? Wer zum Teufel war das? Sato International hatte keine Partner beim TransRim-Projekt.

Torin nahm das Kami zur Hand und wählte eine Nummer, indem er den Touch Screen berührte. »Meine Damen und Herren, dies ist ein historischer Augenblick. Ich fühle mich sehr geehrt, daß Sie alle gekommen sind, um der ersten offiziellen digitalen Videokommunikation beizuwohnen, mit der das TransRim CyberNet eingeweiht wird. Richten Sie Ihre Aufmerksamkeit bitte auf den Spezialmonitor. *Moshi-moshi.*«

Der Bildschirm war jetzt erleuchtet, und man erkannte darauf das Gesicht des japanischen Premierministers. Auflösung und Detailgenauigkeit des digitalen Bildes waren erstaunlich.

Nicholas blickte zu dem Tisch hinüber, an dem Torin gesessen hatte. Er wollte den Gesichtsausdruck McKnights sehen, doch dessen Platz war leer. Niemand außer Nicholas schien die Abwesenheit des Amerikaners bemerkt zu haben.

»Sehr geehrter Herr Premierminister«, sagte Torin. »Mein Name ist Kanda Torin, ich bin der Vizepräsident des CyberNet-Projekts von Sato International. Ich spreche zu Ihnen aus dem Indigo-Nachtclub in Shinjuku.«

»Guten Abend, Torin-san«, antwortete der Premierminister, der grau und müde aussah. Nicholas überraschte das nicht. »Ich bin der japanische Premierminister Takanobu und wende mich direkt aus der Tokioter Börse in Nihonbashi an Sie und Ihre Gäste. Ehrenwort, Torin-san, dieser

Smoking steht Ihnen großartig... Würde es Ihnen oder einem Ihrer verehrten Gäste vielleicht etwas ausmachen, eine Transaktion an der New Yorker Börse auszuführen?«

Die Anwesenden bedachten den Kommentar des Premierministers mit großem Gelächter, das schnell durch donnernden Beifall abgelöst wurde. Zur wachsenden Freude der Zuschauer wurde die Demonstration fortgesetzt, aber Nicholas verließ seinen Platz und suchte möglichst unauffällig den Ausgang des Nachtclubs. Er durchquerte das Foyer und hatte gerade den Privataufzug des Präsidenten betreten, um oben den CyberNet-Datentransfer zu überprüfen, als er sah, wie McKnight schnell die Herrentoilette im hinteren Teil des Foyers verließ. Ohne Nicholas bemerkt zu haben, kehrte der Amerikaner in den Nachtclub zurück.

Nicholas drückte auf den Knopf zum vierzigsten Stock. Die Bronzetür begann sich zu schließen, doch im letzten Augenblick schob er den Fuß zwischen Rahmen und Tür und betätigte den Türöffner. Er beobachtete das Foyer. Ein anderer Mann hatte gerade die Herrentoilette verlassen. Er ging auf die für die Öffentlichkeit bestimmten Aufzüge zu und drückte auf einen Knopf.

In dem Moment, als Nicholas den Privataufzug verließ, taumelte der Mann gegen die Wand. Wenn Nicholas ihn nicht aufgefangen hätte, wäre er zusammengebrochen.

Nicholas hatte schon vorher gedacht, daß der Mann ihm bekannt vorkomme, jetzt war er sicher. Kappa Watanabe war einer der Techniker aus der Abteilung für Forschung und Entwicklung und für den Datentransfer zuständig. Sein Platz war also im vierzigsten Stock. Was hatte er in der Herrentoilette des Zwischengeschosses zu suchen? Und was war ihm zugestoßen?

»Watanabe-san«, sagte Nicholas, doch der Techniker zeigte keine Reaktion. Seine Augen glichen Schlitzen, doch seine Pupillen waren weit geöffnet und schauten ins Nichts.

Nicholas überprüfte Watanabes Herzschlag und Puls. Beide waren unnatürlich langsam; es schien, als ob der Mann ins Koma fallen würde. Wenn Nicholas sich nicht irrte, erschien eine schwache bläuliche Färbung auf Watanabes Lippen. Nicholas wollte gerade loslaufen, um einen Krankenwagen zu rufen, als er die Finger der rechten Hand des Technikers bemerkte. Sie waren wie die einer Kralle nach innen gebogen.

Beunruhigt bog er schnell die verkrampften, steifen Finger zurück, um einen Blick auf die Handfläche zu werfen. Die gleichen Symptome hatte er bei einem Mann, der am Strand von Vung Tau südlich von Saigon gelegen hatte, schon einmal gesehen. Er starrte auf Watanabes Handfläche, und bald fand er, was er gesucht hatte: eine kleine Stichwunde, die an den Rändern dunkelblau verfärbt war.

Er erinnerte sich an die seltsam zusammengekrallte Hand des Tauchers, der bei Vung Tau angespült worden war. Der Mann war bereits tot gewesen und hatte keinerlei Aufmerksamkeit erregt.

Von einem einheimischen Fischer hatte Nicholas erfahren, daß der unglückselige Mann von einem Banh Tom gestochen worden war. Hinter der harmlos klingenden Bezeichnung ›Hummerkrabben-Pfannkuchen‹ verbarg sich eine hochgiftige Rochenart, die in den Gewässern der Andamanen und im Südchinesischen Meer beheimatet war. Die gestreifte Haut des Rochens ließ sich kaum von der einer Hummerkrabbe oder vom Meeresboden unterscheiden, wo das Tier getarnt und flach wie ein Pfannkuchen auf der Lauer lag, bis sich eine Gelegenheit ergab, seine Beute zu lähmen und zu töten.

Wahrscheinlich hatte der Taucher nach einem besonders schönen Gehäuse auf dem Meeresboden gegriffen und ein schlechtes Los gezogen, als er den Banh Tom berührt hatte. Der Rochen hatte ihn in die Hand gestochen. Der Fischer hatte Nicholas auf die Handfläche des Tauchers aufmerksam gemacht. »Sehen Sie sich die Wunde an. Der bläuliche Punkt ist der Beweis für die Vergiftung.«

Kappa Watanabe war das Gift eines Banh Tom mit einer kleinen Nadel in die Handfläche injiziert worden. Warum? Nicholas löste mit dem Fingernagel die Haut an der Wunde. Dann beugte er sich über den Mann und begann, die Wunde so sorgfältig wie möglich auszusaugen. Er spuckte das Gift auf den Fußboden. Dann streifte er seine Krawatte ab und wickelte sie als Aderpresse um Watanabes Handgelenk. Hatte er genug getan, um das Leben des Mannes zu retten? Es gab nur einen Weg, um sich zu vergewissern.

Er beugte sich erneut über Watanabe, schloß die Augen und öffnete sein *tanjian*-Auge. Die Welt schien sich zu verfinstern, während Nicholas in den Zustand des *tau-tau* eintauchte. Die Dunkelheit fiel wie ein Schleier auf ihn herab. Er öffnete sich ganz *akshara*, dem Pfad des Lichts, dessen Philosophie sich mit der Möglichkeit der Energieumwandlung befaßte, genauer mit der Verwandlung von Gedanken in Taten.

Die Lehre besagte, daß im Zentrum aller Dinge *kokoro* stand, eine Membran, auf der sich wiederholende Rhythmen geschlagen wurden. Wie Kirchengesänge oder Mantras stimulierten diese Rhythmen die Membran *kokoro*, was bei Eingeweihten einen Zustand hervorrief, in dem psychische Energie nutzbar gemacht werden konnte. Letztlich unterschied sich die Praxis des *tau-tau* gar nicht so sehr von der tibetanischen Mystik, der chinesischen Askese oder den Schamanenritualen, wie sie aus den verschiedensten Stammeskulturen bekannt waren. Sie alle bezogen Energie aus derselben uralten Quelle, von der sich die Menschen im Laufe des Zivilisationsprozesses immer mehr entfremdet hatten.

Aber in Nicholas' Augen war die *akshara*-Technik unvollkommen, weil diese esoterische psychische Lehre auch mit den dunklen Elementen des *kshira* verbunden war. *Kshira* war die schwarze andere Hälfte von *akshara*, und durch sie waren viele der Eingeweihten ums Leben gekommen oder wahnsinnig geworden. Nicholas hatte diese furchterregende Entdeckung während seiner tödlichen Auseinandersetzung mit Do Duc Fujiro gemacht. Seit jener Zeit waren sein innerer Kampf und sein verzweifeltes Streben ganz darauf gerichtet, die Gefahren des *kshira* zu überwinden. Er versuchte, es in *akshara* zu integrieren, bevor die Dunkelheit ihn übermannen könnte. Diese Verbindung war unter dem Namen *shuken* bekannt. *Shuken*, die sogenannte Herrschaft, versuchte *kshira* zu verneinen, indem sie es in ein größeres Ganzes einzubinden versuchte, das zumindest teilweise mythisch bestimmt war. Die Schüler des *tanjian* waren sich nicht einig, ob das *tau-tau* jemals eine Ganzheit von Dunkelheit und Licht gewesen war oder überhaupt sein sollte. Diese Skeptiker zweifelten daran, daß das Phänomen *shuken* je existiert hatte.

Aber Nicholas mußte daran glauben, weil er sich der großen Gefahr bewußt war, die wie eine giftige Blume in ihm wuchs. Jedesmal, wenn er in den Zustand des *akshara* versank, verteilten sich mehr Bestandteile des *kshira* in seiner Psyche. Bald – das wußte er – würde es zu spät für ihn sein, wenn er nicht den Weg zu *shuken* fand. *Kshira* würde ihn wie seinen *tanjian*-Lehrer Kansatsu als Opfer fordern.

Nicholas hörte die widerhallenden Echos von Geräuschen, die sich in der Flüssigkeit der Zeit verteilten. Er fühlte sich, als ob er in tiefes Wasser getaucht wäre und wie die Wale Botschaften über große Entfernungen empfangen könnte. Die Geräusche waren so eindringlich, daß er sie fast körperlich auf der Haut spürte. Die Welt schien gleichzeitig nah und weit entrückt zu sein, und die Realität glich einer Schale, aus der Nicholas ein einzelnes Element herausgreifen konnte, um es mit einem einzigen forschenden Blick zu analysieren: eine Stimme, den Flug eines Insekts, den Weg eines Fahrzeugs.

In diesem Zustand gelangte er in das Innere der Welt und konzentrierte sich ganz auf Watanabes Psyche, an die er sich, wie das Neunauge an die sandpapierartige Haut des Haifisches, heftete. Er war dem Techniker jetzt ganz nahe und – obwohl dieser das nicht wissen konnte – ein Teil von ihm. Und Nicholas erkannte, daß der Mann im Sterben lag. Das Gift, das man ihm injiziert hatte, war weitaus konzentrierter als die in der Natur vorkommende Substanz. Ein großer Teil des gefährlichen Stoffes hatte bereits die Barriere der Aderpresse überwunden und war in Watanabes Blutkreislauf eingedrungen.

Nicholas untersuchte das Blut des Technikers mit methodischer Genauigkeit, ganz so, wie Kansatsu es ihn gelehrt hatte. Er beobachtete das Verhalten des Nervengifts im

Blutkreislauf, dann isolierte er die erforderlichen Substanzen. Er versetzte seinen Geist in die verschiedenen Organe von Watanabes Körper und in dessen Gehirn. Schließlich stimulierte er die Produktion von Antikörpern, Hormonen und neuronalen Substanzen, die auf natürlichem Weg die Wirkung des Gifts neutralisieren würden. Erst als er ganz sicher war, daß sich der körperliche Zustand des Technikers stabilisiert hatte, kehrte er in das kühle und monochrome Licht der gewöhnlichen Wirklichkeit zurück.

Nachdem Nicholas endgültig aus dem tranceartigen Zustand des *tau-tau* aufgewacht war, benachrichtigte er die Sicherheitsbeamten. Drei Männer kamen herbeigeeilt, und Nicholas befahl ihnen, Watanabe in die firmeneigene Krankenstation zu bringen. »Legen Sie Eis auf die Wunde, sobald Sie ihn hochgeschafft haben«, beauftragte er einen der Sicherheitsbeamten. »Wenn der Krankenwagen kommt, erzählen Sie den Ärzten, daß der Mann mit einer nervenlähmenden Substanz vergiftet worden ist. Sie und einer Ihrer Kollegen müssen ständig bei ihm bleiben, auch im Krankenhaus. Weichen Sie nicht von seiner Seite. Alles klar?«

»Ja, Sir«, antwortete der Sicherheitsbeamte, während sich die Türen des Lifts bereits zu schließen begannen. Nicholas rannte auf den Privataufzug zu, schloß die Tür auf und drückte den Knopf zur vierzigsten Etage. Eiskalte Angst schnürte ihm die Kehle zu. Watanabe hätte die Abteilung für Forschung und Entwicklung eigentlich gar nicht verlassen dürfen. Was hatte er in der Herrentoilette des Zwischengeschosses zu suchen gehabt, genau zu der Zeit, als auch der Amerikaner McKnight sich dort aufhielt? Nicholas hatte einen Verdacht, aber er brauchte eine Bestätigung, und die würde er nur an Watanabes Computer-Terminal erhalten.

Die Tür des Lifts öffnete sich, und er betrat den Korridor der Abteilung für Forschung und Entwicklung der Sato International. Er fand den Aufseher der Nachtschicht und klärte ihn in groben Zügen über die Ereignisse auf. »Verstärken Sie die Sicherheitsmaßnahmen«, sagte er. »Der Korridor muß Tag und Nacht bewacht werden. Ich werde mich jetzt mit Watanabes Computer beschäftigen, und wahrscheinlich werde ich ihn vom Netzwerk trennen. Sorgen Sie bitte dafür, daß die interne Alarmvorrichtung ausgeschaltet wird.«

»Ja, Sir«, antwortete der verblüffte Mann. »Sofort.«

»Und schicken Sie mir den Mann, der für die Übertragung der Daten verantwortlich ist.«

»Das war Watanabe-san.«

»Dann eben seinen Vorgesetzten. Sagen Sie ihm, daß ich ihn in Watanabe-sans Büro erwarte.«

»Ich werde Matsumura-san sofort benachrichtigen.«

Nicholas folgte dem Weg, den der Aufseher ihm beschrieben hatte, und fand ohne Schwierigkeiten Watanabes Büro. Der Computer des Technikers war eingeschaltet. Der Monitor zeigte, daß der Transfer der CyberNet-Daten noch nicht beendet war. Aber als Nicholas das Menü der Hauptdatenbank öffnete und seinen eigenen Zugangscode eingab, stellte er fest, daß die Daten bereits an die Zentrale überspielt worden waren. Das bedeutete, daß es trotz aller Sicherheitsvorkehrungen irgend jemandem gelungen war, eine unautorisierte Kopie der gesetzlich geschützten CyberNet-Daten anzufertigen.

Nicholas kehrte in Watanabes Programm zurück und sah, daß es vom Netzwerk der Abteilung für Forschung und Entwicklung abgetrennt war. Irgendwie war es Watanabe gelungen, die CyberNet-Daten innerhalb seines eigenen Programms laufen zu lassen. Er war also in der Lage gewesen, eine Kopie auf Disketten zu überspielen. Theoretisch hätte dies eigentlich unmöglich sein sollen. Nicholas' technische Berater in den Vereinigten Staaten hatten ihm versichert, daß die ihm übersandte Programmversion mit einer Verschlüsselung versehen sei, die unberechtigtes Kopieren unmöglich mache. Andererseits konnte er nicht widerlegen, was er hier mit seinen eigenen Augen sah. Watanabe hatte einen Weg gefunden, um den Kopierschutz zu knacken.

»Linnear-san?«

Ein dünner, bleicher und fast glatzköpfiger Mann mit Nickelbrille hatte den Raum betreten. »Ich bin Junno Matsumura.«

»Sie sind Watanabe-sans Vorgesetzter?«

»Ja, Sir.«

Nicholas machte ihn mit den jüngsten Erkenntnissen vertraut.

Matsumuras Augen weiteten sich hinter den Brillengläsern. »Ich kann es einfach nicht glauben.«

»Ich auch nicht. Aber ich habe herausgefunden, daß Watanabe-san sein Terminal vom Netzwerk abgekoppelt hat. Können Sie mir sagen, ob das zu diesem Zeitpunkt noch für einen anderen Computer zutraf?«

»Lassen Sie mich nachsehen.« Matsumura beugte sich über das Terminal, und er benutzte die Trackball-Maus mit wachsender Geschwindigkeit, um die zentralen Datenbänke zu analysieren. »Nein, Sir. Nur dieser Computer war vom Netz getrennt.«

Das Atmen fiel Nicholas jetzt wieder etwas leichter. Was immer Watanabes Plan war, er hatte auf eigene Rechnung gearbeitet. Jetzt wurde Nicholas auch klar, warum Watanabe die Herrentoilette im Zwischengeschoß aufgesucht hatte: Er hatte Cord McKnight eine Kopie der TransRim-CyberNet-Daten übergeben.

»Soll ich die Daten im Hauptspeicher löschen?« fragte Matsumura.

Nicholas dachte einen Moment lang nach. »Ich habe eine bessere Idee.« Er erklärte dem Techniker, was jetzt zu tun war.

»Kein Problem«, antwortete Matsumura eifrig. »Es wird mir ein Vergnügen sein.«

Nicholas ließ ihn allein und machte sich auf den Weg nach unten. Er war zufrieden, als er vor den Aufzügen zwei Sicherheitsbeamte sah. Im Zwischengeschoß sprach er kurz mit einem anderen Mann vom Sicherheitspersonal und erfuhr, daß Watanabe unter strenger Bewachung in ein Krankenhaus gebracht worden war. Nachdem er dem Mann noch einige Anweisungen gegeben hatte, betrat er wieder den Nachtclub. Die Vorführung war bereits beendet, offensichtlich war die Veranstaltung ein voller Erfolg gewesen, und nun widmeten sich die Gäste den Hauptgängen des Festessens. Er entdeckte McKnight, der neben Torin saß und ruhig seine geröstete Taube zerlegte.

Nicholas nahm seinen Platz wieder ein und murmelte einige Entschuldigungen. Koei kannte ihn genau und spürte seine Anspannung, wußte aber, daß sie ihn vor den Gästen nicht fragen durfte, was los sei.

Das Dinner verlief ohne Zwischenfälle. Koei hatte als charmante und perfekte Gastgeberin während Nicholas' Abwesenheit die Gäste unterhalten. Nun übernahm er seinen Part, ließ dabei aber die ganze Zeit über McKnight nicht aus den Augen. Wie zu erwarten gewesen war, zeigten die Minister sich von dem digitalen Video-Netzwerk natürlich begeistert. Nach dem Reinfall mit dem High Definition TV waren sie erleichtert über den erfolgreichen Start eines japanischen Projekts.

»Wo haben Sie denn Ihre Krawatte gelassen, Linnear-san?« fragte Kanioji Nakahashi. Er war ein führender Abgeordneter der Sozialistischen Partei in der *Diet*, dem japanischen Parlament.

»Ich habe meine Serviette verloren, Nakahashi-san, und mußte mir das Taubenfett aus den Mundwinkeln wischen, bevor mir der Amerikaner McKnight Gefräßigkeit vorwerfen konnte.«

Die Gäste am Tisch lachten laut, besonders Nakahashi, der einen guten Witz auf Kosten des Amerikaners noch mehr als die anderen zu schätzen wußte.

Bald waren die Teller geleert, und anschließend wurde der Nachtisch zusammen mit Kaffee und Spirituosen serviert. Die Unterhaltungen entsprachen der Art von sinnlosem Small talk, den man auf allen Empfängen in der ganzen Welt hören kann.

Es war nach elf Uhr, als die Gäste sich zu verabschieden begannen. Nicholas hatte Koei heimlich die Autoschlüssel in die Hand gedrückt und ihr ins Ohr geflüstert, daß er spät nach Hause kommen werde. Unauffällig folgte er McKnight, wobei er sich im allgemeinen Gedränge verborgen hielt. Die Gäste strömten in den Zwischenstock und stiegen die breite Metallwendeltreppe zum Foyer hinab.

Draußen hatte sich der Regen in Nebel verwandelt. Dennoch öffneten sich viele Schirme, während die Gäste darauf warteten, daß ihre Autos und Limousinen vorfuhren.

McKnight machte keine Ausnahme. Er ging auf den Bordstein zu und nahm seinen weißen BMW in Empfang. Währenddessen suchte Nicholas den Sicherheitsbeamten, mit dem er zuvor gesprochen hatte. Er fand ihn etwas abseits vom bevölkerten Gebäudeeingang, wo der Mann neben einem großen schwarzen Kawasaki-Motorrad mit futuristischem Design stand.

»Ihr Motorrad ist startklar, Sir«, sagte der Mann vom Sicherheitspersonal. »Ich habe die Maschine aus der Garage geholt, sie aufgetankt und anschließend warmgefahren.«

»Haben Sie auch das Päckchen?«

»Matsumura-san hat es mir persönlich gegeben.« Der Wachtposten überreichte ihm ein kleines Styropor-Paket. »Er glaubt, daß Sie mit dem Ergebnis mehr als zufrieden sein werden.«

Nicholas bedankte sich und setzte den Helm auf, der an der Lenkstange hing. Er trat aufs Gaspedal und folgte McKnights weißem BMW. Der Amerikaner saß allein im Auto.

Nicholas wahrte etwas Abstand, während er McKnight durch die verstopften Straßen von Tokio folgte. In der Masse von Motorradfahrern fiel er nicht weiter auf. Jugendliche, Joyrider und Bandenmitglieder rasten durch die regennassen Straßen, die vom Motorenlärm der PS-starken Maschinen erfüllt waren. Hin und wieder zeigte sich ein bleicher, zunehmender Mond hinter der dünnen Wolkendecke. Es war immer noch neblig.

Anscheinend steuerte McKnight auf die stark befahrene Ginza zu. Die Kreuzung der Ginza und der Yon-chome-Straße war so groß, als wäre sie der Mittelpunkt der Welt. Nicholas wußte, daß er McKnights Spur an dieser Kreuzung verlieren könnte. Aber McKnight bog vor der breiten Avenue ab und steuerte auf einen anderen Stadtteil von Shinjuku zu.

In der heruntergekommenen Gegend von Kabukicho überquerte das Auto die Eisenbahnschienen und bog dann plötzlich ab. Mit quietschenden Bremsen und auf dem feuchten Asphalt hin und her schleudernd, verschwand der BMW in einer engen Seitenstraße.

Nicholas folgte ihm in die Straße, die die Einwohner von Tokio shomben-yokocho nannten. Hier gab es Oben-ohne-Bars, billige Nachtclubs mit obszönen Sexshows und nicht besonders saubere *yakitoris*, die einen ebenso trüben Anblick boten wie die draußen vorbeitreibenden Passanten. Nicholas sah, daß der weiße BMW einen halben Häuserblock weiter von einem Portier übernommen wurde. Er hatte nicht gewußt, daß die Etablissements der shomben-yokocho solche Dienstleistungen anboten.

Nachdem er sein Motorrad geparkt hatte, schlenderte er die Straße hinab. In welcher Spelunke war McKnight verschwunden? In den Bars standen die Menschen so dicht gedrängt, daß sie von der Straße aus nicht zu unterscheiden waren, und er hatte nicht die Zeit, seine Nase in jede Kaschemme zu stecken.

Aber es gab noch einen anderen Weg.

Er versenkte sich wieder in den Zustand des *akshara*, und die Realität verschwand wie ein beiseite geschobener Traum. Nicholas sah einen Strahlenkranz von Farben, die bald unter dem Einfluß des inneren Lichts verblaßten. Und dann erblickte er McKnight, der die schäbige, verräucherte, von zweifelhaften Animierdamen bevölkerte Bar durchquerte, die von dunklen Wirbeln sich vermischender Gespräche erfüllt war.

Er beobachtete McKnight, wie er sich einen Weg zwischen den Tischen bahnte, an denen Transvestiten, Geschäftsleute und erlebnishungrige Touristen saßen. Der Amerikaner setzte sich an einen kleinen Ecktisch, an dem der Vietnamese Nguyen Van Truck bereits auf ihn wartete. McKnight bestellte einen Whisky.

Nicholas betrat den Nachtclub. Er hieß Deharau, was bedeutete, daß man nichts mehr zu verlieren hatte.

Der Drink wurde serviert, McKnight stürzte ihn hinunter und bestellte noch einen.

»Haben Sie beim Empfang nicht genug zu trinken gekriegt?« fragte Nguyen ironisch.

McKnight blickte ihm in die Augen. »Ich weiß nicht, wie es bei Ihnen aussieht, Kollege, aber Mord ist nicht gerade mein tägliches Geschäft.«

Nguyen spitzte die Lippen. »Ihr Amerikaner seid so wählerisch. Ich habe es Ihnen ja gesagt. Ich hätte die Sache übernehmen sollen.«

McKnight leerte das zweite Glas. »Und ich habe Ihnen erzählt, daß dieses Geschäft nur mich und Watanabe etwas anging. Er hätte sich mit Ihnen nie eingelassen.«

»Jetzt sieht man ja, was es ihm eingebracht hat, einem Amerikaner zu vertrauen.« Nguyen mußte lachen. Diese Amerikaner waren so aufrichtig in allem, was sie sagten und taten. Dann wurde er wieder ernst. »Watanabe hätte es besser wissen sollen.«

Damit war der unterhaltsame Teil des Gesprächs beendet.

Nguyen beugte sich vor. »Waren Sie erfolgreich?«

Ein Kellner mit großen falschen Brüsten und einer Dolly-Parton-Perücke brachte McKnight den dritten Whisky. Die beiden Männer warteten, bis sie wieder allein waren und die Geräuschkulisse des Lokals ihr Gespräch abschirmte.

»Ja, ja. Natürlich.« McKnight spürte den stimulierenden Adrenalinstoß, der dann einsetzt, wenn man dem Tod direkt ins Auge gesehen hat. Er genoß es, den Spieß umzudrehen. Im Moment hielt er – und nicht der Vietnamese – alle Trümpfe in der Hand, und er würde die Situation bestmöglich zu seinen Gunsten ausschlachten. Nicholas, der seine Beute beobachtete, wußte, daß der Amerikaner sich verplappern würde, und konzentrierte sich noch stärker auf das Gespräch.

»Ich befolge nur Befehle. Mein Chef verlangt . . .«

»Ich *weiß*, was Ihr Boß will«, sagte McKnight mit einem höhnischen Lächeln. »Und ich habe es.«

»Zeit spielt eine wichtige Rolle.«

»Tatsächlich?« McKnight streckte seine langen Beine aus. »Warum?«

»Das geht Sie nichts an.«

»Nein?« McKnight zündete sich eine Zigarette an und beobachtete, wie der Rauch langsam zur Decke emporstieg. »Aber ich bin in der Lage, Ihrem *Vorgesetzten* zu helfen.«

»Sie sind nur angeheuert worden, um einen Auftrag zu

erledigen. Wenn Sie erfolgreich waren, werden Sie auch bezahlt. Und wir zahlen gut, wie Sie wissen. Andernfalls . . .«

»Jetzt hören Sie mal gut zu, Laufbursche«, zischte McKnight plötzlich. »Ich bin *Amerikaner*, verstanden? Und Sie werden nicht länger so mit mir reden. Niemand erlaubt sich das, selbst Ihr Boß nicht. Ich habe es satt, im Abseits zu sitzen und von Typen mit Kleingeld abgefunden zu werden, die selbst Millionen bei Optionsgeschäften an der Börse kassieren. Ich habe den Schlüssel zum Geschäft und will beteiligt werden.«

»Die Daten, bitte«, sagte Nguyen hart.

»Alles zu seiner Zeit. Ich verlange ein Treffen mit Mick Leonfor . . .«

»*Bitte*, keine Namen«, sagte Nguyen mit Nachdruck.

McKnight lachte. »Oh, ich spiele zwar nicht den guten kleinen Spion, aber Ihr Interesse habe ich erregt, oder?« Er ließ sich den Zigarettenrauch durch die Nasenlöcher entweichen. »Andererseits, wer kann uns hier schon belauschen? Nur eine Horde japanischer Schwuler mit Perücken und Lidschatten.« Er lachte laut los. »Seien Sie vorsichtig, Van Truc, sonst kriegen Sie noch ein paar falsche Brüste um die Ohren.«

»Und trotzdem werden Sie keine Namen mehr nennen, ist das klar?«

»Erzählen Sie mir, warum Ihr Boß die Daten so schnell braucht.«

Bei der Erwähnung des Namens Mick Leonforte war Nicholas zur Statue erstarrt. Die Befriedigung, einen Spion und Dieb entdeckt zu haben, war plötzlich verschwunden. Statt dessen sah er jetzt einen dunklen, leeren Raum, in den er nicht zu blicken wagte. Während des Vietnamkrieges war Mick von einer Gruppe von Spionen angeheuert worden, die im Pentagon arbeiteten. Er hatte die wichtige Drogenzufuhr aus den Shan-Staaten sichern sollen. Sie hatten ihn ins Ödland von Laos geschickt, wo Mick sofort den Drogenhandel organisiert hatte und dann verschwunden war. Später hatte er sich mit Rock und einem Vietnamesen namens Do Dur zusammengetan. Gemeinsam hatten sie Floating City in den nahezu unzugänglichen Berggebieten von Vietnam aufgebaut, um hier ein Vermögen zu horten. Sie hatten regelmäßig gigantische Waffenmengen an die wachsende Zahl von Kriegsherren in aller Welt verkauft.

Nicholas hatte geglaubt, daß Mick verbrannt oder nach der Torch-Explosion in Floating City durch radioaktive Strahlung ums Leben gekommen sei. Jetzt wußte er, daß Mick lebte und hinter dem Diebstahl der TransRim-Daten stand. Seine Gedanken wurden durch dieselbe merkwürdige Starre gehemmt, die er empfunden hatte, als er Mick in Floating City zum erstenmal persönlich begegnet war.

»Das ist nicht Ihr Problem«, sagte Nguyen endlich.

»Wie Sie sehen, mache ich die Sache aber zu meiner Angelegenheit.« McKnight streifte die Asche seiner Zigarette ab. »Und ich habe die Garantie, daß ich bekomme, was ich will.«

»Wir haben Sie nicht angeheuert, damit . . .«

»Ich habe die Spielregeln geändert, Dreckskerl. Sehen Sie zu, wie Sie damit fertig werden.«

Nguyen machte eine kleine Pause und ließ seinen Blick durch die überfüllte Bar schweifen. Seine Stimme war fast nur noch ein Flüstern, und McKnight mußte sich weit über den Tisch beugen, um ihn zu verstehen. »In Ordnung. Aber ich bitte Sie, nicht hier darüber zu reden. Ich kenne einen Ort, wo wir unter uns sind.« Er warf etwas Kleingeld auf den Tisch, und dann erhoben sie sich von ihren Stühlen.

Als sie auf die Straße traten, war Nicholas nirgends zu sehen. Er stand im Eingang eines Sexclubs und beobachtete den rennenden Diener, der den weißen BMW holen sollte.

»Haben Sie einen Wagen dabei?« hörte er McKnight fragen.

»Ich bin mit dem Taxi hergekommen«, antwortete Nguyen. »Um mich freier bewegen zu können.«

Während sie in den Wagen stiegen, spähte Nicholas hinter einem mit Fotos von Tänzerinnen vollgepfropftem Schaukasten hervor.

Der Motor des Wagens wurde angelassen, Nicholas überquerte die Straße und bestieg die Kawasaki. Seine Psyche war noch immer auf McKnight konzentriert, und er folgte den beiden mit einigem Abstand, während Nguyen dem Amerikaner den Weg wies. Sie fuhren in östliche Richtung, in die Gegend des vornehmen Shinbashi-Bezirks, wo noch immer Geishas ihre verfeinerten Dienste anboten. Aber zu Shinbashi gehörte auch der riesige Tsukiji-Fischmarkt am Ufer des breiten Sumida-Flusses. Der Mond wurde von sich verdichtenden Wolken verdeckt, und die Lichter der Stadt sahen aus wie phosphoreszierendes Plankton im Meer. Sie wirkten weiß und ätherisch und schienen in der tintenschwarzen Nacht von Heiligenscheinen umgeben zu sein.

Nicholas beobachtete, wie McKnight den Wagen am Wasser parkte. Die beiden Männer gingen über den Kai und bestiegen dann ein kleines Boot. Nicholas war jetzt physisch von den beiden abgeschnitten und allein auf seine psychische Verbindung zu McKnight angewiesen, während er ein Boot suchte.

Doch er konnte keines finden, daher rannte er parallel zur Fahrtrichtung des Boots durch die glitschigen und verlassenen Straßen des Marktbezirks. Direkt hinter dem Markt, wo nur noch Lichter auf der anderen Seite des Flusses zu sehen waren, drosselte Nguyen den Motor des Bootes, bis sich nur noch kleine Kräuselungen des Wassers vor dem Bug bildeten.

Nicholas, wieder tief im Zustand des *akshara* versunken, hörte die Stimmen der beiden Männer fast so deutlich, als stünden sie direkt neben ihm.

»Schluß jetzt«, sagte McKnight. »Noch privater geht's in Tokio nun wirklich nicht. Nun sagen Sie mir . . .«

Nguyen bewegte sich vorsichtig zur Mitte des Bootes und versetzte dem Amerikaner einen harten Hieb gegen die Halsschlagader. McKnight fiel wie von der Axt gefällt in Nguyens Arme.

Während der Vietnamese systematisch McKnights Taschen untersuchte, rannte Nicholas über den Kai. Er war immer noch ein gutes Stück vom Tatort entfernt, und es ging nicht mehr darum, rechtzeitig, sondern nur noch darum, überhaupt dort anzukommen.

Nguyen war ein Profi, und McKnight war nicht besonders clever gewesen. Der Vietnamese fand die Diskette mit den gestohlenen TransRim-Daten innerhalb weniger Augenblicke, während der Amerikaner noch immer bewußtlos war. Die Diskette war hastig im Schulterpolster von McKnights Smokingjacke versteckt worden.

Nguyen packte die Diskette ein. Er packte den Amerikaner bei der Jacke und schleifte ihn über das Boot. Er spreizte die Beine, um das unvermeidliche Schwanken des Boots auszugleichen, und tauchte den Kopf seines Opfers dann ins Wasser.

Nicholas spürte einen eisigen Schauer in seiner Psyche und verdoppelte seine Anstrengungen. Er rannte über den Kai, durch die Lichtreflexionen der Straßenlaternen, die aussahen, als ob eine Handvoll kleiner Monde vom Himmel herabgeworfen worden wäre.

Auf dem Fluß hielt Nguyen das Genick des Amerikaners noch immer mit einer Hand fest. Dann begann der Vietnamese ein Lied zu pfeifen. Nicholas erkannte die Melodie eines Stückes von Jacques Brel, das von der Entmenschlichung in Kriegszeiten handelte. Der Text verdichtete diese Botschaft im Bild einer Hure, die mit gespreizten Beinen auf dem Boden lag und den wartenden Soldaten ›Der nächste, bitte‹ zurief.

Die Melodie bildete eine greifbare Verbindung in der Dunkelheit, eine Nabelschnur, die ihn mit dem schrecklichen Mord auf dem Wasser verband. Er kam jetzt näher und spürte die Bedrohung durch den Tod – nicht seinen eigenen, sondern McKnights Tod. Es war ein verwirrendes und unheimliches Gefühl, wie eine Fliege auf der Schulter des Todes zu sitzen, der ein neues Opfer forderte. Nicholas war gleichzeitig mit McKnights Psyche und mit dem Tod verbunden, der den Amerikaner bald holen würde. Er spürte die Kälte und Dunkelheit, und es war, als ob sie sich auf eine unsichtbare Leere zubewegten.

Die Luft wurde von einem Geräusch erfüllt, als ob ein Winterwind durch einen Wald aus Eiszapfen fegte. Dieser Klang verband sich mit dem Lied, das Nguyen pfiff, und es entstand eine völlig andersartige Melodie, die unerwartet in eine dunkle Symphonie mündete.

Nicholas wußte, daß dies McKnights Todessekunde war.

Etwas in ihm schrie oder seufzte und verließ mit seinem letzten Atemzug den Körper wie Licht, das aus einem Labyrinth befreit wird. Nicholas' Herz klopfte so heftig, daß er einen Schmerz in der Brustgegend spürte. Er bekam keine Luft mehr und taumelte einen Moment lang mit zusammengekniffenen Augen.

Die Reinheit des Klangs war vollkommen und stellte seine Verbindung zum Boot dar, das still über das schwarze, sich leicht kräuselnde Wasser glitt, vorbei an riesigen Fassaden. Mit leeren Augen starrten die den Tod an, der sich schweigend über das Wasser gestohlen hatte.

Als das Geräusch ohne das geringste Echo verschwunden war, fühlte sich Nicholas ganz klein. Vielleicht lag es nur daran, daß die psychische Verbindung so abrupt unterbrochen worden war, aber Nicholas vermutete, daß mehr dahintersteckte. McKnight war tot, und er hatte nichts tun können, um den Mord zu verhindern. Seine Enttäuschung vermischte sich mit dem Gedanken, daß selbst ein Bastard wie McKnight einen solchen Tod nicht verdient hatte.

Jetzt war da nur noch der Vietnamese Nguyen, der sich vergewisserte, ob McKnight auch wirklich tot war. Er beschwerte die Leiche mit Betonblöcken, warf sie über Bord und fuhr weiter.

Nicholas mußte sich jetzt mit Nguyen auseinandersetzten. Aber wie? Der Vietnamese kehrte nicht zu den Docks von Tsukiji zurück, sondern setzte seinen Weg auf dem Fluß fort, was Nicholas in dem Verdacht bestärkte, daß er die ganze Sache von vornherein geplant hatte. Er hatte ein Taxi nach Kabukicho genommen, wo das Boot mit den Betonblöcken im Schiffsrumpf bereits wartete. Nicholas war sich sicher: Auch wenn McKnight nicht auf den Vorschlag eingegangen wäre, hätte Nguyen einen Weg gefunden, ihn irgendwie an Bord des Bootes zu bringen. Wie auch immer die Sache gelaufen wäre, es hatte von vornherein festgestanden, daß McKnight diese Nacht nicht überleben würde.

Nicholas atmete tief durch. Er war jetzt an der Stelle, wo der Amerikaner eben ermordet worden war. Wieder versetzte er sich in den Zustand des *akshara* und sah, wie der dunkle Körper in den Schlick des Sumida hinabsank, aus dem er nie wieder auftauchen würde. Wo immer Nguyen auch hinfuhr, Nicholas konnte sicher sein, daß er irgendwann an Land gehen würde. Er knirschte mit den Zähnen, während er weiter an den in Nebel getauchten Straßenlaternen entlang hinter Nguyen herrannte und nichts mehr vor sich sah als die Mission, die er erfüllen mußte.

Margarite Goldoni DeCamillo verließ ihren blitzenden neuen Lexus an der Kreuzung der Park Avenue und der 47. Straße. Auf dem Grünstreifen waren einjährige Bäume eingepflanzt worden, und die Ginkos und englischen Platanen wurden langsam grün. Trotz des späten Nachmittags war das Licht noch intensiv. Das war ein deutliches Anzeichen dafür, daß der Frühling vor der Tür stand, selbst wenn noch immer ein kühler Wind um die Ecken der Wolkenkratzer pfiff. Sie befahl Frankie, ihrem bewaffneten Fahrer, auf sie zu warten, und betrat dann in Begleitung ihres Leibwächters Rocco das Hochhaus aus Stahl und Glas.

Auf dem Weg in den sechsunddreißigsten Stock hatte sie etwas Zeit, ihre Gedanken zu sammeln. Auch wenn es sich nur um eine kurze Frist handelte, war es eine Wohltat, denn während der letzten fünfzehn Monate hatte sie kaum Zeit gefunden, sich um ihre Geschäfte zu kümmern. Seit der brutalen Ermordung ihres Bruders Dominic Goldoni war sie mit schwindelerregendem Tempo in den Mahlstrom seines Lebens hineingezogen worden, das ihr völlig fremd und unvertraut war. Dom hatte zwar sein Bestes getan, um sie über alles zu informieren, und er hatte sie auch seinen wichtigsten Kontaktpersonen in New York und Washington vorgestellt. Dennoch war sie auf die macchiavellistischen Machtkämpfe überhaupt nicht vorbereitet gewesen, die entbrannt waren, als sie die Funktion des Chefs aller Familien der Ostküste übernommen hatte. Ihr Ehemann Tony D., ein sehr erfolgreicher Rechtsanwalt, dessen Klienten aus dem Showbusineß stammten, hatte ihr als Tarnung gedient. Nur zum Schein hatte Dom ihn zu seinem Nachfolger erklärt. Tatsächlich war es Margarite, die wie ein Geist im Hintergrund die Fäden zog. Sie hatte nicht nur für den Frieden zwischen ihren eigenen Familien gesorgt, sondern gleichzeitig die Angriffe von Doms erbittertstem Feind, Bad Clams Leonforte, zurückschlagen müssen, der nach Doms Tod machtlüstern versucht hatte, sein Terrain von der Westküste in Richtung Osten auszudehnen. Trotz Margarites Protesten und Verteidigungsbemühungen hatte er es in den letzten Monaten geschafft, Chicago und einige Familien des Mittleren Westens unter seine Kontrolle zu bringen. Margarite wußte, daß er es nicht gewagt und nie Erfolg gehabt hätte, wäre Dom noch am Leben gewesen. Immer spürte sie jetzt den bitteren Geschmack von Galle im Mund, wenn sie sich mit der Tatsache auseinandersetzte, daß sie ihren Bruder enttäuscht hätte und auch gegenüber den Familien gescheitert war, für die er früher gesorgt hatte.

Der Lift hielt an, und während sich die Türen öffneten, ertönte eine kleine Klingel. Sie ging mit Rocco durch den grau und beige gestrichenen Korridor auf die Büros der Serenissima zu, ihrer äußerst erfolgreichen Kosmetikfirma. Die schwere Last, die Dom auf ihren Schultern abgeladen hatte, empfand sie beinahe körperlich. Wie sehr hatte sie die Freude vermißt, sich ihren eigenen Geschäften zu widmen, den zahllosen täglichen Entscheidungen, die notwendig waren, um das Unternehmen auf Kurs zu halten. Sie hatte die Erfolge vermißt und sogar die Fehlschläge, die auch wichtig waren, weil sie einen Teil des Lernprozesses bildeten.

Serenissima war einst ein kleines Versandunternehmen gewesen, das nur von zwei Personen betrieben wurde. Zusammen mit ihrem Partner Rich hatte sie daraus ein blühendes und international erfolgreiches Unternehmen gemacht. Die Firma betrieb jetzt eigene Boutiquen in den Kaufhäusern Barneys, Blomie's, Bergdorf und Saks in New York, und eine neu gegründete Unterabteilung schloß im ganzen Land Franchise-Geschäfte ab. Die Franzosen liebten die Produkte der Firma, und bei den Italienern und Japanern sah es nicht anders aus. Noch in diesem Jahr sollte eine Großoffensive in Deutschland gestartet werden, und es gab bereits Pläne, danach die Länder des ehemaligen Ostblocks zu erobern.

Zum Glück habe ich Rich, dachte sie. Er hatte sich um die Firma gekümmert, während sie mit Bad Clams kämpfte und die Geschäftsbeziehung zu Mikio Okami pflegen mußte.

Die Büros der Serenissima waren dezent und elegant eingerichtet mit farblichen Tönen, die zwischen Gold und Altrosa changierten. Die Möbel im Empfangsbereich waren tatsächlich bequem – Margarite hatte darauf bestanden. An den Wänden hingen riesige Hochglanzfotos eines international bekannten Models, das sie und Rich als alleinige Galionsfigur für die Firma ausgewählt hatten. Das Model war von Anfang an dabeigewesen und hatte durch seinen Wiedererkennungswert die Produktlinie des Unternehmens geprägt. Wie Lancôme hatten sie sich entschieden, die jeweils aktuellen Modetrends zu ignorieren. Einmal war der mondäne Typ bei den Models gefragt, im Jahr darauf war dann der verluderte Stil der letzte Schrei. Von all dem blieb das Unternehmen Serenissima unberührt, dessen Nettoprofite bei jährlich fünfundzwanzig Prozent lagen.

Rich erwartete sie bereits im Konferenzraum, der durch seine Wandleuchter und die schweren Vorhänge geprägt wurde. Die Bücherregale reichten vom Fußboden bis zur Decke, und es gab auch Gesimse im europäischen Stil, die Margarite sich gewünscht hatte. Der Raum wurde durch einen glänzenden, bumerangförmigen Teakholztisch beherrscht. Dahinter befand sich eine große Anrichte, auf der eine Kaffee- und Cappuccinomaschine der Firma Braun, zwei Karaffen mit Eiswasser und eine Flasche Sambuca standen. Hinter den mit Schnitzarbeiten verzierten Teakholztüren verbargen sich ein Kühlschrank und eine gutbestückte kleine Speisekammer. Man konnte ja nie wissen. Die Erfahrung hatte sie gelehrt, daß geschäftliche Beratungen den ganzen Tag über und bis tief in die Nacht dauern konnten.

Rich sprang auf, als sie die Doppeltüren öffnete und den Raum betrat. Sie warf einen letzten Blick auf ihren Leibwächter, der vor dem Konferenzraum Position bezog. Sie hoffte, daß einmal die Zeit kommen würde, da keine Leibwache mehr erforderlich war.

»*Bella*, es ist so lange her!« Rich umarmte sie und küßte sie nach europäischer Manier auf beide Wangen. »Ich habe mir schon Sorgen um dich gemacht. Du schienst vom Erdboden verschluckt zu sein. Ich hatte es so satt, immer nur mit deinem Anrufbeantworter zu sprechen, daß ich eine Himbeere auf den Hörer gespuckt habe.«

»Ich weiß«, sagte Margarite lachend. »Ich habe das Geräusch in der letzten Nacht gehört, als ich nach Hause kam.« Sie löste sich aus seiner Umarmung. »Es tut mir leid, daß ich dich im Stich gelassen habe, aber . . .«

»Schon gut, schon gut«, sagte er und hob die Hände. »Du hast bestimmt eine stürmische Zeit mit Francine erlebt.«

Sie hatte sich zur Begründung ihrer Abwesenheit für diese Geschichte entschieden, weil sie – wie alle guten Lügen – mehr als nur ein Quentchen Wahrheit enthielt. Ihre halbwüchsige Tochter Francine, die unter den ständigen Streitereien zwischen Margarite und Tony D. gelitten hatte, war depressiv geworden und der Bulimie verfallen. Aber ihre Beziehung zu Lew Croaker, einem ehemaligen New Yorker Polizisten und Nicholas Linnears bestem Freund, schien die Dinge zum Besseren gewendet zu haben. Francines tiefverwurzelte Wut auf ihre Eltern war noch nicht verschwunden, aber unter Croakers Einfluß war sie ihr bewußt geworden. Francine liebte Croaker mit einer Hingabe, die Margarite hin und wieder eifersüchtig machte. Vielleicht liebte auch sie Croaker – wegen seines übertriebenen Sinns für Recht und Ordnung auf eine traurige und ironische Weise –, aber seine harmonische Beziehung zu ihrer Tochter machte sie manchmal fast so verrückt, daß sie sich in den Schlaf weinte. Sie sehnte sich so sehr danach, ein normales und liebevolles Verhältnis zu ihrer Tochter zu entwickeln. Aber sie fragte sich auch, ob das jemals möglich sein würde.

»Es geht ihr wirklich besser, Rich«, sagte sie und setzte sich auf den Stuhl, den er für sie bereitgestellt hatte.

Rich Cooper war ein eleganter Mann. Er beherrschte alle romanischen Sprachen und lernte jetzt Japanisch. Mühelos konnte er sich anderen Kulturen und Denkweisen anpassen, was von vielen fälschlicherweise für Flatterhaftigkeit gehalten wurde. Doch gerade wenn man ihn unterschätzte, verschaffte man ihm einen Vorteil, den er voll ausnutzte. Er war Anfang Vierzig, doch sein ungebändigtes blondes Haar und die lebhaften blauen Augen verliehen ihm eine jugendliche Aura. Rich war klein und muskulös und verfügte über scheinbar unerschöpfliche Vorräte nervöser Energie. Nur er konnte sich fünf Tage bei Mailänder Modeschauen aufhalten, wo er voller Tatendrang seine Arbeit fortsetzte. Er liebte es, zu reisen und neue Leute kennenzulernen, die er dann für sich gewinnen konnte.

Sein Einsatz für Serenissima war immer außerordentlich gewesen, und er war sehr stolz auf den Erfolg des Unternehmens. Von Zeit zu Zeit hatte Rich den Vorschlag gemacht, an die Börse zu gehen, aber Margarite war strikt dagegen gewesen. »Denk doch nur an das zusätzliche Kapital, das in die Firma fließen wird«, hatte Rich dann enthusiastisch ausgerufen. »Eine wahre Lawine, *bella.*« Aber sie hatte den Vorschlag immer abgelehnt. Der Gang an die Börse hätte einen Vorstand, der den Aktionären Rede und Antwort stehen mußte, erforderlich gemacht. Außerdem bestand dann immer die Gefahr, übernommen oder, noch schlimmer, aus dem eigenen Unternehmen hinausgeworfen zu werden.

»Also, klär mich über den letzten Stand der Dinge auf«, sagte Margarite, während sie ihr überfülltes Faxgerät öffnete.

Während der nächsten Stunde informierte Rich sie über die geschäftliche Entwicklung. Der Umsatz war im letzten Vierteljahr um dreißig Prozent gestiegen. In der Abteilung für Forschung und Entwicklung war eine neue Nachtcreme erfunden worden, die die Folgen von übermäßigem Alkoholgenuß und mangelndem Schlaf übertünchte. Die Franchise-Abteilung bestand aus fünfundsiebzig Einzelhändlern, Tendenz steigend. Die deutsche Offensive war erfolgreich verlaufen. Die Zusammenarbeit mit Kaufhof und Karstadt lief großartig, und die beiden ersten selbständigen Boutiquen sollten im Frühling in Berlin und München eröffnet werden. Rich berichtete, daß er gerade mit den deutschen Partnern handelseinig geworden war, die die Boutiquen einrichten und betreuen sollten.

Es gab keinen einzigen negativen Unterton in Richs Erfolgsstory, und doch konnte Margarite, die ihn aufmerksam beobachtete, das Gefühl nicht unterdrücken, daß irgend etwas nicht stimmte. Nervös spielte er mit dem silbernen Pelikan-Kolbenfüller herum, einem Werbegeschenk der deutschen Geschäftsfreunde. Anstatt auf jeden einzelnen Punkt sorgfältig einzugehen und seine ausführliche Darstellung zu genießen, wie es sein gutes Recht gewesen wäre, brachte er die Sache so schnell wie möglich hinter sich.

Als er seinen Geschäftsbericht beendet hatte, versah sie die Papiere mit ihren Initialen und unterschrieb alle Verträge, die er vor ihr ausgebreitet hatte. Dann blickte sie ihn an und fragte unverblümt: »Also, was ist los?«

Einen Moment lang antwortete Rich nicht. Er spielte mit dem Füllfederhalter wie ein Tambourmajor mit seinem Taktstock. Dann schob er abrupt seinen Stuhl zurück und ging zum Fenster. Er zog die Vorhänge auseinander und blickte über die Häuser hinweg auf den Hudson. Dahinter sah man den Dunst der Industriegebiete von New Jersey.

»Rich ...«

»Bei Gott, ich wünschte, daß du nicht zurückgekommen wärest.«

»Wie bitte?«

Er ließ die Vorhänge los und blickte sie an. »Ich hatte den Brief bereits aufgesetzt. Er sollte heute morgen getippt und dann an Tonys Büro geschickt werden.«

Sie stand auf, ihr Herz klopfte. »Was für ein Brief?« Sie sah, wie er tief durchatmete, um sich auf die Situation vorzubereiten, und sie fühlte, wie sich etwas in ihrer Kehle schmerzhaft zusammenzog.

»Ich habe meinen Anteil verkauft, *bella*.«

Margarite starrte ihn benommen an, und ihr fiel kein anderes Wort als ›Scheiße!‹ ein. Das war einer von den unvermeidlichen Flüchen, die man dann ausstieß, wenn ein Auto direkt auf einen zuraste und man genau wußte, daß es für jede Reaktion zu spät war; wenn man sich nur noch auf den Zusammenstoß vorbereiten und hoffen konnte, daß Sicherheitsgurt und Airbag einen retten würden. Aber sie fragte sich, wer sie jetzt retten würde.

Als der Schock endlich etwas nachgelassen hatte, fand sie ihre Stimme wieder. »Elender Bastard. Warum hast du das getan?«

Er zuckte die Achseln, und ihr wachsender Zorn ließ ihn jetzt etwas einfältig erscheinen. »Wegen des Geldes. Warum sonst?«

»Geld?« Sie war empört und wollte ihren Ohren nicht trauen. »Willst du damit sagen, daß du hier nicht genug Geld verdienst?«

Er zuckte erneut die Achseln. »Irgendwo gibt es immer mehr Geld, *bella*.«

Bella. »Halt den Mund! Du hast kein Recht mehr, mich so zu nennnen.«

Er wurde bleich und wandte sich verstört wieder dem Fenster zu. »Jetzt siehst du, warum es besser gewesen wäre, wenn du es durch den Brief erfahren hättest.«

Margarite betastete mit den Fingern ihre pochenden Schläfen. Sie ging zur Anrichte und schenkte sich ein Glas Wasser ein. Dann kramte sie aus ihrem Portemonnaie einige extrastarke Tabletten hervor, stürzte sie mit einem Schluck Wasser hinunter und leckte sich die Lippen, bevor sie sich erneut Rich zuwandte. »Warum hast du die Sache nicht vorher mit mir besprochen?«

Er lief unruhig im Raum umher. »Weil du monatelang nicht hier warst!«

Sie standen jetzt dicht voreinander und keuchten wie zwei Tiere, die voller Angst in grellem Scheinwerferlicht gefangen waren und nicht wußten, wohin sie laufen sollten.

Margarite streckte eine Hand aus. »Rich, laß uns alles noch mal durchsprechen. Es ist noch nicht zu spät, um . . .«

»Es *ist* zu spät, Margarite. Ich habe den Vertrag gestern abend unterschrieben. Das Geschäft ist besiegelt.«

Sie blickte in seine blauen Augen und versuchte, die Wahrheit zu ergründen. Das alles paßte nicht zu ihm. Es kam ihr vor, als ob sie einem völlig anderen Menschen gegenüberstünde und nicht ihrem vertrauten Partner, den sie in zwölf Jahren genau kennengelernt hatte. Wie oft hatte er sie in ihrem Haus besucht? Er hatte an Francines Erstkommunion teilgenommen und ihr den großen Teddybär geschenkt, an dem sie immer noch hing. Im letzten Jahr war es dann ein Multimedia-System mit Stereolautsprechern und allem Drum und Dran gewesen, das sie mit ihrem teuren Macintosh-Computer verbinden konnte. Und jetzt dieser Betrug. Warum? Wegen des Geldes?

»An wen hast du deinen Anteil verkauft?«

»Bitte, *bella*, es wird sich nichts ändern. Ich werde weiterhin hier arbeiten. Ich habe einen Beratervertrag unterzeichnet . . .«

»Einen Vertrag!« Er bemerkte den Hohn, der in ihrer Stimme lag. »Ein bezahlter Angestellter in seiner eigenen Firma.« Sie schüttelte den Kopf und fuhr sich mit den Fingern durch das dichte dunkle Haar. »Madonna, denk doch mal nach. Du hast es immer noch nicht begriffen. Diese Typen, wer sie auch sein mögen, *besitzen* dich. In dem Augenblick, wo sie mit deiner Arbeit unzufrieden sind oder eine Meinungsverschiedenheit auftaucht, wirst du endgültig gefeuert. Vielleicht auch nur, weil ihnen dein Anzug oder dein Mundgeruch nicht gefällt. Alles, wofür du über ein Jahrzehnt lang gearbeitet hast, geht den Bach runter, *fini.*« Sie starrte ihn an. »O Rich, was hast du nur getan?«

»Was getan werden mußte.« Er wandte sich ab. »Glaub mir.«

»Im Augenblick glaube ich an nichts und niemanden.« Sie leerte ihr Glas und schenkte sich sofort Wasser nach. Ihre Kehle war wie ausgetrocknet. »Also, wer ist es? Perelman? Ist Revlon jetzt Miteigentümer?«

»Niemand aus der Branche«, antwortete Rich. Er biß auf seiner Unterlippe herum. »Es ist das erste Engagement der Firma auf dem Kosmetiksektor. Ihr Name ist Volto Enterprises Unlimited. Das Unternehmen sitzt in West Palm Beach in Florida, aber es hat überall auf der Welt Niederlassungen. Sie haben mich nach West Palm eingeladen.« Er unternahm einen pathetischen Versuch, ihr seine Begeisterung verständlich zu machen. »Mein Gott, du hättest den Firmensitz dort unten sehen sollen. Das große weiße, stuckverzierte Haus am Atlantik – einfach atemberaubend.«

»Sie haben dich eingelullt. Vielleicht haben sie dich auch betrunken gemacht, bis du nicht mehr geradeaus gehen konntest, und dich dann eingeseift«, sagte Margarite. Ihr Ekel war unüberhörbar. »War der Kopfjäger der Volto attraktiv?«

»Ich weiß es nicht. Ich habe ihn nie getroffen. Nur einen Haufen von Typen aus dem gehobenen Management, den Aufsichtsrat . . .auch, äh, einige Gleichgesinnte.« Rich war bisexuell, was in Europa häufig als Pluspunkt gewertet wurde. »Und eine Horde von Rechtsanwälten. Es war unglaublich.«

»Atemberaubend . . . unglaublich«, sagte sie bitter. »Ich kann es gar nicht abwarten, meine neuen Partner kennenzulernen.«

»Es wird sich nichts ändern.« Aber er hatte sich bereits abgewendet, als ob er an seine eigenen Worte nicht glaubte. »Die Leute von der Volto werden morgen herkommen und ein Gespräch mit uns führen. Du wirst sehen, daß es nicht das Desaster geben wird, das du jetzt voraussiehst.«

»Madonna, in was für einem Gemüsegarten bist du eigentlich aufgewachsen?« Sie fühlte, daß sie gleich laut loslachen würde, was insofern gut war, als sie dann wenigstens nicht heulen müßte. Sie trank ihr Wasser aus und griff dann sofort zur Sambuca-Flasche. »Du hast mich betrogen. Du hast alles verraten, was wir gemeinsam aufgebaut haben.«

Schweigen. Der Ventilator rauschte überdeutlich, wie das Blut in ihren Schläfen.

»Ich habe dir vertraut, und du hast alles zerstört.« Sie warf ihm das leere Glas an den Kopf. »Bastard!«

Jeden Donnerstag um fünf gönnte sich Tony D. eine Massage. Auch wenn er nicht in New York war – er mußte oft nach Los Angeles –, wurde die Arbeit am Donnerstag um diese Uhrzeit beendet. Nichts war so wichtig wie Entspannung zur richtigen Zeit. Ohne diese Erholungspausen wären geschäftliche Abschlüsse für ihn sehr schwierig geworden. Mit einem klaren Kopf konnte er neue Taktiken ausklügeln und den Gegner über den Tisch ziehen. Er verstrickte seine Kontrahenten in einen unergründlichen Paragraphendschungel, und irgendwann explodierten dann die Zeitbomben, die seinen Feinden noch Jahre später zu schaffen machten.

Wenn er in seinem New Yorker Büro war, beendete er um Viertel vor fünf die Arbeit. Er begab sich dann in ein Hinterzimmer, das an den Fitneßraum angrenzte und während der letzten Renovierungsarbeiten eingerichtet worden war.

Jetzt war es halb fünf, und Tony telefonierte mit dem Chef der Trident-Studios in Los Angeles.

»Hören Sie gut zu, Stanley, mein Klient hat einen berechtigten Anspruch.« Er schüttelte seinen Patrizierkopf. »Natürlich bin ich über die Angelegenheit informiert. Ich habe mit Ihrer Rechtsabteilung über diesen dreckigen Vertrag diskutiert. Ich habe drei Monate meines Lebens in diesen Fall investiert, und ich versichere Ihnen, daß die Sache so nicht läuft ... Warum? Ich werde es Ihnen sagen. Dieser verdammte Produzent versucht, meinen Klienten fertigzumachen. Er will ihn feuern ... Ganz genau, rauswerfen ... Gut, Stanley, schreien Sie soviel Sie wollen, aber berichtigen Sie die Angelegenheit. Wenn Sie den Forderungen meines Klienten nicht nachkommen, werde ich dafür sorgen, daß Ihr Studio geschlossen wird, bevor Sie auch nur piep sagen können. Die Gewerkschaften ... Das soll eine Drohung sein, Stanley? Meinen Sie das ernst?« Er schob seinen Zahnstocher in den anderen Mundwinkel. »Sie kennen mich gut genug. Aber vielleicht bin ich ein Wetterfrosch. Und im Augenblick sieht es so aus, als ob sich eine Sturmfront auf Los Angeles zubewegt. Ich rate Ihnen, die Segel einzuholen, bevor Ihr Schiff kentert.«

Tony D. knallte den Hörer auf die Gabel und machte sich mit einem Fluch Luft. Dann drückte er auf einen Knopf der Gegensprechanlage. »Marie, wenn Stanley Friedmann zurückruft, richten Sie ihm aus, daß ich nicht da bin. Und rufen Sie bitte Mikey in Los Angeles an. Sagen Sie einfach nur: ›Drei Tage. Trident-Studios.‹ Er weiß dann Bescheid.« Das müßte eigentlich reichen, um Friedmann zur Räson zu bringen. Drei Tage ohne funktionierendes Studio würden ihn Unsummen kosten.

Er blickte auf seine flache goldene Patek Philippe. Viertel vor fünf. Er räkelte sich, stand auf und ging durch eine Tür an der Rückseite seines Büros. Tony streifte seine handgearbeiteten Schuhe ab. Alles in allem war es ein guter Tag gewesen.

Er durchquerte das Fitneßcenter und betrat den Massageraum. Am Fenster blieb er stehen und sah abwesend auf Manhattan hinab. Da das grelle Licht ihn störte, schloß er die schweren Vorhänge. Dann zog er sich aus und nahm seinen Schmuck ab. Er legte sich bäuchlings auf den gepolsterten Tisch und breitete ein frisches Handtuch über seinen behaarten Hintern.

Die Masseurin, die er seit fünf Jahren beschäftigte, betrat den äußeren Bürobereich, und der Mann am Eingang schickte sie durch einen langen, holzgetäfelten Korridor, der nach frischer Farbe und einem wollenen Berberteppich roch. Als sie beim Empfang von Mr. Tonys persönlichen Büros angelangt war, wurden sie und ihr Koffer von zwei Leibwächtern durchsucht. Dann erst durfte sie in den Massageraum.

Wie immer betrat sie wortlos den Raum und legte eine Kassette in die Stereoanlage ein: ›Shepherd Moons‹. Er hörte, wie sie sich wusch, und als sie eine ihrer Ölflaschen öffnete, nahm er den beruhigenden Duft von Rosmarin wahr. Sie rieb ihre Handflächen gegeneinander, um sie zu wärmen, und begann dann mit der Arbeit.

Die beruhigende Musik durchflutete ihn, während ihre sicheren und geschickten Handgriffe die Verspannungen im Hals- und Schulterbereich lösten. Wie immer, wenn er sich einer zunehmenden Mattigkeit überließ, überkamen ihn Erinnerungen an seine Kindheit, die so tief verborgen waren wie die Funde bei archäologischen Ausgrabungen. Er glaubte, den wohltuenden Geruch von selbstgebackenem Brot wahrzunehmen, und er hörte seine Mutter, die leise ein sizilianisches Lied vor sich hin summte. Vom Mehl und Zucker waren ihre dicken Unterarme weiß wie bei einem Gespenst gewesen.

Der eindringliche Duft des Rosmarins erinnerte ihn aber auch an den beißenden Geruch der krummen Zigarren, die sein Vater in einem feuchten Keller aus kubanischen Tabakblättern gedreht hatte. Ein einziges Mal hatte er versucht, einen Blick in diesen Raum zu werfen, und sein Vater hatte ihn bewußtlos geschlagen. Aber er hatte recht gehabt: Es war dumm gewesen, einen Blick in die Welt eines Mannes werfen zu wollen, bevor er selbst ein Mann war. Sein schweigsamer Vater hatte zwar ab und zu über Sport gesprochen, aber nie über seine Arbeit in der schmuddeligen Fabrik, die auf der anderen Seite des Flusses in Weehawken lag. Dort war er jeden Tag den schädlichen Einflüssen von Chemikalien ausgesetzt gewesen, die ihn eines Tages das Leben gekostet hatten.

Tony hatte gehört, wie ein Nachbar während der Beerdigung zu seiner Mutter gesagt hatte: *So ist es besser, als ein Jahrzehnt unter Emphysemen oder ein oder zwei Jahre unter Lungenkrebs zu leiden*. Später, als er bereits in Princeton studierte, war ihm klargeworden, warum sein Vater nie über seine Arbeit gesprochen hatte. Er hatte sich wegen seiner mangelnden Bildung geschämt. Als Tony sein Jurastudium abgeschlossen hatte, wäre er überglücklich gewesen, wenn sein Vater diesen Triumph noch hätte erleben können.

Er stöhnte, während die Masseurin die Nervenstränge an seinem Hals bearbeitete. Das Atmen fiel ihm leichter, weil er sich immer mehr entspannte.

Der Duft des Rosmarins erinnerte ihn an das sonntägliche Mittagessen bei seinem Bruder. Marie konnte kochen, man brauchte sie nur anzusehen, um das zu erkennen. Aber sie war trotzdem lieb und hatte seinem Bruder zwei stramme Jungs geboren. Und das war mehr, als Margarite ihm jemals gegeben hatte. Marie gab auch keine frechen Antworten. Sie wußte genau, wo der Platz einer Frau war, und gab sich damit zufrieden, während Frank für den Lebensunterhalt der Familie sorgte. Dagegen war er, Tony, nur ein erfolgreicher Botenjunge, ein Handlanger, der für die Tarnung von Margarites Geschäften zuständig war. Dieser verdammte Dominic und seine Vorliebe für Frauen!

»Beruhigen Sie sich, Mr. Toni«, flüsterte die Masseurin sanft. »Ihre Anspannung scheint wieder zuzunehmen.«

Kein Wunder, dachte Tony, während er fühlte, wie die Masseurin ihn noch kräftiger bearbeitete. Mein Gott, was für Demütigungen mußte er noch ertragen. Eine herrschsüchtige Frau, die glaubte, sie wär ein Mann. Sie konnte, oder schlimmer noch, sie wollte ihm keinen Sohn schenken. Seine Tochter war froh, wenn sie nicht zu Hause war; sie hielt sich irgendwo in Connecticut auf, wo Margarite sie versteckt hatte, und wollte nicht, daß er ihren Aufenthaltsort kannte. Und dann war da noch Margarites Affäre mit diesem verdammten ehemaligen Polizisten, Lew Croaker. Das alles genügte doch wohl, um einen Mann verrückt zu machen.

Aber Tony D. mußte die Ruhe bewahren. Geduld war nicht seine starke Seite, doch hier lag der Schlüssel zum Erfolg. Wenn er bei den Problemen mit Margarite und Francine genauso geduldig wäre wie bei den Vertragsverhandlungen mit den Studios, dann wäre alles in Ordnung. Die beiden Luder würden ihn nach einer gewissen Zeit respektieren, es käme zu einer Versöhnung, und Margarite würde einsehen, wie idiotisch dieser Flirt mit Croaker war. Er würde sie wieder soweit bringen, mit ihm ins Bett zu gehen, und vielleicht würde sie ihm dann auch noch den Sohn gebären, den er sich so sehr wünschte. Du bist so lange kein richtiger Mann, wie du keinen Sohn gezeugt hast, hatte sein Vater gesagt. Seine Hände waren zwar von den Chemikalien aus der Fabrik dreckig gewesen, aber er hatte recht gehabt.

Er drehte sich auf die andere Seite, um die Anspannung zu lindern, und in dem Augenblick sah er, wie sich die schweren Vorhänge bewegten. Er lag sehr ruhig da, und sein Herz schlug langsam und schwer. Er blinzelte und sah erneut hin. Aber das war unmöglich, das Gebäude war genauso konstruiert wie die meisten modernen Wolkenkratzer: Man konnte die Fenster nicht öffnen. Eine

Brise von draußen erfüllte den Raum, und die Luft stank nach Ruß und Autoabgasen. Er bewegte seinen Arm so langsam, daß es der Masseurin nicht auffiel.

»Doris«, sagte er ruhig. »Ich glaube, ich würde Lavendel bevorzugen.«

»In Ordnung, Mr. Tony.« Die Masseurin ließ von ihm ab und ging leise zu ihrer Tasche, in der sich die Flaschen mit den verschiedenen Ölsorten befanden. Sie war gerade über die große Tasche gebeugt, als sich die Vorhänge zu blähen begannen. Tony setzte sich auf. Die Vorhänge teilten sich und gaben den Blick auf ein großes, kreisrundes Loch frei, das jemand in die Fensterscheibe geschnitten hatte. Ein Teil der Glasscheibe lag wie eine riesige Linse mit Saugnäpfen auf einem hözernen Gerüst, wie es Fensterreiniger benutzen.

Der Mann, der das Loch in die Scheibe geschnitten hatte, betrat den Raum. Er trug einen Baumwoll-Overall wie die Leute von der Gebäudereinigung. In der rechten Hand hielt er eine 38er mit einem stupsnasigen Schalldämpfer. Er grinste, weil sein Opfer nackt war, und entblößte dabei ein unregelmäßiges gelbes Gebiß. »Bad Clams sagt: ›Bye-bye Tony!‹«

Ffft! Ffft! Die Geräusche waren kaum lauter, als wenn Tony gefurzt hätte, aber das Ergebnis war um so wirkungsvoller. Der feixende Mann taumelte zurück. Sein gefrorener Gesichtsausdruck zeigte immer noch dasselbe Grinsen, aber seine Augen öffneten sich weit, als er erschrocken den schallgedämpften 45er Colt in Tonys öliger Hand sah. Er hielt sich an den Vorhängen fest und riß sie halb aus der Verankerung. Aus seiner Brust und Kehle sickerte Blut. Der Mann fiel zu Boden.

»Zu schade, daß du Bad Clams gar nichts mehr erzählen kannst«, sagte Tony zu dem Verbrecher, dessen Blick bereits gebrochen war.

Er hörte ein schweres Atmen und wandte sich um. Tony sah Doris, die eine Hand vor den Mund hielt und mit der anderen einen weißen Gegenstand umklammerte, wahrscheinlich die Flasche mit dem wohlriechenden Öl, die sie gerade aus ihrer Tasche geholt hatte. Ihre Augen waren weit geöffnet, und ihr Blick war starr, während sie sich an die Wand lehnte.

»Alles in Ordnung«, sagte er beruhigend. »Es ist vorbei.« Er hielt noch immer die 45er in der Hand. Tony verließ den Tisch und ging auf Doris zu. »Sie sind jetzt in Sicherheit.« Er versuchte zu lächeln, aber sie war noch immer in Panik und starrte auf die Waffe. Typisch Frau. Er wollte auf keinen Fall, daß das Sicherheitspersonal alarmiert wurde. Er führte eine ordentliche Rechtskanzlei, und ein Vorfall wie dieser konnte seinem Ansehen schweren Schaden zufügen. Deshalb hatte er auch den Schalldämpfer für die Waffe.

Er schraubte ihn ab und legte ihn vorsichtig auf den Massagetisch. Dann ging er mit erhobenen Händen auf sie zu. »Sehen Sie? Es gibt kein Problem. Es ist vorbei.«

Er war nur noch einen Schritt von ihr entfernt und sah, daß sich ihr Atem beruhigt hatte. Sie ließ die Hand sinken. Auf ihrer Haut hatten sich kleine weiße Ovale gebildet, aus denen das Blut gewichen schien.

»Doris?« Er berührte sie. »Ist alles in Ordnung?«

»Machen Sie sich um mich keine Sorgen«, sagte sie, während sie ihm die Klinge des Stiletts in den Brustkorb stieß.

»Oh, Scheiße! Was ...?« Er fiel gegen sie und wollte schreien, aber sie hielt ihm die Faust vor den Mund.

»Bad Clams meint, Sie sollten besser auf sich aufpassen, Mister Tony«, sagte sie und starrte ihn an wie einen Frosch, den sie gleich sezieren würde.

Er wollte fluchen und nach seiner Waffe greifen, aber er schaffte beides nicht. Seine Beine waren wie Brei, und seine Hände und Füße fühlten sich eiskalt an. Er stöhnte, während sie die kleine, aber rasiermesserscharfe Klinge mit einer routinierten Aufwärtsbewegung zuerst in seine Lunge und dann in sein Herz bohrte. Tony stürzte mit seinem ganzen Gewicht gegen sie.

Tote Masse, dachte sie, während sie ihn zu Boden stieß. Sie wischte den Griff des Stiletts ab, drehte den Mann auf die andere Seite und drückte ihm das Messer in die noch warme Hand, so als ob er der Mörder wäre. Doris blickte sich um und plazierte dann mit Hilfe eines Handtuchs den Colt zwischen die beiden Leichen. Sie hob den weißen

Tampon auf, in dem sie den Dolch versteckt hatte, warf beides in ihre Tasche und suchte anschließend ihre Arbeitsutensilien zusammen. Dann schulterte sie ihre Tasche, kletterte durch das Loch in der Fensterscheibe nach draußen auf das Gerüst und war verschwunden.

2
Tokio / Palm Beach / New York

»Sie haben ihn also die ganze Zeit verfolgt?«

»Ja«, antwortete Nicholas.

»Welches Restaurant hat der mysteriöse Vietnamese aufgesucht?«

Nicholas blickte auf das fledermausförmig geschwungene Glasdach des Stahlbetongebäudes, das mitten im Künstler- und Touristenviertel von Roppongi lag. »Sehen Sie die Terrasse mit dem abgestützten Glasgewölbe im zweiten Stock? Er verschwand in dem französischen Restaurant, das sich Pull Marine nennt. Man hat mir erzählt, daß es erst kürzlich eröffnet wurde. Ein sehr luxuriöses Lokal mit entsprechenden Preisen.«

Tanzan Nangi sah Nicholas nicht an. Er saß auf dem ledernen Rücksitz seines Mercedes und blickte durch die getönten Fensterscheiben auf die stahlgraue Skyline von Tokio, die über den Dächern von Roppongi zu erkennen war.

Vor fünf Minuten hatte die Limousine hinter Nicholas' schwarzer Kawasaki gebremst. Früher am Morgen hatte Nicholas Koei gebeten, ihn zu den Docks in der Nähe von Tsukiji zu fahren, wo er das Motorrad zurückgelassen hatte. Im Auto hatte er mit dem Krankenhaus telefoniert, und man hatte ihm erzählt, daß Watanabes Gesundheitszustand stabil, aber immer noch besorgniserregend war. Er war so schwach, daß er das Bewußtsein noch nicht wiedererlangt hatte. Aber wenn er wieder bei klarem Verstand wäre, würde Nicholas ihn befragen müssen.

Nangi war auf Nicholas' Bitte hin gekommen, die ihn über das Kami erreicht hatte. Nicholas glaubte, daß er aus seiner unbekannten Höhle nicht hervorgekommen wäre, hätte er nicht die beunruhigende Nachricht vom Diebstahl der CyberNet-Daten erhalten.

Nicholas fragte sich, was Nangi in den verregneten und nebelverhangenen Umrissen der Stadt sah. Einzelne Formen und Silhouetten verschwammen zu einem riesigen

Mosaik, in dem man nur die Neonlichter und lautes Hupen und Pfeiffen wahrnahm. All das entsprach nur einer Annäherung an die Realität in dieser Stadt der Symbole.

»Mit wem hat er dort Kontakt aufgenommen?« fragte Nangi.

»Mit einer Frau«, antwortete Nicholas. »Sie heißt Honniko.«

»Und sie hat jetzt die Diskette mit den Daten?« fragte Torin.

»Ja.«

Nangi war nicht allein gekommen, und das hatte Nicholas überrascht. Er wurde von seinem neuen Vizepräsidenten begleitet. Nicholas konnte viele Themen, die er eigentlich mit Nangi diskutieren wollte, in Torins Anwesenheit nicht anschneiden. Er empfand erneut, daß sich die besondere Beziehung zu seinem Freund und Mentor verändert hatte.

Was Nangi betraf, konnte Nicholas nicht verheimlichen, daß er sich Sorgen um ihn machte. Nangi war nicht mehr so energisch wie früher. Im letzten Jahr hatte er Geschäftsreisen nach Rußland, in die Ukraine, die Volksrepublik China, nach Singapur und Hongkong unternommen, und diese Auslandsaufenthalte hatten ihren Tribut gefordert. Vielleicht hatten sie auch seinen Herzinfarkt mitverursacht. Aber da gab es immer noch die Frage, warum sich seine Umgangsformen so geändert hatten.

Natürlich war er von der Idee besessen, Sato International zu retten, und deshalb war er auch so auf den Erfolg des CyberNet fixiert. Aber Nicholas fühlte sich schuldig, weil er Nangi zu Beginn der Krise allein gelassen hatte.

Nangi rutschte unruhig hin und her, und vor seinem Glasauge flackerten bleiche Lichter. Er hatte während des Krieges viel durchgemacht, und die schlimmste Erfahrung war der Verlust seines besten Freundes gewesen. Dieser Mann hatte ihm Sato International hinterlassen. »Das Ganze ist eine Katastrophe von unwägbarem Ausmaß«, sagte Nangi. Er schüttelte bedächtig den Kopf. »Wir müssen die CyberNet-Daten um jeden Preis zurückbekommen.«

»Mir ist immer noch unbegreiflich, wie die Daten während des Empfangs verschwinden konnten«, warf Torin ein. »Das deutet auf ein großes Loch in der Sicherheitsabteilung hin.« Für ihn war es natürlich leicht, einen Bereich zu kritisieren, für den er nicht zuständig war. Nicholas stutzte. Wollte Torin sich auch hier ein Stück des Kuchens unter den Nagel reißen? »Das ist bereits der zweite Vorfall dieser Art in achtzehn Monaten. Damals hat Masamoto Goei, ein anderer Techniker, geheime Sato-Daten verkauft. Meiner Meinung nach sollte man eine großangelegte Untersuchung einleiten.«

»Linnear-san hat sein Bestes getan, um Watanabe-sans Leben zu retten«, sagte Nangi ohne Begeisterung. Er seufzte und hob die Hand, vielleicht aus Nachgiebigkeit gegenüber den Vermutungen seines jungen Vizepräsidenten. »Vielleicht, Torin-san, war es doch nicht klug, den Betrieb des TransRim CyberNet so schnell zu starten.«

Torin schwieg. Er war klug genug, diese schwerwiegende Frage nicht zu beantworten. Was er auch gesagt hätte, er hätte in jedem Fall schlechte Karten gehabt. Nicholas nutzte sein Schweigen, um ihm die Frage zu stellen, die ihn seit dem Empfang letzte Nacht am meisten beschäftigt hatte.

»Nangi-san, können Sie mir erklären, wer sich hinter dem Namen *Denwa Partners* versteckt? Torin erwähnte beim Empfang, daß die Firma jetzt Mitinhaber des CyberNet ist.«

Nangi strich sich mit der Hand übers Gesicht, genauso wie Nicholas es am letzten Abend auf dem Video-Monitor beobachtet hatte, als er ihn aus seinem Büro über das Cybernet angewählt hatte. »Ach ja. Ich habe nicht die Zeit gefunden, Sie zu benachrichtigen, Nicholas-san. Aber während Ihrer langen Abwesenheit waren wir gezwungen, mit verschiedenen Partnern zusammenzuarbeiten, um das CyberNet so schnell wie möglich zu starten.«

»Partner? Warum hat man mich nicht informiert? Wir hatten eine Übereinkunft.«

Torins Augenbrauen zogen sich überrascht zusammen. »Nangi-san, entschuldigen Sie die unverzeihlich direkte

Frage, aber haben Sie Linnear-san wirklich nicht über das Kami informiert, daß wir mit neuen Partnern zu einer Übereinkunft gelangt sind?«

Nangi schloß die Augen und ignorierte Torins Einwand. »Sehen Sie, wir hatten keine andere Wahl.« Er zeigte auf den jungen Mann zu seiner Linken. »Tatsächlich war es Torin, der zuerst diese Idee hatte.«

Nicholas warf einen kurzen Blick auf Torin, der starr dasaß. Sein Gesichtsausdruck war nicht zu entschlüsseln.

»Ich hielt die Idee für wirklich genial«, sagte Nangi. »Neue Partner fördern das Vertrauen. Und das brauchen wir, zusammen mit dem Erfolg des CyberNet.« Er schüttelte den Kopf wie ein betagter Terrier. »Die Geschichte mit dem Premierminister ist einfach furchtbar. Haben Sie davon gehört? Die Nachricht wurde heute morgen im Radio bekanntgegeben. Was für ein Schock. Und jetzt noch dieses CyberNet-Desaster. Aber auf Torin-san ist Verlaß. Er ist sehr klug, und jetzt, da das CyberNet in Betrieb genommen worden ist, habe ich ihn damit beauftragt, die Entwicklung von Tag zu Tag zu beobachten.«

Als ob dies ein Zeichen gewesen wäre, beugte sich Torin vor und öffnete eine kleine, polierte Holztür, hinter der sich ein Fach verbarg, das einen kleinen Wasserkocher und Zubehör für die Teezeremonie enthielt. Er bereitete für alle grünen Tee. Nangi schwieg; auch ohne die anderen anzusehen, schien er zu wissen, was geschah.

Nicholas beobachtete Torin, wie er den Tee mit einem Bambusschneebesen zu einem feinen, bitteren Schaum schlug. Er reichte Nangi die erste und Nicholas die zweite Tasse. Erst dann bediente er sich selbst. Wie die Amme ein krankes Kind ansieht, so beobachtete er Nangi sorgenvoll und gierig, als ob dessen Wohl- oder Unwohlgefühl direkt auf ihn ausstrahlte.

Nangi leerte seine Teetasse, aber offensichtlich hatte das Getränk ihn nicht beruhigt. »Die Vorbereitung der CyberNet-Offensive war perfekt organisiert. Perfekt. Aber jetzt, wo die Daten gestohlen worden sind, weiß ich nicht, wie die Dinge sich entwickeln werden.«

Nicholas starrte auf das Autofenster, an dem langsam

rußiger Regen hinabglitt. Torins Haltung war ihm egal. Es schien beinahe, als ob er andeuten wollte, daß Nangis Geisteskräfte nachließen und sein Gedächtnis nicht mehr so gut war wie früher. Nicholas bemühte sich, seinen Ärger zu zerstreuen und sich auf die vordringlichen Themen zu konzentrieren.

In dem Augenblick, als er entdeckt hatte, daß Nguyen mit Mick Leonforte zusammenarbeitete, hatte sich die Lage völlig verändert. Was hatte Leonforte mit den TransRim-CyberNet-Daten vor? Er war nicht tollkühn genug, um mit den Daten ein Konkurrenzunternehmen zu starten: Die Rechtsanwälte von Sato International würden ihn wegen Wettbewerbsverletzung mit Prozessen überziehen, und dann wäre er innerhalb weniger Monate aus dem Geschäft. Aber worum ging es dann?

Nicholas hatte keinen blassen Schimmer, aber ihm war klar, daß er den Grund herausfinden mußte. Die Begegnung mit Mick in Floating City war irritierend gewesen. Und wenn er ganz ehrlich war, hatte ihn diese Erfahrung seitdem ständig beschäftigt. Mick hatte etwas Rätselhaftes, aber zugleich war er ihm auch beängstigend vertraut. Es kam ihm vor, als habe er Mick bereits gekannt, lange bevor er ihm persönlich begegnet war.

»Möchten Sie noch etwas Tee?«

Nicholas blickte Torin an, der sich besorgt wie eine Geisha aufführte. Er wandte sich an Nangi, aber der schüttelte den Kopf. »Finden Sie die Daten«, sagte er zu Nicholas. »Sie müssen sie zurückbringen. Das CyberNet ist unsere letzte Hoffnung.«

»Nangi-san, wir müssen miteinander reden . . .«

Aber sein Freund winkte ab. »Ich bin müde. Wir werden uns später unterhalten, ja?«

Nicholas blickte auf und sah, wie Torin den Schlag der Limousine aufhielt. Er trat in den Sprühregen hinaus und sprach Torin an: »Folgen Sie mir bitte einen Augenblick.« Der Jüngere nickte unterwürfig, und Nicholas verdächtigte ihn gerade wegen dieser Unterwürfigkeit, daß er nur seine Karriere im Sinn hatte und seinen Machthunger verbergen wollte.

Torin öffnete einen schwarzen Schirm, der sie beide vor dem Regen schützen sollte. »Ich denke, Sie sollten mich jetzt besser über die letzten Entwicklungen informieren«, sagte Nicholas.

Torin spielte weiterhin beflissen den unterwürfigen Diener. »Natürlich, Linnear-san. Sie haben mir während der letzten Nacht sehr geholfen. Ich werde Sie unterstützen, so gut ich kann.«

Nicholas war klar, daß Torin ihn ködern wollte, indem er sein ungeduldiges abendländisches Erbteil ansprach. Das war eine weitverbreitete Taktik, mit der vorsichtige Japaner westliche Geschäftspartner häufig hereinzulegen versuchten. Natürlich war er darauf vorbereitet, dieses Spiel nach den japanischen Regeln zu spielen, aber das hieß nicht, daß er nicht einige Überraschungen für den jungen Mann bereithielt.

»Sie wissen ja, daß es für mich ein Nachteil ist, daß ich längere Zeit nicht in der Unternehmenszentrale präsent war. Ich bin jetzt auf Ihre Berichte angewiesen, um sicherzugehen, daß ich über die geschäftliche Entwicklung bei Sato International voll informiert bin.«

Torin nickte, und um seine zusammengekniffenen Lippen spielte ein geisterhaftes Lächeln. »Ich fühle mich geehrt, Linnear-san. Es gibt natürlich keinerlei Ersatz für Ihre legendären Erfahrungen aus erster Hand, aber ich werde mich bemühen, meinen unbedeutenden Beitrag zu leisten.«

Nicholas war gegen seinen Willen beeindruckt. Torin hatte es geschafft, ihn zu beleidigen und den Angriff gleichzeitig als Lob erscheinen zu lassen. Auf der anderen Seite gefiel es ihm überhaupt nicht, für seine Abwesenheit gerügt zu werden, schon gar nicht von Torin, dem es nicht zukam, einen Höherrangigen zu kritisieren.

In dem Versuch, seine wachsende persönliche Feindseligkeit zu ignorieren, sagte Nicholas: »Nangi-san verhält sich seltsam. Er scheint kühl und zurückhaltend zu sein. Er hätte mich auch über das Engagement der CyberNet-Partner informieren sollen, aber er hat es nicht getan. Wissen Sie vielleicht, aus welchem Grund?«

»Vielleicht hat der Herzinfarkt ihn verändert. Ich habe gelesen, daß das gelegentlich vorkommen soll.« Nach dieser dürftigen Antwort stand Torin gerade wie ein Soldat und legte seine freie Hand gesetzt auf den Rücken. Wieder wurde die Darstellung des unterwürfigen Dieners mit gekonnter Echtheit aufgeführt.

Nicholas zögerte einen Augenblick und beobachtete Torins nichtssagenden Gesichtsausdruck. »Haben Sie überhaupt eine eigene Meinung?«

»Persönliche Ansichten wären in meiner Situation vermessen.«

Allmählich konnte Nicholas sich ein Bild von Torin machen. »Ich spreche das Thema nur an, um zu erfahren, ob *Sie* irgendwelche Vermutungen hegen, wie es tatsächlich um Nangi-sans Gesundheitszustand bestellt ist. Und wenn Sie tatsächlich eine persönliche Meinung haben sollten, wäre ich Ihnen sehr dankbar, wenn Sie mir Ihre Ansicht mitteilen würden.«

»Wie Sie wünschen, Sir.« Torin räusperte sich. Er schien jetzt entspannter zu sein. Vielleicht dachte er nur an die Antwort, die er gleich geben würde, vielleicht aber verlief das Gespräch so, wie er es geplant hatte. »Meine persönliche Ansicht ist, daß Nangi-san während des letzten Jahres – wie soll ich mich ausdrücken – gleich mehrere kleinere Herzinfarkte erlitten hat.«

Nicholas fühlte wieder, wie ihn die Angst ergriff. Ein Leben ohne seinen Mentor erschien ihm unvorstellbar. »Gibt es medizinische Befunde, die Ihre Theorie untermauern?«

»Nein, Sir. Keine.« Torin drehte sich um, während er mit den Augen zwei Männern folgte, die unter einem doppelten Schutz aus aufgespannten schwarzen Schirmen an ihnen vorbeigingen. »Das ist nur meine private Meinung. Ganz ehrlich, ich hätte sie auch niemandem außer Ihnen mitgeteilt.«

»Das ist sehr nett von Ihnen, Torin-san«, antwortete Nicholas, der sich bemühte, seine Verstörung über diese Neuigkeiten zu verbergen. »Das ist fürs erste alles. Ach, ich brauche die sachlichen Details über Denwa Partners so schnell wie möglich.«

Torin nickte gewohnt unterwürfig. »Natürlich, Sir.« Er hielt die Klinke der Autotür bereits in der Hand, wandte sich dann aber noch einmal Nicholas zu. »Wenn ich fragen darf, Sir ...«

»Unbedingt.«

»Nangi hat mit mir über den Diebstahl der TransRim-Daten gesprochen. Darf ich Sie fragen, warum Sie das gestohlene Material weiterhin einem Mann überlassen haben, den Sie bereits identifiziert hatten? Wäre es nicht klüger gewesen, die Daten sofort wieder in unseren Besitz zu bringen?«

Nicholas dachte einen Augenblick lang über den Scharfsinn des jungen Mannes nach. Er hatte eine sachlich begründete Frage gestellt, und es war wichtig, daß Nicholas alle Verdächtigungen beschwichtigte, die Torin vielleicht hegte. »Das Material hätten wir dann sichergestellt, das stimmt schon«, sagte Nicholas vorsichtig. »Aber wir hätten nichts über die Leute in Erfahrung gebracht, die die Daten gestohlen haben. Früher oder später hätten sie es erneut versucht, und vielleicht wären wir dann in einer schlechteren Position gewesen.«

»Das ist einleuchtend.« Torin nickte wie ein Student, der den Theorien seines Lieblingsprofessors lauscht. Er öffnete die Wagentür und schloß seinen Regenschirm. Durch den Sprühregen glänzte sein Haar fast wie der Helm eines Samurais. Seine nächsten Worte kamen mit perfektem Timing. »Ach, übrigens, Nangi wünscht, ich möge Ihnen noch mitteilen, daß er um einen Gefallen gebeten hat. Ein Mitglied der Staatsanwaltschaft von Tokio wird Sie bei Ihren Nachforschungen unterstützen. Der Mann heißt Tanaka Gin.«

»Ich brauche keinen Untersuchungsrichter oder sonst jemanden in dieser Angelegenheit. Ich arbeite am liebsten auf eigene Faust. Und Nangi-san weiß das genau.«

»Da bin ich sicher.« Ein geisterhaftes Lächeln umspielte Torins Mundwinkel, während er in den Wagen stieg. »Ich bin in dieser Angelegenheit nur ein Botschafter, mehr nicht.«

Bevor Nicholas antworten konnte, hatte Torin die gepanzerte Autotür bereits zugeschlagen. Der Mercedes fädelte sich wieder in den Verkehr ein, und der Regen glitzerte auf dem polierten Blech.

»Wir haben geschlossen.«

Nicholas beobachtete Honniko. Sie trug ein grüngrau changierendes Kleid von Tokuko Maeda. Das Kleid war aus *shingosen* gearbeitet, einer neuen japanischen Synthetikfaser, die hochgradig dehnbar war. Der Stoff konnte allen möglichen Textilien gleichen, und Honnikos Kleid schien aus einer Mischung aus Seide und Leinen zu bestehen. Es reichte ihr bis zu den Füßen. Ihr blondes Haar war kurz geschnitten, und ihre Lippen, ein kühler Bogen, waren in einem sehr bleichen Pink angemalt. An ihrem linken Handgelenk bemerkte man einen großen goldenen Armreifen mit Gravuren, aber sonst trug sie keinen Schmuck. Sie war schlank und elegant und entsprach ganz den Ansprüchen, die an die Pächterin des Pull Marine gestellt wurden.

Die Wände waren in einem gedämpften Goldton gestrichen, und die Kupferoberfläche des Tresens reflektierte das Licht. In einer Ecke des Raumes befand sich eine kleine Bühne, und auf jedem Tisch stand eine dicke, nach Safran duftende Kerze. Es gab hier so viele vietnamesische Gegenstände, daß das Lokal einem der Luxusrestaurants glich, die im neuerdings wieder wohlhabenden Saigon aus dem Boden schossen.

»Ich bin nicht wegen des Essens gekommen«, sagte Nicholas. Vielleicht lag es an der trickreich ausgeklügelten Beleuchtung, daß der Raum sich wie eine Nautilusmuschel zu krümmen schien.

Wahrscheinlich war Honniko ungefähr dreißig Jahre alt, aber ihre dunklen, ein wenig mandelförmigen Augen ließen sie älter erscheinen. Sie besaß eine Liebenswürdigkeit, die ganz von Geschäftstüchtigkeit durchdrungen war, und man konnte ahnen, daß sie in kritischen Situationen die richtigen Befehle erteilen würde.

»Sie sehen nicht wie ein Vertreter aus. Wir sind nicht mit unseren Rechnungen im Verzug, also sind Sie auch kein

Gerichtsvollzieher.« Ihre Augen weiteten sich. »Sind Sie Polizist?«

»Warum sollte denn ein Polizist hierherkommen?«

»Ich weiß es nicht.«

»Ich würde gerne etwas trinken.« Er stand im Eingang und füllte den Türrahmen eher durch sein Charisma als durch seine Körpergröße.

»Wie wär's mit einem Bier?« fragte Honniko. Sie verließ das Podium und postierte sich hinter der Bar. Sie war clever genug, um zu wissen, daß sie ihn anders nicht loswerden würde.

»Soll mir recht sein.« Er setzte sich auf einen Barhocker und beobachtete ihre langen, schlanken Finger, während sie zwei Flaschen Kirin Ichiban aus dem Eisschrank holte und öffnete. Sie trank ihr Bier jedoch nicht, sondern zeichnete mit der beschlagenen Flasche Wasserringe auf die Bar.

»Schon lange hier?«

Honniko blickte auf. »Meinen Sie das Restaurant oder mich?«

»Das können Sie sich aussuchen.«

»Das Lokal hat seit drei Monaten geöffnet, aber die Planung des Restaurants hat natürlich schon ein Jahr vorher begonnen.«

»Gehört der Laden Ihnen?«

Sie lachte weich und kehlig. »Wohl kaum. Aber ich kann mich nicht beschweren. Ich kriege meinen Anteil.«

»Aber es reicht nicht.«

»Was für eine komische Bemerkung.« Sie spitzte die Lippen, konnte aber ein Lächeln nicht unterdrücken. »Aber Sie haben recht. Man hat nie genug.«

»Kennen Sie einen Mann namens Van Truc? Nguyen Van Truc?«

»Das ist ein vietnamesischer Name.«

»Genau.«

Ihre Augenbrauen zogen sich zusammen, während sie vorgab, ihr Gedächtnis zu durchsuchen. »Es gibt ein vietnamesisches Paar, das regelmäßig unser Restaurant besucht, aber ich kenne niemanden mit diesem Namen.«

»Sind Sie sicher? Nguyen ist das vietnamesische Wort für Joe Smith.«

»Trotzdem sagt mir der Name nichts.« Sie schob die Bierflasche beiseite. »Sie *sind* Polizist.«

»Van Truc schuldet mir Geld. Ich bin ihm den ganzen Weg von Saigon nach Tokio gefolgt, um mir die Kohle zurückzuholen.«

Hinter ihm öffnete sich eine Tür, und ein Lieferant schob einen Karren mit alkoholfreien Erfrischungsgetränken in den Raum. Honniko entschuldigte sich und unterschrieb die Quittung. Dann rief sie jemanden im Hinterzimmer des Restaurants. Ein Japaner mit krummem Rükken, aufgerollten Hemdsärmeln und einer dreckigen Schürze betrat den Raum und nahm die Lieferung in Empfang.

»Wenn der Mann vorbeikommt, werde ich ihm jedenfalls mitteilen, daß Sie ihn suchen.« Sie wandte Nicholas den Rücken zu. »Sonst noch was?«

»Sie bewegen sich mit der entspannten Grazie einer echten *Geisha.*«

Sie war erstaunt. Er hatte ihr das größte Kompliment gemacht, und sie wußte es. »Vielen Dank.«

Er stand auf. »Was schulde ich Ihnen?«

»Geht auf Rechnung des Hauses.« Sie lächelte, aber es lag auch etwas Düsteres weit hinten in ihrem Blick. Vielleicht war es nur Neugier. »Sind Sie Halbamerikaner?«

»Engländer. Mein Vater hat im Regiment von MacArthur gedient.«

»Mein Vater war hier nach dem Krieg bei der Militärpolizei. Wir sind nie mehr nach Hause zurückgekehrt.«

Einen Augenblick lang schien es, als ob die Tatsache, daß sie beide eine asiatische Mutter hatten, sie wie ein unsichtbares, durch das gemeinsame Erbgut gewobenes Band einander näherbringen würde. Vielleicht wollte sie noch etwas sagen, aber in diesem Moment klingelte das Telefon. Er runzelte die Augenbrauen, während sie mit dem Mobiltelefon kurz telefonierte. Er verabschiedete sich, indem er sich auf die traditionelle japanische Art verbeugte. Sie legte das Telefon ab, und erneut schien es, als ob sie noch etwas sagen wollte. Aber dann erinnerte sie sich an die Spielregeln und verbeugte sich auch.

In Palm Beach stand die grelle Sonne im Zenit, und ihr Licht spiegelte sich mit ganzer Kraft auf dem Meer. Die Königspalmen zitterten in der Hitze. Es war gerade kurz nach ein Uhr mittags, aber Vesper Arkham und Lew Croaker hatten schon seit den frühen Morgenstunden des Vortages hart gearbeitet.

Tatsächlich hatte die Arbeit für Vesper bereits vor Jahren begonnen. Ursprünglich hatte sie heimlich für Mikio Okami, den Kaisho, spioniert, aber dann war sie bei Looking-Glass eingeschleust worden, einer streng geheimen Bundeseinrichtung, die für Spionageabwehr und Aufklärung von Attentaten zuständig war. Dort hatte sie entdeckt, daß irgend jemand im Pentagon der Defense Advanced Research Project Agency, besser bekannt als DARPA, supermoderne High-Tech-Waffen stahl, die dann weltweit auf dem schwarzen Markt verkauft wurden. Für Amerika im allgemeinen und für das Pentagon im besonderen waren das sehr schlechte Nachrichten gewesen. Die Vorstellung, daß die fortschrittlichsten Experimentalwaffen in den Händen eines Saddam Hussein oder beim kolumbianischen Drogenkartell landen könnten, war einfach furchterregend gewesen. Und die Lage wurde auch nicht besser, als Vesper festgestellt hatte, daß die undichte Stelle in der DARPA auf jemanden hinzuweisen schien, der für Looking-Glass arbeitete.

Seit es ihr gelungen war, Leon Waxman, den ehemaligen Chef von Looking-Glass, als Johnny Leonforte zu enttarnen, hatte sie herauszufinden versucht, ob die Leonfortes hinter den regelmäßigen Diebstählen bei der DARPA standen. Die DARPA wurde schwarz finanziert, und das bedeutete, daß der Kongreß über Geldzuschüsse für die Organisation nicht abstimmte. Tatsächlich existierte die DARPA offiziell überhaupt nicht. Dennoch hatte jemand die Verteidigungsmaßnahmen durchschaut und stahl jetzt die teuersten Waffen aus dem Arsenal.

Caesare Leonforte? Vesper hatte ihn im Verdacht. Das

war durchaus möglich, da Caesares Vater, Johnny Leonforte, durch Looking-Glass auch Zugang zur DARPA hatte. Wenn der ältere Leonforte seinem Sohn Caesare Zugang zur DARPA verschafft hatte, dann war Caesare gewitzt und clever genug, die Beziehungen weiter zu nutzen. Er würde durch Bestechung und Erpressung seine Vorteile verteidigen, auch wenn sein Vater jetzt tot war.

Daß dieses für die nationale Sicherheit gefährliche Loch gestopft und Caesare vor Gericht gestellt werden mußte, war für Vesper zur fixen Idee geworden. Wie alle anderen bei Looking-Glass war sie von Johnny Leonforte reingelegt worden, und sie war fest entschlossen, dafür zu sorgen, daß Caesare nicht nur für seine eigenen Untaten, sondern auch für die Sünden seines Vaters zahlen mußte.

Deshalb hatte sie wieder mit der Bundesregierung zusammengearbeitet. Sie war bei der Anti-Kartell-Ermittlungsbehörde ACTF eingestiegen und hatte darum gebeten, daß Lew Croaker als unabhängiger operativer Mitarbeiter eingestellt und ihr als Assistent zugeteilt wurde. Das alles war nicht so schwierig gewesen, wie Außenstehende vielleicht gedacht hätten. Die Bundesbehörden waren überfüllt mit überarbeiteten und schlecht motivierten Bürokraten, die sich jeden Tag mit einer Menge Papierkram herumschlagen mußten. Wenn man wußte, wie man die Sache anzupacken hatte, war es ohne großen Streß möglich, Verträge mit echt wirkenden Unterschriften zu fälschen. Vespers alter Chef, Leon Waxman – Johnny Leonforte – war gestorben. Aber Vesper verfügte selbst über ein weitläufiges Netz von Informanten; zwielichtige Typen, für die Kontakte zu einer Agentin wie ihr ein unschätzbarer Aktivposten waren. Diese Leute hatten so hohe Regierungsposten inne, daß ihr Einfluß fast dem Wort Gottes glich.

Im Verlauf ihrer Untersuchungen hatte Vesper bald entdeckt, daß die ACTF bereits eine Firma namens Volto Enterprises Unlimited ins Visier genommen hatte. Die Volto war eine auf den Bahamas registrierte Tarnfirma, und die ACTF vermutete, daß in diesen Kanälen jährlich mehrere hundert Millionen Dollar illegaler Gewinne verschwanden. Der Mann, der hinter der Volto stand, häufte mit den illegal verdienten Geldern ein unglaubliches Vermögen an. Vespers Puls hatte sich beschleunigt, als sie las, daß man hinter diesem Mann Caesare Leonforte vermutete, Johnnys Sohn.

An diesem Punkt waren ihr die Zusammenhänge langsam klargeworden. Sie hatte sich immer gewundert, daß es Johnny Leonforte so perfekt gelungen war, sich hinter der Maske des Leon Waxman zu verstecken. Johnny hatte zwar einen meisterhaft gefälschten Lebenslauf vorlegen können. Er verfügte über alle offiziellen Dokumente: Geburtsurkunde, High-School- und College-Zeugnisse, Bankbürgschaften, Armeepapiere und sogar eine Scheidungsurkunde des Staates Virginia. Außerdem hatte er sich in Übersee einer gründlichen chirurgischen Gesichtsoperation unterzogen. Dennoch hatte Vesper sich gefragt, wie es Leonforte gelungen war, die schwierige Sicherheitsprüfung bei Looking-Glass zu bestehen.

Weitere Nachforschungen hatten ihr Klarheit verschafft. Zum Zeitpunkt der Einstellung Leonfortes waren bei allen Behörden der Bundesregierung wieder einmal Sparmaßnahmen angeordnet worden. Ganze Heerscharen von Angestellten aus den mittleren Rängen waren entlassen worden, darunter die Leute von der Sicherheitsabteilung, die ohnehin nur Teilzeit-Arbeitsverträge gehabt hatten. Man hatte statt dessen die National Security Services (NSS) verpflichtet, ein unabhängiges Unternehmen, das Sicherheitsprüfungen anbot. Vesper hatte eine Unmenge Computerdaten studiert und bald herausgefunden, daß NSS eine hundertprozentige Tochterfirma von Volto Enterprises Unlimited war. Kein Wunder, daß die ausgeklügelte Sicherheitsprüfung für Johnny Leonforte kein Problem gewesen war. Tatsächlich hatte er sie clever umgangen: Er war von seinem eigenen Sohn ›überprüft‹ worden.

Dann hatten sich weitere Teile in das Puzzle gefügt. Lew Croaker hatte ihr erzählt, daß Nicholas Linnear, der auch mit Mikio Okami zusammenarbeitete, der Firma Avalon Ltd. hochgradig wichtige Computerdaten gestohlen hatte. Avalon Ltd. war eine der berüchtigtsten Organisationen im internationalen Waffenhandel, die jährlich Hunderte Millionen Dollar an Volto abführte.

Im letzten Jahr war es Avalon Ltd. irgendwie gelungen, in den Besitz der Waffe Torch zu gelangen. Das war eine nukleare Handwaffe, die aus einem in der Hand gehaltenen Raketenwerfer abgefeuert wurde und von der DARPA entwickelt worden war. Schließlich hatte Vesper entdeckt, daß der Besitzer von Avalon Caesare Leonforte hieß.

Daraus ergab sich, daß sich irgend jemand Zugang zu den geheimsten Dokumenten von Looking-Glass verschafft haben mußte. Nachdem Vesper die Fäden entwirrt hatte, fand sie es fast bewundernswert, wie perfekt das Puzzle zusammengesetzt worden war. Caesare hatte Johnny protegiert, und vielleicht hatte er seinen Vater mit den falschen Papieren versorgt, die es ihm ermöglicht hatten, sich als Leon Waxman zu tarnen. Im Gegenzug hatte Johnny seinem Sohn wahrscheinlich die Informationen zugänglich gemacht, die er benötigte, um das Sicherheitssystem der DARPA zu knacken und ihre Lager zu plündern. Nun hatte es den Anschein, als ob Caesare die Firma Volto benutzte, um die enormen Geldsummen zu waschen und neu anzulegen, die er durch den illegalen Waffenhandel der Avalon verdiente.

Vesper und Croaker hatten die weiße Villa in West Palm eine Woche lang beobachtet. Während dieser Zeit hatte Vesper über alle Leute sorgfältig Buch geführt, die das Haus betraten oder verließen: elegante Anzugträger und Wachtposten, Rechtsanwälte und Geschäftspartner, Gangstertypen und Partygirls, aber auch – was interessant war – käufliche Männer. Sie hatte ebenfalls die regelmäßigen Dienstleistungen beobachtet: La Petite Bakery lieferte täglich Brötchen und Brot, und die frischen Blumenarrangements wurden von Amazonia gebracht. Zweimal wöchentlich wurde der Swimmingpool von der Firma Blue Grotto gereinigt. Dazu kamen noch eine wöchentliche Hygienekontrolle und die Pflege des Rasens und der Bäume. Insgesamt war die Liste zwei Seiten lang.

Vespers Gedanken kehrten in die Gegenwart zurück. Sie saß gemeinsam mit Lew Croaker in einem schicken Restaurant in Palm Beach. Auf der Worth Avenue, der hiesigen Flaniermeile, brauchten die Einkaufsbummler kleine Erfrischungen, um wieder zu Kräften zu kommen. Zu zweit oder zu dritt kamen sie aus der drückenden Hitze herein und umklammerten mit unglaublich langen, lackierten Fingernägeln ihre Einkaufstüten.

Vesper bereitete sich geistig auf die bevorstehende Situation vor und blickte in den Spiegel, der eine ganze Seitenwand des Raums einnahm. So konnte sie den Eingang überwachen, ohne sich umzublicken. Das Restaurant gehörte offiziell zwei dunkelhäutigen und glutäugigen argentinischen Brüdern, die mehr die Frauen als das Geschäft liebten und sich aus diesem Grund gut zur Tarnung eigneten. Tatsächlich gehörte das Lokal Il Palazzo Caesare Leonforte oder, um genau zu sein, einer seiner untergeordneten Firmen.

Vesper schlug die Beine übereinander und bestellte den nächsten Martini. Mit ihren kornblumenblauen Augen und dem goldfarbenen Haar, das über eine Gesichtshälfte herabfiel, sah sie einfach atemberaubend aus. Sie trug ein ärmelloses Kleid von Hervé Leger, das ihre Beine und sonstigen körperlichen Vorzüge zur Geltung brachte. Das also bewirkte ein Kleid für dreitausend Dollar, überlegte sie, daß man darin nicht billig, sondern absolut sexy wirkte.

Croaker hatte wie ein an Luxus gewöhnter Snob ausgesehen, als er sich vor einer Stunde an der Marmorbar, die eine Seitenwand des Restaurants einnahm, neben sie gesetzt hatte. Viele Gäste hatten ihn beobachtet, und gerade das war wichtig gewesen. Sie mußten den Eindruck erwekken, als ob sie sich zuvor nicht gekannt hätten.

Croaker war ein Bär von einem Mann mit einem zerknitterten Gesicht, das ihn eher energisch als ehrlich aussehen ließ. Auffällig war auch seine unheimliche biomechanische Hand aus Polykarbonat und Titan, die ihm japanische Chirurgen angepaßt hatten. Sie bestellten eine große Schüssel mit Manila-Venusmuscheln und einen Cäsarsalat, und alle, die zu ihrem Tisch hinüberblickten, waren sicher, daß sie sich gut miteinander amüsierten. Er erzählte Witze, und sie lachte.

Wenn man vom Teufel spricht, dachte Vesper, als sie sah, daß Caesare mit seinem Anhang, der heute noch größer war als gewöhnlich, das Restaurant betrat. Das war jetzt ihre Chance.

Caesare war offensichtlich ein Gewohnheitsmensch. Und weil er die ganze Woche über zum Mittagessen im Il Palazzo aufgetaucht war, hatte Croaker vorgeschlagen, daß die Kontaktaufnahme hier stattfinden sollte. Vesper war ursprünglich gegen den Plan gewesen. Croaker hatte ihr von seinen Auseinandersetzungen mit Caesare erzählt. Leonforte hatte versucht, ihn gegen Margarite einzusetzen, weil er wußte, daß die beiden eine Affäre hatten, und als Croaker zu entkommen versuchte, hatte Caesare einen Mordanschlag auf ihn verübt.

Das ist doch Unsinn. Bad Clams wird dich umlegen, sobald er dich sieht, hatte Vesper gesagt.

Aber Croaker hatte nur den Kopf geschüttelt. *Da kennst du diesen Bastard schlecht. Das wäre zu einfach. Glaub mir, er würde mich erst noch foltern wollen.*

Caesare durchquerte das Restaurant. Vesper schloß die Augen und versuchte, sich nach und nach von der sie umgebenden Welt zu lösen. Sie konzentrierte sich auf ihren Herzschlag, der wie das Geräusch eines rituellen Getrommels klang; sie fühlte die Luft in ihren Lungen und die Atembewegungen. Durch die Konzentration auf ihre Atmung schaffte sie es, ihren Herzschlag so weit zu beruhigen, daß nur noch die Stille der Gedanken übrigblieb – und das Schlagen von Flügeln, während unsichere Vögel sie ausfüllten, als sei sie ein kristallenes Gefäß.

Sie wandte sich um, öffnete die Augen und blickte Caesare Leonforte direkt ins Gesicht. Croaker hatte recht gehabt. Er hatte eine wilde, irritierende, beinahe verrückte Ausstrahlung. Und selbst jetzt, da er noch am andern Ende des Raums stand, war sein Aussehen beeindruckend. Er hatte kräftige Arme, eine schlanke Taille und einen ungebändigten, wilden Haarschopf. Mit seinem breiten, trockenen Grinsen wirkte er wie ein rücksichtsloser Halbstarker. Aber dann blickte man ihm in die Augen und wurde von einem Schauder ergriffen.

Sie saß entspannt und abwartend neben Croaker, während Caesare sie anstarrte. Sie war bestens über ihn informiert und wußte, daß er nicht der typische Revolverheld war. Er war aalglatt und vielleicht auch halbverrückt. Bad Clams beherrschte die Familien der Westküste und kannte keinerlei Skrupel. Seit er an die Spitze gekommen war, hatte er machtlüstern nach Dominic Goldonis Besitztümern an der Ostküste gegriffen und versuchte seit Doms Ermordung vor fünfzehn Monaten, die Schwächen des Gegners auszuloten.

»Er hat uns gesehen«, flüsterte Vesper Croaker zu. Zu Caesares Wohlgefallen warf sie den Kopf zurück und lachte über eine schlaue Bemerkung, die Croaker gerade gemacht haben mochte.

»Alle Vorbereitungen zu deiner Unterstützung sind getroffen worden«, wisperte sie. Vesper sprach von ihrer Einheit bei der ACTF.

Etwas am Tonfall ihrer Stimme warnte ihn. »Vergiß es, wenn du kalte Füße kriegst. Und mach dir um Himmels willen um mich keine Gedanken. Ich hatte fast mein ganzes Leben lang mit Typen von Bundesbehörden zu tun. Mit denen kann ich umgehen.«

»Forrest ist ein anständiger Mann, aber er ist sehr stur – wie du.«

»Ich sagte doch, daß du dir keine Sorgen machen sollst. Ich werde mit Wade Forrest und meinen anderen Kollegen bei der ACTF schon klarkommen. Im Grunde ihres Herzens sind sie Bürokraten. Sie denken politisch und sind skrupellos. Das macht ihre Absichten vorhersehbar.«

Croaker hatte richtig beobachtet. Vesper fühlte sich wie eine Braut kurz vor der Hochzeit, die begann, an dem ganzen Plan zu zweifeln. Aber sie hatte diesen Handel mit Forrest abschließen müssen, der Chef einer Spezialeinheit bei der ACTF und seit Jahren hinter den Leonfortes her war. Forrest stellte die Ergebnisse seiner Nachforschungen und Unterstützung zur Verfügung, und dafür mußten sie ihn über alles informieren und ihn am Erfolg teilhaben lassen – wenn es einen solchen geben würde. Forrest hatte einräumen müssen, daß der Plan, den sie mit

Croaker ausgeheckt hatte, zwar ungewöhnlich und gefährlich war, aber dennoch den besten Zugang zu Leonfortes Organisation versprach. *Wenn Bad Clams derjenige ist, der die fortschrittlichsten Waffen des Landes aus den DARPA-Laboratorien entwendet, dann werde ich es herausfinden,* hatte sie ihm zuversichtlich versichert. Forrest hatte ihr glauben müssen, und zwar nicht nur wegen ihrer guten Arbeit für Looking-Glass. Ihm war keine andere Wahl mehr geblieben. So hatte er jede Unterstützung zugesagt, und bisher war alles gutgegangen. Trotzdem hatte Vesper Croaker erzählt, daß Forrests Beteiligung ihr Kopfschmerzen bereite. Er mochte zwar als Beamter vertrauenswürdig sein, verfolgte aber vielleicht auch noch eigene Interessen.

Um in Bad Clams' Organisation einzudringen und persönlich in seine Nähe zu gelangen, hatte sie geplant, seine schwache Seite auszunutzen: seine Vorliebe für schöne Frauen. Aber damit lag ihr Kopf auf dem Block unter dem Schafott. Forrest hatte sie darauf hingewiesen, daß sie völlig ungeschützt wäre und man ihr nicht schnell genug helfen könnte, falls die Sache auffliegen würde. Sie hatte einen verwegenen und gefährlichen Plan entwickelt, aber das war ihre einzige Chance, um Bad Clams zu besiegen. Wenn der Plan fehlschlug, würden sie alle draufgehen.

»Er kommt«, sagte Vesper.

Caesare trennte sich von seinem Gefolge, das an einem blumenbeladenen Tisch auf der oberen Ebene des Lokals Platz genommen hatte. Er kam auf Croaker und Vesper zu, wie eine Motte, die sich der Flamme nähert. Leonforte schickte zwei Leibwachen zurück, die ihm gerade folgen wollten, aber die Männer beobachteten den Raum weiterhin aus schmalen, leeren Augen wie Jagdhunde, die Beute wittern.

»Dein Auftritt«, sagte Vesper mit gespieltem Lachen.

Croaker reagierte sofort. »Mach dir um Himmels willen keine Sorgen. Dein üppiger Körper am Fenster. Wie sollte ich dieses Bild je vergessen?«

Vesper, die spürte, daß Bad Clams sich näherte, lächelte Croaker verliebt an. Es war, als ob sie zu lange in der heißen Sonne Floridas gelegen hätte. Ihre Haut prickelte und brannte leicht, als wäre sie wund.

»Croaker«, sagte Caesare mit drohendem Unterton, »was zum Teufel hast du hier zu suchen?«

Croaker blickte auf und sah, daß Bad Clams ungeniert in Vespers Ausschnitt starrte.

»Was glaubst du?« Croaker gestikulierte mit den Händen. »Ich mache Urlaub, bevor ich mich dann wieder der Sportfischerei in Marco Island widme.«

»Erzähl keine Märchen«, sagte Caesare charmant. »Dein Geschäft ist tot, *morto.*« Er wandte den Kopf und fixierte Croaker mit einem stahlharten Blick. »Solltest du nicht eigentlich in New York sein und versuchen, in Margarites Fußstapfen zu treten?«

»Wer zum Teufel ist Margarite?« fragte Vesper kleinlaut und verletzt.

Caesare setzte das liebenswürdige Lächeln auf, das er immer benutzte, wenn es darum ging, Menschen zu gewinnen oder zu beeinflussen. »Ich weiß nicht, was für eine Geschichte dieser Schlaumeier Ihnen verkauft hat, aber er hat zu Hause ziemlichen Ärger. Ärger mit seiner Frau, um genau zu sein.«

»Scheiße!« Vesper warf ihre Serviette auf den Tisch. »Und ich habe geglaubt, du wärst ehrlich.«

»Setz dich wieder hin«, brüllte Croaker, dem die gestellte Szene offensichtlich Spaß machte. Vesper war die geborene Schauspielerin. »Hör nicht auf diesen Typ. Er versucht nur, den harten Kerl zu spielen.«

Caesares Grinsen wurde noch breiter, während er sich über Vesper beugte. »Einen Harten brauch' ich nur bei dir, meine Süße.« Er streckte seine Hand aus. »Wie wär's, wenn du mir da drüben Gesellschaft leisten würdest? Wir werden eine Menge Spaß haben.«

»Verzieh dich«, sagte Croaker.

Caesare wandte sich ihm zu. »Paß auf dein loses Mundwerk auf, Schlaumeier, sonst könnte es passieren, daß du schneller das Gras von unten siehst, als dir lieb ist.«

Croaker bewegte seine biomechanische Hand, und die Nägel aus rostfreiem Stahl wurden am Ende der Finger sichtbar. In diesem Moment schleuderte Caesare ein Messer mit kurzer, breiter Klinge, das Croakers Titanhand an der Tischplatte festnagelte.

Caesare schob sein Gesicht dicht vor das Croakers. »Ich habe dir früher schon geraten, mich nicht zum Narren zu halten, Dreckskerl, aber du machst einfach weiter und pfeifst deine eigene Melodie. Jetzt wirst du sehen, wie dumm das war.«

Er machte eine seltsame, höfliche Verbeugung, wobei er wie ein europäischer Herzog aussah, während er Vesper eine rote Rose überreichte, die in einer Vase auf dem Nebentisch gestanden hatte. »Eine wunderschöne Blume für eine wunderschöne Frau.«

Vesper sog den Duft der Rose ein, und Caesare ergriff ihre Hand. Sie lächelte ihn an, während er sie entführte. Leonforte drehte sich noch einmal nach Croaker um, das wahnsinnige Licht in seinen Augen flackerte wie eine Nova. Er grinste breit. »Weißt du was, Dreckskerl? Ich werde mir in Ruhe überlegen, was ich dir sonst noch wegnehmen kann.« Croaker mußte sich schwer beherrschen, um ruhig sitzen zu bleiben, über Leonforte hinwegzusehen und sein idiotisches Geschwätz zu ignorieren. *Wie geht es jetzt weiter*, dachte er. *Wird er seine Füße in die Luft werfen und vor lauter Ekstase die Hacken zusammenschlagen?*

Sollte Bad Clams doch lachen, während er sich mit Vesper entfernte. Aber in Wirklichkeit war das Lachen gegen Bad Clams selbst gerichtet, oder nicht? Croaker zog die Klinge aus seiner Hand und testete, ob seine Finger noch reagierten. Er spürte keinen Schmerz, und natürlich sah man auch kein Blut. Die meisten Stromkreise wurden automatisch repariert, aber es gab auch welche, die beschädigt werden konnten. Er warf Bad Clams, der neben Vesper an dem großen, runden Tisch saß, einen säuerlichen Blick zu. Seine Rechnung war aufgegangen. Vesper spielte das Florida-Flittchen, und sie würde bald in die Organisation eingeschleust sein. Sie war jetzt in Leonfortes unmittelbarer Nähe und mußte ihre ganze Geschicklichkeit einsetzen, um diesen Platz zu behaupten.

Caesare fand sie attraktiv, das war klar, aber sie würde dafür sorgen müssen, daß er in ihr nicht nur ein Sexobjekt für eine Nacht sah.

Margarite stand immer noch ganz unter dem Eindruck von Rich Coopers Verrat, während sie auf ihren Lexus zusteuerte. Ihre Erinnerung an das, was nun folgte, war seltsam. Später konnte sie sich nur noch entsinnen, daß sie ihren Fahrer Frankie gesehen hatte, der den Lexus verließ, wo er zuvor die Ergebnisse der Pferderennen in der Daily News studiert hatte. Sie hatte sein Lächeln bemerkt, als er um den Wagen herumging. Sie konnte sich sogar daran erinnern, daß ihr die Ausbeulung seiner Jacke an der Stelle aufgefallen war, wo die 38er im Halfter steckte.

Dann geschah anscheinend alles gleichzeitig. Ihr Leibwächter Rocco schien auszurutschen und brach neben ihr zusammen. Sie blickte auf ihn hinab und sah das verstümmelte Bein unter seinem Rumpf. Er versuchte, seine Pistole zu ziehen, aber sein Kopf wurde zurückgeschleudert. Sein Blut und sein Gehirn bespritzten eine ältere Dame, die die Straße entlangschlenderte. Sie schrie auf, und Margarite wandte sich zu Frankie um, der neben dem vorderen Schutzblech des Lexus in Deckung gegangen war. Er brüllte sie an, sie solle sich fallen lassen. Dann rannte er auf sie zu. Frankie streckte eine Hand aus und sprang vor ihr herum, aber seine Bewegung blieb in der Luft hängen, als ihn eine Kugel ins Gesicht traf. Ein weiteres Geschoß zerschmetterte sein rechtes Schulterblatt, aber glücklicherweise spürte er den Schmerz nicht mehr, weil er bereits tot war. Margarite fühlte einen heftigen Ruck, als Frankie gegen sie fiel. Sie versuchte, ihn aufzufangen, doch er war nur noch eine tote Masse, und sie sank auf die Knie.

»Frankie! Gott im Himmel, Frankie!«

Ihre Hand lag unter seinem Körper, und sie fühlte das kalte Metall seiner 38er. Instinktiv versuchte sie, die Waffe an sich zu reißen. Inmitten der wirbelnden Bewegungen schreiender Menschen und des ausbrechenden Chaos sah sie die drei Gangster, die mit gezogenen Waffen auf sie zurannten. Wer waren sie? Sie hätte wetten mögen, daß es sich um professionelle Killer handelte, die extra für diesen Job in die Stadt geholt worden waren. Ihr Herz klopfte schmerzhaft. *Er ist hinter mir her,* dachte sie. *Zuerst haben die Leonfortes Dom ermordet, und jetzt bin ich an der Reihe.*

Sie versuchte aufzustehen, aber die 38er hatte sich in einer Falte von Frankies Mantel verfangen. Margarite schrie auf und bemühte sich, mit dem Absatz ihres Schuhs den Körper auf die andere Seite zu rollen. Frankies starre Augen blickten sie an, und eine Spur rotgefärbten Speichels sickerte aus seinem Mundwinkel bis zum Kinn.

Einer der Gangster war bereits in die Knie gegangen und lehnte wie ein Scharfschütze an einem geparkten Auto. Noch während er seinen 45er auf sie richtete, gelang es Margarite, die Waffe aus dem Mantel zu lösen. Sie zielte mit durchgedrücktem Arm und schoß. Der kniende Mann wurde durch die Kugel zurückgeschleudert und riß die Arme hoch. Seine beiden Kumpels hielten für einen Augenblick verblüfft inne.

Margarite feuerte einen weiteren Schuß ab, sprang auf und stürzte sich durch die offene Fahrertür in den Lexus. Sie drehte den Zündschlüssel, noch bevor sie richtig hinter dem Steuer saß. Mit dem Fuß fand sie das Gaspedal und rutschte in ihrer Panik fast ab, während sie den Gang einlegte. Sie schrie, als ein Schuß die Rückscheibe des Autos zertrümmerte, dann gab sie Gas, fuhr los, ohne in den Rückspiegel zu blicken, und streifte das Vorderlicht eines vorbeifahrenden Taxis. Wütendes Hupen und kreischende Bremsen ertönten.

Eine weitere Kugel drang in den Innenraum des Lexus. Sie versuchte durch Gegensteuern die Wirkung der Karambolage auszugleichen und war auf und davon. Margarite preschte an einer roten Ampel vorbei und wäre fast mit einem klapprigen Lastwagen zusammengestoßen. Sie überholte ihn und stieg hart in die Bremsen, weil sie beinahe einen Fahrradkurier überfahren hätte. Auf der Park Avenue schlug sie abrupt die entgegengesetzte Richtung ein. Mit ihrem Wagen, einem Chaos von Glassplittern und verformten Chrom- und Plastikteilen, raste sie in Richtung Innenstadt, als ob ihr der Teufel im Nacken säße, bog in den Midtown-Tunnel und steuerte dann ihr Zuhause in Old Westbury an.

Der Fahrer lenkte die kugelsichere Limousine in die Auffahrt, die zu der großen weißen Villa in West Palm Beach führte. Man sah fantasievoll geformte Säulen und europäisch anmutende Tore, dichte Hecken und einen sorgfältig gepflegten Rasen. Das Haus stand am Ende der Linda Lane, wo diese auf den Flagler Drive stieß. Die Lage der Villa war vielleicht nicht so erstklassig wie die eines Hauses am Ocean Boulevard nordöstlich von West Palm im eigentlichen Palm Beach, aber dafür war das Anwesen sehr abgelegen. Genauso wichtig war, daß man durch einen soliden bürgerlichen Vorort hierher gelangte, der sich von dem von Schwarzen bewohnten Ghetto westlich von Palm Beach vorteilhaft unterschied.

Man blickte über das hellblaue Wasser eines Sees. Den Atlantik konnte man von der Villa aus nicht sehen, aber dafür gab es hier auch keine Horden von Touristen und Neugierigen, deren nicht abreißender Strom die Stadtteile am Meer überflutete.

»Da wären wir«, sagte Bad Clams mit, wie es Vesper vorkam, übertriebener Aufgekratztheit. »Der Weimaraner schlägt Alarm.« Die Limousine hielt direkt hinter den Eisentoren. Bad Clams öffnete das Autofenster. »Frisches Blut.«

Ein Posten mit gelblich unterlaufenen Augen blickte finster drein, und ein anderer bärenstarker Mann riß die hintere Seitentür des Wagens auf. Er hielt einen kraftvollen Weimaraner an einer kurzen Würgeleine fest. Der Hund schob seine häßliche Schnauze ins Wageninnere, wo Vesper neben Leonforte saß. Der Weimaraner war ein furchterregendes Monster und sah aus, als hätte man ihm während der letzten sechs Monate eine Diät verabreicht, die nur aus blutigem Fleisch und Steroiden bestanden hatte. Der Hund stemmte seine kräftigen Vorderpranken auf den Teppich im Inneren des Autos, während der Posten finster und wollüstig Vesper beäugte.

»Machen Sie Ihre Tasche auf«, befahl er.

Sie öffnete die Handtasche, so daß der Hund mit seiner Schnauze in ihrer persönlichen Habe herumschnüffeln konnte. *So also wird es sein,* dachte sie. Bad Clams war roh und anziehend zugleich, aber er war kein Statist. Er hatte im Restaurant den Vorsitz geführt und sein Gefolge mit Geschichten unterhalten, die eine ganze Palette von Themen abdeckten. Während der ganzen Zeit hatte seine Hand unter Vespers engem Kleid ihre Oberschenkel betastet. Bevor er sich zu weit vortasten konnte, hatte sie seine Finger festgehalten. Das hatte ihn erstaunt, aber – wie erwartet – seine Begierde nur noch gesteigert. Es entsprach Vespers Erfahrungen, daß die Männer am stärksten begehrten, was sie nicht kriegen konnten, und so war sie nicht erstaunt gewesen, daß Bad Clams das Mittagessen schnell beendet hatte, um sie in sein Haus einzuladen.

Der Posten grunzte, während der Weimaraner an der Kette zerrte, um sie zu beschnüffeln. »Raus aus dem Wagen.«

Vesper blickte zu Bad Clams hinüber, der sie mit einer solchen Eindringlichkeit anstarrte, daß ihr – wäre sie nicht auf ihn vorbereitet gewesen – das Blut in den Adern gefroren wäre.

»Hast du ein Problem mit meinen Sicherheitsbeamten, Baby?«

Sie lächelte lieb. »Absolut nicht.«

Sie stieg aus dem Wagen und setzte ihre Sonnenbrille auf. Dann stand sie völlig regungslos im grellen Sonnenlicht Floridas, während der Posten die Kette des Weimaraners losließ. Der Hund überschlug sich fast vor Freude, weil er freigelassen worden war. Das Sonnenlicht glänzte auf seinem glatten grauen Fell. Er pirschte um sie herum und vergrub seine Nase zwischen ihren Beinen. Der Posten beobachtete ihren Gesichtsausdruck und grinste breit.

Niemand sagte etwas. Vespers kühle blaue Augen hielten dem Blick des Postens stand, bis er gezwungen war, in eine andere Richtung zu schauen.

Bad Clams lachte. »Hat sie nicht wunderschöne Brüste, Joey?«

»Ja, natürlich, Mr. Leonforte«, sagte Joey, während er den Hund wieder anleinte.

Bad Clams winkte sie herbei. »Komm rein, Baby. Du hast die Sicherheitskontrolle überstanden.« Er beobachtete sie, während sie ihren Kopf beugte, um in den Wagen zu steigen. »Alles klar?«

»Natürlich. Zumindest so lange, wie der Hund mich nicht mit seinem Mittagessen verwechselt.«

»Überlaß das mir.« Bad Clams lachte in sich hinein. Er bedeckte ihre Knie mit seiner Hand, während sie die Auffahrt hinauffuhren. Vesper lehnte sich zurück. Für den Augenblick war sie zufrieden.

Das Innere der Villa war in demselben Weiß gestrichen wie die Außenfront. *Es muß eine Wahnsinnsarbeit sein, hier zu putzen,* dachte Vesper. Aber ein Typ wie Bad Clams Leonforte hatte damit natürlich keine Probleme. Die runden Wände bestanden aus Glasbausteinen, die das Sonnenlicht prismatisch brachen. Die Möbel sahen nach Maßarbeit aus und zeichneten sich durch die glatte Unterkühltheit des ultramodernen Mailänder Stils aus. Zwei weiße Ledersofas standen wie Kommas an einem eingelassenen Wasserbassin, in dem gefleckte Karpfen mit träger Gleichgültigkeit umherschwammen. Ein lächerlicher Bronzekamin, so groß, daß ein Mann darin stehen konnte, war jetzt mit einem riesigen Arrangement frischer Blumen gefüllt, deren Farbenvielfalt inmitten der strengen Inneneinrichtung erstaunlich war.

Man hörte Musik von Jerry Vale von einer dieser CD-Endlosschleifen. »Gefällt dir dieser Mist?« fragte Bad Clams rhetorisch. Er ging zu dem Schrank mit mattschwarzen Audio- und Videogeräten hinüber, die wie das Armaturenbrett im Cockpit eines Flugzeuges aussahen. »Ich persönlich kann diese Musik nicht ausstehen.« Er schaltete den CD-Player aus. »Aber die Angestellten lieben sie, das ist fast schon eine Tradition. Die Musik erinnert sie an Mama und Papa oder sonstwas.«

»Erinnert sie Jerry Vale an Ihren Vater?«

Er hielt inne und wandte sich dann langsam um, um ihr tief in die Augen zu sehen. Vielleicht litt er nur unter der paranoiden Angst, daß jemand wüßte, wer sein Vater war. Sie verlangsamte ihren Herzschlag mit derselben Methode, die sie anwandte, um einen Lügendetektor zu überlisten. Solche Sachen machten ihr Spaß; das waren Herausforderungen, die ihrem außergewöhnlichen Geist angemessen waren. Sie hatte Universitätsexamen von Yale und der Columbia-University in Philosophie, klinischer Psychologie und einen Doktortitel in Parapsychologie. Sie war zudem Mitglied des Mensa-Clubs gewesen.

»Mein alter Herr hat nie Jerry Vale gehört«, sagte Bad Clams mit übertriebener Vorsicht. »Seine Vorliebe galt der Oper. Man brauchte ihm nur eine gute Arie vorzuspielen, und nach ein paar Minuten war er in Tränen aufgelöst.«

Vesper betrachtete mit gespieltem Desinteresse seine CD-Sammlung. Sie zog einen seltsamen Schatz hervor. »Wie wär's denn hiermit?«

Bad Clams nahm ihr die CD ab und sah auf den Titel. »Gerry Mulligan? Wirklich? Du magst Jazz?«

Sie nickte. »Einiges, zum Beispiel Gerry Mulligan, Dave Brubeck und Miles Davis. Den Pop-Fusion-Mist kann ich nicht ausstehen.« Vesper hatte ihre Hausaufgaben erledigt. Sie hatte sich die Titel seiner Sammlung in einer Zeit eingeprägt, die andere Leute für wenige CDs benötigt hätten.

»Ich auch nicht.« Bad Clams schob die CD in den Apparat, und der elegante Klang von Mulligans Baritonsaxophon erfüllte den Raum.

Er wirbelte sie ohne Vorwarnung herum und begann zu tanzen, während er sie in die Arme nahm. Er war ein überraschend guter, leichtfüßiger Tänzer und öffnete sich dem Rhythmus mehr als die meisten Männer, wobei er seine Hüften kreisen ließ. Im Restaurant hatte er nicht gerade wenig getrunken, aber es gab keinerlei Anzeichen, daß er beschwipst war. Sie spürte sein Gewicht, schwer wie ein schwarzes Loch, und er sog sie auch mit einer Art Schwerkraft an. Einen Augenblick lang fürchtete sie, die Kontrolle zu verlieren. Es war wie bei dem Hund draußen, etwas in ihr hatte sich von der Leine gerissen. Alles schien sich zu drehen, und sie atmete tief durch, um das verwirrende Gefühl wegzudrängen.

Vesper war eine Wahlwaise, ein Straßenkind, das wußte, was es hieß, verwahrlost und obdachlos zu sein. Ihr schlimmster Alptraum war es, die Selbstkontrolle zu verlieren. Sie war in Potomac in Maryland geboren worden. Ihre Eltern, Maxwell und Bonny Harcaster, nahmen in ihrem Leben keinen Platz mehr ein, wenn sie es denn überhaupt je getan hatten. Ihre Intelligenz, der ihr Körper und ihre Gefühle untergeordnet waren, war zugleich ein Geschenk und ein Fluch. So hatte sie schon früh mit Drogen, Sex und alternativen Lebensweisen experimentiert und sich auf alles und jeden eingelassen. Nichts war zu fremdartig oder tabu. Sie wußte alles über AIDS, da einer ihrer Freunde an der Krankheit gestorben war, bevor das Thema die amerikanische Öffentlichkeit mit voller Wucht getroffen hatte. Und doch hatte sie mit ihren Experimenten nicht aufhören können. Sie konnte es nicht. Sie hatte jede Selbstkontrolle verloren und stolperte von einer bizarren Affäre in die nächste. Selbstzerstörung gehörte damals einem fremden, ihr unverständlichen Vokabular an.

Mikio Okami hatte die verkratzte und schmutzige Vesper wie ein weggeworfenes Geldstück auf der Straße aufgelesen. Sie war völlig vereinsamt, als er sie gefunden hatte, und wie eine Aussätzige von menschlichen Kontakten abgeschnitten. In ihrem verwilderten und angsterfüllten Zustand hatte sie versucht, Okami zu beißen und ihm die Augen auszukratzen. Die fiebrige Paranoia derer, die auf der Straße leben, hatte sie glauben lassen, daß er sie vergewaltigen wollte. Es hatte viel Zeit gekostet, sie aus ihrem Delirium zu befreien, aber sie hatte Okami immer noch mißtraut, weil sie glaubte, daß er sie zähmen und ihre Geisteskräfte brechen wollte. Dabei hatte er alles getan, um diese freizusetzen.

Während sie jetzt engumschlungen mit Bad Clams Leonforte tanzte, keimte Vespers alte Angst, die Selbstkontrolle zu verlieren, wieder auf und schien sie zu ersticken. Sie hatte ihre wilden Gefühle so lange gebändigt, daß sie noch vor einer halben Stunde eine Rückkehr in diesen unkontrollierten Zustand für undenkbar gehalten hatte. Aber in Caesares Armen schien sie durch eine urwüchsige Kraft beherrscht zu werden, als ob sie ihr Ich verlieren würde. Diese Persönlichkeit hatten sie und Mikio Okami sorgfältig aufgebaut. Sie hatte drei Jahre in Yale verbracht und vier Jahre an der Columbia-Universität studiert. Danach hatte sie fünf Jahre in Okamis Diensten gestanden. Er hatte die High-School-Zeugnisse für sie gefälscht, und Vesper hatte die schriftlichen und mündlichen Aufnahmeprüfungen für die Universität so gut bestanden, daß sie sich die Hochschule einschließlich vollem Stipendium aussuchen konnte. Sie bestand mit den besten Noten, hatte die besten Lehrer und Prüfer. Mikio Okami hatte recht gehabt: Die ganze Welt hatte nur darauf gewartet, sie in die Arme zu schließen.

Caesares Hand streichelte mit fast unmerklichen, kreisenden Bewegungen ihren Rücken. Sie blickte in seine Augen, während er ihre Hüften gegen seine preßte. Sie sah das irre Flackern. Der Geruch des Wahnsinns war so deutlich, daß sich ihre Nasenlöcher zu blähen begannen. Aber wenn er tatsächlich verrückt war, dann handelte es sich um einen Wahnsinn, der ihr nur zu vertraut war. Der bloße Gedanke daran jagte ihr einen Schauer über den Rücken wie ein triumphales Heulen in der Nacht.

Mulligans Saxophonklänge durchwehten den Raum, der von weichen Schatten und flammendem Licht erfüllt war, das von den Glasbausteinen wie von Spiegeln reflektiert wurde. Draußen wiegten sich die Königspalmen im Dreivierteltakt, und das heiße, flirrende Licht der Küstenlandschaft beherrschte den Nachmittag.

Vesper wiegte sich in Caesares Armen, und sie fühlte sich angezogen wie von einem Magneten der Zeit. Ihre Erinnerung schleuderte sie unerbittlich in die Zeit zurück, als sie ein Teenager gewesen war, innerlich bis zum Zerreißen angespannt, und alle gesellschaftlichen Konventionen mißachtet hatte. Sie war die Bewohnerin eines Niemandslandes gewesen und hatte sich keinem gegenüber verantwortlich gefühlt. Vesper hatte es fieberhaft mit einer Frau nach der anderen getrieben und diese vielleicht rauher behandelt als jeder Mann. Und deshalb war es ein Gottesgeschenk gewesen, daß Mikio Okami sie aufgenommen und ihr die Möglichkeit geboten hatte, einen Ausweg zu finden für all die in ihrem Inneren gefangenen Vögel, mit ihren eingezogenen Krallen und mit Schnäbeln, die zu einem ununterbrochenen Schrei geöffnet waren.

Seit sehr langer Zeit schon hatte sie – wie sollte sie es ausdrücken – ihren Geist mit einer Schar von Falken verglichen, die vom Nachtwind getragen wurden und sie nach oben zogen. Wahrscheinlich hatte es sich dabei nur um eine drogenbedingte Einbildung gehandelt, aber die Bilder hatten sich trotzdem in ihrem Gedächtnis festgesetzt.

Caesare küßte sie jetzt, und sie spürte, wie die Falken ruhelos auf der dunklen Vogelstange zappelten, auf die sie sie verwiesen hatte, als sie Mikio Okami wirklich kennengelernt und akzeptiert hatte. Sie wußte, wenn sie keinen Weg fände, die Falken abzulenken, würden sie auffliegen und sie an den Ort tragen, an dem sie nie wieder hatte landen wollen.

Caesare flüsterte ihren Namen, und sie schloß die Augen. Vesper spürte, daß Caesare sie gegen die gewölbte Wand aus Glasbausteinen drückte, und ihr Herzschlag beschleunigte sich. Sie fühlte das kühle Glas in ihrem Rücken, als Caesare sich an sie preßte. Das grüne Licht, das durch die Glasbausteine gebrochen wurde, überflutete sie. Diamantengleiches Sonnenlicht reflektierte sich im Wasser des Bassins und warf gekräuselte Muster gegen die Decke des Raums.

Vesper ergab sich und schlang ein Bein um Caesares Hüfte. Sie hatte es ihm den ganzen Nachmittag lang nicht erlaubt, aber jetzt streichelte seine Hand sie genau an der Stelle. Caesare führte seine Mittelfinger zärtlich in ihre Scheide ein.

Sie warf den Kopf zurück und stöhnte. Die Falken flogen in die Dunkelheit und verließen das Exil, in das sie verbannt worden waren. Sie spreizten die Flügel und schrien ihr ins Ohr. Damals, mit siebzehn, als sie vom Wahnsinn ergriffen worden war, hatte ihre lesbische Begierde sie ernstlich erwägen lassen, ob sie sich nicht einer Geschlechtsumwandlung unterziehen sollte, damit die bereits begonnene Veränderung vollkommen wurde. Es war seltsam, aber Caesare Leonforte war der erste Mann, der sie vergessen ließ, daß sie eigentlich selbst immer ein Mann sein wollte.

Caesare stöhnte, während er ihr das elastische Kleid über die Hüften zog. Ihre Finger öffneten seinen Gürtel und den Reißverschluß. Sie bemerkte seine Erektion und konnte nicht mehr warten. Sie drückte ihn an sich und wurde vor Erregung fast ohnmächtig. Vesper führte sein Glied ein. Sie war atemlos und spürte, wie eine flüssige Hitze sie erfüllte.

Als Vesper fühlte, daß Caesare in ihr war, erschauerte sie und verlor sich mit einem Schrei in der Ekstase des Orgasmus. Sie biß ihn in die Schulter, zog ihn hart an sich und kam erneut. Vesper schauderte und glitt die Glaswand hinab. Er folgte ihr, und sein Gewicht vermittelte ihr ein gutes Gefühl. Sie war mit ihm vereint und fühlte sich beschützt. Irgendwo tief in ihrem Innern war noch der leise Klang einer rationalen Stimme zu hören, die ihr sagte, daß dies alles Wahnsinn sei. Aber das Kreischen der Falken übertönte die Stimme und vermischte sich mit Vespers schluchzendem Stöhnen, während sie vom nächsten Orgasmus erschüttert wurde.

Das war selbst für Caesare zuviel, der seinen Orgasmus kommen spürte. Er konnte seine Gefühle nicht mehr kontrollieren und preßte sich wie betäubt an ihren zuckenden Körper. Er wollte nur noch tiefer in sie eindringen. Und in diesem Moment wußte er, daß Probleme auf ihn zukamen.

Sie spürte ihre und seine Körperflüssigkeit auf der Haut und schlief ein, wo sie lag. Caesare stand auf, um zu telefonieren, und Mulligans Saxophon erfüllte noch immer die Räume der Villa.

Vesper träumte, daß sie wieder an der Columbia-Universität war und sich in die Parapsychologie vertiefte, aber trotz des merkwürdigen Symbolismus ihres Traums dachte sie an Caesare. Mit einem stillen Wink hatte sie ihn im Restaurant scharfgemacht und ihn dann mit der Macht ihres Charismas in die Falle gelockt. Sie hatte den Teil ihrer Persönlichkeit eingesetzt, vor dem sie bisher geflohen war, weil er sie erschreckt hatte.

Okami hatte sie gezwungen, diesem beängstigenden Teil

ihres Ichs ins Auge zu blicken und ihn zu manipulieren, war wiederaufgetaucht und hatte sie der Anziehungskraft von Caesare geöffnet und die Falken freigelassen. Jetzt befand sie sich in der gefährlichsten Situation ihres Lebens.

3
Tokio / New York

»Ein französisches Sprichwort sagt: Zwischen der Stunde des Hundes und der des Wolfes liegt das Ende aller Dinge.«

»Ist damit eine reale Zeitspanne gemeint?«

Mick Leonforte lächelte. »Ja, natürlich. Es geht um die Stunde zwischen Zwielicht und Abenddämmerung, wenn die Sonne bereits am Horizont verschwunden, aber die Nacht noch nicht angebrochen ist. Das ist die Stunde, wenn die Wächter der Ziegenherden in den Bergen ihren Hunden befehlen, ihre Schützlinge aus dem Weideland zurückzubringen, bevor die Wölfe sie töten können.«

Ginjiro Machida, der Oberstaatsanwalt von Tokio, fuhr sich mit der Zunge über seine nikotinverfärbten Zähne, die die Farbe alten Elfenbeins angenommen hatten. »Das Ende ...«

»Oder der Beginn«, sagte Mick. »Die *Veränderlichkeit.* Sie sehen, es gehört alles zusammen.«

»Und wie?«

»Die Geschichte wird in der Gegenwart ständig umgeschrieben.« Mick schritt ruhelos, wie ein Tier in einem Käfig, durch den rhombenförmigen Raum. »Große Geister zeichnen sich durch die Fähigkeit aus, die Geschichte neu zu interpretieren und die Lügen zu ignorieren, die eine Bande verschworener Historiker aufgestellt hat. Große Geister graben die unbequemen Wahrheiten aus, die die Geschichtswissenschaftler zugeschaufelt haben. Was ist die Geschichte denn anderes als eine Vermengung von Sprache und Text? Aber die Sprache ist ihrer Definition nach notorisch unzuverlässig, und Texte sind im großen und ganzen immer zweideutig. Sie sind offen für Interpretationen, und das ermöglicht logischerweise Verfälschungen.«

Die beiden Männer befanden sich in Machidas Haus in Tokio. Das Gebäude, in den zwanziger Jahren nach Entwürfen von Frank Lloyd Wright errichtet, war eine kulturelle Sehenswürdigkeit. Es bestand ganz aus Betonblöcken, in die ein Muster eingemeißelt worden war, das entfernt an die Kunst der Mayas erinnerte. Die meisten fanden die Bauweise des Hauses zu unkonventionell, einschüchternd und viel zu auffällig.

Aber Machida liebte sein Haus. Er hielt sich in jeder anderen Hinsicht zurück, das Haus war seine einzige große Leidenschaft. Er war besessen davon, es in seinem ursprünglichen Zustand zu erhalten.

»Ich bin Dekonstruktivist«, sagte Mick. »Ich enttarne die Geschichte durch sorgfältige Textanalyse Stück für Stück, indem ich die Fehlinterpretationen, Verdrehungen und Manipulationen – mit anderen Worten: jeden Subjektivismus – beiseite räume. So finde ich die Wahrheit.«

Machida starrte auf den Kamin aus glänzenden Steinen und polierter Bronze, während er über Micks Worte nachdachte. Er war ein dunkelhäutiger Mann mit einem flachen Gesicht und zurückgekämmten Haaren. Machida hatte das entschlossene Verhalten eines erfolgreichen Anwalts, und genau das war sein Beruf gewesen, bevor er die Karriereleiter bis zum Gipfel des Oberstaatsanwalts von Tokio emporgestiegen war. Er hatte einen breiten Mund und große, kohlenschwarze Augen, die alles auf einmal zu sehen schienen.

Endlich wandte er sich wieder Mick zu, der in seinem schwarzen Anzug von Issey Miyake dastand und ganz wie ein Besucher von einem anderen Stern wirkte. »Sie leugnen die gesamte Vergangenheit. Sie manipulieren sie. Letztlich löschen Sie die Geschichte aus.«

»Nein, nein, nein. Ganz im Gegenteil. Ich suche nach einer Neuinterpretation und nach einer Öffentlichkeit, der ich – wie im Fall des sogenannten Holocaust – beweisen kann, wie die Ereignisse der Vergangenheit verfälscht worden sind. In einigen Fällen – wie beim Schicksal der Juden – sind die historischen Tatsachen systematisch verfälscht worden, um den Mythos einer grausamen Verfolgung zu konstruieren, die so nie stattgefunden hat.«

Machida zeichnete sich durch die Gelassenheit und souveräne Autorität aus, die die Japaner am meisten bewundern. Ohne diese Eigenschaften hätte er nie in die oberen Etagen der Geschäftswelt oder der Bürokratie aufsteigen können. »Dann haben die Nazis also nicht sechs Millionen Juden umgebracht? Das ist Ihre Behauptung.«

»Ja.«

»Und all die wissenschaftlichen Beweise . . .«

»Alles inszeniert, zurechtgeflickt, gefälscht.« Mick fuhr mit der flachen Hand diagonal durch die Luft. »Ich habe es Ihnen ja gesagt, die systematische Verfälschung der Vergangenheit ist allgegenwärtig. Die historische *Wissenschaft* hat gerade erst begonnen, auf der ganzen Welt auf sich aufmerksam zu machen. Aber ich versichere Ihnen, ihre Zeit wird kommen, und man wird ihre Ergebnisse nicht ignorieren können.«

Der Anflug eines Lächelns glitt über Machidas Gesicht, während er zu der silbern und schwarz verzierten Marmorbar hinüberging, auf der Statuen kleiner Frauen und eines russischen Wolfshundes standen. »Ja, Ihre Philosophie ist sehr dynamisch und ziemlich . . . überzeugend.« Er lachte. »Sie haben mich durch ein einziges Treffen für Ihre Sache gewonnen, und diese Männer . . . Nun, ich will nicht zu indiskret sein, aber lassen Sie mich Ihnen doch versichern, daß sie für ihr Gedankensystem offene Ohren haben werden.«

Als ob es bei Ihnen anders wäre, dachte Mick, während er durch den Raum schritt. Er brachte sein Gesicht direkt vor das des Oberstaatsanwalts. »Sie kennen Tontauben? Genau darum geht es. Sie werden dafür sorgen, daß ich diese Leute kennenlerne, und ich erledige dann den Rest.«

Machida mochte die körperliche Nähe anderer Menschen nicht, aber er wich keinen Zentimeter zurück. »Wissen Sie, ich zweifle häufig, ob es klug war, sich auf eine Allianz mit Ihnen einzulassen.«

»Zum Teufel, dann lassen Sie es doch«, fuhr Mick ihn an. »Ich kann keine Partner gebrauchen, die kalte Füße kriegen.«

Machida hatte zwei große Gläser mit Suntory-Whisky gefüllt und reichte Mick eines. »Ich komme aus dem Geschäft nicht mehr raus. Dafür ist es bereits zu spät. Ich habe eine Menge Ärger auf mich genommen, um die Mitglieder von Denwa Partners zu finden und zu identifizieren, die für Ihre Botschaft empfänglich sein könnten. Es wurden Versprechen gegeben, Geschäfte vereinbart und Geldbeträge gezahlt. Sie sind ja nicht erst seit gestern in Asien, also verstehen Sie auch, was ich meine.«

Mick nahm aus Höflichkeit einen Schluck und stellte sein Glas dann ab. Er machte sich nicht viel aus japanischem Scotch.

»Gut.« Machida bewegte sich nicht, aber es schien irgendeine Kraft von ihm auszugehen, die sich bedrohlich gegen seinen Besucher richtete. Mick spürte, wie er eine Gänsehaut bekam und sich seine Nackenhaare sträubten. »Ich weiß, daß Sie auch in der Vergangenheit Geschäftspartner hatten. Und ich glaube, daß keiner von ihnen überlebt hat. Das sind schlechte Vorzeichen.« Machida zuckte die Achseln, doch es schien, als ob seine Schultern sich nicht bewegten. »Aber das bringt mich nicht durcheinander. Mein öffentliches Ansehen beruht darauf, daß ich aus schwierigen Situationen immer Kapital geschlagen habe. Herausforderungen waren mir stets ein Ansporn.«

»Soll das eine Drohung sein?«

Der Hauch eines Lächelns spielte um die Winkel von Machidas breitem Mund. »Wenn Sie mich erst besser kennen, werden Sie feststellen, daß ich nie Drohungen ausstoße. Ich äußere nur Prophezeiungen.«

Mick hatte lange genug in Asien gelebt, um zu verstehen, daß es bei diesem Spiel nur darauf ankam, wer den längeren Atem hatte. Es war eine große Leidenschaft der Japaner, herauszufinden, wie lange man sich herumstoßen ließ und wann man endlich genug hatte. Erst dann zollten sie einem einen gewissen Respekt.

»Überall um mich herum«, fuhr Machida fort, »sehe ich die verschlossenen Gesichter von Leuten, die die von den sogenannten Reformern angestrebten Veränderungen fürchten. Ich habe keine Angst vor den Reformern, weil sie keine Macht haben. Die Macht habe ich. Ich mache Geschäfte und kaufe Menschen wie andere Leute Reis. So ist es in Japan seit dem Krieg im Pazifik immer gewesen, und so wird es auch bleiben. Die Reformer haben nicht nur keine Macht, sie sind auch naiv. Ihre ›Koalition‹ ist ein Witz. Sie ist schon jetzt so oft zerbrochen, daß die Zerwürfnisse ihr Profil fast unkenntlich gemacht haben. Letztlich können nur spezielle Interessen garantieren, daß das Unternehmen Japan wie eine gutgeölte Maschine funktioniert. Das alte Japan wird überleben. Und auch ich werde trotz der wirkungslosen Bemühungen der Reformer überleben – politisch und persönlich.«

Das alles war Mick natürlich bewußt. Und in erster Linie hatte er gerade deshalb Machida aufgesucht. »Frei nach Nietzsche: Wenn ich keine Partner hatte, die ihr Bündnis mit mir überlebten, dann deshalb, weil ihnen der Wille dazu fehlte – oder der Mut, sich kühn in das Wagnis zu verbeißen.«

Machida klackte laut mit seinen Zähnen. Vielleicht war er amüsiert, für Mick war das schwer zu entscheiden. In diesem Moment klingelte es an der Tür. »Eine unglückliche, aber notwendige Unterbrechung«, sagte Machida, ohne sich zu regen. Er zeigte in eine bestimmte Richtung. »In der Bibliothek gibt es ein breites Spektrum interessanter Bücher, darunter sogar einige in englischer Sprache.«

»Ich lese auch japanische Bücher«, entgegnete Mick, aber er bedauerte dieses Eingeständnis sofort. Man konnte nie wissen, wann man – bei Freunden oder Feinden – dies zu seinem Vorteil nutzen konnte.

Er nickte Machida zu und verschwand in Richtung Bibliothek.

Als Machida sich vergewissert hatte, daß Mick nicht mehr zu sehen war, betrat er den Korridor und öffnete die Haustür.

»Herr Oberstaatsanwalt«, sagte Takuo Hatta mit einer tiefen Verbeugung.

Machida ließ ihn eintreten. Der Gast war ein kleiner, gedrungener Mann mit stahlgrauem Haar, das so kurz geschnitten war, daß die Kopfhaut durchschimmerte. Er trug eine runde Nickelbrille, deren Gläser seine unterlaufenen

Augen vergrößerten. Der Mann hatte eine abgenutzte Attaché-Aktentasche dabei und klammerte sich daran fest, als ob sich alle Staatsgeheimnisse darin befänden.

»Hatte ich Ihnen nicht bereits gesagt, daß Sie sich eine neue Aktentasche kaufen sollten?« fragte Machida angewidert. »Diese sieht aus, als ob ein Hund sie bearbeitet hätte.«

»Ja, Herr Oberstaatsanwalt«, antwortete Hatta, der sich erneut mehrfach verbeugte. »Ich habe einfach nicht die Zeit gefunden, um . . .«

»Beschweren Sie sich über eine zu große Arbeitsbelastung?«

»Nein, Herr Oberstaatsanwalt.«

»Ich habe Ihnen einen großen Gefallen getan, als ich Sie zu meinem Verwaltungsassistenten gemacht habe. Aber die Art und Weise, wie Sie den Fall Noguchi verpfuscht haben, gab genug Anlaß für einen ernsthaften Verweis. Es ist mir unbegreiflich, daß Sie es nicht geschafft haben, die notwendigen Verhöre durchzuführen. Und es ist unentschuldbar, daß Sie Noguchis illegale Verbindung zu Tora Securities nicht aufgedeckt haben. Sie sind vielleicht ein fähiger Verwaltungsangestellter, aber wenn es um Menschen geht . . .«

Nach dieser Unmutsäußerung zuckte Hatta zusammen. Aus den Augenwinkeln beobachtete er, wie Machida zur Bar ging und einen großen Schluck Scotch hinunterstürzte. Es stand noch ein anderes Glas da, das er beinahe auch geleert hätte. »Immer wenn ich Sie sehe, dreht sich mir der Magen um«, sagte er unfreundlich. »Noguchi lacht heute noch über Ihre Inkompetenz. Sie haben die ganze Behörde blamiert.« Er wandte sich um. »Ich *hätte* Sie degradiert, wenn sich mein früherer Assistent nicht genau an dem Tag, als die Katastrophe ans Licht kam, entschlossen hätte, sich nach Kioto versetzen zu lassen. Ich brauchte einen Assistenten, und es gab sonst niemanden, der in Frage kam. Pech für mich, vielleicht. Glück für Sie.« Er durchquerte wieder den Raum. »Befolgen Sie meine Anweisungen, und kaufen Sie sich morgen in der Mittagspause eine neue Aktentasche.«

»Ja, Herr Oberstaatsanwalt.«

»Also, haben Sie die Akte studiert, die Tanaka Gin im Fall Tetsuo Akinaga zusammengestellt hat?«

Hatta griff in die geöffnete Aktentasche. »Hier ist sie, Herr Oberstaatsanwalt.«

Machida nahm den Aktenhefter aus der Hand seines Assistenten und brummte beim Lesen vor sich hin. »Vielleicht sollte ich nicht soviel Wind um Ihren Schnitzer machen, Hatta-san. Sie haben bewiesen, daß Sie nicht dumm sind. Außerdem können Sie als unverheirateter Mann sich den Luxus erlauben, für mich auch zu dieser späten Stunde zu arbeiten.«

Hatta verbeugte sich. »Soviel Lob verdiene ich nicht, Herr Oberstaatsanwalt.« Er beobachtete Machida, der den Aktenordner durchblätterte. Der Vorgang mußte bis zum nächsten Morgen abgeschlossen werden. Machida war bekannt dafür, daß er Akten auf die scheinbar nichtigsten Details hin untersuchte und dann vor Gericht praktisch unangreifbar war.

Machida runzelte die Stirn. »Ich bin erst auf Seite zwei und sehe jetzt schon Probleme.« Er wies mit dem Zeigefinger auf die Unterlagen. »Hier, hier und hier. Wo sind die Unterschriften aus den Ministerien? Die Zeugenaussagen fehlen oder sind unvollständig.« Er blickte auf. »Mit dem Material können wir Akinaga nicht vor Gericht bringen. Wo ist Tanaka Gin?«

»Er bearbeitet den Mordfall Kurtz, Herr Oberstaatsanwalt.«

»Ja, genau. Gin-san ist ja bekannt dafür, daß er große Ambitionen hat, oder, Hatta-san?«

»Ja, Herr Oberstaatsanwalt.«

»Der Fall Kurtz ist von größter Bedeutung. Der Mann war ein *iteki*, ein Ausländer. Er war enorm reich und in Geschäften in ganz Asien engagiert. Ich brauche Gin-san für diesen Fall und habe keinen Ersatz.« Er fuchtelte wieder mit seinem Zeigefinger herum. »Ich habe eine Idee, Hatta-san.« Machida drückte seinem Assistenten die Akte in die Hand. »Sie überarbeiten die Akinaga-Unterlagen und beschaffen das fehlende Material. Ich habe die problematischen Punkte angestrichen. Danach werden wir uns erneut unterhalten.« Er nickte und überdachte die Angelegenheit nochmals. »Und in der Zwischenzeit werden Sie das Gericht um einen Aufschub bitten.«

»Akinaga-sans Anwälte sind clever genug, um daraus einen Vorteil zu ziehen. Man hat Gin-san schon zweimal einen Aufschub gewährt, damit er die Unterlagen auf den gegenwärtigen Stand bringen konnte.«

»Versuchen Sie es einfach«, sagte Machida abweisend. »Und informieren Sie mich, falls Sie Ärger kriegen sollten.«

Aber Machidas Tonfall machte Hatta klar, daß von ihm erwartet wurde, die Verschiebung allein durchzusetzen. »Ja, Herr Oberstaatsanwalt. Ich werde mich gleich morgen früh darum kümmern.«

Machida begleitete Hatta, schloß die Tür hinter ihm, und als er sich umdrehte, stand Mick bereits wieder im Wohnzimmer.

»Ärger im Paradies, Herr Oberstaatsanwalt?«

»Nichts, was sich nicht mit ein paar Milliarden Yen beheben ließe.« Machida seufzte und schenkte sich einen weiteren Scotch ein. »Die Rezession ist allmählich ermüdend.«

»Ich denke, daß das sogar auf *Dai-Roku* zutrifft.« Mick nahm das Gespräch an dem Punkt wieder auf, wo sie zuvor unterbrochen worden waren.

Machida wandte sich um. »Wahrscheinlich ist es keine gute Idee, dieses Wort laut auszusprechen.«

»Was, hier?« Mick lachte laut los. »Um Himmels willen, das ist doch Ihr Haus. Beruhigen Sie sich. Wir sprechen hier über eine Gruppe von Leuten.«

Machida zog ein Gesicht, als ob er in eine Zitrone gebissen hätte. »Dai-Roku ist eher ein Ideal als eine Gruppe. Es gibt keine Treffen und keine schriftlichen Notizen. Man beschränkt sich auf mündliche Unterhaltungen und benutzt grundsätzlich keine elektronischen Medien. Dai-Roku ist eine Lebensart, die die Traditionen von Strenge und Wertgefühl bewahren will, die im Japan der Samurai vorherrschten, bevor die Meiji-Restauration im neunzehnten Jahrhundert ihre Macht und ihren Einfluß beschnitt.«

Mick zuckte die Achseln. »Gruppe oder Ideal, für mich macht das keinen Unterschied. Ich mache ein Geschäft mit

Ihnen, weil mir erzählt wurde, daß Sie den Kontakt zu Dai-Roku herstellen und diejenigen innerhalb der Gruppe ausmachen könnten, die zu Denwa Partners gehören und so auch an dem TransRim-CyberNet-Geschäft beteiligt sind. Das haben Sie ja auch mit bewunderungswürdiger Effizienz getan.«

Machida verbeugte sich ehrerbietig. »Es war richtig, daß Sie sich an mich gewandt haben«, sagte er mit drohendem Unterton. »Dai-Roku läßt sich im allgemeinen nicht besonders gerne auf Geschäfte mit Leuten aus dem Westen ein. Sie wären gegen eine Wand gerannt, wenn Sie dumm genug gewesen wären zu versuchen, den Kontakt selbst herzustellen. Die Mitglieder von Dai-Roku verfügen über große Macht und Einfluß, und sie wissen, wie die Welt morgen oder übermorgen aussehen wird. Sie vertrauen mir unbedingt. Ich habe ihnen oft einen Gefallen getan, sie mir aber auch.« Er lachte einen Augenblick lang in sich hinein. »Wenn ich Ihr Botschafter bin, werden Sie sie treffen. Was die weitere Entwicklung betrifft...« Er zuckte die Achseln und deutete damit an, daß Mick sich danach selbst um alles kümmern müßte.

»Genau deshalb passen diese Leute ja perfekt in meinen Plan. Ich brauche Visionäre, die sich über die Gegenwart und über die Zukunft Gedanken machen.«

Sie waren zu einer gewissen Einigung, zumindest zu einem Kräftegleichgewicht gekommen. Aber Mick ließ sich keinen Moment lang durch Machidas Demutsbekundungen irreführen. Er wußte, daß das der japanischen Art der Gesprächsführung entsprach. Der Konfuzianismus schrieb den Asiaten Bescheidenheit vor, und sie sagten ›Ich kann etwas tun‹ wenn sie eigentlich meinten ›Ich kann nichts für Sie tun‹ oder ›Ich will nichts für Sie tun‹. In Asien war alles möglich, wenn man dumm genug war, daran zu glauben.

Mick hegte den Verdacht, daß Machida nicht bloß der Lakai von Dai-Roku war, als der er vor ihm aufgetreten war. Er glaubte, daß Machida zu den Männern gehörte, die er unbedingt für seine Sache gewinnen mußte, wenn er seine kraftvolle Philosophie des Dekonstruktivismus an den Mann bringen wollte.

Wenn Dai-Roku, wie Machida erwähnt hatte, sich wirklich dem Ehrenkodex und der Philosophie der Samurai verpflichtet fühlte, dann war die Gruppe wahrscheinlich ein loser Verbund von Geschäftsleuten und Bürokraten, die nicht nur an die nahezu mythische Reinheit ihres Ideals glaubten, sondern auch gemeinsame Interessen hatten.

Die jüngste Entwicklung der japanischen Politik hatte bewiesen, daß Geschäfte nicht länger wie üblich abgewickelt werden konnten. Es wurde immer schwieriger, Politiker nur durch Bestechungsgelder gefügig zu machen und durch diese einfache Lösung günstige Gesetze, Steuerersparnisse oder Investitionsanreize zu erreichen, die dem eigenen Unternehmen einen Vorteil gegenüber allen Konkurrenten verschafften.

Wenn diejenigen, die an Dai-Roku glaubten, ihre Position behaupten und ihre Macht und Oberherrschaft ausbauen wollten, dann waren jetzt verfeinerte Formen der Einflußnahme gefragt. Diese Männer waren allesamt Industriekapitäne, die über milliardenschwere *keiretsu* herrschten, oder Chefs bürokratischer Behörden. Ihre Macht glich der der Feudalherren im Japan des siebzehnten Jahrhunderts. Jeder hatte seinen speziellen Besitzstand, der seinen Einfluß und seinen gesellschaftlichen Status garantierte, deren Wahrung für sie von ganz besonderem Interesse war.

Mick wußte, daß diese Männer trotz ihrer enormen Macht innerlich verunsichert waren, auch wenn sie nach außen kühles Blut bewahrten. Falls der Wandel überhaupt stattfinden würde, dann in kleinsten Schritten, und auch das nur nach einem erdbebenartigen Kampf.

In den letzten sechs Jahren hatte eine endlose Kette an politischen und geschäftlichen Einflußnahmen, illegalen Zahlungen und Bestechungsskandalen Unternehmen und Börsenmakler ruiniert und zum Schluß auch die Liberale Demokratische Partei gestürzt, die über lange Zeit die Regierung gestellt hatte. Die zunehmenden Gesetzesverschärfungen und die wachsende Aufmerksamkeit einer normalerweise gelassenen und gleichgültigen Öffentlichkeit stellten für die Männer der Dai-Roku eine Bedrohung ihres Reiches dar.

Diese Männer weigerten sich, die Unausweichlichkeit des Wandels zu akzeptieren. Mick und Machida hatten sich zusammengetan, um aus ihrer Angst Kapital zu schlagen und ihre Macht und ihren Einfluß in Bahnen zu lenken, an die sie nie gedacht hatten. Sie würden sie in derselben Weise ausbeuten, wie die Mitglieder der Dai-Roku ihr Leben lang die sozial unter ihnen stehenden Menschen ausgebeutet hatten.

Machida schien bei diesem Plan ein williger Mitspieler zu sein, vielleicht auch, weil ihm als einzigem Mitglied der Dai-Roku der finanzielle Hintergrund fehlte, der notwendig war, um ganz als Gleicher unter Gleichen angesehen zu werden. Mick glaubte, daß Machida spürte, daß die anderen ihn nur wegen seiner beruflichen Position tolerierten. Als Oberstaatsanwalt war er der ideale Informant. Er konnte sie über die letzten Untersuchungen auf dem laufenden halten und sie vor drohenden Razzien und Blitzoperationen warnen. Aber in diesem wachsenden Netz konnten sich jene Männer, ihre Partner und die Leute, die auf geheimen Gehaltslisten standen, eines Tages durchaus verfangen.

Jetzt, wo er seinen Plan ausgeklügelt hatte, war es Micks Aufgabe, Dai-Roku davon zu überzeugen, daß der Wandel unaufhaltsam war, aber überraschenderweise genutzt werden konnte, um die Mitglieder noch wohlhabender zu machen und ihren Einfluß zu vergrößern. In gewisser Hinsicht war klar, daß Mick ihnen nichts verkaufen würde. Er würde nur eine ausgeklügelte Form des Überzeugungsspielchens anwenden. In anderer Hinsicht jedoch lehnte er diese Vorstellung auch wieder ab, weil sein Ehrgeiz groß war, wahrscheinlich sogar größer als ihrer. Sein kühnes Ziel bestand darin, die Geschichte zu revolutionieren, und er wollte Nietzsches Philosophie in das einundzwanzigste Jahrhundert hinüberretten: Es ging um die totale Kontrolle der Geschäfts- und Ideenwelt. Das war genau das, was man von einem *Übermenschen* im Sinne Nietzsches erwarten mußte: Wer konnte die Geschicke der Welt denn besser überwachen? Und wer hätte gedacht, daß gerade die Technologie des neuen Zeitalters es ihm ermöglichen würde, seine Ziele zu verwirklichen? Immer mehr japanische Firmen würden die CyberNet-vid-byte-Technologie zu schätzen wissen, und sie würden die neue Technologie zunehmend einsetzen, um schnellsten Datentransfer über Kanäle abzuwickeln, von denen sie annahmen, daß die Übermittlung sicher sei. Eine Unmenge geheimer Informationen würde Mick in den Schoß fallen, und er würde eine wahre Schatztruhe besitzen: Er wäre über die neuesten Durchbrüche in der Digital-Technologie bei Sony informiert, aber auch über Masushitas Erfindungen, eine winzige Videokamera, die in ein Brillengestell eingebaut war. Diese beiden Firmen standen – unabhängig vom Kurs des Yen – augenblicklich ganz oben auf der Liste des Ministeriums für Handel und Industrie. Es gab viele Wege, Geld zu machen und einen bedeutenden Vorsprung gegenüber der Konkurrenz zu gewinnen. Es gab so viel zu tun, aber es blieb ihm nur wenig Zeit.

Mick hegte keinen Zweifel an seiner Fähigkeit, die internationale Geschäftswelt unter seine Kontrolle zu bringen. Er glaubte, über genug Geld, Einfluß und die richtigen Leute im Hintergrund zu verfügen. Mick hatte bereits seit einer Reihe von Jahren von seiner früheren Basis Floating City aus einen geheimen Waffen- und Drogenschmugglerring organisiert, dessen Einfluß sich auf ganz Südostasien erstreckte. Aber jetzt wurde es Zeit, auf legalem Weg in die Geschäftswelt einzusteigen. Tokio schien ihm dafür der beste Ort zu sein. Der militante Zeitgeist und das unterwürfige Wesen der Menschen boten ideale Voraussetzungen. Und natürlich war Sato International und damit auch das TransRim CyberNet in Tokio beheimatet. Wenn alles nach Plan lief, würde er innerhalb weniger Wochen über Insider-Informationen verfügen, vorausgesetzt natürlich, daß Denwa Partners auf seine Vorschläge eingingen. Sie würden nicht nein sagen, denn er hatte seine Hausaufgaben gemacht. Er kannte diese Geschäftsleute und wußte, was sie interessierte. Sie würden sein Angebot unwiderstehlich finden. Diese Männer fürchteten den Wandel mehr als alles andere, weil der Status quo in Japan ihre Macht garantierte. Jetzt waren allerdings Risse im Machtgebäude sichtbar geworden: Politische Skandale, korrupte Beziehungen zwischen Börsenunternehmen und Baufirmen hatten in der Öffentlichkeit und der Presse einen Aufschrei der Empörung hervorgerufen. Die Mächtigen fürchteten sich vor dieser Entwicklung und versuchten instinktiv, darauf zu reagieren.

Mick würde ihnen geben, was sie brauchten, um ihre Ängste zu beschwichtigen: Er würde einen neuen Status quo festschreiben und ihre Machtbasis vergrößern. Wie sollten sie da widerstehen können? Aber wenn sie einmal die wichtige Entscheidung getroffen hatten, würde er sie kontrollieren. Sie würden seine Eintrittskarte bei Sato International sein. Und wenn es soweit wäre, würde er – auf wahrhaft nietzscheanische Weise – seinen Einfluß schnell und wirkungsvoll ausbauen. Dann endlich würde er den Ruin des Mannes in die Wege leiten, den er als seinen Gegenspieler und sein anderes Ich ansah: Nicholas Linnear.

Margarite erwachte mit verkrampften Gliedern und verklebten Augen aus einem unruhigen, traumerfüllten Schlaf. Sie streckte sich auf dem Rücksitz ihres Lexus. Dann stieg sie aus dem Wagen und räkelte sich. Es war bereits nach zwölf Uhr mittags, was sie nicht wunderte, weil sie erst um vier oder fünf Uhr morgens eingeschlafen war. Sie setzte sich wieder hinter das Steuer, verließ den Parkplatz und hielt an der ersten Raststätte, die auf ihrem Weg lag.

Sie bestellte einen dampfenden, heißen Kaffee und Kuchen. Dann versuchte sie, sich über ihre gegenwärtige Situation Klarheit zu verschaffen. Sie hatte sich nicht getraut, ein Zimmer in einem der anonym wirkenden Motels zu mieten, die den Long Island Expressway säumten. Vielleicht war das ein Anzeichen für Verfolgungswahn, aber sie hatte kein Risiko eingehen wollen. Sie trank einen weiteren Schluck starken Kaffees und massierte ihre Nackenmuskeln.

In der letzten Nacht war sie nur noch zwei Meilen von ihrer Villa in Old Westbury entfernt gewesen, als ihr plötzlich aufging, daß die Rückkehr in ihr Haus die dümmste Idee war, die man in dieser Lage haben konnte. Es war doch nur logisch, daß die Typen, die versucht hatten, sie zu ermorden, jetzt ihr Haus beobachteten. Natürlich. Sie war in einer solchen Panik gewesen, als sie vom Ort des fehlgeschlagenen Anschlags geflohen war, daß sie keinen klaren Gedanken fassen konnte. Natürlich hatte sie fliehen und einen wohlüberlegten Plan entwickeln müssen. Außerdem hatte sie Tony angerufen, während sie ihre übliche Ausfahrt hinter sich gelassen hatte und weiter über den Long Island Expressway gerast war.

»Tonys Büro«, hatte sie dem Telefon mit Spracherkennung und Selbstwahlautomatik diktiert, das auf der Konsole ihres Wagens angebracht war. Sie hatte auf die Uhr geblickt und einen kleinen Schrei ausgestoßen. Erst nachdem sie das Blut von Rocco oder Frankie abgewischt hatte, war die Digitalanzeige sichtbar geworden: halb acht Uhr abends. Margarite hatte überlegt, daß Tonys Massage bestimmt beendet war und er sich bereits wieder seiner Arbeit widmete. Wahrscheinlich erledigte er gerade die wichtigsten Telefonate mit seinen Klienten an der Westküste.

»Hallo. Wer spricht, bitte?«

Sie hatte eine fremde Stimme am anderen Ende der Leitung gehört, ihren Namen genannt und nach Tony gefragt. »Warten Sie bitte eine Sekunde«, hatte die Stimme barsch geantwortet. »Legen Sie nicht auf.« Sie hatte gedämpfte Wortfetzen aufgeschnappt, die sich wie ›Lew Tennant‹ anhörten. Sofort hatte Margarite automatisch an Lew Croaker gedacht. *Mein Gott, wie sehr ich ihn vermisse. Er wüßte, was in dieser Krise zu tun wäre.*

»Mrs. DeCamillo? Sind Sie am Apparat?« Es war eine fremde, tiefere Stimme gewesen, ein Whisky-Bariton.

Sie hatte bejaht. »Mein Name ist Jack Barnett. Ich bin Detective Lieutenant beim New York Police Department.« Das war es also, hatte sie gedacht. Lew Tennant. Lieutenant. »Es tut mir leid, aber ich habe schlechte Nachrichten, die Ihren Mann betreffen.«

Ein eisiger Schauder hatte Margarite ergriffen. Sie hatte die Fahrbahn verlassen, am Grünstreifen gebremst und ihre zitternden Hände betrachtet. »Ist er tot?«

»Es tut mir leid, Mrs. DeCamillo. Er ist in seinem Büro ermordet worden.«

Bad Clams. Die unterschiedlichsten Gefühle waren durch ihr Inneres gesaust wie der Wind durch einen Canyon. Tony war tot. Margarite hatte sich gefühlt, als ob ihre Seele durch die Hand Gottes gereinigt worden wäre. Sie hatte ihre Atmung verlangsamt und die Luft tief eingesogen, um einen klaren Gedanken ringend, denn es war wichtig, daß sie die richtigen Fragen stellte.

»Mrs. DeCamillo? Sind Sie noch dran?«

Konzentrier dich, verdammt! »Wann ist es passiert?« hatte sie gefragt und die Autotür zugeschlagen.

»Verzeihung?«

»Wann genau ist Tony umgebracht worden?« Sie war ungeduldig geworden, weil dieses Detail entscheidend war.

»Ich bin mir nicht sicher. Aber es kann nicht länger als eine Stunde her sein. Das Blut ist immer noch nicht ganz geronnen.«

»Ich verstehe.«

Es hatte eine kurze Unterbrechung gegeben. »Mrs. DeCamillo, ich frage mich, wo Sie sind. Sie haben bestimmt einen ziemlichen Schock erlitten, und vielleicht sollte jemand bei Ihnen sein. Es wäre auch hilfreich, wenn wir mit Ihnen reden könnten.«

»Es tut mir leid, aber das ist unmöglich, Lieutenant . . .«

»Barnett. Jack Barnett.«

»Ich bin im Moment unterwegs, und es wird eine Zeitlang dauern, bis ich nach New York zurückkehren kann.«

Sie hatte aus dem Fenster geblickt, auf die vorübergleitenden Autos, während am anderen Ende der Leitung ein Schweigen entstanden war.

»Glauben Sie, daß das eine kluge Entscheidung ist, Mrs. DeCamillo? Ihr Ehemann ist ermordet worden. Es ist möglich, daß die Täter Sie suchen. Zumindest werden Sie doch Personenschutz haben wollen.«

Da hat er recht, hatte sie gedacht. *Autos und immer mehr Autos fließen vorbei wie ein Fischschwarm, verschwommen und undeutlich, und in jedem Wagen sitzen Menschen mit ihren eige-*

nen Lebensgeschichten. Dieser sorglose Zug aus Metall und Fleisch kümmert sich nicht darum, was mir zugestoßen ist. Zuerst hat mein Partner, ohne mich zu informieren, seinen Anteil verkauft, dann hat man meinen Leibwächter und meinen Fahrer erschossen. Fast wäre ich zur selben Zeit, als man Tony ermordet hat, einem Anschlag zum Opfer gefallen.

»Mrs. DeCamillo?« Lieutenant Barnetts Stimme hatte ihre Gedanken unterbrochen. »Wenn Sie irgend etwas über die Umstände des Todes Ihres Mannes wissen oder wenn Sie glauben, daß Sie irgendwelche Informationen über den oder die Schuldigen haben, wäre es in Ihrem eigenen Interesse, es mich wissen zu lassen. Sie könnten helfen, ein mögliches Blutbad zu verhindern.«

»Was zum Teufel soll das heißen?«

»Ein Rechtsanwalt wie Ihr Mann hatte viele unterschiedliche geschäftliche Interessen, und es ist nur natürlich, daß er sehr mächtige Feinde hatte. Mrs. DeCamillo, ich bin mir nicht im klaren, ob wir uns richtig verstehen.«

»Scheren Sie sich zum Teufel.«

»Ich verstehe Ihre Erregung. Aber verstehen Sie meine Bemühungen, Mrs. DeCamillo. Ich versuche, Ihnen goldene Brücken zu bauen. Finden Sie nicht, daß Sie mir etwas entgegenkommen könnten?«

»Glauben Sie nicht, daß Sie mir mit einem Schritt in meine Richtung entgegenkommen könnten?«

Am Straßenrand des Long Island Expressway, in ihrem Auto mit zerborstener Heckscheibe, hatte Margarite sich plötzlich verwundbar gefühlt. *Ich muß hier rauskommen.*

»Wenn Sie wissen wollen, wer meinen Mann getötet hat, unterhalten Sie sich mit Caesare Leonforte«, hatte sie geantwortet und die Verbindung unterbrochen.

In diesem Moment hatte die Verfolgungsangst sie mit ganzer Macht ergriffen. Anstatt sich in einem Motel einzumieten, hatte sie auf dem Rastplatz angehalten und war dort geblieben.

Man hatte ihr systematisch den Boden unter den Füßen weggezogen, das konnte kein Zufall sein, überlegte sie jetzt, während sie den zu süßen Kuchen aufaß. Das alles war so präzise wie eine militärische Kampagne organisiert worden. Wer zum Teufel waren die Leute, an die Rich seinen Anteil verkauft hatte? Was für eine Dummheit! Bad Clams hatte auf seiner seelischen Tastatur wie auf einem Steinway gespielt. Sie hatte jetzt kaum noch Zweifel, daß Caesare Leonforte Eigentümer der Volto war oder zumindest die Firma kontrollierte, mit der Rich sich eingelassen hatte. Sie zitterte vor Wut und Angst.

Sie mußte versuchen, Lew und Vesper nochmals anzurufen, sagte sie sich, während sie sich mit quietschenden Reifen in den Verkehrsfluß einfädelte. Sie hatte es in der letzten Nacht ohne Erfolg versucht. Aber zuerst mußte sie zu Francie gelangen. Ihre Tochter war der wichtigste Mensch in ihrem Leben, und jetzt, wo auf allen Seiten Gefahren lauerten, riet ihr der Mutterinstinkt, so schnell wie möglich zu Francie zu fahren. In der letzten Nacht hatte sie mit ihr telefonieren wollen, aber nur den Anrufbeantworter erreicht. Sie hatte in ihrem Terminkalender nachgesehen und festgestellt, daß Francie heute irgendwann von einer Reitveranstaltung zurückkommen würde.

Margarite verließ den Long Island Highway und fuhr auf der anderen Seite in Richtung Throgs Neck Bridge. Sie schaltete den CD-Player ein, um ihre Nerven zu beruhigen, aber das Gerät funktionierte nicht. Statt dessen stellte sie die Frequenz einer Radiostation ein, die klassische Musik spielte.

Während der letzten neun Monate hatte Francie bei Julie Longacre gelebt, einer Freundin von Margarite, die in Connecticut wohnte. Julie war verrückt nach Pferden und eine erstklassige Reiterin. Francie hatte sich sofort zu ihr hingezogen gefühlt. Lew hatte Francie zu dem Schritt geraten und Margarite überredet, Francie von den familiären Schwierigkeiten fernzuhalten, die ihre Probleme in erster Linie verursacht hatten.

So hatte Margarite sie bei Julie versteckt, und nicht einmal Tony hatte gewußt, wo sie sich aufhielt. Julie war eine geschiedene Erbin mit Pferden, Jagdhunden und allem Zubehör, das man für diese Hobbys brauchte, und Geheimnisse waren bei ihr so sicher wie in einem Grab.

Margarite wußte, daß es töricht und unsensibel gewesen

war zu glauben, sie und Tony könnten ihre Probleme vor Francie verheimlichen. Kinder waren weitaus klüger, als ihre Eltern möglicherweise annahmen, weshalb sie natürlich auch verletzlicher waren, wenn in der Familie Spannungen und böse Kräfte auftraten.

Tony DeCamillo war so eine böse Kraft gewesen, aber Margarite konnte immer noch verstehen, warum sie sich in ihn verliebt hatte. Er war ansehnlich und klug gewesen, und besonders wichtig war, daß er Zugang zu einer anderen Gesellschaftsschicht als der hatte, in der sie aufgewachsen war. Die Prominenten von Hollywood kannten Tony – viele waren seine Klienten gewesen. In Tonys Begleitung hatte Margarite sie alle kennengelernt. Sie würde nie vergessen, wie sie zum erstenmal an der im Fernsehen übertragenen Oscar-Verleihung teilgenommen hatte. Sie hatte sich wie von einem Wirbelwind ergriffen und ins Wunderland versetzt gefühlt. Natürlich war sie hingerissen gewesen. Natürlich hatte sie zu ihm aufgeblickt, als ob er eine Art Gott wäre. Natürlich hatte sie ihn geheiratet.

Und dann hatte der Alptraum begonnen.

Sie bezahlte ihre Gebühr, passierte die Brücke und fuhr auf die 95.

Tony hatte eine Gebärmaschine haben wollen. Auf ihrer Hochzeitsreise hatte er ihr mitgeteilt, daß er von ihr ein Kind pro Jahr erwartete. Und zwar Söhne! Herrgott, wie wütend er geworden war, als Francie geboren wurde! Seit der Geburt seiner Tochter hatte er sich verändert. Er hatte das Kind ignoriert und seine Frau körperlich gestraft. Seiner Ansicht nach hatte sie ihn betrogen, indem sie ihm den Sohn vorenthielt, der sein Erbe sein und die Tradition der Familie DeCamillo fortsetzen sollte.

Sie zog an einigen Autos vorbei, und der Lexus brummte zufrieden, während der Wind unheimlich durch das zerstörte Fenster pfiff.

Wie fühlte sie sich jetzt, wo Tony tot war? Konnte sie um ihn trauern? Nicht wirklich. In Wahrheit fühlte sie sich leichter als Luft, als ob ein langjähriger Schmerz, mit dem sie zu leben gelernt hatte, plötzlich verschwunden wäre. Sie war erstaunt, wie leicht ihr das Atmen fiel und wie gut ihr die frische Luft tat. Sie fühlte sich glücklich vor Erleichterung. Aber hinter diesen Gefühlen lauerte die Angst, die durch die hinterhältigen Attacken auf die Familie Goldoni und sie selbst ausgelöst worden war.

Bad Clams steckte hinter den Anschlägen, da war sie sich ganz sicher. Kein Wunder, daß er mit diesem Schritt so lange gewartet hatte. Er hatte Zeit gebraucht, um alle Einzelheiten zu koordinieren, und er mußte sie einlullen, damit sie glaubte, daß er niemals den Versuch machen würde, die Kontrolle über die Familien der Ostküste zu gewinnen, die unter Doms Herrschaft gestanden hatten.

Abgesehen von dem Anschlag auf sie selbst hatte der Plan bis jetzt perfekt funktioniert. Sie wußte, daß ihr Entkommen ein Wunder war. Ein Schutzengel, der ihr über die Schulter geblickt hatte, mußte ihr beigestanden haben. Aber jetzt, während sie die Staatsgrenze von Connecticut überquerte, verstärkte sich die Angst um sie selbst und um Francie. Wem konnte sie noch vertrauen? Sie wußte es nicht. Ihr kam der Gedanke, daß Bad Clams, auch wenn er noch so viel Macht angehäuft hatte, wahrscheinlich trotzdem auf Hilfe aus ihrer eigenen Familie angewiesen gewesen war. Wer hatte sie und Tony betrogen? Wahrscheinlich ein Clanchef, dem ein größeres Territorium und mehr Einfluß unter der Herrschaft der Leonfortes versprochen worden waren.

Sie scherte abrupt aus und bremste den Wagen am Fahrbahnrand. Einen Moment lang hing sie zusammengesunken über dem Lenkrad und versuchte erfolglos, ihre Atmung zu verlangsamen. *O mein Gott*, dachte sie. *O mein Gott.*

Sie blickte in den Rückspiegel und beobachtete die Straße hinter sich. Ob man sie verfolgte? Wenn man an die gut koordinierten jüngsten Ereignisse dachte, war das mehr als wahrscheinlich. Sie fuhr ihren dunkelroten Lexus mit Goldverzierungen, und das Nummernschild trug ihre Initialen. Sie zu finden war nicht allzu schwierig. Sie wühlte in ihrer Handtasche und zog die 38er hervor, dankbar, daß Dom auf ihren Schießübungen bestanden hatte. Sie öffnete die Waffe und untersuchte das Magazin. Nur eine Kammer war leer. Eine? Es kam ihr vor, als hätte sie alle Kugeln auf ihren potentiellen Mörder abgefeuert. Sie schloß die Waffe wieder und hielt sie fest in der Hand.

Erneut wurde sie von Verfolgungsangst übermannt, und sie fragte sich, ob Dominic sein ganzes erwachsenes Leben lang mit dieser Furcht gelebt hatte. Aber ob es sich nun um eine paranoide Annahme handelte oder nicht, sie mußte ihrer Ahnung Glauben schenken. Wenn man sie tatsächlich verfolgte, würde sie ihren Feinden den direkten Weg bis zu Julies Haustür weisen. Sie würde Tonys Fehler nicht wiederholen und Bad Clams unterschätzen. Er war clever genug zu wissen, daß Francie ihre wunde Stelle war. Wenn er eine letzte Attacke plante, nachdem der Mordanschlag auf sie fehlgeschlagen war, dann würde diese mit Sicherheit Francie gelten.

Falls er sie fände.

Sie wäre verrückt, wenn sie ihm diese Chance geben würde. Margarite beobachtete noch immer die Straße. »Call Julie«, sagte sie dann, und die Selbstwählautomatik versuchte, die Verbindung herzustellen. Während des Durchläutens betete sie, daß Francie sich melden würde. Aber ihr Mut sank, als sie wieder nur den Anrufbeantworter hörte. Sie wartete den Piepton ab. »Francie, Liebling, ich bin's. Ich hoffe, daß du dich bei der Reitveranstaltung gut amüsiert hast. Wenn du mich nach deiner Heimkehr anrufen könntest, würde ich mich freuen. Ich bin mit dem Auto unterwegs und werde noch bis tief in die Nacht weiterfahren. Wir sprechen uns bald, Kleine.« Sie unterbrach die Verbindung und hoffte, daß man ihrer Stimme das Entsetzen nicht anmerken konnte. »Call Lew.« Der Apparat wählte die Nummer von Croakers Mobiltelefon an, aber sie hörte nur ein endloses Klingeln.

Verdammt, was nun? Sie wurde am nächsten Samstag abend als Ehrengast bei der Hochzeit von Jeoy Infante und Kate Dellarco erwartet. Was auch immer passieren würde, sie mußte dort auftauchen, wenn sie nicht die Hoffnung aufgeben wollte, Doms Erbe zu verteidigen. Die Infantes waren sizilianischer Herkunft, und die Dellarcos stammten ursprünglich aus Neapel. Die beiden Familien waren sich gegenseitig an die Kehle gegangen, und der eskalierende Krieg hatte alle Operationen an der Ostküste gefährdet. Horden von Polizisten der New Yorker Mordkommission mußten sich mit den Leichen herumschlagen, die sie im Osten der Stadt und im Viertel Ozone Park fanden.

Der Umgang mit dieser hochexplosiven Situation war Margarites erste Prüfung gewesen, nachdem sie die Macht übernommen hatte. Sie hatte entdeckt, daß sich Joey und Kate wie Romeo und Julia heimlich getroffen hatten. Aber ihnen sollte es nicht wie den unglücklichen Liebenden bei Shakespeare ergehen. Margarite war fest entschlossen, ein Happy-End herbeizuführen.

Sie und Tony hatten ein Treffen einberufen, an dem neben den Köpfen der beiden Familien auch das Liebespaar teilgenommen hatte. Giftige Bemerkungen hatten fast zu körperlicher Gewaltanwendung geführt. Tony hatte die Situation rechtzeitig unter Kontrolle bekommen, und dann hatte Margarite gemächlich und ruhig erklärt, wie die Liebe zwischen den Kindern der beiden Familien dazu beitragen könnte, die Wunden zu heilen. Sie hatte die emotionale Grundlage für einen dauerhaften Waffenstillstand geschaffen. Anschließend hatte Tony mit seinem logisch arbeitenden Anwaltsgehirn das praktische Rahmenabkommen erklärt.

Jetzt endlich, nach monatelangen Verhandlungen und diplomatischen Schachzügen, sollte die Sache in die Tat umgesetzt werden. Nach der Hochzeit von Joey und Kate wollten die Infantes und die Dellarcos der Vendetta abschwören, die die Zahl ihrer Familienmitglieder dezimiert und den Zusammenhalt der Familien an der Ostküste geschwächt hatte.

Aus diesem Grund mußte sie unbedingt an der Feier teilnehmen. Die Hochzeit war der Grundstein der neuen Ordnung, und wenn etwas schiefginge, wäre das Erbe verloren, das Dominic ihr anvertraut hatte. Sie mußte schon jetzt mit dem Mißgeschick fertig werden, daß ihr Ehemann, der ihr als Tarnung gedient hatte, tot war, und in der von Männern beherrschten Welt der Mafia würde es für sie schwierig werden. Scheinbar war Tony zwar Dominics Nachfolger gewesen, aber seine Geheimnisse hatte ihr Bruder nur ihr anvertraut. Sie hatte alle Entscheidungen getroffen. Jetzt, da Tony tot war, stand sie nackt im Rampenlicht. Welcher Clanchef würde einer Frau die Treue halten? Keiner. Aus diesem Grund war ihre Rolle bisher so geheimgehalten worden. Nur Tony hatte Bescheid gewußt, und vermutlich hatte er sie gehaßt, weil sie die Macht beanspruchte, von der er glaubte, daß sie ihm zustand.

Aber Dominic, der über ein brillantes Urteilsvermögen verfügte, hatte die Angelegenheit völlig anders bewertet. Bis zu jenem Tag hatte Margarite keine Ahnung gehabt, warum er sie gebeten hatte, seine Stellung als Oberhaupt aller Familien an der Ostküste zu übernehmen. Er mußte gewußt haben, daß er ihr eine kaum zu bewältigende Aufgabe übertrug. Trotzdem hatte er darauf bestanden. Und sie hatte ohne Protest zugestimmt, einerseits als pflichtbewußte Schwester, andererseits als faszinierter Neuling. Aber was hatte ihr das alles gebracht? Sie war allein und verlassen und wurde von den eigenen Familien betrogen. Sie wurde angegriffen und ihrer Macht beraubt. Dom hatte diese trostlose Zukunft natürlich nicht vorhersehen können.

Sie verbarg weinend das Gesicht in den Händen, und ihre Schultern bebten, während sie von Selbstmitleid überflutet wurde. Als sie sich ausgeheult hatte, blickte sie auf das Telefon in dem heftigen Wunsch, daß es läuten möge, aber der Apparat blieb still wie eine Schlange.

Francie, wo bist du? Lieber Gott, bitte, bewahre sie vor jedem Unglück.

Margarite schreckte auf, als das Telefon klingelte. Sie zögerte einen Moment und seufzte dann leise auf. Francie.

Sie nahm den Hörer ab. »Hallo?«

»Hallo, meine Süße.«

Ihr Herz zog sich zusammen. »Wer spricht?«

»Diese Typen haben die Sache verpfuscht, Margarite. Sie sollten den Leibwächter ausschalten und dich festnehmen. Kein Ärger, kein Durcheinander. Aber es wird immer schwieriger, zuverlässige Leute zu finden.«

»Caesare?«

»In einer anderen Zeit und an einem anderen Ort hätten wir Freunde werden können«, sagte Caesare Leonforte. »Vielleicht sogar etwas mehr. Schade.«

Sie schloß die Augen. »Willst du mich umbringen, Caesare?«

»O nein. Ich will nicht nur deinen Tod. Ich will *alles*. Alles, was Dominic aufgebaut hat, alles, was dir gehört.« Er lachte in sich hinein. »Nach Lage der Dinge ist das nicht übertrieben, und ich *werde* alles kriegen, Margarite.«

»Nicht, solange ich noch irgend etwas zu sagen habe.«

»Aber du hast nichts mehr zu sagen, Süße. Du bist ein Nichts: ein Rock, ein paar Rundungen, eine *Frau*. Tony ist tot, und ich habe der Organisation das Haupt abgeschlagen. Die Goldonis haben nur noch dich.« Er lachte. »Ich muß dich umlegen.«

Ihre Hände umklammerten den Griff der 38er. »Ich habe einem deiner Killer eine Kugel durchs Herz gejagt. Und bei dir werde ich es genauso machen.«

»Oh, ich glaube dir, meine Süße. Obwohl du eine Frau bist, bist du eine verdammt harte Nuß. Ich kann es mir einfach nicht leisten, daß du wie eine wild gewordene Kanone herumballerst. Deshalb muß ich dich zurückpfeifen.«

»Du wirst nie in der Lage sein, mir irgendwelche Befehle zu geben.«

»Sag niemals nie, Margarite. Dominic sollte dir das eigentlich erklärt haben.«

»Erwähne nicht den Namen meines Bruders.«

»Stell dich, Margarite. Ich verspreche, daß dir nichts passiert, und werde dir gleich einige Anweisungen geben . . .«

»Du kannst mich mal!«

»Sehr vornehm. Gut, mein Schatz, du bringst mich in die unangenehme Situation, daß ich andere Mittel einsetzen muß. Hast du dich nicht gewundert, daß dein CD-Player nicht funktioniert? Wir haben deinen Lexus mit einem Abhörgerät für das Telefon ausgerüstet. Deine Tochter wohnt jetzt bei Julie, oder? Wir haben Julies Nummer bei der Telefongesellschaft ausprobiert, und schon hatten wir ihre Adresse. Interessiert sie dich?«

Margarite gefror das Blut in den Adern. Francie! »Bastard.«

»3837. Fox Hollow Lane in New Canaan.«

Margarite schrie auf.

»Alles in Ordnung, Süße? Ich glaube, ich habe da gerade ein Geräusch gehört.«

Margarite beugte sich über das Telefon. »Caesare, ich schwöre, wenn du Francie auch nur ein Haar krümmst, werde ich dich finden, wo du dich auch aufhältst. Und es ist mir egal, wie lange es dauert.«

»Ich habe keinerlei Zweifel, daß du das versuchen wirst, und deshalb habe ich auch nicht die Absicht, ihr etwas anzutun. Nehmen wir mal an, daß du aufgibst. Ich gebe dir eine Stunde, Margarite.« Er nannte ihr eine Adresse in Sheepsheads Bay, in der Nähe der Coney Island Avenue, die über den Zubringer des Belt Parkway zu erreichen war. »Wenn du um diese Zeit nicht dort bist, kann ich leider keine Verantwortung dafür übernehmen, was mit deiner Tochter passiert.«

Sie weinte, obwohl sie auf ihre Lippen biß, um die Tränen zurückzuhalten. »O Caesare, sie ist nur ein unschuldiges Kind.« Sie erhielt keine Antwort und knirschte mit den Zähnen. Ihre Augen brannten vor Tränen. »Du mußt sie mitbringen, sonst werde ich nicht kommen.«

»Vergiß es.«

»Ich brauche Sicherheiten.«

»Wir befinden uns im Kriegszustand, Margarite. Ich rücke keinen Zentimeter von meinen Forderungen ab.«

»Ich auch nicht.«

»Du verdammte Hure, wenn du mir noch mehr Scherereien machst, werde ich einen abgeschnittenen Finger zu dem Treffen mitbringen. Hast du mich verstanden?«

»Wenn du das tust, Caesare, verspreche ich dir, daß ich dir persönlich die Augen auskratzen werde. Und danach wirst du sie fressen.«

Vielleicht gab er wegen ihres Tonfalls nach. Vielleicht hatte er die ganze Zeit einen Kompromiß angestrebt und sie vorher nur quälen wollen. »Okay, okay. Du wirst kommen, und sie wird dasein. Zufrieden?«

»Unversehrt?«

»Natürlich unversehrt.«

Ihre Gedanken wurden vor Entsetzen und Kummer durcheinandergewirbelt. »Ich brauche mehr Zeit.«

»Nein.«

»Ich kann es nicht schaffen, ganz sicher nicht. Der Verkehr, die Brücken. Ich habe fast kein Benzin mehr. Und ich muß eine Apotheke finden.«

»Eine Apotheke? Warum?«

»Was glaubst du denn, du Idiot? Ich habe gerade meine Tage gekriegt. Ich brauche . . .«

»Genug. Ich will nichts davon hören.«

»Um Himmels willen, Caesare, wir reden über das *Leben* meiner Tochter.«

Es entstand eine kurze Pause, und Margarite fand Zeit für ein schnelles, stilles Gebet.

»In Ordnung, meine Süße. Ich gebe dir drei Stunden. Aber einen weiteren Aufschub wird es für Francie nicht geben.«

In Tokio hatte sich der nebelartige Regen in einen grauen Sturzguß verwandelt, und die Wassertropfen platzten an den Neonreklamen und den Toren der Shinto-Schreine ab. Es gab viele Shinto-Schreine im Tempelbezirk Asakusa, wo Nicholas Tanaka Gin treffen wollte. Er stand vor einem konisch geformten Privathaus.

Tanaka Gin war ein schlanker, dunkelhäutiger Mann. Er zeichnete sich durch eine wortkarge Würde aus, die im japanischen Kino oft Detektive oder Samurai-Helden charakterisierte. Er war von einer mysteriösen Aura umgeben, und sein Geist glich einem mit Geheimnissen angefüllten Safe. Sein verschleierter Blick war trügerisch. Er schien fast zu schlafen, aber Nicholas war sicher, daß sich sein Gesichtsausdruck auch dann nicht ändern würde, wenn er mit Höchstgeschwindigkeit hinter jemandem herrannte oder einen beim Verhör unter Druck setzte.

»Linnear-san.« Tanaka Gin verbeugte sich förmlich. »Es ist mir eine Ehre, Sie kennenzulernen.«

»Die Ehre ist ganz auf meiner Seite, ich versichere es Ihnen.« Nicholas erwiderte die Verbeugung. Er verstaute sein Kami. Der stets zuverlässige Kanda Torin hatte ihm ein digitales Fax geschickt, dem er die Namen von etwa einem Dutzend Männer entnehmen konnte, die zu Denwa Partners gehörten. Die Daten waren als Strom aus den Ziffern Null und Eins übermittelt worden, und das Kami hatte die Botschaft in japanisches *kanji* übertragen. »Ihr Ruf eilt Ihnen voraus. Besonders, wenn man an die Anklagen denkt, die Sie in den Fällen Tetsuo Akinaga und Yoshinori zusammengestellt haben.« Er sprach von zwei Männern, von denen der eine ein prominenter *oyabun* der Yakuza, das Haupt einer japanischen Familie der Unterwelt, war; der andere war einer der einflußreichsten Politiker, dem man nachsagte, daß er die letzten acht Premierminister gekürt und gestürzt habe. »Ihr Ansehen als *der* Reformer in der jüngsten Zeit ist enorm.«

Der Erfolg der Anklage gegen Akinaga war für Nicholas besonders wichtig. Tetsuo Akinaga war der *oyabun* des mächtigen und blutrünstigen *Shikei*-Clans in Tokio. Die Mitglieder der Yakuza hielten sich stolz für Außenseiter der japanischen Gesellschaft, und sie bevorzugten ironischerweise fatalistische Namen für ihre Clans. *Shikei* bedeutete Todesstrafe. Akinaga hatte zur engsten Umgebung des Kaisho gehört. Angeblich war er Okamis Freund und Schüler, tatsächlich aber sein erbittertster Gegner. Eine blutige Säuberungswelle hatte alle anderen Widersacher Okamis hinweggespült, und nur Tetsou Akinaga war übriggeblieben.

»Ich habe sehr gute und engagierte Kollegen«, sagte Tanaka Gin. Er stand ohne schützenden Schirm mitten im Regen. Sein einziges Zugeständnis an das Wetter war der grünlich changierende Trenchcoat, dessen Kragen er hochgeschlagen hatte, damit der Regen ihm nicht den Rücken hinunterlief. »Es war nett von Ihnen, daß Sie sich so kurzfristig zu einem Treffen bereit erklärt haben.«

»Ich bin genauso gespannt wie Sie, etwas über die Identität der Leute zu erfahren, die an dem Diebstahl der Cyber-Net-Geheimnisse beteiligt waren.«

Die Bronzetür hatte Patina angesetzt. Tanaka Gin schloß

sie auf, nachdem er zuvor drei Stränge des orangefarbenen Flatterbandes der Polizei entfernt hatte. Es war in *kanji* bedruckt: ACHTUNG! POLIZEILICHE ERMITTLUNGEN! ZUTRITT VERBOTEN! Er betrat das Haus, und Nicholas folgte ihm.

Das Innere des Hauses glich in erstaunlicher Weise einer Saigoner Villa im Kolonialstil. Durch die Jalousien sickerte verschwommenes, neongefärbtes Licht in den Raum. Der Geruch von Weihrauch und Anis hing in der Luft. Aber Nicholas blickte unwillkürlich auf etwas, das wie das Netz einer riesigen Spinne aussah.

Tanaka Gin schloß die Tür hinter ihm. »Lassen Sie uns offen miteinander reden, Linnear-san. Ich habe zugesagt, Sie bei Ihren Nachforschungen zu unterstützen, weil Nangi mich darum gebeten hat. Ich habe großen Respekt vor ihm.« Er ging zu einem langen Tisch an der Wand und schaltete zwei Bronzelampen ein. »Im Moment sieht es so aus, daß ich eine Menge Arbeit habe. Ich untersuche den Mord an einem deutschen Geschäftsmann, Rodney Kurtz, und auch den Autounfall, dem seine Frau Giai kurz danach zum Opfer fiel. Sie war Vietnamesin.« Er breitete die Arme aus. »Mr. Kurtz ist hier ermordet worden.«

Nicholas nickte. »Wenn wir schon offen miteinander reden, Herr Staatsanwalt, erlauben Sie mir die Bemerkung, daß ich Sie nicht um Ihre Hilfe gebeten habe. Tatsächlich ziehe ich es vor, allein zu arbeiten.«

»Das kann in Tokio sehr gefährlich sein. Offiziell würde ich Sie davor warnen.«

»Und inoffiziell?«

Tanaka Gin lächelte. »Ich habe ein paar Informationen über Sie, Linnear-san. Nangi-san spricht über Sie in einer Art und Weise, als ob Sie sein Sohn wären. Das hat mir zu denken gegeben.« Er machte eine kurze Pause. »Ich bin bereit, Ihnen Unterstützung anzubieten, wenn Sie Hilfe brauchen sollten. Aber es wäre nicht angenehm, wenn Ihre Nachforschungen mich oder meine Mitarbeiter in Verlegenheit bringen würden.«

»Ich habe verstanden, Herr Staatsanwalt. Und ich weiß Ihren Ratschlag zu schätzen.« Nicholas spürte, wie Tanaka

Gin hinter halbgeschlossenen Lidern seine Gedanken einzuschätzen versuchte.

»Ja, ich glaube Ihnen.«

Nicholas beobachtete Tanaka Gin, der mit einer Taschenlampe nacheinander die Wände absuchte. Der kraftvolle Lichtstrahl beleuchtete eine Stelle, wo man Flecken sah, die von getrocknetem Blut stammen konnten. »Wünschen Sie, daß ich das Haus verlasse, Herr Staatsanwalt?«

Tanaka Gin richtete den Lichtstrahl noch immer voll auf die Blutflecken. »Ich glaube, daß Sie den Toten gekannt haben, Linnear-san.«

Das hat er also gemeint, dachte Nicholas. *Ich habe ein paar Informationen über Sie.* »Vielleicht bin ich ihm ein- oder zweimal begegnet. Aber ich kannte ihn nicht wirklich.«

Tanaka Gin drehte sich auf dem Absatz um, und sein verschleierter Blick fixierte Nicholas. »Wirklich nicht? Er war doch einer der Partner beim TransRim-CyberNet-Projekt.«

Dieser verdammte Kanda Torin und sein übertriebener Ehrgeiz, das CyberNet so schnell in Betrieb zu nehmen, dachte Nicholas. Der Staatsanwalt wußte mehr über das Abkommen mit den Partnern als er.

»Wenn das stimmt, dann sind das für mich Neuigkeiten«, sagte Nicholas. »Und wenn Sie Ihre Hausaufgaben gemacht haben, müßten Sie eigentlich wissen, daß ich mit dem Partnerschaftsabkommen nichts zu tun hatte.«

Tanaka Gin hob leicht die Augenbrauen. »Wie ist das möglich? Amerikanische Computertechniker, die in Ihrer Firma beschäftigt sind, haben die CyberNet-Technologie entwickelt. Wie kann es da passieren, daß Sie nicht auf dem laufenden gehalten worden sind?«

Fragen Sie Torin, dachte Nicholas. »Nangi-san hat die Entscheidung getroffen, als ich in Übersee anderen Verpflichtungen nachging. Wenn ich es richtig verstanden habe, hat das allgemeine Geschäftsklima es unbedingt erfordert, daß wir das CyberNet so schnell wie möglich in Betrieb nahmen. Sato International konnte nicht genug Kapital bereitstellen, und so hat Nangi-san sich entschlossen, ein Abkommen mit einer anderen Firma abzuschließen. Ich glaube, daß das eine gute Idee war. Im Moment kann der *keiretsu* nicht die drückende Schuldenlast übernehmen, die der TransRim-Start verursacht hat.«

Tanaka Gin antwortete nicht. Statt dessen ging er auf die Wand zu. »Ich frage mich, ob es hier passiert ist, neben der Bar. In jedem Fall ist sein Fleisch mit einer bösartigen Klinge durchbohrt worden, die unsere Leute nicht kannten. Der Mörder hat den Dolch nicht nur einmal benutzt, sondern gleich mehrfach. Der Körper ist über und über mit Wunden bedeckt.«

»Ein Schlächter.«

Ohne sich umzudrehen, zog Tanaka Gin ein paar Fotos aus der Brusttasche. Er reichte sie Nicholas. Im Licht der Bronzelampe sah Nicholas, daß es Fotos von Kurtz' Leiche waren. Nahaufnahmen des Gesichts, des Genicks und der Schultern.

»Wo haben Sie die Leiche gefunden?«

»Nicht hier im Haus. Sie haben ihn in der Nähe von Tsukiji aus dem Auto gekippt.« Tanaka Gin meinte Tokios riesigen Fischmarkt. Das Licht flackerte leicht, aber es wurde heller, während Tanaka Gin näher kam. »Mit geheimnisvollen Waffen kennen Sie sich doch bestens aus, Linnear-san. Können Sie sagen, was für eine Waffe der Mörder benutzt hat, einen Dorn oder . . .«

»Die Fotos erlauben keinen Aufschluß. Der Körper ist zu verstümmelt, um eine Diagnose abzugeben. Aber wenn Sie Ihre Leute anweisen, darauf zu achten, ob noch andere Morde nach der gleichen Methode geschehen . . .«

»In Ordnung«, antwortete Tanaka Gin. Er notierte sich etwas auf einem kleinen Schreibblock. »Vielleicht war es doch kein Schlächter. Es gibt da ein Zeichen, das ihm in die Stirn eingeritzt wurde.«

Das stimmte. »Ein vertikaler Halbmond«, sagte Nicholas. Er studierte die Fotos eingehender.

»Genau.«

Auf einer der Aufnahmen sah Nicholas in der Nähe des Brustkastens den Ansatz eines seltsamen, dunklen Fleckens in der unteren rechten Ecke des Fotos. Was konnte das sein? Eine weitere Wunde?

Er blickte auf und sah, daß Tanaka Gin ihn beobachtete. Sein Gesichtsausdruck verriet gespannte Neugier. »Man sagt, daß Sie selbst angesichts des Todes sich so beherrschen könnten, daß Ihr Gesichtsausdruck keine Gefühlsbewegung verrät.« Tanaka Gin nickte bedeutsam. »Ich frage mich, ob das stimmt.«

Nicholas gab ihm die Fotos mit den Nahaufnahmen zurück. »Warum sollte Sie das interessieren?«

»Im Moment muß ich mich mit Ihnen beschäftigen, Linnear-san. Aber zuerst müssen wir eine gemeinsame Basis finden.« Tanaka Gin machte ein Geste, die Entgegenkommen anzudeuten schien. »Ich denke, daß Sie mir zustimmen, daß alle Beziehungen so am besten funktionieren.«

»Alle außer denen mit Frauen.«

»Tatsächlich? Ich hätte angenommen, gerade die mit Frauen müßten vorab geklärt werden.«

»Ich sehe, daß Sie nicht gerade ein Romantiker sind, Herr Staatsanwalt.« Er verließ den Lichtkegel und schritt in die Dunkelheit. Dann stand er neben dem anderen Mann. »Wenn es um Liebe geht, ist es oft sehr wichtig, *nicht* zu wissen, worauf es hinausläuft.«

»Ah, das war das Mißverständnis. Sie sprechen von Liebe, und ich bezog mich auf Sex.« Tanaka Gin ließ den Lichtstrahl langsam über die befleckte Wand schweifen. »Sex und Liebe sind oft nicht miteinander vereinbar.«

Nicholas blickte sich im Raum um. »Gin-san, ich frage mich, ob Sie mir gestatten würden, den Rest des Hauses anzusehen?«

»Wie Sie wünschen. Ich habe keine Einwände. Das Gebäude ist bereits nach Fingerabdrücken abgesucht und fotografiert worden.«

Nicholas ließ ihn stehen und untersuchte das Haus. Er sah Zimmer, die von einer tödlichen Stille erfüllt waren, aber in seinem Inneren hörte er Schreie, vielleicht ein Echo des Schmerzes, der in diesem Haus vor einiger Zeit erlitten worden war. Er öffnete sein *tanjian*-Auge und versuchte, etwas Ungewöhnliches zu entdecken. Wegen der Fingerabdrücke lag überall schwarzer Puder herum, der wie aus einem defekten Heizkessel entwichener Ruß aussah. Er untersuchte Kurtz' Eßzimmer, seine Bibliothek und alle Schlafräume. Das marmorne Badezimmer war extrem luxuriös. Es gab eine Dusche, eine japanische Badewanne aus Zedernholz und einen Whirlpool aus Fiberglas. Es war eine unpassende Mischung von Tradition und Moderne.

Nicholas setzte sich auf den Rand des Whirlpools. An der Stelle, wo der Whirlpool an die Wand grenzte, war ein Fach, das einen Zugang zu den Rohrleitungen ermöglichte. Irgend etwas erregte Nicholas' Aufmerksamkeit. Er beugte sich über das Fach und untersuchte eine der vier Schrauben, mit denen es befestigt war. War das ein Kratzer auf der Platte, die sich daneben befand? Nein. Er löste eine Schraube und sah ein Haar, das sorgfältig um das Gewinde gewickelt worden war. Das Ende des Haars stand etwas hervor und hatte wie ein Kratzer ausgesehen. Er hegte keinen Zweifel, daß das Haar nicht durch Zufall dorthin gelangt war. Welchen Zweck erfüllte es? Sollte es anzeigen, ob die Platte unbefugt entfernt worden war?

Er löste die Schrauben der Platte und legte sie beiseite. Dahinter sah er einen teuren Wandtresor aus dickem Metall, der nur durch eine Zahlenkombination geöffnet werden konnte. Das war eine Erklärung für das sorgfältig plazierte Haar. Er betastete die Tür mit den Fingerspitzen und stellte fest, daß sie nicht verschlossen war. Er öffnete sie und blickte in den leeren Safe. War er von Rodney Kurtz' Mörder durchsucht worden? Es schien so. Wer immer es gewesen war, er war vorsichtig genug gewesen, auf das Haar zu achten, und klug genug, es überhaupt zu bemerken.

Nicholas kehrte ins Wohnzimmer zurück, wo Tanaka Gin immer noch an exakt der gleichen Stelle stand.

»Wir haben Schamhaare auf dem Eßzimmertisch und auf Kurtz' Schreibtisch gefunden«, sagte Tanaka Gin. »Merkwürdig, finden Sie nicht?«

»Sex und Tod. Bei gewissen Menschen besteht da eine starke und fast unkontrollierbare Verbindung.«

Tanaka Gin wandte sich um. »Bei gewissen Menschen?« Er nickte bedächtig, als ob er Nicholas' Worten eine geheime Bedeutung verleihen würde. »Sehen Sie den Mann nicht vor sich, wie er Kurtz festhält und ihn dabei vorsätzlich wieder und wieder mit der Klinge durchbohrt? Der Mörder war von einer Leidenschaft besessen, aber ich denke, daß weder geistige Verworrenheit noch Wahnsinn im Spiel waren. Es war alles genau geplant.«

»Er hat Kurtz' Frau im Eßzimmer und in seinem Büro genommen. Hat der Mord vorher oder hinterher stattgefunden?«

Tanaka Gin schien nichts anderes zu tun, als die Blutflekken an der Wand zu zählen. Er atmete tief durch. »Davon hängt einiges ab, oder?«

»Wovon?«

»Ob die Frau etwas mit dem Mord zu tun hatte.« Er versuchte, Nicholas aus den Augenwinkeln zu beobachten. »Zeugen, die Giai Kurtz' Tod beobachteten, haben zu Protokoll gegeben, daß sie in Begleitung eines Mannes aus dem Westen war. Nachdem der schwarze Mercedes sie überfahren hatte, rannte der Mann hinter dem Auto her. Danach hat ihn niemand mehr gesehen.«

In diesem Augenblick wurde Nicholas klar, daß Tanaka Gin ein sehr guter Ermittler war. »Sind Sie sicher, daß es ein Mercedes war?«

»Ganz sicher. Wir haben den Wagen heute morgen auf einer Baustelle in Shibuya gefunden. Das Wrack war total ausgebrannt.« Er schaltete das Licht aus. »Der Arzt hat übrigens festgestellt, daß Kurtz zehn oder zwölf Stunden vor dem gewaltsamen Tod seiner Frau umgebracht worden ist.«

»Glauben Sie, daß sie vorsätzlich getötet wurde?«

»Mordanschläge mit dem Auto sind in Tokio eher ungewöhnlich. Aber vielleicht war das eine Ausnahme.« Tanaka Gin zuckte die Achseln, und seine schlanke Silhouette wurde durch das Licht wie auf einer Kohlezeichnung hervorgehoben. »Das ist zumindest meine Arbeitshypothese.«

Die beiden Männer standen Schulter an Schulter in der Dunkelheit und atmeten den Geruch von Sex und Tod ein.

»Linnear-san, erzählen Sie mir, ob Ihnen das Symbol des vertikalen Halbmonds etwas sagt?«

Nicholas zögerte. Er hatte das Symbol bereits vorher gekannt. Sein Name war *ngoh-meih-yuht*, und das war in einem obskuren chinesischen Dialekt die Bezeichnung für ›Halbmond‹. Er stand für Gim, das zweischneidige Schwert, und war das Initiationssymbol eines mythischen und magischen Kults. Der Halbmond war Bestandteil der Tätowierungen des vietnamesischen Stammes der Nung. Nicholas hatte das Symbol auf dem Messulethe von Do Duc Fujiro gesehen, dem Mann, der versucht hatte, Mikio Okami zu ermorden. Die Messulethe waren furchterregende Psycho-Magier, und die uralte Legende besagte, daß sie von den Zykladen und den Titanen abstammten. Es existierte sogar das Gerücht, daß ihre Magie ein Vorläufer des *tau-tau* war.

Aber Okami hatte mit den Nachforschungen in diesem Fall nichts zu tun, und Nicholas wollte ihn nicht in die Sache hineinziehen. Außerdem hatte er Do Duc auf japanischem Boden getötet und kein Interesse daran, daß dieser Vorfall untersucht wurde. »Ich weiß es nicht.«

»Ich glaube, daß der Mann, der das Ehepaar Kurtz umgebracht hat, außergewöhnlich gefährlich ist.« Tanaka Gins Kopf wirbelte herum, und seine Augen funkelten in dem trüben Lampenlicht. »Würden Sie mir sagen, ob Sie sich auf die Sache einen Reim machen können?«

Er ist auch ein außergewöhnlich kluger Fragesteller, dachte Nicholas. »Natürlich, ich habe nichts zu verbergen.« Aber er konnte die schreckliche Empfindung nicht abschütteln, die ihn wie der Gestank eines Leichenhauses getroffen hatte, in dem Moment als er die Schwelle der Eingangstür dieses Hauses überschritten hatte: Ein weiterer Messulethe war losgelassen worden.

Er stand sehr nah an der blutbespritzten Wand und fühlte, daß ihn innerlich etwas gegen seinen Willen in den Zustand der *kokoro* hinabzog. Etwas Dunkles und Unerklärliches schien ihn zu rufen wie Echos aus den tiefsten Tiefen.

»Interessant. Ich hätte angenommen, daß ein Mann, der geschworen hat, den Kaisho zu beschützen, eine Menge Geheimnisse hat.« Tanaka Gin zuckte die Achseln. »Aber vielleicht täusche ich mich. Ich bin nur ein Verwaltungsangestellter, und was kann ich von diesen Dingen schon wissen?«

Nicholas spürte, daß ihn eine Art Schizophrenie überkam. Ein Teil seines Gehirns reagierte, und er war bestürzt, daß Tanaka Gin etwas über seine Beziehung zu Mikio Okami wußte. Das konnte gefährlich werden. Aber ein anderer Teil von ihm hatte sich bereits von den Zwängen von Zeit und Raum losgerissen.

Er hatte seine Handfläche gegen die Wand gelegt. Seine Finger waren leicht gebogen, so daß ihre Spitzen den Kontakt herstellten und wie Glasfaserkabel funktionierten, die Daten übertrugen. Die Welt neigte sich zur Seite, als er im *akshara* versank. Es war, als flöge er von einer Landzunge aus in die Luft. Die Zeit löste sich auf wie eine Tablette im Mund, und er wurde in die Szene zurückversetzt, die sich am Vortag hier abgespielt hatte.

Tanaka Gin lag zumindest mit einem Teil seiner Hypothese richtig. »Er war hier«, flüsterte Nicholas.

Tanaka Gins Körper schnellte vor, als würde er vom Sog der kollabierenden Zeit selbst erfaßt. »Wer? Wer war zusammen mit Giai Kurtz hier? Ihr Ehemann?«

»Ja, zuerst. Dann, später ...«

Es verschlug Tanaka Gin den Atem. Er hatte von Nicholas Linnears geheimen Kräften gehört, sich aber geweigert, den Gerüchten zu glauben. Doch als er jetzt Nicholas' mitgenommenen Gesichtsausdruck sah, wußte er, daß er kein Schauspieler war, der eine falsche Zirkusnummer abzog. Was immer auch passierte, es war real. *Hier liegt eine wirkliche Hoffnung für mich,* dachte er. »Ja, und was passierte später?«

»Kurtz wurde hier umgebracht.«

»In diesem Haus?«

»Genau hier.« Nicholas strich mit der Hand über die Wand. Sein Gesicht sah jetzt noch verzerrter und deformierter aus, als ob es von innen beleuchtet würde. »Jemand anders. Ein ...« Er erschauderte plötzlich und wurde bleich.

»Linnear-san, ist alles in Ordnung? Was haben Sie gesehen?«

»Ich . . .«

»Wer war bei Giai Kurtz?«

»Dieselbe Person, die ihren Ehemann umgebracht hat.«

Tanaka Gin stieß einen kleinen Seufzer aus. »Haben Sie ihn erkannt?«

Da war sie wieder, die gewohnte atmosphärische Störung in seinem Geist, die er mit Mick Leonforte assoziierte. Es war ein Gefühl oder Eindruck, als ob ein Schwarm von Insekten in ihm herumkrabbelte und kleine Kneifzangen in sein Fleisch bissen. Der Ausdruck ›dunkle Ahnung‹ beschrieb seinen Zustand wahrscheinlich am besten. Aber er durfte Tanaka Gin nichts davon erzählen. »Ich sah . . . irgend etwas.«

»Was war es, ein Schatten?« *Er ist immer noch nicht wieder er selbst,* dachte Tanaka Gin. Was war mit ihm geschehen? »Linnear-san, Sie müssen mir alles sagen.«

Nicholas starrte den Staatsanwalt lange an, aber seine Augen blickten so seltsam, als ob er etwas im *Inneren* von Tanaka Gins Körper sehen könnte. Draußen fuhren Autos vorbei. Lastwagen lieferten in der Nacht Waren an, dann legten die Fahrer den Gang ein und fuhren weiter zu unbekannten Zielen.

»Sie können mir vertrauen, Linnear-san. Ich schwöre es Ihnen.«

Nicholas nickte. Es war ein spastisches Schütteln des Kopfes.

»Sagen Sie mir, was Ihnen das *tau-tau* enthüllt hat. Wir werden zu einer Verständigung kommen, Sie und ich, weil ich glaube, daß wir uns gegenseitig helfen können.«

Nicholas blickte durch die Jalousien nach draußen, wo die Lichter auf dem Fluß funkelten und tanzten. »Wie könnte ich Ihnen helfen?«

Tanaka Gin hob die Hand. »Sollen wir uns kurz setzen?«

Sie nahmen auf einem Rattansofa Platz, während die nächtlichen Großstadtlichter von der anderen Seite des Sumida durch die Jalousien gefiltert wurden.

Aber Nicholas sprang fast sofort wieder auf. »Das ist ein gewalttätiger Platz, voller Haß und Zorn.«

»Ich habe so etwas gehört. Es gibt Gerüchte, daß Mr. Kurtz seine Frau geschlagen hat.«

»Hat sie jemals Anzeige erstattet?«

»Nein. Aber unglücklicherweise ist das in Fällen körperlicher Mißhandlung eher die Regel.«

Nicholas' Silhouette hob sich gegen die Lichter ab; er wirkte völlig einsam und ein bißchen verloren. Tanaka Gin konnte verstehen, wie er sich fühlte. Es war erst einen Monat her, seit Ushiba gestorben war. Eine solche Freundschaft hätte nicht so abrupt durch den Tod abgebrochen werden dürfen. Er versuchte immer noch, sich von dem Schock zu erholen.

»Ich will Ihnen vertrauen«, sagte Nicholas. »Es ist jetzt die Zeit gekommen, wo ich *irgend jemandem* vertrauen muß.«

»Zum Thema Kurtz. Es gibt da noch eine Geschichte über seinen Körper, die ich Ihnen nicht erzählt habe.« Tanaka Gins ruhiger Blick betrachtete Nicholas mit Gleichmut. »Einige Organe fehlten. Herz, Pankreas, Leber.« Das war also die Erklärung für den dunklen Flecken am unteren Ende des einen Fotos, dachte Nicholas. Er war Teil eines Lochs gewesen, das dazu gedient hatte, die Organe zu entfernen. »Der Arzt hat mir versichert, daß die Organe mit chirurgischer Präzision herausoperiert worden sind. Der vertikale Halbmond, die verschwundenen Organe, können Sie sich darauf einen Reim machen?«

Das konnte er. Dominic Goldonis Herz war aus dem Körper entnommen worden, nachdem der Messulethe ihn ermordet hatte. Aber Nicholas durfte Tanaka Gin darüber nichts erzählen. »Nein, aber ich bin bereit, einige Nachforschungen anzustellen.«

»Das wäre zweifellos sehr nützlich.«

Nicholas fragte sich, wieviel Ironie in diesem Kommentar gelegen hatte. Er hatte erneut den Eindruck, daß der Staatsanwalt mehr wußte, als er zu erkennen gab. Aber er hatte keine Zeit, bei diesem Punkt zu verweilen, weil er etwas Wichtiges herauszufinden versuchte. Er war physisch angeschlagen und wußte, daß er dieses Problem lösen mußte, um einen freien Kopf zu bekommen und zu vergessen, was er gesehen hatte, als er in Kontakt mit der Todesmauer gewesen war. Es war wie eine neue Wunde, die im Zentrum seines Geistes pulsierte.

Wir werden zu einer Verständigung kommen, Sie und ich, weil ich glaube, daß wir uns gegenseitig helfen können. Das waren Tanaka Gins Worte gewesen, und Nicholas sah den springenden Punkt: Das hier war kein gewöhnlicher Mordfall, und instinktiv hatte der Staatsanwalt das erkannt. Offensichtlich wußte er etwas über *tau-tau* und daß irgendein mächtiger Stimulus an der Stelle zurückgeblieben war, die er für den Tatort hielt. Er hoffte, daß die psychische Aufhebung der Gesetze von Zeit und Raum es Nicholas ermöglichen würde zu sehen, was an dieser Stelle geschehen war. Deshalb hatte er Nicholas auch gebeten, sich nicht mit ihm in seinem Büro zu treffen, was der üblichen Prozedur entsprochen hätte, sondern im Haus der Kurtz'.

Er muß verzweifelt auf meine Hilfe hoffen, dachte Nicholas.

Die beiden Männer schwiegen eine Weile. Nicholas, weil er versuchte, seine neue Situation einzuschätzen, und der Staatsanwalt, um ihm Zeit zu geben, sein inneres Gleichgewicht wiederzufinden.

Endlich rührte sich Tanaka Gin. »Als ich den *oyabun* Tetsuo Akinaga verhaftet habe, habe ich das in aller Öffentlichkeit getan. Das war für ihn ein großer Gesichtsverlust. Vielleicht habe ich einen taktischen Fehler gemacht. Auch ohne daß man seinen Zorn reizt, ist Akinaga-san bereits ein furchtbarer Feind. Aber ich war sehr wütend, weil er in einer gewissen Weise den Tod eines Mannes verursacht hat, der ein guter Freund von mir war.«

Tanaka Gin wandte den Blick ab und sah auf die Wand mit dem kleinen Muster von Blutflecken. »Er hat mich in etlichen Fällen gewarnt: ›Es gibt Mechanismen in Ihrer eigenen Abteilung, die zu Ihrer Zerstörung führen werden.‹ Das waren exakt seine Worte. Ich habe sie nicht vergessen. Auch nicht den Blick, mit dem er mich dabei ansah.«

»Prahlereien eines Mannes, der versucht, seinen Gesichtsverlust wieder wettzumachen.«

Tanaka Gin neigte den Kopf. »Das habe ich auch gedacht. Aber dann hat mir Akira Chosa, ein anderer *oyabun* der Yakuza, in etwa dasselbe gesagt: ›Wenn Sie sich mit Korruption befassen wollen, untersuchen Sie doch zuerst Ihre eigene Abteilung.‹ Sie haben ja bereits erwähnt, daß ich einen gewissen Ruf als Reformer habe. Und das hat mich logischerweise mehr Leuten entfremdet, als Sie sich vorstellen können. Ich habe jetzt auch mächtige Feinde an Stellen, wo ich sie am wenigsten erwartet hätte.« Er räusperte sich. »Irgend jemand behindert meine Anklage gegen Akinaga, und ich weiß nicht, wer es ist.«

»Glauben Sie, daß ich es Ihnen sagen kann?« Jetzt kam endlich Licht in die Sache: Gins Nachgiebigkeit gegenüber Nangis Bitte, seine Freimütigkeit, Nicholas den Tatort des Mordes besichtigen zu lassen, und schließlich, daß er ihn in wohlüberlegter Weise mit wichtigen Fingerzeigen konfrontiert hatte. Gins Wünsche waren klar, die Karten lagen offen auf dem Tisch.

»Ich weiß Bescheid, Linnear-san.« Tanaka Gins Augen glitzerten. »Durch das *tau-tau* konnten Sie die Gewalttätigkeit und den Haß zwischen den Ehepartnern erkennen.«

»Vielleicht war es so bei Rodney und Giai Kurtz, aber was ich sehe und fühle, ist weitaus intensiver. Es geht um eine andere Person.«

»Den Mörder, Linnear-san!«

»Ja, vielleicht.«

Tanaka Gin beugte sich vor, und seine Augen glänzten. »Sie haben ihn gesehen, oder? Sagen Sie mir, wer es ist.«

»Ich weiß es nicht. Ich kann kaum glauben, was ich . . .« Er mußte erneut ansetzen, aber seine Stimme war jetzt ein rauhes Flüstern, weil die psychische Wunde, die sich an der Todeswand geöffnet hatte, ihre ganze Grausamkeit offenbarte. »Gin-san, ich habe mich in den Zustand des *tau-tau* versetzt, und meine Absicht bestand darin zu sehen, wer Rodney Kurtz und vielleicht auch seine Frau . . . Aber es war, als ob ich in einen kleinen dunklen Spiegel geblickt hätte.« Er preßte die Fingerspitzen an seine Schläfe. »Ich habe mich selbst gesehen.«

Schule der Gewalt

Wer den Auftritt von zwei oder drei Generationen erlebt, gleicht einem Mann, der auf dem Jahrmarkt zwei- oder dreimal dieselben Tricks eines Zauberkünstlers sieht. Sie wirken aber nur beim erstenmal.

Schopenhauer

Ozone Park, New York
Frühling 1961

Solange er zurückdenken konnte, hatte Mick Leonforte immer den gleichen Traum geträumt. Er war ein junger Mann – nicht das Kind, das er gewesen war, als er den Traum zum erstenmal hatte –, und seine äußere Erscheinung hatte nichts mit dem Bild des hübschen, dunkelhaarigen Jünglings mit mediterranem Blut zu tun, das er jeden Morgen im Spiegel sah. Im Traum war er blond und blauäugig und trug immer weiße Kleidung. Er war sehr weit entfernt von der Wohnung seiner Familie, die an der Ecke der 101. Avenue und der 87. Straße im Bezirk Ozone Park von Queens lag.

Mick konnte nicht mit Sicherheit sagen, wo er sich befand, ob in Florida, Europa oder sonstwo. Es gab Palmen und kühle Passatwinde, und das Sonnenlicht funkelte auf dem grünen Meer, auf dem luxuriöse Jachten kreuzten. Aber wahrscheinlich war es letztlich doch nicht Florida, weil jeder, sogar er, in einer fremden Sprache redete. Man hörte weder Englisch noch Italienisch. Mit seinem Vater und seinem Bruder Caesare hatte er früher einmal Florida besucht, und bei genauerer Betrachtung mußte dies eine andere Gegend sein.

Aber es war ein exotischer Ort, und er befand sich in Begleitung einer traumhaften Frau. Sie war groß und schlank, und ihre gebräunten Glieder waren so wohlgeformt, daß er den Blick kaum abwenden konnte. Ihr blondes Haar war nach französischer Art zu einem Zopf zusammengebunden, und ihre grünen Augen waren so kühl und tief wie das Meer.

Er saß am Steuer des schwarz- und goldfarbenen Stutz Bearcat, und sie saß auf dem gegerbten Ledersitz neben ihm. Sie hatte ihr Kleid hochschieben müssen, als sie in den Wagen gestiegen war, und unterhalb des Saums ihres Seidenkleides waren ihre gebräunten Knie zu sehen. Sie lächelte ihn an, während ihr der Wind ein paar Haarsträhnen ins Gesicht blies. Der Anblick ihrer Knie oder eines Teils der Oberschenkel genügte, um bei ihm Herzklopfen auszulösen.

»Michael«, sagte sie, während ihnen der Wind ins Gesicht blies. »Michael.«

Sie nannte ihn immer Michael, niemals Mick. Dafür liebte er sie. Letztlich bewunderte er alles an ihr so sehr, daß er eine Art Schmerz in der Herzgegend fühlte. Es war, als ob sie in ihm oder ein Teil von ihm wäre, und sie kannte all seine Gedanken, seine Geheimnisse und auch seine dunklen Seiten.

Und dennoch liebte sie ihn.

Er fühlte sich leichter als Luft, als ob er die weißen Wolken am Himmel, die wie im Zeichentrickfilm aussahen, berühren könnte.

In seinem Traum steuerte er den Stutz Bearcat über eine Straße durch einen Wald von dunkelgrünen Zypressen, die wie Bleistifte aus einem weißen, hoch über die Küste hinausragenden Kliff hervorwuchsen. Wann immer sie an einem Haus vorbeikamen, hatte es ein Dach aus rostroten Ziegeln und stuckverzierte Wände, rein und weiß wie Milch.

Er fühlte sich so frei, als ob ihm eine Droge in die Vene injiziert worden wäre. Das Gefühl zitterte in ihm wie ein sich im Meer spiegelnder tropischer Mond und jagte ihm einen Schauer über den Rücken. Mick wollte sie berühren, und das Mädchen ergriff seine Hand und küßte seine Fingerkuppen mit ihren vollen roten Lippen.

Dann befanden sie sich auf einer Tanzfläche aus Schiefer in einem Nachtclub, der im Freien lag, mit einer freischwebenden Terrasse hoch über dem Ozean. Am Rand der Tanzfläche wuchsen stark duftende Rosen. Die Musiker im Smoking spielten ›Moonlight Becomes You‹. Er hielt das Mädchen, das wie Honig in seinen Armen zerfloß. Ihre Augen blickten ihn an, und er konnte in ihnen die Spiegelung der chinesischen Laternen erkennen, die diagonal über die Tanzfläche gespannt worden waren, winzige heilige Kreise, die sie durchquerten.

Die Band spielte nur für sie. Das liebte er ganz besonders. Es waren keine anderen Gäste in dem Nachtclub, und es würde auch niemand kommen. Das Lokal gehörte ihm, und er wollte in dieser Nacht nicht gestört werden.

Die Musiker stimmten ›Moonlight Serenade‹ an, als ob sie seine Gedanken gelesen hätten. Er drückte das Mädchen fester an sich und spürte ihren straffen Körper von den Brüsten bis zu den Knien. Als sie einen Oberschenkel zwischen seine Beine schob, glich das Gefühl, das sie in ihm auslöste, einem Stromschlag. Er bemerkte seine Erektion, aber auch der Rest seines Körpers straffte sich, und sein Geist war hellwach, weil er nur an sie denken konnte. Die Band, die chinesischen Laternen und das Meer schienen in eine verschwommene Ferne zu entschwinden. Sie waren allein und vereint.

Mit einer fast übernatürlichen Klarheit erinnerte er sich an den Tag, als er den Traum zum erstenmal geträumt hatte. Er war aufgewacht und hatte abwesend gegen die Decke gestarrt. Er glaubte, noch immer das Lichterspiel der chinesischen Laternen zu sehen, und die Geräuschfetzen der ›Moonlight Serenade‹ klangen ihm noch in den Ohren. Und Mick spürte noch immer das unaussprechlich schöne Gefühl, wie ihr elastischer Oberschenkel sich an ihm gerieben hatte.

Dann hatte ein scharfes Klopfen die letzten Überbleibsel des Traums verscheucht, und er hatte zur Tür seines Schlafzimmers geblickt, wo der Kopf seiner Schwester Jaqui im Türspalt erschienen war.

»Es wird Zeit, Michael.«

Dieser Augenblick hatte sich unauslöschlich in sein Gedächtnis eingebrannt und war mit einer unglaublichen erotischen Spannung aufgeladen gewesen. Ein heißer Schauer der Demütigung hatte ihn übermannt, als er erkennen mußte, daß das Mädchen in dem Traum seine Schwester gewesen war.

Michaels älterer Bruder Caesare war nach seinem Großvater benannt worden. Der Großvater war 1910 in die Neue Welt ausgewandert und hatte sich in einem östlichen Stadtteil von New York niedergelassen, der Old Mill hieß. Die

Gegend war ein sizilianisches Ghetto am unteren Ende der Crescent Street gewesen, in der Nähe der Jamaica Bay. Die jüngere Generation nannte den Stadtteil gewöhnlich ›die Grube‹, weil die Straßen hier niedriger lagen als irgendwo sonst in Brooklyn oder einem der anderen fünf Wahlbezirke von New York. Um die Jahrhundertwende hatten die Stadtväter beschlossen, daß alle Straßen in einer gewissen Höhe über dem Wasserstand des Flusses liegen mußten, und man hatte, wo es nötig war, die Fundamente erhöht. Überall, nur in der ›Grube‹ nicht. Niemand hatte den genauen Grund gekannt. Vielleicht hatte es dort schon zu viele Häuser gegeben, aber wahrscheinlicher war, daß niemand sich einen Dreck um diesen Stadtteil scherte, weil er ein Ghetto war.

Micks Großvater hatte nach seiner Ankunft zunächst Ziegen gezüchtet, deren Milch und Fleisch er an befreundete Einwanderer verkaufte. Aber schon bald war er durch Protektion weitergekommen, und die neuen Geschäfte waren weitaus einträglicher. Er war ein zweites Mal ausgewandert und aus der ›Grube‹ in eine geräumige Wohnung umgezogen, die im dritten Stock eines braunen Backsteingebäudes an der Ecke der 101. Avenue und der 87. Straße im Stadtteil Ozone Park lag. In dieser Gegend von Queens lebten Sizilianer und Neapolitaner zusammen als Nachbarn, die wenig Sympathie füreinander empfanden.

Bereits in jener Zeit war der Umzug von East New York nach Ozone Park keine einfache Sache gewesen. In beiden Vierteln wohnten Rowdys, Schlaumeier und harte Jungs, und es gab auch genug Verrückte, die nichts anderes im Kopf hatten, als auf den Abzug zu drücken. East New York war anscheinend seit jeher von der Fulton Rockaway Gang beherrscht worden. Die Gang kontrollierte das Territorium von der Rockaway Avenue bis zur Fulton Street, südlich der Atlantik Avenue. Im Bezirk Ozone Park hatten die Saints die Macht, eine neuere, aber nicht weniger gefährliche Gruppe junger Männer und pickliger Teenager, die in den fünfziger Jahren geboren waren. Um von ihren älteren Widersachern nicht ausgeschaltet zu werden, hatten die Saints sogar ein sechsköpfiges Selbstmordkommando aufgestellt. Die Typen dienten als Zielscheiben bei allen Gebietsstreitigkeiten. Es waren Verrückte, die in einem betagten Ford-Plankenwagen über den Cross Bay Boulevard patrouillierten. Sie waren jederzeit mit Fahrradketten, Handfeuerwaffen und einer Auswahl bedrohlicher Messer bewaffnet.

In dieser hochexplosiven Atmosphäre wuchs der junge Mick auf. Wenn man auf die Straße ging, mußte man immer daran denken, das eigene Leben zu verteidigen. Aber in seiner Familie ging es kaum weniger gewalttätig zu als in der Außenwelt. Mick war jünger als seine Schwester, aber Frauen zählten in der Familie ohnehin nicht. Er war der jüngere der beiden Brüder und wurde ständig von Gedanken an seinen Vater John gequält. Zu jener Zeit sprach niemand über Johnny Leonforte, weder Johnnys älterer Bruder Alphonse noch sein eigener Vater Caesare, nach dem Micks älterer Bruder benannt worden war.

Was war Johnny Leonforte zugestoßen? Niemand sprach darüber. Wenn er tot war, hatte man es seinen Kindern nicht erzählt, und wenn er noch lebte, hatte er nie Kontakt mit ihnen aufgenommen. Es gab natürlich Gerüchte in der Nachbarschaft, die so demütigend und schändlich waren, daß Großvater Caesare daran zerbrochen war. Die Leute sagten, daß die Leonfortes nie wieder so sein würden wie früher. Aber wenn jemand das Geheimnis wirklich kannte, so sprach er die Wahrheit doch nicht aus. Mick wußte nicht mehr, was er glauben sollte, aber der hitzköpfige Caesare war ständig bereit, sein Leben zu riskieren, um die Ehre seines verschwundenen Vaters zu verteidigen. Daß Mick ihm nicht beistand und über die Angelegenheit schwieg, stachelte ihn nur noch mehr an.

Großvater Caesare war von schmaler Gestalt und sehr dünn, und er war so gerissen, daß es keine Rolle spielte, daß er nicht über die typisch sizilianische einschüchternde Physis verfügte. Auch so erschrak jeder automatisch vor ihm. Alphonse hingegen war so groß wie ein Bär und genauso grob. Er liebte Boxkämpfe, und es schien für ihn das reinste Vergnügen zu sein, andere Menschen zu mißhandeln. Micks Bruder Caesare wünschte sich, auch über diese boxerischen Fähigkeiten zu verfügen, aber das Ergebnis war nur, daß er sich mehrfach eine blutige Nase einhandelte. Noch schlimmer war, daß Onkel Alphonse ihn befreien mußte. Diese permanenten Demütigungen reagierte er an Mick ab, der anscheinend – im Gegensatz zu Caesare – nicht in der Lage war, andere durch kleine Unverschämtheiten zu beleidigen.

Caesare, benannt nach seinem geliebten Großvater, war das Lieblingskind der Familie, das war innerhalb des Haushalts allgemein bekannt, und vielleicht war es draußen nicht anders. Onkel Alphonse hatte einen Riemen, der an der Innenseite der Badezimmertür hing, und er bestrafte Mick und Caesare reichlich und mit Freuden, wobei er sich vielleicht an die Züchtigungen erinnerte, die sein Vater ihm im sogenannten Hinterhaus verabreicht hatte.

In dieser Situation hatte Mick nur zwei Alternativen: Er konnte sich mit den traditionellen Erziehungsmethoden seiner seltsamen Familie abfinden und wie Caesare weiterhin die Erinnerung an seinen Vater pflegen – oder er konnte rebellieren und seinen Vater hassen, weil er die Familie im Stich gelassen hatte. Er entschied sich für die zweite Alternative, aber es war unmöglich zu sagen, was in seinem Inneren diese Entscheidung herbeigeführt hatte. Schon im Alter von vierzehn Jahren war er seinem Vater, an den er sich kaum noch erinnern konnte, vollkommen entfremdet, dafür jedoch bestand ein unauflöslicher Bund zwischen ihm und seinem Großvater.

Der alte Caesare sah aus wie eine sizilianische Krähe auf einem Gartenzaun. Er trug immer einen schwarzen Anzug und einen Hut. Seine dunklen Augen waren von schiefen Fältchen umgeben, und er spähte mit einem Ausdruck erstaunlicher Wachheit aus dem Halbschatten hervor, den die Krempe seines Hutes über sein Gesicht warf. Er saß oft am Küchentisch, trank Valpolicella aus einem Wasserglas und rauchte Zigaretten, die er zwischen Mittel- und Ringfinger der rechten Hand hielt. Seine Finger waren gelb vom Nikotin, und wenn seine rechte Hand Mick packte, was häufig vorkam, fühlte sie sich wie die Tatze eines Bären an. Es belebte Großvater Caesare, wenn er belehrend über Themen sprach, die ihm am Herzen lagen. Wenn er in seinen Erzählungen an einen wichtigen Punkt gelangte, steckte er die Zigarette in den Mund und packte Micks Schulter. Sein Zugriff war so hart wie der eines Schraubstocks, und die furchterregende Kraft hatte Mick zuerst erzittern lassen.

»Du bist ein guter Junge«, sagte er dann beispielsweise. »Du bist clever genug, aber auf eine andere Weise. Diese Arbeit – unser Geschäft – ist nichts für dich. Hast du mich verstanden?«

Mick würde später verstehen, was der alte Mann gemeint hatte, aber im Moment hatte er nur das Gefühl, daß sein Großvater ihn liebte, obwohl er anders war. Für den Augenblick reichte das, wenn auch nicht für lange Zeit.

Sein Bruder Caesare war für Mick ein komplettes Rätsel. Wenn er in seine Augen blickte, konnte Mick ein flackerndes Licht sehen. Es schien sich nicht so sehr von dem der Sterne zu unterscheiden, die er jede Nacht durch das Teleskop beobachtete, das sein Großvater ihm zum letzten Weihnachtsfest geschenkt hatte. Abend für Abend schulterte er das Teleskop und stieg aufs Dach, wo er es auf dem schwarzen Asphalt aufbaute, um durch den Dunst der großen Stadt in den nächtlichen Himmel zu spähen. Der Anblick faszinierte ihn, weil er sich dann sehr weit von der Erde entfernt fühlte und andere Kontinente zu sehen schien.

Dann war er auch weitestmöglich von Onkel Alphonse entfernt, der sich allerdings immer häufiger in San Francisco aufhielt, wo er das neue Hauptquartier seiner Familie einrichtete.

Oftmals, wenn Mick auf dem Dach das Teleskop zusammenschob, hörte er, wie eine schwere Wagentür zugeschlagen wurde. Dann blickte er über das Dachgeländer und sah Großvater Caesare über den Hof kommen. Irgend jemand brachte ihn nach einem nächtlichen Treffen in seinem Büro nach Hause, aber vielleicht hatte die Versammlung auch hinter dem Blumenladen Fountainbleu stattgefunden, wo viele der wichtigsten Treffen abgehalten wurden. Vom Dach aus sah er den alten Mann mit dem schwarzen Hut, dessen Gang nach so vielen Jahren noch immer jugendlich war, und Mick spürte ein Gefühl der Beständigkeit, das sein abwesender Vater ihm nie vermittelt hatte.

Am meisten liebte es Mick, seinen Großvater während der Arbeit zu besuchen. Sein Büro befand sich über Mastimos Bestattungsinstitut in der Conduit Avenue. Tony Mastimo war ein Beerdigungsunternehmer alten Stils gewesen. Er hatte vier Töchter, aber keinen Sohn, der das Geschäft übernehmen konnte. Er hatte alt und erschöpft gewirkt, als er den Laden an Großvater Caesare verkauft hatte, aber vielleicht war er gar nicht so alt und erschöpft, wie die Leute im allgemeinen annahmen. Er hatte erneut geheiratet und lebte jetzt mit seiner Frau in einem kleinen, aber ordentlichen Haus in Bay Ridge und spielte Boccia, wenn er nicht gerade mit seiner Frau auf Europareise war.

Es war für alle Beteiligten ein gutes Geschäft gewesen. Innerhalb von sechs Monaten nach der Übernahme hatte Großvater Caesare das Beerdigungsunternehmen auf wundersame Weise in eine Kuh verwandelt, die nur noch gemolken werden mußte. Binnen eines Jahres hatte er noch zwei weitere Beerdigungsinstitute in Queens eröffnet, die sofort Profit abwarfen. So sehr hatten seine Ausstrahlung und sein Ruf gewirkt.

Großvater Caesares Aufstieg in Queens hatte sich alles in allem mit kometenhafter Geschwindigkeit vollzogen, aber natürlich war es nicht ohne Härten abgegangen. Seine Rivalen und die verdrängten Mitglieder der Familien waren natürlich eifersüchtig. Die letzteren wohnten nicht mehr hier. Sie waren einfach verschwunden, aber es stimmte auch, daß man einige von Caesares entschiedensten und feindseligsten Gegnern auf den Rücksitzen irgendwelcher Autos gefunden hatte, die auf den Schrottplätzen am Ende der Pennsylvania Avenue und der Fountain Avenue abgestellt worden waren. Ein Mann wurde gewöhnlich durch einen einzigen Schuß in den Hinterkopf getötet, und das genügte, um Großvater Caesares sonstige Feinde zu unterwerfen oder zum Schweigen zu bringen.

Der Großvater liebte es, seinen Espresso mit drei Stücken Zucker und einem großzügigen Schuß Anisschnaps zu sich zu nehmen. Mick registrierte diese und viele andere seiner kleinen Eigenheiten. Wenn er seinen Großvater dann nach der Schule in dem Büro über dem Beerdigungsinstitut in der Conduit Avenue besuchte, konnte er dem alten Mann seine Wünsche erfüllen. Meistens nahm Mick den Bus, aber wenn schönes Wetter war, fuhr er manchmal auch mit dem Fahrrad.

Natürlich verspottete sein Bruder Caesare, der bereits auf der Straße lebte und wußte, wie man eine Waffe benutzt, die Dienstfertigkeit, mit der Mick seinem Großvater kleine Gefallen tat. Aber Mick ignorierte ihn. Im Gegensatz zu seinem älteren Bruder hatte Mick an gewalttätigen Auseinandersetzungen kein besonderes Interesse. Caesare wollte sich auf der Straße seine Sporen verdienen, und er verstrickte sich täglich in blutige Kämpfe mit den *gavonnes*, die einen gefährlich niedrigen Intelligenzquotienten hatten. Mick war bei seinem Großvater, während dieser arbeitete, und konnte dort alle Ereignisse schweigend beobachten: die *Kapi*, die aus geschäftlichen Gründen kamen und vor dem alten Mann niederknieten, und die Freunde, die sich um den runden Eichentisch versammelten, um handgedrehte Zigarren zu rauchen und Wein, klare Schnäpse und Espresso zu trinken, während sie miteinander sprachen. Er lernte von seinem Großvater die Kleinigkeiten, die wichtig waren, wenn man Befehle geben mußte. Aber der alte Caesare überzeugte ihn auch von der Notwendigkeit des Humors und offenbarte ihm die dunklen Seiten des Lebens. Nach und nach entdeckte Mick etwas, das ihn faszinierte: Sein Großvater hatte viele Bekannte und offensichtlich noch mehr Feinde, aber es schien, daß er fast keine Freunde hatte oder zumindest Menschen, denen er völlig vertrauen konnte.

»Die Freundschaft gleicht einem seltsamen und ungebändigten Tier«, hatte sein Großvater einst gesagt, während er den Zucker in seinem Espresso umrührte. »So wie du einen lahmen Hund, den du von der Straße holst und aufpäppelst und der dir anschließend wieder in die Hand beißt, mit Besorgnis und Skeptizismus betrachtest, so mußt du es auch mit der Freundschaft halten.«

An jenem Tag saßen sie allein im Büro des Großvaters,

das, wenn in ihm nicht der Geruch von Espresso, Anisschnaps und Angst vorherrschte, streng nach einer ekelhaft süßlichen Einbalsamierungsflüssigkeit roch. Draußen regnete es in Strömen, und der Verkehr auf der Straße zischelte wie eine Schlange, die aus dem Schlummer erwacht war.

Der Großvater inhalierte tief den Rauch seiner Zigarette und packte Micks Schulter mit einem markerschütternden Griff. Der Rauch, den er mit einem leichten Seufzer ausstieß, stieg Mick in die Augen. »Ich persönlich bevorzuge die Gesellschaft meiner Feinde, und ich werde dir auch erzählen, aus welchem Grund. Ich weiß, wer sie sind und was sie von mir wollen.« Er wirbelte Mick herum, so daß er die dunklen Augen des Jungen beobachten konnte. »Nebenbei gesagt, je mehr Zeit man mit seinen Feinden verbringt, desto besser lernt man sie kennen.« Er lächelte, und Mick fühlte, wie sich sein gedanklicher Kosmos unglaublich erweiterte. »Aber du cleverer Dummkopf hast das alles bestimmt schon längst gewußt, oder?«

Danach geschah etwas Ungewöhnliches. »Komm, setz dich neben mich«, sagte der Großvater. Er stellte eine Tasse auf den Tisch, füllte sie mit Espresso, gab drei Zuckerwürfel hinzu und rührte mit einem kleinen Löffel um. Dann schob er Mick die Tasse hinüber. »Trink. Es wird Zeit, daß du auch etwas von den Vergnügungen hast, die du mir zubereitest.«

Niemals zuvor oder nachher hatte Großvater Caesare in irgendeiner Weise zu erkennen gegeben, daß er wußte, warum Mick ihn so häufig in seinem Büro besuchte.

Auch wenn Micks älterer Bruder Caesare keinen Respekt vor ihm haben mochte, war er sich nicht zu schade, Micks Hilfe in Anspruch zu nehmen, wenn es notwendig war. Mick war zu jener Zeit noch nicht der Rebell, der es sich erlauben konnte, eine Bitte seines Bruders abzulehnen, aber hinterher hatte er seine Zusage immer bedauert.

Da war zum Beispiel der Zwischenfall mit dem türkisfarbenen Fairlane. Eines Tages sprach Caesare ihn an. »Hey, Kleiner, ich brauche dich. Du kannst etwas für mich tun.

Keine Sorge, ein einfacher Job. Sogar ein braver Bürger wie du kann die Sache erledigen. Keine schweißtreibende Arbeit.« Er drückte Mick zwei Schlüssel in die Hand, darunter einen Autoschlüssel. »Du schaust jetzt mal kurz in Manhattan vorbei. An der 10. Avenue parkt ein blauer Ford Fairlane am Bordstein. Ecke 50. Straße, okay? Du mußt dich nur reinsetzen und die Karre zu dieser Adresse bringen. Es ist gleich um die Ecke hinter dem Postamt in der Jamaica Avenue. Alles klar?« Er gab Mick eine Anschrift. »Der andere Schlüssel ist für die Wohnung im vierten Stock. Hier, dein Anteil.« Er drückte Mick einen Zwanzig-Dollar-Schein in die Hand. »Kriegst noch einen, wenn du beide Schlüssel bei dem Mann ablieferst, der dort auf dich wartet.« Mick nickte. »Hast du den Führerschein, auf dem steht, daß du achtzehn bist?« Mick nickte wieder. »Zum Teufel, worauf wartest du noch? Mach dich an die Arbeit.«

Mick gehorchte. Natürlich störte es ihn, wenn sein Bruder so mit ihm sprach. Und er hatte immer gewisse Befürchtungen, wenn Caesare ihn um etwas bat. Aber Familie war eben Familie. Der wundervolle türkisfarbene Fairlane stand genau an der Stelle, die Caesare ihm genannt hatte. Die Parkuhr war noch nicht abgelaufen, und der Wagen war vollgetankt. Das Auto war einfach faszinierend, und Mick verbrachte eine halbe Stunde damit, jedes Detail und jeden Zentimeter blitzenden Chroms zu bewundern. Schließlich startete er und fädelte sich in den Verkehr ein. Zuerst ging alles gut, aber dann fuhr ein Idiot an der großen Kreuzung an der 34. Straße über eine rote Ampel und schnitt ihm den Weg ab. Der Wagen hätte beinahe das Heck des Fairlane mitgenommen, doch obwohl Mick es schaffte, einen Zusammenstoß zu vermeiden, war er total sauer.

Der andere Typ, ein Mann im braunen Anzug, war so erregt, daß er Mick zornig mit der Faust drohte. Das war nicht besonders clever, weil Mick dadurch noch wütender wurde. Der aufgestaute Zorn über seinen Vater und seinen Bruder brach wie ein Vulkan aus ihm hervor. Er ging zu dem anderen Autofahrer hinüber, zog ihn durch das offene Fenster und knallte seinen Hinterschädel so lange gegen das Metall des weißen Chevy, bis der Mann zu bluten begann.

Vielleicht war es der Anblick des Blutes, der ihn plötzlich wieder zur Besinnung brachte. Er ließ den Autofahrer los und kehrte mit weichen Knien zum Fairlane zurück. Mick legte den Gang ein und raste davon.

Er erreichte Jamaica Bay ohne weitere Zwischenfälle und fuhr an der rußigen Steinfassade des Postamtes vorbei. Dann parkte er gegenüber der Wohnung am Straßenrand und schloß den Wagen ab. Er überquerte die Veranda und gelangte in ein dämmriges Vestibül, in dem es nach Knoblauch und Rosmarin roch. Mick nahm zwei Stufen auf einmal und dachte, während er an die Tür klopfte, darüber nach, was er mit den vierzig Dollar anfangen würde.

Als er keine Antwort hörte, schloß er die Tür auf und trat ein. Er stand in einem sparsam möblierten Raum, der nach alten Socken stank. In der mit Linoleum ausgelegten Küche summte ein betagter Kühlschrank, und in einem kleinen Badezimmer tropfte das Wasser aus einem defekten Hahn in einen Ausguß, dessen Boden in der gleichen Farbe schimmerte wie der Fairlane.

Es war niemand zu Hause. Er ging in den Wohnraum zurück, um eine braune Tweedcouch herum und blickte aus dem Fenster. Der Fairlane stand neben einer rußüberzogenen holländischen Ulme. Mick legte die Schlüssel auf den Küchentisch. Das Muster des Linoleumbelags war fast verblichen. Er öffnete den Kühlschrank und legte Eisstücke auf seine Knöchel. Die Haut war nach der Auseinandersetzung mit dem Autofahrer in der 34. Straße wund und aufgescheuert. Er wollte die Wohnung verlassen, aber auch den zweiten Zwanziger einstreichen. Im Wohnzimmer begann das Telefon zu klingeln.

Nach kurzem innerem Kampf ging Mick zum Apparat hinüber und nahm den schweren schwarzen Hörer ab.

»Bist du dran, Mick?« fragte eine bekannte Stimme.

»Caesare?«

»Was zum Teufel ist los? Ich habe dir genau gesagt, was du zu tun hast. Und was hast du getan?«

»Getan?« fragte Mick verstört. »Was soll ich getan haben?«

»Woher zum Teufel soll ich das wissen? Unser Mann in diesem Bezirk hat mich angerufen und gesagt, daß die Bullen hinter dem Mann mit dem Fairlane her sind. Sieht ganz so aus, als ob irgendein Versicherungsagent die Polizei benachrichtigt hat, nachdem er die Ambulanz im Rosevelt Hospital verlassen konnte. Er hat den Bullen die Nummer des Wagens gegeben.«

»Herrje.«

»Guck mal auf die Straße, Kleiner. Was siehst du da?«

Mick reckte den Hals. »Verdammter Mist. Einen Streifenwagen.«

»Natürlich, du kleiner Idiot. Und weißt du, was im Kofferraum des Fairlane ist? Zehn Pfund Marihuana und ebensoviel Heroin.«

Großartig, dachte Mick. *Mein verfluchter Bruder. Jetzt sitze ich in der gleichen Scheiße wie er.* »Was zum Teufel machst du mit dem Stoff?«

»Was glaubst du denn? Ich verdiene meinen verdammten Lebensunterhalt, während du den Kellnerlehrling im Beerdigungsinstitut spielst.«

»Großvater sagt, daß es für Drogen in unserem Geschäft keinen Platz gibt«, sagte Mick etwas altklug.

»Hör dir den großen Macker an«, antwortete Caesare verächtlich. »Was weißt du schon vom Geschäft, Milchgesicht? Gar nichts. Also überlaß es mir, wie ich mein Geld mache. Die Zeiten ändern sich, aber Großvater hat immer noch einen Fuß in der Tür. Respekt für den alten Vogel, aber die Wirklichkeit überholt ihn langsam.«

Wenn Caesare nicht am Telefon, sondern im selben Raum wie er gewesen wäre, hätte Mick ihn wegen dieser Bemerkung mit ziemlicher Sicherheit erwürgt. Zumindest hätte er es versucht. So konnte er nur fluchen. »Du kannst mich mal.«

»Hey, paß auf, was du sagst, Kleiner.« Caesare lachte in sich hinein. »Gut. Jetzt weißt du Bescheid. Hör zu, was du zu tun hast. Du holst den Stoff aus dem Kofferraum, ohne daß die Bullen etwas mitkriegen.«

»Aber, Caesare . . .«

»Tu es einfach, Kleiner«, bellte Caesare. »Ansonsten schwöre ich dir, daß ich persönlich rüberkomme und dich grün und blau schlage.«

Mick knallte den Hörer auf die Gabel. Er steckte die Hände in die hinteren Taschen seiner Hose und spähte aus dem Fenster. Die verfluchten Bullen. Sie würden die ganze Nacht in ihrem Wagen sitzen und nur darauf warten, daß er auftauchte. Was zum Teufel sollte er jetzt tun?

Langsam brach die Dämmerung herein. Um sechs Uhr überlegte er immer noch, wie er an Caesares Stoff herankommen sollte. Da sah er, wie das Polizeiauto wegfuhr, aber ein paar Minuten später nahm ein anderer Wagen seinen Platz ein. Er stand auf und beobachtete aufmerksam die Situation. Er hätte eher daran denken sollen: Schichtwechsel. Wann würde der nächste stattfinden? Er versuchte sich zu erinnern, was er auf der Straße aufgeschnappt hatte. Um vier Uhr morgens.

Er blieb in der Wohnung und kochte sich Pasta mit Tomatensoße. Dann schlief er ein paar Stunden. Um ein Uhr wachte er auf, dann nochmals um drei. Danach konnte er nicht mehr einschlafen. Aber es blieb ihm auch nicht viel Zeit. Er mußte bereit sein, wenn der Schichtwechsel stattfand. Und er wußte, daß er Glück brauchte. Wenn die Ablösung auftauchte, bevor die Nachtschicht abgelaufen war, sah es schlecht aus.

Aber seine Befürchtungen waren unbegründet. Um Punkt vier scherte der Polizeiwagen aus der Parklücke aus und fuhr die Straße hinab. Als er um die Ecke bog und auf die Jamaica Avenue zufuhr, rannte Mick mit dem Wagenschlüssel in der Hand über die Straße, fingerte am Schloß des Kofferraums herum und konnte es schließlich öffnen. Dann raffte er Caesares Stoff zusammen, knallte den Kofferraum zu und rannte davon.

Eigentlich hätte Mick seinem Bruder erleichtert den Drecksstoff in den Schoß werfen und Caesares Erstaunen, wie gut er die Sache geregelt hatte, auskosten können. Merkwürdig war nur, daß es ganz anders kam. Tatsächlich hatte die Geschichte mit den Bullen Mick so eingeschüchtert, daß er vor Wut raste, als er das Haus betrat.

Caesare blickte kurz auf die Päckchen, um sich zu vergewissern, daß sie unberührt waren, und legte sie beiseite. Er packte seinen Bruder bei den Schultern und beugte den Kopf, um Micks Scheitel zu küssen. »Ich muß zugeben, Kleiner, daß ich bisher nie auf die Idee gekommen wäre, dir dieses Angebot zu machen, aber du bist schwer in Ordnung und solltest für mich arbeiten.«

»Hey, vergiß es«, sagte Mick, der mit seinen Armen wie mit Windmühlenflügeln herumfuchtelte. Er trat zurück und blickte sich um, um sich zu vergewissern, daß ihre Mutter oder Jaqui nicht in der Nähe waren. Dann zeigte er mit dem Finger auf seinen Bruder, und bis dahin ungekannte Sturmwolken verdüsterten seinen Blick. »Wenn du mich noch einmal in deine dreckigen Drogengeschäfte hineinziehst, du Hurensohn, schneide ich dir die Eier ab.«

Aber Caesare wurde nicht aggressiv. Er lachte nur. Warum auch nicht? Das war ja nur sein kleiner Bruder, ein schmächtiger Junge, der lieber bei seinem Großvater herumhing, als sich wie alle anderen Männer seines Alters auf der Straße zu behaupten. Wie konnte man seine Worte ernst nehmen? Etwas allerdings störte ihn. »Schrei hier nicht so rum. Was ist los mit dir? Willst du, daß die Frauen die ganze Geschichte mitkriegen?«

Mick wußte, was Caesare wirklich meinte. Er kümmerte sich einen Dreck um die Frauen, die sowieso nicht zählten, wenn es ums Geschäft ging. Er hatte Angst, daß Großvater Caesare von der Sache Wind kriegen und er – Liebling oder nicht – sein Fett abbekommen würde.

»Ich will mein Geld.«

»Natürlich, Kleiner.« Caesare zog ein zusammengerolltes Bündel Banknoten hervor. Mit dem Geldbündel ahmte er die älteren Männer aus der Nachbarschaft nach. Er zog eine Note hervor. »Hier ist dein Zwanziger.«

Aber Mick schüttelte den Kopf. »Ich habe mehr verdient.«

»Und wofür, zum Teufel?«

»Gefährliche Aufgaben, Caesare.« Mick streckte die

Hand aus. »Ich habe den Stoff vor den Bullen gerettet. Du stehst in meiner Schuld.«

Caesare blickte seinen jüngeren Bruder hart an und merkte, daß es Mick ernst war. Er wußte auch, daß sein Bruder recht hatte. Er lachte. »Verdammter Dreckskerl. Ich habe vierzig Dollar gesagt, und die kriegst du auch.«

Mick grinste ihn an. »Ich frage mich, was Großvater sagen würde, wenn er wüßte, daß du mit Drogen handelst.«

»Du weißt verdammt genau, was er sagen würde.« Caesare warf ihm einen schiefen Blick zu. »Kleiner Erpresser.« Er grinste aber, während er ihm zwei weitere Zwanziger gab. »Hier, Kleiner. Gib nicht alles auf einmal aus.«

»Achtzig Dollar.« Großvater Caesare starrte auf die vier Banknoten, die Mick vor ihm auf dem runden Tisch seines Büros ausgebreitet hatte. Der Raum stank nach Formaldehyd, Zigarrenrauch und schalem Schweiß. Mick hatte drei Stunden lang beobachtet, wie der alte Mann mit Verbündeten und Feinden über die Anteile an einem Rennplatz verhandelt hatte, der schon lange umstritten und als Kampfgebiet zwischen den Saints und den Fulton-Rockaways bekannt war, die hier Dampf abließen. Jetzt, nachdem die Polizei zunehmend wachsam geworden war, schien dies keine so gute Idee mehr zu sein.

Das Abkommen war schließlich zustande gekommen, aber nicht alle Parteien waren zufrieden. Der dunkelhäutige Frank Vizzini aus Bay Ridge, der den Spitznamen ›der Importeur‹ hatte, und der fette Tony Pentangeli von den Rockaways kontrollierten die Lastwagenfahrer. Sie hatten beide Angst vor Veränderungen und Meinungsverschiedenheiten innerhalb ihrer Familien und hatten heftig gegen den Plan protestiert. Paul Vario, der an allem mitverdiente, was am Kennedy-Flughafen umgeschlagen wurde, hatte sich neutral verhalten. Dasselbe hatte auch für Black Paul Mattaccino aus Astoria gegolten, der wie Großvater teilweise die Versicherungen und Brandschutzunternehmen kontrollierte. Er hielt zudem Anteile am Fischmarkt in Fulton und am großen Import-Export-Geschäft Enrico Goldonis, eines Mannes venezianischer Abstammung. An der

Unterwanderung der Gewerkschaften waren alle beteiligt; dieser Kuchen war so groß, daß jeder ein Stück abbekam.

An diesem Tag hatte der Großvater durch sein Verhandlungsgeschick und Gino Scalfas nachhaltige Unterstützung den Sieg davongetragen. Scalfa, einer der Bosse aus East New York, sah aus wie ein Kugelfisch. Ihm wurde allgemein großer Respekt entgegengebracht. Er war einer der ersten Bosse gewesen, die Großvater aufgesucht hatte, nachdem er nach Queens umgezogen war.

Mick hatte während der mörderisch spannenden Sitzung beobachtet, wie sein Großvater geschickt die verschiedenen Meinungen der Familienoberhäupter manipulierte, um ihr Stimmverhalten zu beeinflussen. Er hatte sich die Tricks eingeprägt, und diese Erfahrung hatte ihn mehr als genug dafür entschädigt, daß er um den Tisch herumrennen und Leute bedienen mußte, von denen er vorher nicht einmal gewußt hatte, daß sie überhaupt existierten. Jetzt waren die Gäste endlich gegangen.

»Mach das Fenster auf«, sagte Großvater Caesare. »Es ist stickig.«

Er seufzte tief auf, während Mick die frische Luft in den Raum einströmen ließ. »Die Sache macht mich etwas traurig«, sagte er grüblerisch und mehr zu sich selbst.

»Was meinst du, Großvater?« fragte Mick, während er etwas Anisschnaps in ein Likörglas einschenkte, das er vor den alten Mann hinstellte.

Caesare hob das Glas und beobachtete, wie sich das Licht auf dem Eisstück und dem Likör spiegelte. Er atmete tief durch. »Dafür lohnt es sich zu leben.« Er kippte den Anisschnaps hinunter und seufzte erneut. »Merk dir, Mikey, was das Wichtigste im ganzen Leben ist, sogar wichtiger als der Geruch einer Frau.« Er spitzte die Lippen. »Es ist der Geruch der Angst, und er riecht gut.«

Er blickte auf die Zwanziger, die Mick vor ihm ausgebreitet hatte. »Was ist mit diesem Geld?«

Mick war erleichtert, daß er nicht gefragt hatte, wo die achtzig Dollar herstammten. »Ich will es anlegen«, sagte er schnell.

»Was ist los, hast du kein Bankkonto?«

»Banken sind nur für Dummköpfe da. Ich will es bei dir investieren.«

Mick wollte ihm erneut Anisschnaps einschenken, aber der Großvater winkte ab. Er stand auf, streckte seine Glieder und setzte den Hut auf. »Komm, ich werde dir etwas zeigen.« Er zeigte auf die vier Banknoten. »Nimm das mit.«

Der Großvater liebte Autos. Er besaß einen grünen Cadillac Baujahr '59, der sorgfältig gewartet wurde. Natürlich hatte er auch einen Chauffeur, aber eigentlich zog er es vor, sich selbst hinter das Steuer zu setzen. Er hatte immer gesagt, daß Autofahren zu den schönsten Dingen in Amerika gehörte. Mit zunehmendem Alter hatte er sogar noch mehr Gefallen an seinem Cadillac gefunden, und niemand außer Mick vermutete, daß der Grund darin lag, daß er noch fahren konnte. Diese Fähigkeit war für ihn wahrscheinlich immer wichtiger geworden.

An jenem Abend fuhr er mit Mick über den Belt Parkway zur Sheepshead Bay, die etwa zehn Meilen weit entfernt war. Damals gab es dort ein paar Country-Clubs und ein Hotel, das Golden Gate Inn, die neben dem Belt Parkway direkt an der Bucht lagen und besonders von Einwanderern italienischer Abstammung besucht wurden. Sie liebten das Wasser. Vielleicht erinnerte es sie an Italien.

Großvater parkte den Wagen am Bordstein, der von wuchernden Gräsern und wildem Unterholz gesäumt wurde. Sie stiegen aus, der Sonnenuntergang hatte gerade begonnen. Kreisende Möwen kreischten am perlmuttfarbenen Himmel. Der Großvater blickte auf das Wasser, das vom Himmel nicht mehr zu unterscheiden war, weil es die gleiche Farbe angenommen hatte.

»Ist es nicht wunderschön hier?«

Mick nickte.

Der Großvater streckte den Zeigefinger aus. »Interessiert es dich, wie viele Leute ich kannte, die jetzt mit Betonblökken an den Beinen auf dem Grund der Bucht liegen? Zwanzig. Und das sind nur die, von denen ich etwas weiß.« Er lachte, und das trockene Geräusch hörte sich an, als ob Stiefel an einem Bordstein entlangkratzten. »Du erinnerst dich doch an Gino Scalfa, den Fettsack? Er kommt jeden Abend hierher und starrt ins Wasser. Warum? Er sagt, daß es seine Wachsamkeit aufrechterhält, denn das Wasser erinnert ihn daran, was mit Typen passiert, die zu gierig oder zu schlau werden und zu früh große Ambitionen entwickeln. Und er hat recht. So ist unsere Welt.« Er seufzte, während er Mick die Zwanziger aus der Hand nahm. »Du weißt, worum du mich bittest?«

»Ja.«

»Gut.« Der alte Mann zog eine ziemliche Schau ab, während er die Geldscheine zusammenfaltete und in die Tasche steckte. »Wir werden die Einlage wie Saatgut wachsen lassen, okay?« Er berührte die Krempe seines Hutes. »Es liegen nicht nur Feinde auf dem Grund der Bucht. Auch Freunde. Einige vermisse ich sogar.« Er wandte sich Mick zu und sprach plötzlich sehr leise auf italienisch. »Mikey, ich werde dir etwas über das Geheimnis des Lebens erzählen. Und es geht nicht um *mein* Leben, sondern um *deins*. Kümmere dich um deine Bildung. Bildung ist der Schlüssel zur Selbsterkenntnis, und ohne sie wirst du genauso verloren sein wie diese billigen Ganoven, die versuchen, sich einen Namen zu machen. Bildung ist Geschichte, und sie kann uns alles lehren, was wir wissen müssen, weil alle schlimmen Fehler schon einmal gemacht worden sind. Ein Student der Geschichte ist verpflichtet, keinen dieser Fehler zu wiederholen. Es geht einzig darum, Fehler zu *vermeiden*.«

Die riesigen Hände des Großvaters bewegten sich auf und ab. »Wir leben in Amerika, und es ist ein Fehler, dieses Land mit Sizilien zu verwechseln. Es ist völlig anders, nicht mal in der ›Grube‹ haben wir unser Sizilien, so sehr wir es auch wollten. Jetzt erkenne ich, daß selbst unser Wollen falsch war.«

Er breitete die Arme aus und sprach dann auf englisch weiter. »Sind wir denn hierhergekommen, um die gleichen Dinge wie in der alten Heimat zu tun? Nein. Wir sind wegen der Möglichkeiten gekommen, aber auch, um uns zu verändern.« Er zwinkerte Mick zu. »Nicht allzu viele Einwanderer haben das verstanden, und letztlich werden sie diejenigen sein, die wie die Hunde mit dem Gesicht nach unten in der Gosse sterben.«

Mick blickte durch sein Teleskop auf die milchigen Sterne und hörte wieder die Stimme seines Großvaters. *Kümmere dich um deine Bildung.* Er sah den Großen Bären und den Orion, aber das Licht der kleineren Sterne wurde durch den Dunst der Stadt verwischt. Er wünschte, sein Bruder hätte die Worte seines Großvaters gehört. *Wir sind wegen der Möglichkeiten gekommen, aber auch, um uns zu verändern.* Vielleicht würde Caesare dann nicht mehr glauben, daß die Zeit Großvater bereits überholt hatte. Vielleicht würde es ihn aber auch nicht beirren. Caesare hatte seine eigene Weltsicht und seine eigene Lebensphilosophie, die Mick widerwillig bewunderte, auch wenn sie ihm nicht gefiel. Er stimmte nicht mit ihr überein, und sie trug sicherlich nicht dazu bei, seine Zuneigung zu seinem Bruder zu vergrößern. Aber Caesare war den Schlaumeiern und Möchtegern-Schlaumeiern in seiner Umgebung bereits drei Schritte voraus. Mick wußte, daß Caesare, wenn er nicht wie ein Hund mit dem Gesicht nach unten in der Gosse sterben würde, für große Dinge bestimmt war.

Eines Nachts, ungefähr einen Monat nachdem er mit seinem Großvater Sheepshead Bay besucht hatte, war Mick wieder auf dem Dach des Hauses und beobachtete die Sterne. Er starrte durch die Dunstglocke der Stadt in die Ewigkeit des Universums und spürte, wie sein Auge vor Anstrengung zu schmerzen begann.

Mick hörte, wie sich hinter ihm eine Tür öffnete. Er verließ seinen Beobachtungsposten und rieb sich das Auge, um die Blutzirkulation anzuregen. Eine zierliche Person betrat das geteerte Dach.

»Jaqui?«

»Hallo, Michael.«

Es war Anfang Juni, und in New York war es so heiß, daß man sich schon im Hochsommer wähnte. Die Temperatur war auch in der Nacht nur unwesentlich zurückgegangen. Mick beobachtete seine Schwester, die ein dünnes Baumwollkleid und Sandalen trug. Ihre Schultern und Beine schienen in der Wärme des Sommers zu glühen.

»Wie geht es dir?«

»Alles in Ordnung.« Er versuchte, die Gespenster des

immer wiederkehrenden Traums abzuschütteln, und zeigte auf den Himmel. »Ich beobachte nur die Sterne.«

»Ich finde das toll.«

»Wirklich?«

»Natürlich. Du treibst dich nicht mit diesen Typen auf der Straße rum.«

»Ich habe kein Interesse an denen«, antwortete Mick barsch.

»Das ist auch besser so.«

Jaqui war, ungewöhnlich für italienische Einwanderer, von ihrer Mutter nach einer Person benannt worden, über die sie etwas in Life gelesen hatte. Sie sprach nicht wie die anderen in Ozone Park, war gebildet, verantwortungsbewußt, und auf eine zurückhaltende Weise war sie auf diese Charakterzüge stolz. Mick hatte nie gehört, daß darüber gesprochen wurde, aber in der Familie ging das Gerücht um, daß sie vielleicht Nonne werden würde. Sie ging regelmäßig zur Messe und besuchte häufig das Kloster Sacred Heart of Santa Maria in Astoria.

Mit ihren weit auseinanderliegenden grünen Augen und den vollen Lippen war sie wirklich wunderschön, aber Mick bewunderte am meisten, daß sie durch Ozone Park ging, als ob ihre Umgebung nicht existierte. Sie war gegen die täglichen gewalttätigen Auseinandersetzungen immun und kümmerte sich um die Bandenkriege und Gebietsstreitigkeiten so wenig wie um die Waffen und Zigarren, die das Leben zu Hause prägten. Am wichtigsten war vielleicht, daß sie die Treffen hinter verschlossenen Türen ignorierte, bei denen die Männer über ihre Geschäfte diskutierten.

Mit ihren neunzehn Jahren war sie völlig unberührt von der brutalen Außenwelt, die von ungebildeten Typen beherrscht wurde. Sie unterschied sich auch von ihrer Mutter, die immerhin für Großvater Caesare und seine Kumpels kochte. Indem sie nach deren Gesetzen lebte, hatte die Mutter sich den Männern irgendwie angeglichen. Jaqui hingegen war von ihnen so weit entfernt wie die funkelnden Sterne von den Straßenlaternen in Ozone Park. In gewisser Weise befand sie sich schon auf dem unbekannten und weit entfernten anderen Kontinent, nach dem Mick sich sehnte.

Von einem anderen Dach oder vielleicht aus einem offenen Fenster hörte man, wie Doris Day ›Love Me or Leave Me‹ sang. *Don't deceive me,* betrüge mich nie, dachte Mick. Das war eine Maxime, die in Ozone Park eher unbekannt war.

Wenn er Jaqui beobachtete, schien es Mick, als ob sie tanzte, und als sie sich traumwandlerisch auf ihn zu bewegte, mußte er einfach an eine freischwebende Terrasse, Musiker in Smokings und chinesische Laternen denken. Die einzelnen Elemente des immer wiederkehrenden Traums waren fast schon Bestandteile der Wirklichkeit geworden.

»Darf ich?« fragte sie.

»Natürlich.«

Er winkte sie herbei, und Jaqui blickte durch das Teleskop. »Im Moment siehst du gerade Orion. Das ist ein Sternbild.«

Jaqui blickte ihn aus kühlen grünen Augen an und lachte. »Das weiß ich, Dummkopf.« Aber es war ein zärtliches Lachen, ganz anders als das Gelächter Caesares, das eher einem brutalen Stoß in die Rippen glich. Sie wandte sich wieder dem Teleskop zu. »Aus wie vielen Sternen besteht die Konstellation?«

»Sieben«, antwortete Mick. »Siehst du die beiden Schultern? Die drei schwächeren Sterne bilden den Gürtel. Die beiden weiter unten sind die Knie.«

»Ich kann den Gürtel nicht sehen.« Er beugte sich über sie und bemerkte, daß ihr Haar den klaren Duft von Zitronen verströmte. Mick fühlte, wie seine Knie weich wurden, und wurde sofort rot vor Scham. Wie war es möglich, daß er solche Gefühle für seine Schwester empfand? Aber es ging nicht nur um Körperliches, die Empfindung war stärker. Er war sich da sicher, und das beruhigte ihn etwas. Sie glich einem abgespaltenen Teil seiner selbst, den er gesucht hatte.

Er legte seine Hände auf ihre Schultern und bewegte sie sanft. »Da.«

»Ja, jetzt sehe ich sie. O Michael, es ist wunderschön.«

Natürlich hatte sie recht. Hier die faszinierenden Sterne, dort die Häßlichkeit von Ozone Park. Er sehnte sich so sehr danach, mit ihr auf der freischwebenden Terrasse auf jenem fernen Kontinent zu sein. Seine Finger strichen über ihre Schultern, und er fühlte, wie sie eine Gänsehaut bekam. Ihr Haar fiel auf seine Knöchel herab.

»Jaqui?«

Sie ließ das Teleskop los. »Ja, Michael?«

»Ach, nichts.« Er wandte sich ab und schluckte schwer. Was hatte er sagen wollen? Zu welcher Dummheit hatte er sich hinreißen lassen wollen? Er legte eine Hand auf die Stirn, um zu fühlen, ob er immer noch rot war.

Sie faltete die Hände hinter dem Rücken und lächelte. »Weißt du, was ich noch großartig finde?«

»Nein.«

»Daß du weiter zur Schule gehst.« Sie spitzte die Lippen und schüttelte den Kopf. »Unser Bruder wird durchfallen. Ich bin mir ganz sicher. Er benutzt lieber eine Knarre als sein Gehirn.«

»Welches Gehirn?« Weil Caesare nicht anwesend war, war es leicht, einen Witz auf seine Kosten zu reißen.

Jaqui runzelte die Stirn. »Er ist nicht dumm – im Gegensatz zu den Typen, mit denen er rumhängt. Die können noch nicht mal richtig zielen. Wenn sie nur etwas Grips hätten, wären sie wahrscheinlich sogar gefährlich.«

Mick lachte und freute sich, wie treffend sie die Lage beurteilte. »Du weißt ja, wie Caesare ist.«

»Natürlich. Hart wie ein Stier und zweimal so stur. Aber hinter dieser rauhen Hülle verbirgt sich ein außergewöhnlicher Verstand.« Sie seufzte. »Wenn er doch nur einmal deinem Beispiel folgen und sich der Bildung widmen würde.«

»Caesare? Keine Chance. Er ist viel zu sehr damit beschäftigt, alles zusammenzuraffen, was man auf der Straße verdienen kann.«

Jaqui stand sehr dicht neben ihm. Ihr Atem duftete wie die Rosen in seinem Traum, und einen verwirrenden Augenblick lang schien es ihm, als ob sie auf wunderbare

Weise in seine Traumwelt versetzt worden wären. Vielleicht war der Traum real und das Dach in Ozone Park nur ein Traum. Oder ein Alptraum.

»Michael, dieses Leben ängstigt mich. Ich bin nicht wie unsere Mutter, die über die Verrohung, den Tod und den Wirbel um sie herum schweigt. Ich kann mir nicht vorstellen, geduldig auf einen Mann zu warten, von dem ich nie weiß, ob er lebend aus dem Bandenkrieg zurückkehrt. Es ist, als ob diese Angst in meinen Knochen schlummerte wie eine Krankheit, die noch nicht ausgebrochen ist, mich aber als Schicksalsschlag ereilen wird.« Sie schauderte, und er konnte nicht anders, als sie festzuhalten. Er fühlte ihren Kopf auf seiner Schulter, und das war fast zuviel für ihn.

»Ich will hier raus, Michael«, flüsterte sie ihm ins Ohr. »Ich kann kaum noch etwas anderes denken.« Sie wich etwas zurück und blickte ihn mit ihren wunderschönen grünen Augen an. »Findest du das verrückt, was ich dir gerade erzählt habe?«

Sag es ihr, Dummkopf, bettelte eine furchterregende Stimme in seinem Inneren. *Wenn es jemals einen richtigen Zeitpunkt gegeben hat, dann ist er jetzt da. Erzähl ihr alles.* Aber er antwortete nur: »Überhaupt nicht. Ich verstehe dich.«

»Tatsächlich? Wirklich und wahrhaftig?«

Das war einer ihrer Lieblingsausdrücke. Mick hatte keine Ahnung, wo sie ihn aufgeschnappt hatte. »Wirklich und wahrhaftig.«

Ihr Lächeln schien von innen erleuchtet zu sein, als sie ihn an sich drückte. »O Michael, ich danke Gott, daß es wenigstens einen in der Familie gibt, mit dem ich reden kann.«

Jetzt verstand er ihr Dilemma, das sie genauso eng mit ihm verband, wie er selbst sich durch den wiederkehrenden Traum an sie gebunden fühlte. *Ich bin nicht wie unsere Mutter*. Die Männerwelt interessierte sie nicht, und ihre Mutter war zu sehr traditionellen Werten verpflichtet, um Jaquis radikale Gedanken verstehen zu können. Aber er verstand Jaqui besser, als sie es je ahnen würde.

»Du kannst immer mit mir reden«, sagte er. »Über alles.«

»Du bist nicht wie die anderen.« Sie saß auf dem Geländer, und die Lichter der Stadt spiegelten sich in ihren Augen. »Es ist nicht verwunderlich, daß du jede Nacht hierher kommst. Das Dach ist weit weg von allem, was da unten passiert. Von den bösen Kräften und der stumpfsinnigen Gewalt.«

Sie blickte zu ihm auf. Beim Anblick ihres schutzlosen und unschuldigen Augenausdrucks drehte sich ihm beinahe der Magen um. »Warum sind die Menschen so brutal, Michael? Ich stelle mir diese Frage immer wieder.«

»Ich weiß es nicht. Vielleicht ist die Gewalt eine Erbanlage, ein ursprünglicher Instinkt, genauso, wie man früher die Familie beschützte.«

Er hatte ihre Aufmerksamkeit erregt. »Du meinst, daß der Krieg den Menschen im Blut liegt?«

»Ja, so ungefähr. Sie können nichts dagegen tun.«

»Aber du bist anders.«

»Vielleicht habe ich einen genetischen Defekt«, witzelte er. Sie lachten beide, und er fühlte, wie sie noch enger zusammenrückten. Die Realität und der Traum überlappten sich, und die Schauplätze schienen vertauscht worden zu sein. Der betörende Duft der Rosen schien die Wirklichkeit und den Traum zu durchwehen.

Jaqui schauderte. »Unser Gespräch erinnert in beängstigender Weise an die Philosophie Friedrich Nietzsches. Hast du schon von ihm gehört?«

»Nein.«

»Er war ein deutscher Philosoph des neunzehnten Jahrhunderts. Seine Theorien über die wahre Natur des Menschen haben die Nazis sich zu eigen gemacht und wahrscheinlich sogar verfälscht. Sie benutzten seine Texte teilweise auch, um die Vernichtung der Juden zu rechtfertigen. Nietzsches Sympathie galt dem primitiven Menschen, der in den Tropen und Urwäldern der Seele lebt. Er hatte nur Verachtung für Männer übrig, die in den gemäßigten Klimazonen verweilen. Seiner Meinung nach war ihre Moral nur ein Ausdruck von Ängstlichkeit.«

»Er glaubte also – anders ausgedrückt – auch daran, daß der Krieg dem Menschen im Blut liegt und Bestandteil seines Seelenlebens ist?«

Jaqui nickte. »Ich würde es so sehen. Nietzsche hat auch gesagt, daß einige der kriegerischsten Menschen, zum Beispiel Napoleon und Cesare Borgia, mißverstanden worden sind. Er glaubte, daß sie verdammt worden sind von den Verfechtern der Moral, die das Böse suchten. Tatsächlich hätten Napoleon und Borgia nur so gehandelt, wie es der wahren Natur des Menschen entspricht.«

Mick fand diese Gedanken unwiderstehlich, weil ihm plötzlich zwei Aspekte deutlicher wurden, die er bisher immer für unvereinbar gehalten hatte. Der Großvater hatte gesagt, Bildung sei der Schlüssel zum Erfolg, weil Bildung die Selbsterkenntnis fördere. Mick war der Ansicht, daß das stimmte. Aber was war mit Caesare? Er hatte sich zum großen Teil alles selbst beigebracht und in der Schule alle tyrannisiert und unterworfen. Er kam und ging, wie es ihm gerade paßte. Trotzdem hatte er bereits Erfolg, auch wenn seine Methoden vielleicht verabscheuungswürdig waren. Er verfügte über eine fest ausgeprägte Weltsicht und Selbstsicherheit. Mit Nietzsche konnte man vielleicht sagen, daß Mick jetzt begriff, daß es Erfolg auch ohne Bildung gab. Caesare lebte in den Tropen und Urwäldern der Seele. Er war wie Napoleon und sein Blutsverwandter Cesare Borgia.

In diesem Augenblick hörte er, wie eine schwere Autotür zugeschlagen wurde, und spähte über das Geländer, auf dem Jaqui saß. Sie blickte ebenfalls hinunter, und beide sahen, wie Großvater Caesare über den Hof kam. Sein Fahrer steuerte den Cadillac auf die Parklücke gegenüber dem Hoftor zu, die nach allgemeiner Übereinkunft immer für den alten Caesare freigehalten wurde.

Mick wollte gerade rufen, als er ein Geräusch hörte. Es war eine Stimme gewesen, die hart die Stille der Nacht durchschnitt. Vielleicht hatte sie gerufen: »Caesare Leonforte!«

Der alte Mann mußte die Stimme gehört haben; jedenfalls hielt er inne und wandte sich wieder der Straße zu. In diesem Moment sah Mick im Hof zwei Schatten. Er brüllte sofort eine Warnung, aber die Männer eröffneten bereits das Feuer. Aus den Mündungen ihrer Pistolen schlugen grelle gelbe Blitze, und die Hausfassade im Hof warf ein donnerndes Echo zurück. Der alte Mann wurde durch die Gewalt der Schüsse zurückgeschleudert, und Blut spritzte aus seiner Brust und seinem Kopf.

Jaqui hielt die Hand vor den Mund und schrie. Mick war gerade noch geistesgegenwärtig genug, sie vom Geländer runterzuziehen, wo die Mörder sie sehen konnten. Sie warfen sich zu Boden, und er fühlte, wie ein Zittern ihren ganzen Körper erschütterte. Ihre grünen Augen waren weit aufgerissen und starr, und sie biß sich auf die Knöchel, um nicht wieder zu schreien. Ein kleines Blutrinnsal sickerte ihre Finger hinab, und als Mick ihre Hand ergriff, sah er die halbmondförmigen Spuren, die ihre Zähne auf der Haut hinterlassen hatten.

Er half ihr, als sie aufzustehen versuchte, und packte sie mit festem Griff. Sie öffnete den Mund, um zu protestieren, aber er hielt eine Hand vor ihren Mund und schüttelte den Kopf. Er machte eine Handbewegung, als ob er eine Pistole hielte, damit Jaqui begriff, daß sie in Gefahr schwebten, obwohl sie sich versteckt hielten.

Jetzt hörte man im Hof aus einem offenen Fenster eine klagende Stimme. Menschen begannen zu schreien. Mick stand auf und spähte über das Geländer. Der Hof war voll mit Menschen, aber von den Mördern war natürlich nichts zu sehen. Er ließ seine Schwester los und rannte zu der Seite des Gebäudes, die an die 101. Avenue grenzte. Er sah einen dunklen Cougar starten, der sehr schnell auf die Ampel an der 87. Straße zusteuerte. Der Wagen schien durchfahren zu wollen, als die Ampel auf Rot umsprang, aber dann bremste der Fahrer, da er im letzten Moment das Polizeiauto gesehen hatte, das aus der Seitenstraße kam.

Mick rannte, um sein Teleskop zu holen, und kehrte damit auf seinen Beobachtungsposten zurück. Er schwenkte das Teleskop Richtung Straße und spähte auf die Rückseite des dunklen Autos. Der Polizeiwagen hatte jetzt die Sirene und das Blaulicht eingeschaltet und fuhr direkt auf das Haus zu. Mick blieb gerade noch genug Zeit, um sich die Nummer des Wagens zu merken. Als die Ampel umsprang, legte der Gangster den Gang ein und raste die Avenue hinab.

»Hast du irgend etwas erkennen können?« fragte Jaqui mit weit aufgerissenen Augen. »Die Polizei ist da. Kannst du ihr helfen?«

Mick dachte daran, daß sie gesagt hatte, er sei anders als die übrigen Männer in Ozone Park. »Es gab nichts zu sehen.«

Er registrierte die Enttäuschung in ihrem Blick. »Wirklich und wahrhaftig?«

»Wirklich und wahrhaftig.« Er schob sein Teleskop zusammen und legte einen Arm um Jaqui. »Laß uns nach unten gehen.«

Sie brachten das Teleskop in die Wohnung und gingen dann in den Hof hinunter. Es war traurig. Der Anblick war nur zu bezeichnend für Ozone Park. Frauen weinten. Die Polizisten hatten den Raum um die Leiche bereits abgesperrt und verhörten jeden, um herauszufinden, ob es vielleicht Zeugen gegeben hatte. Caesare war zugleich wütend und ängstlich und brüllte die Polizisten an. John Leonforte war verschwunden, und Alphonse war dreitausend Meilen weit weg in San Francisco. Jaqui ging sofort zu ihrer Mutter, die in den Armen einer anderen Frau schluchzte.

Mick ging durch die Menge, bis er so nah wie möglich am Tatort war. Der Großvater lag mit dem Gesicht nach unten da. Man sah Blut, Eingeweide und Teile seines Gehirns. Der Anblick war grausamer als alles, war er sich je hätte vorstellen können, aber er wandte den Blick nicht ab. Er sog das schreckliche Bild auf, als ob er sich abhärten wollte. Dann begann er langsam zu zittern.

Als die Polizei mit den Verhören fertig war, löste sich die Menschenmenge hinter ihm allmählich auf. Caesare hatte Rache geschworen und war dann weggerannt. Micks Mutter, die durch den Schock fast in Ohnmacht gefallen war, hatte man ins Haus geführt. Mick und Jaqui hatten die gleichgültigen Fragen der Polizisten über sich ergehen lassen und standen jetzt nebeneinander da, während Fotografen Aufnahmen vom Tatort machten.

Endlich traf auch der Gerichtsmediziner ein.

»Du mußt nicht länger bleiben«, sagte Mick leise.

Jaqui ergriff seine Hand und verschränkte ihre Finger mit seinen. »Doch, ich bleibe.«

Da standen sie also gemeinsam im Hof. Aber es gab keine Musiker im Smoking, und die Nacht wurde nicht durch chinesische Laternen erhellt, sondern durch das grelle Flackern der Blitzlichter. Statt des Dufts von Rosenöl gab es nur den Gestank des Todes. Mick blieb mit der Erinnerung an die Worte seines Großvaters zurück, dessen Prophezeiung sich auf ironische Weise erfüllt hatte: *Letztlich werden sie diejenigen sein, die wie die Hunde mit dem Gesicht nach unten in der Gosse sterben.*

»Was willst du?«

»Ich habe es dir bereits gesagt, Caesare, ich brauche Informationen über diese Autonummer.«

Caesare Leonforte sah seinen Bruder schief an. »Du bist ein netter Junge, aber im Augenblick habe ich keine Zeit für dich. Ich bin gerade dabei, die Typen von den Fulton-Rokkaways fertigzumachen. Bleibt die Frage, wen ich zuerst aufmischen soll, die Vizzinis oder die Pentangelis. Und dann ist da noch das Problem, daß ich mir nicht ganz sicher bin, auf welcher Seite der junge Boß Dominic Mattaccino steht. Du weißt ja, daß bis heute niemand eine Ahnung hat, wie sein Vater, Black Paul Mattaccino, umgekommen ist. Seine Witwe hat sich mit Enrico Goldoni eingelassen, obwohl es noch nicht einmal ein Jahr her ist, daß Black Paul den Löffel abgegeben hat. Jetzt hat sein verdammter Sohn seinen Posten eingenommen und glaubt, daß seine Scheiße nicht stinkt. Wer weiß, vielleicht ist er nicht einmal Black Pauls Sohn.« Caesare warf die Hände in die Luft. »Was ist ein Goldoni schon, ein verfluchter Venezianer. Um Himmels willen, gehört das überhaupt zu Italien?« Er gestikulierte wild. »Was zum Teufel weiß er schon über *la famiglia?* Großvater mag ihm ja vertraut haben, ich tue es nicht. Das ist ein verdammter Krieg. Die Verdächtigungen kommen mir bereits aus den Ohren raus – und jetzt noch dies.«

Die beiden Brüder saßen mit etwa einem Dutzend von Caesares Kumpeln in Großvaters Büro über dem Beerdigungsinstitut. Caesares Freunde waren Revolverhelden oder die Oberhäupter weniger bedeutender Familien. Trotz des Tumults und der grimmigen Spannung wirkte das Büro kalt und verlassen, und Mick begriff erst jetzt, wie sehr der Großvater es durch seine Präsenz ausgefüllt hatte.

»Ich weiß.«

»Okay. Koch mir einen Espresso, wenn du dich nützlich machen willst«, sagte Caesare.

»Aber ich brauche die Information über die Autonummer. Die Sache ist sehr wichtig. Ich glaube, daß diese Typen das Teleskop, das Großvater mir geschenkt hat, vom Dach gestohlen haben.«

Caesare raufte sich die Haare. »Ein gestohlenes Teleskop? Madonna, Richie, was soll ich nur mit diesem Milchgesicht anfangen?«

»Ich kann ja den verdammten Anruf erledigen«, sagte Richie. »Dann sind wir ihn los.«

Caesare schnippte mit den Fingern. »Na los. Wird's bald?«

Eine Stunde später kam der Rückruf. Ein Kontaktmann der Leonfortes aus dem 106. Bezirk war am Apparat. Richie klemmte den Hörer zwischen Schulter und Ohr und kritzelte hastig etwas auf einen Notizblock. »Ja, alles klar. Danke.« Er legte den Hörer auf die Gabel, riß das Blatt ab und gab es Mick.

»Hier, Kleiner, paß auf, daß du keine Scherereien kriegst, sonst legt dein Bruder uns beide um.«

»Danke.« Mick steckte den Zettel in die Tasche.

Auf der Straße herrschte spätnachmittäglicher Sonnenschein, und die Blätter der Ulmen und Platanen bewegten sich in einer leichten Brise. Die Autos rauschten auf der Conduit Avenue vorbei. Ein Bus verpestete die Luft mit Dieselabgasen. Mick blickte sich um und fand, daß die Welt jetzt ganz anders aussah. Alle Gegenstände waren von einem Licht – oder eher einer Aura – umgeben, die an den Heiligenschein auf religiösen Bildern erinnerte. Die Konturen der Gebäude und die Silhouetten der Menschen waren von einer Klarheit, als ob er sie durch sein Teleskop beobachtete. Die Farben waren so lebhaft, daß seine Augen fast zu tränen begannen. Vielleicht hätte er seine Sonnenbrille aufsetzen sollen, aber das Gefühl war einfach zu berauschend.

Als er zu Hause ankam, betrat er das Schlafzimmer seines Bruders und suchte etwas im hinteren Teil des Schranks. Er räumte einen ordentlichen Stapel Winterkleidung beiseite und zog dann einen olivfarbenen Munitionskasten aus Metall hervor, der aus dem Zweiten Weltkrieg stammte. Mick hatte Caesare begleitet, als er den Kasten in einem Laden gekauft hatte, der auf Überbleibsel aus dem Kriege spezialisiert war. Mick war neugierig gewesen, warum sein Bruder diesen nutzlosen Gegenstand haben wollte. Er hatte ihn beobachtet, als Caesare etwas in den Kasten legte und ihn anschließend sorgfältig versteckte.

Jetzt stellte er den Kasten auf das Bett und öffnete ihn. Er fand Munition und eine in Ölleinwand eingewickelte 45er. Er nahm die Pistole und wog sie in der Hand, lud die Waffe, wie er es bei seinem Bruder oft gesehen hatte, und füllte seine Hosentaschen mit zusätzlicher Munition. Dann stellte er den Kasten wieder in den Schrank. Bevor er die Wohnung verließ, holte er noch einen Drahtbügel aus seinem eigenen Kleiderschrank und steckte dann das Schälmesser seiner Mutter hinten in den Bund seiner Hose.

Erst dann faltete er den Zettel auseinander, auf den Richie den Namen und die Adresse der Person geschrieben hatte, der der dunkle Cougar gehörte, dessen Flucht vom Tatort er nach dem Mord an seinem Großvater beobachtet hatte. Es war eine Adresse in East New York. Der Name sagte ihm nichts. Aber diese Information war für ihn jetzt das Wichtigste auf der Welt, weil er begriff, daß sich durch den Tod seines Großvaters sein ganzes Leben verändert hatte. Er hatte mit Jaqui auf dem blutüberströmten Hof gestanden, er hatte das Ungreifbare gespürt, das auf einer unsichtbaren Achse schwang und die Welt – *seine* Welt – zur Seite neigte. Nichts würde mehr so sein wie früher. Er hatte nicht gewußt, warum, aber es war so.

Mick ging mehr als eine Meile zu Fuß, bevor er ein

Auto stahl. Er benutzte den Drahtbügel, um die Tür zu öffnen, und konnte die Zündung ohne Probleme kurzschließen. Dann startete er in Richtung East New York.

Er bremste auf der dem Haus gegenüberliegenden Straßenseite und manövrierte den Wagen in eine Parklücke. Mick konnte den dunklen Cougar nirgendwo entdecken und stieg aus, um sich mit der Gegend vertraut zu machen. Dann setzte er sich wieder in das gestohlene Auto und lehnte sich zurück. Er verschränkte die Arme vor der Brust und wartete. Die Düsternis des Schicksals seines Großvaters überschattete seine Gedanken: Im einen Augenblick war er noch über das vertraute Pflaster des Hofes gegangen, und im nächsten hatten die Kugeln der Mörder schon seinen Körper zerfetzt. Er war wie ein Hund mit dem Gesicht nach unten in der Gosse gestorben.

O Herr im Himmel!

Die Winkel seiner zusammengekniffenen Augen füllten sich mit Tränen, und er fühlte, wie ihn eine wilde Wut überkam. Er konnte und wollte das Schicksal seines Großvaters nicht einfach so akzeptieren. Der alte Caesare war ein großer Mann gewesen, kein Hund. Die Rache würde ihn erlösen. Mick lebte jetzt nicht mehr in der gemäßigten Klimazone, die seine Jugend bestimmt hatte. Er lebte nun in den Tropen, den Urwäldern der Seele.

Ein kühler, klarer Hauch durchfuhr ihn, als er die Augen wieder öffnete. Ein dunkelblauer Cougar fuhr die Straße hinab, der Fahrer suchte offensichtlich einen Parkplatz. Im Rückspiegel erblickte Mick das Nummernschild. Es war die richtige Nummer. Er ließ den Wagen an und fuhr los, so daß der Cougar dort parken konnte. Es war ein Witz. Der Fahrer dankte ihm sogar, als er das Auto einparkte.

Mick stellte seinen Wagen an der nächsten Ecke ab. Er eilte zurück und kam gerade noch rechtzeitig, um zu sehen, wie der große, dunkelhaarige Mann mit der olivfarbenen Haut die Autotür zuschloß. Er war Anfang Zwanzig, und bei näherem Hinsehen stellte Mick fest, daß er eine Narbe an einer Augenbraue hatte.

»Hey!« Mick setzte ein Lächeln auf, während er auf den Mann zulief. »Vinnie Mezzatesta.«

Der Mann wandte sich um. »Was zum Teufel willst du, Kleiner?«

»Nichts Besonderes.« Er legte sein ganzes Gewicht in den kraftvollen Schlag, der Vinnies Solarplexus traf.

Vinnie kippte um, und Mick schleppte ihn in eine dunstige und enge Gasse, die er bei der Erkundung der Gegend entdeckt hatte. Er schleuderte Vinnie gegen eine Hauswand und ohrfeigte ihn. »Hey, Dreckskerl! Verstehst du mich, Spatzengehirn? Mein Name ist Michael Leonforte.« Er drückte seine Lippen an Vinnies Ohr.

»Leonforte, du Schwein.«

»Ja und?«

Er rammte ihm die Knie in die Leistengegend. Vinnie stöhnte und wankte, so daß Mick ihn fest gegen die Wand pressen mußte. Er ohrfeigte den Mann so lange, bis dieser seine blutunterlaufenen Augen öffnete und die 45er in Micks rechter Hand sah. »Du hast also meinen Großvater umgebracht.«

Vinnie blickte entgeistert auf die Mündung der Pistole. »Du hast wohl den Verstand verloren, Kleiner.«

»Du und noch jemand.«

»Ist dir eigentlich klar, für wen ich arbeite, du elende Null? Gino Scalfa. So wahr ich hier stehe, du bist ein toter Mann.«

Mick drückte die Pistole gegen Vinnies Hals. Er blickte ihm in die Augen, zog mit einer einzigen geschickten Bewegung das Schälmesser seiner Mutter aus dem Hosenbund und rammte Vinnie die Klinge ins rechte Knie.

Pop! Pop! Es gab allerlei interessante Geräusche, als Mick mit dem Schälmesser Vinnies Sehnen und Bänder zerfetzte.

Vinnie schrie auf und hüpfte wie ein vom Blitz getroffener Frosch umher. Mick sah, wie sich seine Pupillen vor Schmerz verengten. Er ließ ihn los, und der Mann glitt an der Hauswand hinab.

»Jesus, Maria!« schrie Vinnie. Er schüttelte sich. »Guck dir mein verfluchtes Knie an!«

»Ja, Vinnie Halbkopf, jetzt stehst du nicht mehr.« Mick kniete neben ihm nieder. Er ignorierte das Blut und die

Knochensplitter, die aus der zerfetzten Haut hervorragten. »Du hast meinen Großvater umgelegt, und es ist mir scheißegal, wer du bist, wo du zur Kirche gehst oder für wen du arbeitest.« Er preßte die Mündung der 45er gegen Vinnies Schläfe. »Ich werde dir dein verdammtes Gehirn aus dem Schädel pusten.«

Vinnie Mezzatestas Spatzengehirn begriff endlich, daß er es nicht mit einem Kind zu tun hatte. Mick meinte, was er sagte, und man durfte ihn nicht zum Narren halten. Das billige Gangstergehabe, das ihn veranlaßt hatte, unüberlegt mit Gino Scalfas Schutz zu protzen, verschwand wie Nebel im Sonnenlicht. Nichts blieb übrig von der großen Gangsterpose: Vinnie war nur ein etwas beschränkter junger Mann, der selbst nicht wußte, was oder wer er war.

»Verflucht, ich habe es nicht getan.« Er zitterte immer noch. »Ich habe nur den verdammten Cougar gefahren. Es stimmt, es war noch jemand dabei.«

»Wer, Vinnie?« Mick bohrte die Klinge des Schälmessers ruhig und wohlüberlegt durch Vinnies Kniekappe. Der Mann schrie und winselte, daß Mick ihn laufen lassen sollte. Da schlug Mick ihm brutal mit dem Lauf der 45er ins Gesicht.

»Wer hat auf den Abzug gedrückt?« Er wußte bereits, daß Vinnie log, wenn er behauptete, nur den Wagen gefahren zu haben. Er hatte zwei Schatten und das Mündungsfeuer von zwei Waffen gesehen. Wer war der andere Mann gewesen?

Vinnie ließ den Kopf sinken und murmelte seinem blutigen Schuh etwas zu.

»Was hast du gesagt?«

Vinnie begann zu zittern. Er stand unter Schock. »Gino hat die Sache persönlich erledigt«, flüsterte er. »O Gott, es tut so weh.« Seine Augen tränten. »Gino hat die Waffe auf deinen Großvater gerichtet. Er hatte keinen Respekt vor einem Sizilianer, der auf dem Territorium mitmischen wollte, auf das Gino scharf war. Und er mochte es nicht, wenn man mit seinen Feinden Geschäfte machte. Er hat deinen Großvater von dem Moment an gehaßt, wo er versucht hat, in Ginos Geschäftsterritorium einzudringen.

Willst du den Grund wissen? Er hat Gino damals nicht den nötigen Respekt erwiesen, weil er sich zuerst an Black Paul Mattaccino gewendet hat. Aber Gino war geduldig, er hat sich Zeit gelassen. Er hat beobachtet, wie dein Großvater die Geschäfte in der Nachbarschaft organisiert hat. Dann konnte er bequem einsteigen, weil alles bestens vorbereitet war.«

Vielleicht war es der erneut aufgeflammte Haß auf die Sizilianer, der Vinnie etwas Mut schöpfen ließ. Aber andererseits sagte ja bereits sein Spitzname, daß er nur halb bei Verstand war. Auf jeden Fall versuchte er nach Micks Waffe zu greifen, während er sprach.

Mick beobachtete ihn so eindringlich, daß er sofort die Andeutung einer Bewegung in Vinnies blutunterlaufenen Augen wahrnahm. Er ließ es zu, daß der Gangster seine blutige Hand nach der Waffe ausstreckte. Das war in Ordnung. Während Vinnie sich noch abmühte, stieß Mick ihm die Klinge des Schälmessers in den Brustkasten.

Er mußte eine Hauptarterie getroffen haben. Das Blut spritzte fast sofort aus der Wunde. Mick sprang zurück, damit seine Kleidung nicht beschmutzt wurde. Die Todesangst hatte Vinnies Augen geweitet. Sein Mund schnappte nach Luft wie ein Fischmaul an Deck eines Schiffes. Er machte einen vergeblichen Versuch, seine Wunde zu bedecken, und sackte schlagartig zusammen.

Mick war selbst erstaunt, daß er so ruhig war und einen so klaren Kopf hatte. Er fühlte, wie das Blut in seinen Venen pulsierte, und hatte einen animalischen Geruch in der Nase. Er hatte noch nie jemanden getötet, er hatte nicht einmal daran gedacht. Würde diese denkwürdige Tat ihn in irgendeiner Weise verändern? Jetzt klebte tatsächlich das Blut eines anderen Menschen an seinen Händen. Aber die Veränderung hatte schon vorher stattgefunden. Er folgte nur dem außergewöhnlichen Weg, der ihm vom Schicksal zugewiesen worden war. Er hatte die Sache einfach und sauber wie ein Geschäft erledigt.

Mick wischte das Messer an Vinnies Kleidung ab und ließ dann beide Waffen verschwinden. Er fand die Schlüssel für den Cougar, der fast gegenüber der Mündung der

Gasse stand, ging hinüber, öffnete den Kofferraum und kehrte dann wieder in die Gasse zurück. Er vergewisserte sich, daß niemand in der Nähe war, schleppte Vinnies Leiche hinüber und warf sie in den Kofferraum. Dann knallte er den Deckel zu und fuhr davon.

Als Mick in Sheepshead Bay eintraf, fiel dort ein leichter Sprühregen. Er saß im Auto und lauschte dem Dröhnen der Flugzeuge. Der Flughafen war in der Nähe. In der Luft lag ein weicher und dunstiger Geruch, der einzigartig war. Man wollte gar nicht so genau wissen, wo er herstammte. Vielleicht von den Leichen, die der Großvater und Gino Scalfa in der Bucht versenkt hatten.

Scalfa war bereits da. Wie sein Großvater es ihm erzählt hatte, stand er am Wasser und ließ seinen Blick über die Bucht schweifen. Mick mußte mehrmals hupen, bevor Scalfa sich langsam umdrehte.

»Hey, Vinnie, was hast du denn hier zu suchen? Ich habe eben versucht, dich anzurufen, aber es hat sich niemand gemeldet.«

Mick verließ den Wagen und ging auf den fetten, mondgesichtigen Boß zu.

»Du bist nicht Vinnie.« Er warf Mick einen wütenden Blick zu. Sein aufgeschwemmtes Gesicht verzerrte sich, während er sich bemühte, Mick einzuordnen. »Ich kenne dich doch, oder?«

»Vinnie hat mich geschickt«, sagte Mick, um Scalfas Angst zu beschwichtigen und etwas Zeit zu gewinnen. Er hielt die 45er in der rechten Hand und war jetzt nah genug bei Scalfa. Mick preßte dem fetten Gangster die Mündung der Knarre in die Herzgegend.

»Mein Name ist Leonforte.« Er drückte ab. »Mick Leonforte.«

Die Kugel durchbohrte Scalfa und hinterließ ein großes Loch. Der Schuß hatte Scalfas Herzschlag völlig zum Erliegen gebracht. Er fiel auf die Knie. Mick wußte, daß keine Notwendigkeit bestand, nochmals zu schießen: Scalfas Blick war bereits gebrochen.

Die Möwen flogen auf und begannen zu kreisen und zu

kreischen. Vielleicht hatte sie der Schuß aufgeschreckt, vielleicht war ihnen der Geruch des Blutes in die Nase gestiegen. Micks Hand schmerzte vom schweren Rückstoß der 45er. Scalfa fiel vornüber. Mick schleuderte die Waffe weit in die Bucht hinaus. Der Schuß hatte kaum anders geklungen als die Fehlzündung eines Lastwagens, und in dieser verlassenen Gegend war es wenig wahrscheinlich, daß ihn jemand gehört hatte. Andererseits hatte er nicht vor, noch länger zu warten, um herauszufinden, ob wirklich niemandem der Schuß aufgefallen war. Mick schleppte Scalfas feisten Körper zum Cougar. Er rückte Vinnies Glieder im Kofferraum zurecht und legte dann Scalfas Leiche daneben.

Mick blickte sich um. Er sah niemanden, nur die gefräßigen Möwen. Am Himmel zog lautlos ein großer Jet vorbei, dann plötzlich erhob sich ein dunkles Grollen, wie ein Vogel über der Bucht, das einem vom Himmel gesandten Vorzeichen glich.

»*Was* hast du getan?« Caesare schüttelte den Kopf. »Was zum Teufel erzählst du mir da?«

Mick stand im düsteren Vorraum des Beerdigungsinstituts und mußte Caesare die ganze Geschichte erklären. Er erzählte, wie er vom Dach aus die Ermordung ihres Großvaters beobachtet und dann mit Hilfe des Teleskops die Autonummer erkannt hatte. Dann berichtete er, wie er Vinnie Halbkopf umgelegt hatte und was anschließend in Sheepshead Bay geschehen war.

»Du erwartest, daß ich dir abnehme, daß du, du kleiner Hosenscheißer, so ganz nebenbei diesen Vinnie Sowieso und den verfluchten Gino Scalfa umgelegt hast?« Caesare warf die Arme in die Luft. »*Marrone*, Kleiner, du hast eine lebhafte Fantasie, das versichere ich dir.«

»Komm mit runter. Die Leichen liegen in Vinnies Cougar. Ich wollte sie nicht rumliegen lassen, damit die Bullen sie nicht finden und einen Vorwand haben, uns noch mehr Scherereien zu machen.«

Zehn Minuten später rief ein bleicher Caesare Richie und zwei weitere Kumpels an. Sie trafen sich neben dem Cougar. »Bringt diese Karre zum Hintereingang«, sagte Caesare. »Wir haben Fracht im Kofferraum. Holt sie raus und bereitet die Leichen in der üblichen Weise vor. Dann muß der Wagen verschwinden. Verbrennt ihn.«

»Wer ist es denn?« fragte Richie.

Caesare warf ihm einen finsteren Seitenblick zu. »Das wirst du noch früh genug feststellen. Glaub mir, du wirst deinen verdammten Augen nicht trauen.«

Das Auto startete, und Caesare und Mick blieben zurück. Der Sprühregen hörte gerade auf. »Weißt du, daß du ein verrückter Bastard bist, Kleiner?« Er puffte ihn rauh in die Rippen. »Ich sollte eigentlich sauer sein, daß du mich nicht eingeweiht hast.« Er grinste. »Herrgott noch mal, du hast die beiden wirklich gut fertiggemacht. Wie ein Profi.«

Caesare konnte nicht anders ausdrücken, daß er stolz auf seinen Bruder war. Aber Mick, der erst jetzt begriff, wie lange er auf diesen Augenblick gewartet hatte, fühlte sich irgendwie leer. Er war nicht stolz und überlegte statt dessen, wie Jaqui über eine Welt dachte, in der Anerkennung mit Mord verbunden war. Das ärgerliche war, daß er nur zu gut wußte, was sie sagen würde. Sie würde ihn mit jeder Faser ihres Körpers verachten.

»Der verdammte Gino Scalfa.« Caesare schüttelte den Kopf. »Damit hätte ich nie gerechnet. Er war Großvaters bester Freund.«

»Die Freundschaft gleicht einem seltsamen und ungebändigten Tier«, sagte Mick. »So wie du einen lahmen Hund, den du von der Straße holst und aufpäppelst und der dir anschließend wieder in die Hand beißt, mit Besorgnis und Skeptizismus betrachtest, so mußt du es auch mit der Freundschaft halten.«

Caesare blickte ihn an. »Was zum Teufel soll das bedeuten?«

»Das bedeutet, daß es in unserem Geschäft *keine* Freunde gibt, sondern nur Feinde.«

»Woher weißt du denn plötzlich so viel über das Geschäft, Kleiner?« Caesares Stimme hatte einen anderen Tonfall angenommen. Sie zeugte von einem Respekt, den er seinem Bruder nie zuvor erwiesen hatte.

»Weil ich Großvater Espresso und Anisschnaps serviert habe.«

Sie kehrten in das Beerdigungsinstitut zurück. Mick hatte nie zuvor das Hinterzimmer betreten, wo die Leichen vorbereitet wurden, und in den nächsten vier Stunden lernte er eine Menge. Vinnie Mezzatestas und Gino Scalfas Körper wurden gewaschen, einbalsamiert und dann in Kirschholzsärge gelegt, die von ehrlichen Kunden bezahlt worden waren.

Diejenigen, die eines natürlichen Todes gestorben waren, wurden auf die Gangster gelegt und im selben Sarg beerdigt. So verschwanden die Ermordeten, ohne daß irgend jemand wußte, was mit ihnen geschehen war. Und so wurde auch ausgeschlossen, daß die Leichen sechs Monate oder ein Jahr später auf den Schrottplätzen der Pennsylvania Avenue oder der Fountain Avenue gefunden oder in der Bucht angeschwemmt wurden.

Das war ein narrensicherer Weg, Leute verschwinden zu lassen. In dieser Nacht fand Mick heraus, daß sein Großvater mit dieser einfallsreichen Methode ein glanzloses Unternehmen in ein blühendes Geschäft verwandelt hatte.

»Verdammt gut, Kleiner, wie du die beiden Bastarde kaltgemacht hast, die unseren Großvater ermordet haben«, sagte Caesare. »Er wäre stolz auf dich gewesen.« Traurig schüttelte er den Kopf. »Zugegeben, ich vermisse den alten Vogel.«

»Ich auch«, sagte Mick zustimmend.

»Ja, aber der Unterschied besteht darin, daß du viel Zeit mit ihm zusammen verbracht hast. Sieht ganz so aus, als ob du der Klügere gewesen wärst.«

Sie befanden sich in Großvaters ehemaligem Büro im ersten Stock. Mick kochte Espresso. Caesare saß an dem runden Tisch, an dem früher so viele mächtige und anerkannte Männer Platz genommen hatten. Sie hatten gemeinsam getrunken, geraucht, Karten gespielt und sich gegenseitig angelogen. Weder in diesem Büro noch sonstwo in Ozone Park würden die Dinge je wieder so sein wie zuvor, und die beiden Männer wußten das. Onkel Alphonse hatte kein

Interesse an New York. Er war zur Beerdigung gekommen und nach Kalifornien zurückgekehrt. Die Mutter würde ihm bald folgen. Und Caesare ebenfalls, wie sich bald herausstellte.

Caesare verschwendete keine Zeit, um Mick mitzuteilen, wie sich die Dinge entwickeln würden. Die Leonfortes würden ihre Zelte in New York abbrechen. Die Zeiten hatten sich geändert, und nach dem Tod des Großvaters gab es keinen Grund mehr, in New York zu bleiben. Außerdem hatte man an der Westküste bessere geschäftliche Aussichten.

»Ich werde bei Onkel Alphonse einsteigen«, sagte Caesare. »Es wird nicht lange dauern, bis ich seine rechte Hand bin. Er hat keinen eigenen Sohn . . .« Er rührte den Zucker in seinem Espresso um, den Mick vor ihn hingestellt hatte. Die beiden Brüder saßen eine Zeitlang schweigend da, schlürften Espresso und hingen ihren eigenen Gedanken nach. »Du bist jederzeit willkommen, um auszuhelfen.«

Mick hatte genug Zeit in der Nähe dieses Tischs verbracht, um Wahrheit und Lüge unterscheiden zu können. Das Angebot amüsierte ihn. Es war so falsch wie eine Drei-Dollar-Note. Caesare konnte kein Interesse daran haben, daß jemand mit ihm um Alphonses Zuneigung und Respekt konkurrierte. Das galt besonders für seinen Bruder.

»Als dein Handlanger, meinst du. Keine Chance. Ich habe meine eigenen Vorstellungen. Ich gehe zur Armee.«

»Was ist los?« Caesares Tasse knallte laut auf den Untersatz. »Bist du geisteskrank oder was?«

»Ich muß hier raus.«

»Okay.« Caesare griff in seine Hüfttasche und zog ein Bündel Banknoten hervor. Er begann, die Hunderter abzuzählen. »Also, wieviel brauchst du, Kleiner? Sag eine Zahl, und das Geld gehört dir. Du hast es dir verdient.«

»Nein, nein.« Mick hob die Hände. Er blickte seinem Bruder in die Augen. »Hör zu, Caesare. Was ich getan habe, das habe ich aus Liebe und Respekt für unseren Großvater getan. Ich habe es getan, weil ich es tun *mußte.* Ich habe es *nicht* für Geld getan. Alles klar?«

»Hey, Kleiner, werd nicht gleich aggressiv. Wir reden

nicht über Kopfgeld, wenn dich das beunruhigt. Die Familie schuldet es dir, und ich möchte . . .«

»Vergiß es. Die Familie schuldet mir gar nichts.« Mick rollte die Hunderter zusammen und drückte sie seinem Bruder in die Hand. »Ich will aus allem raus, nicht nur aus Ozone Park.«

»Aus allem? Ich verstehe dich nicht.«

»Da bin ich sicher.«

Caesare warf ihm einen finsteren Blick zu. »Du fängst langsam an, mich zu verärgern, Kleiner. Zuerst lehnst du Geld ab, das ich dir von Bruder zu Bruder anbiete. Und jetzt fängst du auch noch an, Unsinn zu reden. Mir gefällt beides nicht.«

»Es ist egal, ob es dir gefällt oder nicht.« Mick erhob sich. »Auf Wiedersehen, Caesare.«

Caesare stieß seinen Stuhl so heftig zurück, daß er umkippte. »Nicht so eilig, Schlaumeier. Was wird aus unserer Mutter? Du kannst sie nicht einfach so zurücklassen. Sie erwartet, daß du mit uns nach San Francisco gehst. Jaqui bleibt ja schon hier. Es wird ihr das Herz brechen.«

»Das tut mir leid.«

»Es tut dir leid?« Mick sah jetzt in Caesares Augen wieder das seltsame, wahnsinnige Licht flackern, das ihn an die Sterne erinnerte. »Ist das alles, was du zu sagen hast, du undankbarer Hurensohn?« Er ging einen Schritt auf Mick zu. »Ich werde dir dein verdammtes Genick brechen, Kleiner.«

»Die Zeiten sind vorbei. Du kannst mich nicht mehr einschüchtern.« Mick hob warnend die Hand, und erstaunlicherweise hielt Caesare mitten in der Bewegung inne. Mick sah, daß er verunsichert war. Caesare wußte, daß Mick dafür gesorgt hatte, daß die beiden Männer in den Kirschholzsärgen lagen.

»Verdammt, mach, was du willst.« Caesare steckte die Hände in die Taschen. »Aber bitte mich nie wieder um Hilfe. Ich werde dich nicht mehr kennen.«

Sacred Heart of Santa Maria beherrschte die ruhige und schattige, von Bäumen gesäumte Straße in Astoria. Das Kloster war zwar mit Abstand das größte Gebäude des Blocks, aber daneben befanden sich noch eine Bäckerei und eine chemische Reinigung. Auf der gegenüberliegenden Straßenseite standen gepflegte Backsteinhäuser, die alle ein Aluminiumvordach über der Eingangstür hatten.

Das Kloster war wirklich ein wunderschönes Gebäude. Es bestand aus großen weißen Steinblöcken, auf denen das Sonnenlicht wie gekräuseltes Wasser funkelte und verschwamm. Neben dem Eingangstor stand eine Marienstatue aus Alabaster, und auf der anderen Seite befand sich eine weitere Plastik, die Maria mit dem kleinen Jesus darstellte.

Mick preßte die Krempe seines schwarzen Hutes an die Stirn, damit der Wind ihn nicht davontrug. Er drückte auf die Klingel neben dem Tor und wurde eingelassen. Unsicher, wie er sich verhalten sollte, nahm er sofort den Hut ab, als er das Gebäude betreten hatte.

Eine Nonne in Ordenstracht erwartete ihn an der Eingangsveranda. Sie lächelte leise, als sie ihn näher kommen sah.

»Ich möchte gern Jaqui sehen«, sagte er, und plötzlich schnürte ihm etwas die Kehle zu. Die Nonne blickte ihn komisch an. »Jaqui Leonforte.«

Die Nonne lächelte und ließ ihn mit einer Verbeugung ein. »Dann sind Sie wohl Michael«, sagte sie mit sanfter Stimme. »Folgen Sie mir bitte.«

Sie führte Michael durch eine Reihe dunkler Steinkorridore, deren Wände völlig ungeschmückt waren. Er kam an einer Verandatür vorbei, die auf einen kleinen Hof führte, in dem blühende Sträucher und Weinreben zu sehen waren. Bevor die Nonne ihn weiter den Flur hinabführte, erhaschte er aus den Augenwinkeln noch einen Blick auf eine Steinbank und einen kleinen Springbrunnen. Am Ende des Gangs öffnete die Nonne eine hohe, hölzerne Doppeltür, aber sie selbst trat nicht ein.

»Die Mutter Oberin will Sie sehen.«

Mick betrat einen überraschend kleinen Raum, der in eine Art Büro verwandelt worden war. In einer schmalen Nische stand der Gipsabdruck einer Madonna, und hinter dem Schreibtisch hing ein vergoldetes Holzkreuz.

»Ich bin Bernice«, sagte eine Frau, die Ende Fünfzig zu sein schien. Sie erhob sich von ihrem Stuhl. »Sie müssen Michael Leonforte sein.«

Sie streckte die Hand aus und begrüßte Mick geradeheraus. Ihr Händedruck war so fest und derb wie der eines Mannes. »Marie Rose hat oft von Ihnen erzählt.«

»Wer?«

Bernice nahm ihre Nickelbrille ab, und Mick konnte die starke Ausdruckskraft ihrer außergewöhnlich blauen Augen wahrnehmen. »Ich dachte, Sie wüßten Bescheid. Ihre Schwester ist jetzt eine richtige Novizin und festes Mitglied des Ordens. Ihr neuer Name ist Marie Rose.«

Mick hielt den Hut seines Großvaters mit beiden Händen fest und trat nervös von einem Fuß auf den anderen. »Heißt das, daß ich sie nicht sehen kann?«

»Normalerweise ist das nicht erlaubt«, sagte Bernice mit gleichmäßiger Stimme, die keine Schwankungen kannte.

»Aber ich gehe weg. Vielleicht für lange Zeit.« Er preßte die Krempe des Huts gegen seine Oberschenkel. »Ich muß sie sehen.«

»Setzen Sie sich einen Augenblick, Michael.« Sie zeigte auf einen Lehnstuhl. Dann lächelte sie. »Ich wollte Sie nicht beunruhigen.«

»Das liegt nicht an Ihnen«, entgegnete Michael hastig. »Es ist das Kloster. Es ist so still hier.«

»So sollte es auch sein.« Sie zögerte etwas, als ob sie überlegte, wie sie fortfahren sollte. »Ich glaube, daß Sie ein ungewöhnliches und enges Verhältnis zu Ihrem Großvater hatten.«

Mick nickte. »Hat Jaqui, äh, Marie Rose Ihnen das erzählt?«

»Nein.« Sie nahm wieder hinter ihrem Schreibtisch Platz. »Ich kannte Ihren Großvater ziemlich gut.«

»Wirklich?«

Bernice lächelte wieder. »Sie scheinen überrascht zu sein.«

»Ja, wissen Sie, Astoria liegt etwas außerhalb seines Territoriums.« Er hatte sich schnell erholt.

Bernice lachte, und Mick kam ihr Lachen tief und überraschend fröhlich vor. »So kann man es auch sagen.« Sie griff in eine Schublade und breitete etwas auf dem Schreibtisch aus. »Vier Zwanzig-Dollar-Scheine.« Ihre blaßblauen Augen fixierten ihn erneut.

»Ich habe ihn damals gebeten, das Geld für mich anzulegen.«

»Sind Sie überrascht, daß er sich entschlossen hat, mir das Geld zu geben, statt es in die Bestattungsinstitute oder die Versicherungsgesellschaften zu investieren, die er kontrollierte?«

Mick blickte sie schief an. »Was wissen Sie über diese Dinge?«

»Alles.« Sie fischte die Scheine so geschickt wie ein Kartengeber in Las Vegas vom Tisch und lächelte übers ganze Gesicht. »Ich glaube, daß Sie letztlich mit dem Ertrag Ihrer Einlage zufrieden sein werden.« Sie erhob sich. »Und jetzt gehen Sie den Weg, den sie gekommen sind, bis zum Meditationsgarten zurück. Die Novizin Marie Rose wartet dort auf Sie.«

»Danke, Mutter Oberin«, sagte Mick, während er unbeholfen aufstand.

»Sie wird sich sehr freuen, Michael.« Und an der Bürotür sagte sie mit der gedämpften Stimme einer Eingeweihten: »Ich habe ihn geliebt.« Dann schloß sie leise die Tür.

Mick ging den Korridor hinab und hörte leise Gebete. Was um alles in der Welt hatte die Mutter Oberin mit ihrem geheimnisvollen letzten Satz sagen wollen? Auf welche Weise hatte sie Großvater Caesare geliebt? Und warum hatte sie ihm das erzählt?

Er grübelte noch immer über diesen Fragen, als er die Verandatür öffnete. Singvögel und ein intensiver Rosenduft begrüßten ihn, und er fühlte sich sofort wieder in seinen Traum hineinversetzt. Er schritt durch einen Hof, der sich in Queens befand und dennoch an die freischwebende Terrasse erinnerte, die den unbekannten Strand seines Traums überragte. Die Gebete waren jetzt lauter, weil sie aus einem offenen Fenster an sein Ohr drangen, und die Worte klangen wie Musik.

Während er über den engen, moosbewachsenen Steinpfad auf die Steinbank zuging, drehte Jaqui sich um. Ihr Gesicht leuchtete, und er fühlte, wie das Herz in seiner Brust pochte. Nichts hatte sich geändert. Die Gefühle gegenüber seiner Schwester waren immer noch dieselben.

Sie lächelte, und statt ihn zu umarmen, ergriff sie seine Hände. »Michael, es ist so schön, dich zu sehen. Ich war mir nicht sicher, ob du vor deiner Abreise noch vorbeikommen würdest.« Sie schüttelte den Kopf. »Ich habe versucht, mit Caesare zu sprechen. Aber du kennst deinen Bruder ja.« In ihr Lächeln mischte sich Verärgerung. »Er hat nie zugehört, wenn ich etwas gesagt habe.« Sie legte eine Hand auf seine Wange. »Du siehst müde aus.«

Sie führte ihn zu der Bank, und eine Weile saßen sie schweigend da. Mick nahm nur den Duft der Rosen wahr. Eine Zeitlang versuchte er, nicht zu atmen, aber das half auch nicht.

»Jaqui, bist du sicher, daß du dir das Kloster wirklich gewünscht hast?«

»Es ist der richtige Ort für mich, Michael.«

Er seufzte. »Ich kann es einfach nicht verstehen.« Er zeigte auf die weißen Steinwände. »All das.« Er schüttelte bestürzt den Kopf.

»Du hast Bernice kennengelernt.«

»Die Mutter Oberin. Ja.«

»Dann weißt du, warum ich hier bin.« Sie drückte seine Hand. »Großvater wußte es.«

»Wirklich?«

Sie nickte. »Von Anfang an. Und Mutter war sehr verständnisvoll.« Sie blickte auf einen Singvogel, der in den Weinreben nach Futter suchte.

»Jaqui . . .«

Sie wandte sich wieder ihrem Bruder zu. »Ich heiße jetzt Marie Rose.«

»Ja, natürlich.« Er löste seine Hand aus ihrem Griff und stand auf. Es hätte nicht so enden sollen. Das hatte er sich so nicht gewünscht. »Ich muß gehen.« Warum war er überhaupt gekommen?

»Ich weiß.« Sie blieb auf der Bank sitzen, als ob es ihr gefallen würde, zumindest noch eine Zeitlang zusammen mit ihm an diesem seltsamen Ort zu verweilen. Für einen Moment hatte Mick das sichere und beunruhigende Gefühl, daß sie seinen Traum kannte.

»Ich weiß nicht, wann ich zurückkommen werde.«

Sie blickte zu ihm auf. »Aber wir werden uns wiedersehen.«

»Bestimmt.«

Er wandte sich ab und ließ sie allein im Sonnenschein zurück. Aber in all den Jahren danach, als er sie niemals sah, hörte das tiefe mediterrane Grün ihrer Augen nie auf, seine Gedanken und Träume zu beherrschen.

Zweites Buch

Rauch und Spiegel

Wohl tausend Herzen schwellen mir im Busen:
Voran die Banner! setzet an den Feind!

Richard III., 5. Aufzug, 3. Szene
Richard III., William Shakespeare

4
New York / Tokio

Das unbekümmerte Gezwitscher einer Spottdrossel begleitete Margarite Goldonis Rückkehr nach Astoria. Ihre mißliche Lage erfüllte sie mit Besorgnis und Furcht, trotzdem stieg beim Anblick der bekannten Straßen und Läden eine Flut von Erinnerungen in ihr auf.

Sie parkte vor der Bäckerei und betrat das Geschäft, das gerade geschlossen werden sollte. Der Laden sah noch genauso aus wie früher. Der Fußboden war mit Sägespänen übersät, und die kleinen weißen Kacheln waren so zerkratzt und angeschlagen, daß man sich nach Italien versetzt fühlte. Fluoreszierende Lichter spiegelten sich auf den großen Glasvitrinen, die Margarite aber seltsamerweise nicht mehr so groß wie früher erschienen.

»Was wünschen Sie?« fragte eine rundliche, kleine Frau, die aus dem Hinterzimmer kam. Ihr graues Haar war zu einem Zopf zusammengebunden. Sie hatte ein teigiges Gesicht mit dicken Augenbrauen, die ihr das schalkhafte Aussehen eines Clowns verliehen. Die Frau begann zu lächeln. »Margarite?«

»Ja, Mrs. Paglia. Ich bin's.«

»Madonna!« kreischte Mrs. Paglia, die hinter der Ladentheke hervorkam. »*Bella!* Es ist so schön, Sie zu sehen. Meine arme Kleine, wie geht es Ihnen?« Sie drückte Margarites Kopf an ihren großen Busen. Margarite atmete den Geruch von Mehl und Stärke ein. »Was ist das für eine Tragödie mit Tony. Wir haben es heute morgen in den Nachrichten gehört, und die Meldung war so furchtbar, daß ich es gar nicht glauben wollte. Ich fragte Luigi: ›Kannst du dir vorstellen, daß die unseren Tony D. meinen?‹« Sie biß sich auf die Knöchel. »Es ist eine *Infamie!*«

»Ja. Ich stehe immer noch unter Schock.«

Mrs. Paglia fuchtelte mit ihren dicklichen Händen herum. »Machen Sie sich keine Sorgen, *bella*. Sie sind ja jetzt hier. Sie sind zu Hause.« Sie eilte hinter die Theke zurück und durchsuchte ihre Brot- und Brötchenbestände. »Sie sind so dünn.« Mrs. Paglia reichte Margarite ein Brötchen über die Ladentheke. *»Essen Sie*, mein Engel, *essen Sie!«*

Margarite war überhaupt nicht hungrig, aber sie aß trotzdem einen Teil des Brötchens. Alles andere wäre unhöflich gewesen, doch sie spürte schon jetzt, wie ihr verkrampfter Magen zu rebellieren begann.

»Machen Sie sich keine Sorgen«, sagte Mrs. Paglia. Sie holte eine Flasche Grappa aus dem Hinterzimmer und schenkte ein Wasserglas voll. »Trinken Sie aus, *bella*, es wird Ihnen guttun.«

Sie kam hinter der Theke hervor und legte ihren Arm um Margarite. »Ich weiß, warum Sie hier sind«, flüsterte Mrs. Paglia. Sie warf einen flüchtigen Blick auf das Hinterzimmer, wo sich ihr Ehemann Luigi wahrscheinlich gerade um die Buchführung kümmerte. »Instinkt, mein Engel. Ihr Instinkt hat Sie in dieser schweren Stunde hierher geführt.« Sie drückte Margarites Schultern. »Die Männer denken, daß sie alles im Griff haben, stimmt's? Aber wir wissen es besser. Sie verstehen nur, was wir ihnen erklärt haben.« Sie gluckste leise. »Essen Sie Ihr Brötchen auf. Und dann gehen Sie nach nebenan, wie Sie es geplant haben. Sie haben die richtige Entscheidung getroffen.«

»Ist sie da?«

Mrs. Paglia nickte und bekreuzigte sich dann. »Gott sei Dank. Er beschützt sie. Sie werden es nicht glauben, aber sie ist über neunzig.« Sie tippte mit ihrem stummelhaften Zeigefinger gegen ihre Schläfe. »Sie ist natürlich nicht mehr Mutter Oberin, eine andere Nonne hat diese Pflichten übernommen. Aber sie ist so scharfsinnig wie eh und je, mein Engel, Sie werden es sehen.«

Draußen durchschnitt das eindringliche Gezwitscher der Spottdrossel die Stille der Nacht. Margarite blickte auf die Uhr. Es blieben ihr noch zwei Stunden bis zu dem Treffen, bei dem sie das Leben ihrer Tochter retten konnte. Aber was würde danach geschehen? Bestimmt nichts Gutes. Die Sache wäre bei weitem nicht ausgestanden, wenn sie sich Bad Clams ergeben würde; es wäre nur ein Anfang. Er wollte alles über Dominics Geheimnisse wissen: über seine

Abkommen mit Lastwagenfahrern, Großhändlern, Richtern, Polizisten, Bankiers und Fabrikanten im ganzen Land. Über seine Kontakte in Washington. Am meisten interessierte ihn das Nishiki-Netzwerk, das Dominic mit belastenden intimen Details über hochrangige Regierungsmitglieder versorgt hatte. Damit hatte Dominic sie in der Hand gehabt. Hinter dem Nishiki-Netzwerk stand Mikio Okami. Er besorgte auf geheimnisvolle Art Informationen über die persönlichen Geheimnisse anderer Menschen, die so der Macht der Goldonis ausgeliefert waren.

Margarite wußte jetzt alles über die komplexen Mechanismen, mittels derer diese Informationen beschafft wurden. Bad Clams würde Francie so lange als Geisel benutzen, bis sie ihre Geheimnisse ausspuckte.

Margarite taumelte, als sie die Straße hinabging. Sie eilte zum Bordstein und erbrach zusammengekrümmt alles, was sie gerade gegessen und getrunken hatte. Als die Zuckungen nachgelassen hatten, öffnete sie ihre Handtasche und wischte sich den Mund mit ein paar Papiertaschentüchern ab. Die Pistole glänzte unheimlich im Licht der Straßenlaternen.

Herr im Himmel, dachte sie. *Was soll ich nur tun*?

Aber sie wußte genau, was sie in diesem Augenblick zu tun hatte. Sie ging auf das schmiedeeiserne Tor zu, das das große Gebäude aus weißen Steinen beschützte. Die Marienstatue und das Bild Marias mit dem kleinen Jesus flankierten das Tor. Alles war wie vor sechs Jahren, als Dominic sie hierhergebracht und sie ihre Ausbildung begonnen hatte.

Sie klingelte und wurde sofort eingelassen.

Als sie das Gelände des Klosters Sacred Heart of Santa Maria betrat, überkam sie ein seltsames Gefühl des Friedens. In einem großen Magnolienbaum sah sie die Spottdrossel, die mit komisch angewinkelten Kopf auf sie herabblickte. Der Vogel begann zu singen, als zwitscherten noch drei oder vier andere Tiere neben ihm. Er war ein Meister der Verstellung und beschützte seine Jungen durch seine Bauchrednerstimme.

Sie stieg die Marmorstufen hinauf, und die Tür öffnete sich.

»Willkommen, mein Kind«, sagte eine vertraute Stimme aus dem Dunkel.

Margarite hatte sich einen Augenblick lang in Erinnerungen verloren. »Bernice?«

»Ja, mein Kind.« Bernice umarmte sie liebevoll.

»O Bernice!« Margarite begann zu schluchzen. Die Zärtlichkeit jener Arme, die körperliche Wärme in dieser kritischen Situation waren zuviel für sie. »Gott im Himmel, was soll aus meinem Leben werden?«

»Mein Kind, Sie sind gekommen, um das herauszufinden.«

Bernice schloß die Holztür hinter ihnen und legte ihren Arm um Margarite, während sie den Korridor hinabgingen. Margarite wurde erneut von der fast strengen Stille des Klosters überwältigt. Was weniger vertraute Besucher für Strenge hielten, erschien ihr als Inbegriff absoluter Seelenruhe.

»Nach allem, was geschehen ist . . . Ich fühle mich so hilflos. Es ist alles außer Kontrolle geraten . . .« Ihre Stimme brach, und sie konnte nicht weitersprechen.

Bernice hielt vor einem Spiegel an. Ihre starke Hand ergriff Margarites Kinn, und sie drehte ihren Kopf, so daß Margarite auf ihr Ebenbild starrte. »Was sehen Sie? Ihr Gesicht ist tränenüberströmt«, sagte Bernice sanft. »Aber ich sehe mehr als nur das Äußerliche. Ihre Seele wird von Tränen erstickt. Und das hängt nicht nur mit den Vorkommnissen der letzten paar Tage zusammen, mein Kind. Sie müssen das einsehen, wenn Sie die Kraft zum Weitermachen finden wollen.«

»Ich kann es nicht. Ich . . .«

»Doch, Margarite, Sie können es. Und wissen Sie auch, warum? Weil Sie die Schwester Ihres Bruders sind. Obwohl Sie nicht blutsverwandt sind, sind Sie ihm innerlich so ähnlich. Es besteht kein Zweifel, daß er die übereinstimmenden Charakterzüge erkannt hat.«

Margarite und ihre Schwester Celeste, die in Venedig lebte, waren die Töchter von Enrico Goldoni, der feine venezianische Seide und Brokat herstellte und exportierte. Er hatte Niederlassungen in Venedig und in Astoria, das im

New Yorker Stadtteil Queens lag. Im Jahr 1964 hatte er erneut geheiratet. Margarite war damals neun und ihre Schwester Celeste sechs Jahre alt gewesen. Seine neue Frau, Faith Mattaccino, hatte einen Sohn namens Dominic in die Ehe mitgebracht, den Goldoni ein Jahr später adoptierte. Faith war vorher mit Black Paul Mattaccino, einem in jeder Hinsicht außergewöhnlich furchteinflößenden New Yorker Mafia-Boß, verheiratet gewesen. Er war unter mysteriösen Umständen ums Leben gekommen. Eines der vielen Gerüchte, die Black Paul umgeben hatten, besagte, daß Dominic nicht sein eigener Sohn sei.

»Ich frage mich, ob Dominic jemals so die Kontrolle verloren hat.«

»Aus diesem Grund ist er damals zu uns gekommen, Margarite«, sagte die alte Mutter Oberin. Sie sammelte ihre Kräfte, und ihr tiefer und undurchdringlicher Blick betonte ihre Ausstrahlung. »Vergiß niemals, daß Dominic dich wegen deiner inneren Stärke zu seiner Nachfolgerin gemacht hat.«

»Ich weiß nicht. Was, wenn er sich geirrt hat?«

»Aber *ich* irre mich nicht.« Ihre Stimme duldete keinen Widerspruch. Sie nahm Margarites tränenüberströmtes Gesicht in ihre sanften Hände. »Hören Sie mir gut zu, mein Kind. Ich habe Ihren Bruder beraten, wer sein Nachfolger werden sollte, und er hat zugestimmt. Wir haben uns in Ihnen nicht geirrt. Ihr Weg ist beschwerlich, aber das wußten Sie ja bereits zu Beginn der Reise.«

»Aber ich wußte nicht, *wie* beschwerlich er sein würde.«

»Niemand weiß das. Das liegt in Gottes Hand, glauben Sie mir. Er stellt uns immer auf die Probe. Das ist Gottes Art.« Sie tätschelte Margarites Arm. »Kommen Sie jetzt. Wischen Sie sich die Tränen ab. Es wird Zeit für unsere Kriegsberatung.«

Irgend etwas ließ Bernices Büro unglaublich behaglich erscheinen. Vielleicht lag es an der Größe oder dem Schnitt des Raums. Er erinnerte Margarite an die Märchen, die sie Francie vorgelesen hatte, als ihre Tochter noch klein war.

Francie!

»Dieses teuflische Monster hat mein Kind in seiner Gewalt!« brach es aus ihr heraus, sobald sie die Schwelle überschritten hatten. »Worauf gründet unsere Auseinandersetzung mit den Leonfortes, Bernice? Sie haben Dominic ermordet. Jetzt ist Tony umgebracht worden, und auch mich hätten sie auf der Park Avenue beinahe niedergeschossen. Bad Clams hat Francie als Geisel! Und zu guter Letzt habe ich vielleicht auch noch die Kontrolle über mein Unternehmen verloren.« Obwohl sie sich geschworen hatte, Ruhe zu bewahren, fing sie wieder an zu weinen. Hatte Bernice sie nicht gelehrt, daß innere Ruhe in Krisensituationen die wichtigste Voraussetzung war, um sicher den Sieg zu erringen? Aber hier gab es keinen Weg, der in die Sicherheit führte. Zumindest konnte sie keinen erkennen. Sie ballte die Fäuste, und ihre Stimme bebte vor Erregung. »Dieses Tier, dieses Ungeheuer! Ich werde ihn umlegen.«

Bernice saß unter dem vergoldeten Holzkreuz und strahlte innere Ruhe aus. Ihr Gesicht war durch das Alter fast völlig abgemagert und faltig geworden. Die Haut hing schlaff über den Knochen ihres Schädels, als ob sie weder Fleisch noch Sehnen hätte. Aber selbst die Zeit hatte der tiefen Eindringlichkeit ihrer blaßblauen Augen nichts anhaben können, deren Feuer so viele Menschen unfehlbar durch die Jahre begleitet hatte. »Wenn Sie wirklich so denken, meine Liebe, dann hat Caesare den wichtigsten Sieg bereits errungen. Sie sind total verängstigt und haben jedes Recht dazu. Glauben Sie mir, daß ich Ihre Gefühle verstehe, Margarite.« Sie legte ihre Hände auf Margarites Fäuste, und durch ihre Wärme öffneten sich die zusammengekrampften Finger langsam, aber sicher wie Blüten im Sonnenlicht. »Aber damit muß jetzt Schluß sein. Angst nährt den Haß, und Haß ist Unwissenheit. Typen wie Caesare Leonforte rechnen mit der Unwissenheit ihrer Feinde.«

»Aber sehen Sie doch, was er mir angetan hat«, schrie Margarite. »Durch mehrere, rasch aufeinanderfolgende Attacken hat er mein ganzes Leben zerstört. Ich habe die Schlacht und den Krieg verloren, einfach alles. Und in weniger als zwei Stunden muß ich in Sheepshead Bay sein, weil er sonst Francie umbringt!«

»Er wird Ihre Tochter nicht töten.« Der Tonfall von Bernices Stimme war so eindringlich, daß Margarite schließlich gezwungen war, ihr zu glauben.

»Woher wollen Sie das wissen?«

»Denken Sie rational und logisch darüber nach, meine Liebe. Was kann er durch Francies Tod gewinnen? Sie ist das einzige Druckmittel, von dessen Wirkung er überzeugt ist. Wenn er es aus der Hand gibt, werden Sie ihm entgleiten. Und er weiß das.«

Margarite knirschte mit den Zähnen. Bernice behauptete, ihre Gefühle zu kennen. Aber wie sollte sie dazu in der Lage sein? Sie hatte nie ein Kind gehabt. Jetzt war *ihr* Kind in Gefahr, und Margarite wußte, daß sie *alles* tun würde, um es zu retten. »Sie wissen, wie sehr ich Ihre Meinung respektiere, aber wir sprechen hier über Caesare Leonforte. Ich glaube nicht, daß er rational oder logisch denkt. Wir wissen beide, daß er sich nur auf seine Gefühle verläßt.« Margarite fühlte, daß sich ihre Hände trotz Bernices Wärme wieder zu Fäusten ballten.

»Margarite!« Bernice lehnte sich vor und verströmte ihre psychische Energie. Die jüngere Frau wurde durch ihre charismatische Macht gefangengenommen. »Hören Sie mir gut zu. Es ist sehr wichtig, daß Sie verstehen, was ich Ihnen jetzt sagen werde. Im Augenblick ist Ihr Geist im Käfig der Rachsucht eingesperrt.« Margarite schüttelte den Kopf. »Geben Sie sich keine Mühe, es zu leugnen. Ich sehe das Gift in Ihrem Blick, und ich fühle es in Ihren geballten Fäusten. So ist die Vendetta zwischen den Leonfortes und den Goldonis entstanden. Sie müssen Ihre vergifteten Gedanken aufgeben, meine Liebe. Sonst werden das Leiden und das Morden weitergehen. So sicher, wie die Nacht auf den Tag folgt.«

Margarite schwieg einen Augenblick lang. Sie spürte Bernices Aura, und diese zugleich seltsame und einzigartige Ausstrahlung beruhigte sie und heiterte sie auf. Aber Bernice machte von dieser Kraft nicht wahllos Gebrauch. Die meisten Besucher des Klosters hatten keine Ahnung, daß sie noch über andere Kräfte verfügte als nur über einen gütigen und großmütigen Charakter.

»Ich kann nicht einfach den Kopf einziehen und alles

hinnehmen, Bernice«, flüsterte sie. »Sie können das nicht von mir verlangen, weil ich es nicht will. Ich will nicht!«

Auf Bernices Gesicht zeigte sich der Hauch eines Lächelns. »Sie reden wie Dominic. ›Gehe stets in die Offensive‹, hat er immer gesagt. ›In dem Moment, wo du dich versteckst, bist du tot.‹ Deshalb hat er das staatliche Programm zum Schutz von Kronzeugen so leidenschaftlich gehaßt. Und deshalb hat er – gegen alle Spielregeln – die Beziehung zu Ihnen aufrechterhalten. Dominic hat das Leben nach seinen eigenen Gesetzen gelebt. Es war ihm verdammt egal, wie andere über ihn dachten.«

Margarite spürte, daß sie von diesen elektrischen blauen Augen hypnotisiert wurde. »Im Augenblick hat Caesare den Menschen in der Hand, der Ihnen am meisten bedeutet«, fuhr Bernice fort. »Ich verlange nicht, daß Sie kneifen, Margarite. Ganz im Gegenteil, ich glaube, daß der lange und blutige Krieg zwischen den Leonfortes und den Goldonis in seine letzte Phase eintritt. Sie durchleben jetzt die dunkelste Zeit, mein Kind, und Sie müssen jetzt so stark sein wie nie zuvor. Es ist an der Zeit, daß Sie die Sache durchstehen.«

»Ich weiß nicht. Meine Welt ist in einer Art und Weise auseinandergerissen worden, daß ich sie nicht mehr wiedererkenne.«

»Das ist Caesares Ziel. Und es liegt an Ihnen, daß er sein Ziel nicht erreicht.« Bernices Griff verstärkte sich, und die jüngere Frau fühlte, wie die Hitze ihrer Ausstrahlung auf sie überging. »Es geht nur darum, alle Formen der Macht klug einzusetzen. Haben Sie das während Ihrer Zeit hier nicht gelernt?«

Während sie sich zu erinnern versuchte, verschleierte sich einen Augenblick lang Margarites Blick. Dann nickte sie.

»Es ist nicht die Macht selbst, die uns korrumpiert«, sagte Bernice. »Es ist eher der *Machtmißbrauch*. Deshalb sind die Leonfortes so stark, aber der Machtmißbrauch wird sie auch ruinieren.«

»Dann sollen die beiden Brüder sich gegenseitig umbringen«, sagte Margarite bitter.

»Die Rache ist Gottes Reich, nicht Ihr eigenes. Ich möchte, daß Sie sich in den nächsten Tagen daran erinnern.« Bernice stand auf. »Ich werde Sie jetzt allein lassen, damit Sie sich geistig vorbereiten können. Wie üblich steht Ihnen alles zur Verfügung, was das Kloster zu bieten hat.«

Abermals wurde Margarite von ihrer charismatischen Ausstrahlung liebevoll umfangen. »Erinnern Sie sich an alles, was Sie hier gelernt haben.« Sie beugte sich hinab und küßte Margarites Stirn. »Möge Gott Sie segnen und Sie immer beschützen, mein Kind.«

Der Morgennebel stieg über dem Fluß auf und hüllte Tokio in feuchten Dunst. Die Stadt und der Sumida wirkten wie ein Postkartenmotiv. Das Auspuffgeknatter von Nicholas' schwarzer Kawasaki wurde von den Fassaden der Speicherhäuser aus der Vorkriegszeit zurückgeworfen, die dicht an dicht die Straßen dieses Geschäftsviertels säumten. Das traurige Nebelhorn eines Schiffes, das flußabwärts fuhr, übertönte das Husten der starken Maschine, als Nicholas das Motorrad bremste und die Zündung abstellte.

Er stieg ab und stand erstaunt vor der Fassade eines kleinen Hauses, das zwischen zwei riesigen Lagerhäusern eingeklemmt war. Die unscheinbare Frontseite des Hauses fiel nur einem sehr aufmerksamen Beobachter auf.

Das ist also das Zuhause von Mikio Okamis Schwester Kisoko, dachte Nicholas. Der Ort, den Nangi sich ausgesucht hat, um sich zu erholen. Was dachte der sich nur dabei, fragte sich Nicholas, während er den Helm abnahm. Er überquerte schnell den löchrigen Bürgersteig und stieg dann die Stufen zur Eingangstür hinauf.

Da es keine Klingel gab, betätigte er den kupfernen Türklopfer in Form einer Tierpranke, worauf ein auffälliger Ton erklang. Er streckte versuchsweise die Hand aus und stellte fest, daß die Tür aus Metall, wahrscheinlich sogar aus schwerem Stahl war. Bei einem Privathaus war das sehr seltsam. Waren Sicherheitsgründe ausschlaggebend gewesen?

Aber er hatte keine Zeit mehr für weitere Spekulationen, da die Tür sich öffnete und er Mikio Okamis Schwester von Angesicht zu Angesicht gegenüberstand.

Nicholas hatte zwar Geschichten über Kisoko gehört, aber sie lebte sehr zurückgezogen. Trotz seiner engen Beziehung zu Okami hatte er sie nie zuvor persönlich getroffen. Und dennoch erkannte er sie sofort.

»Möchten Sie nicht eintreten?« fragte sie mit melodischer Stimme. Ihr Tonfall war so ungezwungen, als wären sie alte Freunde. »Ich fürchte, daß es noch mehr Regen gibt und Sie naß werden, wenn Sie weiter auf der Treppe stehenbleiben.«

Als er zögerte, fügte sie hinzu: »Ich weiß, wer Sie sind, Linnear-san. Ich hätte Sie überall erkannt.«

Er betrat den Vorraum, und sie warf die Stahltür hinter ihm ins Schloß. Es klang, als ob eine Gefängnistür zugeworfen worden wäre.

»Sie haben die Gesichtszüge Ihres Vaters«, sagte sie. »Aber auch Ähnlichkeit mit Ihrer Mutter.«

»Kannten Sie meine Eltern?«

»Sozusagen. Ja.«

Er befand sich in einem ovalen Foyer, dessen Wände cremefarben gestrichen waren. Aber der untere Teil war in einem blassen Goldton abgesetzt. In der Mitte des Raumes befand sich eine schmale, elegante Marmorkonsole, auf der ein Gebinde farbenfroher Blumen in einer großen Kristallvase stand. Dahinter sah man eine jener großen Treppen, die nach der Jahrhundertwende nicht mehr mit solcher Sachkenntnis gebaut worden waren.

Die Einrichtung des Hauses entsprach, soweit Nicholas es beurteilen konnte, ganz westlichem Geschmack, aber Kisoko trug einen traditionellen Kimono und Unterkimono aus Seide. Ihr Haar war auf eine komplizierte Weise frisiert und mit langen, verzierten Silberspangen hochgesteckt. Ihr Kimono war von der Farbe eines blutroten Sonnenuntergangs, und der nur an den Manschetten und am Kragen sichtbare Unterkimono war aus dem Indigoblau, das die Japaner zu Recht berühmt gemacht hatten.

Nicholas wußte, daß Kisoko über siebzig war, aber sie

sah zwanzig Jahre jünger aus. Sie hatte die bleiche, makellose, porzellangleiche Haut der reinblütigen Samurai-Frauen. Ihr Gesicht war seltsam und asymmetrisch geschnitten, und sie hatte sinnliche, bogenförmige Lippen. Gleichwohl wurde ihr Antlitz ganz von den tiefschwarzen Augen beherrscht, die, wie er gehört hatte, in der Lage waren, aus den scheinbar unbedeutendsten körperlichen Bewegungen anderer Menschen wichtige Schlüsse zu ziehen. Es wurde behauptet, daß sie nie von irgend etwas überrascht wurde. Man flüsterte sich auch zu, daß sie ganz von Trauer erfüllt war. Sie hätte irgendwann in der Vergangenheit eine furchtbare Tragödie durchstehen müssen. Nicholas hatte keine Ahnung, was für eine Tragödie das gewesen war. Angesichts der sie umhüllenden Verschwiegenheit bezweifelte er, daß irgend jemand außer ihr selbst – und vielleicht ihr Bruder – etwas darüber wußte.

Lautlos führte sie ihn durch einen Flur mit einer schimmernden Wandtäfelung aus Kirschholz. In regelmäßigen Abständen sah man goldgerahmte japanische Drucke aus dem siebzehnten Jahrhundert, die ursprünglich Grußkarten gewesen waren. Die Künstler waren in ihrer Epoche verachtet worden, aber jetzt hatten sie internationale Berühmtheit erlangt, so daß ihre Werke von Sammlern, Auktionshäusern und den Museen der Welt gesucht wurden.

Nicholas traf mit Tanzan Nangi in einem Wohnraum zusammen, dessen Wände in einem tropischen Orangerot mit Goldverzierung gestrichen waren. Nangi lag halb zurückgelehnt auf einem blaßgelben Brokatsofa französischer Herkunft. Er sah müde und mitgenommen aus, und als Nicholas versuchte, Blickkontakt mit ihm aufzunehmen, wandte er den Blick ab.

»Ich fühle mich geehrt, daß Sie uns endlich einmal besuchen, Linnear-san«, sagte Kisoko schnell und leichthin, als versuchte sie, eine möglicherweise heikle Situation zu entschärfen. »Ich sehe ein, daß es nachlässig von mir war, Sie nicht einzuladen.«

Der Holzfußboden war mit einem Perserteppich bedeckt, der groß genug für einen Palast gewesen wäre. Die Möbel stammten aus den verschiendensten Epochen. Die breiten Sessel hatten niedrige Rückenlehnen, doch aufgrund einer Unmenge von üppigen, mit Troddeln geschmückten Kissen aus Damast, Chintz und Brokatseide waren sie bequem. An den Wänden hingen keine Bilder, statt dessen zogen Glasvitrinen mit kompletten Kriegsrüstungen der Samurai die Aufmerksamkeit auf sich. Die alte Sammlung war ebenso erstaunlich wie umfangreich. Nicholas wußte, daß die Kollektionen vieler Museen weniger vielfältig waren.

»Die Rüstungen sind nicht mein Eigentum«, sagte Kisoko, die Nicholas' aufmerksame Blicke beobachtete. »Sie gehören meinem Sohn Ken.«

»Erstaunlich. Einfach prachtvoll.«

Sie verbeugte sich leicht. »Dieses überschwengliche Lob wird ihn sicherlich freuen.« Sie lächelte plötzlich. »Darf ich Ihnen eine Tasse Tee anbieten?« fragte sie, als ob sie allein im Raum wären.

»Danke, nein.«

»Ich weiß, es ist eine armselige Verpflegung, aber . . .«

»Danke, nein.«

Sie fragte ein weiteres Mal, und er lehnte wieder ab. Erst danach war es ihm in dieser stark vom Konfuzianismus beeinflußten Gesellschaft erlaubt, ein weiteres Angebot anzunehmen, woraufhin Kisoko sich verbeugte. »Entschuldigen Sie mich für einen Augenblick, der Diener hat heute seinen freien Tag«, sagte sie mit einem geheimnisvollen Lächeln.

Nicholas, der allein mit Nangi im Wohnzimmer zurückblieb, ging auf das Sofa zu.

»Nangi-san.«

»Wie haben Sie mich gefunden?« fragte er barsch.

»Durch Ihre Kami-Übertragung.«

Es folgte ein seltsames und kühles Schweigen. Nicholas setzte sich neben seinen Freund und Mentor. »Nangi-san, es gibt viele Themen, die dringend unsere Aufmerksamkeit verlangen.«

»Besprechen Sie sie mit Torin-san. Dafür ist er da.«

»Torin kann Ihre Sachkenntnis nicht ersetzen. Ich kann auch nicht behaupten, daß ich ihm allzusehr vertraue.«

»Ich vertraue ihm völlig«, sagte Nangi nachdrücklich.

»Sie müssen einen Weg finden, mit ihm zusammenzuarbeiten.« Er lehnte sich erschöpft zurück. »Ich werde alt, Nicholas-San.« Er lächelte. »Vielleicht bin ich auch nur melancholisch.«

Nangi drehte sich um. Sein gesundes Auge blickte Nicholas prüfend an. »Sie sind ein viel zu guter Detektiv, ich hätte wissen müssen, daß ich mich nicht lange vor Ihnen verstecken kann.« Er nickte. »Verstehen Sie, was ich meine? Es war nur eine kleine Fehlkalkulation, aber vor fünf Jahren wäre mir der Fehler nicht unterlaufen.« Er seufzte.

»Ich muß mit Ihnen reden«, sagte Nicholas mit Nachdruck. »Ohne einen einsatzfähigen Präsidenten wird Sato-Tomkin bald in Schwierigkeiten sein. Es tut mir leid, aber ich muß bald nach New York fahren, um einiges zu klären, und ich weiß nicht, wie lange ich mich dort aufhalten muß. Sato braucht Sie hier als Steuermann.«

Nangi richtete sich etwas auf dem Sofa auf. »Hören Sie zu, Nicholas-san. Ich werde nicht immer hier sein. Glauben Sie nicht, daß ich Sie kenne. Ich habe nie erwartet, daß Sie sich an Tokio binden, um den täglichen Routinebetrieb von Sato International zu überwachen. Sie haben mit der amerikanischen Tochtergesellschaft mehr als genug Arbeit. Und dann ist da noch Ihre Beziehung zu Okami-san und zur Yakuza.« Er wandte den Kopf um, und das seltsame, kühle Schweigen kroch wieder in den Raum. »Aus diesem Grund habe ich Torin-san diesen Posten gegeben. Er ist jung, aber clever und schnell. Sie *müssen* Ihre Vorurteile überwinden und lernen, ihm zu vertrauen.«

»Ich *will* ihm nicht vertrauen.«

»Ja. Sie haben sich sehr deutlich ausgedrückt.«

Nicholas war klar, daß sich ein Abgrund zwischen ihnen auftat. Er war völlig unvorbereitet darauf gewesen, daß sie in einer Schlüsselfrage nicht übereinstimmen würden.

»Nangi-san, wenn ich ...« Er drehte sich um, weil er sich plötzlich sicher war, daß Kisoko in der Tür stand und sie beobachtete. Als sie Nicholas' Bewegung sah, kam sie in den Raum. Ihr schwebender Gang verriet keinerlei Anstrengung.

Nangi hatte seinen Kopf erneut abgewendet. »Ich wünschte, Sie wären nicht gekommen.«

Misoko starrte einen Augenblick lang auf das Teeservice, bevor sie Nicholas anblickte. Sie lächelte sanft, und Nicholas erhaschte den flüchtigen Eindruck, daß sie einst eine sehr sinnliche Frau gewesen war. Kisoko stellte das Tablett auf den lackierten Kaffeetisch im Art-Nouveau-Stil. Sie zog einen kleine Tablettendose aus der Tasche und nahm eine Pille heraus, die sie Nangi sorgsam und zärtlich in den Mund schob.

Nangi seufzte, und sein gesundes Auge schien einen Moment lang ins Nichts zu blicken.

»Nangi-san«, beharrte Nicholas sanft, »wir müssen miteinander reden. Ich brauche Ihre Ratschläge hinsichtlich des Partnerschaftsabkommens mit Denwa.«

Nangi gestikulierte mit den Händen. »Ich werde wie üblich alles tun, was ich kann.«

»Ermüden Sie ihn doch nicht, Linnear-san«, sagte Kisoko. Sie servierte den grünen Tee.

Nicholas schlürfte das helle, bittere Getränk und stellte dann die kleine Teetasse ab. »Nangi-san, Sie verlangen von mir, daß ich Torin-san vertrauen soll. Aber wie könnte ich das, wo er doch an dem Partnerschaftsabkommen mitgearbeitet hat? In der Vergangenheit sind uns beiden viele Kooperationen angeboten worden, aber wir haben alle Offerten abgelehnt. Wir wollten beide keine Verantwortung gegenüber Außenstehenden übernehmen, und wir wollten niemandem Rede und Antwort stehen müssen. Aus diesem Grund habe ich bei dem Partnerschaftsabkommen mit Denwa ein sehr schlechtes Gefühl. Wir haben uns zu weit an den Rand der Klippen vorgewagt. Unsere finanzielle Lage ist so angespannt, daß selbst die kleinste Fehlkalkulation katastrophale Folgen haben kann.«

»Sie haben mich falsch verstanden«, sagte Nangi. »Die Zukunft *gehört* dem CyberNet. Wir mußten es in Japan in Betrieb nehmen, bevor die Konkurrenz mit einer ähnlichen Technologie antreten konnte.«

»Aber sehen Sie denn nicht, was Sie getan haben?« rief Nicholas aus. »Sie haben alles auf eine Karte gesetzt. Wenn wir jetzt ins Straucheln geraten, wird Denwa Partners die Bruchstücke aufsammeln, und alles, wofür wir gearbeitet haben, ist dann verloren.«

»Es geht Ihnen doch gar nicht um Denwa Partners oder das CyberNet, Nicholas-san. Oder? Ihr Problem ist Torin-san. Es gefällt Ihnen nicht, daß Torin eine Position einnimmt, die mit so großer Verantwortung verbunden ist.«

»Es stimmt, daß er wahrscheinlich zu jung für das Amt des Vizepräsidenten ist, aber es gibt hier durchaus Präzedenzfälle«, sagte Nicholas. Er bahnte sich vorsichtig seinen Weg durch ein Minenfeld neuer und unbekannter geschäftlicher Beziehungen. Wie eng hatten sich Nangi und Torin zusammengeschlossen, als er im Ausland gewesen war? Es schien ihm, daß eher Jahre als nur fünfzehn Monate vergangen waren. »Versuchen Sie doch bitte, die Sache aus meiner Perspektive zu sehen. Als ich nach Venedig abreiste, um meine Verpflichtungen gegenüber dem Kaisho einzulösen, kannte ich Kanda Torin noch gar nicht. Und jetzt, wo ich nach anderthalb Jahren zurückgekehrt bin, muß ich feststellen, daß Torin nicht nur die Verantwortung für unser wichtigstes Projekt übertragen worden ist, sondern daß er auch an dem Partnerschaftsabkommen mit Außenstehenden beteiligt war. Und das *ist* bei Sato ein Präzedenzfall.«

Nangi nickte, aber sein gesundes Auge war halb geschlossen, und Nicholas merkte, daß er müde wurde. Kisoko warf ihm einen warnenden Blick zu.

»Ich kann Ihre Sorgen verstehen, Nicholas-san, aber die Welt ändert sich. Mit Ihnen oder ohne Sie.« Er lächelte schwach, während er seine Lage auf dem Sofa veränderte. »Das soll keine Kritik sein, eher ein Hinweis auf die Tatsachen. Eine weitere Tatsache: Ich brauchte Sie hier, aber ich weiß, daß Sie ein Ehrenmann sind und die *giri* Ihres Vaters übernommen haben. Ich weiß, daß Sie von Schuldgefühlen geplagt werden, aber es ist unnütz, sich darüber aufzuregen. Ich hätte an Ihrer Stelle genauso gehandelt. Die Ehre geht über alles, Nicholas-san. Sie charakterisiert und trennt die Menschen. Die Ehre definiert unsere Existenz.« Seine Hand begann zu zittern, und Kisoko nahm ihm die Teetasse ab.

Der starre Blick von Nangis blindem Auge schien einen Eindruck von Herausforderung und Einfühlungsvermögen zu vermitteln. »Es bleibt aber eine Tatsache, *daß Sie nicht hier waren* und ich die Arbeit nicht alleine bewältigen konnte. Ich brauchte einen jüngeren Mitarbeiter mit guten Instinkten und einer neuen Perspektive, der die Materie kannte und – wie Sie – die zukünftige Entwicklung abschätzen konnte. Ich brauchte jemanden, der nicht zurückblickte, keine Angst vor Entscheidungen hatte und die Zukunft verkörperte. Kanda Torin war der richtige Mann.

Ich hatte seine Personalakte vor einiger Zeit auf dem Schreibtisch liegen, und seitdem habe ich immer ein Auge auf ihn geworfen. Seine vierteljährlichen Bilanzen waren spektakulär. Deshalb griff ich auf die Aktiva des Unternehmens zurück und habe ihm einen Posten in der Chefetage angeboten. Seitdem hat er jede Herausforderung bewältigt, mit der ich ihn konfrontiert habe.«

Eine Zeitlang herrschte Schweigen. Die Zeit schien wie auf einem Gemälde eingefroren zu sein, weil sich keiner der Anwesenden bewegte. Nicholas schien es, als hätten seine Atmung und sein Herzschlag ausgesetzt, und er nahm plötzlich ein Gefühl der Diskontinuität wahr, als ob die Zeit stehengeblieben wäre. *Nein, nein,* dachte er. *Nicht jetzt.* Aber *kshira* holte ihn ein und schnitt durch sein Bewußtsein wie hohe Winde, die gazeartige Wolken zerstreuten. Er fiel und fiel und sah seinen eigenen Körper wie im Traum. Nicholas fühlte sich wie Korn auf dem Feld und wartete auf des Schnitters gierige Klinge. *Kshira* verstärkte sich, und obwohl es nur kurz dauerte, war es, als öffne sich eine Iris vor den Pforten des Todes und gebe das dunkle Gebiet dahinter preis. Tief in ihm begann etwas zu schreien . . .

Nangi schlief ein. Kisoko saß unbeweglich wie eine Statue da, wie wenn sie auf irgendein unhörbares Zeichen wartete. Endlich regte sie sich. »Ich werde Sie hinausbegleiten«, sagte sie.

Nicholas stand auf wackligen Beinen. Er atmete leise und versuchte sich zu fangen. Dann folgte er Kisoko zur Haustür, wo sie sich zu ihm umwandte.

»Nangi-san hat Ihnen von uns erzählt, obwohl er meine Existenz vor allen anderen geheimgehalten hat.«

Es stimmte. Im letzten Jahr hatte Nangi ihm etwas über seine Beziehung zu Kisoko erzählt. Sie hatten sich vor elf Jahren getroffen und eine stürmische, wenn auch letztlich tragische Affäre durchlebt. Nangi hatte sie nie vergessen können, und als sie sich dann wiedergesehen hatten, schien es, als ob ihre Zeit endlich gekommen wäre.

Nicholas hatte den Sinn ihrer Bemerkung verstanden. »Ich werde niemandem etwas über Sie und Nangi erzählen, auch Torin-san nicht.«

Sie verbeugte sich dankbar und blickte dann wieder auf. »Denken Sie nicht schlecht von ihm. Es war eine schlimme Erfahrung für Nangi-san, daß Sie gekommen sind. Er wollte nicht, daß Sie ihn so krank und schwach sehen.«

»Aber ich habe ihn gestern noch in seinem Auto getroffen.«

»Ja. Aber da konnte er sich auf die Situation vorbereiten. Er war gekleidet wie immer, aber auch mit Medikamenten vollgepumpt. Und ich wette, daß das Gespräch sehr kurz war.«

»Ja.«

Sie nickte und lächelte. »Seien Sie nicht so niedergeschlagen, Nicholas-san, er ist nun mal so. Er liebt Sie wie einen Sohn. Und tatsächlich sind seine Gefühle für Sie so, als ob Sie sein eigen Fleisch und Blut wären. Deshalb schämt er sich, wenn Sie ihn so hilflos und gealtert sehen.«

»Ich mußte kommen.«

»Natürlich. Ich habe mich gefreut, und glauben Sie mir bitte, daß er sich trotz seiner Scham auch über Ihren Besuch gefreut hat.« Sie blickte in seine traurigen Augen. »Sie waren ja nicht in Tokio, als er vor sechs Monaten den Herzinfarkt hatte.«

Er nickte. »Die Geschichte geht mir nicht aus dem Kopf. Ich kann mir nicht verzeihen ...«

»Ich verzeihe Ihnen«, sagte Kisoko unerwartet. »Und für Nangi-san gibt es nichts, was er Ihnen verzeihen müßte.« Sie kam einen Schritt näher auf ihn zu. »Es ging mir nicht darum, daß Sie sich schuldig fühlen sollten. Ich wollte Ihnen nur erzählen, was Nangi-san selbst nicht über die Lippen gebracht hat. Sein Herzinfarkt war ernster, als es irgend jemand – sogar Torin-san – ahnt. Aber machen Sie sich jetzt keine Sorgen. Die Ärzte haben uns versichert, daß er genesen und nicht unter ständigen Einschränkungen leiden wird. Aber seine Erholung wird einige Zeit dauern.«

Ihre Stimme senkte sich zu einem Flüstern. »Obwohl ich weiß, daß es unhöflich und zuviel verlangt ist angesichts einer Freundschaft, die gerade erst begonnen hat, muß ich Sie um etwas bitten, Linnear-san. Aber schließlich habe ich Ihre Eltern gekannt und sie sehr geschätzt.«

»Ich werde tun, was ich kann, Kisoko-san.«

Sie nickte erleichtert. Und seltsamerweise hatte Nicholas in diesem Moment das Gefühl, daß sie ihn berühren wollte. Aber das war natürlich Unsinn. Bei einer Frau in ihrem Alter war ein solcher Verstoß gegen die guten Sitten undenkbar.

Der Augenblick ging vorüber, und sie sah lächelnd zu ihm auf. »Sie erinnern mich so sehr an Ihren Vater. Sie sind so willensstark und anständig.« Sie griff mit ihren langen Fingern nach der Klinke und öffnete die Tür. Eine feuchte Brise blies ihnen ins Gesicht und drang ins Haus ein. »Tun Sie, was Sie für richtig halten, aber geben Sie Nangi-san die Zeit, die er zur völligen Genesung braucht. Und wenn das für Sie bedeutet, mit Torin-san zusammenarbeiten zu müssen, bitte ich Sie, es zu tun.«

Ein Windstoß blies etwas Sprühregen auf die Eingangsstufen, und man hörte das traurige Nebelhorn eines Schiffes auf dem Fluß.

Nicholas nickte. »Ich weiß Ihre Aufrichtigkeit zu schätzen, Kisoko-san.«

Sie lächelte. »Wie sollte ich mich sonst verhalten? Die beiden wichtigsten Männer in meinem Leben vertrauen Ihnen.« Sie blickte ihm in die Augen, und er hatte erneut eine Ahnung, was für eine wunderschöne Frau sie vor Jahrzehnten gewesen war. »Sie sind der gute Engel meines Bruders. Drückt man sich im Westen nicht so aus?«

Er nickte erneut. »Ich werde tun, was getan werden muß, Kisoko-san.«

Sie verbeugte sich seltsam informell. »Ich weiß. Und ich bin Ihnen dankbar.« Nicholas hatte wieder das eigenartige Gefühl, daß sie ihn umarmen wollte.

»Gute Fahrt«, flüsterte sie.

Nicholas fing Honniko ab, als sie gerade die Treppe des Pull Marine hinabstieg.

»Ist heute nicht Ihr freier Tag?« Er saß auf seiner Kawasaki.

Honniko hielt auf den Stufen inne, lachte und ging weiter. »Ja, aber woher wissen Sie das?«

Nicholas zuckte die Achseln. »Ich habe Jochi gefragt, den anderen Maître des Restaurants.«

Sie überquerte den bevölkerten Bürgersteig von Roppongi. Honniko trug einen dünnen blaugrünen Leinenrock und unter einer schwarz-grün gestreiften Bolerojacke eine perlgraue Bluse. Ihre kleinen Füße steckten in schwarzen Schuhen mit flachen Absätzen. Um den Hals trug sie eine dünne Goldkette. »Das erklärt noch nicht, woher Sie wußten, wo Sie mich finden würden.«

»Jochi hat mir auch gesagt, daß Sie für ungefähr eine Stunde hierherkommen würden, um an einem Treffen der Belegschaft teilzunehmen.«

»Tatsächlich?«

»Ich habe ihm erzählt, ich sei verliebt. Ich glaube, er hatte Mitleid.«

»Besser er als ich.«

Sie setzte eine Sonnenbrille auf. Die Sonne begann, durch einen sich vergrößernden Riß in den nebligen Wolken hervorzubrechen, aber Nicholas war sich nicht ganz sicher, ob sie deshalb die dunkle Brille aufgesetzt hatte. Sie wahrte Distanz, nicht nur im Gespräch, sondern auch was körperliche Nähe anbetraf.

»So schlimm bin ich gar nicht.«

Honniko verzog das Gesicht. »Sie wollen etwas von mir. Ärgerlich ist nur, daß ich nicht weiß, was.«

»Ich habe es Ihnen bereits erzählt. Ich suche Nguyen Van Truc.«

»Ach ja. Er schuldet Ihnen Geld.«

»Genau.«

Sie ging einen Schritt auf ihn zu. »Sie sind ein Lügner.«

»Ich lüge nicht.«

Sie beugte sich vor. »Und mich kann man nicht einschüchtern.«

»Das habe ich auch nicht behauptet. Warum nehmen Sie nicht die Sonnenbrille ab?«

»Auch ein gutaussehender Mann auf einem flotten schwarzen Motorrad schüchtert mich nicht ein«, fügte sie mit einem unbeirrbaren Gesichtsausdruck hinzu.

Er lächelte. »Jetzt haben Sie die Grenzlinie im Sand gezogen und überschritten. Deshalb muß ich Sie zumindest zum Essen einladen.«

Honniko dachte einen Moment lang nach. »Oder ich *Sie*.«

»Da ist die Grenzlinie wieder.« Nicholas klopfte auf den Sitz der Kawasaki. »Wir werden essen und dann das tun, was Ihnen gefällt. Okay?«

Honniko schwang sich als Antwort auf den Rücksitz und schlang ihre Arme eng um seine Taille. Er fühlte, wie sich ihre Brüste gegen seinen Rücken drückten.

Sie nahm die Sonnenbrille erst ab, als sie im Restaurant Platz genommen hatten. Das kleine Café Third Stone From the Sun war wahrscheinlich nach dem Song von Jimi Hendrix benannt worden. Sie saßen auf der Terrasse im dritten Stock des Gorgon Building, das nicht weit von ›Little Beverly Hills‹ lag, wo man im Hard Rock Café oder bei Spago's essen konnte.

Nicholas mochte dieses Lokal, weil es in einem Meer von vornehmen französischen und chinesischen Restaurants wie eine Insel war. Hier ging es weniger förmlich zu, und man konnte die gläserne Halle beobachten, wo immer modische Trauungen westlichen Stils stattfanden. Heute war gerade eine Hochzeit im Gange, bei der ein japanisches Paar sich wie Elvis und Priscilla Presley gekleidet hatte. Seit der Rezession waren die verschwenderischen Exzesse out, die sich am schlechten Geschmack von Las Vegas orientiert hatten. Statt dessen gab es jetzt bei den Japanern den kuriosen Trend, sich auf geschmackvolle Weise den

Ikonen der amerikanischen Popkultur anzunähern. Als das Hochzeitspaar das Seitenschiff hinabging, schallte die heiße Elvis-Version von ›Burning Love‹ aus den Lautsprechern. Honniko brach in Gelächter aus.

»Scheint so, daß Sie doch Humor haben«, sagte Nicholas.

»Um Himmels willen«, stieß sie hervor und wischte sich die Augen. »Kannten Sie dieses Restaurant?«

Er nickte lächelnd. »Ich dachte, daß für jemanden, der die ganze Nacht in einem erstklassigen Restaurant arbeitet, die Show wichtiger wäre als das Essen.«

Ihre dunklen, mandelförmigen Augen beobachteten ihn mit großer Wachsamkeit. »Sehr aufmerksam.« Sie griff nach der Speisekarte, als ob das kleine Kompliment eine Taktlosigkeit gewesen wäre, und steckte ihre Nase hinein. Die Kombination von blonden Haaren und orientalischen Augen war so umwerfend wie ein doppelter Martini.

Nicholas blickte nicht in die Speisekarte, was sie einen Moment später bemerkte. »Haben Sie keinen Hunger? Oder ist das Essen hier so schlecht?«

»Bestellen Sie für mich mit. Was Sie auch aussuchen, ich bin sicher, daß es mir schmecken wird.«

Honniko legte die Speisekarte auf den Tisch. »Sie sind der selbstbewußteste Mann, der mir je begegnet ist. Wie machen Sie das nur?«

»Wie meinen Sie das?«

»Sehen Sie sich unsere Welt an. Es gibt nirgendwo Stabilität. Ich habe immer gedacht, daß das Japans großer Vorteil ist: Stabilität. Aber was ist in den letzten vier Jahren nicht alles passiert. Wir versinken in einer endlosen Rezession. Niemals vorher haben so viele Unternehmen Bankrott gemacht. Unsere größten Banken gehen unter, der starke Yen bricht uns das Genick, und Immobilien- und Grundbesitz sind praktisch wertlos. Zum erstenmal, seit man zurückdenken kann, gibt es Arbeitslosigkeit in gigantischem Umfang. Die Regierungspartei wird von der Macht verdrängt, aber die Leute sind mehr mit dem Reispreis beschäftigt als mit den Fehlern der Regierung. Jetzt haben wir auch noch die Drohung einer weiteren nuklearen Attacke an unserer Grenze entdeckt.«

Gegenüber traten Elvis und Priscilla gerade in das blasse Sonnenlicht. Sie wurden von ihren fröhlichen Gästen umringt. Statt ›Burning Love‹ lief jetzt ›I Want You, I Need You, I Love You‹. Irgend jemand hatte ein Mikrofon aus der Tasche gezogen, und der gutgelaunte Bräutigam hatte es ergriffen. Er schwenkte die Hüften und bewegte die Lippen wie bei einer Playback-Präsentation. Priscilla klatschte in die Hände und rollte mit den Augen. Die Gäste applaudierten.

Honniko klatschte ebenfalls. »Deshalb bewundere ich Menschen mit einem ausgeprägten Selbstbewußtsein. Es zeugt von einer starken Lebensphilosophie.« Sie blickte Nicholas an. »Ich bin dann sicher, daß es immer noch einen Nordstern am Himmel gibt, der uns den Weg weist.«

»Wie die Daimyo-Samurai, die Kriegsherren, die einst in Roppongi lebten.«

»Genau. Die Reinheit ihrer Ideale schien von einer so übermäßigen Strenge zu sein, daß sie für die meisten Menschen aus dem Westen zuweilen unbegreiflich war.«

Ein Kellner brachte die Drinks. Honniko bestellte für beide Salat mit Ziegenkäse und eine Platte mit gebratenem Gemüse. »Ich bin Vegetarierin«, sagte sie. »Hoffentlich stört Sie das nicht.«

Er schüttelte den Kopf. »Wissen Sie, woher Roppongi seinen Namen hat? Es gehörte einst den sechs Samurai, von denen ich sprach. Jeder trug die chinesische Bezeichnung für ›Baum‹ in seinem Namen. Daher Roppongi – sechs Bäume. Als der Samurai-Status in der Mitte des neunzehnten Jahrhunderts keinen Schutz mehr bot, wurde das Gelände durch die Meiji-Regierung konfisziert und später der kaiserlichen Armee zugesprochen.«

»Ich kenne die jüngere Geschichte. Nach dem Zweiten Weltkrieg wurde der Stadtteil von den amerikanischen Besatzern beschlagnahmt. Er entwickelte sich nach und nach zu einem Vergnügungsviertel.« Honniko spielte mit ihrer Sonnenbrille. »Ich weiß das, weil mein Vater in jenen Jahren dort stationiert war.«

»Er war in der Armee, stimmt's?«

Die Sonnenbrille drehte sich auf der Tischplatte immer

weiter. »Bei der Militärpolizei.« Sie blickte zu ihm auf. »Er war hinter den schweren Jungs her, die aus der Situation Profit schlagen wollten: den Währungsschiebern, Waffen-, Drogen-, und Schwarzmarkthändlern.«

Interessant war ihr widersprüchliches Verhalten. Sie wollte nicht über ihren Vater reden, tat es aber doch.

»Erzählen Sie mir etwas über ihre Mutter«, sagte er, während der Salat serviert wurde. Vielleicht würde das den Druck etwas verringern.

»Da gibt es nicht viel zu erzählen. Mein Vater hat sie hier in Roppongi kennengelernt.« Honniko beobachtete die nächste Hochzeitsfeier. Die Gäste trugen schwarze Motorradjacken mit silbernen Knöpfen. Die Gruppe schritt unter der Führung eines ziemlich bekannten Fotografen über die Terrasse.

»Das ist das Ende der Geschichte.«

Der Fotograf überwachte im Sonnenlicht die Aufstellung der Gäste. Honniko starrte auf ihren Salat und schwieg.

»Vergessen Sie es«, sagte Nicholas. »Es geht mich ja nichts an.«

Die Hochzeitsgäste auf der Terrasse zogen die Lederjakken aus und entblößten ihre Haut, die mit Tätowierungen übersät war. Man konnte kaum noch ein Fleckchen unbearbeiteter Haut entdecken.

Honniko studierte das Aufgebot an tätowiertem Fleisch wie eine sorgfältige Hausfrau, die frische Fische aussucht. »Tatsächlich gibt es *doch* noch mehr über diese Geschichte zu erzählen.«

Nicholas wartete darauf, daß sie fortfuhr, während der Fotograf mit nervöser Hektik weiterarbeitete.

»Meine Mutter hat hier in der Nähe in einem *toruko* gearbeitet«, sagte sie nach einer langen Pause. »Wissen Sie, was das ist?«

»Ja. Heutzutage nennt man diese Etablissements ›Seifenland‹.« Er spießte mit seiner Gabel Salat und Ziegenkäse auf. »Das Wort leitet sich von dem ab, was die Engländer türkisches Bad nennen.«

»Dann wissen Sie ja auch, daß die Männer ein *toruko* nicht in erster Linie besuchten, um sich zu waschen.«

»Das hing wohl davon ab, wieviel sie ausgeben wollten.«

»Und vom Einfallsreichtum der Frau, die sich ihrer annahm.« Sie blickte auf ihren Salat, den sie noch nicht angerührt hatte. »Meine Mutter war eine *halo.*« Das Wort war Slang. Seine wörtliche Bedeutung war ›Kiste‹, aber tatsächlich bezeichnete es das weibliche Geschlechtsorgan. Es war der Spitzname für Frauen, die in den damaligen *torukos* arbeiteten.

»Wußte Ihr Vater Bescheid?«

»Ja. Der Laden hieß Tenki.« *Tenki* war das japanische Wort für ein wichtiges Geheimnis. »Er erhielt den Tip, in dem Etablissement eine Razzia durchzuführen, und verhaftete einen Schwarzmarktschieber, dem gerade die Genitalien eingeseift wurden. Alle Anwesenden wurden aus dem Laden rausgeschleppt und verhaftet. Auch meine Mutter.«

»Und dann haben sie sich ineinander verliebt.«

»Und wie.« Honniko lachte gequält. »Mein Vater war Amerikaner und ein weltfremder Romantiker, der die Japaner nicht kannte.« Sie wußte nicht, was sie mit ihrer Gabel anfangen sollte, und legte sie schließlich auf den Tisch. »Er wollte sie aus dem Milieu herausholen.«

»Sie ist ihm natürlich gefolgt.« Er schob seinen Salatteller zur Seite. Für die Vorspeise reichte es. »Und zwar, weil er es so wollte, nicht sie.«

»Sie wurde seine Frau.« Honniko beobachtete, wie der Kellner die Salatteller abräumte. »Sie wurde – wie er es sich wünschte.«

»Hatte sie eine Wahl?«

Honniko schüttelte den Kopf. »Eigentlich nicht. Er hatte sie aus dem Gefängnis geholt. Ihre Familie, die in Ise lebte, wußte nicht einmal, daß sie sich in Tokio aufhielt.« Der Kellner servierte die farbenfrohen Gemüseplatten. »Er hat ihre Geldstrafe bezahlt und die Behörden veranlaßt, ihre Akten zu säubern. Mein Vater hat ihr erzählt, daß sie einen neuen Anfang machen könnte.« Übertrieben energisch spießte sie ein Spargelstück auf. »Eigentlich meinte er sein Leben, nicht ihres.« Sie starrte auf den Spargel auf ihrer Gabel, als ob er lebendig wäre und sich krümmte. »Und doch war sie ihm, wie Sie sich vorstellen können, sehr dankbar.«

Auf der sonnenüberfluteten Terrasse war der Fotograf noch immer hektisch damit beschäftigt, die Hochzeitsgesellschaft so oft umzugruppieren und zu fotografieren, daß einem schwindlig werden konnte.

»Von diesem Zeitpunkt an stand sie so sehr in seiner Schuld, daß sie ihm nichts mehr abschlagen konnte. Das Komische an der Sache ist nur, daß mein Vater verrückt geworden wäre, wenn er nur etwas geahnt hätte. Aber er hat natürlich nichts gemerkt.«

Nicholas stocherte in seinem Gemüse herum. vielleicht war Honnikos Appetitlosigkeit ansteckend. »Hat sie ihn denn letzten Endes geliebt?«

Sie lächelte ihn versonnen an, während sie ihren Teller endgültig zur Seite schob.

»Wir wünschen uns immer alle ein Happy-End, oder?« Sie legte ihre Gabel auf den Tisch. »Aber ich weiß es nicht und werde es nie erfahren. Meine Mutter ist letztes Jahr gestorben, und mein Vater . . .« Sie atmete tief durch. »Ich weiß nicht, wo mein Vater ist, ob er lebt oder tot ist. Er hat uns verlassen, als ich zwölf Jahre alt war, und wir haben nie wieder von ihm gehört. Er hat meiner Mutter nie Geld für mich geschickt, niemals. Es war, als ob er nie existiert hätte, und meine Mutter hat seitdem nie mehr seinen Namen ausgesprochen.« Sie blickte Nicholas an. »Deshalb glaube ich, daß sie ihn irgendwie geliebt haben muß. Es ist verdammt klar, daß er ihr das Herz gebrochen hat.«

Die Hochzeitsgesellschaft begab sich jetzt für die eigentliche Zeremonie in die Glashalle. Nicholas dachte, daß es letztlich doch keine so gute Idee gewesen war, Honniko hierherzubringen.

Dann brach seine Wahrnehmung urplötzlich zusammen. Die entschwindende Hochzeitsgesellschaft sah aus wie auseinandergezogener türkischer Honig, und der Himmel hatte die Farbe von Kaugummi angenommen. Nicholas blickte bestürzt auf seinen rechten Arm. War er *direkt durch* den Tisch gefahren, wie es nun schien? Er schüttelte den Kopf, aber das Summen von zehn Millionen Bienen trug nicht dazu bei, seinen Schmerz zu lindern. Er spürte, daß Honniko ihn seltsam anblickte, aber er konnte sie nicht sehen. Das Kaugummi stürzte vom Himmel herab.

Es war, als ob ein Gummiband zurückschnappte. Seine Realitätswahrnehmung war wieder normal.

»... in Ordnung?« sagte Honniko gerade. »Sie sind einen Augenblick lang ganz weiß geworden, und jetzt schwitzen Sie.«

Nicholas wischte sich mit seiner Serviette den Schweiß von der Stirn. Seine Zunge fühlte sich so dick wie ein Klotz an. Was war geschehen? War es nur ein kleiner, plötzlicher *tau-tau*-Anfall gewesen? Ja, aber es hatte sich nicht um *akshara* gehandelt, sondern um *kshira*. Die dunkle Macht wurde unerwünscht stärker. Wie würde das Ende aussehen? Die Frage ließ ihn erschauern.

»Es ist nichts. Alles in Ordnung.« Aber als er diese Worte aussprach, wußte er, daß er log.

Das Golden Gate Inn war vor dreißig Jahren ein populäres Lokal gewesen, in dem viel los war. Das sechsstöckige Gebäude war damals für die harten Jungs von Queens und East New York trotz der wenig attraktiven Umgebung der richtige Ort. Von hier aus überblickte man Sheepshead Bay in der Nähe der Coney Island Avenue und des Belt Parkway. Dieser Platz bot alles, was die Halbwelt sich wünschte: Strand, Boote und Körper.

In den wuchernden Gräsern und dem an Stahlwolle erinnernden Unterholz am Ufer wurden von Zeit zu Zeit die Leichen ehemaliger Feinde entdeckt, und zwar in der Nähe der Stelle, wo Mick Leonforte im Jahre 1961 Gino Scalfa umgelegt hatte. Scalfa war keineswegs der erste und mit Sicherheit nicht der letzte, den dieses Schicksal ereilt hatte.

Heutzutage beherbergte das Hotel keine harten Jungs mehr, die wegen Wein, Weib und Gesang kamen. Es war zwar geschlossen, aber alles andere als verlassen. Die Umgebung war nie bebaut worden. Neben dem Zubringer wucherten im Sommer Unkraut, Gräser und Goldruten, die über die Jahre mit Blut und Gehirnresten gedüngt worden waren.

Caesare Leonforte hatte diesen Ort für das Treffen mit Margarite ausgewählt, die zehn Minuten zu früh in der Gegend eintraf und wartend in ihrem Auto saß. Um ihr Zittern zu unterdrücken, hatte sie, obwohl es nicht kalt war, die Arme vor der Brust verschränkt.

Sie versuchte, ihr heftig klopfendes Herz zu beruhigen, indem sie sich Zeit nahm, die Taten Revue passieren zu lassen, durch die Bad Clams ihr ganzes Leben auf den Kopf gestellt hatte. Plötzlich erkannte sie, wie sehr sie die letzten beiden Tage unter Schock gestanden hatte. Sie war so gelähmt gewesen, daß ihr die verstrichene Zeit viel länger vorkam, fast wie Wochen. Caesare, der raffinierte Bastard, hatte ihr nacheinander drei Stiche ins Herz versetzt und sie erfolgreich ihrer besten Verteidigungswaffe beraubt: ihrer Intelligenz. Die panische Angst um Francies Leben hatte sogar die Trauer um ihr geliebtes Unternehmen und auch die um Tony überschattet. Mit ihm hatte sie zumindest gelegentlich eine gute Zeit verbracht und eine gewisse Nähe zu ihm empfunden. Vielleicht hatte Tony sie mißbraucht, aber sie hatte keinerlei Zweifel, daß er sie auch geliebt hatte. Sie wußte, daß sie sich im Gegensatz zu ihm weiterentwickelt hatte und so zu einer Persönlichkeit herangereift war, mit der er sich nicht messen konnte. Für Männer wie Tony war es schon schlimm genug, wenn Frauen ehrgeizig waren. Aber wenn sie dann noch Erfolg hatten, war es für ihn unerträglich. Seiner Meinung nach hätte sie zu Hause bleiben und ihm viele kleine DeCamillos gebären sollen. Statt dessen war sie ausgebrochen, hatte sich um ihre Bildung gekümmert und ihr eigenes Unternehmen gegründet. Deshalb war sie für Tony als Frau eine Versagerin. Dann hatte ein Tropfen das Faß zum Überlaufen gebracht: Tony war nur pro forma zu Dominics Nachfolger als Boß des Clans ernannt worden. Tatsächlich hatte Dominic aber Margarite auf das Amt vorbereitet und sie in alle seine Geheimnisse eingeweiht. Das hatte Tony verrückt gemacht.

Jetzt war er tot, und obwohl Margarite ihn in der herkömmlichen Weise betrauern konnte, fragte sie sich, ob einmal der Tag käme, da sie ihn wirklich vermissen würde.

Sie schaute auf das klaffende Loch im Armaturenbrett, wo sich der CD-Player befunden hatte. Margarite hatte die Brechstange aus dem Kofferraum benutzt, um das Gerät zu entfernen, und es dann aus dem Fenster geworfen, während sie über den Belt Parkway gerast war. Erst als sie sicher war, daß Caesare ihre Gespräche nicht mehr abhören konnte, hatte sie einen hochrangigen Beamten im Rathaus angerufen. Sie hatte ihm geraten, Jack Barnett, den Detective, der den Mord an Tony untersuchte, von diesem und allen anderen Fällen freizustellen. »Ich will, daß Barnett sich um etwas anderes kümmert«, hatte sie gesagt und dem Mann dann spezielle Instruktionen gegeben.

Der Beamte hatte sich nicht beschwert. Er war nur einer von Hunderten städtischer, bundesstaatlicher und nationaler Regierungsbeamter, über die Dominic Goldoni Dossiers angelegt hatte. Durch das Nishiki-Netzwerk waren diese Dossiers ständig aktualisiert worden, und als Dom ermordet worden war, hatte Margarite die Akten und die Macht, die sie ihrem Besitzer verschafften, geerbt.

Margarite wußte, daß dieser Beamte ein Transvestit war und daß man ihm nicht verzeihen würde, wenn die Sache ans Licht der Öffentlichkeit käme. Es würde einen Skandal riesigen Ausmaßes geben, wenn den Medien Informationen zugespielt würden, daß ein Regierungsbeamter eine Vorliebe für Frauenkleidung hatte.

Als das Telefon klingelte, zuckte sie zusammen, als wäre auf sie geschossen worden. Was, wenn Caesare sie anrief, um sie erneut zu quälen?

»Ja?« fragte sie mürrisch.

»Mrs. DeCamillo? Hier spricht Barnett.«

Sie schloß erleichtert die Augen. »Wo sind Sie?«

»Ganz in der Nähe. Sehr nah.«

Margarite blickte auf die Uhr. »Es wird Zeit.«

»Ich weiß.«

»Meine Tochter Francine . . .«

»Sie haben sich sehr klar ausgedrückt, Mrs. DeCamillo, und scheinen im Rathaus sehr großen Einfluß zu besitzen.«

»So etwas kostet mich nur einen Anruf.«

»Das ist Ihre Sache, Mrs. DeCamillo. Ich bin nur hier, um

das Durcheinander zu beseitigen, das Sie und Ihresgleichen anrichten.«

Ihr Gesicht drückte höchste Konzentration aus, als sie den Gang einlegte. »Es geht los.«

»Verstanden.«

Sie unterbrach die Verbindung, während sie über den Zubringer auf die Stelle zufuhr, wo das Unterholz und das Unkraut wucherten. Spiegelungen ließen das Wasser der Bucht glitzern. Die Lichter der Stadt berührten unheimlich die Unterseite der niedrig hängenden Wolken. Durch den sich ankündigenden Regen war die Luft schwer und feucht. Ein Flugzeug flog donnernd durch die Schneise auf den Kennedy Airport zu.

Bernice hatte unrecht, dachte Margarite, während sie nach dem anderen Auto Ausschau hielt. Es war unmöglich, die Rachegedanken zu verdrängen. Sie hatten über Francie gesprochen, über ihr Kind! Das Geschäft war eine Sache, aber Bad Clams hatte den Ehrenkodex der Mafia-Welt verletzt: Er war hinter ihrer Familie her. Das war, wie Mrs. Paglia gesagt hatte, eine *Infamie*. Wie immer Bad Clams' Schicksal auch aussehen würde, er hatte es sich selbst zuzuschreiben.

Sie wußte, daß sie ein furchtbares Risiko einging. Aber diese Auseinandersetzung lief nicht nach dem üblichen Schema ab. Caesare hatte eine Grenze überschritten, als er ihre Tochter gekidnappt hatte. Mit dieser unsäglichen Tat hatte er seinen eigenen Untergang herbeigeführt, und Margarite war fest entschlossen, seine Vernichtung in die eigenen Hände zu nehmen.

Auf dem asphaltierten Platz zwischen dem Zubringer und der Stelle, wo das bis zum Ufer hinunterreichende Unkraut wucherte, sah sie jetzt einen dunkelfarbigen Lincoln, der wie ein Jäger versteckt auf der Lauer lag. Die ganze Zeit über war alles dunkel gewesen, aber als sie sich näherte, wurden die Scheinwerfer eingeschaltet. Sie ließ den Wagen ausrollen, und der Motor des Lexus tickte wie eine Uhr oder wie ihr Puls. Sie starrte fest auf das Auto, als ob sie mit Röntgenstrahlen die Panzerung des Wagens durchleuchten und ihre Tochter sehen könnte.

Francine! Ihr Inneres schrie vor Qual. Bernice konnte sich trotz ihrer Weisheit eine derart tiefe Angst und solche Schmerzen nicht vorstellen.

Sie blinzelte einige Male und löste dann langsam und methodisch ihre verkrampften Finger vom Lenkrad.

»Mrs. DeCamillo.« Eine Stimme, die durch die Entfernung und die Dunkelheit geisterhaft klang, ließ sie erschauern.

Atme, befahl sie sich. *Atme.*

»Ja«, rief sie aus dem offenen Autofenster. »Ich bin hier.«

»Verlassen Sie bitte den Wagen, und öffnen Sie alle vier Türen.«

In einer Minute ist alles vorbei, dachte sie, während sie langsam aus dem Lexus ausstieg. *Barnett hat es mir versichert, und ich glaube ihm. Ich muß ihm glauben.*

»Treten Sie jetzt zurück, damit wir uns den Innenraum des Wagens ansehen und uns vergewissern können, daß Sie allein sind.«

»Ich habe Caesare erzählt ...«

»Wir müssen sichergehen, Mrs. D., Sie kennen die Spielregeln. Ich habe meine Befehle.«

Sie schritt vorsichtig aus dem Lichtstrahl der Scheinwerfer.

»Bleiben Sie da stehen, wo wir Sie sehen können. Direkt vor dem Auto.«

Sie tat, was man ihr befohlen hatte, aber sie hielt die 45er in der Hand, die an ihrer Seite herabhing, durch ihren Körper und die Handtasche verborgen. Sie hatte bereits einmal in Notwehr getötet, und sie war darauf vorbereitet, erneut zu töten, um Francine zu retten. Bei Caesares Vernichtung würde sie die treibende Kraft sein.

»Sie ist sauber«, sagte die Stimme. »Der Wagen auch. Sie ist allein. Wie sie gesagt hat.«

Eine Autotür wurde zugeschlagen, und blinzelnd erkannte Margarite im Licht der Scheinwerfer einen tropfenförmigen Umriß. Als sie sich einen Schritt auf die Dunkelheit zubewegte, brachte eine Stimme sie zum Stehen.

»Es wäre klug, wenn Sie sich nicht bewegen würden, Mrs. DeCamillo.« Das war eine andere Stimme, die tiefer und voller klang. »Ihre Tochter ist hier. Ich weiß, daß Sie nicht wünschen, daß ihr jetzt noch etwas Schlimmes zustößt.«

Margarites Herz überschlug sich vor Schmerz. »Francine!«

»Mama!«

Gott sei Dank! Margarite schnappte nach Luft. *Sie ist hier!*

»Ist alles in Ordnung?«

»Mama, was ist hier los?«

Margarite spürte, wie ihr Herz ihrer Tochter zuflog. Sie hatte schon so vieles mitgemacht. »Mach dir keine Sorgen, mein Engel. Das Ganze ist nur ein Geschäft. Caesare verlangt ...«

»Das reicht jetzt fürs erste, ihr beiden«, sagte die tiefe Stimme. »Mrs. D., ich heiße Marco. Sie wissen jetzt, daß wir Ihre Tochter in unserer Gewalt haben. Kommen Sie direkt auf mich zu. Ich stehe neben der Hintertür des schwarzen Lincoln. Steigen Sie ein. Wir setzen Ihre Tochter neben Sie. Das wär's dann. Wir werden uns um den Lexus kümmern.«

»Aber ich ...«

»Mrs. D., tun Sie, was ich sage. Nicht mehr und nicht weniger. Sie sollten wissen, daß Ihre Tochter direkt vor mir steht. Vinnie sitzt am Steuer des Lincoln, und er ist bewaffnet. Ich auch. Ich drücke meine Pistole gegen den Hinterkopf ihrer Tochter.« Er senkte die Stimme. »Komm, Kleine, bestätige es ihr.«

»Er drückt etwas gegen meinen Kopf, Mama!« legte Francine mit einer Stimme los, die vor Anspannung und Angst leicht zitterte.

»Schon gut, schon gut!« rief Margarite. »Ich komme sofort zu dir rüber.« Sie schritt aus dem Lichtkreis der Scheinwerfer und ging auf Marco und Francine zu. »Ich folge Ihren Anweisungen.«

»Sehr schön, Mrs. D.«, sagte Marco. »Das erleichtert mir die Arbeit, und Ihre Tochter ...«

Er konnte den Satz nicht mehr beenden, weil Margarite in diesem Moment auf einer Höhe mit ihm war und ihm die Mündung der 45er unter den Kieferknochen preßte. Sie drückte auf den Abzug und blies ihm das Gehirn aus dem Kopf.

Francie schrie, weil die Explosion so laut war und Marco im Krampf gegen sie fiel. Margarite ergriff ihre Tochter und stieß Marcos schweren Körper zur Seite. Dann zielte sie mit ihrer Waffe in Vinnies Richtung. Aber sie hätte sich nicht bemühen müssen. Man hörte einen weiteren scharfen Knall, dessen Echo aus der Richtung der Bucht zurückgeworfen wurde. Ein überraschend kleiner Teil der Windschutzscheibe des Lincoln wurde nach innen gedrückt. Der Rest der Scheibe glich einem riesigen und komplizierten Spinnennetz. Dahinter sah man Vinnie, der ein großes Loch in der Stirn hatte und mit gespreizten Armen im Sitz hing.

Margarite warf ihre 45er auf den Boden und kickte die Waffe neben Marcos Körper, während Detective Lieutenant Jack Barnett vorsichtig über den Asphalt stelzte.

»Ist mit Ihnen und Ihrer Tochter alles in Ordnung, Mrs. DeCamillo?«

Sie hob die Stimme. »Ja.«

Margarite umarmte Francie und flüsterte ihr eindringlich etwas ins Ohr. Sie verschlang Francie mit den Augen und erkannte ihr eigenes Gesicht in dem ihrer Tochter wieder. *Sie ist in Ordnung,* dachte sie, küßte Francie auf beide Wangen und strich ihr über das lockige rote Haar, das lang und wild herabfiel. Margarite starrte in Francies haselnußbraune, quecksilbrige Augen und versuchte, sich im Bruchteil einer Sekunde in ihre Welt hineinzuversetzen. *Sie ist wunderschön,* dachte Margarite, *und das einzig Gute, was bei meiner Ehe mit Tony herausgekommen ist. Sie sieht wie eine reinblütige Goldoni aus. Und wenn es Ähnlichkeiten mit den DeCamillos geben sollte, dann kann ich sie zumindest nicht erkennen.* Der langbeinige Körper zitterte wie ein Kitz in Margarites Armen. Francie trug weitgeschnittene Gap-Jeans, ausgelatschte Tony-Lama-Cowboystiefel, ein schwarzes T-Shirt und eine zerknitterte Jeansjacke mit aufgerollten Ärmeln. Sie preßte sich an ihre Mutter, starrte jedoch mit weit aufgerissenen Augen auf den Toten. *Wie empfindsam die Jugend doch ist,* dachte Margarite. *Und so kostbar. Sie wird uns während eines Wimpernschlags entrissen und kehrt nie zurück.*

»Der erste Schuß hat mich alarmiert.« Barnett kam auf die beiden zu und schielte durch das Loch, das seine Kugel in die Windschutzscheibe des Lincoln gerissen hatte. Er hatte ein Husqvarna-Gewehr mit einem Nachtglas in der linken Hand, in der rechten hielt er seinen Dienstrevolver. Barnett war ein eleganter Mann Anfang Vierzig. Er hatte sandfarbenes Haar und helle Augen, deren genaue Farbe Margarite im Licht der Scheinwerfer nicht erkennen konnte. Sein Gesicht verriet, daß er viel gesehen hatte. Durch eine Mischung von Vertrauen und Lebenserfahrung hatte er wie ein Fakir, der über heiße Kohlen geht, alles überstanden. Sein dunkler Anzug war erstaunlich wenig zerknittert, und seine Krawatte, die der auffrischende Wind über seine Schulter geblasen hatte, war eher dezent als grell.

Er kam um den Lincoln herum, wo Margarite stand und Francine beschützend umarmte, und starrte auf Marcos verkrümmten Körper. »Hm. Obwohl nur ein Schuß abgegeben worden ist, liegen zwei Leichen am Boden.« Er schnüffelte. »Ich bin ein guter Schütze. Aber, ich gebe es ungern zu, so gut bin ich auch wieder nicht.« Er blickte auf und fixierte Margarite mit einem Blick, dessen Ausdruck so hart wie das Licht der Scheinwerfer war. »Sie wissen nicht zufällig etwas darüber, Mrs. DeCamillo?«

Margarite dachte noch über eine Antwort nach, als Barnett gegen den Lincoln geschleudert wurde. Das Gewehr entglitt ihm. Er lehnte mit einem verwirrten und etwas traurigen Gesichtsausdruck an der schwarz glänzenden Metallwand des Autos. Er sah sie an, dann brach sein Blick. Margarite bemerkte den stark anschwellenden Blutstrahl, der seinen wunderschönen Anzug beschmutzte. Sie umarmte Francie noch fester, als sie spürte, daß ein erstickter Schrei wie Säure in ihrer Kehle brannte.

Trotz des Bluts, das aus seinem Herzen spritzte, wollte sie die Hand noch nach dem armen Barnett ausstrecken, aber Francie stöhnte tief und begann ernsthaft zu zittern. Margarite küßte sie. Sie konnte ihre Tochter nicht loslassen, und doch hatte sie das Gefühl, daß sie etwas tun müßte, als Barnett auf den bluttriefenden Boden sank. Sie wollte gerade die Hand nach seinem Dienstrevolver ausstrecken, als eine Stimme sie erschauern ließ.

»Ja, versuchen Sie es nur. Es ist viel unproblematischer, eine bewaffnete Frau umzulegen als eine unbewaffnete. Und es macht viel mehr Spaß.«

Sie wandte sich um und sah einen Mann im Scheinwerferlicht auf sich zukommen. Er hatte einen eigenartigen, hüftwackelnden Gang, als ob ein Bein nicht in Ordnung oder kürzer als das andere wäre. Offenbar versuchte er, seine Behinderung durch diese beinahe hüpfende Gehweise auszugleichen. Seine schnellen, eckigen Schritte erinnerten Margarite an die kleinen, farblosen Sandkrebse, die sie an den Stränden der Karibik gesehen hatte.

Dieser Mann war allerdings alles andere als farblos. Trotz seiner eher geringen Körpergröße war er beeindrukkend. Er hatte ein breites Gesicht, so rechteckig wie ein Eisblock, und seine Makrelenaugen wirkten erloschen und gelb wie ranzige Butter. Durch den ordentlich gestutzten, aber unmodernen Spitzbart erinnerte er an Bacchus, den römischen Gott von Wein, Weib und Gesang, von dem behauptet wurde, daß er zur Hälfte Mensch und zur Hälfte Tier gewesen sei. Wie Bacchus hatte er tiefschwarzes, gelocktes Haar, dessen glänzende Strähnen ihm in die Stirn und über den Jackenkragen fielen. Sein Mund war breit und sinnlich. Er hatte eine lange, gerade, römische Nase.

Der Mann trug schwarze Jeans, ein gestreiftes, kragenloses Hemd und eine whiskyfarbene Jacke aus Schweinsleder. Seine Füße steckten in braunen Boots aus Alligatorleder mit kubanischen Absätzen. Die Spitzen schienen aus rostfreiem Stahl zu bestehen.

»Ich kenne Sie doch, oder?« fragte Margarite.

»Ja und nein. Ich bin der Geist von Black Paul Mattaccino. Sein Sohn, Paul Chiaramonte.«

»Ich kenne den Namen. Sie gehören zur Abriola-Familie, mein Mann hat sein Vertrauen zu Ihnen mit dem Leben bezahlt. Die Abriolas haben den Goldonis jahrzehntelang treue Dienste geleistet.«

Chiaramonte grinste schief. Er hob ein Bein und kickte Barnetts Waffe mit der Geschicklichkeit eines Ballettänzers in die Dunkelheit. In seiner linken Hand hielt er eine Pistole mit langem Lauf.

»Bad Clams hat mich gewarnt, Ihnen nicht zu vertrauen, und er hatte recht. Aber er hat schließlich immer recht.« Paul Chiaramonte schnalzte mit der Zunge, und das tadelnde Geräusch klang wie bei alten Damen, die sich über Sexszenen in Filmen aufregen. »Gut. Von Vinnie und Marco können wir uns wohl verabschieden.« Er zuckte die Achseln. »Sie waren sowieso nur zweite Wahl.« Abermals grinste er Margarite schief an. Wegen seiner sinnlichen Lippen wirkte der Blick fast lüstern, und Margarite legte eine Hand über Francies Gesicht, um sie noch stärker zu beschützen. »In der guten alten Zeit hat man Typen wie Vinnie und Marco als Kanonenfutter bezeichnet, weil sie auf dem Schlachtfeld sterben sollten.« Er zuckte wieder die Achseln. »So was soll vorkommen. Warum soll man das Leben erstklassiger Talente aufs Spiel setzen, wenn sie heute so schwer zu finden sind?« Er lachte in sich hinein und entblößte wolfartige Zähne, die scharf wie Schälmesser waren.

Sein Blick fiel auf den Körper des Lieutenants. »Aber wer ist der Typ?« Er stieß ihm die Stiefelspitzen aus rostfreiem Stahl in die Seite, und Margarite winselte, obwohl der Detective tot war.

Paul Chiaramonte grinste Margarite an, während er niederkniete. »Leibwächter oder Liebhaber? Vielleicht beides?«

Er schob das blutbesudelte Jackett sorgfältig mit einem langen Fingernagel zur Seite und griff dann in die Innentasche. Chiaramonte öffnete einen kleine Plastikbrieftasche. »Nicht besonders spaßig, ich weiß.« Dann stieß er einen leisen Schrei aus und ließ die Brieftasche fallen, als ob sie ihn gestochen hätte.

Seine Augen waren schwarz wie reife Weintrauben. Er glotzte Margarite an. »Verflucht, sind Sie geisteskrank? Heilige Maria, dieser Typ war ein Bulle!« Er führte einen kleinen Tanz auf, als wollte er die Waldnymphen zu einer Orgie einladen. »Ich habe einen Bullen vom New York Police Department umgelegt. Verdammter Mist! Wer hätte das ahnen können?«

»Sie hätten ihn ja nicht umlegen müssen«, sagte Margarite. Das war eine leere Phrase, aber sie war so verängstigt und geschockt über ihre Tat, daß sie an nichts anderes denken konnte.

Paul Chiaramonte sprang auf, und sein Gesicht hatte sich vor Wut dunkel verfärbt. Er drückte ihr die Mündung seiner Pistole unter das Kinn. Margarite schrie auf.

»Mama!«

»Sei still, mein Engel«, sagte sie, während ihr vor Schmerz Tränen die Wangen herabliefen.

»Sie und der Bulle haben zwei meiner Leute kaltgemacht«, schrie er ihr ins Gesicht. »Ich sollte Ihnen das Gehirn rauspusten.« Er trug an allen Fingern Goldringe, auch am Daumen, der dadurch verformt und bedrohlich aussah.

»Eine Frau umlegen. Das sähe Ihnen ähnlich.«

Er ohrfeigte sie mit der Rückseite seiner Hand. Die Goldringe rissen die Haut ihrer Wangen auf, und sie begann zu bluten.

»Maul halten! Sie stehen jetzt still wie eine Statue!« fluchte er mit entblößtem Gebiß. »Mein Gott, seit den Zeiten, als Ihre Stiefmutter noch hier lebte, hatte ich nicht mehr so viel Ärger.«

»Was wissen Sie über Faith Goldoni?«

»Jede Menge.« Paul Chiaramonte lächelte höhnisch.

»Meine Mutter hieß Sara Chiaramonte. Sie war die einzige Frau, die Black Paul Mattaccino je geliebt hat.«

Er starrte Francine an, die wie hypnotisiert zu sein schien und ihn wie ein exotisches Tier anblickte. »Er war in einer lieb- und leblosen Ehe mit dieser Hure Faith gefangen. Aber er war ein Katholik der alten Schule und wollte sich nicht scheiden lassen.« Seine Augen, die so flink wie die Zunge einer Natter waren, blickten jetzt wieder Margarite an. »So hat sie ihn also umgebracht. Sie vergiftete die schwarzen Feigen, die er so liebte. Dann konnte sie Enrico Goldoni heiraten, Ihren Vater.«

»Wollen Sie mir Angst einjagen? Jeder kannte diese Gerüchte. Und es *waren* nur Gerüchte. Sie selbst hat es mir erzählt. Die Leute waren eifersüchtig, weil sie meinen Vater geheiratet hat. Faith war unfähig, irgend jemanden umzubringen.«

»Ich weiß es besser. Aber wen interessiert das schon noch? Jetzt ist sie tot und kann Ihnen wenigstens keine Lügen mehr auftischen.«

In Margarites Gedanken vermischten sich Angst und Ekel so gründlich, daß sie seinen Anblick nicht länger ertragen konnte. Daher starrte sie auf Jack Barnetts Gesicht, aber das war überhaupt keine Hilfe.

Er hatte ein sympathisches Gesicht, besonders jetzt, wo ihm die sandfarbenen Haarsträhnen über die Augen fielen. War er verheiratet gewesen? Oder hatte er ein Kind gehabt, vielleicht in Francies Alter? Sie wußte es nicht und würde es nie erfahren. Aber letztlich war es auch unwichtig, da er tot war.

Er war durch ihre Rachsucht in die Sache hineingeraten, und das war das Ergebnis. *Das Leiden und das Morden wird andauern, so sicher wie die Nacht auf den Tag folgt,* hatte Bernice gesagt. Aber Margarite hatte geglaubt, daß sie es besser wüßte. Sie war sicher gewesen, daß sie alle Widerstände überwinden, die Regeln ändern und das Spiel gewinnen könnte. Und was war statt dessen bei der ganzen Sache herausgekommen? Sie hatte ihre Macht – die Macht der Goldonis – eingesetzt und einen unschuldigen Mann in den Tod getrieben.

Was hatte Bernice gesagt? *Es ist nicht die Macht selbst, die uns korrumpiert. Es ist der Machtmißbrauch.* Sie hatte ihre Macht mißbraucht, und Leiden und Tod waren die Folge.

Alle dachten, daß Faith tot wäre, offensichtlich sogar Paul Chiaramonte. Aber in Wirklichkeit hatte sie nur ihre Identität gewechselt. Sie hieß jetzt Renata Loti und war eine der einflußreichsten Frauen in Washington. Margarite sah ihre Stiefmutter nur selten. Ihre Beziehung war schwierig und unbefriedigend. Margarite war neun Jahre alt gewesen, als ihr Vater, Enrico Goldoni, Faith geheiratet hatte. Sie war zu alt gewesen, um die Bindung an ihre leibliche Mutter vergessen zu können, und zu jung, um die Schwierigkeiten zu begreifen, die Faith mit ihrem neuen Ehemann und einer fremden, feindseligen Familie hatte.

In der Nachbarschaft ging man gewöhnlich davon aus, daß Faith ihren ersten Ehemann kühl kalkulierend und kaltblütig umgebracht hatte. Margarite hatte sich von diesen Gerüchten immer ferngehalten, aber vielleicht war das nur eine Art von Selbstschutz gewesen. Welches Kind wollte schon mit einer Mörderin im selben Haus aufwachsen?

Ihre Seele wird von Tränen erstickt, hatte Bernice gesagt. Sie hatte ihr Inneres mit unheimlicher Klarheit erkannt. Margarite weinte innerlich, und sie fuhr nervös zusammen, als sie tatsächlich zu weinen begann.

Sie alle waren erstaunt, als plötzlich Sirenengeheul die Nacht durchdrang.

»Hallo, wir müssen abhauen«, sagte Paul Chiaramonte, indem er Groucho Marx nachahmte. Er trieb die beiden Frauen mit der Mündung seiner Pistole unsanft den Abhang hoch und führte sie in die unheimliche Garage des Hotels. Über der Bucht glitzerten phosphoreszierende Lichter. Man mochte lieber nicht wissen, woher das kam, dachte Margarite.

Ein feuerrotes, altes Thunderbird-Kabrio stand in einer dunklen Ecke der Garage. Paul befahl Margarite, Francies Handgelenke und Fußknöchel zu fesseln. Sie verfrachteten sie auf die enge Rückbank. Dann fesselte er Margarite flink und gewissenhaft auf die gleiche Weise.

»Das ist nicht notwendig. Ich kann doch vorne neben Ihnen sitzen. Sie haben meine Tochter und können mir vertrauen.«

»So wie Marco und Vinnie Ihnen vertraut haben?« Paul Chiaramonte lachte höhnisch.

»Ihre Stiefmutter hat Sie gut erzogen. Sie sind eine verdammte Natter, Lady.«

Er stopfte ihr sein Taschentuch in den Mund, drückte ihren Kopf nieder und warf sie auf Francie. Dann schlug er die Tür zu und setzte sich hinters Lenkrad. Paul Chiaramonte startete den Wagen und schoß aus der Garage.

Sie fuhren mit aufgedrehter Hifi-Anlage über den Belt Parkway, und Paul achtete darauf, daß er das Tempolimit nicht überschritt. Unterwegs begegnete ihnen eine

Flotte blauweißer Polizeiwagen mit flackernden Alarmlichtern und heulenden Sirenen, die zum Golden Gate Inn rasten.

»Bis dann, Bullen«, sagte Paul Chiaramonte, während Brian Wilsons Chorknaben-Stimme ›Don't Worry Baby‹ sang.

5
Tokio / West Palm Beach

Nicholas traf Tanaka Gin in Kappa Watanabes Krankenzimmer. Der CyberNet-Techniker sah erbarmungswürdig aus. Seine Haut spannte sich über die Wangenknochen, und seine Gesichtsfarbe hatte durch das Banh-Tom-Nervengift einen beunruhigenden grüngelben Farbton angenommen. Ein medizinisches Gerät unterstützte seine Atmung, und er hing an etlichen Infusionsschläuchen. Sein Herzschlag und Puls waren auf Monitoren abzulesen. Neben Watanabe stand eine Krankenschwester, die die Dosis der ihm zugeführten Medikamente überwachte.

»Ich gebe Ihnen fünf Minuten, nicht mehr«, hatte der offensichtlich verärgerte Arzt gerade auf dem Flur gesagt. »Er ist immer noch sehr schwach. Vermeiden Sie bitte jede Aufregung.«

»Wir haben Ihren Hinweis zur Kenntnis genommen«, hatte Tanaka Gin geantwortet und sich respektvoll verbeugt.

Im Krankenzimmer selbst verhielt er sich allerdings barsch und geschäftsmäßig, nachdem er sich Watanabe kurz vorgestellt hatte. »Dies ist eine kriminalistische Untersuchung«, sagte er und ignorierte die schweigende Mißbilligung der Krankenschwester. »Sie hätten eigentlich wissen müssen, daß Ihre Tat mit einem großen Risiko verbunden war. Aber ich bin befugt, Ihnen zu sagen, daß etliche Anklagen auf Sie warten, wenn Sie hier rauskommen sollten. Spionage, Copyright-Verletzungen, Diebstahl. Weitere Anklagen werden im Laufe der Untersuchungen gerade vorbereitet.« Tanaka Gin blickte in Watanabes gelbe Augen. Er ignorierte die zunehmend hektischen Bewegungen der Krankenschwester. Wenn man nach den Geräuschen der Monitore ging, schien sich der Zustand des CyberNet-Technikers zu verbessern. Tanaka Gin und Nicholas hatten ausgemacht, daß es dann an der Zeit wäre, Watanabe verstärkt unter Druck zu setzen. »Watanabe-san,

Sie haben Sato International gesetzlich geschütztes Datenmaterial vorsätzlich gestohlen. Es tut mir leid, aber Sie haben nichts als eine lebenslange Haftstrafe zu erwarten. Wenn Sie hier lebend rauskommen.«

»Einen Moment, bitte«, sagte Nicholas, der auf ein vorbereitetes Schriftstück blickte. »Ich habe eine Idee, Gin-san. Vielleicht gibt es eine Alternative.«

»Es gibt *keine* Alternative«, erwiderte Tanaka Gin. Sein stahlharter Blick bohrte sich in Watanabes weit aufgerissene Augen.

»Hören Sie mich bitte an. Was wäre, wenn Watanabe-san ein volles Geständnis ablegen und die Untersuchung tatkräftig unterstützen würde?«

»Ja«, sagte Watanabe mit schwacher und verzweifelter Stimme. »Ja.«

Tanaka Gin schnaubte. »Linnear-san, dieser Mann ist ein Dieb. Er hat versucht, Sie zu ruinieren. Ich kann einfach nicht verstehen, daß Sie ihn verteidigen.«

»Ich verteidige ihn nicht. Ist Ihnen nicht klar, daß ich der Sache auf den Grund gehen will? Nach den bisherigen Resultaten bin ich überzeugt, daß Watanabe-san die Cyber-Net-Daten nicht aus eigenem Antrieb gestohlen hat. Ich habe kein Interesse, ihn gerichtlich zu verfolgen, wenn er uns Hinweise auf die Hintermänner gibt.«

»Sie vielleicht nicht, aber ich schon«, brüllte Tanaka Gin so laut, daß sich die Krankenschwester in eine Ecke kauerte. »Mein Gott, die Staatsanwaltschaft von Tokio duldet keine Industriespionage. Verdammt, das ist eine Frage der nationalen Sicherheit.«

Watanabe zitterte, und sein Herzschlag spielte verrückt. »Aber ich kann Ihnen Informationen geben, Linnear-san«, bettelte er. »Ich werde mir meine Tat nie verzeihen, aber ich kann wenigstens versuchen, mich zu bessern.«

»Keine Kungeleien!« Tanaka Gins Stimme schwoll bedrohlich an.

»Ich will nicht, daß er ins Gefängnis kommt, wenn er uns hilft«, sagte Nicholas. »Sie wissen, wie es dort aussieht. Er wird es nicht überleben.«

Watanabe glotzte die beiden an. Sein Inneres wurde

gänzlich von einer bisher ungekannten Angst beherrscht. Er versuchte, alles auf einmal zu beichten.

In diesem Moment öffnete sich die Tür, und der Arzt trat ein. »Was um Himmels willen geht hier vor? Ich habe Ihnen doch gesagt . . .«

»Wir sind in offizieller Mission hier«, sagte Tanaka Gin, während er den Doktor mit seinem berühmten stählernen Blick durchbohrte. »Verschwinden Sie, bis ich meine Meinung ändere.«

»So können Sie mit mir nicht reden. Ich trage hier die Verantwortung.«

»Sie tragen sie wieder, wenn ich fertig bin.« Tanaka Gin zog ein zusammengefaltetes Blatt Papier hervor. »Ansonsten bin ich befugt, Ihren Patienten in die medizinische Abteilung des Metropolitan-Gefängnisses einweisen zu lassen. Wünschen Sie das, Doktor?«

Der Doktor starrte Tanaka Gin einen Augenblick lang an, um seinen Gesichtsverlust vor der Krankenschwester ein wenig auszugleichen. Dann verschwand er und schloß die Tür.

Tanaka Gin wandte sich wieder Watanabe zu und sah, daß Nicholas sich gerade über ihn beugte. »Es wird alles gut, Watanabe-san, ich verspreche es Ihnen.«

Tanake Gin hörte mit großer Genugtuung, daß Watanabe auszupacken begann. »Ich bin bereit, Linnear-san. Ich habe alles deutlich im Kopf und werde Ihnen alles erzählen, was ich weiß.«

Tanaka Gin schaltete ein Diktiergerät ein und sprach das Datum, die Zeit, den Ort und die Namen der Anwesenden auf das Band. Dann stellte er das Aufnahmegerät auf das Tablett vor dem Kranken. Watanabe versicherte, daß er seine Aussage aus freiem Willen mache.

»Sie geben also zu, daß Sie eine unautorisierte Kopie der TransRim-CyberNet-Daten von Sato International angefertigt haben?« fragte Tanaka Gin.

»Ja.«

»Und Sie wußten, daß die besagten Daten das alleinige Eigentum von Sato International sind?«

»Ja.«

»Haben Sie die Straftat aus eigenem Antrieb begangen?«

»Nein. Ich wurde von einem Mann namens Nguyen Van Truc angesprochen. Er ist der Vizepräsident der Marketing-Abteilung der Minh Telekom. Das ist ein vietnamesisches Unternehmen.«

»Einen Moment«, unterbrach Nicholas. »Es war nicht der Amerikaner Cord McKnight, der Kontakt mit Ihnen aufgenommen hat?«

»Nein. Ich habe Ihnen ja gesagt, Van Truc hat mich angesprochen.«

»Den Datentransfer haben Sie aber dann gemeinsam mit McKnight abgewickelt«, beharrte Nicholas.

»Soweit ich weiß, war er nur ein Mittelsmann. Eine Sicherheitsmaßnahme, damit Van Trucs Hände sauber blieben.« Watanabes Kopf sank auf das Kissen zurück. Er schwitzte vor Anstrengung, und sein Haar glänzte.

»Ich werde Ihnen ein Glas Wasser bringen«, sagte Nicholas. Sie beobachteten Watanabe, der das Eiswasser mit einem Strohhalm trank. Er genoß das Getränk so sehr, daß seine Augen wie bei einem Kind geschlossen waren.

»Erzählen Sie uns etwas mehr über diesen Vietnamesen«, sagte Tanaka Gin.

Watanabe nickte. »Wie ich gesagt habe, Van Truc arbeitet für die Minh Telekom. Aber er wurde von jemandem anderem bezahlt. Von einem Unternehmer namens Kurtz.«

Tanaka Gin und Nicholas wechselten einen Blick. »Rodney Kurtz?« fragte Nicholas.

»Ja.«

»Woher wußten Sie das?« fragte Tanaka Gin. »Sie haben ja selbst bestätigt, daß diese Leute sehr vorsichtig waren. Van Truc benutzte McKnight als Mittelsmann.«

»Ja, ja. Van Truc wollte mich verlocken, die CyberNet-Daten zu stehlen. Und da mußte er mir ein attraktives Angebot machen. Er versprach mir ein eigenes Labor für Forschung und Entwicklung bei einer Firma namens Sterngold Associates. Ich stellte einige Nachforschungen an und entdeckte, daß Sterngold eine von einem halben Dutzend Firmen ist, die Rodney Kurtz in Asien gehören. Wie sollte es sonst möglich gewesen sein, daß mir der Vizepräsident der Marketing-Abteilung einer vietnamesischen Telekommunikationsgesellschaft einen solchen Superjob anbietet, wenn Kurtz die ganze Sache nicht finanziert hat?«

»Sie hätten mir das alles erzählen sollen, bevor vollendete Tatsachen geschaffen wurden«, sagte Nicholas. »Ich hätte Ihnen geholfen, und Sie würden jetzt nicht von Ihren Auftraggebern vergiftet im Krankenhaus liegen.«

Watanabe, den diese schwere Prüfung offensichtlich erschöpft hatte, schloß die Augen. Seine Hände zitterten, und die Krankenschwester schien durch die Signale auf dem Monitor sehr beunruhigt zu sein.

»Vielleicht«, sagte er mit dünner und piepsender Stimme. »Alle Angestellten bei Sato International wissen, wie gütig und einfühlsam Sie sind. Aber Sie waren doch damals im Ausland, oder?«

Nicholas und Tanaka Gin saßen in einem Café in der Nähe des Krankenhauses. Sie blickten aus dem Fenster und beobachteten, wie alle anderen nach Hause eilten, um zu essen und sich vor den Fernseher zu setzen. Die Straßen waren mit Autos und Bussen verstopft, und der Verkehr stand fast still. Eine Unmenge an Fußgängern glitt wie auf einer Rolltreppe vorbei.

»Alles in Ordnung?« fragte Tanaka Gin. »Sie sehen fast so erbärmlich aus wie Watanabe.«

»Mir geht's gut«, sagte Nicholas, der seinen Kaffee schlürfte.

»Mir nicht.« Tanaka Gin rieb sich mit den Daumen die Augen. »Kurz bevor wir uns im Krankenhaus getroffen haben, hörte ich, daß Tetsuo Akinagas Rechtsanwälte seine Freilassung erreicht haben.«

»Wollen Sie damit sagen, daß die Anklagen gegen ihn fallengelassen worden sind?« Der Gedanke, daß der *oyabun* der Yakuza aus der Untersuchungshaft entlassen würde, war unvorstellbar. Akinaga war Okamis mächtigster und unversöhnlichster Feind. »Er wartete doch auf ein Gerichtsverfahren.«

»Akinagas Rechtsanwälte haben geltend gemacht, daß meine Anklageschrift fehlerhaft sei. Und offensichtlich haben sie recht.« Tanaka Gin schüttelte den Kopf. »Man hat meine Arbeit sabotiert, Linnear-san. Ich habe Ihnen ja erzählt, daß man mich vor Korruption in meiner eigenen Abteilung gewarnt hat. Jetzt habe ich den schlagenden Beweis.«

»Ich werde Nachforschungen in einigen Bereichen anstellen, die Ihnen nicht zugänglich sind.«

Tanaka Gin verbeugte sich höflich. »Danke, Linnear-san. Ich stehe in Ihrer Schuld.«

Sie bestellten einen weiteren Kaffee und blickten auf den Verkehr und den Regen. In den glitschigen Bürgersteigen spiegelten sich die Neonreklamen.

»Ich würde gerne mal mit Nguyen Van Truc sprechen«, grübelte Tanaka Gin. »Aber es sieht so aus, als ob er vom Erdboden verschwunden wäre. Weder seine Firma noch seine Familie haben seit dem Dinner bei der CyberNet-Premiere etwas von ihm gehört, und die Grenzschutzbehörde hat mich informiert, daß er nicht versucht hat, das Land zu verlassen. Wo zum Teufel ist er also?«

Nicholas schwieg und starrte auf den Berufsverkehr.

»Was Kurtz betrifft, hatten Sie recht«, sagte er schließlich. »Sterngold Associates steht auf der Liste, die alle Mitglieder von Denwa Partners verzeichnet.«

»Aber warum sollte Kurtz einem Unternehmen Daten stehlen, in das er gerade investiert hatte?«

»Eine interessante Frage. Sie wirft auch auf den Mord an Kurtz ein völlig neues Licht.«

»Warum?«

»Sehen Sie die Sache mal aus diesem Blickwinkel. In geschäftlicher Hinsicht war Kurtz extrem eigenbrötlerisch. Er hat es nie zugelassen, daß eines seiner Unternehmen an die Börse ging, obwohl in mehreren Artikeln in Publikationsorganen wie Stern, Time und Forbes, um nur drei zu nennen, nachgewiesen wurde, daß seine Berater, Rechtsanwälte und Geschäftspartner ihn zu diesem Schritt gedrängt haben. Er hätte einen wahren Anschlag auf die internationalen Märkte verüben können. Kurtz war eine Art Genie. Die Leute drängelten sich geradezu, um sich in sein Unternehmens-Imperium einkaufen zu können.«

»Ja. Und weiter?«

»Alles war sein persönliches Eigentum«, sagte Nicholas. »Und bei seinem Tod sollte seine Frau ihn beerben. Und wenn auch sie sterben würde ...«

»Das Ehepaar hatte keine Kinder?«

»Nein.« Nicholas leerte seine Kaffeetasse. »Kurtz schätzte die Zukunftsaussichten des CyberNet so hoch ein, daß er sich bei Denwa Partners einkaufte. Zwei Wochen später wird er ermordet, und einen Tag darauf wird seine Frau durch einen angeblichen Autounfall getötet. Ist das jetzt eine Fügung des Himmels, oder gibt es verborgene Beziehungen?«

»Ich glaube nicht an Zufälle, wenn es um Mord geht. Ich sollte herausfinden, wer das Imperium jetzt erbt, wo beide Ehepartner tot sind.«

Tanaka Gin warf einige Banknoten auf den Tisch. »Linnear-san, ich möchte noch einmal darauf zurückkommen, was letzte Nacht im Haus der Kurtz' passiert ist. Ich weiß, daß Sie durch das *tau-tau* irgendwie die Anwesenheit des Mörders gespürt haben. Haben Sie neue Eindrücke, wer es sein könnte? Ich muß von Ihrer Mitteilung absehen, daß Sie in einen Spiegel geblickt und sich selbst gesehen haben. Sie haben Kurtz nicht umgebracht.«

»Nein, natürlich nicht. Ich ...«

Die Welt neigte sich und versank in einem vom Regen aufgewühlten Meer. Rote und blaue Farbtöne mischten sich und formten magentafarbene Säulen, die wie ein Wald aus braunem Zucker aus dem Boden des Cafés emporwuchsen. Er hörte seinen rasenden Herzschlag, und seine Ohren füllten sich mit einer pulsierenden Flüssigkeit. Er senkte den Blick und fühlte, wie er durch den Boden sank, als ob bislang feste Materialien in Äther verwandelt wären.

Ein Brausen färbte die Flüssigkeit in seinen Ohren, und das Geräusch klang wie das Summen von zehn Millionen Bienen. Die hektischen Bewegungen der Bienen ließen ihn zusammenzucken, während er fiel und immer weiter fiel ...

»... near-san! Linnear-san!«

Irgend jemand rief ihn und versuchte, die betäubenden Geräusche der Bienen zu übertönen. Ruhe, bitte!

»Linnear-san!«

Er sah Tanaka Gins vertrautes Gesicht, als dieser ihn vom Boden hochhob.

Nicholas preßte eine Hand gegen seinen pochenden Schädel. Die Säulen waren verschwunden, und der Fußboden schien ihn wieder zu tragen, aber er mußte immer noch mit dem Nachhall der Geräusche der Bienen ringen. »Was ist geschehen?«

»Das müssen Sie mir erzählen. Sie wurden plötzlich weiß und sind vom Stuhl gerutscht.«

Nicholas dachte an das Ende seines Essens mit Honniko. Die verdammten Bienen summten in seinem Kopf und versuchten, sich Gehör zu verschaffen.

»Lassen Sie uns gehen«, sagte er.

In den regnerischen und dunklen Straßen schien es stiller zu sein. Der nicht abreißende Menschenstrom und das vertraut zirpende Blindensignal an den Ampeln vermittelten ihm ein Gefühl der Beständigkeit und brachten ihn in die Realität zurück.

»Linnear-san?«

»Ich bin ausgerutscht.«

»Ausgerutscht? Ich habe Sie während der *tau-tau*-Trance in Kurtz' Haus beobachtet, und das war kein normaler Ausrutscher.«

»Sie haben recht«, sagte Nicholas finster. »Es tut mir sehr leid, aber es war ein Ausrutscher von einer Wirklichkeit in eine andere.«

Bad Clams besaß eine mehr als dreizehn Meter lange Cigarette, eines jener superstarken und superschlanken Schnellboote, die in Florida so begehrt sind. Der Rumpf des Schiffs hatte die Farbe des nächtlichen Ozeans. Im Sonnenlicht sah man nur ein trübes Dunkel, aber im Mondschein schien das Schiff praktisch zu verschwinden. Darum ging es bei diesen Booten: Cigarettes waren Schmugglerboote.

Caesares Schiff hatte einen frisierten Motor und war sehr schnell. Wenige Minuten nachdem sie vom Dock in West

Palm abgefahren waren, hatte Vesper bereits eine Gänsehaut, und sie mußte sich an der Reling festhalten. Der Motorenlärm war fast unerträglich. Man kam sich wie im Maschinenraum eines Düsenjets vor. Ihre Hand umklammerte die Reling, so daß sich die Haut über ihren Knöcheln weiß färbte. Genauso hatte sie sich als Kind in der Achterbahn festgehalten, und wie damals verschlug ihr die Geschwindigkeit den Atem.

Sie reckte den Hals und sah, daß der Bug des Schiffs hoch aus dem Wasser herausragte. Die Gischt, die an den Seitenwänden hochspritzte, war hart wie Hagel.

»Brauchst du einen Pullover, Baby? Ich glaube, daß ein paar in der Kabine verstaut sind.« Caesare brüllte gegen den Wind und den gigantischen Lärm der beiden Maschinen an.

Vespers Körper vibrierte im Rhythmus der Motoren. Sie schüttelte den Kopf. »Wie schnell sind wir?«

»Schneller als alle anderen, die hier herumkreuzen«, sagte Bad Clams. »Und das schließt die Beamten der Küstenwache ein.«

Es war kurz nach sieben, und er schien immer noch erregt zu sein. Caesare war unruhig auf und ab gelaufen und hatte das Telefon angestarrt. Als es dann geklingelt hatte, hätte er sich fast die Knochen gebrochen, so überstürzt war er zum Apparat gerannt. Anfangs schien es, als wäre er enttäuscht, weil es nicht der geschäftliche Anruf war, auf den er gewartet hatte. Aber trotzdem hatte er, nachdem er den Hörer aufgelegt hatte, sie aufgefordert, sich anzuziehen. »Ich habe zuviel Energie, um im Haus zu bleiben.« Er war nervös und freudig erregt gewesen, und sie hatte sich gefragt, was mit ihm los war.

Als Vesper taumelnd das Bett verlassen hatte, überlegte sie, wie Croaker wohl mit Wade Forrest klarkam, dem Chef der Leonforte-Einheit der ACTF. War es verrückt gewesen, Croaker in die Sache hineinzuziehen? Er war hart und gerissen, aber Vesper kannte den ehrgeizigen Forrest sehr gut. Wenn Croaker sich nicht genau nach Vorschrift verhielt, würde Forrest ihn feuern, ohne einen weiteren Gedanken an ihn zu verschwenden. Und das wollte sie nicht.

Sie hatte Croaker sehr gern. Wenn man mit ihm zusammen war, kam man sich vor, als ob man mit einem Schauspieler wie Robert Mitchum rumhängen würde, und sie war immer ein großer Mitchum-Fan gewesen.

»Vielleicht kommt morgen ein Freund vorbei«, sagte Bad Clams, während er das Boot an der krummen Linie entlangsteuerte, die das Mondlicht auf das Meer zeichnete. »Ein echtes Original, dieser Typ. Ich glaube, daß er dir gefallen wird. Vielleicht bleibt er ein paar Tage. Seine Freundin kommt auch mit, sie ist in Ordnung.« Er machte eine kleine Pause. »Nicht daß es wichtig wäre, aber die Braut ist etwas kränklich. Du wirst also nicht viel von ihr sehen.«

»Heißt das, daß wir morgen nicht nach South Beach fahren?« Vesper strich sich Haarsträhnen aus dem Gesicht. »Du hast es mir versprochen.«

»Nein, dabei bleibt's. Mein Freund Paulie wird erst irgendwann am Nachmittag kommen. Wir werden zum Mittagessen rüberfahren, okay? Ich habe vom Il Palazzo sowieso die Nase voll.«

Etwa drei Meilen hinter der Küste stellte Caesare plötzlich die Maschinen ab und ließ das Schiff treiben.

»Sieh dir den Sonnenuntergang an«, sagte er und zeigte auf das grünliche und orangefarbene Licht am westlichen Horizont. »Wenn man das sieht, ist man glücklich, daß man lebt, oder?«

Hier draußen war es außergewöhnlich still. Es gab keine Seevögel, und sie befanden sich abseits der üblichen Schiffsrouten. Die Vergnügungsdampfer lagen vor Anker oder waren in ihren Unterständen vertäut. Nur das entfernte Dröhnen eines Flugzeugs schwebte über dem Wasser. In der Ferne begannen die Lichter von Palm Beach aufzuleuchten, doch ihr Gefunkel war Teil einer anderen Welt. Die letzten Sonnenstrahlen tanzten auf den Wellen.

»Bist du hungrig?«

»Nicht besonders.« Sie bemerkte ein großes Styropor-Paket, das neben dem Steuer stand.

»Hey, weißt du, womit ich mich heute beschäftigt habe?« fragte Caesare. Sein Tonfall war noch freundlich und beiläufig. »Mit deinem Lebenslauf. Und willst du wissen, was mir aufgefallen ist?« Er kam auf sie zu, und Vesper war klug genug, nicht zurückzuweichen, was angesichts seines angewiderten Gesichtsausdrucks nicht einfach war. »Ich habe herausgefunden, daß du für die Bundesregierung gearbeitet hast.« Er war jetzt nah bei ihr. »Du warst bei einer praktisch unbekannten Einheit, die sich Looking-Glass nennt.« Sie nahm den eindringlichen, tierischen Geruch wahr, der andere Menschen einschüchterte. »Nicht nur das. Du hast sogar für meinen Vater John gearbeitet.«

»Du hast recht«, sagte Vesper leise.

Caesare schnaubte. »Das weiß ich, Madame. Aber ich weiß *nicht*, was du hier zu suchen hast.« Er fuchtelte mit den Händen herum. »Es ist ein zu großer Zufall, daß du dich genau in dem Augenblick im Il Palazzo zeigst, wo ich dort auftauche.«

Vesper ging durch ein lebensgefährliches Minenfeld, ohne eine Karte zu besitzen, auf der die Stellen mit dem versteckten Sprengstoff verzeichnet waren. So war eben das Zusammenleben mit Caesare Leonforte. Aber sie hatte nichts dagegen, sich dieser Aufgabe zu stellen. Es schien ihr, als hätte sie ihr ganzes Leben lang das Risiko gesucht. Es hing vom jeweiligen Standpunkt ab, ob das für oder gegen sie sprach, aber sie suchte das Risiko wie die Motte das Licht.

Die wesentliche Anziehungskraft des Risikos bestand darin, daß man sich von sich selbst entfernte. Die Arbeit des Schauspielers stellte das Gegenteil ichbezogener Grübelei dar, für die Vesper nie etwas übrig gehabt hatte. Wenn er in eine andere Haut schlüpfte, hatte der Schauspieler keine Zeit mehr, sich um das eigene Ich zu kümmern. Dasselbe galt für das Risiko. In Situationen, die mit dem größten Risiko verbunden waren, mußte man bis zu einem gewissen Punkt dem entsprechen, was der andere erwartete, und dann den Spieß umdrehen, um das zu kriegen, was man wollte.

Vesper dachte an die riskante Theorie, daß Angriff die beste Verteidigung sei. Sie drückte sich an Caesare, umschlang ihn mit den Armen und küßte ihn hart auf die Lippen. Dann warf sie ihren Kopf zurück, damit sie ihm in die

Augen blicken konnte. Vesper grinste ihn an. »Vielleicht habe ich magische Mittel eingesetzt, und du bist deshalb in das Lokal gekommen und hast mich aufgegabelt.«

»Nein, natürlich nicht, aber . . .«

»Aber ich *war* dort, um dich zu treffen.«

Seine Augenlider senkten sich. »Und warum?«

»Wegen der Pentagon-Untersuchung über die Geschäfte deines Vaters mit der DARPA. Ich brauchte ein sicheres Versteck.« Sie meinte die Defense Advanced Research Projects Agency des Pentagon. Die DARPA war eine streng geheime und schwarz finanzierte Organisation. Das bedeutete, daß der Kongreß nichts über ihr Kapital wußte und der Bewilligungsausschuß nicht über Zuwendungen abstimmen mußte. »Dein Vater steckte seine Finger in die Experimentalwaffenkammer der DARPA, wie es ihm gerade gefiel. Als das ans Licht kam, waren viele Leute im Pentagon total verärgert, weil die Generäle schlecht aussahen und das ganze Forschungsprogramm für fortschrittliche Waffen beeinträchtigt wurde.«

»Okay, aber was hat das alles mit dir zu tun?«

»Ich mußte aus Washington rauskommen, bevor die Untersuchung sich mit mir beschäftigte.«

Jetzt schien Caesare wirklich mißtrauisch zu werden. »Ja? Warum? Du hattest doch mit dem Beschaffungs-Netzwerk der DARPA nichts zu tun.«

Wie so oft im Leben war es ein Tauschgeschäft. Sie hatte ihn verärgert und mißtrauisch gemacht, aber er hatte ihr ein wichtiges Teil des Puzzles geliefert, das sie zu lösen versuchte. Jetzt hatte sie die Bestätigung, daß Caesare in den Plan seines Vaters eingeweiht gewesen war, der DARPA die Ideen zur Entwicklung der fortschrittlichsten Waffen zu stehlen.

»Nein, aber ich habe eng mit deinem Vater zusammengearbeitet.«

»Auf welchem Gebiet?«

»Drogen.«

Einen Moment lang war Caesare zu geschockt, um etwas zu sagen. Dann fing er an zu lachen. Sein Gelächter war so stark, daß er sich den Bauch hielt und ihm die Tränen in die

Augen stiegen. »Du?« keuchte Caesare. »Eine schöne und intelligente Frau wie du soll sich für einen Job in der brutalen Halbwelt des Drogenhandels interessiert haben? Du machst Witze.«

»Nein.«

Caesare war schon wieder ernüchtert. »Versuch bloß nicht, mich für dumm zu verkaufen. Ich werde dir bei lebendigem Leibe die Haut abziehen.« Wenn er so sprach, übertönte seine Stimme jedes andere Geräusch.

»Ich war die Verwaltungsassistentin deines Vaters. Natürlich nur offiziell. Tatsächlich habe ich seine Drogengeschäfte innerhalb von Looking-Glass koordiniert.«

»Wie kommt es, daß ich nie etwas von dir gehört habe?«

»Weil ich mich um die Aktivitäten in Asien gekümmert habe. Nebenbei, Johnny hütete mehr Geheimnisse als eine ganze Kleinstadt.«

»Ja, das kannst du zweimal sagen.« Caesare war jetzt ruhiger. »Der Hurensohn hat nie jemandem auch nur ein Wort mehr erzählt, als er für notwendig hielt. Es ist immer so gewesen. Er vertraute niemandem – nicht einmal seinen Söhnen.« Er schnaubte erneut. »Ach, was erzähle ich da. Er vertraute *gerade* seinen Söhnen nicht. Niemand, absolut niemand hatte ein enges Verhältnis zu Johnny Leonforte.« In seinem Tonfall schwang eine gewisse Bewunderung mit, aber Vesper nahm einen Unterton wahr, der wie der Hauch einer Brise ihre Wangen streifte. Sie erkannte die dunkle, tiefe Verletzung, die einer nie verheilten Wunde glich.

Caesare setzte sich auf das Heck des Schiffs und blickte sie an. »Hat er deine Existenz verschwiegen, weil er es mit dir getrieben hat?«

Einen Augenblick lang überlegte Vesper, wie sie die Partie weiterspielen sollte. Sie wußte, daß Caesare total eifersüchtig sein würde, wenn sie seine Frage bejahte. Die Frage war, ob sie das wollte.

»Zumindest hat er es versucht.« Sie verließ sich ganz auf ihren Instinkt. »Wieder und wieder.«

Caesare blickte sie träumerisch an. Er hatte noch nie eine Frau getroffen, die man auch nur im entferntesten mit ihr vergleichen konnte, und er war wie berauscht. Zu seinem

Erstaunen bewunderte er die Art, wie sie ihm Paroli bot, genauso wie ihre Leidenschaft im Bett. Seine Ansprüche konnten immer nur durch das Beste befriedigt werden, und Vesper war ein Geschenk des Himmels. Alles an ihr war außergewöhnlich, ihre Leidenschaftlichkeit, ihr Humor und ihre Intelligenz. Die meisten Männer würden durch solche Eigenschaften eingeschüchtert, aber er schätzte sie. Sein ganzes Leben lang hatte er Frauen als Menschen zweiter Klasse behandelt, die höchstens im Hintergrund eine kleine Rolle spielten. Aber jetzt hatte er eine wesensverwandte Frau getroffen, die sich durch die schiere Kraft ihrer triebhaften Persönlichkeit in den Vordergrund gespielt hatte, wo er bis jetzt immer allein gestanden hatte.

Es war nicht erstaunlich, daß diese Offenbarung in seinem Kopf einige Verwirrung auslöste. Wie eine unbekannte Strömung bahnte sie sich ihren Weg, ließ ihn heiß und kalt erschauern und brachte neue Erfahrungen mit sich.

Er schüttelte den Kopf. »Du bist eine verdammt scharfe Braut. Ich muß mir nur deine Brüste ansehen.«

Sie lachten beide, und Vesper wußte, daß sie die richtigen Entscheidungen getroffen hatte. Sie spürte, daß einer seiner inneren Schutzwälle zerbröckelt war, und sie war tiefer in ihn eingedrungen als je zuvor.

Es wurde jetzt dunkel, und die Lichterkette am Strand leuchtete intensiver. Die östliche Hälfte des Himmels war schon schwarz.

»Ich war noch nie mit einer Frau zusammen, auf die mein Vater scharf war, die er aber nicht gekriegt hat.«

»Deine Mutter hat es bestimmt nicht leicht gehabt.«

»Ach, meine Mutter.« Caesare bekreuzigte sich. »Gott sei ihrer Seele gnädig. Sie hat ihr Schicksal ertragen und verdient jeden erdenklichen Respekt. Sie liebte meinen Vater bis zum Tag ihres Todes, nichts konnte diese Liebe erschüttern. Aber er war nie zu Hause, verstehst du?« Caesare ließ den Blick über die Wellen schweifen. »Aber manchmal denke ich, daß er sein Bestes getan hat.« Er stützte die Ellenbogen auf die Knie und starrte auf den Boden. »Warum hat er sie alleingelassen und sie so verletzt? Wir Kinder trieben uns die ganze Zeit auf der Straße rum, so daß wir kaum Zeit fanden, ihn zu vermissen. Zumindest ich habe ihn nie vermißt.« Irgend etwas weit hinten in seinem Blick verriet Vesper, daß er log, aber er belog nicht nur sie, sondern vielleicht auch sich selbst.

Caesare schüttelte den Kopf. »Was hat sie ihm denn getan? Sie hat ihn geliebt, er war für sie der einzige Mann auf der ganzen Welt. Und dann haut er einfach ab. Er hatte natürlich seinen Job zu erledigen, und sie wußte das. Ich meine, sie hätte es wissen müssen. Es war sein Geschäft, aber sie hat ihn schmerzlich vermißt. Es muß sie innerlich getötet haben. Ihre unglückliche Liebe hat sie aufgefressen. Na ja, ich habe mir diese Fragen gestellt, als ich noch jung und dumm war. Ich trieb mich damals in den Straßen von Ozone Park rum.«

Er blickte zu ihr auf. »Ich habe auf meine Fragen nie eine Antwort gefunden bis zu dem Tag, wo ich den Auftrag übernommen habe, meine Schwester nach Astoria zu bringen, in das Kloster, nach dem sie verrückt war. Meine Schwester Jaqui war so sonderbar. Herrje, ich spreche über jemanden, den ich nie verstanden habe. Also, Jaquis Traum war es, Nonne zu werden, und deshalb besuchte sie ständig das Kloster Sacred Heart of Santa Maria. Ich bin dort nur einmal gewesen, aber ich habe den Namen nie vergessen.«

Er seufzte. »Ich brachte Jaqui also mit dem Auto dorthin, und wir unterhielten uns. Das arme Ding, sie hat immer versucht mit mir zu reden, aber ich glaube nicht, daß ich ihr jemals Aufmerksamkeit geschenkt habe. Um Himmels willen, sie war meine *Schwester*, was hätte sie mir schon erzählen können? Sie sprach die ganze Zeit über Dinge, von denen ich nichts verstand. Außer bei dieser Gelegenheit. Ich stellte ihr die Fragen, die mich verrückt machten. ›Wann kommt unser Paps nach Hause? Unsere Mutter hat jetzt schon ein gebrochenes Herz von der Warterei.‹ Dann kam ihre Antwort. ›Hast du es immer noch nicht begriffen? Er wird nie zurückkommen.‹«

Caesare breitete die Arme aus. »Ich war natürlich sauer

und brüllte sie an. Zum Teufel, sie erzählte Unsinn, wie immer. Kein Wunder, daß ich ihr nie zugehört habe. Natürlich würde unser Paps zurückkommen. Wir waren schließlich seine Familie.«

Er starrte auf seine Füße. »Aber das Lustige ist, daß sie recht hatte. Unser Vater ist nie zurückgekehrt.«

Caesare hob den Kopf und lachte plötzlich laut los. Sein Stimmungswechsel war erstaunlich. »Aus Jaqui hätte wirklich etwas werden können. Vielleicht erinnerst du mich ein bißchen an sie, weil sie auch Grips hatte.« Er tippte bedeutungsvoll mit dem Zeigefinger an seine Schläfe. »Sie hat unseren Paps nie Paps genannt, noch nicht mal Daddy oder Vater. Für sie war das Wort ›Vater‹ für die Priester reserviert. Ich vermute, daß sie ihn bemitleidet oder aber gehaßt hat, weil sie sich verlassen fühlte.«

»Hast du dich nicht verlassen gefühlt?« fragte Vesper. »Das wäre doch nur natürlich.«

»Wer, ich? Nein, ich war viel zu sehr damit beschäftigt, mich von Onkel Alphonse, diesem elenden Bastard, in die sogenannten Familiengeschäfte einweihen zu lassen.« Sie hörte erneut den dunklen Unterton in seiner Stimme. Caesare wurde wieder seltsam melancholisch, und sie kam sich wie an dem einen Ende eines emotionalen Jojobandes vor. »Ich habe mich immer auf die Seite unseres alten Herrn gestellt. Ganz im Gegensatz zu Jaqui. Meine Schwester hatte ein verdammt loses Mundwerk. Und keinen Respekt vor der Familie.« Er rieb sich die Handflächen so langsam, als ob er sich aufwärmen wollte, während er aufs Meer blickte.

»Was ist aus Jaqui geworden?« Vesper legte eine Hand auf seinen Rücken und massierte ihn mit kreisenden Bewegungen. Währenddessen löste sie sich, wie sie es bei Okami gelernt hatte, von ihrem eigenen Körper, bis ihr Herzschlag stillzustehen schien und nur noch das Schweigen der Gedanken existierte. Auf den Flügeln unsichtbarer Vögel schwärmte sie gleichsam über die Grenze zu Caesares Psyche. Eine Offenbarung würde der anderen folgen, aber der Anfang war immer am schwierigsten. Bad Clams begann sich langsam zu öffnen.

»Das ist ja das Traurige.« Er atmete tief durch, obwohl er eine wegwerfende Handbewegung machte. »Sie starb mit zwanzig Jahren bei einem Autounfall. Ein Jahr, nachdem sie ins Kloster eingetreten war.« Er starrte weiter trübsinnig über das Meer. »Mein Gott, mit zwanzig Jahren.« Er wandte sich Vesper zu. »Das Komische ist, daß ich sie jetzt vermisse. Als sie noch lebte, habe ich sie nie vermißt, auch nicht, als sie im Kloster war. Ich habe nie viel über sie nachgedacht, außer wenn sie mich angekotzt hat, weil sie unseren Vater nicht respektierte. Aber jetzt muß ich ständig an sie denken. Seltsam, oder?«

»Eigentlich nicht. Ich denke, es ist in Ordnung. Es ist gut, daß du sie jetzt zu würdigen weißt. Glaubst du nicht, daß es ihr gefallen würde?«

»Ich weiß nicht.« Caesare schien so traurig zu sein. »Ich denke daran, wie ich sie im Auto angebrüllt habe, als ich sie zum Kloster gebracht habe. Ich habe sie nicht nur angebrüllt, sondern auch geohrfeigt, und nicht gerade sanft. Ich habe sie körperlich und seelisch verletzt. Ich weiß es. Ich fühle es.« Er ballte eine Hand zur Faust und pochte sich in der Herzgegend an die Brust. »Hier.«

»Aber jetzt tut es dir doch leid.«

»Natürlich. Mein Gott, ich war damals ein verdammtes Monster. Ich versuchte nur, in allem so zu sein wie unser Vater, weil er nicht da war. Einer mußte die Rolle des Familienoberhaupts übernehmen, aber es war niemand anderes da. Mein Bruder Mick? Vergiß es. Er hatte den Verstand immer im Hintern sitzen.«

Mick Leonforte, dachte Vesper. Welche Rolle spielte er in der Familie – damals und heute? Sie war gerade im Begriff, dieses Thema anzusprechen, als Caesare plötzlich aufstand. Er ging zum Steuer und schaltete die grünen Positionslichter ein. Der abrupte Ausbruch körperlicher Energie zerriß die zarten psychischen Fäden, die Vesper gewoben hatte, und Caesare entglitt ihr.

»Siehst du das da hinten?« Er spähte mit einem Fernglas über das dunkle Meer.

Vesper ging zu ihm hinüber. Sie konnte nur zwei rote Funken erkennen. »Sind das Positionslichter?«

Caesare grinste. »Kluges Kind. Ja, wir werden hier draußen ein Boot treffen.«

»Ich bin geschmeichelt, daß du mich mitgenommen hast.«

»Nicht nötig«, sagte er gedämpft. »Das ist der ideale Ort, um eine Leiche loszuwerden. Die Haie werden dafür sorgen, daß nichts übrig bleibt, was gefunden werden könnte.«

Vespers Herz pochte. »Das hattest du also mit mir vor.«

»Nur am Anfang.« Caesare ließ das Fernglas sinken. »Jetzt habe ich eine bessere Idee. Es hängt alles davon ab, ob ich deine Geschichte glaube oder nicht.«

Sie war in keiner guten Position und wußte es. Sie stand auf und balancierte mit weit gespreizten Armen über die Reling. »Dann stoß mich ins Wasser. Du hast es ja gesagt, in ein paar Minuten wird alles vorbei sein.«

Die roten Positionslichter kamen näher, und man hörte schwach das dunkle Pochen der Maschinen.

»Nein. Ich laß' dich lieber noch etwas zappeln.«

»Warum noch länger warten, Caesare? Tu es jetzt. Du kannst mich vergessen und in dein normales Leben zurückkehren.«

Er blickte sie lange an. Vesper hörte, wie hinter ihrem Rücken der Motor des fremden Bootes abgeschaltet wurde. Das Schiff glitt langsam auf sie zu. Man hörte nur noch das schwache Geräusch der Wellen.

»Ich bin neugierig«, sagte Caesare. »Ich will sehen, ob du mich reinlegen willst.«

»Wirklich?«

Caesare streckte eine Hand aus, berührte sie aber nicht. »Ja. Außerdem will ich dich nicht vergessen.«

Jetzt wußte sie, was er wirklich meinte, obwohl es ihm selbst vielleicht gar nicht bewußt war. *Ich will Jaqui nicht vergessen.*

»Du hast mich verletzt. Ich bin nicht einer von deinen Lakaien. Glaubst du, daß es cool ist, wenn du hier deine Macho-Show abziehst und ankündigst, daß du mich ins Wasser stößt? Und dich dann daran ergötzt, wie sich meine Eingeweide auflösen?« Sie ließ ihre Stimme immer stärker anschwellen. »Findest du das etwa amüsant?«

»Komm, Baby. Quatsch keinen Unsinn.«

»Es macht dir Spaß, mich seelisch zu quälen, du Sadist. Du kannst mich mal am ...«

»Um Himmels willen, du solltest solche Ausdrücke nicht benutzen.«

»Warum denn nicht, zum Teufel?« Vesper kannte natürlich den Grund. Sie hätte jede Wette abgeschlossen, daß Jaqui nie geflucht hatte. »Du fluchst doch die ganze Zeit. Und nebenbei hast du mich total fertiggemacht. Verdammter Mist, was glaubst du denn, wie ich mich fühle?«

»Ja, okay ...« Er zuckte die Achseln und ging einen Schritt auf sie zu. Dann nahm er sie in die Arme, und Vesper erlaubte es ihm, sie von der Reling zu heben. Er drückte sie an sich und küßte sie sehr zurückhaltend und zärtlich auf die Wangen, die Augenlider und die Stirn. Dann küßte er sie auf den Mund, und ihre Zungen trafen sich flüchtig.

Ein gedämpfter Ruf durchschnitt die Nachtluft, worauf Caesare sie losließ. »Zuerst das Geschäft«, flüsterte er. Er erwiderte den Ruf, während er zärtlich ihre Wange tätschelte.

Vesper nickte. »Ich werde runtergehen.«

Aber als sie sich umwandte, ergriff er ihre Hand und zog sie zurück. »Nein, bleib hier.« Er kappte sauber die emotionalen Fäden, die sie gewoben hatte. »Du hast mir doch erzählt, daß du das Geschäft kennst.«

»Ich *war* in dem Geschäft«, flüsterte sie grimmig. Ein Mann, der so dünn wie ein englischer Rennhund war, kletterte über den Rand eines kleinen Beiboots.

»Also dann.« Er wandte sich Vesper zu. »Ich will deine Meinung über diesen Bastard hören.«

Vesper sah an der Steuerbord-Seite einen Kutter der Küstenwache liegen. Hochgradig ungewöhnlich war, daß keinerlei Lichter eingeschaltet waren. Sie suchte die Bezeichnung des Schiffs: CGM 1176. Der dünne Mann trug die übliche Uniform eines Leutnants der amerikanischen Küstenwache. Er hatte eine blauweiße Sporttasche aus Nylon dabei.

»Caesare.« Sein Lächeln entblößte Zähne mit Goldkronen. Er hatte die eng beieinanderstehenden, nervösen

Augen eines Nagetiers. Unterhalb seiner rechten Schulter sah man eine Ausbuchtung, als ob eine Pistole unter seiner Uniform steckte.

»Milo.« Caesare hob eine Hand. »Das ist Vesper. Sie wird die Ladung überprüfen. Was dagegen?«

Milo zuckte die Achseln. »Ist mir völlig egal. Von mir aus kannst du den Papst mitbringen, um den Stoff zu testen. Macht für mich keinen Unterschied.«

Er zog den Reißverschluß der Sporttasche auf und reichte Vesper eine durchsichtige Plastiktüte mit dem weißen Puder. Sie nahm von Caesare ein Messer entgegen, schnitt ein kleines Loch in die Tüte und testete den Stoff. Dann drehte sie sich um und spuckte über die Reling. Einen Moment lang blickte sie Caesare hart in die Augen, bevor sie nickte.

»Bring den Rest des Stoffs her«, sagte Caesare.

Die Verladung dauerte ungefähr sieben Minuten. Caesare holte in dieser Zeit eine Attaché-Tasche. Vesper nahm an, daß das Geld für das Kokain darin war. Sie drehte Milo den Rücken zu. »Bezahl ihn noch nicht. Folge einfach meinen Ratschlägen«, flüsterte sie Caesare zu.

»Ist das alles?« fragte Vesper, während Milo die letzten Tüten zählte. Es waren insgesamt hundertundfünfzig.

»Das war's. Und jetzt her mit der Kohle.«

»Einen Augenblick noch.« Vesper stand vor der Lieferung, sie kniete nieder und zog aufs Geratewohl zwei Tüten aus dem Haufen hervor.

»Was ist denn los?« fragte Milo leicht beunruhigt. »Wir haben ein Abkommen.«

»Ich prüfe die Ware«, sagte Vesper, während sie die beiden Tüten aufschlitzte.

»Sie haben sie doch bereits getestet.« Milo blickte Caesare an. »Sie hat's doch schon getan.« Er riß das Maul auf. »Hat jetzt die Braut bei dir die Hosen an, Bad Clams?«

»Halt deine dreckige Schnauze.«

Milo sah, daß Caesare eine MAC-10-Maschinenpistole in der rechten Hand hielt. »Mein Gott«, kreischte er. »Nimm's auf die leichte Schulter, ich hab' mir nichts dabei gedacht.«

Vesper stand auf. Sie war vorsichtig genug, sich außerhalb der Schußlinie zu bewegen. »Der Inhalt der linken Tüte ist okay. Aber in der rechten ist wirklich ekelhafter Stoff: Arsen.«

Caesare drückte Milo die Maschinenpistole ans Kinn. »Nun?«

Milo tauchte eine Fingerspitze in die rechte Tüte und testete den Stoff. Er nickte, und seine Augen weiteten sich vor Erstaunen. »Verdammt, sie hat recht, Boß.«

Caesare sprang plötzlich über das Deck und preßte Milo die Mündung der MAC-10 unter das Kinn. »Du verlogener Hurensohn, du wirst mir jetzt sofort erzählen, ob du versucht hast, mich über den Tisch zu ziehen. Wenn du es leugnest und ich komme doch dahinter, singst du bald die Altstimme im Mädchenchor.« In seinen Augen flackerte der Wahnsinn wie bei einem Berserker oder einem tollwütigen Tier. Er hatte seine brennende Wut nicht völlig unter Kontrolle. »*Antworte*, du verfluchtes nichtsnutziges Wiesel!«

»Mein Gott, du kannst doch nicht den Boten umlegen, wenn's schlechte Neuigkeiten gibt. Um Himmels willen, ich sitze nicht an der Quelle. Nebenbei, du weißt, daß Drogen nicht mein Ding sind. Ich habe den Stoff nicht angerührt und lege jeden gottverdammten Hurensohn um, der etwas anderes behauptet.« Milo erstickte fast vor Angst. »Ich schwöre, daß ich zum erstenmal davon höre.«

Caesare beruhigte sich etwas und atmete tief durch. Er drehte sich um und warf Vesper einen Blick zu. Sie nickte, um ihm zu signalisieren, daß sie Milo glaubte.

Caesare schien fast ein wenig enttäuscht zu sein. Er wollte seine Wut sofort abreagieren, und Vesper konnte spüren, daß er darauf brannte, Milo fertigzumachen.

»Okay«, sagte Caesare endlich. Er ließ Milo los. Der dünne Mann war schweißgebadet, und seine Knie wären beinahe eingeknickt. Er wußte, daß er der Katastrophe nur knapp entgangen war.

»Irgend jemand versucht, mich über den Tisch zu ziehen, Milo.« Caesare hatte immer noch die MAC-10 in der Hand, hielt sie aber, den Lauf zum Boden gerichtet, an seiner Seite. »Laß mich überlegen. Die nächste Lieferung ist doch für morgen nacht vereinbart, oder?«

Milo nickte wie betäubt.

»Wir werden uns dann um diesen Schlamassel kümmern.«

Milo schnappte nach Luft. »In der Zwischenzeit werfe ich diesen Drecksstoff über Bord. Sollen die verdammten Haie daran ersticken.«

»Halt dein elendes Maul«, brüllte Caesare. »Wer hat gesagt, daß du nachdenken sollst?« Er zeigte auf die Tüte mit dem mit Arsen verschnittenen Kokain. »Nimm den Stoff mit und sorge dafür, daß er morgen nacht an Bord ist. Ich werde dich dann begleiten.«

»Ja, Boß, aber . . .«

»Hau ab!« schrie Caesare, und Milo beeilte sich zu gehorchen.

Als sie wieder alleine waren, wandte Vesper sich Caesare zu. Ihre Augen leuchteten. »Du hast mich reingelegt. Das Ganze war ein Test.«

Caesare zuckte die Achseln. »Ja, aber kannst du mir das verübeln? Eine Frau fällt mir als Geschenk des Himmels in den Schoß, und die Sache ist zu schön, um wahr zu sein. Kein Wunder, daß man nachdenklich wird. Hast du Probleme damit?«

»Nein.«

»Gut. Sieht ganz so aus, als hättest du mir einen großen Gefallen getan, als du die Schweinerei mit dem Arsen entdeckt hast.« Er öffnete die Styropor-Verpackung, in der sich Verpflegung und eisgekühlter Champagner befanden. »Laß uns essen. Ich verhungere bald.«

Die pinkfarbenen und giftgrünen Neonreklamen von Tokio strahlten wie das Herz eines riesigen Dynamos. Aber zwischen den modernen Betongebäuden der Karasumori Jinja standen Laternen, die an das neunzehnte Jahrhundert erinnerten. Das sanfte Licht mit seinen verschwommenen Kreisen erleuchtete die durch Shinto-Schreine beherrschte Umgebung. In der Nähe zeichneten sich undeutlich die Konturen des riesigen New Shinbashi Building ab, aber die Jinja befand sich in einem Gebiet schmaler Gassen, die an ein anderes Tokio erinnerten, das später durch den Zweiten Weltkrieg und das Wirtschaftswunder völlig verändert worden war.

»Japan steht im Moment ohne einen politischen Führer da«, sagte Mikio Okami. »Ausgerechnet in dieser Zeit der ökonomischen Krise treibt das Land ohne Steuermann in stürmischer See. Die Natur wird dieses Machtvakuum wie jedes Vakuum nicht lange hinnehmen.«

»Aber Sie haben mir doch erzählt, daß es keine prominenten Kandidaten für das Amt des Premierministers gibt«, antwortete Nicholas.

»Das war gestern«, sagte Okami. Er schritt aus dem Lichtkreis einer Laterne ins Zwielicht. »Heute nachmittag hat die Koalitionsregierung Kansai Mitsui als eine Art Kompromißkandidaten ins Gespräch gebracht.«

»Ich kenne ihn nicht.«

»Das ist nicht weiter erstaunlich. Eigentlich kennen ihn nur politische Insider. Aber er ist ein gefährlicher Mann, der behauptet, daß die Greueltaten von Nanking nur eine Geschichtsfälschung seien.« Okami bezog sich auf eines der berüchtigtsten und bestialischsten Kriegsverbrechen der Japaner. Im Jahr 1937 hatten japanische Soldaten Hunderttausende chinesischer Zivilisten massakriert. Mehr als zwanzigtausend Frauen waren vergewaltigt, und die Stadt war niedergebrannt worden. Elf Jahre später hatte ein Kriegsverbrecher-Gericht den Befehlshaber der japanischen Streitkräfte in Nanking zum Tode verurteilt.

»Kansai Mitsui ist schlicht und einfach ein Mann, der die historischen Tatsachen verdreht«, fuhr Okami fort. »Er formt die Geschichte nach seinen eigenen Interessen. Und deshalb hat er auch den letzten Premierminister bedroht, der versucht hat, die Wunden des Pazifikkrieges zu heilen. Er behauptet, daß unsere Invasion des asiatischen Festlandes nicht vergessen und vielmehr als Akt der Befreiung begrüßt werden sollte. Mitsui leugnet, daß Japan darauf aus war, sein Territorium zu vergrößern, und besteht darauf, daß Japan die asiatischen Völker eher befreit hat, um sie vor der Versklavung durch die kolonialistischen Aggressoren aus dem Westen zu bewahren.«

Okami blieb kurz hinter dem Lichtkreis einer Laterne

stehen. »Es weiß auch fast niemand, daß Tetsuo Akinaga hinter Mitsui steht. Aber das ist vielleicht nicht von Dauer. Akinagas Schicksal ist es, im Gefängnis zu verrotten.«

Nicholas' Augen glitzerten. »Ich habe am späten Nachmittag gehört, daß unser alter Freund Akinaga innerhalb von drei Tagen ein freier Mann sein wird. Seine Anwälte haben auf eine Reihe technischer Verfahrensfehler hingewiesen.«

»Akinaga wird entlassen?«

»Er hat einen oder mehrere Beamte im Büro des Oberstaatsanwalts von Tokio in der Tasche. Ich arbeite mit einem Staatsanwalt namens Tanaka Gin zusammen. Er ist ein anständiger Mann und ein verbissener und hingebungsvoller Ermittler. Der Fall Akinaga wurde von ihm bearbeitet. Er glaubt, daß seine Anklageschrift durch jemanden aus seiner eigenen Abteilung sabotiert wurde. Vielleicht können Sie hierüber Informationen bekommen.«

Okami grinste grimmig. »Es wird mir ein Vergnügen sein.«

Sie kamen an einem einheimischen Straßenmusiker vorbei, der sein Instrument ergriff und eine bewegende Melodie anstimmte. Sie gingen weiter, um ihr Gespräch fortsetzen zu können, aber die Musik verfolgte sie. Die Klänge wirbelten wie Rauch zwischen den Laternen.

»Wie gefährlich ist Mitsui?« fragte Nicholas.

»Das bleibt abzuwarten. Die größte Gefahr ist zweifellos Akinaga selbst. Ich will sehen, ob er immer noch mächtig genug ist, um Mitsuis Nominierung durchzusetzen.«

»Aber dann ist es vielleicht zu spät.«

»Das glaube ich nicht«, schloß Okami. »Akinaga zieht die Fäden. Ohne ihn muß Mitsui den Konsens suchen, und er wird nur ein weiterer schwacher Premierminister sein, der nicht viel zustande bringen wird. Im Moment sollten wir auf Zeit spielen und Akinaga sein Garn spinnen lassen.«

»Unser Gespräch macht es um so dringlicher, über ein Problem zu sprechen, mit dem ich es an diesem Nachmittag gleich zweimal zu tun hatte.« Nicholas berichtete über die seltsame und beunruhigende Erscheinungsform des *tau-tau*, unter der er gelitten hatte, als er mit Honniko und Tanaka Gin zusammen gewesen war, und die er selbst nicht heraufbeschworen hatte.

»Ich habe nicht gewußt, daß *akshara* solche Formen annehmen kann«, sagte Okami sichtlich betroffen.

»Aber die Erfahrung unterschied sich auf merkwürdige Art von *akshara*.« Nicholas hatte Okami nichts von der unheimlichen Doppelgänger-Vision erzählt, die er im Haus von Rodney Kurtz erlebt hatte, und er hatte es auch nicht vor, bis er sich selbst einen Reim auf die Sache machen konnte. Die Angelegenheit war zu intim und persönlich. Solange er sie sich selbst nicht erklären konnte, vermochte er sich keinem anderen anzuvertrauen, nicht einmal Okami.

»Wie war es?«

»Ich bin nicht ganz sicher. Als ob der Himmel sich teilte und zehn Millionen Stimmen auf einmal auf mich einredeten.« Er schüttelte den Kopf. »Ich weiß, daß sich das alles verrückt anhört.«

»Überhaupt nicht. Aber ich glaube, wir müssen weiter versuchen, Ihre inneren Defekte zu heilen.« Okami streckte eine Hand aus. »Sind Sie soweit?«

Nicholas nickte. Aber nach den verwirrenden Erfahrungen der letzten paar Tage sah er den therapeutischen Übungen mit gesteigerter Besorgnis entgegen. Er stand sehr still da und lauschte auf die Geräusche der Stadt, die plötzlich unnatürlich laut anschwollen und dann in der Ferne verebbten. Die normale Wirklichkeit entwich durch ein Loch im Universum.

»Richtig so«, sagte Okami. »Saugen Sie die Nacht auf.«

Er beobachtete ihn, während Nicholas mit zurückgeworfenem Kopf in die Leere des *akshara* starrte. Hoch über ihm sah er den Neondom der Lichter von Tokio, die sich mit jedem Herzschlag weiter entfernten und dann in der Dunkelheit verschwanden.

»Versenken Sie sich tief in *akshara*«, sagte Okami. »So tief, daß Sie in der Leere die dunklen Muster zu sehen beginnen. Das ist *kshira*.«

Kshira war der dunkle Pfad, die andere Hälfte des *tau-*

tau. Doch über diese andere Hälfte wurde fast nie gesprochen, weil diejenigen, die sie zu beherrschen versuchten, entweder starben oder verrückt wurden. Das war bei Nicholas' *tau-tau*-Lehrer Kansatsu der Fall gewesen, der Bestandteile des *kshira* als tickende Zeitbombe in Nicholas' Geist eingebettet hatte.

Man hatte Nicholas erzählt, daß Okami über die Kraft der Erleuchtung verfügte, die *koryoku* genannt wurde. Die Vorfahren, die das *tau-tau* vor Jahrhunderten praktiziert hatten, pflegten zu behaupten, daß *koryoku* der alleinige Pfad zu *shuken* sei, der Kraft der Herrschaft. Durch sie könnten die beiden Hälften des *tau-tau* zu einem funktionierenden Ganzen verschmolzen werden. Andere bestanden darauf, daß *shuken* eher ein Mythos und daß *akshara* und *kshira* nicht dazu gedacht seien, zu einem Ganzen verbunden zu werden.

Nicholas glaubte inbrünstig an das Phänomen *shuken*. Er mußte. Andernfalls würde der Seelenzerstörer *kshira* schließlich Macht über ihn gewinnen und ihn wie Kansatsu wahnsinnig werden lassen.

Er fühlte plötzlich, wie der breiartige Himmel seine Glieder bedeckte, und hörte das Gewirr von zehn Millionen Stimmen und unbekannten Sprachen im Zentrum seines Gehirns. Es war genauso wie am Nachmittag. Es war *kshira*, und es war zuviel für ihn. Es . . .

»Nein«, sagte Okami scharf, »weichen Sie nicht vor *kshira* zurück. Sie werden die dunklen Muster nur näher an sich heranziehen, und wenn sie sich einmal an Ihr Bewußtsein angeheftet haben, kann man sie nicht mehr abtrennen.«

Nicholas war tief im tranceartigen Zustand des *tau-tau* versunken, und er befand sich außerhalb von Raum und Zeit. Er war ein Lichtpunkt in einer dimensionslosen Leere. Um ihn herum atmete der Kosmos wie ein wildes Tier im Wald. Aber er wurde jetzt nicht mehr durch die Rüstung des *akshara* beschützt und fühlte um sich herum die unruhige Dunkelheit, wo Fragmente des *kshira* in der Leere herumgewirbelt wurden. Früher einmal schienen sie fast harmlos gewesen zu sein, entfernte Wolken an einem grenzenlosen Horizont. Aber jetzt umkreisten sie ihn so schnell, daß sie in jedem Moment größere Brocken aus der Leere herausdrückten und seine psychische Vision schwächten. Er wußte, daß sie sich nur allzu schnell verbinden und ihn mit einem Band fesseln würden. Er wäre dann von den Blöcken des *akshara* abgeschnitten und würde nur noch ihr schwarzes Gewicht sehen und fühlen. Und dann würde der Wahnsinn einsetzen.

Seine Psyche konzentrierte sich auf neu entstandene, blitzende Lichtsäulen, die wundervolle Fäden entsandten, die hin und wieder die schwarzen Fragmente des *kshira* berührten, die sich in seinem Bewußtsein angesammelt hatten. Hinter dem Licht konnte er Okamis psychische Präsenz wahrnehmen. Sie beschäftigten sich seit über einer Woche mit diesen Experimenten und eigentlich schon, seit sie sich in Venedig wiedergesehen hatten. Aber *kshira* wütete immer noch in Nicholas' Geist. In seltsamen Momenten ließ sie ihn psychisch erblinden, und in anderen Augenblicken wurde die Wahrnehmung des *akshara* so schlimm verzerrt, daß er sich im tiefsten Grund seiner Seele fürchtete.

Diese Angst nahm noch zu, als er sich an ein anderes Ereignis erinnerte, das ihm im Wald von Yoshino vor drei Wochen zugestoßen war. Er war dort mit Tachi Shidare gewesen, und der junge *oyabun* der Yakuza, der sich seiner angenommen hatte, hatte versucht, die psychische Vereinigung herzustellen. Tachi verfügte auch über die Kraft der *koryoku,* aber als er versucht hatte, den Kontakt mit Nicholas herzustellen, hatte er angefangen zu stammeln. *Ich kann nicht. Irgend etwas ... Ich weiß es nicht ...* Sein Gesichtsausdruck war merkwürdig gewesen. *Kshira ist so stark ...* Tachi war zurückgewichen. Augenblicke später war er bereits tot gewesen, und Nicholas hatte das Rätsel nie lösen können. War Nicholas' *kshira* für Tachi zu mächtig gewesen? Aber wie war das möglich? Die Kraft der *koryoku* war dazu da, um *kshira* zu bändigen.

Zwischen den Lichtsäulen erschien Okamis Gesicht. Vielleicht würde Nicholas die Antwort finden. Er spürte die psychische Ausstrahlung aus dem Inneren der glitzernden Lichtquelle, die ihn anzog. Nicholas fühlte Hitze und

Gekribbel auf der Haut, als ob er schwitzte oder Insekten ihn belästigten. Die ionisierten Partikel verbanden sich mit seiner Psyche.

Während sich Nicolas auf die wirbelnden Lichtsäulen zubewegte, begannen diese sich wie eine Iris zu öffnen, um ihn einzulassen. Sein Herz begann vor Glück zu hüpfen. Endlich hatte die Reise zur Vereinigung begonnen, und endlich würde die dunkle Macht des *kshira*, die ihn verfolgte, ausgeschaltet werden.

Aber in dem Augenblick, als er die Lichtpartikel umarmen wollte, hörte er – wie damals bei Tachi in diesem Stadium des Rituals – in seinem Geist Okamis Stimme: *Nein, nein ... Es ist zuviel. Ich kann nicht mehr ... Es fällt alles zusammen, implodiert ... Versetzen Sie sich wieder in den normalen Bewußtseinszustand! Schnell! Es ist vorbei. Versetzen Sie sich wieder in den normalen Bewußtseinszustand!*

Es war, als ob ein Band zerrissen wäre. Nicholas unterbrach die *akshara*-Trance und wurde in Zeit und Raum zurückgeschleudert. Er kauerte auf dem Gelände des Schreins und schnappte nach Luft. Tokios unheimlicher Neonschein breitete sich wie eine künstliche Lichtstraße über ihm aus.

Nicholas war immer noch verwirrt, weil er die *akshara*-Trance so abrupt unterbrochen hatte. Er blickte sich nach Okami um. Der lag ausgestreckt auf dem Boden, als ob man mit einem großkalibrigen Gewehr auf ihn geschossen hätte. Nicholas beugte sich über ihn und horchte auf seinen Atem. Dann untersuchte er die Stellen neben seinen geschlossenen Augenlidern.

Okami begann zu zucken. Sein Blutdruck war unnatürlich hoch. Was war mit *kokoro* passiert? Und was hatte Okami gesehen? Was hatte ihn in diesen spastischen Schockzustand versetzt, und warum hatte er im Zustand der *koryoku* nicht garantieren können, daß die Lichtsäulen erhalten blieben? War es der gleiche rätselhafte Vorfall gewesen, der bewirkt hatte, daß Tachi den psychischen Kontakt mit Nicholas so plötzlich unterbrochen hatte? Hatte Kansatsu ihn irgendwie psychisch vergiftet? Er mußte es herausfinden.

Nicholas erweiterte seine Psyche und versetzte sich durch *akshara*-Trance in Okamis Blutkreislauf. Er verringerte seinen Adrenalinspiegel und brachte Okamis Körper so weit, daß er eine kräftigere Mischung von Nukleopeptiden erzeugte, die den Schock bekämpfen, die Zuckungen beruhigen und die Wiedererlangung des Bewußtseins beschleunigen konnten.

In Nicholas' Armen beruhigte sich Okami. Als die letzten Zuckungen abgeklungen waren, öffnete er die Augen.

»Wie fühlen Sie sich, Okami-san?«

»Müde.« Er versuchte zu lächeln, schaffte es aber nicht ganz. »Ich bin nicht mehr der Jüngste.«

»Sie sind neunzig Jahre alt.«

»Wer hat Ihnen das erzählt? Celeste?« Er benetzte seine trockenen Lippen. »Nicht einmal sie kennt mein wirkliches Alter. Sowenig wie Sie.« Er gestikulierte. »Helfen Sie mir bitte aufzustehen.«

Als Nicholas ihn hochzuheben begann, hielt Okami seinen Kopf. Er stöhnte. Nicholas setzte ihn vorsichtig wieder auf den Boden. »Was haben Sie mit mir gemacht? Seit ich in den Siebzigern war, habe ich nie mehr eine solche Menge von Endorphinen im Körper gehabt.«

»Sie haben unter schlimmen Zuckungen gelitten.«

»Ich kann mich an nichts erinnern.«

Nicholas beobachtete Okami aufmerksam, während er sich in die *prana*-Trance versetzte. Er atmete tief durch und setzte die körperliche Reinigung sorgfältig fort.

Als Okamis Augen sich wieder öffneten, blickte er Nicholas direkt an. »Ich glaube nicht, daß ich Ihnen helfen kann, mein Freund. Obwohl ich es sehr gerne tun würde.«

Ich traue meinen Ohren nicht, dachte Nicholas. »Aber Sie verfügen über die Kraft der *koryoku*. Das ist der einzige Weg zur Integration. Sie sind meine letzte Hoffnung.«

»Wir sollten zu dem Gott beten, an den wir glauben, daß das nicht der Fall ist. Andernfalls sind Sie verdammt.« Okami hielt sich an Nicholas fest, während sie sich aufrichteten. »Während der ganzen Zeit, als *kshira* in Ihrem Inneren war, hatten Sie keinen Zugang zu ihr. Ich kann mich ihr auch nicht weiter nähern. Als ich es versucht habe, wäre ich fast ums Leben gekommen. Und aus dem, was Sie mir über Ihr Abenteuer mit Tachi Shidare erzählt haben, geht hervor, daß er dieselbe Erfahrung gemacht hat. Aus diesen traurigen Vorfällen müssen wir schließen, daß *koryoku*, die Macht der Erleuchtung, Ihnen nicht helfen kann.«

Nicholas kämpfte gegen eine schwindelerregende Panik an. »Was soll ich jetzt tun? Ich kann *kshira* in meinem Inneren nicht länger ertragen. Ich habe in der letzten Zeit gemerkt, daß ihre Macht wächst. Es ist, als ob ein Schatten auf meiner Seele liegt.«

»Ich weiß, mein Freund, ich fühle mit Ihnen. Aber *kshira* muß in genau der richtigen Art und Weise angegangen werden. Andernfalls ist es, als wollte man eine Minenfalle entschärfen, ohne den Konstruktionsmechanismus zu kennen. Und das gibt eine Katastrophe.« Okami schüttelte den Kopf. »Es ist zu schade, daß Kansatsu, der *sensei*, der Sie eingeweiht hat, nicht mehr lebt. Nur er hätte gewußt, wie Sie zu retten sind.« Er spuckte aus. »Was für einen komplizierten und diabolischen Geist er hatte. Kansatsu muß Sie aus ganzer Seele gehaßt haben, um Ihnen das anzutun.«

Okamis Beine waren nach dem Schock noch steif. »Kommen Sie. Es wird Zeit, daß wir diesen Ort verlassen. Die psychischen Echos der nahen Katastrophe sind verstörend.«

Sie tauchten in das geschäftige Treiben von West Shinbashi ein, und Okami blickte auf Nicholas' aschfahles Gesicht. »Ich bin zu alt und müde, um Ihnen zu helfen, Linnear-san, aber Sie sollten die Hoffnung nicht aufgeben. Ich weiß, daß eine Antwort existiert. Irgendwo da draußen gibt es jemanden, der über die Mittel verfügt, durch die Sie dem einzigartigen Gefängnis entkommen können, in das man Sie eingesperrt hat.«

6
New York / Tokio

»Alles okay?«

»Mama schläft«, sagte Francine Goldoni DeCamillo.

»Ja, ich weiß«, antwortete Paul Chiaramonte. »Ich habe ihr ein Mittel gegeben, damit sie sich ausruhen kann.«

Im Inneren des Privatflugzeugs war es dunkel und kalt. Sie saßen sich direkt gegenüber. Durch die kleinen, verschrammten Fenster aus Plexiglas sah man die vom Mondlicht unheimlich beleuchteten Wolken vorbeiziehen. Sie ähnelten dem Rauch aus Trockeneismaschinen, den man aus Musikvideos kennt, dachte Francie. Sie versuchte tapfer zu sein, und setzte alle ihre Kräfte ein, um das schmerzhafte Flattern ihres Herzens zu besänftigen. Francie bewegte sich etwas und spürte die warme Schulter ihrer Mutter. Danach fühlte sie sich ein wenig besser.

»Wohin bringen Sie uns?«

Pauls Augen glitzerten im Halbdunkel. »In den Süden. Da ist es warm. Es wird dir gefallen. Du kannst immer schwimmen und vielleicht sogar surfen.«

»Warum versuchen Sie, mich für dumm zu verkaufen? Sie bringen uns zu Bad Clams.«

Paul betrachtete sie eine Weile. »Du bist ein cleveres Mädchen, Kleine.«

»Reden Sie nicht so von oben herab mit mir. Ich bin nicht mehr sieben.«

»Das sehe ich.« Er musterte sie anerkennend. »Du hast deinen ersten BH bestimmt schon vor langer Zeit abgelegt.«

»Gefallen Ihnen meine Brüste?« fragte Francine. Sie wölbte ihren Oberkörper etwas vor.

Paul zuckte die Achseln. »Warum sollten sie mir nicht gefallen?«

Francie lächelte. »Möchten Sie sie berühren?«

Paul reagierte, als ob er sich an der Glut einer Zigarette verbrannt hätte. »Mein Gott, Kleine, was zum Teufel fragst du mich da?«

»In Sheepshead Bay waren Sie nicht so zurückhaltend.«

Er machte eine wegwerfende Handbewegung. »Ich hatte die Schnauze voll. Das war doch wohl mein gutes Recht. Deine Mutter war für den Tod der beiden Männer verantwortlich, die ich angeheuert hatte.«

»Sie wollten uns entführen.«

»Und sie ist auch schuld daran, daß ich den Bullen umgelegt habe. Einen *Bullen*, Kleine, verstehst du? In New York City bin ich ein toter Mann. Du machst einen Bullen kalt, sie kriegen dich, du bist erledigt. Sie sperren dich ein und werfen den Schlüssel weg.«

»Der Polizist hat nur versucht, uns zu beschützen.«

Paul beobachtete sie mit widerwilligem Respekt. »Wie alt bist du, siebzehn?«

»Fast.«

Paul schnaubte. »Ich werde bald achtundzwanzig Jahre alt«, witzelte er. »Ich gebe dir einen Rat, Kleine. Leg mal 'ne Pause ein, okay? Du hast jede Menge Zeit, erwachsen zu werden, es muß nicht alles auf einen Schlag passieren.«

Francine dachte einen Augenblick lang darüber nach. »Warum haben Sie meiner Mutter ein Schlafmittel verabreicht und mir nicht?«

»Mein Gott, ich sollte besser aufpassen, was ich dir erzähle.«

»Warum wollten Sie mit mir alleine sprechen?«

Paul fing an, auf einem Fingernagel herumzukauen, und biß einen dünnen Splitter ab. »Ich mag dich, Kleine. Du stellst direkte Fragen und redest keinen Unsinn. Also werde ich dir auch direkt antworten. Da sich die Dinge so entwickelt haben, haßt mich deine Mutter bis aufs Blut. Ich habe sie etwas hart angefaßt, weil ich total genervt war. Das tut mir wirklich leid. Aber ich kann nicht mit ihr reden. Was ich auch sagen würde, ihre Antwort wäre: ›Du kannst mich mal.‹ Vielleicht hätte sie sogar recht. Ich habe mir gedacht, daß du anders bist. Du bist fast siebzehn und wirst mir vielleicht zuhören.«

»Ich werde zuhören, solange Sie keinen Schwachsinn reden. Ansonsten können Sie mich mal.«

»Okay, abgemacht.« Er biß einen weiteren dünnen Splitter von seinem Fingernagel ab. »Hast du Bad Clams schon mal getroffen?«

»Nein.«

»Gut.« Er wandte sich ab, als ob das gar nicht die Frage gewesen wäre, die er ihr hatte stellen wollen. »Hey!« Zu Francies Verwunderung sprang er auf. »Bist du hungrig? Wie wär's mit einer Portion Pasta?«

Francie blickte sich um. »Gibt es eine Küche im Flugzeug?«

»Natürlich, was denkst du denn? Aber man nennt sie hier Kombüse, wie auf einem Schiff.« Er führte sie den Gang hinab zu einem kleinen Raum. Paul schaltete das Licht an, und Francie sah einen Küchenblock aus rostfreiem Stahl.

»Sind keine anderen Passagiere an Bord?«

»Nein. Dies ist ein privater Flug.«

Er nahm eine Schachtel mit Pasta und setzte auf dem Elektroherd Wasser auf. Dann begann er, eine Soße vorzubereiten, die aus Tomatenmark, gedünsteten Tomaten, Petersilie, Oregano, Olivenöl und geschmorten Zwiebeln bestand. »Noch etwas Salz und Pfeffer, dann haben wir's.« Er stellte den Topf mit der Soße auf die andere Herdplatte.

»Was ist denn mit Ihrem Bein passiert?«

Paul blickte automatisch an seinem kürzeren Bein herunter. »Ich hatte vor langer Zeit einen Unfall. Damals war ich noch ein Junge. Das Ganze ist im Jahr 1962 in Astoria passiert, wo ich damals wohnte.« Er rührte die Soße um und schüttelte den Kopf. »Die ganze Sache war irgendwie verrückt. Wie im Traum, verstehst du? Und wenn ich nicht mein Bein als Beweis hätte, wäre ich *sicher*, daß alles ein Traum war. Ich sah, wie ein Auto die Straße hinabraste, und aus irgendeinem Grund wußte ich, daß etwas Furchtbares passieren würde. Der Wagen fuhr genau auf dieses Mädchen zu, das ich beobachtet hatte. Mein Gott, sie war eine echte Schönheit.

Ich schrie, um sie zu warnen, und sie wandte sich um. Ich dachte, daß ich sie retten könnte, und sprang wie ein Schauspieler vom Bordstein, aber ich wurde von dem Wagen erfaßt und trug Verletzungen an Hüfte und Oberschenkel davon.«

»Und was ist mit dem Mädchen passiert?«

»Sie ist gestorben. Ich mußte lange im Krankenhaus bleiben. Sie haben mich dreimal operiert, aber die Ärzte schafften es nicht, die Folgen des Unfalls ganz zu beheben. Sie sagten, daß ich froh sein müßte, weiter auf zwei Beinen gehen zu können. In der Zwischenzeit versuchte ich, etwas über das Mädchen herauszufinden, und man erzählte mir, daß sie nicht überlebt hätte. Sie war bereits beerdigt worden.« Er streckte den Zeigefinger aus. »Hey, die Pasta ist fertig. Das Wichtigste ist, daß sie *al dente* ist.«

»Ja. Ich weiß.«

Er gestikulierte unruhig mit der Hand. »Das sagt jeder. Aber das wahre Geheimnis besteht darin, die richtige Soße zur passenden Nudel zu machen.« Er blickte auf sie herab und war enttäuscht, daß sie nicht lächelte. »Bist du ängstlich?«

Sie schwieg einen Augenblick lang. »Ein bißchen. Ich habe schon viel über Bad Clams gehört.«

Paul schnaubte. »Wer nicht?« Er schüttelte den Kopf. »Weißt du, woher er seinen Namen hat?«

Francie verneinte.

»Der erste Kerl, den er umgelegt hat, war 'ne Auftragsarbeit, verstehst du? Das Opfer aß gerade in einem Restaurant. Bad Clams kam rein, richtete die Knarre auf den Typ und pustete ihn um. Er blickte auf den Toten herab, als ob er überhaupt keine Nerven hätte. Der Kopf des Toten lag in der Pastaschüssel. Er hatte Pasta mit Muschelsoße gegessen, und Bad Clams sagte: ›Wird wohl an den schlechten Muscheln gelegen haben, daß er tot ist.‹ Daher sein Name: ›Schlechte Muscheln‹.« Paul lachte. »Mein Gott, kannst du dir das Bild vorstellen?«

Sein Lächeln ließ nach, als er Francines ernsten Gesichtsausdruck bemerkte. »Ein bißchen Angst kann nicht schaden. Aber, meine Kleine, dir wird nichts Schlimmes zustoßen.«

»Woher wollen Sie das wissen?«

»Ich weiß es. Das ist alles.« Er schüttete das kochende Wasser mit der Pasta in ein Sieb, das er in das kleine Becken gestellt hatte. »Ich weiß eine Menge.« Mit einer geschickten

Handbewegung füllte er die Nudeln wieder in den Topf. Dann fügte er die Soße hinzu und schwenkte den Topf.

»Wunderbar. Es ist eine Kunst, gute Pasta zu machen.« Er verteilte zwei Portionen auf die Teller. »Meine Mutter hat immer gesagt, daß es zur Stärkung von Leib und Seele nichts Besseres gibt.« Er reichte ihr den Teller, eine Gabel und einen großen Löffel. »Leider habe ich kein frisch gebackenes Brot, Kleine.«

»Schon in Ordnung.« Der Geruch des Essens war himmlisch, und Francie stellte plötzlich fest, daß sie richtigen Heißhunger hatte.

Sie saßen sich schmausend in zwei Sesseln gegenüber. Paul hatte eine der kleinen Lampen über ihren Köpfen eingeschaltet, und der klare, spröde Lichtstrahl fiel zwischen sie. Er beleuchtete ihre Gesichter nur halb, wie im Spiegelkabinett eines Freudenhauses.

»Kochen ist das einzige, was ich wirklich gut kann. Meine Mutter hat es mir beigebracht.«

»Wer war Ihre Mutter?«

»*Belissima.* Eine wunderbare Frau«, sagte Paul mit angespannter Stimme. »Mehr brauchst du nicht zu wissen.«

Francie blickte ihn kurz an und wandte sich dann wieder ihrer Pasta zu. Paul sah sie an. Sie hatte ihren Kopf zwischen die Schultern gezogen. Er legte seine Gabel nieder, mit der er gerade genau die richtige Menge von Spaghettis mit Pasta aufgewickelt hatte.

»Wegen meiner Mutter werde ich immer etwas ärgerlich, weil, gut, weil sie Jüdin war. Sie gehörte nicht zu *la Famiglia.* Aber ich glaube, daß mein alter Herr sich das so ausgedacht hatte. Wäre ja auch zu kompliziert gewesen, sich eine italienische Geliebte zu halten, oder? Mit einer Jüdin war es so, als ob ihn irgendwie keine Schuld träfe. Es war klar, daß sie nie zur Familie gehören konnte. Und selbst wenn Faith – sozusagen deine Stiefgroßmutter –, die damals mit meinem Vater verheiratet war, etwas herausgekriegt hätte, wäre der Ärger unbedeutend geblieben. Es war ja nur ein Schlupf ins Heu.«

Francine riskierte einen Blick. Er sah in diesem Augenblick so traurig aus, daß sie das Bedürfnis spürte, ihn zu umarmen. Sie wußte besser als die meisten anderen, was es bedeutete, zerstrittene Eltern zu haben.

»Faith hat es herausgefunden, oder?«

»Darum ging es eigentlich nicht.« Er stellte seinen Teller zur Seite, legte die Arme hinter den Kopf und starrte gegen die dunkle Decke des Flugzeugs. »Tatsache ist, daß sie herausfand, daß es für meinen Vater eben nicht nur ein Seitensprung war. Er empfand mehr für diese andere Frau – diese *Jüdin* –, und sie verlangte eine Entscheidung. ›Sie oder ich‹, sagte sie, weil sie genau wußte, daß er sich unter den Augen Gottes nicht scheiden lassen durfte.« Er blickte Francine bedeutungsvoll an. »Katholizismus, verstehst du? Das ist eine verdammte Last, wenn du mich fragst.«

»Ich weiß nicht viel darüber.«

»Na, eben wie ich gesagt habe.« Er blickte wieder zur Decke. »Auf den Straßen von Astoria war mein alter Herr vielleicht eine furchterregende Gestalt, aber er war auch ein frommer Katholik. Er ging zur Messe, spendete Geld, und seine guten Taten kamen der Diözese zugute. Freitags aß er sogar Fisch, obwohl er ihn wie die Pest haßte. Hinterher erbrach er gewöhnlich alles in die Toilette. Aber er hat bis zum nächsten Morgen nie andere Lebensmittel angerührt. Was Faith sagte, war für ihn wie das Evangelium. In den Augen der Kirche war Scheidung Sünde, und damit war das letzte Wort gesprochen.«

»Und was ist dann passiert?«

»Faith hat zu ihm gesagt: ›Es spielt doch sowieso keine Rolle. Sie ist Jüdin und hat gewußt, auf was sie sich einließ, als sie dich verführt hat. Es wird ihr nichts ausmachen.‹ Das Problem war, daß alles ganz anders war. Mein Vater hatte meine Mutter verführt, und er wußte *nicht*, worauf er sich eingelassen hatte.«

»Er hat sie also wiedergesehen?« fragte Francine, die auf ein Happy-End hoffte.

»Ich weiß es wirklich nicht.« Paul blinzelte mehrere Male, als ob er etwas im Auge hätte. »Meine Mutter heiratete John Chiaramonte. Er war Professor für die Geschichte der Renaissance am City College, wo sie zweimal pro Woche zur Abendschule ging. Sie kannte ihn seit längerer Zeit, und er hatte ihr bereits einen Heiratsantrag gemacht. Sie hat ihn dann sehr schnell geheiratet, wahrscheinlich, weil sie wußte, daß sie schwanger war.

Meine Mutter war eine praktische Frau und hat immer ihr Gehirn benutzt«, sagte er mit beträchtlicher Bewunderung. »John hat sie nie gefragt, wer der Vater war, als ich sechs Monate später geboren wurde. Nach den Worten meiner Mutter hat er mich wie seinen eigenen Sohn angenommen.«

Er seufzte tief. »Eine Liebe wie diese ...« Er unterbrach sich und blickte zu Francine hinüber. »Das war die Art von Liebe, die Black Paul Mattaccino für sie empfand.« Er fing wieder an, auf seinem Fingernagel herumzukauen. »Er muß sie irgendwo getroffen haben, weil sie regelmäßig Geld von ihm gekriegt hat.« Er betastete sein kürzeres Bein. »Er hat meinen Krankenhausaufenthalt und die Operationen bezahlt. Und später hat meine Mutter auch das Geld für die Rehabilitation von ihm bekommen.«

»Aber warum arbeiten Sie für Bad Clams?« fragte Francine. Sie stellte ihren Teller auf seinen. »Warum hassen Sie meine Mutter so sehr?«

»Ich hasse deine Mutter jetzt nicht mehr so sehr und dich überhaupt nicht. Du glaubst mir doch, oder?«

Francine zuckte die Achseln.

»Es stimmt aber. Erinnerst du dich, was du eben über Schwachsinn gesagt hast? Ich rede keinen Schwachsinn. Was immer auch passiert, es spielt sich zwischen den Familien ab, zwischen den Leonfortes und den Goldonis. Du bist mit deiner Mutter zwischen die Räder geraten, das ist alles. Sie hätte ihre Nase sauber und sich im Abseits halten sollen, wie es sich für eine Frau gehört.«

»Dann hätten sie sie umgelegt, genau wie meinen Vater«, sagte Francine bitter.

»Ich schwöre, ich weiß nichts darüber.« Paul schnippte einen Splitter seines Fingernagels in die Dunkelheit. »Dafür waren angeheuerte Typen verantwortlich. Mich hat man nicht informiert.« Er winkte mit einer Hand. »Unter uns gesagt, war es eine falsche Entscheidung zu versuchen, deine Mutter kaltzumachen. Sie ist eine harte Nummer, genau wie du.« Er schenkte ihr ein kleines Lächeln. »Aber jetzt hat sie mein Leben mit Sicherheit auf den Kopf gestellt.«

»Berufsrisiko.«

Er starrte sie mit weit aufgerissenen Augen an und schnaubte dann erstaunt. »*Marrone*, du hast ein verdammt loses Mundwerk, Kleine.«

Sie erwiderte standhaft seinen Blick. »Vielleicht geht es nicht nur um die Familie. Ich weiß, daß Sie Faith gehaßt haben.«

»Natürlich habe ich die verfluchte Hure gehaßt. Sie hat Black Paul umgebracht, meinen Vater.«

»Ist die Geschichte wahr?«

Paul hob die Hand. »Bei der Seele meiner geheiligten Mutter.« Er zog eine Grimasse. »Hoffentlich hat Faith gekriegt, was sie verdiente. Ich hoffe, daß sie in der Hölle schmort.«

»Hier riecht's nach Rache.«

»Woher hast du diese Ausdrucksweise, Kleine, aus den verdammten Filmen?«

Sie kletterte auf den Sitz ihres Sessels und drehte sich um, um ihre Mutter zu sehen, die hinter ihnen in der Dunkelheit lag. »Glauben Sie, daß mit ihr alles in Ordnung ist?«

»Natürlich ist alles in Ordnung.«

Als er ihr leicht auf den Arm tippte, wandte sich Francie um und rutschte wieder in ihren Sessel.

»Du mußt mir etwas erzählen, Kleine. Hat deine Mutter dich jemals nach Santa Maria in Astoria mitgenommen?«

»Sie meinen das Kloster?«

Ein Gedanke schoß durch Pauls Kopf. »Genau. Das Kloster Sacred Heart of Santa Maria.«

Francine nickte. »Oft.«

»Hast du auch die alte Dame getroffen, die Mutter Oberin?«

»Immer, wenn ich dort war.«

»Und worüber habt ihr euch mit ihr unterhalten? Über religiöse Themen?«

»Ja. Über religiöse Themen.«

Aber ihre Augen wichen seinem Blick aus, und er wußte,

daß sie log. Es spielte keine Rolle, es war ihm egal, worüber sie geredet hatten. Er lehnte sich vor und legte die Hände ineinander. »Hast du dort sonst noch jemanden getroffen?«

Francine konnte seine Anspannung spüren. Sie sah die schiefen Fältchen in seinen Augenwinkeln und daß sein Mund härter und bestimmter wirkte. »Natürlich, jede Menge anderer Leute. Nonnen eben. Wen sollte man sonst in einem Kloster treffen?«

»Schon klar. Wen sonst?« Seine Stimme klang so gedämpft, daß sie sich anstrengen mußte, ihn zu verstehen. »Könntest du mir sagen, ob du eine bestimmte Nonne gesehen hast, wenn ich sie dir beschreibe?«

»Warum wollen Sie das wissen?«

Er beugte sich noch weiter vor. »Es ist wichtig, Kleine. Verstanden?« Seine Stimme war nicht lauter als Francines rauhes Flüstern, wenn sie sich mit einer Freundin in der Bibliothek unterhielt.

Sie glaubte ihm. »Okay.«

»Sie ist groß, schlank und hat wunderschöne Beine.« Er machte eine Handbewegung, als ob er das Gesagte auslöschen wollte. »Aber die werden ja durch die Ordenstracht verdeckt. Sie ist sehr hübsch und hat dunkles, welliges Haar. Und das Ungewöhnlichste sind ihre grünen Augen. Dieses Grün erinnert an die Farbe des Meeres, aber nicht am Strand, sondern weit draußen, wo das Wasser tief ist.« Er lehnte sich zurück, als ob ihm plötzlich bewußt geworden wäre, daß er zuviel gesagt hatte. »›Hast du jemanden im Kloster gesehen, der meiner Beschreibung ähnelt?«

»Nein.«

Er beäugte sie. »Bist du sicher, Kleine? Sagst du die Wahrheit?«

»Ja.«

»Wirklich?«

»Wirklich und wahrhaftig.«

»Mein Gott«, flüsterte er. *Wirklich und wahrhaftig.* Das waren Jaquis Worte. Er saß eine lange Zeit da und starrte Francie an. Dann schienen seine Augen ins Nichts zu blikken. Sogar im Halbdunkel konnte Francie erkennen, daß sie einen Nerv getroffen hatte, und sie würde sich daran erinnern. Endlich blickte er sie wieder an. Paul klopfte sich mit den Händen auf die Oberschenkel.

»Okay, Kleine«, sagte er in völlig verändertem Tonfall. »Wie wär's, wenn wir nachsehen, wie es deiner Mutter da hinten geht?«

»Komm ins Bett.«

»Noch nicht«, sagte Nicholas.

Koei, die immer nackt schlief, hüllte sich in das Bettlaken, als sie vom Futon aufstand. Sie begann zu frösteln, als ihre Füße den Holzfußboden berührten. »Es ist kalt.« Sie drückte sich an Nicholas. »Frierst du nicht?«

»Nur hier oben.« Nicholas berührte seine Stirn. »Ich hatte heute zwei *kshira*-Anfälle, die meinen Bewußtseinszustand völlig durcheinandergebracht haben. Zeit und Licht verschwammen. Ich habe die Kontrolle verloren, und es war, als ob ich nicht mehr Herr meiner selbst gewesen wäre.«

»Und wie fühlst du dich jetzt?«

»Gut. Völlig normal.«

Ihre Augen waren groß, dunkel und lebhaft und schienen das ganze nächtliche Gefunkel von Tokios Lichtern zu reflektieren. »Okami-san wird dir helfen.«

»Ich weiß nicht.« Er spürte ihre Nähe und merkte, wie sehr er sich nach dieser Nähe sehnte. »Er hat sich heute abend verletzt bei dem Versuch, mir zu helfen. Er ist ein alter Mann, Koei. Seine Geisteskräfte sind immer noch scharf genug, aber er konzentriert sie auf etwas anderes, auf die politischen Angelegenheiten des Landes. Ich glaube, daß er nicht mehr die innere Kraft hat, um mir in diesem seelischen Kampf beizustehen.«

Nicholas schwieg lange Zeit. Er starrte durch das Fenster auf Tokios nächtliche Lichter. Sie befanden sich hoch über dem Zentrum der Stadt in einem supermodernen Wolkenkratzer mit verzierter Fassade. Nicholas hatte hier eine Doppelwohnung gekauft, die für japanische Verhältnisse groß war. Dann hatte er den Architekten des Hauses damit beauftragt, die Inneneinrichtung neu zu entwerfen. Das Ergebnis war eine Kombination aus rosafarbenen, grauen und schwarzen Granitoberflächen, aber der Eindruck wurde durch die großzügige Verwendung von hellem Kirschholz und dunklerem, tief gemaserten *Kyoki*-Holz gedämpft.

»Ich koche uns Tee«, sagte Koei. Sie löste sich aus seiner Umarmung.

Nicholas starrte auf den Naigai Capsule Tower hinab. Das Gebäude schien so nah zu sein, daß ein Sprung auf sein Dach möglich schien. Das Hochhaus war ein Überbleibsel der Metabolismus-Bewegung der siebziger Jahre, die die dauerhaften Strukturen wie Straßen und Autobahnen mit den wechselnden Strukturen der Wohnviertel in Beziehung zu setzen versuchte. Es war ein mutiger, aber erfolgloser Versuch gewesen, die beiden Hälften der Stadt miteinander auszusöhnen.

Die an Spinnweben erinnernden Gerüste und Aufzugschächte des Gebäudes wirkten wie ein Außenskelett, in dessen Innerem die genormten, verschieden großen Wohnungen wie Schokoladenschachteln arrangiert waren. Früher waren hier Leute eingezogen, die zu Geld gekommen waren. Aber was vor zwanzig Jahren noch der letzte Schrei gewesen war, war jetzt nur noch ein Relikt, und die unpraktische und lieblose Bauweise der metabolistischen Bewegung war eines gerechten Todes gestorben. Heutzutage wohnten dort nur noch wenige Menschen. Nicholas fragte sich, warum das Gebäude nicht abgerissen worden war, um neuen architektonischen Ideen Platz zu machen.

Einen Augenblick später folgte er Koei. Er stieg die breite Treppe mit dem Geländer aus rostfreiem Stahl hinab. Die beiden Schlafräume und Badezimmer der oberen Wohnebene waren ganz im traditionellen japanischen Stil eingerichtet.

Der untere Teil der Wohnung entsprach dagegen fast völlig westlichen Geschmacksvorstellungen, abgesehen von Nicholas' museumswürdiger Sammlung von Kunstgegenständen, die aus ganz Südostasien und China stammten. An den Wänden hingen Gemälde, und andere Kunstgegenstände füllten die Vitrinen. Auch auf den glatten Granit- oder Marmoroberflächen der Kaffeetische, Anrichten und Kommoden sah man überall Sammlerstücke.

Nicholas beobachtete ihre flinken und geschickten Bewegungen. »Denkst du manchmal an ihn?«

Eine dermaßen direkte Frage hätte andere Frauen vielleicht konsterniert, nicht aber Koei. Ihr reger und einfühlsamer Geist registrierte jede gedankliche Nuance und jeden Wechsel des Tonfalls bei dem Menschen, mit dem sie zusammen war.

»Ich denke fast nie an Michael Leonforte.« Sie schätzte die Menge des blaßgrünen Tees mit Hilfe einer kleinen Bambuskelle ab, und ihr wunderschön geformter Arm bewegte sich aus der Dunkelheit in das glänzende Licht, so daß Diamanten auf ihrer Haut zu tanzen schienen. »Und wenn ich es tue, dann nur, um mich daran zu erinnern, wie erbärmlich ein Mensch sein kann.« Sie blickte zu ihm auf, und das Licht in ihren Augen war elektrisierend. »Und wie glücklich ich bin, daß ich dich wiedergefunden habe.«

Nicholas beobachtete sie, wie sie in der aus *kyoki*-Holz und Porzellan bestehenden Küche den Tee zubereitete. Ihre Geschicklichkeit gründete in ihrem Glücksgefühl, in ihrer Selbsterkenntnis. Von dem jungen Mädchen, in das er sich vor so vielen Jahren verliebt hatte, unterschied sie sich wie die Nacht vom Tag, so wie sich dieser Raum von der großen Küche seines ehemaligen Hauses am Stadtrand unterschied. Er hatte jene Küche dort sehr geliebt, aber dieser Raum hier war durch Koeis kleine und alltägliche Bewegungen erfüllt. Die andere Küche war dunkel und tot wie ein Grab gewesen.

»Wie sehr vermißt du dein altes Haus?« fragte Koei mit ihrem gewohnten Einfühlungsvermögen.

»Ich bin dort aufgewachsen«, sagte Nicholas und nahm ihr die tönerne Teetasse ab. »Es gibt da so viele Erinnerungen. Es ist schwer, sie zu vergessen.«

»Bereust du, daß du das Haus verkauft hast?«

Er seufzte. »Nein, ich glaube nicht. Es gab dort auch sehr dunkle Erinnerungen. Das Haus war erfüllt von Justines Unglück. Und als sie dann bei dem Autounfall ums Leben kam . . .« Er machte eine Pause und schlürfte den Tee. »Sie war völlig unfähig, sich an das hiesige Leben zu gewöhnen, und hat sich so sehr gewünscht, nach New York zurückkehren zu können.«

Koei blickte ihn über den Rand ihrer Teetasse hinweg an. »Ich glaube, daß du dir das auch wünschst.«

»Ich weiß es nicht.«

»Doch, du weißt es«, flüsterte sie. »Du hast diesen Gedanken ständig im Hinterkopf, auch wenn du es nicht zugeben willst.«

»Japan ist mein Zuhause.«

»Vielleicht.« Ihr kluges und heiteres Gesicht schien wie ein Leuchtfeuer der Vernunft über dem Halbdunkel der wachsenden Unvernunft der Welt zu schweben. »Aber vielleicht bist du nicht dafür bestimmt, nur ein Zuhause zu haben. Das ist nicht bei jedem so. Ich spüre deine Sehnsucht, Nicholas. Ich weiß, wie sehr du New York vermißt.«

»Ich habe im Moment keine Zeit zurückzukehren.«

»Das bleibt abzuwarten. Vielleicht fährst du eher nach Amerika, als du denkst.«

Er blickte ihr tief in die Augen. »Ich *muß* hinreisen, und zwar bald. Die amerikanische Tochtergesellschaft hat immer noch keinen Präsidenten. Mein hochgradig einflußreicher Lobbyist in Washington, Terrence McNaughton, kümmert sich im Moment gemeinsam mit einem Headhunter der Firma um die Vorauswahl, aber die endgültigen Einstellungsgespräche muß ich selbst führen. Woher konntest du das wissen?«

Sie lachte und streckte ihm mit der Offenheit eines Kindes eine Hand entgegen. »Ich reagiere nur auf deine Gefühle.«

»Aber trotzdem, wie kann ich daran denken, nach New York zurückzukehren, wenn ich hier den Kontakt zu den Geschehnissen bei Sato International verloren habe? Dieser neue Mann, Kanda Torin, hat sich in die Firma eingeschlichen und Nangis Vertrauen gewonnen.«

Sie gingen ins Wohnzimmer. Koei zog die Vorhänge zurück und enthüllte einen außergewöhnlichen Blick auf die unwirkliche Stadt, als ob sie von einem stellaren Feuer umgeben wären. In der Behaglichkeit der Nacht saßen sie zärtlich beisammen und berührten einander.

»Ich nehme an, daß du ihm nicht vertraust.«

»Ich bin mir wirklich nicht sicher, was ich von ihm halten soll. Irgend etwas innerhalb der Firma ist faul, und im Augenblick habe ich als ersten Torin im Verdacht. Aber ich weiß, daß meine Ansichten von meiner Eifersucht beeinflußt werden, weil er eine so gute Beziehung zu Nangisan hat.«

»Ich denke, es ist an der Zeit, daß du dich noch mal mit Nangi-san unterhältst.«

»Nangis Herzinfarkt war schwerwiegender, als er zugegeben hat.« Nicholas trank seinen Tee aus und fühlte die handgefertigte Teetasse aus Ton in seiner Handfläche. »Es geht ihm besser, aber man hat mir gesagt, daß er vor allem Zeit braucht. Übrigens hat er mir empfohlen, Torin zu vertrauen.«

»Dann solltest du auch ihnen beiden vertrauen.«

»Theoretisch hört sich das gut an, aber praktisch . . .« Er blickte sie an. »Ich habe den deutlichen Eindruck, daß irgend etwas passiert, wovon ich nichts weiß.«

Koei tippte mit dem Zeigefinger auf die Mitte ihrer Stirn. »Siehst du es mit deinem *tanjian*-Auge?«

»Ja.«

»Dann könntest du sehr gut recht haben.« Sie seufzte. »Auf der anderen Seite wird die Zeit immer kostbarer, je älter man wird, mein Schatz. Ich denke, daß du Nangi-san die Zeit lassen mußt.« Sie streckte eine Hand aus und glättete die Sorgenfalten auf seiner Stirn. Dann küßte sie ihn auf die Wange. »Sieh mich nicht so verwirrt an. Du weißt doch jetzt schon, was du tun wirst. Folge einfach deinem Herzen, dann bist du schon fast am Ziel.«

Er wandte sich brüsk ab, und sie fühlte, daß er sich in sich zurückzog. Das geschah nicht zum erstenmal, und es würde auch nicht das letzte Mal sein. Sie war weder beleidigt noch verwirrt. Koei wußte, daß diese scharfen Gefühlsausbrüche seine Beziehung zu Justine vergiftet hatten. Die Zeit war hier ihr einziger Verbündeter, und sie wußte, daß sie das Beste daraus machen mußte.

»Es ist doch in Ordnung, daß du an sie denkst«, sagte sie sanft. »Es ist nur logisch und natürlich. Justine war schließlich deine Frau.«

Nicholas wandte sich ihr wieder zu. Sein Gesicht war so schmerzverzerrt, daß es Koei das Herz brach. »Es geht nicht darum, daß sie tot ist, damit habe ich mich abgefunden. Es geht um meine Schuld. Ich habe sie allein und völlig verzweifelt zurückgelassen. Sie hat mich gebeten, nicht abzureisen. Justine hatte begonnen, Japan zu hassen, und ich wußte es. Ich wollte es einfach nicht glauben und habe es vorgezogen, alle Warnzeichen zu ignorieren.«

»Sie ist durch einen Unfall gestorben. Das ist alles. Sie fuhr mit einem Freund aus der Innenstadt von Tokio nach Hause zurück. Du warst damals mit Mikio Okami in Venedig.«

Er nickte. »Ich habe versucht, sie anzurufen. Zweimal. Es war mitten in der Nacht, aber das Telefon klingelte und klingelte. Sie war so böse auf mich, daß sie wahrscheinlich nicht mit mir sprechen wollte.«

»Darum geht es nicht. Selbst wenn du in Tokio gewesen wärest, hättest du sie nicht retten können. Es war ihr Schicksal.«

Er nahm sie in die Arme und küßte sie. Sie hatte recht, wie immer. Er mußte sich endlich von seinen Schuldgefühlen befreien. »Lassen wir die Vergangenheit auf sich beruhen«, flüsterte er. »Es war eine glückliche Schicksalsfügung, daß wir uns wiedergetroffen haben.« Nicholas streichelte sie und sog den Geruch ihres Haars ein. Er schloß die Augen und spürte, wie ihn ein Gefühl des Friedens überkam. »Ich bin so glücklich, daß ich dich gefunden habe.«

Die unterirdischen Lebensmittelmärkte der gigantischen Kaufhäuser Tokios waren während der Geschäftszeiten ständig überfüllt. Aber nach fünf Uhr, wenn die Geschäfte schlossen, waren sie verlassen. Die Lebensmittelabteilung der Ginza-Filiale des Tamayama-Kaufhauses an der Harumi-dori war ein riesiger Markt, der einem englischen Gartenlabyrinth glich. Die Anordnung der formalen Strukturen und Gänge machte das Einkaufen in dem Wirrwarr der verschiedenen U-Bahn-Stationen sehr viel einfacher.

Die unterirdischen Gänge hatten nachts etwas Unheimliches. Das Reinigungspersonal war gegangen, und die leeren, ihres Sinns beraubten Regaloberflächen glänzten trüb im Licht der Notbeleuchtung. Sie waren nur noch Formen ohne Inhalt. Die tagsüber noch von Geschäftigkeit erfüllten Stationen waren jetzt so verlassen wie die Obdachlosen auf Tokios Bürgersteigen, deren Zahl ständig zunahm.

Aber hinter dem Lebensmittelmarkt gab es einen anderen, weitaus privateren Treffpunkt. Im Gegensatz zur Lebensmittelabteilung war dieser Ort allerdings tagsüber verwaist. Er wurde hauptsächlich nachts benutzt und leistete Mick gute Dienste. Mick hatte das Tamayama-Kaufhaus vor zwei Jahren zusammen mit einigen koreanischen Geschäftspartnern übernommen. Die Rezession im Einzelhandel hatte die Reserven des Kaufhauses erschöpft, das die Produkte international renommierter Modedesigner zu hohen Preisen an japanische Konsumenten verkauft hatte. Die Rezession hatte den Erfolg des Kaufhauses fast über Nacht in einen Bankrott verwandelt. Mick und seine Partner hatten das Unternehmen gekauft und neunzig Prozent der berühmten Designernamen aus dem Sortiment geworfen. Statt dessen hatten sie sich auf Hausmarken konzentriert, und die Ware wurde aus Taiwan, Malaysia und vom chinesischen Festland importiert.

Die Reaktion war wahrhaft wundersam gewesen. Die Kundschaft, die zuvor auf Markennamen versessen gewesen war, zeigte sich jetzt mehr als glücklich, Qualitätsware für die Hälfte des Preises erstehen zu können. Auch wenn die Kleider, Röcke, Anzüge, Hosen und Blusen jetzt keine Chanel- oder Armani-Etiketten mehr hatten, sah die Kleidung gut aus, und die Preise stimmten. Die neue Führung des Tamayama-Kaufhauses wandte dieselben Prinzipien neuerdings auch bei langlebigen Gebrauchsgütern und elektronischen Artikeln an, die zumeist von Micks eigenen Unternehmen in Südostasien hergestellt wurden. Die neue Geschäftsstrategie, Zwischenhändler auszuschalten, hatte in Japan wie der Blitz eingeschlagen.

Mick war in dieser Nacht eher eingetroffen, um die Vorbereitung des Dinners zu überwachen, das für die Mitglieder von Denwa Partners gegeben wurde. Ginjiro Machida, der Oberstaatsanwalt, hatte die Gäste eingeladen. Im Gegensatz zu den meisten geschäftlichen Treffen war hier jedes Detail des Essens genauso wichtig wie die zu haltenden Reden.

Als Mick die Küchenräume verließ, sah er, daß der holzgetäfelte Raum in den gedämpften Farben geschmückt worden war, die er vorgeschrieben hatte. Der große Kirschholztisch glänzte beeindruckend unter den großen Kronleuchtern aus geschliffenem Glas. Das Besteck und die Kelchgläser glitzerten und funkelten wie die Diamanten im Schaufenster von Tiffany. Auf jedem Platz stand eine kunstvoll beschriftete Karte mit dem Namen des geladenen Gastes.

Zusammen mit Machida befanden sich zwölf Männer im Raum. Der Oberstaatsanwalt stellte die Männer gemäß dem förmlichen japanischen Ritual nach und nach einander vor. Kellnerinnen in von Obis umschlungenen Kimonos servierten Louis-Roederer-Champagner, Beluga-Kaviar und die in Japan beliebten *sushi*. Der Raum war bereits blau vom Zigarettenrauch, und eine Dunstglocke, die an den Smog über der Stadt erinnerte, hing direkt unter der Decke und zitterte in den Wirbeln frischer Luft, die durch die Öffnungen der Klimaanlage geblasen wurden.

Kurz darauf rief Machida die Gäste zu Tisch. Die Männer spähten auf die Karten und begaben sich auf die ihnen zugewiesenen Plätze. Als sie endlich alle saßen, nahm Mick seinen Platz am Kopf des Tisches ein. Machida saß ihm am anderen Ende direkt gegenüber. Ein Stuhl blieb leer.

Das war das Zeichen für das aufmerksame Bedienungspersonal, das Flaschen mit Corton Charlemagne zu entkorken begann. Mick ließ seinen Blick über den Tisch schweifen wie ein gütiger Diktator, der seine Statthalter bewirtet. Sein Gesichtsausdruck hatte einen vagen, aber unverkennbar eiskalten Charme. Der goldene französische Wein floß so großzügig wie das Wasser in den Springbrunnen von Paris. Alle waren wohlgestimmt, erwartungsfroh und guter Laune. Mick hatte sich nicht getäuscht. Die Rezession hatte die beinahe zwanghafte Gier dieser Männer nach allem Seltenen und Teuren nur noch mehr angestachelt.

»Guten Abend, Gentlemen«, sagte Mick, der jedem der Gäste am Tisch der Reihe nach in die Augen blickte. »Ich fühle mich geehrt, daß Sie zugesagt haben, an dieser bedeutenden Versammlung teilzunehmen, und möchte hinzufügen, daß es ein außergewöhnliches Vergnügen ist, jeden einzelnen von Ihnen zu treffen.« Soweit die unverbindlichen Nettigkeiten des Abends, dachte er.

Die Kellnerinnen servierten jedem Gast einen kleinen Salatteller. Honniko erschien in der Küchentür und schob einen kleinen Wagen mit einer riesigen Terrine aus ziseliertem Silber und einer großen Kelle vor sich her. Sie hielt vor jedem Sitz und löffelte jedem Gast eine großzügige Portion Soße auf den Salat.

Die Gäste blickten wie ein Mann auf das Gericht nieder, das ihnen serviert worden war, und versuchten, die Speise zu identifizieren. Es schien sich um große, gelb und schwarz gestreifte Bohnen zu handeln, die mit einer klaren und zähflüssigen Glasur überzogen worden waren.

»Unser erster Gang wurde nach chinesischer Art zubereitet, und das Rezept stammt natürlich aus dem Inneren der Verbotenen Stadt.« Mick hob die Hände und setzte sein elektrisierendstes Lächeln auf. »Heute abend, Gentlemen, speisen wir wie die Kaiser!«

Die Männer ergriffen ihre Gabeln und begannen zu essen. Mick nickte Honniko kurz zu, als sie den Raum verließ, nachdem sie ihm seine Portion serviert hatte. Er blickte allerdings nicht auf das Essen, sondern konzentrierte seine Aufmerksamkeit auf die elegant und makellos gekleideten Männer am Tisch.

»Ich hatte heute nacht eigentlich eine vorbereitete Rede halten wollen«, begann er, »aber gestern hatte ich die Gelegenheit, im Ueno-Park einer Debatte zwischen zwei älteren Herren zuzuhören, die über den gegenwärtigen Zustand der Welt gut Bescheid zu wissen schienen. Einer behauptete, daß die Masse dazu verdammt sei, vor jeder Ideologie, die an ihre niederen Instinkte appelliert, einen Kotau zu machen.

Was wollte er damit sagen? Überlegen Sie: Heim, Herd, Selbstschutz. Das sind elementare menschliche Instinkte, und wir würden wohl alle zustimmen, daß es gute Instinkte sind, oder? Aber wie viele rassisch und ethnisch begründete Kriege sind auf der ganzen Welt schon durch den Schrei nach Heim, Herd und Selbstschutz entfesselt und geführt worden?

Das ist kein Zufall. Betrachten Sie das Wiedererstarken des Faschismus nach dem weltweiten Niedergang des Kommunismus. In Deutschland sind die Neonazis unerbittlich auf dem Vormarsch. In Italien haben die Wähler eine Koalition an die Macht gebracht, die von Männern beherrscht wird, deren Idol Mussolini ist. Und in Rußland hat die Unzufriedenheit mit dem Chaos der freien Marktwirtschaft einen Mann prominent gemacht, dessen Worte lauten: ›Rußland zuerst. Verbrennt alle anderen.‹ Der Mann sagt, daß er entschlossen sei, in den Krieg zu ziehen, um das amerikanische Alaska wiederzugewinnen. Heutzutage gibt es Millionen, für die diese Leute große Männer sind.

›Gut‹, hat der andere Herr geantwortet, ›vielleicht sind es ja wirklich große Männer, weil sie bereit sind, alles zu riskieren, um mit der alten Ordnung aufzuräumen. Mit der Korruption und den bequemen Koalitionen, die sich seit dem Ende des Pazifikkrieges gegenseitig an der Macht gehalten haben. Eine so tief verwurzelte Korruption verlangt nach extremen Maßnahmen. Kann dieses einheimische Übel denn anders ausgemerzt werden? Rechtfertigt der Zweck nicht die Mittel?‹«

Mick hob eine Hand. »Dürfen wir diese charismatischen Männer, die die Kraft haben, große Menschenmassen zu stimulieren und ihre Visionen zu verwirklichen, automatisch verdammen? Sie sind manchmal ruchlos und auf eine kalte Weise effizient. Aber werden die Mittel dieser Männer nicht durch die Vision einer Zukunft gerechtfertigt, die durch die Kodifizierung und Durchsetzung der Gesetze zu ethischer Gleichschaltung und außergewöhnlicher Produktivität führen wird? Dürfen wir – die anerkannten Führer und die Elite – untätig im Abseits stehen, während sich die Gesellschaft wie ein räudiger Hund selbst verschlingt? Oder müssen wir nicht die Gesellschaft an der Gurgel pakken und die notwendige harte Ordnung durchsetzen, damit wir angemessen regieren und die Masse lenken können? Das ist eine uralte Frage. Sie ist seit Jahrhunderten von Philosophen, Politikern, Generälen und Theologen diskutiert worden, aber niemand ist zu einer endgültigen Antwort gelangt.«

Mick spreizte weit die Arme, als ob er den ganzen Raum umarmen wollte. Die Kellnerinnen räumten die Salatteller ab. »Ich hoffe, daß Ihnen unser kaiserlicher Appetitanreger geschmeckt hat. Wir werden jetzt bis zum nächsten Gang eine Pause einlegen, und ich werde jeden einzelnen am Tisch nach seiner Meinung fragen.« Er nickte dem grauhaarigen Mann zu seiner Linken, dem Chef einer bekannten Elektronikfirma, ehrerbietig zu. »Vielleicht können wir mit Ihnen beginnen, Asada-san.«

»Die Lage scheint mir klar zu sein«, sagte Asada. »Direkt nach dem Krieg haben wir die Liberale Demokratische Partei gegründet. Es gab einen allgemeinen Konsens. Bis vor drei Jahren blieb die LDP praktisch eine Regierungspartei ohne Herausforderer, und sie hatte bis dahin die absolute Kontrolle über die japanische Politik. Ohne die Führung der LDP und ihrer handverlesenen Premierminister hätte Japan nicht das große Wirtschaftswunder vollbracht, das eine besiegte Nation, die mit lähmender Inflation und mit Arbeitslosigkeit zu kämpfen hatte, zu einem ökonomischen Riesen gemacht hat.« Er nickte. »Die LDP hat gelegentlich ruchlose und – gemessen an bestimmten Maßstäben – grausame Mittel eingesetzt, um die Kontrolle über das Land zu behalten. Aber wir stimmen alle darin überein, daß das notwendig war, weil es um Japans wichtigste Interessen ging. Die Geschichte hat ein sehr deutliches Urteil gesprochen. Und deshalb behaupte ich, daß der Zweck die Mittel rechtfertigt.«

Die Männer am Tisch antworteten nach und nach mit ziemlich ähnlichen Worten.

Als sie geendet hatten, ergriff Mick wieder das Wort. »Meine Herren, ich gratuliere Ihnen, daß Sie das Geheimnis wahrer Größe verstanden haben.«

»Aber was spielt das noch für eine Rolle?« fragte Asada. »Das war die Vergangenheit, und wir wissen alle, daß die guten alten Zeiten vorüber sind. Die LDP ist abgewählt worden. Jetzt haben wir eine extrem zerbrechliche Parteienkoalition an der Macht, die keinen Konsens darüber findet, wie die Regierungsgeschäfte zu führen sind. Alle sechs Monate bekommen wir einen neuen Premierminister. Ich fordere jeden im Raum auf, uns zu erzählen, wo in dieser Zeit ständiger Kompromisse unsere Zukunft liegen soll. Nirgendwo. Wenn nur alles wieder so wie früher wäre.«

Mick beugte sich vor, und seine Augen strahlten vor religiöser Inbrunst. »Sie liegen falsch, mein Freund. Denken Sie noch einmal an das Gespräch zwischen den beiden Herren. Der erste, der den geschichtlichen Fortschritt *in jeder Form* verurteilt, lebt in der Vergangenheit. Er fühlt sich wohl, wenn er an das Gestern denkt. Vielleicht ist das bei Ihnen ähnlich. Der andere Mann versucht, die Männer zu rechtfertigen, deren Schlachtruf ›Ich halte die Zukunft in meinen Händen!‹ lautet. Er lebt für die Zukunft und denkt nur daran, wie die Dinge sich entwickeln sollten.

Aber ich versichere ihnen eines, Gentlemen: Keiner der beiden lebt in der *Gegenwart*, und so sind beide dazu verdammt, Relikte des unausweichlichen historischen Weges zu sein.«

Mick wartete einen Moment und sonnte sich in der gespannten Stimmung, die den Raum erfüllte. »Dasselbe gilt für Sie, wenn Sie nicht den großen Sprung wagen, einem Wandel ihrer Lebens- und Weltanschauung Vertrauen zu schenken und sich an der verwegensten und lukrativsten Unternehmung des kommenden Jahrhunderts zu beteiligen.«

Er breitete erneut die Arme aus, und jetzt wirkte die Geste, als ob er alle Gäste beschützend umarmen wollte. Die Küchentüren öffneten sich, und die Kellnerinnen betraten mit Honniko an der Spitze den Raum. Mick dämpfte den Bekehrungseifer in seiner Stimme. »Gentlemen, dies ist die alles entscheidende Frage. Denken Sie über Ihren Entschluß nach, während Sie den Hauptgang genießen. Lassen Sie es sich schmecken!«

Weitere Weinflaschen wurden entkorkt, und diesmal wurde ein schwerer roter Pétrus des Jahrgangs 1960 serviert. Dann wurde das Entrée aufgetragen. Es bestand aus einem dunklen, geschmorten Stück Fleisch in scharf gewürztem Balsamessig. Dazu wurden sautierte Zwiebeln, dünne Stangen jungen Spargels und natürlich japanischer Reis gereicht.

Mick hob sein Weinglas und brachte einen Toast auf die Gesundheit seiner Gäste aus. Er beobachtete, wie sie sich dem Essen widmeten. Sein Blick traf den Honnikos, die am anderen Ende des Raumes stand. Er nickte ihr leicht zu, und sie verschwand mit ihren Untergebenen wieder in der Küche.

»Denken Sie an die Massen, die Sklaven der Medien sind. Und dann denken Sie an sich selbst. Sie sind so intelligent und willensstark, daß Sie über dem Rest der Menschheit stehen. Sie sind keine Sklaven.« Er sprach im magnetisierenden Tonfall des Gerechten, im beschwörenden Rhythmus des politischen Polemikers, des Baptistenpredigers und des leidenschaftlichen Fernsehpfarrers.

Mick schöpfte aus dem dunklen und irrationalen Strom des menschlichen Unterbewußtseins, der keine Grenzen zwischen Rassen, Glaubensbekenntnissen und Religionen kannte. Diese Gefühle existierten im Inneren aller Menschen. Sie schlummerten wie eine Schlange, waren aber nur allzu bereit, an die Oberfläche zu drängen.

»Die kulturelle und weltanschauliche Vielfalt, die unter dem Vorzeichen politischer Korrektheit in Ländern wie etwa den Vereinigten Staaten vorherrscht, bildet den idealen Nährboden für die Hervorbringung des Übermenschen«, fuhr Mick fort. »In dieser Atmosphäre der Offenheit und Kreativität wird er mächtiger und reicher, als das in repressiven Gesellschaften wahrscheinlich der Fall wäre. Vorurteile – der Fluch des politisch korrekten Individuums – würden die Entwicklung des Übermenschen im Keim ersticken. Die Universitäten, an denen sich potentielle Kandidaten finden, *zahlen* heute denjenigen großzügige Honorare, die im Namen kultureller Vielfalt und der Redefreiheit den Rassenhaß schüren. Und in genau dieser Atmosphäre kann der Übermensch aufblühen.

Und was meine ich, wenn ich vom Übermenschen rede?

Einen Typus, der dazu bestimmt ist, die Massen zu beherrschen.« Er streckte die Hand aus, und sein Zeigefinger wies der Reihe nach mit einer dramatischen Geste auf jeden der anwesenden Gäste am Tisch. »Ich rede von Ihnen, Asada-san ... von Ihnen, Morimoto-san ... von Ihnen ... und Ihnen ... und Ihnen.«

Sein Finger fuhr wie ein Schwert durch die Luft. »*Jeder einzelne* von uns ist etwas Besonderes. Wir leben unser Leben nach anderen Gesetzen. Wir kommen und gehen, wie es uns gefällt, und wir raffen die Macht zusammen wie ein Kaiser seinen hermelinbesetzten Mantel. Wir sehen die Zukunft, eine Zukunft, die der gewöhnliche Sterbliche, der um die Mauern dieses Gebäudes herumkriecht, sich nicht einmal vorstellen kann. *Das* ist es, was wir alle gemeinsam haben. Es spielt keine Rolle, ob wir Japaner oder Russen sind, weil wir eine gemeinsame Sprache sprechen.«

Er dämpfte seine Stimme und konnte spüren, wie sich die Gäste vorbeugten, um kein einziges Wort zu verpassen. »Wir haben das Recht – nein, die Verantwortung –, alle Vorteile der Freiheit auszunutzen, die uns die politisch korrekte Gesellschaft bietet.« Er hob einen Zeigefinger. »Und wir können damit gleich beginnen. Hier an diesem Tisch.« Er wies mit der Hand auf das Essen. »Es ist kein Zufall, daß wir heute nacht wie die Kaiser speisen, Gentlemen. Es ist eine Art von Initiation, ein magischer Ritus.« Er lächelte gewinnend. »Sie wissen, daß in den Dschungeln von Vietnam und auch sonst auf der Welt die feste Überzeugung herrscht, daß der erste Schritt, einen Feind zu besiegen, darin besteht, ihn völlig zu verschlingen.«

»Was soll der Unsinn?« fragte Ise Ikuzo. Der kräftige Mann saß direkt rechts neben Mick. Er war der Chef eines Firmenkonglomerats, das im Stahl- und Metallurgiebereich tätig war, und hatte dunkle Verbindung zur Yakuza, und zwar zum *Shikei*-Clan, wenn Micks Informationen stimmten. »Sie haben uns erzählt, daß der erste Gang nach chinesischem Rezept zubereitet worden ist. Süß genug war er auf jeden Fall!«

»Ja, tatsächlich«, sagte Mick. Sein Lächeln wurde breiter. »Unser Appetitanreger bestand aus kaiserlichen Bienen, die im eigenen Honig und Saft kurz gebraten worden sind. War der Schmaus nicht delikat?«

»Allerdings«, antwortete Asada zustimmend. »Es ist selten, daß ein Mann aus dem Westen beim Essen einen so verfeinerten Geschmack hat. Ich persönlich hatte Pommes frites und Big Macs erwartet.«

Es gab ein allgemeines Gelächter am Tisch. Die Gäste nickten anerkennend. Natürlich hatten ihnen die kaiserlichen Bienen geschmeckt. Das war zu erwarten gewesen, dachte Mick.

»Und was ist mit dem Hauptgang?« fragte Ikuzo.

»War er auch nicht nach Ihren Wünschen, Ikuzo-san?« fragte Asada von der anderen Seite des Tisches. »Der Geschmack war doch hochgradig ungewöhnlich. Fanden Sie nicht?«

Ikuzo zuckte die Achseln. »Ich war selbst in Venedig und habe die einheimischen *Fegato*-Spezialitäten probiert.«

»Ah, ja, Leber nach venezianischer Art«, sagte Mick. »Aber *was für eine* Leber!« Er ließ seinen Blick über die Gäste am Tisch schweifen. »Wir erinnern uns doch alle an Rodney Kurtz. Es ist so schade um ihn.« Er wies auf den leeren Stuhl. »Um sein Andenken zu ehren, haben wir einen Platz für ihn freigehalten.« Seine Stimme nahm erneut jenen charakteristischen Tonfall an. »Wir erinnern uns alle an seinen Versuch, Denwa Partners aus eigennützigen Interessen zu unterwandern. Und deshalb haben wir gerade *seine* Leber verspeist.«

Mick hatte seinen theatralischen Coup mit der Geschicklichkeit eines Chirurgen enthüllt. Er lehnte sich zurück und beobachtete genüßlich den zunehmenden Aufruhr.

»Das ist unglaublich! Ein monströser Spaß!« schrie Ikuzo. Asadas Gesicht wirkte blutleer, als ob ihm auf der Stelle übel werden würde. Er war nicht der einzige. Alle zwölf Männer waren aufgestanden und bleich wie Geister. Sie brüllten und schüttelten die Fäuste. Machida saß inmitten des Durcheinanders still wie eine Statue da. Er antwortete nicht auf wütende Fragen und schenkte seinen Geschäftsfreunden keine Beachtung.

Endlich stieß Machida seinen Stuhl zurück und gesellte

sich zu den anderen. »Das war kein Spaß.« Seine befehlsgewohnte Stimme übertönte das allgemeine Palaver. »Wir sollten uns anhören, was Mr. Leonforte zu sagen hat.«

Die Gäste nahmen nacheinander wieder Platz. Die meisten schoben ihre Teller in Richtung Tischmitte, und einige wollten sie nicht einmal mehr ansehen.

»Jetzt gehören wir alle zusammen!« rief Mick, als alle Augen wieder auf ihn gerichtet waren. »Wir haben zu Ehren der Macht zu Abend gegessen und sind alle durch eine moderne Variante des Blutschwurs miteinander verbunden.« Mick spießte mit der Gabel ein Stück des dunklen Fleisches auf, schob es in den Mund und kaute glücklich darauf herum. Er schluckte. »Wir haben unseren Feind völlig verschlungen. Jetzt müssen wir uns zusammenschließen und von Denwa Partners in einer für uns idealen Weise profitieren.«

Ikuzo knallte seine Gabel mit einem lauten Geräusch auf den Tisch. »Ich werde mir dieses Märchen nicht anhören. Man hat mich betrogen und für dumm verkauft.« Er sprang auf. »Sie haben Ihre Pflichten als Gastgeber mißbraucht. Ich habe Ihnen gegenüber keinerlei Verpflichtungen.«

»Ich glaube, daß es das beste wäre, wenn Sie so lange blieben, bis ich ausgeredet habe«, sagte Mick sanft. »Danach liegt es ganz bei Ihnen, ob Sie gehen wollen.«

»Ich kann auch jetzt gehen!« sagte Ikuzo aufgebracht. »Wer sind Sie denn, daß Sie glauben, mir Befehle erteilen zu können? Sie sind ein *iteki*, ein Fremder, der keinerlei Macht über mich hat.«

»Ikuzo-san, es schmerzt mich, daß wir uns so streiten«, sagte Mick. »Natürlich können Sie auch jetzt gehen, wenn Sie das vorziehen sollten.«

»Ich gehe«, sagte Ikuzo schwer atmend. Er blickte die anderen Gäste an und verbeugte sich förmlich.

Mick wartete, bis er fast an der Tür war. »Ikuzo-san, ich würde mich freuen, wenn Sie mir eine Frage beantworten würden.«

Ikuzo wandte sich um. »Welche Frage?«

»Sie sind doch stiller Teilhaber bei Sterngold Associates, oder?«

»Warum stellen Sie Fragen, wenn Sie die Antwort offensichtlich schon kennen?« schnappte Ikuzo. »Sterngold gehörte Rodney Kurtz.«

»Wußten Sie, daß Kurtz versucht hat, Sie bei Sterngold *und* Denwa Partners aus dem Geschäft zu drängen?«

Ikuzo sah konsterniert aus. »Wovon reden Sie?«

»Kurtz wollte Sie als Partner loswerden, und so hat er zugestimmt, Ihren kleinen Anteil bei Sterngold gegen die Hälfte seiner Anteile bei Denwa einzutauschen. Aber Sie haben Ihre letzte Zahlungsverpflichtung nicht erfüllt und sich so – formal gesehen – des Vertragsbruchs schuldig gemacht. Kurtz hat deshalb vor seinem Tod und dem seiner Frau gewisse Anordnungen getroffen. Die Firma Sterngold befindet sich jetzt in den Händen von Bates & Bates, einer amerikanischen Anwaltskanzlei. In seinem Testament hat Kurtz verfügt, daß alle Anteile, die Sterngold bei Denwa hält, von Worldtel Inc. übernommen werden. Das ist eine Tarnfirma, die ich gerade gekauft habe.«

»Was? Aber das ist unmöglich!« sprudelte es aus Ikuzo hervor. »Er kann das nicht getan haben. Er wußte, daß ich gerade nicht flüssig war. Ich habe ihn in der letzten Woche getroffen. Er hat mir ausdrücklich zugesagt, daß ich weitere sechs Wochen Zeit hätte, um den Rest meiner Schulden zurückzuzahlen. Die Sache war abgemacht.«

»Wissen Sie was?« Mick zog die Verträge hervor und breitete sie auf dem Tisch aus. »Er hat Sie angelogen. Wissen Sie, wie man in Deutschland über Kurtz geredet hat? ›Stehen Sie nicht im Wind, wenn er pißt.‹« Er beobachtete, wie Ikuzo seinen Blick unerbittlich auf die Verträge heftete. »Worauf warten Sie noch, Ikuzo-san? Sie dürfen jetzt gehen.« Er machte eine kurze Pause. »Sie können aber auch an den Tisch zurückkehren, und wir können erneut über Ihre Anteile bei Denwa verhandeln.« Er setzte wieder sein gewinnendes Lächeln auf. »Ich versichere Ihnen, daß ich ein vertrauenswürdigerer Partner sein werde, als Kurtz es je gewesen ist.« Er war sich der Tatsache bewußt, daß alle im Raum ihren Blick auf Ikuzo hefteten, der langsam zu seinem Stuhl ging und schweigend Platz nahm. Mick schob ihm gönnerhaft die Verträge zu.

Dann erhob er seine Stimme. »Asada-san hatte mit seinem Abschiedsgesang ziemlich recht. Die guten alten Zeiten sind vorbei, Gentlemen. Sie haben sich in Mozart ausgesungen, wie Friedrich Nietzsche sagen würde. Oder, in unserem Fall, mit dem Shogun Iyeyasu Tokugawa. Als die Meiji-Regierung den Samurai im neunzehnten Jahrhundert Status und Rang raubte, hat sie Japan seine Geschichte und seine ureigene Seele genommen.

Deshalb ist das TransRim CyberNet für Japans Zukunft so wichtig. Im Moment ist Japan – was den Computer angeht – eine Gesellschaft von Analphabeten. Ihre Kinder absolvieren die Schule, ohne zu lernen, wie man das einzige Instrument bedient, das sie ins einundzwanzigste Jahrhundert führen kann. Die Japaner müssen wie die Amerikaner und die Europäer lernen, wie man alle Arten von Informationen über die CyberNet-Datenautobahn transportiert. Und Japan wird es auf seine eigene, unnachahmliche Weise schaffen, einfach deshalb, weil es unabdingbar ist, wenn Japan in den kommenden Jahren im internationalen Wettbewerb bestehen will.

Das CyberNet ist die erste weltweit operierende Datenautobahn, die in Japan beheimatet ist, und deshalb wird das CyberNet für das Land als Ganzes das bevorzugte Computernetz sein. Ich kann Ihnen noch etwas versichern. Durch die digitale Videotechnik wird das Netz in absehbarer Zukunft – was die Übertragung und Verbreitung von Informationen betrifft – über eine Monopolstellung verfügen.

Offen gesagt würde mir nichts besser gefallen, als mein eigenes CyberNet zu starten, aber Sie wissen ja alle, daß die TransRim-vid-byte-Technologie gesetzlich geschützt, patentiert und gegen Datendiebstahl bestens gerüstet ist.«

»Wenn irgendein konkurrierendes Netz den Online-Betrieb aufnehmen würde, würden wir die Eigentümer verklagen. Wir würden gewinnen und sie Bankrott machen«, sagte Asada-san.

»Ganz genau«, erwiderte Mick. »Und deshalb habe ich mich bei Denwa Partners eingekauft. Die vid-byte-Technologie wird in den kommenden Jahrzehnten etliche Milliarden Dollar wert sein, und das nicht nur durch das Trans-Rim-Netz, sondern auch durch die Lizenzverträge, die später mit Sicherheit abgeschlossen werden.«

Er hob den Zeigefinger. »Aber es ist eine Tatsache, daß das Potential des CyberNet nicht voll ausgenutzt wird. Und deshalb sind wir heute nacht hier zusammengekommen. *Verbreitung von Informationen.* Denken Sie einen Augenblick über dieses Problem nach. Das CyberNet wird die einzige und einflußreichste Datenautobahn sein, auf der Menschen aus Japan und dem gesamten pazifischen Raum Informationen transportieren werden. Aber das Netz kann auch benutzt werden, um Menschen, Geschäftsabschlüsse und ähnliches zu *beeinflussen.* Das CyberNet ist nach dem Satellitenfernsehen der letzte Schritt der technologischen Entwicklung. Aber es hat einen großen Vorteil gegenüber dem Satellitenfernsehen, das, wie wir alle festgestellt haben, nationale Grenzen nicht ungestraft überwinden kann. Ich brauche Sie kaum an das Beispiel von Rupert Murdochs Star TV zu erinnern, das die Ausstrahlung der BBC-Nachrichten nach China einstellen mußte, weil in den Sendungen Kritik an der Einstellung der chinesischen Regierung zum Problem der Bürgerrechte geübt wurde. Das CyberNet wird diese Probleme nicht haben, weil die Informationen nicht auf irgendeinem konventionellen Weg übertragen werden. Was auf dem Computer durch einen Online-Dienst übertragen wird, kann niemand regulieren. Wir werden die Architekten oder – wenn Sie wollen – die Götter unserer eigenen Datenautobahn sein.«

Er wartete einen Moment, damit die anderen seine Gedanken verdauen konnten. »Es wird für uns keinerlei Geheimnisse geben. Wir werden die Information und die Geschäftswelt kontrollieren. Wir besitzen das System und sind in der Lage, den Leuten, die sich ins Netz einklinken, das Programm zu diktieren. Stellen Sie sich das einmal vor: Vierundzwanzig Stunden am Tag kann Werbung ausgestrahlt werden, die als Programm maskiert wird. Wenn wir zum Beispiel den Wiederaufstieg der Liberalen Demokratischen Partei einleiten wollen, brauchen wir nur ein tägliches Diskussionsforum im CyberNet einzurichten, das sich auf die Politik der LDP konzentriert. Wir werden unsere Botschaft Tag für Tag und Nacht für Nacht in die Wohnzimmer pumpen, und das Ergebnis wird nicht auf sich warten lassen. Die negative Einstellung der Medien gegenüber der LDP wird auf effektive Weise erstickt werden.«

Er legte eine Pause ein, damit sein Konzept in die Köpfe seiner Gäste einsickern konnte. Dann beugte er sich vor und verharrte in dieser Stellung, wie eine Galionsfigur im Wind. »Ein weiteres Beispiel. Stellen Sie sich einmal vor, wir wollten wissen, was die Konkurrenz bei Mitsui Heavy Industries gerade vorhat, oder es interessiert uns, was im Außenministerium oder im Polizeipräsidium vor sich geht. Können Sie sich vorstellen, daß innerhalb von zwölf Monaten noch irgendein japanischer *keiretsu* oder eine Behörde ohne das CyberNet seine Geschäfte abwickeln kann? Bestimmt nicht, wenn der Betrieb im weltweiten Wettbewerb erfolgreich sein will! Stellen Sie sich das vor! Sie kontrollieren alles, und ihre Kontrolle wird noch stärker sein als in der Vergangenheit. Bis jetzt hängen Sie noch an den alten Methoden der Bestechung und Erpressung, aber Sie werden durch die Polizei und den kritischen Blick der Medien und der Öffentlichkeit bedroht. Wenn Sie die Kontrolle über das CyberNet haben, können Sie die überholten Methoden aufgeben, die durch die wiederholten Untersuchungen der Polizei und der Medien zunehmend gefährlich geworden sind. Das Netz, das Sie seit dem Ende des Krieges so wirkungsvoll gesponnen haben, hat ausgedient. Es ist ein Dinosaurier und erfordert mehr Zeit und Anstrengung, als man in diesen Tagen und in dieser Epoche aufbringen kann.« Er breitete die Arme aus. »Es werden mehr – viel mehr – Informationen auf elektronischem Weg zu Ihnen ins Haus kommen. Geschäftsabschlüsse können schnell, einfach und effizient abgewickelt werden. Und das Beste daran ist die Unmöglichkeit, etwas nachzuweisen.«

»Ihre Gedanken sind zweifellos revolutionär. Aber so inspirierend sie auch sein mögen, ist das Ganze nicht unmöglich?« fragte Asada. »Mit wachsender Kenntnis kommen die Zweifel. Die Unternehmen werden ihre geheimen Daten dem CyberNet nicht anvertrauen, solange sie nicht sicher sind, daß sie es ruhigen Gewissens tun können. Und im Augenblick ist die CyberNet-Kommunikation nicht sicher. Jeder kann die Daten des anderen lesen.«

»Asada-san hat gleichzeitig recht und unrecht.« Mick öffnete wie ein Zauberer seine rechte Hand. Auf seiner Handfläche lag ein kleiner Computerchip, der wie Platin glänzte. »Gentlemen, erlauben Sie mir, Ihnen den Kyron Algorithm Lithium Chip vorzustellen. Beim KALC handelt es sich um die verfeinerte Version des Slipjack Algorithm, der in den Vereinigten Staaten entwickelt wurde. Das ist ein Kodierungs-Instrument, dessen Verschlüsselungen nicht zu knacken sind. Datenspionage ist somit im CyberNet unmöglich – zumindest werden wir jeden davon überzeugen. Wir werden den KALC allen Unternehmen zur Verfügung stellen, die sich innerhalb der ersten sechs Monate in den Online-Betrieb einklinken. Der Chip wird ein Werbegeschenk sein, ein Anreiz, beim CyberNet einzusteigen.«

Ein Lächeln breitete sich auf Micks Gesicht aus. »Aber wir werden ihnen *nicht* erzählen, daß der KALC genausogut jede Verschlüsselung *knacken* kann, gleichgültig, wie komplex sie ist. Wir haben es hier mit dem definitiven Entschlüsselungs-Instrument zu tun, weil es Audio- *und* Videokodierungen aufbrechen kann.«

Mick zog zwei elektronische Geräte unter dem Tisch hervor. Er zeigte auf den linken Recorder. »Hier sehen Sie eine Maschine, auf der ein Gespräch aufgenommen worden ist, das mit dem American Slipjack Algorithm verschlüsselt wurde.«

»Play.« Aus dem Lautsprecher des Recorders kam ein Schwall von Kauderwelsch.

»Hat irgend jemand das Gespräch auf dem Tonband verstanden?«

Schweigen.

Mick blickte auf, während er das Band zurückspulte. »Ich habe keinen Zweifel, daß Sie dieses Band von jetzt bis zum Ende des Jahres auf Ihren Anlagen laufen lassen könnten und keinen Schritt weiter wären, die Kodierung des Slipjack Algorithm zu überlisten. Der Chip ist tatsächlich sehr gut.«

Er verband die Maschine zu seiner Rechten mit dem ersten Recorder. »In dieses Gerät ist der KALC eingebaut worden. Ich werde die Aufnahme auf dem Band jetzt durch seinen Stromkreislauf laufen lassen.« Er schaltete den KALC-Recorder ein und wandte sich dann wieder dem linken Gerät zu. »Play.«

»Eine solche Initiative ist im Moment nicht vorgesehen, Mr. President.«

»Dann sollten wir das ändern.«

Mick beobachtete gespannt, wie sich alle am Tisch vorbeugten, als sie den leicht nasalen Akzent des Präsidenten der Vereinigten Staaten erkannt hatten.

»Sagen Sie Mitchelson im Wirtschaftsministerium, daß wir hier ein politisches Defizit haben, das mir nicht gefällt. Die Japaner sollten mehr Reis von uns kaufen. Das ist das Verhandlungsziel.«

»Mitchelson wird wissen wollen, wieviel Spielraum er hat, Sir.«

»Mitchelson hat freie Hand. Ich stehe hinter seinen Entscheidungen. Wir haben die Japaner früher schon mal hart angefaßt, und es hat geklappt. Ich will, daß sie unseren Reis kaufen. Alles klar?«

»Absolut, Sir.«

Mick schaltete den Recorder aus. Es herrschte erstauntes Schweigen im Raum. »Wir brauchen diesen Chip nur in die CyberNet-Matrix einzubauen. Dann sind wir imstande, alle verschlüsselten Daten im CyberNet einzusehen.«

Morimoto war der Chef der Abteilung für Industriepolitik im MITI. Er räusperte sich und ergriff schließlich das Wort. »Sato International ist der Hauptanteilseigner beim CyberNet.« Er blickte in die Runde. »Ich kenne Tanzan Nangi, wie alle hier im Raum. Er würde es nicht zulassen, daß so ein Chip im CyberNet verwendet wird. Selbst wenn wir auf Ihren Vorschlag eingehen würden, Nangi würde nein sagen.«

»Nangi-san ist ein alter Mann«, sagte Mick. »Und außerdem ist er krank. Sein letzter Herzinfarkt . . .«

»Man hat uns versichert, daß es sich bei Nangi-sans Krankheit um nichts Ernstes handelt«, sagte Asada.

»Ja, und wir werden allen versichern, daß der KALC

elektronische Datenspionage unmöglich macht. Reicht das nicht?« Mick wartete, bis seine Worte gewirkt hatten. »Ja, ja, wir haben gehört, daß sein Herzinfarkt nicht schwerwiegend war. Aber was ist, wenn die Sache doch schlimmer war? Was ist denn, wenn Nangi-sans Fähigkeiten dauerhaft beeinträchtigt sein sollten?« fragte Mick vorsichtig. »Wollen Sie, daß so ein Mann Sato International leitet?«

»Wissen Sie mehr als wir?« fragte Asada.

Mick schien einen Moment lang zu zögern und unterstrich seine Worte dann mit einer theatralischen Geste. »Er hatte den Herzinfarkt vor . . .«

»Sechs Monaten«, sagte Morimoto.

»Sitzt er denn schon wieder hinter seinem Schreibtisch?« fragte Mick unschuldig.

»Nein«, antwortete Asada gedankenvoll. »Und seine Schwäche könnte auch erklären, warum er nicht an dem CyberNet-Eröffnungs-Dinner teilgenommen hat.«

Morimoto erkannte seine Chance und ergriff sie. »Wenn es ihm so schlechtgeht, dann sollte er nicht länger einen *keiretsu* leiten, der so einflußreich und groß ist wie Sato.« Andere Gäste nickten zustimmend. Jeder im Raum kannte Morimotos Meinung über Tanzan Nangi. Morimoto glaubte, daß Nangi zuviel Macht hatte, aber das war vielleicht nur Eifersucht. Nangi war ein hochrangiger Minister im MITI gewesen, bevor er sich in die Geschäftswelt ›zurückgezogen‹ hatte. Er hatte dem Ministerium für Internationalen Handel und Industrie seinen Stempel aufgedrückt, aber als Chef von Sato International war er weitaus bekannter.

»Jetzt kommen wir zum Kern des Problems«, sagte Mick. »Wer kontrolliert das Hauptunternehmen, Sato International? Bis jetzt war Sato, ein im Privatbesitz befindlicher *keiretsu,* immun gegen Übernahmeversuche. Selbst für eine so erlesene Gruppe wie uns.« Seine Augen funkelten, und seine Sprechweise wurde schneller und gefühlsgeladener. »Aber das CyberNet und Denwa Partners haben alles verändert. Sato International befindet sich in einer solchen finanziellen Krise, daß es nach fremder Finanzhilfe suchen mußte, um das CyberNet starten zu können.«

»Aber wir halten nur die Aktienminderheit«, warf Asada ein. »Sato hat immer noch den größeren Anteil.«

»Nur unter bestimmten Bedingungen«, sagte Mick. »Bei dem Abkommen wurde vereinbart, daß Sato von Denwa einen Überbrückungskredit bekommt, der innerhalb von neunzig Tagen zurückgezahlt werden muß. Geschieht das nicht, haben wir den Fuß in der Tür. Ich habe vor, dafür zu sorgen, daß das Geld nicht pünktlich zurückgezahlt wird. Ich kann sogar dafür garantieren. Im Gegenzug bitte ich Sie, mich zum Präsidenten von Denwa Partners zu wählen. Durch diese Stellung komme ich, wie in dem Abkommen mit Sato vereinbart, bei Sato automatisch in die Direktionsetage, wenn die Schulden nicht beglichen worden sind. Das genügt mir, um endlich die völlige Kontrolle über Sato und das CyberNet zu gewinnen. Wenn ich erst mal in der Direktionsetage sitze, kann ich mir die anderen Kollegen einzeln vornehmen, bis ich eine Mehrheit habe, um Nangi abzuwählen und mich selbst zum neuen Präsidenten von Sato International wählen zu lassen.«

Es herrschte wieder Schweigen im Raum. Als Mick den Gesichtsausdruck seiner Gäste studierte, wußte er, daß er gesetzt und gewonnen hatte. Er hatte gewettet, daß die Männer vom Dai-Roku für Nangi – einen bekannten Liberalen – keine Sympathien hatten, daß sie auf seine Macht eifersüchtig waren und seinen Partner – Nicholas Linnear – fürchteten.

Alles, was er ihnen erzählt hatte, entsprach der Wahrheit. Zumindest bis zu einem gewissen Punkt. Aber er hatte noch andere, geheime Ziele. Trotz der gegenwärtigen finanziellen Misere blieb Sato International in Japan und in Übersee der einflußreichste *keiretsu*. Die Macht des Unternehmens würde Wunder wirken, um Mick die Türen ins legale Geschäftsleben zu öffnen. Sato war seine Eintrittskarte für diese Welt, und er sehnte sich danach, deren Hauptakteur zu werden. Er würde die Dinge in Bewegung setzen und sie verändern. Er hatte viel zu lange in der Dunkelzone der vietnamesischen Berge bei dubiosen Geschäften die Fäden gezogen. Sein Ehrgeiz wurde zusätzlich noch dadurch angestachelt, daß sein geheimnisvolles *alter ego*,

Nicholas Linnear, der Mitbesitzer von Sato war. Daß er so Linnears Vernichtung einleiten würde, war ein unwiderstehlicher Köder.

Mick hatte seinen Gästen genug Zeit gelassen und ergriff wieder das Wort. »Das ist unsere Chance, Japans Gegenwart in die Hand zu nehmen und zu verhindern, daß Sato International die Zukunft im Würgegriff hält.«

»Und was ist mit Linnear-san?« Die nackte Angst in Asadas Gesichtsausdruck bezeugte, daß er kapituliert hatte. Die Gäste wollten in das Geschäft einsteigen, und sie wollten auch, daß Mick sie führte. Sie hatten seinen Zukunftsplänen gelauscht und sie sich zu eigen gemacht.

Mick lächelte. »Überlassen Sie Linnear mir«, sagte er sanft. »Ich weiß, wie man mit ihm umgehen muß. Ich garantiere Ihnen, daß er unseren Plan nicht vereiteln wird.« Er beugte sich vor. »Also, wer unterstützt mein Vorhaben? Lassen Sie sich die Sache durch den Kopf gehen. Dies ist ohne Übertreibung eine Chance, die sich nur einmal im Leben bietet. Werden wir Denwa benutzen, um bei Sato die Kontrolle zu übernehmen?« Er blickte in die Runde. Die Gäste nickten nacheinander feierlich. Es gab keine einzige Nein-Stimme.

Später, nachdem alle – einschließlich Machida – gegangen waren, rauchte Mick eine Zigarre und starrte gegen die Decke. Bis auf einen vielfarbigen Läufer in der Mitte war der Tisch abgeräumt. Das glänzende Kirschholz verströmte den angenehm scharfen Geruch von Zitronenwachs. Honniko überwachte in der Küche die Aufräumarbeiten der Angestellten.

In Momenten wie diesem dachte Mick an Koei. Die sechs Monate mit ihr waren schwierig und in einer bestimmten Weise sogar schmerzhaft gewesen. Aber es war, wie das Gefängnis, eine Erfahrung gewesen, die er niemals vergessen würde. Er war sich sicher, daß sie ihn verachtet hatte, und es hätte ihm genügen sollen, sie rauszuwerfen. Beziehungen waren ja schön und gut, aber was sollte man mit einer Frau anfangen, die einen sofort bespuckte, wenn man mit ihr ins Bett gehen wollte? Und doch war es dieser Haß, der ihm am meisten bedeutet hatte. Er hatte sie vermißt, als sie gegangen war, oder, um genau zu sein, er hatte die Mischung von kleinen Demütigungen und Herabsetzungen vermißt, an die er sich jetzt erinnerte, um das Feuer seiner dunklen Gefühle am Brennen zu halten. Sie glichen einem bitteren Geschmack im Mund, der an die Asche in der Nähe eines Hochofens erinnerte.

Honniko, die aus der Küche in den Saal trat, schreckte ihn aus seiner unheilvollen Träumerei auf. Sie hatte ihren Kimono und Obi abgelegt und trug jetzt ein elegantes, rauchgraues Armani-Kostüm mit einer reverslosen Jacke. Sie hatte fast kein Make-up aufgelegt, und ihre Natürlichkeit schien den orientalischen Einschlag ihrer Augen noch zu betonen. Ihr blondes Haar wirkte so noch erstaunlicher.

»Eine meisterhafte Vorstellung«, sagte sie.

»Wirklich?« Er stieß eine Wolke aromatischen Rauchs aus, während er den Kopf senkte. »Ja, es war eine gute Vorstellung. Aber eigentlich habe ich ihnen nur erzählt, was sie unbedingt hören wollten. Ich habe ihnen einen Angelhaken durch die Nase gezogen und sie geführt, aber sie waren reif für diese Aufstachelung. Sie lieben die Unsicherheit der Gegenwart nicht, sehnen sich nach der Vergangenheit und haben Angst vor der Zukunft.«

Er rollte die Zigarre zwischen den Lippen hin und her, was merkwürdig obszön wirkte. Dann inhalierte er und ließ den Rauch langsam wieder entweichen. »Aber ich habe auch Glück gehabt.« Er ergriff mit zwei Fingern die Diskette, die Honniko ihm früher am Abend gegeben hatte. »Die Prozedur, die ich in die Wege geleitet habe, um diese Daten aus der Abteilung für Forschung und Entwicklung bei Sato zu bekommen, hätte in vielerlei Hinsicht schiefgehen können.«

»Warum denn? Du warst doch in jedem Stadium vorsichtig.«

»Vorsichtig ist die Krücke, durch die der Mensch die Angst rationalisiert.« Mick drehte die Diskette zwischen den Fingern. »Sie ist eine unzureichende Maßnahme.«

Sie setzte sich neben ihn und strich ihm mit den Fingern durchs Haar. »Was spielt das für eine Rolle? Du hast doch alles, was du haben wolltest?«

»Ich habe die CyberNet-Technologie, aber ich habe sie niemals gewollt oder gebraucht.« Er spielte immer noch mit der Diskette. »Der Diebstahl der Daten von Sato International war eine List, um sie von der wahren Attacke abzulenken, die aus dem Vertrag folgt, den Sato mit Denwa Partners abgeschlossen hat. Ich will nicht, daß irgend jemand bei Sato im Moment über den Vertrag nachdenkt. Sollen sie sich doch im Kreis drehen und herauszufinden versuchen, wer ihnen ihre wertvollen Daten gestohlen hat. Oder warum man sie ihnen gestohlen hat. Sie werden schon sehen, was sie davon haben.«

Er inhalierte den Rauch seiner Zigarre und blies eine bläuliche Wolke in die Luft. »Aber wenn du behauptest, daß ich alles habe, so stimmt das nicht. Linnears Kopf habe ich nicht. Noch nicht.« Dann grinste er. Es war eine plötzliche, jugendliche Geste, die sie bereits gut kannte. »Willst du die Früchte unserer Arbeit sehen?«

Sie rückte ihren Stuhl vor. »Natürlich.«

Er zog einen weichen Attaché-Koffer hervor und entnahm ihm einen Notebook-Computer, der mit einem Disketten- und CD-ROM-Laufwerk ausgerüstet war. Er schaltete den Computer ein und legte die Diskette ins Laufwerk. Der Startvorgang lief. Danach wechselte er zum Diskettenlaufwerk.

»Das ist es.« Sein Zeigefinger schwebte über der Enter-Taste. »Wenn ich diese Taste drücke, werden die CyberNet-Daten auf dem Bildschirm erscheinen.« Er sog den Rauch ein und genoß den bitteren Geschmack. Dann, als er den Rauch durch die halbgeöffneten Lippen blies, drückte er auf den Knopf. Die Signallampe des Laufwerks leuchtete auf, und der Computer begann zu arbeiten.

Der Bildschirm war fast sofort mit Datenzeilen gefüllt: Man sah komplexe Formeln, Operationsanweisungen, Datencodes und Ziffern. Die gesamte CyberNet-Matrix, nebst einem Verzeichnis der Dateien.

»Ahhh!« Mick seufzte befriedigt, während er den Bildlauf bediente. Dann biß er plötzlich fast seine Zigarre durch.

»Was zum Teufel . . .«

Die Zeichen auf dem Monitor begannen zu verschwinden. Micks Finger flogen über die Tasten, und er versuchte alles, um die Daten auf die Festplatte zu retten, bevor sie verloren waren. Er schaffte es, fast drei Viertel der Daten zu sichern, bevor der Bildschirm leer war.

Mick griff auf die Diskette zu, um den Rest der Daten zu überspielen, aber er sah nur eine Error-Meldung. Er wollte die Daten der Diskette auf dem Bildschirm erscheinen lassen und entdeckte verblüfft, daß die Diskette gelöscht zu sein schien. Er versuchte, auf einem anderen Weg Zugriff auf die Daten zu erhalten, aber das Resultat war identisch. Dann nahm er die Diskette aus dem Laufwerk, schaltete den Computer aus und startete den ganzen Vorgang erneut.

Es gelang ihm wieder nicht, auf die Daten der Diskette zuzugreifen, und diesmal funktionierten auch einige Befehle des Computers nicht. Er wechselte zur Festplatte, startete ein Diagnose-Programm und mußte feststellen, daß ein Virus emsig damit beschäftigt war, die Programme auf der Festplatte zu zerstören. Mick wollte das Anti-Virus-Programm starten, aber das war bereits überschrieben und gelöscht worden.

»Was ist denn los?« fragte Honniko.

»Ich weiß nicht«, antwortete Mick, der immer noch über die Tastatur gebeugt war. Aber er konnte nichts mehr tun. »Irgend jemand hat einen Virus eingeschmuggelt, der alle Daten auf der Festplatte vernichtet hat.«

»Auch die CyberNet-Daten?«

Er nickte, und in diesem Moment leuchtete ein Wort auf dem Monitor auf. Was er auch versuchte, er konnte es nicht löschen.

›SMILE.‹

Er saß da und starrte auf den Bildschirm. Dann fegte er den Computer mit einem Schwall von Flüchen vom Tisch. Das Gerät krachte auf den Boden. Er stand auf und ließ den Computer liegen.

»Komm«, sagte er. »Laß uns nach Hause gehen.«

In diesem Augenblick klingelte sein Mobiltelefon.

»Was gibt's?« bellte er in den Hörer.

»Ich bin draußen beim Keiji«, sagte Jochi, seine rechte Hand. Das Keiji Hakubutsukan war das Kriminalmuseum von Tokio. Es lag im Stadtteil Kanda, der gleichzeitig Teil der Ober- und der Unterstadt war.

»Was tust du da?«

»Du solltest besser rüberkommen und dir alles selbst ansehen.«

Mick hätte vielleicht eine Bemerkung über Jochis rätselhaften Anruf gemacht, aber er hörte am Tonfall seiner Stimme, wie aufgeregt er war. Jochi wußte, daß die Telefonverbindung abhörsicher war, so daß er frei sprechen konnte. Es mußte etwas Schreckliches geschehen sein.

»Wir sind im Tamayama gerade fertig«, sagte Mick. »Wir werden kommen. Übrigens, ist die Lieferung für meinen Bruder fahrplanmäßig abgegangen?«

»Absolut pünktlich. Der neue Kurier ist ein As.«

Mick unterbrach die Verbindung und sah Honnikos fragenden Blick. »Jochi hat beim Kriminalmuseum irgend etwas gefunden.«

»Um diese nachtschlafende Zeit? Das Museum hat doch seit Stunden geschlossen.«

»Laß uns gehen«, sagte Mick, der seinen knöchellangen Trenchcoat ergriff. »Es hörte sich dringend an.«

Spätnachts ist Tokio irgendwie magisch, dachte Mick, während er die regennasse Straße hinabraste. Die Menschenmassen, die achtzehn Stunden am Tag die Stadt bevölkerten, waren verschwunden. Statt dessen sah man jetzt rumpelnde Lastwagen, deren Fahrern gesetzlich vorgeschrieben war, ihre Ware nur nachts anzuliefern. Aber auch Teenager mit Bürstenschnitt und schwarzen Lederjakken, die sich überall Ringe durch das Fleisch gezogen hatten, donnerten auf ihren Motorrädern durch die Stadt. Mick glaubte zu verstehen, warum sie von der Selbstverstümmelung besessen waren. Alles war im Umbruch. Die Jugendlichen in Brüssel, St. Petersburg, Saigon oder Pittsburgh waren alle gleich. Sie trugen die gleiche Kleidung, spielten die gleichen Computerspiele und sahen allesamt MTV. Der Mensch war auf Selbsterkenntnis angewiesen, aber je länger man vor dem Fernseher oder Computer saß oder Videospiele mit einem anderen Netzbenutzer in Timbuktu oder sonstwo spielte, um so schwieriger wurde die Selbsterkenntnis. Und um so mehr Gründe gab es, sich von den anderen abzusetzen.

Ich bin keine Nummer. Ich bin ein freier Mensch.

Darauf lief bei diesem Trend alles hinaus, gleichgültig, ob es um Tätowierungen, Piercing oder Brandzeichen ging.

Sie kamen im Stadtteil Kanda an. Man hörte das Dröhnen einer Gruppe entfernter Motorräder, und die Echos wurden von den Fassaden der Hochhäuser zurückgeschleudert wie Stahlkugeln beim Flippern. Jochi trat aus dem Dunkel einer Gasse neben dem Kriminalmuseum. Er blickte nach beiden Seiten über die verwaiste Straße und nickte Mick dann schweigend zu. Mick stieg aus dem Auto aus und folgte ihm. Er ergriff Honnikos Hand. Das Klackern ihrer Absätze auf dem Bürgersteig klang in der Dunkelheit unnatürlich laut.

Jochi knipste eine starke Taschenlampe an, während er sie weiter die Gasse hinabführte. Sie kamen an zwei riesigen grünen Abfallbehältern vorbei, die aussahen, als ob sie seit Jahren nicht geleert worden wären. Dazwischen sah man die notdürftige Behausung einiger Obdachloser. Unter einem Metallgitter brannte ein Feuer. Die Obdachlosen, die nicht in ihren verfilzten Lumpen schliefen, blickten sie ohne Neugier aus kränklichen Augen an. In der Luft lag der erstickende Geruch von Alkohol und ungewaschenen Körpern.

Aber Mick hastete nicht an den Obdachlosen vorbei wie die meisten Menschen, die den Blick abwandten und den Atem anhielten. Obwohl er sich eher die Kehle durchgeschnitten hätte, als es zuzugeben, hatte er mit diesen Menschen mehr gemein als mit denen von Dai-Roku, die in der Oberstadt lebten, dem Teil vom Tokio, der einst von den Samurai und ihrem *daimyo* beherrscht worden war. Micks Zuhause dagegen waren die dunklen und unheimlichen Ecken der Unterstadt, wo die Menschlichkeit, wenn sie sich überhaupt regte, auf dem Bauch kroch. Die Unterstadt glich einem häßlichen Dampfkessel, wo es weder Licht noch Privilegien gab.

»Komm, Mick!« drängte Jochi. »Jetzt ist nicht der richtige Zeitpunkt, um sich eine soziologische Übersicht über diese weichen, dreckigen Bäuche zu verschaffen.«

Sie gingen weiter und erreichten schließlich das Ende der Gasse. Eine ruß- und schmutzverkrustete Betonwand grenzte hier an das Museum. Jochi richtete den Lichtstrahl der Taschenlampe auf einen Körper, der an die Wand gelehnt dasaß. Seine Stellung wirkte so natürlich, daß Mick zuerst dachte, er schliefe nur. Aber wenn man genauer hinsah, bemerkte man die Starrheit der Lippen und die aufgedunsenen Finger. Und dann, als der Lichtstrahl sich bewegte, sah er die unnatürliche Blässe der Haut.

»Mein Gott«, stöhnte er. »Das ist Nguyen.«

Jochi nickte. »Ganz genau. Es ist Van Truc, der dem Amerikaner McKnight die CyberNet-Diskette entwendet hat.« Er richtete den Lichtstrahl weiterhin auf den Mann. »Wir haben ihn die ganze Zeit gesucht, seit er Honniko die Diskette gegeben hat.«

»Schien da alles mit ihm in Ordnung zu sein?« fragte Mick, während er vorsichtig um die Leiche herumging. Er nahm den Geruch des Todes wahr, der dem Körper schubweise entstieg.

»Ich glaube schon«, antwortete Honniko. »Er wirkte sehr ruhig. Eben cool, aber schließlich habe ich ihn ja nicht gekannt.«

»Du bist wahrscheinlich der einzige gewesen, der ihn gekannt hat«, sagte Jochi zu Mick.

»Allerdings. Ich habe Nguyen in Saigon angeheuert. Er war genau der richtige Mann: extrem käuflich und nur am Geld interessiert.« Mick blickte Jochi an. »Wie zum Teufel ist er ums Leben gekommen?«

»Verflucht, wenn ich das nur wüßte. Wir haben ihn gefunden und dich angerufen. Niemand hat ihn angerührt.«

Mit der Spitze seines Schuhs drehte Mick den Toten auf die Seite. Die Leiche stank, als ob der Geruch aus der Tiefe der Hölle aufsteigen würde.

»Uuh«, stöhnte Honniko, ohne jedoch zurückzuweichen.

Mick blickte sie an. Sie war nicht der Frauentyp, der angesichts des Todes krank wurde. Sie hatte genug gesehen, wenn auch natürlich nicht soviel wie er. Immerhin hatte er im Vietnamkrieg gekämpft, wo monströse Grausamkeiten alltäglich gewesen waren.

Mick drehte den Körper weiter herum, bis er ihn von allen Seiten gesehen hatte. »Er ist nicht erschossen, erstochen oder erwürgt worden.«

»Vielleicht hat man ihn erstickt«, sagte Honniko.

»Diesen Typ? Er hätte nie jemanden so nah an sich herankommen lassen.«

Mick drehte den Körper ein weiteres Mal herum, um Nguyens Gesicht zu studieren. Er befahl Jochi, mit der Lampe näher zu kommen, und kauerte sich nieder. Obwohl er flach durch den Mund atmete, spürte er, wie sich der Gestank in seiner Kehle festsetzte. Er blickte auf den Toten. »Ich glaube, daß unser Freund ertränkt worden ist.« Er zeigte mit dem Finger auf einige Körperstellen. »Hier – und hier – sieht man, daß der Körper aufgedunsen ist. Als ob er eine Zeitlang im Wasser gelegen hätte.«

»Du meinst, daß sie ihn erst ertränkt und dann hierher gebracht haben?« fragte Honniko. »Aber warum?«

Mick hatte in seinem Leben bereits so viele Tote gesehen, daß es eigentlich auf eine weitere Leiche nicht mehr ankam. Aber das stimmte so nicht. Der Tod entsprach nicht dem, was im Kino daraus gemacht wurde. Er war weder edel noch eintönig, sondern drehte einem den Magen um. Der Tod zwang einen dazu, sein Inneres zu untersuchen und die Frage nach dem Sinn des Lebens zu stellen. Vielleicht verkleinerte er einen nicht, wie es in den Büchern hieß, dachte Mick, aber es war so sicher wie die Hölle, daß er einen veränderte.

»Ich kann mir nur einen Grund vorstellen.« Er stand auf. »Beachtet, wo man die Leiche deponiert hat. An der Rückseite des Kriminalmuseums. Habt ihr die Botschaft verstanden? Wer immer ihn auch umgebracht hat, er wollte, daß wir ihn finden.«

»Aber es hat doch niemand gewußt, daß Nguyen für dich arbeitete«, sagte Jochi.

In diesem Augenblick mußte Mick an den Computervirus denken. Er war auf der Diskette versteckt gewesen und hatte die CyberNet-Daten vernichtet. Es gab nur zwei Alternativen. Entweder hatte Kappa Watanabe, der Sato-Techniker aus der Abteilung für Forschung und Entwicklung, der mit Mick kooperiert hatte, ihn über den Tisch gezogen; doch Mick kannte Watanabe und bezweifelte diese Möglichkeit ernsthaft. Oder die Diskette war irgendwo abgefangen und manipuliert worden.

»Mist!«

Mick ballte wütend die Fäuste. Nur ein Mann hatte die Mittel und die Möglichkeit gehabt, die Diskette zu manipulieren: Nicholas Linnear.

Er blickte gen Himmel und grinste verzerrt. Mick hatte herausgefunden, daß es im Leben Momente gab, wo das Zusammenspiel der Umstände und Gefühle die Weltsicht des einzelnen veränderte. So war es in der Nacht gewesen, als er sich mit Jaqui auf dem Dach aufgehalten hatte und ihr Großvater ermordet worden war. Das zweite Ereignis hatte im Bergdschungel von Laos stattgefunden, als die Nungs ihn durch die Initiation in ihren Stamm aufgenommen und ihm den Gim, den dunkelblauen, vertikalen Halbmond, an der Innenseite seines Handgelenks eintätowiert hatten. Dies war nun ein weiterer Vorfall dieser Art. Wohin er auch sah, die scharfen Kanten der Gebäude hatten eine übernatürliche Klarheit angenommen und erinnerten an die bedrohliche Schärfe einer Rasierklinge. Er atmete die feuchte Nachtluft von Tokio ein, und sie schien die gleiche bewußtseinserweiternde Wirkung wie eine Nacht im Himalaya-Gebirge zu haben. Dieses Gefühl erfreute Mick. Jetzt waren sie also im Spiel, nur sie beide. Und war das nicht genau das, was er immer gewollt hatte? Eine Chance, seine Kräfte mit seinem schattenhaften Double, seinem Doppelgänger, zu messen, mit dem er so viel gemein hatte?

Linnear führte ihn an der Nase herum. Der Computervirus hatte das Wort *Smile* auf dem Bildschirm erscheinen lassen, das sich absolut nicht mehr löschen ließ. Linnear verfolgte ihn also genau, wie er seinerseits Linnear verfolgte. Es war ein Todestanz, den sie beide in einem vorbestimmten Kreis aufführten. Sie bewegten sich aus der Dunkelheit ins Licht und wieder zurück, und beide waren durch das geheimnisvolle Band ihrer Vergangenheit miteinander verbunden.

Jetzt schien sich die Wirklichkeit tatsächlich in einer dunstigen Ferne aufzulösen. Trotzdem befand sich Mick in einem gehobenen Gefühlszustand, und das ganze Universum bewegte sich auf dem Pfad der Dunkelheit und des Lichts. Dazwischen gab es nichts. Es war, als ob er und Nicholas Linnear polare Gegensätze verkörperten; sie glichen einem Proton und einem Elektron, die das letzte Atom bewohnten. Sie umkreisten einander mit höherer und immer höherer Geschwindigkeit, zogen sich an und stießen sich ab. So näherten sie sich unausweichlich dem Zusammenstoß, der für den einen das Leben und für den anderen die Vernichtung bedeuten würde.

Heilige

Für die Samurai aus alten Zeiten war die Vorstellung, im Bett zu sterben, demütigend. Ihre Hoffnung galt dem Tod auf dem Schlachtfeld. Auch ein Priester wird seine Bestimmung nur dann erfüllen können, wenn er ebenso denkt.

Der Priester Ryoi
In Kapitel 10 von Hagakure, *dem* Buch der Samurai

Astoria
Frühling 1957 / Winter 1945
Frühling 1961–62

In dem Augenblick, als Jaqui Leonforte Bernice kennenlernte, wußte sie, daß sie für große Dinge bestimmt war. Auf dem Gelände des Klosters Sacred Heart of Santa Maria kam es Jaqui vor, als ob sie von einem seltsamen inneren Licht erfüllt würde. Es schien ihr, als ob sie durch die Fassade von Wärme und Güte hindurch, die die Mutter Oberin charakterisierte, direkt deren kriegerisches Herz erblikken könnte.

Jaqui sah aus den Augenwinkeln ihre Mutter an, die, da war sie sich sicher, von keinem inneren Licht erfüllt war. Ihre Mama war letztlich in jeder Hinsicht eine normale Frau. Manchmal, wenn sie nachts im Bett lag, fragte sich Jaqui ruhelos, ob sie vielleicht durch einen Irrtum in diese Familie geraten war. Vielleicht hatte man sie im Krankenhaus versehentlich mit einem anderen weiblichen Baby vertauscht, und irgendwo in der Stadt lebte jetzt ein anderes Mädchen das Leben, das eigentlich für Jaqui vorgesehen gewesen war. Manchmal war sie sich dieser Vermutung so sicher, daß sie beinahe autistisch geworden wäre, so als ob jegliche Reaktion auf egal welchen Anreiz in ihrer Umgebung den Dingen eine Bedeutung verleihen würde, die sie nicht verdienten.

Dieses Benehmen war, während Jaqui aufwuchs, so auffällig geworden, daß ihre Mama sie zu einem Spezialisten nach Manhattan gebracht hatte. Jaqui konnte sich an die Zugfahrt über die Brücke besser erinnern als an den Gesichtsausdruck des kurzsichtigen Arztes.

»Mit Ihrer Tochter ist alles in Ordnung«, hatte der Arzt verkündet. Mama war so erleichtert gewesen, daß sie zu weinen begonnen hatte. »Es ist nur wichtig, daß Sie ihre Aufmerksamkeit stärker wecken. Sie ist nur gelangweilt.«

»Ich weiß, daß du unglücklich bist«, hatte ihre Mutter auf der Rückfahrt gesagt. »Ich wußte es bereits seit einiger Zeit, aber ich habe die Entscheidung, etwas zu unternehmen, immer wieder aufgeschoben.« Sie hatte Jaquis Hand ergriffen. »Ich habe gedacht, daß sich die Sache geben würde.« Mama hatte gedankenvoll geseufzt und aus dem verschmierten Zugfenster gestarrt. »Statt dessen ist es schlimmer geworden.« Es sei an der Zeit, so hatte sie gesagt, Jaqui nach Astoria zu bringen.

Jaqui liebte das Kloster von dem Moment an, als sie zum erstenmal das eiserne Tor durchschritt und das mit vielen Bäumen bestandene Gelände betrat. Sie liebte den Geruch, wenn die Sonne das taufeuchte Laubwerk trocknete, das schwere Summen der Bienen, die die Rosen bestäubten, und das helle Gezwitscher der Vögel, die zwischen den Zweigen der Bäume umherflatterten.

Aber am wichtigsten war, daß sie eine *Präsenz* spürte. Vielleicht war es letztlich doch, wie Bernice so inbrünstig hoffte, die Präsenz Gottes. Vielleicht aber war es einfach die Abwesenheit der alltäglichen Gewalt, die sonst jederzeit auf ihr Leben übergriff.

Aber was es auch war, Jaqui hatte das sichere Gefühl, daß eine starke und leitende Hand über ihrer Schulter schwebte. Und Bernice wußte, was sie fühlte.

Die weiße Steinfassade glänzte im Sonnenlicht wie ein polierter Spiegel. Die hinter einem der kleinen, schlitzförmigen Fenster neben dem Eingangstor verborgenen Augen, die sie mit Neugier und Vorfreude beobachteten, fühlte Jaqui mehr, als daß sie sie sah. Mama führte sie über die breite Flucht der Stufen zur eisenbeschlagenen Pforte. Die Tür öffnete sich, und Jaqui wußte, daß sie eine abgelegene Welt betrat und im Begriff war, sich auf eine lebenslange Reise zu begeben.

Es war der Frühling des Jahres 1957; Jaqui war fünfzehn Jahre alt.

»Glaubst du an Gott?«

»Ich glaube . . .« Jaqui brach ab. Sie hatte den Faden verloren. Es lag nicht daran, daß sie durch den durchbohrenden Blick jener blauen Augen oder die religiösen Bilder eingeschüchtert wurde, die die Wände von Bernices Büro schmückten. Jaqui war getauft worden und zur Erstkommunion gegangen. Jahrelang hatte sie mit ihren Eltern die Messe besucht, den Katechismus studiert und auf den blutenden Jesus am Kreuz gestarrt. Sie hatte in einem Beichtstuhl, der nach Schweiß und Schuhcreme roch, um die Vergebung ihrer Sünden gebeten. Doch nach all diesen Jahren wußte sie über ihren Glauben genauso wenig wie über das, was ihr ein Jahr später zustoßen würde.

»Ich weiß nicht, ob ich an Gott glaube oder nicht.«

»Gut«, sagte Bernice. In ihrer Stimme lag eine solche Begeisterung, daß sie sofort Jaquis Aufmerksamkeit weckte. Mama wartete im Rosengarten. Sie lief auf und ab, genoß die Sonne und fragte sich, ob es die richtige Entscheidung gewesen war, ihre Tochter hierher zu bringen.

»Was soll daran gut sein?« fragte Jaqui.

»Du hast aufrichtig geantwortet, und das ist immerhin ein Anfang«, sagte Bernice gedämpft. Sie hatte die Gabe, Ansichten in Fakten zu verwandeln.

Jaqui blickte auf die religiösen Bilder, auf die Statue der Jungfrau mit dem Kind und auf das große, goldverzierte Holzkreuz. Auf einmal glaubte sie unter dem Gewicht der religiösen Symbole zu ersticken. »Ich will keine Nonne werden.«

Bernice beugte sich vor und ergriff Jaquis Hände. »Mein Kind, ich habe nicht die Absicht, dich zu beeinflussen, Nonne zu werden.«

In diesem Augenblick war Jaqui klar, daß es Bernice gewesen war, die sie durch jenes mittelalterliche Fenster beobachtet hatte. Das schlitzförmige Fenster erinnerte an eine Burg, als ob es vor feindlichen Pfeilen und Speeren schützen sollte. Aber das Kloster stand an einer ruhigen, pappelgesäumten Straße in Queens. Sie blickte Bernice an und sah diese zu ihrem Erstaunen plötzlich in einer polierten Rüstung. An ihrer Seite baumelte in einer Scheide ein großes

Schwert. Die Rüstung glänzte mit derselben Intensität wie die weiße Steinfassade im Sonnenschein.

Jaqui murmelte etwas im Flüsterton vor sich hin und blinzelte mehrere Male. Aber als sie Bernice wieder anblickte, sah die Mutter Oberin wieder aus wie zuvor. Sie trug ihre Ordenstracht.

»Was ist denn, mein Kind?«

»Ich dachte ...« Jaqui blinzelte erneut. Dann lachte sie kurz und verwirrt. »Ich habe geglaubt, Sie in einer mittelalterlichen Rüstung zu sehen. Ist das nicht verrückt?«

Bernice stieß den anscheinend lange gehaltenen Atem aus. Sie war den Tränen nahe, als sie sich von ihrem Stuhl erhob. »Komm, ich werde dir etwas zeigen.« Aber sie geleitete Jaqui nicht zur Tür, sondern zu einem Alkoven im hinteren Teil des Raumes, wo sich vom Boden bis zur Decke Bücherregale erstreckten. Sie fingerte hinter einer Buchreihe herum. Man hörte ein leises Klicken, und ein Teil des Bücherregals begann sich wie eine Tür nach innen zu öffnen.

Sie überschritten die Schwelle, und Jaqui fand sich in einem steinernen Korridor mit gewölbter Decke wieder. Der Gang wurde durch kleine Glühbirnen in Wandnischen erleuchtet. In Europa hätte man erwartet, statt dessen Kerzen zu sehen. Die Steinwände warfen das Echo ihrer klakkenden Absätze zurück. Als sie am Ende des Korridors angekommen waren, zog Bernice einen Schlüsselbund aus der Tasche und öffnete eine laut quietschende Eisentür. Bernice schloß die Tür hinter ihnen sorgfältig wieder ab, hob ihren Rocksaum an und schritt eine Metallwendeltreppe hinauf.

Der Raum, den sie nun betraten, war nicht groß, aber dennoch beeindruckend. Mit seiner halbkreisförmigen Wand erinnerte er an Türmchen einer Burg. Die Wand bestand fast vom Boden bis zur Decke aus den wundervollsten Glasmalereien, die Jaqui je gesehen hatte. Aber merkwürdigerweise hatte nur eine Darstellung ein religiöses Thema: Es stellte Jeanne d'Arc auf einem weißen Hengst dar. Ansonsten sah man nur Szenen der französischen und italienischen Geschichte, und soweit Jaqui sehen konnte, war der Krieg das vorherrschende Motiv.

Durch die großflächige Glasmalerei wurde der Raum mit einem vielfach gebrochenen bunten Licht erfüllt, das so außergewöhnlich war, daß es magisch wirkte. Das Licht überflutete Bernice und Jaqui, die sich wie verwandelt fühlte. Sie spürte, wie eine seltsame Wärme sie durchströmte, und es war, als ob die Schrecken von Ozone Park und East New York aufgehört hätten zu existieren.

»O Bernice«, rief sie aus, »es ist so wunderbar.«

»Findest du wirklich?«

»Wirklich und wahrhaftig.« Jaqui wandte ihr Gesicht der Mutter Oberin zu. »Ich fühle . . .«

Bernice ergriff ihre Schultern, und ihre blauen Augen schienen Jaquis Haut zu durchbohren. »Was fühlst du?«

»Ich weiß nicht.« Jaqui war so atemlos, als ob sie den ganzen Weg von Ozone Park bis hierher gerannt wäre. *»Irgend etwas.«*

»Ja«, sagte Bernice grimmig. »Ich habe mich nicht in dir getäuscht.«

Sie drehte Jaqui herum, bis diese auf die einzige gerade Wand des Raumes blickte. Sie bestand aus dem gleichen Stein wie der Korridor und war bis auf ein einziges Gemälde ungeschmückt. Das Bild war nicht groß, dennoch beherrschte es den Raum, als wäre es zehnmal so groß.

»Mein Gott«, japste Jaqui.

»Allerdings«, sagte Bernice, deren blaue Augen elektrisch leuchteten.

Jaqui war von dem Gemälde wie hypnotisiert. Es zeigte eine Figur in Rüstung, an deren Hüfte ein riesiges Schwert baumelte. Die Figur hielt den Helm in der linken Hand, und das Gesicht war klar zu erkennen: Es handelte sich um eine Frau, deren Gesichtsausdruck sich von Bernices Zügen nicht sehr unterschied. Der Künstler hatte dem Gesicht ein inneres Licht verliehen, das die Leinwand überflutete.

»Das Bild entspricht der Vision, die ich in Ihrem Büro hatte«, sagte Jaqui. Ihr Herz klopfte wild bis in den Hals hinauf. »Sind Sie das?«

»Wie sollte das möglich sein? Das Gemälde ist Hunderte von Jahren alt.«

»Und trotzdem . . .« Jaqui trat einen Schritt näher an das

Bild heran. Dann wandte sie sich wieder zu Bernice um. »Das *sind* Sie!«

Bernice schüttelte den Kopf. »Nur in einem ganz bestimmten Sinn. Das ist das Porträt der Donà di Piave. Sie war die Gründerin dieses Ordens.«

Jaqui starrte das Gemälde weiterhin entgeistert an. »Aber es entspricht meiner Vision. Bernice, ich habe Sie *gesehen.*«

»Es ist wahrscheinlicher, daß du unten ihre Präsenz in mir gefühlt hast.«

»Sehen Sie sich das Gesicht an. Es ist erleuchtet . . .«

»Durch den göttlichen Atem.«

»Ja.« Jaqui begriff instinktiv, daß Bernice recht hatte. »Aber sie war eine kriegerische Natur.«

»Donà di Piave war eine Nonne«, sagte Bernice sanft. »Aber sie war auch eine große Beschützerin ihrer Untergebenen. In einer Welt voller Angst und Übel kann das manchmal ein und dasselbe sein.« Sie wies auf zwei Savonarola-Stühle, die sich gegenüberstanden und in dem Licht glänzten, das durch die Glasmalerei in den Raum fiel. »Setz dich, mein Kind. Ich muß dir noch viel erzählen, bevor du deine Entscheidung treffen kannst.«

»Was für eine Entscheidung?«

»Du bist etwas Besonderes, Jaqui. Du gehörst zu den Auserwählten. Deshalb hat dich deine Mutter hierher gebracht.« Bernice setzte ihr gütigstes Lächeln auf, aber sie konnte Jaqui nicht täuschen. Ihre Maske mochte perfekt sein, doch das Mädchen konnte schon jetzt dahinter blikken und die Kriegerin erkennen, die neben ihr stand.

»In dieser Welt werden Frauen entweder als Mütter oder als Huren abgetan«, sagte Bernice. »In jedem Fall denkt man, daß sie für das Geschäftliche nicht in Frage kommen.« Sie wartete, bis Jaqui sich auf den linken Savonarola-Stuhl gesetzt hatte. »Kennst du Goethe, den deutschen Dichter?«

»Ich habe von ihm gehört, aber seine Bücher nicht gelesen.«

»Du wirst sie lesen, wenn du dich entscheiden solltest, unserem Orden beizutreten.« Bernice setzte sich auf den anderen Stuhl. »Goethe hat behauptet, daß nur wenige

Männer genug Fantasie haben, um mit der Realität umzugehen.« Sie blickte auf das Porträt der Donà di Piave. »Aber er hatte recht, die Frauen nicht in sein Verdikt einzuschließen.«

Sie erhob sich, und Jaqui beobachtete, wie sie den Rahmen des Bildes an der linken Seite ergriff und ihn zurückzog. Hinter dem Porträt der Donà di Piave befand sich eine Wandnische. Darin lag ein langer und schmaler Gegenstand, der in ein rosafarbenes Samttuch mit goldenen Fransen gehüllt war. Das Tuch war mit lateinischen Worten verziert, die für Jaqui unverständlich waren.

Bernice wandte sich um und hielt Jaqui den Gegenstand entgegen. Dann entfernte sie vorsichtig das Samttuch. Jaqui starrte sie an. Bernice hielt ein unheimlich glänzendes eisernes Schwert in der Hand, das mit Sicherheit vor der Erfindung des rostfreien Stahls geschmiedet worden war.

»Das ist das Schwert der Donà di Piave«, sagte Bernice.

Jaqui erhob sich von ihrem Stuhl, als würde sie von einer magnetischen Kraft angezogen. Sie griff erstaunt nach der Waffe, und genau in diesem Moment verlor Bernice das Gleichgewicht. Die Klinge traf Jaqui und schnitt ihr in die rechte Hand.

Es war seltsam, aber sie schrie nicht und bewegte sich auch nicht. Sie spürte tatsächlich keinerlei Schmerz, nur ein seltsames Pulsieren, und als sie hinabblickte, sah sie, daß ihre Hände blutüberströmt waren.

Bernice hatte das Schwert fallen gelassen und eilte aus dem Raum. Kurz darauf kehrte sie mit einem Desinfektionsmittel und einem Erste-Hilfe-Koffer zurück.

»Es tut nicht weh«, sagte Jaqui. Sie schien sich an keine bestimmte Person zu wenden.

Bernice kniete sich hin und ergriff Jaquis Handgelenk. Sie säuberte und verband sorgfältig die Wunde. *Gott sei Dank,* dachte sie. *Jaqui ist genau die Richtige.*

»Stimmt Ihr Bischof denn mit Ihrer Goethe-Interpretation überein?«

»Wir schreiben das Jahr 1945«, antwortete Bernice Camille Goldoni. »Der Erzbischof ist viel zu sehr damit beschäftigt, humanitäre Hilfe für die Kriegsopfer zu organisieren. Er kümmert sich keinen Deut darum, was Goethe geschrieben hat. Und erst recht nicht darum, wie ich seine Philosophie interpretiere.«

Camille, Margarites angeheiratete Tante, war zu Beginn der siebziger Jahre gestorben. Sie war eine grobknochige Frau mit einer breiten Taille und fleischigen Armen und Schultern. Sie war nicht hübsch, aber ihr Gesicht war auf eine bestimmte Art sympathisch. Ihre eher männlichen Züge wurden durch die Resolutheit ihres Benehmens und die Entschlossenheit in ihren Augen ausgeglichen. Sie war außerdem überaus höflich, und ihre Großzügigkeit leuchtete wie das Licht einer Laterne.

Sie hatte Bernice aufgesucht, weil ihr Ehemann Marco, Enrico Goldonis älterer Bruder, einen Schlaganfall erlitten hatte. Bei einem Mann von vierzig Jahren war das ungewöhnlich. Aber glücklicherweise war sie an diesem Sonntag allein mit ihm zu Hause gewesen. Sie hatte ihn ins Krankenhaus gebracht, und als Marcos Leibarzt ihr erzählt hatte, wie es um ihn stand, hatte sie an Ort und Stelle entschieden, daß niemand etwas über die Sache erfahren sollte. Sie hatte den Arzt und die beiden Krankenschwestern bestochen, denen sie den Zutritt zum Krankenzimmer gestattet hatte. Den Leibwächtern, die mit dem Ehepaar zum Hospital gefahren waren, hatte sie Lügen aufgetischt und erzählt, daß der Boß an einer akuten Lebensmittelvergiftung leide.

»Wenn bekannt würde, daß Marco einen Schlaganfall erlitten hat, wäre die Familie in ernsthaften Schwierigkeiten«, sagte Camille. »Enrico lebt in Venedig, und Marco ist sowieso das Machtzentrum. Er hat die Beziehungen und ist der Denker und Planer.«

Auf der Bettkante neben ihrem Mann hatte Camille geweint, aber jetzt waren ihre Augen trocken. Sie saß sehr aufrecht da, und in diesem Moment fielen ihr all die Einzelheiten ein, die ihr Halt gaben: ihr Make-up, die Nähte ihrer Strümpfe und ähnliches. »Ich weiß natürlich nichts über Marcos Geschäfte. Er ist wie üblich sehr darum bemüht, das Geschäft und das Privatleben zu trennen.«

Camille hatte den wirklichen Grund ihres Besuchs noch nicht preisgegeben.

Für Bernice war es einfach, Trost zu spenden, aber sie vermutete, daß Camille wegen einer ganz anderen Angelegenheit gekommen war.

»Bernice, ich brauche jemanden, dem ich vertrauen kann, aber ich wußte nicht, an wen ich mich wenden sollte. Marco traf seine Kapos jede Woche. Die meisten kamen einmal im Monat zum Dinner, aber ich weiß nicht, wem von diesen Männern ich trauen kann. Wer wird sich loyal verhalten, wenn sie die Neuigkeiten hören? Und wer wird versuchen, die Familie in dieser krisenhaften Situation zu betrügen?«

»Meine Liebe, das Ganze scheint mir ein unlösbares Problem zu sein.«

»Nein, nein. Sie sind der einzige Mensch, dem ich ohne Zweifel vertrauen kann.«

Bernices Herz schlug höher. War das das Zeichen aus der Wirklichkeit, das ihr bestimmt war? Sie atmete tief durch und wartete, wie sich die Ereignisse entwickeln würden.

»Marco war immer sehr großzügig. Besonders, was diesen Orden anbetrifft. Und wir waren beide so dankbar und glücklich, daß Sie zugestimmt haben, unsere Tochter aufzunehmen. Die Ärzte haben uns versichert, daß sie in der Außenwelt niemals überleben würde, und wir hätten es nie fertiggebracht, sie der Grausamkeit einer Anstalt auszusetzen.« In diesem Augenblick konnte sie ihre Gefühle nicht mehr zurückhalten. Sie begann zu weinen und preßte ihr Taschentuch an die Augen. »Wir werden Ihre Güte nie vergessen, Bernice.«

Bernice beugte sich zu Camille und streichelte ihre Wange. »Schon gut, meine Liebe. Marco hat uns mit seiner eigenen Güte beschenkt. Letztlich haben wir ihm die Renovierung des Klosters zu verdanken. Wir bekommen eine neue Fassade und einen neuen Flügel. Unser Kloster blüht, während andere ums Überleben kämpfen und aussterben.« Sie lächelte gütig, während Camille ihre Hand ergriff. »Nebenbei, meine Liebe, wir beide kennen uns ja schon seit einigen Jahren. Wir haben so viele Stunden gemeinsam im Garten verbracht und über so viele Themen gesprochen, während um uns herum die Rosen blühten.«

Camille lächelte. »Das stimmt. Ich erinnere mich, wie Sie mir zuerst vorgestellt wurden. Die Mutter Oberin Mary Margaret war damals noch nicht so alt, aber es ging ihr nicht gut. Sie wollte ihren Titel nicht aufgeben, hatte aber Sie mit den Aufgaben betraut. ›Bernice wird für mich sprechen‹, hat sie damals mit ihrer rauhen Stimme gesagt.«

Bernice nickte. »Gott möge mir vergeben, aber es wird wirklich ein Segen sein, wenn sie endlich stirbt.« Sie schüttelte den Kopf. »Die Schmerzen sind zu groß, als daß ein Mensch allein sie aushalten könnte.«

»Bernice, ich muß Ihnen eine Frage stellen. Ich weiß, daß Ihnen nicht unbekannt ist, mit was für Geschäften die Familie Goldoni sich wirklich abgibt. Und trotzdem haben Sie sich mit uns angefreundet.«

»Natürlich.« Bernice ergriff Camilles Hände und vermittelte ihr die charismatische Wärme, die zu ihren außergewöhnlichen Gaben gehörte. Sie war eine große, schlanke Frau mit einem außergewöhnlich beeindruckenden Gesicht. Irgend jemand hatte einst behauptet, daß sie die Augen eines Mathematikers hätte. Ihr Blick war analytisch und sah in den kleinsten alltäglichen Begebenheiten Dinge, die anderen Augen entgingen. Schmeichelei und Wankelmütigkeit waren ihr unbekannt. Bei den Frauen in der Nachbarschaft war sie dafür bekannt, daß sie hart wie ein Mann, aber in ihren Urteilen sehr viel gerechter war. Bernice war eine eifrige Leserin und studierte den menschlichen Charakter. Willkür war ihr fremd. »Ich bin Pragmatikerin, wie die besten Leute meines Schlags«, sagte sie. »Ich habe meine Herde, um die ich mich kümmern muß, aber ich bete auch zweimal am Tag für Marcos Seele. ›Ohne Sünder wie Marco wäre die Kirche schon längst aus dem Geschäft‹, habe ich früher im Spaß immer behauptet.« Sie lächelte. »Meine Liebe, selbst wenn wir Schwestern wären, könnten wir einander nicht näher sein.«

»Ja.« Camille legte die Hände in den Schoß, und ihre Finger spielten unablässig mit dem feuchten Taschentuch.

Man hörte einen sanften Gesang, der aus einem anderen

Teil des Klosters kam und von den Steinwänden zurückgeworfen wurde. Es war sehr angenehm, die lateinische Liturgie zu hören; die langsame Phrasierung konnte selbst wild schlagende Herzen beruhigen.

»Camille, sagen Sie mir, wie ich Ihnen helfen kann.« Bernice hob die Hände. »Ich versichere Ihnen, daß keine Bitte eine Last für mich sein wird.«

Camille nickte, die Worte ihrer Freundin ermutigten sie. »Ich bin in dieser verzweifelten Stunde gekommen, um Ihren Ratschlag einzuholen.« Sie blickte in Bernices schneidend blaue Augen. »Die Zukunft meiner Familie steht auf des Messers Schneide. Sagen Sie mir, was ich tun soll.«

Bernice lehnte sich zurück. Jetzt wußte sie, womit sie es zu tun hatte: Es ging um nichts Geringeres als um eine höhere Fügung. Sie konnte es fühlen und förmlich mit den Händen greifen. Dennoch war sie seltsam ruhig. »Bevor wir uns weiter unterhalten, meine Liebe, will ich Ihnen noch sagen, daß es leicht ist, Ratschläge zu geben. Es ist etwas anderes, diese Ratschläge auch zu befolgen.«

»O Bernice, ich bin doch hier, oder?« In Camilles Augenwinkeln schimmerten Tränen. »Sie sind diejenige, an die ich mich wende. Ich habe keinen anderen Menschen, den ich fragen könnte. Was für einen Ratschlag Sie mir auch geben werden, ich schwöre, daß ich ihn befolgen werde.«

»Wir sind hier in einem Gotteshaus. Wenn Sie schwören, dann gilt der Schwur für immer.«

Camille schluckte. »Dann soll er für immer gelten.«

Bernice nickte. »Sehr gut. Mein Ratschlag ist, daß wir von dem Goethe-Zitat ausgehen. ›Es gibt nur wenige Männer, die genug Fantasie haben, mit der Realität umzugehen.‹ Ich will Ihnen erklären, was das für uns bedeutet. Sie reden über den üblichen Brauch, meine Liebe, und haben mir erzählt, daß Sie die Einzelheiten der Geschäfte Ihres Mannes nicht kennen. Ich glaube Ihnen. In den Augen Ihres Mannes – und aller Männer – ist das nur recht und billig. Aber wenn ich von Goethe ausgehe, kann ich dieser Meinung absolut nicht zustimmen.

Die Männer haben ihren Weg so lange verfolgt, und was hat es uns gebracht? Blutvergießen und Krieg. So bereinigen Männer ihre Angelegenheiten. Aber durch den Tod unserer Söhne läßt sich die Zukunft nicht sichern.«

Bernice hob den Zeigefinger. »Ich möchte, daß Sie etwas bedenken. Vielleicht ist die Krankheit Ihres Mannes ein Zeichen. Vor drei Nächten hatte ich eine Vision. Gott streckte in der Dunkelheit seine Hand aus und ließ einen Blitz niederfahren. Ich wußte nicht, wohin er ihn gelenkt hatte, aber jetzt bin ich mir sicher.«

Ihr Blick war von derselben göttlichen Erleuchtung erfüllt, die auch ihre Vorfahrin auf dem Gemälde charakterisierte. »Das alles ist Gottes Werk, und wir müssen in den Ereignissen seinen Plan erkennen. In dem Moment, wo wir das verstanden haben, können wir die Tragödie in einen Triumph ummünzen.«

Camille schüttelte den Kopf. »Ich verstehe Sie nicht. Warum sollte es möglich sein, Marcos Schlaganfall als göttliches Zeichen zu deuten?«

»Denken Sie an Goethes Worte. Die Männer haben sich seit Jahrhunderten zu Bünden zusammengeschlossen, und seit Jahrhunderten dreht sich die Welt um Territorien und Krieg.«

»Aber so ist es nun einmal, Bernice. Was können wir daran ändern?«

»An der Oberfläche können wir gar nichts ändern. Und so soll es auch sein. Aber Sie wissen ja sehr gut, Camille, daß der äußere Anschein oft nicht die ganze Geschichte enthält.« Sie tippte sich an die Nase. »Geheimnisse werden am besten von Frauen oder von toten Männern bewahrt. Uns fällt das leicht. Eine Frau muß ihren Mann jeden Tag anlügen, um sein Glück zu sichern oder ihm Kummer zu ersparen, stimmt's?« Sie seufzte. »Manchmal bin ich davon überzeugt, daß Gott uns unsere Schönheit und die Lieblichkeit unserer Stimmen nur aus diesem Grund gegeben hat.«

Camille nickte. »Sie haben recht. In einem Haushalt sagt gewöhnlich der Mann: ›Stell mir keine Fragen, dann lüge ich dich auch nicht an.‹ Aber das Talent der Frau liegt darin, Lügen wie die Wahrheit aussehen zu lassen.«

»So ist es seit Jahrhunderten.« Bernice ergriff Camilles Hand und führte sie in den an ein Turmzimmerchen erinnernden Raum, in den sie ein gutes Jahrzehnt später auch Jaqui mitnehmen sollte. Camille seufzte, als sie den Raum betraten, und es klang, als saugte sie den reifen Duft der ersten Sommerrosen ein. Er drückte nicht nur Zufriedenheit, sondern Wohlbefinden aus.

Sie genoß das Licht, das durch die bemalten Glasfenster fiel, und Bernice zeigte ihr das Porträt der kriegerischen Nonne. »Vor sehr langer Zeit – im fünfzehnten Jahrhundert – wurde eine Geheimgesellschaft gegründet. Es war ein Zusammenschluß von Frauen, der ›Orden der Donà di Piave‹ hieß. Zu dieser Zeit war es normal, daß die Frauen ihre Macht an Orten vermehrten, die nicht dem Tageslicht und dem forschenden Blick der Männer ausgesetzt waren. Ein Kloster war da doch der ideale Ort, um diese Macht zu sichern, finden Sie nicht?

Der Orden wurde damals gegründet, weil es Frauen gab, die stark genug waren, den Glauben an ihre geschlechtlich gesetzten Grenzen zu überwinden, und die die Zeit gekommen sahen, aktiv in die Gestaltung der Zukunft einzugreifen. Sie wollten nicht, daß ihre Söhne in den Krieg ziehen mußten, um zu sterben oder körperlich oder seelisch verletzt zurückzukehren. Und sie wollten auch nicht, daß die Frauen ihre Kinder allein großziehen mußten.

Der Orden ist Jahrhunderte später in dieses Land gekommen, und er hat hier überlebt und auf den Tag seiner Wiedergeburt gewartet. Camille, ich glaube zutiefst, daß *heute* der Tag dieser Wiedergeburt ist.« Bernice zeigte auf das Gemälde. »Wir leben in einer Zeit, die der Ära der Donà di Piave gar nicht so unähnlich ist. Wir leben in einer Epoche der Angst und des Übels.«

Sie legte Camille den Arm um die Schulter. »Das göttliche Zeichen hat nicht nur Marcos Krankheit prophezeit, sondern auch, daß seine Macht in Ihre Hände übergeht.«

»Was?« Camille sah bestürzt aus.

»Hören Sie mir gut zu, meine Liebe. Sie haben mich aufgesucht, weil ich angeblich die einzige Person bin, der Sie vertrauen können. Sie sollten mir jetzt vertrauen, wenn ich Ihnen versichere, daß dies Ihre Chance ist, die Macht zu ergreifen.« Sie hob den Zeigefinger. »Erinnern Sie sich daran, was Sie vor Gott und seinen Botschaftern geschworen haben.«

Camille wirkte besiegt. »Selbst wenn das wahr wäre, was Sie behaupten, wie könnte ich die Aufgaben meines Gatten übernehmen? Wir leben in einer Welt, die von Männern beherrscht wird. Und das gilt besonders für die Welt der Mafia. Glauben Sie ernsthaft, daß irgendeiner von Marcos Kapos mir zuhören würde, wenn ich ihm einen Befehl erteilte? Selbst dann, wenn ich wüßte, was für Befehle ich erteilen müßte?«

»Es ist nicht schwer, Befehle zu formulieren«, sagte Bernice kurz angebunden. »Man muß nur logisch denken, dann ist alles klar. Kümmern Sie sich um jedes Problem zu seiner Zeit, und die anderen Hürden werden wie Dominosteine umfallen.« Sie nickte. »Ansonsten haben Sie recht. Die Kapos werden nur Befehlen folgen, von denen sie glauben, daß sie direkt von Marco kommen – oder von jemandem, den er benannt hat.

Deshalb denke ich, daß Sie mit Marcos jüngerem Bruder in Venedig Kontakt aufnehmen sollten, um ihn zu bitten, seinem Bruder beizustehen.«

»Enrico exportiert Tuchwaren. Er hat keine Ahnung, was für Geschäfte Marco tatsächlich betreibt.«

»Das wird er gemeinsam mit Ihnen schon feststellen. Wichtig ist, daß Sie bis jetzt genau die richtigen Entscheidungen getroffen haben. Niemand weiß, wie krank Marco ist, und so Gott will, wird es auch niemand erfahren. Enrico wird sein Botschafter und dann sein Sprachrohr werden. Schließlich wird er sein Nachfolger sein. Tatsächlich werden wir aber hinter den Kulissen in der Abgeschiedenheit des Klosters die Entscheidungen treffen, und niemand wird darüber Bescheid wissen.«

Camille zitterte. »O Bernice, ich weiß nicht. Die Idee jagt mir Angst ein.«

»Natürlich. Aber denken Sie einen Moment lang darüber nach, wie sehr Sie zu einer Kraft des Guten werden können. Sie sollten die Sorgen um Ihr eigenes Ich zügeln. Sie stehen für das Licht und die Wahrheit und sollten die Grenzen von Heim und Herd überwinden. Ihre Ziele gehen über Marco und die Familie hinaus. Denken Sie an Gott und an die erstaunliche Chance, die er Ihnen beschert hat. Und erinnern Sie sich daran, daß Ihnen die volle Unterstützung des Ordens der Donà di Piave für alle Zeiten zur Verfügung steht.«

Nachdem sie Camille hinausbegleitet hatte, ging Bernice in die Küche. Dann kehrte sie mit einem Tablett in den Raum zurück, der an ein Turmzimmerchen erinnerte. Sie trat durch eine weitere versteckte Tür in einen Raum ein, der geräumiger und als Schlafzimmer eingerichtet war. Vor den beiden Fenstern, die über den Innenhof und den Klostergarten blickten, hingen schwere Vorhänge. Frische Blumen in Glasvasen schmückten das Zimmer. Neben dem abgenutzten Lehnstuhl am Fenster beleuchtete eine einzige schwache Lampe auf einem kleinen Holztisch den Raum. Auf der anderen Seite stand ein riesiges Bett aus Mahagoni und Ebenholz. Das meisterhaft gearbeitete Bett war sehr alt und seinerzeit in Einzelteilen von Europa nach Amerika verschifft worden.

Bernice stand mitten im Raum und wartete darauf, daß ihre Augen sich an das Halbdunkel gewöhnten.

»Bernice?« Die Stimme klang trocken und spröde wie ein Besen, mit dem ein Bürgersteig gefegt wird.

»Ja, Mary Margaret.«

»Was ist passiert?«

»Marco Goldoni hat einen Schlaganfall erlitten.«

»Und wie schlecht geht es ihm?«

»Offensichtlich ziemlich schlecht.«

»Hat er so schlimm gesündigt?«

»Ich denke schon«, sagte Bernice. »Aber das hängt, wie immer, letztlich vom Standpunkt des Betrachters ab.«

»Allerdings. Zu uns war er immer sehr großzügig. Extrem großzügig. Und jetzt hat uns Camille aufgesucht.«

»Ja.«

»Gott sei Dank.«

Bernice näherte sich dem Bett. Sie gab sich alle Mühe, aber der süßliche Geruch der Krankheit und des nahenden Todes war ekelhaft. »Ich werde Gott preisen, wenn er Ihnen etwas Ruhe gönnt.«

Mary Margaret seufzte. »So ein Ärger. Es wäre gut, wenn Sie Beistand hätten.« Ihr Geschnatter brach ab, und sie hustete krampfartig. Bernice hielt Taschentücher für ihren Auswurf bereit. »Richten Sie mich bitte auf.«

Ihr Kopf war kahl, und ihr Gesicht war durch das Alter und die fortschreitende Krankheit eingefallen. Mary Margaret trug ein babyblaues Bettjäckchen aus Satin, das Nachbarinnen ihr geschenkt hatten. Die Farbe machte einen krank, aber sie liebte sie. Die dunklen Augen in dem abgemagerten Gesicht wirkten riesig. Bernice hatte schon vor langer Zeit alle Spiegel aus dem Schlafzimmer und dem angrenzenden Bad entfernt.

Mary Margarets Gesicht verzog sich, und sie sah wie eine verschrumpelte Puppe aus, die von ihrer Eigentümerin verlassen worden war. »Wahrscheinlich war es sehr schwer für sie, hierher zu kommen.«

»Ich denke, daß es schwieriger gewesen wäre, nichts zu tun. Sie weiß, daß wir sie lieben. Jetzt weiß sie auch, daß wir ihr helfen können.« Bernice küßte Mary Margaret auf die kalte Stirn. »Hilfe braucht sie am dringendsten.«

Bernice richtete die Kissen hinter ihrem Rücken. »Es ist soweit«, sagte Mary Margaret. »Unsere Stunde ist gekommen, oder?«

»Ja.«

Mary Margaret streckte ihre klauenartige Hand aus, und die Hornhaut eines Fingers tippte auf Bernices Handrücken. »Wir haben gebetet, daß dieser Augenblick kommen möge, und dennoch scheinen Sie nicht glücklich zu sein.«

»Ich bin glücklich.« Bernice strich sich eine Haarsträhne aus der Stirn. »Aber ich mache mir auch Sorgen.«

»Solange Sie so aufgelegt sind, sorgen Sie sich lieber um mein Essen.«

Bernice holte das Tablett, stellte es ab und setzte sich auf die Bettkante. »Sind Sie hungrig?«

»Nicht besonders. Aber ich muß doch essen, oder?«

Bernice tauchte einen kleinen, ziselierten Silberlöffel in ein Gemisch von gedünstetem Gemüse. Dann begann sie, Mary Margaret zu füttern.

»Ich habe gerade geträumt, daß Sie den Raum betreten würden.«

»Es tut mir leid, wenn ich Sie gestört haben sollte.«

»Sie haben mich nicht gestört. In meinem Zustand spielen Zeit und Raum keine Rolle mehr. Ich habe geträumt, daß ich wieder ein Kind wäre, und in meinem Traum wußte ich, daß ich mich in diesem Zimmer befinden und Sie hereinkommen würden. Es ist merkwürdig, aber je mehr man sich dem Tod nähert, desto besser versteht man das Wesen der Zeit. Eigentlich existiert sie gar nicht. Wenigstens für mich nicht. Die Zeit gleicht einem Rad, das sich unablässig dreht. Was vor zwei Jahren war, ist nicht undeutlicher als das, was vor zwei Minuten passiert ist. Und was vor zwanzig oder vierzig Jahren geschehen ist, sehe ich genauso deutlich. Alle Ereignisse drehen sich mit dem Rad, und es kreist immer weiter.«

Mary Margaret schloß die Augen, während sie aß. Bernice wußte, daß das Kauen sie anstrengte; vielleicht konnte sie sich so besser konzentrieren.

»In meinem Traum war ich wieder ein Kind«, fuhr sie fort. »Aber es war eigentlich gar kein Traum. Ich *war* wieder ein kleines Mädchen und weit weg von meinem verfallenden Körper.« Ihre Augen öffneten sich. Vielleicht wollte sie sich vergewissern, daß Bernice ihr zuhörte. Sie hatte immer schon solche Tricks angewandt. »Glauben Sie mir?«

»Ja, Mary Margaret.«

Sie schien mit dieser Antwort zufrieden zu sein und war bereit, einen weiteren Löffel mit Blumenkohl und Erbsen zu akzeptieren. Sie kaute langsam und methodisch, wie ein Soldat, der sich mühsam durch einen unberührten Dschungel kämpft.

»Ich war ein Kind, aber ich wußte bereits alles, was ich heute weiß. Der Traum war so außergewöhnlich! So jung zu sein und schon alles zu wissen. Können Sie sich das vorstellen?«

Bei bestimmten Gelegenheiten stellte Mary Margaret Fragen, auf die man kaum eine angemessene Antwort fand. Bernice war lange und eng genug mit ihr befreundet, um zu wissen, daß dies eine solche Frage war. Sie reichte ihr einen weiteren Löffel und schwieg.

»In Wahrheit kann sich das niemand vorstellen, bis er selbst diese Erfahrung gemacht hat«, sagte Mary Margaret. »Gottes Wege sind geheimnisvoll. Sie sehen, daß ich dafür belohnt werde, daß ich meine Schmerzen ertrage. Ich kann mich geistig ohne Einschränkungen durch mein Leben bewegen und finde Gott an all den Stellen, an die man nie denkt, wenn man nur mit seinem Alltagsleben beschäftigt ist.«

Sie hielt einen Moment lang mit dem Essen inne. Ihre Augen waren geöffnet, und ihr Ausdruck war sehr klar. Bernice erinnerte sich aus früheren Zeiten an diesen Blick, der jetzt durch die Schmerzen ständig verschleiert war.

»Glaube und *Glaube* sind zweierlei«, flüsterte Mary Margaret. »Der wirkliche Glaube an Gott schwankt nie. Niemals. Aber es ist so spannend, ihn bei seinem Handwerk zu sehen und vollständig zu erfahren, wie man selbst durch seine Hand und seine Weisheit geformt wurde.«

Sie schwieg einen Augenblick lang und ruhte sich aus. Die Klarheit ihres Blickes wurde wieder durch die Schmerzen verfinstert.

»Nein«, flüsterte sie. »Ich bin satt. Was Sie mir auch servieren, das Essen schmeckt wie Bücherleim.«

Bernice legte den Löffel nieder und wischte Mary Margarets Lippen ab. Sie wußte, daß es in diesem späten Stadium der Krankheit wenig Sinn machte, mit der älteren Frau zu diskutieren.

»Sie sollten nicht denken, daß ich abschweife«, sagte Mary Margaret plötzlich. »Ich will Ihnen nur raten, sich nicht beirren zu lassen. Es wird Katastrophen und Rückschläge geben, da können Sie sicher sein, aber Sie müssen standhaft bleiben. Gott steht auf unserer Seite. Es war sein Wille, daß der Orden gegründet wurde. Und er hat gewollt, daß Donà di Piave die Verpflichtung erkannte, das Schwert zu ergreifen. Der Doge von Venedig hat sie und ihre Kriegerinnen ausgesandt, um den Orden Sacred Heart of Santa Maria zu beschützen, als die Republik im Jahr 1495 von Karl VIII. von Frankreich belagert wurde. Nach der

Vernichtung der Soldaten hatte Donà di Piave eine göttliche Vision. Gott hatte ihr und ihren treuen Nonnen den Befehl gegeben, die Waffen der Soldaten zu ergreifen und den Orden selbst zu verteidigen.

Dreizehn Jahre später, als Papst Julius II., Ludwig XII. von Frankreich, Ferdinand von Aragon und Kaiser Maximilian die Liga von Cambrai gründeten, um sich das venezianische Territorium gierig unter den Nagel zu reißen, war Donà di Piave in der Lage, die Macht auszuspielen, die sie und ihre Anhänger insgeheim angesammelt hatten. Sie mußten sich im Schatten der geschichtlichen Ereignisse aufhalten, wie es dem Schicksal der Frauen entsprach und – wie es scheint – auch weiterhin entsprechen wird, aber es gelang ihnen, die Feinde Venedigs zu entzweien und zu besiegen.«

Mary Margaret lächelte. »Der Doge und das Konzil haben den Ruhm für den diplomatischen Coup für sich beansprucht, aber wir kennen die Wahrheit. Die Frauen unseres Ordens haben die Geschichte verändert. Wir haben im Bett des französischen Monarchen, im Boudoir des Kaisers und beim Papst Druck ausgeübt. Unser Orden hat Lucrezia Borgia und praktisch alle Frauen der Mocenigo-Familie ausgebildet, die so mächtig war, daß sie nicht weniger als sieben Herzöge hervorgebracht hat. Ganz zu schweigen von den unzähligen Frauen, deren Einfluß bei politischen Intrigen nur in geheimsten Kreisen bekannt war.

Wir haben die nationale Politik unterwandert und unsere Feinde erfolgreich denunziert. Wir haben den prunksüchtigen Machthabern und den schwachsinnigen Produkten der Inzucht unseren Willen aufgedrängt. Und wir haben die hohe Kunst gelernt, Macht durch Stellvertreter auszuüben. Der direkte Machtzugang war Frauen verwehrt. Aber wir haben unsere Lektion gelernt. Es gab so viele andere Wege für Frauen, Einfluß auszuüben.«

Mary Margaret strich über die Bettdecke. Sie sprach so langsam, daß ihre Worte an lateinische Gebete erinnerten. »Die Männer haben keinen Sinn für kunstvolle Schmeicheleien und erkennen sie selbst dann nicht, wenn sie direkt davon betroffen sind. Sie halten den Schein für die Wahrheit. Das gilt besonders dann, wenn jemand mit einem hübschen Gesicht und einem aufreizenden Körper sie zum Narren hält. Deshalb gibt es in unserem Orden keinen Schwur auf den Zölibat, auch wenn wir diese Unterlassung vor dem Erzbischof natürlich geheimhalten müssen. Gott hat uns gewisse Reize gegeben, die wir nur in der Dunkelheit, nicht aber im Tageslicht anwenden können.«

Sie schwieg eine Zeitlang. Bernice hörte ihren Atem, der so laut wie eine uralte Standuhr war. Sie begann zu weinen, obwohl sie sich geschworen hatte, die Tränen so lange zurückzuhalten, bis sie wieder alleine war.

Sie fühlte die alten, ausgetrockneten Hände auf ihren. »Warum weinen Sie, mein Kind?«

Bernices Hände ballten sich zu stahlharten Fäusten. »Dieses Leiden ist so ungerecht.«

»Sie sprechen wie ein wahrer Krieger. Aber das Schwert ist nicht immer die Antwort. Es kommt auf den Glauben an.«

»Glaube.« Bernice betonte das Wort, als ob es einen üblen Nachgeschmack in ihrem Mund zurücklassen würde.

»Hören Sie zu.« Mary Margaret versuchte, sich aufzurichten, und ihre Bettjacke aus Satin raschelte wie die Flügel eines Insekts. »Ein Mensch, der nur dann gehorcht, wenn Gott ihn bevorzugt, ist nicht wahrhaft gläubig. Aber derjenige, der Gott folgt, wenn dieser ihn scheinbar herzlos und ungerecht behandelt, erfüllt seine Pflicht.«

Bernice senkte den Kopf und versuchte, die Tränen zu unterdrücken.

»Erzählen Sie mir, warum Sie zweifeln«, sagte Mary Margaret brüsk.

Bernice atmete tief durch, bevor sie das Wort ergriff. »Ich werde Ihre Nachfolgerin sein und die Arbeit des Ordens fortsetzen müssen. Aber wer wird meine Nachfolgerin? Unter unseren Nonnen sehe ich keine Kandidatin. Keine einzige.«

Mary Margarets Gesicht war versteinert. »Das ist im Augenblick das geringste Problem.« Ihr hornhäutiger Finger tippte erneut auf Bernices Handrücken. »Sie sollten nicht versuchen, alles selbst zu erledigen. Denken Sie stets daran, immer nur die gegenwärtigen Aufgaben zu bewältigen, dann werden Sie in der Lage sein, allen Herausforderungen zu trotzen. Und überlassen Sie Gott seinen Teil. Sie werden sehen, daß er Ihnen eine Nachfolgerin beschert. So wie er Sie zu meiner Nachfolgerin gemacht hat.«

»Wie werde ich sie erkennen, Mary Margaret?«

Die alte Frau schwieg lange Zeit. Ihre Augen schienen ins Nichts zu blicken, und Bernice wußte, daß ihr innerer Blick das Rad der Zeit sah.

»Sie werden Ihre Nachfolgerin erkennen«, sagte sie schließlich. »Ihre Hände werden blutüberströmt sein.«

Während Bernice Camilles Geschichte erzählt hatte, war das Sonnenlicht in den Raum eingefallen, und der an ein Turmzimmer erinnernde Raum war bis in den letzten Winkel in tiefes, edelsteinfarbenes Halbdunkel gehüllt. Eine Spottdrossel schien ein Weihnachtslied zu singen, und ihr Gesang drang sogar durch die Wände und die mit Glasmalereien geschmückten Fenster.

»Das Kloster wird also von den Goldonis finanziert«, sagte Jaqui. Sie blickte Bernice spöttisch an. »Enrico Goldoni und mein Vater stimmen nicht miteinander überein.«

»Sie sind Feinde, wenn man es etwas direkter ausdrükken will«, sagte Bernice.

»Und warum bin ich dann hier? Ich gehöre schließlich zur Familie Leonforte.«

Bernice lächelte. »Es ist, wie ich gesagt habe. Du bist etwas Besonderes und gehörst zu den Auserwählten. Und unter diesem Aspekt ist die Feindschaft zwischen den Goldonis und den Leonfortes unwichtig.« Sie ergriff ihre Hände, und Jaqui konnte die Kraft ihrer inneren Wärme spüren. »Andererseits ist die Rolle, die die Goldonis hier spielen, auch kaum bekannt.« Der Blick ihrer blauen Augen bohrte sich in Jaquis. »Und so sollte es auch sein.«

»Ich verstehe«, sagte Jaqui nach kurzem Zögern. »Ich werde es niemandem erzählen.« Jaqui fühlte sich plötzlich enger mit Bernice verbunden, was ihr sehr gefiel.

Es folgte eine kurze Stille. Bernice schenkte ihr ein kleines Lächeln. »Du wunderst dich sicher, woher ich etwas über deine Existenz wußte. Dein Großvater Caesare und ich sind alte Freunde.«

»Freunde? Weiß er denn, was die Goldonis in diesem Kloster für eine Rolle spielen?«

»Allerdings. Aber ich kann dir versichern, daß er der einzige ist. Dein Großvater ist ein außergewöhnlicher Mann. Er gehört zu den wenigen Menschen, die seit langer Zeit die Mission unseres Ordens begriffen haben. Er wollte uns nur helfen. Und deshalb hat er mir von dir erzählt.«

»Was?«

Bernice nickte. »Er hat oft von dir gesprochen.«

»Wirklich?« Jaqui war überrascht. Sie wußte, daß der alte Caesare sie liebte, aber sie hatte angenommen, daß er sich wie alle italienischen Großväter hauptsächlich für seine männlichen Enkel interessierte.

»Er hat deine Entwicklung sorgsam beobachtet. Die Macht unseres Ordens war ihm wohlbekannt.«

Jaqui blickte Bernice eine Zeitlang an. »Sie glauben also, daß ich Ihnen von Gott geschickt worden bin, so wie er Sie zur Nachfolgerin von Mary Margaret bestimmt hat?«

Bernice schwieg lange, tief in Gedanken versunken. »Ich glaube meinem Herzen«, sagte sie schließlich. »Lügen und falsche Visionen können viele Formen und Verkleidungen annehmen. Aber genauso wie ich, als ich hierher kam, hast du eine Vision der Donà di Piave gehabt. Jeder Herzschlag bestärkt mich in der Ansicht, daß die Wahrheit in der göttlichen Ordnung der Dinge liegt.« Sie blickte Jaqui an und lächelte dann. »Um es zusammenzufassen, Gott ist hier der Botschafter. Ich glaube mit jeder Faser meines Daseins daran.« Sie hob die Hände und ließ sie dann wieder in den Schoß sinken. »Aber die Erfahrung sagt mir auch, daß meine Gefühle irrelevant sind, wenn du nicht auch so empfindest.«

»Aber das tue ich doch«, platzte Jaqui heraus. »Seit ich durch das Eingangstor gekommen bin, habe ich *etwas* gefühlt. Aber was für eine Empfindung ist das? Spricht die Donà di Piave zu mir, oder berührt mich die Hand Gottes?«

Bernice schüttelte den Kopf. »Ich kann dir in vielerlei

Hinsicht helfen, meine Liebe, aber nicht in dieser Angelegenheit. Du mußt das wahre Wesen der *Präsenz* selbst entdecken, weil es bei jedem eine andere Form annimmt.« Sie blickte Jaqui tief in die Augen. »Interessiert dich die Sache?«

Ihre Stimme klang, als ob sie Jaqui zu einem Abendspaziergang auffordern wollte, aber das Mädchen ließ sich nicht täuschen. Es würde eine lebenslange Aufgabe sein, das wahre Wesen der *Präsenz* zu ergründen. Die Größe dieser Aufgabe ängstigte sie in gewisser Weise. Und doch befand sie sich in einer seltsam gehobenen Stimmung, die ihr zuvor völlig unbekannt gewesen war. Hatte sie nicht nach genau einem solchen Geheimnis gesucht? Es handelte sich um ein Phänomen, das nichts mit der dumpfen und angsterfüllten Welt zu tun hatte, in die sie hineingeboren worden war und vor der sie ihr ganzes Leben lang immer verzweifelt fliehen wollte.

»Ja«, flüsterte sie heiser. »Ich bin sehr interessiert.«

»Großartig«, sagte Bernice zustimmend. »Ich habe vom ersten Augenblick an gewußt, daß du die Macht der Veränderung verkörperst.« Sie reichte ihr die Hand, und als Jaqui sie ergriff, übertrug Bernice ihre geheimnisvolle Wärme auf das Mädchen.

»Das wär's«, sagte Bernice. »Der Pakt ist geschlossen.«

Jaqui hatte immer vermutet, daß in ihrem Bruder Mick ein Wolf schlummerte, der an Michaels Eingeweiden nagte und verzweifelt auszubrechen versuchte. Es war diese Verzweiflung, die Jaqui ängstigte. Sie konnte seine angeborene Intelligenz bewundern und seine Entscheidung begrüßen, sich von den Familiengeschäften fernzuhalten, in denen Caesare sich bereits verfangen hatte. Aber sie erkannte die Gefährlichkeit der Bestie, und diese Ahnung ließ sie erzittern.

Und trotzdem.

Woran lag es, daß sie in Michael einen gleichaltrigen Geist erkannte? Wenn sie nachts ganz allein war, träumte sie von ihm. In diesem Traum stand sie mit Michael auf einer Lichtung in einem großen Wald, und um sie herum herrschte eine unheimliche Dunkelheit, in der Raubtiere umherstreiften. Die Lichtung glänzte im weißen Mondlicht, aber das undurchdringliche Dach der Baumkronen verhinderte, daß das Licht den Wald erhellte.

Michael war groß und sympathisch. Er hatte überhaupt keine Angst, aber sie fühlte die Furcht wie eine zweite Haut, als ob sie wegen eines unsichtbaren Insekts eine Gänsehaut bekommen hätte.

Michael, schrie sie. *Hilf mir, ich habe Angst.*

Er bedachte sie mit jenem seltsamen, törichten Lächeln, das nur für sie reserviert war.

Michael, schrie sie noch lauter.

Aber er konnte sie nicht hören, und in diesem Augenblick begriff sie, daß er auch stumm war. Sie hörte den rhythmischen liturgischen Gesang der lateinischen Gebete, ergriff Michaels Hand und floh mit ihm in die Dunkelheit des Waldes.

In der Finsternis hörte sie, wie ihre beiden Herzen synchron und harmonisch schlugen, und das erinnerte sie an die Choräle der geistlichen Lieder. Sie zog ihn tiefer und tiefer in den bedrohlichen Wald, und die Lichtung und das Mondlicht waren bald nur noch eine Erinnerung. Warum? Warum? Was suchte sie?

Sie wachte auf und wußte, daß sie einen Moment später im Traum angegriffen worden wären. Ein einziger Gedanke drehte sich wie ein Rad in ihrem Kopf: Ich habe ihm das angetan. Es ist alles meine Schuld.

Der Traum blieb lebendig und hatte sich in ihr Gedächtnis eingebrannt, als sie Michael in jener heißen Juninacht des Jahres 1961 auf dem Dach ihres Hauses in Ozone Park aufgesucht hatte. Der Großvater hatte ihm ein Teleskop geschenkt, und das war das ideale Präsent für einen Jungen gewesen, der die Grenzen seiner engen Welt überwinden wollte. Aber der Großvater schien immer zu wissen, was seine Enkel sich am sehnlichsten wünschten. Am Valentinstag, ihrem letzten Geburtstag, als sie neunzehn Jahre alt geworden war, hatte er ihr ein Buch über die Geburt Italiens geschenkt. Für Caesare hatte er eine Pistole als Geburtstagsgeschenk ausgewählt.

In jener Nacht schien Michael eine besondere Art von Fiebrigkeit auszuströmen, als ob auch er eine zweite Haut hätte, unter der sich eine bis dahin unbekannte Person verbarg, die danach dürstete hervorzuschlüpfen. In jener Nacht war er abwechselnd gierig und verschlossen gewesen, als ob eine zentrale Frage in seinem Geist noch nicht gelöst wäre.

Sie hatte Interesse an den Sternen bekundet, obwohl sie ihr so fern und tot wie die lateinische Sprache erschienen. Aber die lateinische Sprache besaß als Bestandteil der geistlichen Gesänge eine bestimmte formale Schönheit, die den kalten Sternen fehlte. Sie waren ihr viel zu fremd. Dennoch hatte sie sich verzweifelt nach einem Gespräch gesehnt und nicht gewußt, wie sie ihre Anwesenheit auf dem Dach verlängern konnte. Michael liebte es, allein zu sein, und vielleicht blühte er in der Einsamkeit sogar auf. Das war ein weiterer Charakterzug, der sie verängstigt hatte. Die Einsamkeit war zu anstrengend und erforderte eine bestimmte Konzentration, die sie erst jetzt während ihrer Übungen mit Bernice im Kloster zu entdecken begann.

In jener Nacht war sie so töricht gewesen! Sie war ihm so nahegekommen und hatte gefühlt, wie alle Verteidigungsmauern zusammenbrachen. Sie hatte sich danach gesehnt, sich ihm anzuvertrauen und ihm etwas über die außergewöhnliche Lebensreise zu erzählen, die anzutreten sie sich anschickte, aber im letzten Moment war sie davor zurückgeschreckt. Was hatte sie sich nur gedacht? Es war jetzt ein fester Bestandteil ihres Lebens, daß sie mit Geheimnissen leben mußte. Wenn sie den Schwur, den sie Bernice und dem Orden gegenüber geleistet hatte, so leicht brechen konnte, dann hatte sie einen fürchterlichen Fehler begangen und mußte die geistliche Ausbildung sofort abbrechen.

Sie hatte gewußt, daß es nicht soweit kommen würde. Sie war für den Orden bestimmt. Ihr Schicksal wollte, daß sie Bernices Nachfolgerin wurde, und das war für sie so gewiß wie der nächste Atemzug. Aber woran lag es, daß sie sich Michael anvertrauen wollte?

In jener Nacht, in der Vertrautheit des Beisammenseins auf dem Dach und besonders in der Zeit nach der Tragödie hatte sie es begriffen. Sie hatte gesehen, wie Michael instinktiv und so viel *intelligenter* als Caesare auf den Mord an ihrem Großvater reagierte. Und das hatte sie davon überzeugt, daß die Bestie in ihm durch irgendeine geheimnisvolle Alchemie befreit worden war. Er hatte dem Tod des Großvaters als Augenzeuge beiwohnen müssen, und vielleicht war deshalb das andere Wesen, das in ihm schlummerte, erwacht. Sie hatte alles verstanden, als sie mit ihm in dem blutigen Hof stand und die Fassaden der Häuser durch das gespenstische Licht der Blitzlichter erhellt wurden. Ihr Traum und die Realität waren zu einer völlig neuen Wirklichkeit verschmolzen. Sie stand mit ihm in der beängstigenden Dunkelheit des Waldes und wußte jetzt, warum sie im Traum seine Hand ergriffen und mit ihm aus dem sanften Mondlicht in die gefährliche Dunkelheit gerannt war. Genau die Bestie, die sie so ängstigte, band sie auch an ihren Bruder.

Im Gegensatz dazu glich Caesares Charakter einem offenen Buch. Auf der Straße fürchtete ihn jeder, aber Jaqui hatte, auch wenn er sie anbellte, keine Angst vor ihm. Der Grund hierfür war, wie sie oft vermutete, daß er wußte, daß sie gleichsam durch ihn hindurchsehen konnte. Es war leicht, Caesare zu verstehen: Er verehrte ihre Mutter, und die widersprüchlichen Gefühle seinem Vater gegenüber drohten ihn fast zu vernichten. Es war typisch für ihn, daß er die Fehler ihrer Mutter aus Bequemlichkeit ignorierte: ihre Passivität und die Maske der seit Jahren Leidenden, die ein Teil ihrer selbst geworden war. Sie glaubte, daß sie für ihre Familie sorgte, aber tatsächlich erstickte sie diese nur. Ihre Passivität barg für die Kinder die Gefahr, phlegmatisch oder – wie in Caesares Fall – extrem gewalttätig zu werden.

Wenn uns Johnny doch nur nicht wegen seiner abenteuerlichen Pläne verlassen hätte, dachte Jaqui. Im Grunde ihres Herzens war sie sicher, daß ihr starrköpfiger Vater eine Frau gefunden hatte, die jünger und hübscher als ihre Mama war, und jetzt mit ihr in irgendeiner warmen und tropischen Gegend zusammenlebte. Wie sollte man sich sonst die Gerüchte über und die Anspielungen auf die große Demütigung erklären? Und was für eine Begründung konnte es sonst dafür geben, daß Großvater Caesare nie über seinen Sohn sprach? Es war, als ob Johnny Leonforte nie existiert hätte. Wenn der Großvater das furchtbare Geheimnis seines Sohnes kannte, dann hatte er es tief in seinem Herzen verschlossen.

Und was war mit Mama? Wußte sie vielleicht sogar, was mit ihrem Ehemann geschehen war, ob er lebte oder tot war? Jaqui hatte sich diese Fragen so häufig gestellt und hatte nicht die geringste Ahnung, daß die Antwort nahe war, als sie an einem langen und öden Nachmittag ihre Mutter weinend auf dem großen Bett sitzen sah.

Es war ein Jahr, bevor Jaqui in das Kloster Sacred Heart of Santa Maria eintreten sollte. Als Jaqui das Zimmer betreten hatte, war ihre Mama aufgesprungen und hatte gleich darauf etwas zwischen den Bettlaken verschwinden lassen. Jaqui hatte das Ganze zuerst für eine Art Spiel gehalten. Sie war um ihre Mutter herum über das Bett gekrochen und hatte unter der Decke den geöffneten Brief hervorgezogen.

»Nein!« Mama hatte mit einer so unerwarteten Wildheit aufgeschrien, daß Jaqui es ihr erlaubte, den Brief wieder an sich zu nehmen. Mama hatte den Brief sofort mit ihren geröteten Händen zerknüllt.

»Von wem ist der Brief, Mama? Sag es mir.«

»Ich kann nicht.« Mamas Gesicht war durch einen Schmerz verzerrt, den Jaqui nur aus Büchern kannte.

Mit dem übernatürlichen Sinn für Gefühle, den Teenager oft haben, war Jaqui mit dem ersten Gedanken herausgeplatzt, der ihr durch den Kopf geschossen war. »Der Brief ist von Johnny.«

Sogar noch in dem Moment, als sie diese Worte ausgesprochen hatte, waren sie ihr absurd vorgekommen. Falls Johnny Leonforte lebte, dann sonnte er sich jetzt zweifellos mit irgendeiner vollbusigen Blondine an irgendeinem Strand ...

Aber dann hatte sie gespürt, daß die Stimmung irgendwie merkwürdig war. »Der Brief *ist* von Johnny.«

»Es wäre mir lieber, wenn du ihn Papa nennen würdest.«

Jetzt hatten Tränen in den Augen ihrer Mutter gestanden. Jaqui hatte sich plötzlich gefürchtet, ohne den Grund zu kennen, und sie hatte sich hingekniet und ihre Arme um die bebenden Schultern ihrer Mutter geschlungen.

»Mein kleines Mädchen.« Ihre Mutter hatte geschluchzt. »Du siehst zuviel. Du weißt zuviel.« Sie hatte den Kopf geschüttelt. »Es ist nicht richtig, aber außer dir kann ich mich niemandem anvertrauen.«

Jaqui war nah an ihre Mutter herangerückt. »Johnny lebt?«

»Schwöre es mir, Jaqui. Schwöre bei Gott und der Jungfrau Maria, daß du es niemandem erzählen wirst.«

»Aber warum denn nicht?«

»Schwöre!« Jaqui hatte erneut die unerwartete Willenskraft ihrer Mutter gespürt und geschworen, obwohl sie sich gewundert hatte, aus welchem Brunnen diese Kraft hervorsprudelte.

»Er lebt«, hatte Mama gesagt, und Jaqui, deren Herz auf eine seltsame Weise zu brechen schien, hatte ihr mit dem Daumen die Tränen aus den Augenwinkeln gewischt. »Nein, laß sie laufen, mein Schatz. Es tut gut zu weinen. Diese ganzen Gefühle haben sich so lange in mir aufgestaut. Das ist nicht gesund. Frage deinen Großvater.«

»Weiß er, daß Johnny lebt?«

Mama hatte genickt. »Er weiß alles und kennt jede Einzelheit. Aber bitte ihn nie, es zuzugeben. Er würde sich eher die Kehle durchschneiden. Und er wäre fürchterlich wütend auf mich, wenn er wüßte, daß ich es dir erzählt habe.«

Jaqui hatte die fleischigen Schultern ihrer Mutter umarmt. »Aber *was* ist passiert? *Wo* ist Johnny?«

Mama hatte resigniert den Kopf gesenkt. »Ich weiß es nicht. Früher kamen seine Briefe aus Japan, aber jetzt stammen die Poststempel aus allen möglichen amerikanischen Städten. Ich glaube aber nicht, daß er in einer dieser Städte lebt.«

»Wird er zurückkommen?«

»Ich weiß es nicht.« Sie hatte so leise geflüstert, daß Jaqui ganz nahe an sie heranrücken mußte, um sie verstehen zu können.

»Mama, warum ist er weggegangen?« Jaqui hatte die Schulter ihrer Mutter ergriffen und sie geschüttelt. »Warum hat er uns verlassen?«

Die Mutter hatte wie ein tropfnasser Hund, der aus dem Regen kommt, den Kopf geschüttelt.

»Mama«, hatte Jaqui geschrien, mit zitterndem Mund, als ob sie vom Blitz getroffen worden wäre.

»Du weißt doch, daß dein Vater während des Krieges in der Armee gedient hat. Danach blieb er noch eine Zeitlang in Japan.« Ihre Mutter hatte geschluchzt, aber Jaqui hatte keine Neigung verspürt, sie daran zu hindern. Sie hatte sich gefühlt, als ob sie in einem ausgetrockneten Flußbett stünde, in den Himmel blickte und auf den unvermeidlichen Sturzguß wartete, der sie hinwegschwemmen würde. »Er hat versucht, irgend etwas auf die Beine zu stellen. Es ging ums Geschäft, also frage mich nicht weiter. Man hat mir nie etwas erzählt. Die Sache war zugleich clever und töricht. Großvater hat behauptet, daß die Familie berühmt geworden wäre, wenn alles geklappt hätte.«

All das hatte für Jaqui keinen Sinn ergeben. »Was ist denn passiert?«

»Ich weiß es nicht. Irgend etwas ist schiefgelaufen, oder vielleicht war auch ein anderer schlauer. Auf jeden Fall war es ein furchtbares Desaster, von dem sich Großvater nie mehr wirklich erholt hat. Und die Familie auch nicht.«

Die Gerüchte und Anspielungen sind also wahr, zumindest teilweise, hatte Jaqui gedacht. »Aber was spielt das für eine Rolle? Warum ist Johnny nicht hier, wo er gebraucht wird?«

Mama hatte den Kopf gehoben und sie mit geröteten Augen freudlos angesehen. Dann hatte sie zu lächeln versucht und ihrer Tochter über das schimmernde Haar gestrichen. »Du bist so schön und erinnerst mich an . . .«

»Mama!«

»Es war Großvaters Wunsch, mehr kann ich nicht sagen.«

»Willst du damit sagen, daß Großvater ihn lebenslang verbannt hat?«

»Lebenslang?« Mamas Blick war schwer zu deuten. »Ich

weiß es nicht. Es ging ums Geschäft, und das ist alles. Ich habe die Lage akzeptiert, und dir bleibt auch keine andere Wahl.«

Nachdem sie den Brief, den Jaqui nicht lesen durfte, verbrannte hatte, schien Mama sich besser zu fühlen. Sie war ihren Arbeiten im Haushalt nachgegangen, als ob nichts gewesen wäre. Als der Großvater nachts nach Hause zurückgekehrt war, hatte sie ihn zu Jaquis Erstaunen wie gewohnt herzlich und überschwenglich an der Wohnungstür begrüßt.

»Wann zum Teufel kommt unser Alter zurück?« fragte Caesare. Es war der Morgen nach Großvaters Begräbnis, und Caesare brachte Jaqui zum Kloster. »Wenn er jetzt hier wäre, müßte ich kein Abkommen mit Onkel Alphonse aushandeln.«

Jaqui war so erstaunt, daß er sich ihr anvertraute, daß sie etwas Törichtes tat: Sie erzählte Caesare die Wahrheit. »Johnny wird nie zurückkommen. Blick der Wahrheit ins Auge. Er hat uns verlassen. Mama, dich, mich, Mick – uns alle. Er ist einfach abgehauen. Warum sollte er jetzt zurückkommen?«

In diesem Moment schlug Caesare sie.

Später hatte sie erkannt, daß Caesare keine andere Wahl gehabt hatte. In Caesares schwarz-weißer Weltanschauung war ihr Vater nicht nur ihr Vater, sondern der Boß der Familie und sein Idol. Ganz zu schweigen davon, daß er auch ein Mafia-Don war, der noch auf ganz andere Weise Respekt und Loyalität zu erwarten hatte.

Sie schwiegen während der restlichen Fahrt nach Astoria. Jaqui war sich ihrer feuerroten Wange brennend bewußt. Sie spürte die Hitze, nicht den Schmerz. Als der Wagen vor dem Kloster vorfuhr, fühlte sie sich so gedemütigt, daß sie es nicht über sich brachte, ihm in christlicher Demut auch die andere Wange hinzuhalten und ihm zu verzeihen. Bernice wäre zweifellos enttäuscht gewesen.

Aber später hatte sie die Lektion, die sie an diesem Tag gelernt hatte, voll und ganz verstanden. Wie für alles im Leben, gab es auch für die Wahrheit einen bestimmten

Platz. Sie wurde nicht wahllos wie warme Brezeln auf einem Straßenmarkt ausgeteilt, weil die Wahrheit soviel Schmerz und Leid wie eine gut plazierte Lüge verursachen konnte.

»Das ist das letzte Mal, daß du Santa Maria besuchst«, sagte Caesare, als sie schon halb aus dem Auto ausgestiegen war.

Jaqui wandte sich erstaunt wieder um. »Was?«

»Ich lasse dich heute nur wegen Mama gehen.«

Jaqui schüttelte den Kopf, als ob sie ihren Ohren nicht traute. »Was erzählst du da?«

»Verdammt, was glaubst du denn?« fauchte er. »Santa Maria gehört zum Territorium der Goldonis.«

»Ja und?«

Caesare verlor die Geduld. »Wir hassen die verfluchten Goldonis!« schrie er mit einer solchen Wildheit, daß Jaqui zurückschreckte.

»Ich habe mit deinen törichten Vendettas nichts zu tun«, sagte Jaqui einen Augenblick später. Ihr Herz klopfte so schnell, daß sie sich ziemlich sicher war, daß es ihren Brustkasten sprengen würde. »Dies ist ein *Kloster*. Ein Gotteshaus.«

»Mag sein, aber die Goldonis haben es sich unter den Nagel gerissen.« Er lehnte sich mit dem selbstzufriedenen Gesichtsausdruck zurück, den er aufsetzte, wenn er mehr als andere wußte. »Sie spenden jede Menge Geld für das Kloster. Herrgott noch mal, es würde nicht einmal mehr existieren, wenn die Goldonis nicht wären.«

»Rede hier nicht so«, sagte sie ruhig. »Dies ist heiliger Boden.«

Er starrte sie einen Augenblick lang an. »Du glaubst wirklich an all das, oder?«

»Ja.«

Er beugte sich im Sitz vor. »Aber du bist eine Leonforte, verdammt!«

»Nicht innerhalb der Klostermauern. Hast du es immer noch nicht begriffen? Deshalb will ich dort bleiben.«

Er warf die Arme in die Luft, und seine großen Hände knallten an die Wagendecke. »Nonnen!« Er schüttelte den

Kopf. »Vergiß die Nonnen einen Moment und benutze dein Gehirn, von dem immer gesagt wird, daß es so außergewöhnlich sei. Die Goldonis werden nie zulassen, daß du vergißt, wer du bist.«

»Du irrst dich.«

Caesare seufzte. »Mama hat einen Fehler gemacht, als sie dich hierher gebracht hat. Dieser Befehl kommt von ganz oben. Von Onkel Alphonse. Er will, daß du nach Hause zurückkommst.«

Sie starrten sich eine lange Zeit an, und niemand konnte wissen, was für Vorstellungen über ihren Vater durch ihre Köpfe schossen.

»Das ist mir egal.«

»Es sollte dir nicht egal sein«, sagte er. Er kehrte wieder zu der gut einstudierten Rolle des tumben Muskelmanns zurück.

»Warum?« Sie stieg aus dem Auto aus. »*Du* willst doch sein wie er – nicht ich.«

»Hey, Schwester, du kannst doch nicht einfach weglaufen!« brüllte er ihr durchs Fenster nach. »Du bist eine geborene Leonforte, und du wirst als eine Leonforte sterben. Es gibt kein Entkommen. Weder im Kloster Santa Maria noch sonstwo!«

Jaqui war ganz in ihr Gebet versunken. Es war ein spezielles Gebet des Ordens für die Sterbenden, das Bernice ihr beigebracht hatte, weil es nicht schriftlich niedergelegt worden war.

Durch die Glasmalerei der Kapellenfenster sickerte das honigfarbene Licht träge in den Raum. Die hohen und schmalen Fenster glichen Speeren. Sie hatten etwas Mittelalterliches, ja sie deuteten auf eine Befestigung hin, eine uralte Garnison mit Schießscharten. Die Kapelle bewahrte alle Klänge, als ob sie heilig wären, sogar das unscheinbarste Echo.

Jaqui betete, wie es in dem Orden Brauch war, auf lateinisch, und während ihre Lippen die rituellen Worte formten, fühlte sie sich so unbeholfen wie ein betrunkener Blauhäher. Wie so oft erschreckte sie in diesem Augenblick die ehrfurchtgebietende Askese des Lebens, das sie gewählt hatte. Oder hatte es sie gewählt? Der Gedanke, daß sie die Kontrolle über ihr Leben völlig verloren hatte, flößte ihr Angst ein. Und natürlich war es so. Bernice hatte sie ja genau darauf hingewiesen, daß derjenige, der in einen Orden eintrat, alles weitere der Fügung Gottes überließ.

Jaqui betete, aber sie fühlte, daß sich Zweifel einschlichen. Bernice hatte ihr zwar erzählt, daß der Zweifel ein Werk des Teufels sei und nur der Glaube an Gott den Pfad der Erleuchtung verkörpere. Jaqui aber fürchtete, daß dieser Glaube nur eine Täuschung, nur blinder, unbewußter Gehorsam war, und sie haßte alles Blinde und Unbewußte.

Sie versuchte, ihren Vater nicht zu hassen, und bemühte sich auch, ihren Bruder Caesare nicht zu verabscheuen, weil er, was sie, ihren Vater und die Welt überhaupt betraf, blind und unwissend war. Sie wußte, daß der Haß Teufelswerk war, und wenn sie selbst haßte, hatte sie kein Anrecht auf die Mitgliedschaft im Orden, auf Bernices Vertrauen und die Güte Gottes. Der Haß glich einem innerlichen Tod, und dennoch konnte sie ihre Gefühle nicht verleugnen. Im Grunde ihres Herzens wußte sie, daß ihr Vater und Caesare böse Menschen waren. Gott konnte den Männern ihrer Familie niemals gnädig gesinnt sein, nur Michael würde er mit Sicherheit zulächeln.

Sie war nicht rein, aber Bernice hatte ihr erzählt, daß Reinheit kein Bestandteil der menschlichen Natur sei. Die Reinheit war den Heiligen und Gott vorbehalten. Das einzig wahre Ziel bestand darin, sich dieser Reinheit anzunähern.

Im Angesicht Gottes kniete Jaqui mit gesenktem Kopf in der Kapelle. Sie fühlte seine Präsenz wie einen Sturm von Flügelschlägen über Baumwipfeln. Wärme überkam sie, und sie schloß die Augen. Es war, als ob eine mächtige Hand ihre Schulter drückte, und sie war wieder beruhigt.

Vielleicht hatte Bernice recht – vielleicht war sie wirklich für große Dinge bestimmt.

Jaqui traf Paul Chiaramonte in der kleinen Bäckerei an der Straßenecke des Blocks in Astoria, der durch das Kloster

Santa Maria beherrscht wurde. Es war die Zeit der Sonnenwende, Frühlingsbeginn. Mrs. Paglia packte soeben sechs Brotlaibe für das Kloster zusammen, als Paul den Laden betrat. Jaqui legte das Geld auf die mit Brotkrümeln übersäte Ladentheke. Dann blickte sie auf und sah, daß ein dunkelhäutiger Mann mit schwarzen Augen sie beobachtete.

Er schlenderte mit dem exaltierten Gehabe eines Trunkenboldes auf die Theke zu. Vielleicht war er auch nur ein Jüngling, der älter erscheinen wollte, als er wirklich war. Aber er stank nicht nach Alkohol und konnte seine Augen nicht von Jaqui abwenden. Sie lächelte ihn an, und es schien, als ob er in Ohnmacht fallen würde. Seine Knie zitterten, und er drückte sich mit der Verzweiflung eines Ertrinkenden an den Rand der Ladentheke.

Mrs. Paglia beäugte ihn angriffslustig. »Alles in Ordnung, Paulie?«

»Natürlich, Mrs. Paglia«, krächzte Paul. »Aber ein Glas Wasser wäre trotzdem gut.«

Sie nickte und stellte Jaquis Tüten ab. Dann verschwand sie im Hinterzimmer.

Paul grinste Jaqui an. »Hallo, ich heiße Paul Chiaramonte.«

Sie streckte ihre Hand aus. »Jaqui Leonforte.«

Paul schien so erstaunt, daß er nicht wußte, was er mit ihrer Hand anfangen sollte. Er starrte sie weiter an, als wäre sie aus Porzellan. Dann ergriff er ihre Hand wie jemand, der plötzlich das Bewußtsein wiedererlangt hatte. Er drückte sie zweimal und ließ sie wie einen heißen Feuerhaken los, obwohl er darüber sogleich enttäuscht zu sein schien.

»Ich wohne hier in der Gegend«, sagte er. »Du auch?«

Sie schüttelte den Kopf. »Ich lebe in Ozone Park. Aber in ein paar Wochen werde ich für immer im Kloster Santa Maria bleiben.«

Er glotzte sie an. »Du willst Nonne werden?«

»Ist das so außergewöhnlich?«

»Mein Gott.« Er wirkte völlig niedergeschlagen. »Ich habe dich ja noch nicht einmal kennengelernt.«

In diesem Augenblick kam Mrs. Paglia mit dem Wasserglas zurück. Paul trank, und Jaqui bezahlte das Brot.

»Es hat mich gefreut, dich kennenzulernen«, murmelte sie und konnte ein Kichern nicht zurückhalten, als sie sah, daß er sich fast verschluckte.

Sie mußte daran denken, was für eine Wirkung Paul auf sie gehabt hatte. Er war kein verwandter Geist, und sie fühlte sich nicht in der gleichen Weise zu ihm hingezogen wie zu Michael. Sie und Michael befanden sich auf derselben emotionalen Wellenlänge, und sie glaubte nicht, daß diese Nähe wiederholbar war.

Aber für Paul empfand sie etwas anderes. Jaqui hatte nie einen Freund und tatsächlich noch nicht einmal ein Rendezvous gehabt. Die schwitzenden Hände und trägen Gehirne der Jungen hatten sie immer gelangweilt. Sie bewunderte, daß Michaels Geist beweglich und unberechenbar war. Jaqui vermutete, daß sie deshalb nicht versucht hatte, ihn daran zu hindern, die Mörder ihres Großvaters zu verfolgen. Sie konnte ihm seine Rachsucht nicht verzeihen, aber sie konnte sie wenigstens verstehen. Nietzsche hatte geschrieben, daß die größte Gefahr für den Menschen darin bestand, am Mitleid zu ersticken.

Auf eine bestimmte Art war es auch das, was Bernice sie gelehrt hatte: Tapferkeit war eine Sache des Fanatismus. In der Tat wäre Mitleid für den Orden Sacred Heart of Santa Maria eine unangemessene Verteidigungsstrategie gewesen. Gott hatte der Donà di Piave und ihren kriegerischen Nonnen daher einen anderen Weg gewiesen. Sie hatten die Schwerter der Soldaten ergriffen und den Feind zurückgeschlagen. Und dann hatte Gott ihnen eine andere Alternative aufgezeigt: Bernice nannte sie am liebsten die Diplomatie des Fanatismus. »Es geht aber um unsere eigene Variante des Fanatismus«, hatte sie gesagt. »Damals waren die Frauen auf den Fanatismus angewiesen, um sich über ihr althergebrachtes Schicksal zu erheben. Sie mußten Kraft gewinnen, um die Fesseln der Sklaverei abzuschütteln. Aber Gott hat der Donà di Piave die erhabene Wahrheit offenbart: Die immanente Gefahr des Fanatismus besteht darin, daß er die Gläubigen so leicht blind für die Fakten macht.«

Als Gott, nachdem der Orden erfolgreich verteidigt worden war, der Donà di Piave das blutige Soldatenschwert aus der Hand geschlagen hatte, befahl er ihr, es nie wieder zu ergreifen. Gott hatte sie für dreißig Sekunden geblendet und ihr in dieser Zeit den Weg gezeigt, den sie nicht gehen sollte. Er hatte ihr enthüllt, daß Fanatiker für alle Wahrheiten um sie herum blind sind, weil sie auf die eine Wahrheit fixiert sind, unter deren Segel sie ausgelaufen waren.

Im Lichte dessen, was Bernice sie gelehrt hatte, schien es gar nicht so seltsam zu sein, daß Michael eine Art Held geworden war, als er die beiden Männer tötete, die für den Mord an ihrem Großvater verantwortlich waren. Andererseits war ihr klar, daß Michael die allgegenwärtigen Gemeinplätze, vor denen er sich ekelte, nicht lange ertragen könnte, und tief in ihrem Inneren war ihr bewußt, daß er weit weggehen würde.

Auch Paul schien anders zu sein, aber nicht auf dieselbe Art. Trotzdem war sie sehr erstaunt, daß sie vor der Bäckerei stehengeblieben war und darauf wartete, daß er den Laden verließ. Als er herauskam, schien er genauso verblüfft zu sein. Er trug ihre Einkaufstaschen zum Kloster, und nachdem sie sie in die Küche gebracht hatte, wartete er immer noch vor der Eisenpforte auf Jaqui.

Sie spazierten zusammen durch die abendliche Dämmerung. Autos fuhren vorbei, und die Scheinwerfer überfluteten sie mit einem kurzen goldenen Flackern. Die Straßenlaternen warfen Flecken bläulichen Lichts auf den Bürgersteig.

Sie sprachen sehr wenig, über alles und nichts. Jaqui hatte kein Bedürfnis, sich ihm in der gleichen Weise wie Michael anzuvertrauen. Die heilige Beziehung zu ihrem Bruder würde sie nicht verletzen, nicht einmal, wenn ihre Beziehung zu Bernice dies erfordert hätte. Ihre Sehnsucht nach Paul glich einem unbändigen Hunger in der Tiefe ihres Bauches, was für sie eine völlig neue Empfindung war. Sie hielt es für töricht, ihre Sehnsucht befriedigen zu wollen. In wenigen Wochen würde sie von Michaels und Pauls Welt isoliert und hinter den weißen Steinwänden des Klosters eingesperrt sein. Sie hatte gegenüber dem Orden ein Gelöbnis abgelegt, doch ihre Gefühle für Paul verursachten überhaupt keine Zweifel an ihrem Gelübde, sondern verstärkten noch ihren Glauben daran.

Trotzdem begehrte sie ihn. Das war unklug, weil es so selbstsüchtig war. Im Augenblick war er von ihr hingerissen, aber mit der Zeit würde er darüber hinwegkommen. Es wäre mehr als selbstsüchtig, es nicht bei diesem unschuldigen Spaziergang zu belassen, die Bedürfnisse ihres Unterleibs zu erforschen und ihm dann den Rücken zuzukehren. Das wäre grausam. Aber hatte sie ihn nicht schon gewarnt, indem sie ihm von ihren Absichten erzählt hatte? Ja. Dennoch ergriff er ihre Hand und blickte ihr mit einem so verzehrenden Verlangen in die Augen, daß ihre Knie weich wurden.

Sie hatte noch nie nackt vor einem Mann gestanden. Als kleines Mädchen war sie nackt mit ihren Brüdern herumgelaufen, aber das war sehr lange her. Danach hatten sie gelegentlich in dem dampferfüllten Badezimmer, das sie gemeinsam benutzten, einen Blick aufeinander erhascht. Aber das war nur Neugier und völlig anders gewesen.

Sie hatte damals nicht die feuchte Hitze empfunden, die sie jetzt fühlte, als Paul die Knöpfe ihres Kleides öffnete. Und sie hatte auch nicht die atemlose Vorfreude gespürt, die sie jetzt empfand, als sie mit steifen Fingern an seinem Gürtel herumnestelte. Als seine Hände ihren Büstenhalter öffneten und ihre Brüste streichelten, wäre sie fast in Ohnmacht gefallen. Sie schloß die Augen, und ihr Körper zerfloß in seinen Armen.

Er trug sie durch das feuchte Gras des Hofs zu einer Werkstatt und stieß die Tür auf. Der scharfe Duft gut geölten Stahls vermischte sich mit seinem Körpergeruch, und ihre Nasenlöcher bebten. Sie stöhnte leise und küßte seine nackte Schulter.

Er zeichnete sich wie ein Gott über ihr ab. Diese Erfahrung, die ihr bis jetzt unheimlich erschienen war, nahm eine so übernatürliche Klarheit an, daß sie die Erinnerung bis ans Ende ihrer Tage bewahren würde. Paul fiel nicht über sie her, er fummelte nicht ungeschickt herum und tat ihr mit seinen starken Händen auch nicht weh. Statt dessen wartete er auf sie und übertrug seine Hitze auf ihren bebenden Körper.

Er drang nicht sofort in sie ein, sondern spielte mit ihr. Sie fühlte seine Küsse überall: auf ihrer Stirn, den Wangen, den Augenlidern und den Lippen. Seine Zunge glitt in ihren halbgeöffneten Mund, und Jaqui keuchte und preßte ihre Brüste an ihn.

Als seine Lippen eine ihrer Brustwarzen umschlossen, spreizte sie die Schenkel, und als er zu ihrem Bauch hinabglitt und sie dort küßte, stöhnte sie und knetete seine kräftigen Schultermuskeln.

Sie schrie »O nein!«, als er ihre Scheide erreichte, aber sie hatte keine Ahnung, was sie damit sagen wollte. Er küßte sie, und sie roch die Rosen von Santa Maria, als ob ihre Blüten denselben vollen Geruch verströmten. Sie versenkte sich ganz in die Empfindungen, die sie sich nicht hatte vorstellen können, und sie fühlte eine zunehmende Schwere zwischen ihren Schenkeln, die von dort auf ihren ganzen Körper ausstrahlte. Es war, als ob sie von der Erde abgehoben hätten und auf einem Planeten lägen, dessen Schwerkraft sie in sein glühendes Inneres hinabzog.

Er drang in sie ein, und sie wollte ihn so sehr, daß sie die Arme um ihn schlang und ihn an sich preßte. Jaqui zog die Schenkel an, und als Paul ganz in ihr war, wußte er, daß es für sie das erste Mal war.

Sie riß die Augen auf und küßte ihm den Schweiß von der Stirn. Ihre Augen waren groß wie Monde, aber in der Dunkelheit der Werkstatt sah man nur die Pupillen. Jaqui blickte auf Rechen, Baum- und Heckenschneider, eine Metalldose mit Öl und zwei Paar verschmutzter Gartenhandschuhe. Sie sah Holzstapel, Tüten mit Grassamen und eine Stechpalme, und alles glich einer Sternkonstellation, die durch den Nebel der Ekstase trieb. Jede Faser ihres Daseins verlangte hier und jetzt nach seinem Körper, und es war soweit. Danach weinte sie, weil es so wunderschön gewesen und ihr bewußt war, daß sie etwas verloren hatte, das sie nie wieder erleben würde.

Jaqui kniete wartend in der Kapelle. Es war fast Mitternacht. Draußen leuchtete der Vollmond an einem klaren Himmel. Sein Licht fiel durch das bunte Glas der langen, schmalen Fenster und zeichnete bleiche Muster auf den Steinboden und die hölzernen Kirchenstühle. Der Altar, vor dem Jaqui kniete, war mit rosafarbenem Samt drapiert, auf dem ein Abendmahlskelch aus ziseliertem Silber stand. Sie hörte Kirchengesänge.

Jaqui trug einen Talar aus weißem Leinen und darüber einen Überwurf aus tiefschwarzem Musselin, auf den mit goldenem Garn ein Kreuz gestickt worden war. Jaquis Gewand war eine genaue Kopie der Kleidung, die Donà di Piave vor Jahrhunderten getragen hatte. Das Gewand war zum letztenmal getragen worden, als Bernice vor einem ähnlichen Altar gekniet und durch Mary Margaret die Initiation empfangen hatte.

Jaqui betete mit gesenktem Kopf und geschlossenen Augen. Sie fühlte, daß Bernice, die das Schwert der Donà di Piave bei sich trug, die Kapelle betreten hatte. Bernice nahm ihren Platz ein und begann mit dem lateinischen Gebet. Dann füllte sie Meßwein in den Kelch, und während sie ein anderes Gebet rezitierte, weihte sie die Spitze des Schwertes mit dem Wein. Sie wischte es mit einem Tuch ab und hielt den frisch geweihten Gegenstand in die Luft.

»Dies ist das Blut all derer, die im Dienst für den Orden gestorben sind. Wir gedenken ihrer und ehren sie«, sagte Bernice. »Dies ist das Blut der Donà di Piave. Wir ehren und pflegen ihr Andenken.« Sie faltete das Tuch sorgfältig dreimal und legte es neben den silbernen Kelch.

Dann stieg sie die Estraden des Altars hinab und stand vor Jaqui. »Schwester Marie Rose, Sie sind von Gott auserwählt und von der Donà di Piave berührt worden, um ihr Werk im Namen Gottes fortzusetzen.« Sie berührte Jaquis linke Schulter mit der flachen Seite der Schwertklinge und ließ sie dort liegen. »Schwören Sie vor Gott, daß Sie seinem Willen folgen werden, wo er sie auch hinführen mag.«

»Ich schwöre es«, murmelte Jaqui.

Bernice berührte mit der Klinge des Schwerts die andere Schulter. »Schwören Sie, daß Sie dem Orden dienen werden. Schwören Sie, daß Sie tun werden, was immer von Ihnen verlangt wird.«

»Ich schwöre es.«

Bernice legte die Klinge auf Jaquis Kopf. »Schwören Sie, daß Ihr Leben, Ihr Geist und Ihr Herz dem Orden und Gott gehören.«

»Ich schwöre es.«

Bernice zog das Schwert zurück und stimmte dann gemeinsam mit Jaqui ein lateinisches Gebet an. Dann gebot sie Jaqui aufzustehen. Die Mutter Oberin ergriff ihre Schultern und küßte sie auf beide Wangen.

Bernices Augen schienen durch das göttliche Licht zu leuchten. »Es ist vollbracht.«

Bis zum letzten Augenblick hatte noch die Gefahr bestanden, daß alles rückgängig gemacht würde. Jaqui wußte, daß es ihre Schuld gewesen war, aber Bernice hatte behauptet, daß es sich um einen göttlichen Eingriff gehandelt habe. Jaqui hatte sich von Michael verabschiedet. Sie hatte gewußt, daß er sie noch sehen mußte, bevor er zu weiß Gott welchen Orten aufbrechen würde. Sein Entschluß hatte Jaqui nicht überrascht, auch nicht, daß er die radikale Entscheidung getroffen hatte, zur Armee zu gehen. Ihr Vater John hatte während des Zweiten Weltkriegs gedient und war in Tokio stationiert gewesen. Es hätte sie nicht überrascht, wenn Michael auch dort landen würde.

Dennoch war der Abschied sehr viel schwieriger gewesen, als Jaqui ihn sich vorgestellt hatte. Seine Gefühle hatten Michael völlig verwirrt. Er hätte sie gerne mitgenommen, dann hätten sie ihre Reise in ferne Regionen gemeinsam fortsetzen können. Aber so war Michael eben. Er wollte immer ein großes Stück des Kuchens und es dann auch essen.

Sie war viel zu glücklich gewesen, so daß er den Verlust nicht sofort empfunden hatte. Aber er hatte so melancholisch gewirkt. Trotz seiner aufgesetzten Maske hatte Jaqui gewußt, daß er Großvater vermißte und einen fast mit Händen greifbaren Schmerz empfand. Er hatte dem alten Mann am nächsten gestanden und ihn besser verstanden als seine beiden Söhne. Doch so war vielleicht der Gang der Welt.

Aber Jaqui war auch froh gewesen, als er sie verlassen hatte, da er so bei ihrem Tod nicht in New York sein würde. Sie konnte den Gedanken nicht ertragen, daß er an ihrem Grab stehen würde, wenn der Sarg herabgelassen würde. Sie war schon fast gestorben, als sie seinen Gesichtsausdruck gesehen hatte, während sie neben Großvaters ausgestrecktem Körper in dem blutbespritzten Hof gestanden hatten. Sie wollte diesen Gesichtsausdruck nie wieder sehen müssen.

Was Caesare betraf, so hatte sie nach dem Zwischenfall in seinem Auto nicht mehr mit ihm gesprochen. Und das war auch gut so. Caesare hatte sich nie Zeit für sie genommen und versucht, sie zu verstehen. Er hatte zu viel von ihrem Vater geerbt, für ihn waren Frauen wie Möbel: Sie waren nützlich, wenn man sie gerade brauchte.

Es war das besagte Erlebnis mit Paul Chiaramonte gewesen, durch das beinahe alles wieder ungeschehen gemacht worden wäre. Seit Caesare ihr gedroht hatte, hatten Jaqui und Bernice ihren Tod geplant. Die Idee mochte außergewöhnlich sein, besonders weil Jaqui sich den Schmerz vorstellen konnte, den sie über ihre Mutter und Michael bringen würde. Aber die stets kriegerische Bernice hatte sie davon überzeugt, daß nur eine extreme Lösung Aussicht auf Erfolg hätte.

Anstelle Caesares, der nie nach Santa Maria zurückgekehrt war, war Onkel Alphonse gekommen. Alphonse hatte sich geärgert, weil er den ganzen Weg von San Francisco nach New York zurücklegen mußte, und er hatte die Tür zu Bernices Zimmer aufgestoßen, als wollte er einen Anschlag auf die Tore des Himmels verüben. Schließlich hatte sie ihn doch besiegt.

»Jaqui ist aus eigenem Willen hier«, hatte Bernice mit all der grimmigen Entschlossenheit gesagt, die ihr zur Verfügung stand. »Und es ist Gottes Wille. Weder Sie noch sonst jemand kann sie von hier entführen.« Sie hatte ihr göttliches Charisma spielen lassen, und dem gewöhnlich so cleveren und wirkungsvollen Alphonse war nichts anderes übriggeblieben, als sich resigniert auf die Straße zurückzuziehen. Er hatte sich in seine Limousine gesetzt und war ohne einen Blick zurück wieder zum Flughafen gefahren.

Bernice hatte sich nicht zum Narren halten lassen. »Du bist eine Leonforte«, hatte sie gesagt und auf unheimliche Weise Caesares Worte wiederholt. »Deine Familie wird niemals vergessen, daß du hier bist – und sie wird dir nie verzeihen. Es gibt nur eine Möglichkeit, die Sache zu beenden. Du mußt sterben.«

Es traf sich gut, daß damals eine junge Nonne, Schwester Agnes, im Kloster lebte, die todkrank war. Die Ärzte konnten nichts für sie tun, und sie wollte sich nicht den unfreundlichen Diensten des Krankenhauspersonals ausliefern. Statt dessen hatte sie darum gebeten, ihre letzten Tage an einem Ort verbringen zu dürfen, der unter Gottes Obhut stand. Bernice hatte natürlich zugestimmt.

»Was Körperbau und Gesichtszüge betrifft, ähnelt sie dir ein wenig«, hatte Bernice gesagt. »Niemand würde auf die Idee kommen, euch für Schwestern zu halten, aber für unsere Zwecke sieht sie dir ähnlich genug.«

»Aber . . .«

»Kein aber. Ich habe die ganze Angelegenheit mit ihr durchgesprochen. Sie hat keine Familie und allem zugestimmt. Es ist Gottes Wille.«

Jaqui hatte selbst mit Schwester Agnes gesprochen und sich dann zögernd einverstanden erklärt. Aber im tiefsten Inneren ihres Geistes zweifelte sie, ob das Vorhaben wirklich Gottes Willen oder nicht doch eher Bernices byzantinischem Plan entsprach.

Jaqui und Bernice hatten den Plan so lange diskutiert, bis sie glaubten, daß sie jeden Aspekt und auch den Zufall berücksichtigt hatten.

Aber wie Mary Margaret immer behauptet hatte, mochte Gott solche Pläne nicht und tat sein Bestes, um ihnen in der ein oder anderen Weise entgegenzuwirken.

Diesen Plan hatte Gott beeinflußt, indem er Paul Chiaramonte auf dem Weg zur Bäckerei sein ließ, als das Auto, das Jaqui umfahren sollte, die Straße hinuntergerast kam. Jaqui war bei ihren Einkäufen während der letzten sechs

Monate jeden Tag um genau dieselbe Zeit vom Gemüsehändler und vom Bäcker zurückgekehrt.

Aber an dem Tag, als der inszenierte Unfall stattfinden sollte, hatte sie im Kloster hinter einem Eckfenster gestanden, aus dem man einen ungehinderten Blick auf den ›Unfallort‹ hatte. An ihrer Stelle hatte eine andere Person agiert, die heimlich angeheuert worden und wie sie gekleidet war – eine Stunt-Frau, die in jener unverständlichen Welt der Filme und des Fernsehens täglich ›getötet‹ wurde.

Die junge Frau hatte sich bemüht, das schwierige Timing des Plans zu beachten, und hatte Paul dabei übersehen, bis es zu spät war. Er hatte aufgeschrien. Sie hatte sich umgewandt, und für den Bruchteil eines Augenblicks hatte Paul sie angestarrt.

Lieber Gott! Niemand hätte ihr Gesicht sehen dürfen.

Dann war er auf sie zugesprungen und hatte sie zur Seite gerissen. Der Wagen hatte ihn mitten in der Bewegung erfaßt, und Jaqui hatte das Gefühl gehabt, sogar aus der Entfernung das Geräusch seiner brechenden Knochen zu hören.

Die Trauer hatte Jaquis Mutter überwältigt, und so hatte sich Bernice um den Großteil der Formalitäten gekümmert. Sie hatte mit der Polizei gesprochen, zuerst mit den Streifenpolizisten, die Bericht erstattet hatten, und dann mit den Detectives in Zivil, die sie alle persönlich kannte. Dann hatte sie mit dem Gerichtsmediziner und dem Beerdigungsunternehmer gesprochen und absolut sichergestellt, daß der Deckel des Sargs geschlossen blieb. Mit gedämpfter Stimme hatte sie alle darauf hingewiesen, daß das Gesicht des Opfers so verstümmelt worden sei, daß selbst für den routiniertesten Leichenbestatter nichts mehr zu retten wäre.

Es ging alles gut, wie Bernice es vorausgesagt hatte.

Schwester Agnes' Leiche wurde in einem Sarg beigesetzt, den die Familie Leonforte ausgesucht hatte. Aber nach dem Begräbnis, als alle Welt glaubte, daß Jaqui wirklich und wahrhaftig tot sei, wäre beinahe noch etwas schiefgegangen. Bernice hatte Jaqui versichert, daß Paul die beste ärztliche Behandlung erhielt. Das Kloster hatte anonym Geld für die Operationen gespendet, und es schien alles so zu laufen, wie sie es geplant hatten.

Bis zu dem Tag, als Bernice Jaqui erzählte, daß Paul Fragen gestellt hatte, die den Unfall betrafen.

»Meiner Ansicht nach glaubt er nicht, daß sie tot sind«, sagte Bernice.

»Vergessen Sie es«, riet Jaqui. »Unternehmen Sie nichts.«

»Aber er könnte Probleme verursachen. Er behauptet, daß nicht Sie von dem Auto überfahren worden seien und daß er eine andere Person gesehen habe. Er glaubt an irgendeine Verschwörung.«

»Das ist nur eine normale Reaktion«, beharrte Jaqui. »Ich kenne ihn. Er wäre fast selbst getötet worden, und jetzt hat er das Krankenhaus als ein anderer Mensch verlassen. Er *will* daran glauben, das ist alles.«

Aber als sie wieder alleine war, bröckelte ihre Überzeugung, und sie wurde von Schuldgefühlen heimgesucht. Man mußte sich nur ansehen, was die Wollust jenes Abends angerichtet hatte. Paul war sich seiner Sache sicher. Er hatte das Gesicht des Opfers gesehen und wußte, daß an der ganzen Geschichte etwas nicht stimmte. Kein Wunder, daß er Verschwörungstheorien ausbrütete.

Sie betete zu Gott, daß Paul alles vergessen würde, wie sie es Bernice versichert hatte. Vielleicht würde er sich weniger auf seine Erinnerungen verlassen, wenn das Trauma nachließ. Dann würden sich Zweifel einschleichen, und er würde Vermutungen anstellen, daß er nur das gesehen habe, was er sehen wollte. Ja. Die ärgerliche Fragerei würde schnell nachlassen, und er würde in sein Leben zurückkehren und sie völlig vergessen.

Aber als sie nachts allein war, kehrte die Frage zurück, die sie wieder und wieder bedrängte: Was, wenn es nicht so wäre?

Es hatte so lange gedauert und so viel Ärger gegeben, bis Jaquis Platz im Kloster gesichert war. Und jetzt bedrohten ein Mann und eine einzige leidenschaftliche Nacht all das, was Jaqui mittlerweile für ihre lebenslängliche Verpflichtung hielt: gegenüber Gott, dem Orden und seiner legendären Beschützerin, der Donà di Piave. Aber die Krise hatte ihr, wie es Gottes Wille war, noch einen völlig anderen Aspekt offenbart. Und dieser führte sie unausweichlich dazu, über ihre Mutter nachzudenken.

An einem scheußlichen Tag im Juli nach ihrem ›Tod‹, als das Thermometer um acht Uhr abends immer noch um die dreißig Grad zeigte, kniete Jaqui in der Kapelle nieder und faltete die Hände zu einem inbrünstigen Gebet. In Wahrheit hatte unter ihrer tief verwurzelten Liebe zu ihrer Mutter das Geschwür unverkennbarer Verachtung gewuchert. Ihre Mutter hatte die Lebensweise ihrer Familie akzeptiert und beide Augen zugedrückt, wenn es um Erpressung, Einschüchterung und Mord ging. Jaqui hatte geglaubt, daß sie nicht besser sei als die Männer, die die schändlichen Taten verübten. Sie waren alle Sünder, alle.

Aber jetzt hatte Gott ihr zu seiner Zeit und auf seine Weise die Wahrheit enthüllt: Ihre Mutter hatte außerordentlichen Mut bewiesen, als sie Jaqui nach Santa Maria gebracht hatte. Auf welche Weise hatte Onkel Alphonse sie wohl dafür bestraft, daß sie ihre Tochter in die Höhle der Goldonis verschleppt und deren ständiger Beeinflussung ausgesetzt hatte?

Jaqui war allein in der Kapelle und schwitzte unter ihrer Ordenstracht. Sie erschauerte. Ihr eigener Mut schien neben dem ihrer Mutter klein und verkümmert zu sein. Die Glocken begannen zu läuten, und der Raum zwischen den Steinwänden füllte sich mit Echos. Jaqui betete weiter, für ihre Mutter und sich selbst.

Drittes Buch

DOPPELGÄNGER

Man hat schlecht dem Leben zugeschaut, wenn man nicht auch die Hand gesehen hat, die auf eine schonende Weise – tötet.

Friedrich Nietzsche

7
Tokio / South Beach

Im frühen Morgenlicht wirkte Kisokos Haus starr und kahl. Daneben zeichneten sich die Speicherhäuser am Sumida-Fluß ab, als blickten sie mit finsterer Mißbilligung auf das kleine Gebäude hinab. Der Regen hatte aufgehört, und als Nicholas von seiner Kawasaki abstieg, brach durch einen Riß in den Wolken das Sonnenlicht hervor, rosa wie das Innere einer Muschel. Im Rinnstein lagen grüne Blätter, die nachts von den Bäumen geweht worden waren und wie die Fußstapfen unbekannter Geister wirkten.

Eine junge Frau in Livree öffnete die Tür, und Nicholas stellte sich vor. Nach einigem Zögern führte sie ihn in ein Vestibül.

»Die Hausherrin empfängt noch keinen Besuch.« Ihr Flüstern klang wie ein Schilfrohr im Wind.

»Sie brauchen Kisoko-san nicht zu stören«, sagte Nicholas. »Ich bin gekommen, um Nangi-san zu sehen.«

»Es tut mir leid, aber der alte Junge ist noch nicht aufgewacht«, sagte eine herrische Stimme im hinteren Teil des Foyers. »Vielleicht kann ich Ihnen ja helfen.«

Nicholas sah einen Mann Anfang Vierzig, der seinen Rollstuhl in das Vestibül bewegte. Er hatte ein längliches, nachdenklich wirkendes Gesicht mit großen braunen Augen, deren Ausdruck sanft zu sein schien. Aber das sollte sich bald ändern. Die Muskeln seines kräftigen Oberkörpers spannten sich, als er mit seinem verchromten Rollstuhl in den Raum fuhr. Man hörte nur das leise Quietschen der Gummireifen, während der Rollstuhl über den Marmorfußboden glitt. Die Dienerin sah ihn an und schritt dann die Treppe hinauf.

»Ich habe Kisoko-san . . .«

»Meiner Mutter.«

Nicholas blickte ihn weiter an, und der Mann grinste. »Sie hat Ihnen bestimmt überhaupt nichts über mich erzählt, oder?« Er zuckte die Achseln. »Typisch. Ich heiße

Ken, und Ihren Namen kenne ich bereits, Linnear-san.« Er verbeugte sich nicht, und reichte Nicholas auch nicht die Hand. Tatsächlich schien er ihn gar nicht begrüßen zu wollen.

»Ich habe Ihrer Mutter zwar mein Wort gegeben, aber ich muß trotzdem mit Nangi-san sprechen. Es gibt ein paar geschäftliche Probleme, die ich nicht verstehe.«

Ken rieb die Finger gegeneinander. Ihre Schwielen erinnerten an eine Rüstung. »Das ist das vorherrschende Glaubensbekenntnis der Menschheit. Ignoranz.« Er grinste wieder. »Aber manche Menschen sind einfach noch ignoranter als andere.«

Nicholas starrte Ken an. An wen erinnerte er ihn? »Ich mache mir Sorgen um Nangi-san.«

»Das glaube ich gerne. Das Alter ist eine ekelhafte Krankheit.« Ken arrangierte seine großen Hände in seinem Schoß. »Aber es wird schon besser werden, machen Sie sich keine Sorgen.« Er senkte den Kopf. »Sie wissen doch, daß sie sich früher geliebt haben. Vielleicht ist es jetzt wieder so.«

Sein Verhalten brachte einen aus der Fassung. Es glich der Taktik eines versierten Kommissars, der von einem Sachverhalt zum anderen springt, ohne Stichwörter zu nennen, die als Wegweiser dienen könnten.

»Das wußte ich nicht.« Nicholas sagte nicht die Wahrheit, aber das Lügen fiel ihm leicht.

»Kein Grund zur Beunruhigung. Kaum jemand weiß etwas darüber.« Er schien einen Moment lang nachzudenken. »Sie haben sich 1948 in einem *toruko* kennengelernt. Das waren diese seltsamen Etablissements, in denen man sich in den Besatzungsjahren nach dem Zweiten Weltkrieg um die amerikanischen Soldaten kümmerte. Ein *toruko* war die japanische Variante eines Türkischen Bades.«

Nicholas spürte, wie ihn ein leiser Schauder des Wiedererkennens durchfuhr, als Ken die *torukos* erwähnte. Honnikos Mutter hatte nach dem Krieg in einem *toruko* namens Tenki gearbeitet. »In welchem Stadtteil befand sich dieser *toruko*?«

Ken zuckte die Achseln. »In Roppongi. Damals gab es dort die meisten dieser Etablissements.«

Nicholas konnte nicht verhindern, daß ihm ein kalter Schauer über den Rücken jagte. Wie sollte er seine Gefühle beschreiben? Die Gegenwart und die Vergangenheit vermischten sich zu einem Gewirr unbeantworteter Fragen. Nangi und Kisoko hatten sich doch erst vor elf Jahren getroffen. Ken log ihn an, aber aus welchem Grund? »Wie hieß der *toruko*?«

Ken verdrehte die Augen und blickte zur Decke, während er sich zu erinnern versuchte. »Lassen Sie mich nachdenken. Ich glaube, er hieß Tenki.«

Nicholas erschauerte abermals. Derselbe *toruko*, in dem Honnikos Mutter gearbeitet hatte. Es war, als ob Ken ihm etwas mitteilen wollte.

»Ken!«

Kisokos schneidende Stimme bewirkte, daß Ken Nicholas nur noch schweigend anstarrte.

»Du hast anderswo dringende Verpflichtungen.« Kisoko stieg die Treppe hinab, über die vor einigen Minuten die Dienerin entflohen war.

Ken blickte seine Mutter nicht an, und als sie sich ihnen näherte, warf er Nicholas ein flüchtiges und unergründliches Lächeln zu, das mehr zu sein schien als nur eine schmerzliche Grimasse. Er sagte nichts mehr, wendete seinen Rollstuhl und verschwand durch den Korridor im hinteren Teil des Hauses.

»Es gibt keine angemessene Entschuldigung für das rüde Benehmen meines Sohnes«, sagte Kisoko. »Ich kann Ihnen nur die Erklärung anbieten, daß seine ... Behinderung ihn zu einem gesellschaftlichen Außenseiter gemacht hat.« Sie trug einen informellen Kimono aus indigoblau gefärbter Baumwolle, aber ihre Frisur und ihr Make-up waren wie immer perfekt.

»Er ist wohl eine ziemliche Plage.«

»Verzeihen Sie mir.« Sie lächelte. »Ich hatte nicht genug Zeit, um mit Ihnen über ihn zu sprechen, und Ken hat einen sehr erklärungsbedürftigen Charakter. Wir stehen ja gerade erst am Anfang unserer Bekanntschaft.« Sie wies mit der Hand auf den hinteren Teil des Hauses. »Sie kommen genau rechtzeitig zum Frühstück. Würde es Ihnen gefallen, uns Gesellschaft zu leisten? Es tut mir leid, aber Nangi-san ist noch im Bett.«

Nicholas fühlte einen Moment lang eine bohrende Furcht. »Geht es ihm gut?«

»Sehr gut.« Ihr Lächeln wurde noch sanfter. »Ich habe es Ihnen ja gesagt, Linnear-san. Er braucht nur Zeit. Bald wird alles in Ordnung sein. Machen Sie sich keine Sorgen.«

Nicholas wollte antworten, aber er fühlte sich plötzlich, als ob ihm ein hölzerner Stab zwischen die Kiefer gerammt worden wäre. Die Dunkelheit fiel auf ihn herab wie lockere Erde in ein offenes Grab. Er spürte, wie der Marmorboden brodelte und unter seinen Füßen schmolz. Er rutschte aus und versuchte, das Gleichgewicht zu halten, aber *kshira* hatte ihn im Griff, und er fiel auf die Knie.

Er wurde von der Dunkelheit übermannt, und tief in seinem Inneren öffnete sich ein Auge, das eigentlich nicht sein *tanjian*-Auge sein konnte. Falls es das vielleicht doch war, dann war es so andersartig, daß er es nicht wiedererkennen konnte.

Das Auge öffnete sich ganz, und er sah die Umgebung aus einer Dimension, von der er zuvor nicht einmal gewußt hatte, daß sie überhaupt existierte. Er erblickte das Haus in vielen Inkarnationen. Er sah Gangster und die Hand Gottes, erfüllte und zerbrochene Liebesverhältnisse, glückliche und zerstörte Herzen. Er sah Tränen des Schmerzes und unglaublichen Kummer, aber auch Zorn. Dann gab es einen Blitz, der einem Sommergewitter ähnelte und der schon fast erlosch, bevor er aufgeflackert war ... ein Blitz des Bösen.

Seine Augen öffneten sich wieder, und er blickte auf Kisokos betroffenes Gesicht. Sie kniete auf dem kühlen Marmorfußboden des Vestibüls, und sein Kopf lag in ihrem Schoß. Kisoko wiegte ihn sanft, wie eine Mutter, die ein krankes und verängstigtes Kind beruhigen will.

»Ich ...« Eine Woge der Verwirrung ließ ihn verstummen.

»Schon gut«, flüsterte Kisoko, die sich über ihn beugte. »Ich weiß, was Sie durchmachen und wie sehr Sie leiden.«

»Wie können Sie wissen ...«

Er brach ab, weil sich in seinem Geist ein Bild abzuzeichnen begann. Er sah Kisoko, wie sie im Jahr 1947 ausgesehen hatte. Sie war ganz von dunklen Halbschatten eingehüllt, und er konnte nur die Bewegung der Schatten, aber keine Gesichter oder Stimmen erkennen. Es war, als ob die Wirklichkeit sich verschoben hätte und die Vergangenheit wieder auferstanden wäre. Er fühlte ihre Liebe wie etwas Lebendiges, ein Juwel. Ihre Handfläche strahlte Wärme aus, und er wußte, daß sich ihre Psyche bis zu ihm ausgedehnt hatte und ihn emotional genauso wiegte, wie ihre Arme es taten.

»Sie haben den *tanjian*-Blick«, flüsterte er.

»Ich kenne die Phänomene *akshara* und *kshira*. Und ich sehe die Dunkelheit und das Licht, die sie durchfluten.«

»*Kshira* wird stärker und bedroht mich mit dem Untergang.« Nicholas öffnete die Augen und starrte sie an. »Was geschieht mit mir?«

»Das ist nur eine Veränderung. Und wie sie auch aussehen wird, Sie müssen sie zulassen.«

»Aber ich ...«

»Verbannen Sie die Furcht aus Ihrem Herzen. Vertrauen Sie *kokoro*, dem Wesen aller Dinge.«

»Kisoko-san, ich fühlte mich, als ob *kshira* mich völlig übermannt. Okami-san konnte mir nicht helfen. Können Sie es?«

Sie schüttelte den Kopf.

»Aber die Dunkelheit ...«

»Linnear-san«, sagte sie mit der sanftesten Stimme, die man sich vorstellen konnte. »Sie brauchen keine Hilfe. Lassen Sie die Dunkelheit einfach auf sich zukommen.«

Als er zwanzig Minuten später ihr Haus verließ, hatte der Regen wieder begonnen und fegte weitere Blätter von den Bäumen. Der Himmel war indigofarben, und in der Ferne hörte man ein ununterbrochenes Hämmern. Die nackten Fassaden schienen ihn anzugrinsen und mit grimmigen und vorwurfsvollen Blicken zu bedenken.

Was für ein Bild hatte er von Kisoko? Er war sich sicher, daß sie über den *tanjian*-Blick verfügte. Er erinnerte sich, wie ruhig sie dagesessen hatte, als er sie zum erstenmal in ihrem Haus besucht und der *kshira*-Anfall ihn überwältigt hatte. Hatte sie überhaupt geatmet? Sie hatte bestimmt empfunden, was er durchmachte, und konnte ihm mit Sicherheit helfen.

Lassen Sie die Dunkelheit einfach auf sich zukommen.

Er stieg wieder auf seine Kawasaki und bahnte sich seinen Weg durch die vom Verkehr verstopften Straßen von Shinjuku. Das Kami hatte eine Botschaft von Mikio Okami gespeichert, der ihn am morgigen Nachmittag um Viertel vor fünf im Shitamachi-Museum treffen wollte. Er übermittelte eine Zusage an Okamis Adresse, während er an der Minami-dori vor einer roten Ampel wartete.

Lassen Sie die Dunkelheit einfach auf sich zukommen.

War das möglich? War sein Glaube an *kokoro* wirklich unerschütterlich? Er blickte tief in sein Herz und konnte keine Antwort finden.

Die Männer warteten auf Mick Leonforte, als er das Both Ends Burning verließ, einen Sado-Maso-Club in Roppongi, der die ganze Nacht geöffnet hatte. Der Club war dafür bekannt, daß sich junge, vollbusige Frauen langsam und – wie die Zuschauer glaubten – unter ziemlichen Schmerzen heißes Wachs über die nackten Körper gossen, während eine Horde schwitzender Männer ihnen zuschaute.

Der Plan war genau ausgearbeitet worden. Ise Ikuzo, Chef eines Stahl- und Metallurgie-Firmenkonglomerats, das seinen Namen trug, stieg aus dem glänzenden weißen Mercedes, und zwei stämmige Männer, der Fahrer und der Killer, verließen die Frontsitze des Autos und rannten auf Mick zu. Einer der Männer war klein und untersetzt wie ein Sumo-Ringer, der andere war jünger und völlig kahlköpfig. Die Tätowierung eines aufsteigenden Phoenix bedeckte die Hälfte seines kahlen Schädels.

»Hier auf der Straße sind Sie kein so großer Mann, oder?« rief Ikuzo. »Ich bin hier, um Ihnen eine Lektion zu erteilen. Niemand fügt mir ungestraft einen solchen Gesichtsverlust zu, Mr. Leonforte, nicht einmal Sie.«

Es war kurz nach drei Uhr morgens, aber im Licht der Neonreklamen Tokios konnte Mick erkennen, daß die beiden Männer tatsächlich Mitglieder des *Shikei*-Clans waren. Die Gerüchte über Ikuzos Verbindungen zur Yakuza entsprachen also der Wahrheit. Mick dachte flüchtig, daß sein Leibwächter Jochi traurig sein würde, wenn er erfuhr, daß er diesen Spaß verpaßt hatte.

»Sie sind ein Eindringling in unserer Welt.« Ikuzo lehnte sich gegen den Mercedes. »Und noch schlimmer ist, daß Sie ein *iteki* sind, ein ausländischer Schmarotzer. Im Gegensatz zu anderen lasse ich mich nicht täuschen, wenn Sie mit Engelszungen reden. Wenn Sie morgen früh gefunden werden, wird das allen, die Ihrem Beispiel folgen könnten, eine Warnung sein.«

Die beiden schwergewichtigen Schergen der Yakuza erwarteten, daß er davonlaufen würde, aber Mick blieb stehen. Im letzten Moment wirbelte er herum, um dem Angriff des untersetzten Yakuzas zu begegnen. Mick griff heimlich in die Innentasche seines Jacketts, zog den Dolch aus Damaszener-Stahl, mit dem er Rodney Kurtz erledigt hatte, und rammte ihn dem untersetzten Mann knapp über dem rechten Ende des Sternums in den Brustkasten. Die Klinge kratzte über den Knochen, dann fand sie ihr Ziel, und die Dolchspitze durchbohrte das Herz des Mannes. Mick schnellte herum, bevor das Opfer auf ihn stürzen konnte. Er wandte sich dem Tätowierten zu und hörte, wie der Untersetzte hinter ihm auf Beinen herumtaumelte, die ihm nicht mehr gehorchten. In der engen Straße hallten die fürchterlichen Laute mühsamen Atmens. Dann hörte man ein Würgen und nahm den plötzlichen Geruch des Todes wahr.

Aber Mick mußte sich um andere Angelegenheiten kümmern, und die wichtigste war die stubsnasige automatische Waffe, die der andere Mann auf ihn richtete. Er tat das, was der Typ mit der Phoenix-Tätowierung am wenigsten erwartet hatte. Mick ignorierte seine Waffe und näherte sich ihm auf Kernschußweite. Während der Yakuza ihn immer noch triumphierend angrinste, hatte Mick blitzschnell den Kopf des Mannes ergriffen und gegen sein Knie geknallt.

Der Knorpel der gebrochenen Nase des Mannes zersplitterte mit einem satten Geräusch. Der Yakuza ließ die automatische Waffe fallen, und Mick stieß sie in die Gosse, während er dem Mann einen Handkantenschlag gegen die empfindliche Stelle hinter dem rechten Ohr versetzte, wo wichtige Nervenstränge verliefen.

Der Mann fiel zu Boden, wie von einer starken Kraft hinabgezogen. Mick setzte einen Fuß auf seine Schulter, den anderen auf den Hals. Er trat mit dem Absatz zu und hörte, wie der Halswirbel des Mannes brach.

Kaum hatte er diese Aktion beendet, lief er schon über die Straße auf den weißen Mercedes zu. Ikuzo hatte sich in weiser Voraussicht in das Innere des Wagens zurückgezogen. Er hatte gerade die elektronisch gesteuerten Türen des Autos geschlossen und fummelte am Schalthebel herum, als Micks Ellbogen durch das Fenster auf der Fahrerseite krachte. Ikuzo kläffte, als die Scherben des zerbrochenen Sicherheitsglases auf ihn hinabregneten, aber Mick ergriff ihn und zerrte ihn durch das Fenster. Ikuzo zog eine kleine automatische 25er hervor, die Mick ihm verächtlich aus der Hand schlug.

»Ich bin ein *iteki*, ein Fremder?« flüsterte Mick. Er versetzte dem anderen einen lähmenden Hieb zwischen die Augen. »Zu schade. Durch dieses Wort haben Sie sich selbst zum Tode verurteilt.«

Er hielt den Dolch in der Hand und versetzte Ikuzo den ersten rituellen Stich, wie er es bei den Nungs gelernt hatte. Jetzt brauchte er sich nicht mehr zu beeilen. Die Straße lag verlassen da, und Tokio beobachtete mit gleichgültigem Blick seine Rache.

Er operierte Ikuzo das Herz, die Leber und die Milz heraus und legte den blutigen Körper dann quer über die Motorhaube des überflüssigen Mercedes, dessen weißer Lack jetzt bläulich im Licht schimmerte. Das Blut, das den dunklen Absonderungen eines Tintenfisches glich, floß über die eben noch unbefleckte Motorhaube. Mick ergriff die Milz, und nachdem er Ikuzos Kiefer mit dem Dolch geöffnet hatte, stopfte er ihm das glänzende Organ in den Mund.

»Es war schon richtig, daß Sie ein Exempel statuieren wollten. Sie haben sich nur das falsche Opfer ausgesucht.«

Mick brauchte zehn Minuten, bis er seinen Wagen erreichte. Er parkte nie in der Nähe eines Clubs, den er kontrollierte. Er kauerte nieder, wie er es in den Dschungeln von Vietnam und Laos so oft getan hatte, und breitete die Organe vor sich aus. Dann wischte er sich, so gut es ging, die Hände ab und zog sein Mobiltelefon hervor.

Jochi meldete sich mit dem ersten Klingeln und hörte schweigend zu, als Mick ihm erklärte, was passiert war. »Ich will, daß du die beiden Leichen auf der Straße auf die übliche Weise verschwinden läßt. Niemand soll wissen, daß die beiden Typen je existiert haben.«

»Nur die beiden?«

»Genau. Laß die andere Leiche auf dem weißen Mercedes liegen. Sie zeugt von einem sehr privaten Krieg.«

Lew Croaker streckte sich auf einem der türkisfarbenen Stühle des Playa del Sol aus, einem der zahllosen Strandrestaurants des frisch aufgeputzten Stadtteils South Beach in Miami. Die Sonne knallte grell und heiß aus einem wolkenlosen Himmel herab, und man konnte trotz Sonnencreme mit hohem Lichtschutzfaktor sehr schnell einen Sonnenbrand kriegen. Croaker trug ein weit geschnittenes Hemd aus Kunstseide, eine pfirsichfarbene Hose, mexikanische Sandalen und eine Sonnenbrille mit verspiegelten Gläsern. Er stocherte mit der Gabel in seinem Gericht herum, das aus Würstchen, Reis und schwarzen Bohnen bestand und von den Kubanern *cristianos y moros* genannt wurde. Aber er aß nicht. Er hatte keinen Appetit, und sein Magen rebellierte. Croaker blickte gerade von seinem Teller auf, als ein braungebrannter Strandhase, im String-Bikini und auf Roller-Blades, auf der Strandseite des Ocean Boulevards an ihm vorbeifuhr.

South Beach hatte sich wieder auf die Art-déco-Pracht besonnen, durch die es – zusammen mit seinen heißen tropischen Farben und all den anderen Vorzügen – in den dreißiger und vierziger Jahren berühmt geworden war. Das lag zu einem nicht geringen Teil am Zuzug international bekannter Models und Modeschöpfer, die das Interesse abgehetzter Europäer und reicher Südamerikaner geweckt hatten. Daher schossen direkt neben den jahrzehntealten, renovierten Gebäuden neue Häuser aus dem Boden. So war Croaker nur einen Block weit von Gianni Versaces Villa im europäischen Stil entfernt, deren italienische weiße Fassade gegen den fast unablässigen Touristenandrang abgeschirmt und bewacht wurde.

Ein feuerroter Camaro fuhr vorbei, und man hörte dröhnende Musik aus den Boxen der Stereoanlage. Die beiden blonden Muskelmänner im Auto beäugten mit großem Vergnügen all die leichtbekleideten Frauen. Hinter dem Wagen sah man drei harte junge Typen auf Harley-Davidson-Motorrädern, die über die Straße brummten und Wolken von Abgasen hinterließen.

Croakers Mobiltelefon piepte, und er hielt den Apparat ans Ohr. »Was zum Teufel haben Sie und Vesper sich dabei gedacht, Bad Clams auf diese Art und Weise zuzusetzen?« Das war Wayne Forrest, der Bundesbeamte von der Antikartell-Ermittlungsbehörde ACTF. »Wenn Sie sich nichts dabei gedacht haben, werden wir alle eine Menge Ärger kriegen.«

Croaker zog seinen Stuhl vor und streckte den Kopf weiter nach vorne. Er hatte zuvor mit einem Auge nach Vesper und Bad Clams Ausschau gehalten, die nach ihrem Zeitplan jede Minute vorbeikommen mußten. Am frühen Morgen hatte er sich aus dem Marlin geschlichen, einem schikken Hotel an der Washington Avenue, wo er übernachtet hatte. Er war zu Bad Clams' weißer Villa gefahren und hatte mit einem leistungsstarken Fernglas auf ein Fenster im zweiten Stock gespäht, das direkt über der Eingangstür lag. Um Punkt sieben Uhr hatten sich die Vorhänge bewegt und waren sofort danach aufgezogen worden. Er hatte Vespers Gesicht kurz, aber deutlich im Fenster gesehen und war so erleichtert gewesen, daß er einen hörbaren Seufzer ausgestoßen hatte. Es war ein abgesprochenes Signal, daß sie sich um diese Zeit am Fenster zeigen würde, falls alles nach Plan liefe. Vesper und Bad Clams sollten um die Mittagszeit in South Beach sein.

»Was ist denn los?« fragte Croaker den Bundesbeamten.

»Bad Clams' Leute haben Tony D. umgelegt, und bei der alten Dame haben sie dasselbe versucht.«

»Was?« Croaker fühlte sich, als ob man ihm einen Elektroschock versetzt hätte. »Wie geht es Margarite DeCamillo? Hat sie überlebt?«

»Kennen Sie die Frau?« Croaker merkte selbst am Telefon, daß Forrest neugierig war.

»Ich ... Ja. Sie spielt bei unserem Plan eine wichtige Rolle ... auf eine indirekte Weise«, sagte Croaker lahm. »Was zum Teufel ist denn passiert?‹

»Sind Bad Clams und Vesper schon zu sehen?«

Croaker reckte den Kopf. »Die Luft ist rein.«

»Tatsache ist, daß Mrs. DeCamillo entkommen ist und daß Bad Clams auf Plan B zurückgreifen mußte.«

Croaker hörte, wie das Blut in seinen Ohren dröhnte. »Und was für ein Plan war das?« In diesem Augenblick hätte er Forrest erwürgen können, dem es offensichtlich Spaß machte, sich die Einzelheiten aus der Nase ziehen zu lassen.

»Er ließ das Mädchen entführen. Wie war noch ihr Name?«

Croaker schloß einen Moment lang die Augen. »Francine.«

»Ja, genau. Francine. Wie dem auch sei, er hat also das Mädchen kidnappen lassen und dann die Mutter eingewickelt. Allerdings war sie cleverer, als alle gedacht hatten. Sie hat irgendeinen Detective von der Kriminalpolizei auf ihre Seite gezogen, um sie zu beschützen. Ich glaube, er hieß Barnett.« Forrest machte eine Pause, und Croaker hörte, wie er seinen Mitarbeitern Anweisungen gab. Das Blut pochte wie wild in Croakers Schläfen, und er hatte ein flaues Gefühl im Magen. »Jetzt geht's erst richtig los.« Forrest war wieder am Apparat. »Der Detective von der New Yorker Polizei legte die beiden Typen um, die die Frau entführen sollten, wurde aber dann selbst von einer Kugel getroffen, die Paul Chiaramonte abgefeuert hat. Er ist Bad Clams' Verbindungsmann im Machtapparat der Goldonis.«

Croakers Herzschlag spielte verrückt. Das grelle Sonnenlicht wurde von den kriechenden Autos und frisierten Motorrädern reflektiert, die sich wie ein Tausendfüßler über den Ocean Boulevard bewegten. Zwei Muskelmänner mit nackten Oberkörpern bestellten Bloody Marys. Sie ließen ihre gutgeölten Muskeln spielen, um die gelangweilte Kellnerin zu unterhalten. Eine gertenschlanke junge Frau in einem hautengen blauweißen Kleid, das mehr entblößte als verbarg, führte einen Dobermann mit schwarz-lohfarbenem Fell an einer dicken Kette spazieren. Alle Passanten glotzten dumm und machten einen Bogen um sie.

Croaker nestelte an seinem Hemd herum und versuchte, es nicht zu sehr naßzuschwitzen. Er mußte einfach etwas tun, um sich zu beruhigen. Das waren brisante Neuigkeiten. Bad Clams hatte einen Maulwurf in Margarites Familie eingeschleust. Wie war es möglich, daß niemand so etwas vermutet hatte? Was zum Teufel hatte er hier zu suchen, während Margarite und Francie in Lebensgefahr schwebten? Er war schon dabei, seine schnelle Abreise zum Flughafen von Miami zu planen. »Was hat Chiaramonte denn mit ihnen angestellt?«

»Mit Mrs. DeCamillo und ihrer Tochter?« Forrests Stimme klang, als wisse er nicht, wovon Croaker sprach. »Nach unseren Quellen hat Chiaramonte sie in ein Privatflugzeug verfrachtet.«

Croaker wartete darauf, daß Forrest weitersprach, aber er hörte nichts am anderen Ende der Leitung. Er *würde* diesen Bastard erwürgen. Dann stellte er die Frage, auf die Forrest wartete.

»Und wohin ging der Flug?«

»Hierher. Genau hierher. Chiaramonte bringt sie in die Höhle des Löwen. Sie werden Bad Clams heute irgendwann auf seinem Privatgelände treffen. Zu seinen Bedingungen.«

Forrest wartete einen Augenblick lang. »Sind Sie noch am Apparat, Croaker?«

»Ja, natürlich.«

»Ich weiß nicht, hinter was er her ist, aber für Mrs. DeCamillo sieht es nicht gut aus. Sie gehört schließlich zur Goldoni-Familie, und wir wissen, wie die Leonfortes mit den Goldonis umspringen.«

Croaker wußte es nur zu gut.

»Hey.« Forrests Stimme schien vor Anspannung zu zittern. »Wenn man vom Teufel spricht . . . Der Posten Nord Eins hat etwas beobachtet. Sie kommen auf dem Ocean Boulevard auf Sie zu. Der Typ trägt eine Sportjacke, also ist er wohl bewaffnet. Seien Sie vorsichtig.«

Croaker drehte sich gerade rechtzeitig um, um Vesper zu sehen, die Arm in Arm mit Caesare Leonforte daherschlenderte. Forrest hatte recht, das Paar kam auf ihn zu. Er schob die Antenne seines Mobiltelefons ein, betrat das Restaurant und ging auf die Toiletten zu, wo er erfolglos versuchte, seinen Pulsschlag zu beruhigen.

»Wir haben ungefähr zwei Minuten, nicht länger«, sagte Vesper zu Croaker. »Ich habe ihm erzählt, daß ich mal aufs Klo müßte.« Sie hatten sich in der Damentoilette eingeschlossen, die typischerweise nur eine Kabine hatte. »Er hat eine Verbindung zur Küstenwache.« Sie beschrieb das Treffen der letzten Nacht und den Mann namens Milo. Dann gab sie ihm die Nummer des Kutters von der Küstenwache: CGM 1176. Und anschließend erzählte sie ihm auch, wie sehr das mit Arsen verschnittene Kokain Caesare in Rage versetzt hatte.

»Ich werde es nachprüfen«, sagte Croaker. »Das mit der Verbindung zur Küstenwache hört sich interessant an. Ich habe das Gefühl, daß er mit dem Kutter nicht nur Kokain ins Land schmuggelt. Vielleicht schmuggelt er so auch das Waffenmaterial der DARPA *aus* dem Land.«

»Schon möglich«, sagte Vesper nachdenklich. »Eine bessere Tarnung als einen Kutter der Küstenwache, der sich überall frei bewegen kann, gibt es nicht. Übrigens, ich werde morgen an einem Treffen teilnehmen. Es ist für fünf Uhr nachmittags angesetzt.«

»Gute Arbeit. Durch die Nummer werden wir in der Lage sein, die Spur des Kutters zu verfolgen.«

Diese Möglichkeit schien sie sehr zu freuen, und er haßte es, ihr die gute Laune zu verderben. Aber er hatte keine andere Wahl. Rasch erzählte er ihr von Caesares Attacken auf die Goldoni-Familie, von Margarite und Paul Chiaramonte. Seit Margarite die Position ihres Bruders Dominic eingenommen hatte, waren Vesper und Margarite Freundinnen und Verbündete.

»O Gott, Margarite.« Sie ballte die Fäuste, und die Haut über ihren Knöcheln färbte sich weiß. »Zum Teufel, wir müssen einen Weg finden, sie aus Caesares Klauen zu befreien.«

»Bad Clams wird es uns sehr schwermachen.«

Vesper legte ihm die Hand auf den Arm. »Überlaß Caesare mir. Du kümmerst dich um die Frauen.« Sie biß sich auf die Lippe. »Tony D. ist also umgelegt worden.« Sie schüttelte den Kopf. »Warum haben wir das nicht vorausgesehen?«

»Genau das habe ich mich auch gefragt. Aber jetzt ist nicht der richtige Moment für gegenseitige Beschuldigungen.«

Vesper nickte zustimmend. »Bad Clams hat mir erzählt, daß morgen ein Freund namens Paul mit seiner Freundin zu Besuch kommen wird. Ich gehe jede Wette ein, daß er sie im Gästehaus einschließen wird.« Sie blickte Croaker an. »Ist bei dir alles in Ordnung?«

Er nickte. »Und wie geht's dir?«

»Gut.« Sie wollte nicht über ihr Verhältnis zu Caesare sprechen. Statt dessen drückte sie seinen Arm. »Wir werden sie schon befreien. Mach dir keine Sorgen.«

»Natürlich.«

»Nach dieser Episode wird er mir sein Vertrauen schenken, Lew. Darum geht es doch, oder?« Sie atmete tief durch. »In der Zwischenzeit bleiben uns dreißig Sekunden, um die Sache durchzuziehen. Hör zu, es ist, als ob man ertrinkt.«

»Sehr schön.«

»Halt den Atem an.« Jemand klopfte an die Tür. »Du mußt dich einfach entspannen und es geschehen lassen. Überlaß alles mir.«

Er grinste grimmig. »Eines Tages werde ich vielleicht darauf zurückkommen.«

»Träum weiter.« Sie lachte und drückte seinen Arm ein letztes Mal. »Du wirst sowieso viel zu viel mit Margarite und Francie zu tun haben. Sie werden dich jetzt mehr denn je brauchen.« Sie schloß die Tür auf. »Wir sollten besser gehen. Alles klar?«

Er nickte.

»Wir sehen uns auf der anderen Seite.« Sie verließen die Toilette und gingen an einer empörten Frau mit Sonnenbrille und orangefarbenem Lippenstift vorbei. »Manche Leute haben Nerven!«

Caesare registrierte sofort, daß Vesper aus dem Restaurant eilte. Ihr Gesichtsausdruck gefiel ihm gar nicht.

»Caesare!« rief sie und warf über die Schulter einen Blick zurück.

Caesare ging einen Schritt auf sie zu. »Was zum Teufel . . .« Er sah, wie Croaker aus dem Restaurant kam und hinter ihr herrannte.

»Hey!« brüllte Croaker. »Hey! So einfach wirst du mich nicht los. Was glaubst du eigentlich, wer du bist?«

»Hau ab«, schrie Vesper, als er die Hand nach ihrer Bluse ausstreckte.

Caesare hörte das Geräusch zerreißender Seide und sprintete auf sie zu. Dann schien alles im Schnelldurchlauf zu geschehen, und selbst später erinnerte er sich nur noch verschwommen an die Szene.

Croaker hielt Vespers zerrissene Bluse in der Hand und ohrfeigte sie brutal. Sie schrie und wand sich.

»Hey, du elender Dreckskerl, laß sie in Ruhe!« brüllte Caesare, während er nach der automatischen Pistole unter seiner linken Achsel griff.

Die Leute sprangen wie elektrisiert auf, als sie den Schuß hörten, der Croaker zurückschleuderte, als ob er von einer riesigen Faust getroffen worden wäre. Caesare erhaschte einen Blick auf die Waffe in Vespers Hand. Blut tropfte aus der Wunde auf Croakers linker Brust. Tische und Stühle wurden umgeworfen. Die Gäste kreischten, und die Kellnerinnen ließen ihre Tabletts fallen und rannten weg. Die Panik eskalierte, als der zweite Schuß fiel. Diesmal war Caesare sich sicher, daß er gesehen hatte, wie die Kugel nur Millimeter über der ersten Wunde in Croakers Brustkasten einschlug. Der ehemalige Polizist wurde gegen einen umgestürzten Tisch geschleudert und sank dann zu Boden. Es war seltsam, aber mitten in der allgemeinen Verwirrung dachte Caesare mit Bewunderung und ein bißchen Ehrfurcht darüber nach, was für eine Wahnsinnsfrau Vesper war.

Ihm war klar, daß sie verschwinden mußten. Er kletterte über Körper und schubste und stieß die Leute zur Seite. Es war, als ob er versuchte, gegen eine Springflut anzuschwimmen. Er wurde förmlich von Menschen überschwemmt, die in Panik flüchten wollten. Die Schreie der entsetzten Augenzeugen schwollen unheimlich an. Caesare ignorierte das ganze Chaos. Er gelangte zu Vesper und zog sie an sich.

»Dieser Hurensohn«, hörte er sie keuchen. »Mich behandelt niemand wie den letzten Dreck.«

Er hielt sie in den Armen. Ihm war bewußt, daß sie in ernsthaften Schwierigkeiten war und seinen Schutz brauchte. Ohne seine Macht war sie am Ende. Er war jetzt bereit, ihr zu vertrauen, und *wollte* ihr vertrauen. Allein das war der Sinn bei diesem einstudierten Spiel. Weil sie ihn brauchte, würde sie ihn an sich binden und sein ganzes Vertrauen gewinnen. Das entsprach einfach der menschlichen Natur.

Er trat einen Schritt vor. Croaker lag zusammengekrümmt und blutend am Boden. War er tot? Großer Gott, was denn sonst? Vesper hatte ihm zwei Kugeln ins Herz gejagt. Sie hatte Nerven wie Drahtseile.

Er packte Vesper und stieß sie vor sich her. Sie rannten über den Ocean Boulevard, und man konnte jetzt die Polizeisirenen hören, die die Hip-Hop-Musik aus vorbeifahrenden Kabrios und von überfüllten Restaurant-Terrassen übertönten.

8
Tokio / South Beach

Das dröhnende Wehklagen elektrischer Gitarren klang zuerst wie die Sirenen von tausend Krankenwagen. Doch dann bewirkte die Akustik des riesigen Raumes, daß das Geheule durch die acht mit Schriftzeichen bedeckten Säulen drang, die die Tanzfläche des Mudra säumten. Der Krach verwandelte sich auf wundersame Weise in ohrenbetäubende und pulsbeschleunigende Musik, die den Adrenalinspiegel hochschnellen ließ, aber trotzdem melodisch und harmonisch war. Außerdem konnte man gut danach tanzen.

Nicholas und Tanaka Gin bahnten sich ihren Weg durch schwitzende und sich verrenkende Tänzer. Wegen der zukkenden Lichtstrahlen der Laser fühlten sie sich wie Fische im Aquarium. Die beeindruckenden Sanskritzeichen und Bodhisattva-Skulpturen wurden in regelmäßigen Abständen durch die kreisenden Lichtstrahlen erhellt, wodurch den erleuchteten Wesen eine geradezu wörtliche Bedeutung zukam. Deren Karma bestand darin, auf das Nirwana zu verzichten, um anderen bei der Erlangung dieses Zustandes zu helfen. Draußen war die Kaigon-dori noch immer belebt, obwohl es schon nach vier Uhr morgens war. Man sah Punker, die Geld zu verbraten hatten, Fotomodelle, Sänger, jugendliche Schauspieler, junge Talente und räuberische Typen, die im nächtlichen Großstadtdschungel um sie herumstreiften. Die Menschen gingen achtlos an der Stelle vorbei, wo Giai Kurtz durch den mysteriösen Autounfall ums Leben gekommen war.

Nicholas hatte auf einen Anruf des Staatsanwalts reagiert, der ihm von einem Mann erzählt hatte, den Nicholas seiner Meinung nach befragen sollte. Mit seiner frisierten Kawasaki war er ins Zentrum von Tokio gerast, in das Shibaura-Viertel. Er war sowieso noch wach gewesen und hatte die von Okami beschafften Informationen über das Personal in der Abteilung des Oberstaatsanwalts studiert.

Nicholas hatte Koei nicht aufgeweckt und ihr eine Notiz hinterlassen. Im Gegensatz zu Justine wurde sie durch sein nächtliches Kommen und Gehen nicht verängstigt. Sie wußte, daß das zu seinem Lebensstil gehörte.

»Ich habe herausgefunden, wem Kurtz sein Geld hinterlassen hat.« Tanaka Gin mußte ziemlich schreien, um den Lärm zu übertönen. »Er hat es Sterngold vermacht, dem Unternehmen, das er verkörperte.«

»Interessant.« Nicholas mußte einer herumwirbelnden Tänzerin ausweichen, deren Brüste kaum verhüllt waren und die mit der Geschwindigkeit und Zielstrebigkeit einer Rakete auf ihn zuschoß.

»Warten Sie, es wird noch besser.« Tanaka Gin führte ihn zu einem relativ sicheren Platz hinter der Tanzfläche, nahe einer halbkreisförmigen Bar, die aussah, als ob sie aus dem Tempel von Angkor Vat herausgeschnitten worden wäre. »Kurtz hat in seinem Testament verfügt, daß sein Denwa-Partners-Anteil ausgegliedert wird und an ein anderes Unternehmen namens Worldtel Inc. geht. Ich habe den größten Teil des Nachmittags damit verbracht, Datenbanken zu durchstöbern und mich über Worldtel zu informieren. Die Firma hält einige kleinere Beteiligungen im südostasiatischen Radio- und Fernsehgeschäft. Nichts Spektakuläres. Jetzt besitzt sie die Anteile an Denwa Partners.«

Nicholas wurde einen Augenblick lang durch eine junge Frau abgelenkt, deren Gesicht mit einer Reihe durchs Fleisch gebohrter Ringe geschmückt war, die sich vom Nasenloch an über die Wange erstreckten. Sie hatte schwarzen Lippenstift aufgelegt, und ihr kurzgeschorenes Haar war völlig weiß. »Und wer kontrolliert Worldtel? Die Direktoren von Sterngold?«

»Früher vielleicht, aber jetzt nicht mehr«, antwortete Tanaka Gin. »Sterngold wurde so kurzfristig verkauft, innerhalb der letzten vierundzwanzig Stunden, daß ich hier keine weiteren Einzelheiten mehr erfahren konnte. Bis auf den Namen der Firma, die Sterngold übernommen hat. Das Unternehmen heißt Tenki Associates.«

Nicholas fühlte, wie sich seine Nackenhaare sträubten. Tenki war der Name des *torukos*, von dem Kisokos Sohn

Ken behauptet hatte, daß seine Mutter Nangi dort schon vierunddreißig Jahre vor dem Beginn ihrer eigentlichen Beziehung getroffen hätte. Und es war der *toruko*, wo Honnikos Mutter während der Besatzungszeit gearbeitet hatte. »Tenki?« In Nicholas' Welt gab es keinen Platz für Zufälle. »Sind Sie sicher?«

»Ja. Warum?«

»Haben Sie das nachgeprüft?«

Tanaka Gin nickte. »Natürlich. Tenki ist eine Briefkastenfirma mit einer Adresse in Sri Lanka. Ich habe angerufen und auf dem Anrufbeantworter eine Nachricht hinterlassen. Aber ich rechne nicht unbedingt jede Minute mit einem Rückruf.«

Nicholas dachte einen Moment lang nach. »Ich vermute, daß wir möglicherweise eine direkte Verbindung zu Kurtz' Mörder haben, wenn wir herausfinden, wer der Besitzer von Tenki Associates ist.«

»Sie *haben* doch bereits eine direkte Verbindung zu seinem Mörder, Linnear-san.«

Der Boden unter Nicholas Füßen verwandelte sich in eine breiige Masse, und er fühlte, daß er fiel und fiel, bis die Lichter und die Musik des Mudra sich hoch über ihm wölbten. Ihm war, als versinke er in urzeitlichem Schlamm. Während er tiefer hinabsank, wurden die Geräusche immer gedämpfter, und das Licht erlosch mit einem Wimpernschlag.

Das unaufhörliche Summen der Bienen in seinem Gehirn machte ihn fast wahnsinnig. Er war ganz von Dunkelheit umgeben, aber jetzt stellte er fest, daß die Stimmen der Bienen tatsächlich *Stimmen* waren. Es begann sich eine Sprache herauszubilden, die sogar übersetzt wurde, während er wie ein gieriger und verängstigter Beobachter zuhörte, ähnlich einem Kleinkind, das sein Bett verläßt, um dem aufregenden und verbotenen Gerede auf der nächtlichen Party seiner Eltern zu lauschen.

Kshira konfrontierte ihn mit dem leuchtenden Antlitz des Übels, das wie ein nächtlicher Räuber durch sein Unterbewußtsein glitt. Abgründe glänzten im Mondlicht. Der Morgen dämmerte schon fast, und er hatte während der letzten sechsunddreißig Stunden so wenig Schlaf gefunden, daß er nicht die Kraft hatte, gegen *kshira* anzukämpfen, um sich den Rückweg in die Welt der Lichter und der Klänge über sich zu bahnen.

Es ist eine Veränderung, hatte Kisoko gesagt. *Wie sie auch aussieht, Sie müssen sie über sich ergehen lassen. Verbannen Sie die Furcht. Vertrauen Sie* kokoro.

Er versank tiefer in der breiigen Dunkelheit, und das Summen der hunderttausend Bienen – die Laute der unbekannten Sprache – verwandelte sich jetzt in eine einzige Stimme.

Sie müßten doch mit Revolutionären vertraut sein, weil Sie von einem erzogen worden sind ... Die Stimme war so vertraut wie niederdrückend. *Ich habe eine erschöpfende Charakterstudie Ihres Vaters entworfen. Der Colonel war der verschwiegenste Mann, der mir je begegnet ist. Er war sogar noch verschwiegener als mein eigener Vater, der seine Identität so oft gewechselt hat, daß ich mich schließlich fragte, ob er sich noch daran erinnerte, wer er wirklich war ...* Mick Leonfortes Stimme hallte durch seinen Kopf und durch sein tiefstes Inneres, während die dunklen Elemente des *kshira* fortfuhren, sich dauerhaft einzunisten. Aber wie? Wie? *Ich mache es zu meiner Angelegenheit, die Vergangenheit schonungslos zu zerlegen und aus den Fragmenten das Bild der Zukunft neu zu formen ...*

Nicholas' Augen öffneten sich, und er erblickte ein Licht, das nur er sehen konnte. Es war unheimlich und angsteinflößend, wie *kshira* ihm seinen Pfad offenbarte, die zusammenlaufenden Möglichkeiten, die sich aus den jüngsten Ereignissen ergaben. Sie glichen einem Geduldspiel, bei dem sich die Einzelteile zusammenfügten und das Gewebe für Gegenwart und Zukunft bildeten.

Jetzt konnte er erkennen, daß der Pfad des *kshira* ein Spiegel war oder wenigstens dem glich, was ihm in jener Nacht im Hause Kurtz, als er die Anwesenheit des Mörders gespürt hatte, als ein Spiegel erschienen war, in dem er sich selbst erblickte.

Aber nun kannte er die Wahrheit: Es hatte sich nicht um einen Spiegel, sondern um ein Fenster gehandelt. Und die

Erscheinung, die er gesehen und mit seiner eigenen verwechselt hatte, war in Wahrheit Mick Leonforte gewesen. Doppelgänger. Das ziemlich altmodische Wort jagte ein hallendes Donnern durch seinen Geist. *Er und ich sind Spiegelbilder.*

Aber das war absurd. Er war sich jetzt sicher, daß Mick das Ehepaar Kurtz umgebracht hatte. Wollte er Kurtz' Anteile bei Denwa Partners in seinen Besitz bringen? Aber wie wollte er das durch Mord erreichen? Der Gewinn war sicher vielversprechend, aber war er attraktiv genug, um deswegen zwei Menschen umzubringen? Für einen Mann wie Michael Leonforte vielleicht. Aber Nicholas wurde das Gefühl nicht los, daß ihm noch irgendein wichtiger Bestandteil des Puzzles fehlte.

Seine Angst war einer Art grimmiger und wilder Erleichterung gewichen. *kshira* – nicht *akshara* – hatte ihm die Wahrheit offenbart. Warum hatte er sich so davor gefürchtet? Hatte er einfach die Auswirkungen vergessen, die *kshira* auf Kansatsu, seinen irrsinnigen Lehrer, gehabt hatte? Oder auf Okami, als dieser versucht hatte, den dunklen Pfad zu betreten? Aber was machte es für einen Sinn, nutzlose Erinnerungen heraufzubeschwören, wo er die Wahrheit jetzt doch mit Händen greifen konnte? *kshira* ermöglichte ihm die grundlegende Erkenntnis aller Mysterien, die *chikaku* genannt wurde, während Wissenschaftler aller Disziplinen ihr Leben lang nach dieser Wahrheit suchten.

»Linnear-san?«

Nicholas blinzelte und befand sich wieder inmitten der zermalmenden Impulse der Geräusche und des Lichts. Er kniete am Rand der Tanzfläche und erblickte zwei japanische Mädchen, deren Haare länger als ihre Röcke waren. Aber andererseits waren ihre Röcke so kurz, daß sie kaum noch Geheimnisse verbargen.

»Ich habe ihn gesehen«, sagte Nicholas, während Tanaka Gin ihm beim Aufstehen half. »Ich weiß, wer das Ehepaar Kurtz umgebracht hat, Gin-san. Michael Leonforte war der Täter.«

Tanaka Gins Augen waren weit geöffnet, während er Nicholas in eine dunkle Zone in der Nähe der Bar begleitete. »Der Leonforte, der hinter Floating City stand?«

»Er stand zusammen mit dem verstorbenen amerikanischen Kriegstreiber Rock hinter Floating City.«

»Aber ich dachte, daß Leonforte bei der Nuklearexplosion umgekommen wäre, die Floating City in Schutt und Asche gelegt hat.«

»Er will offensichtlich, daß das jeder denkt. Aber ich glaube mittlerweile, daß er uns die Daten der TransRimCyberNet-Technologie gestohlen hat.«

Tanaka Gin blickte Nicholas hart an. »Es hängt offensichtlich alles miteinander zusammen, oder, Linnear-san? Der Mord am Ehepaar Kurtz und die Industriespionage bei Sato International. Unsere Interessen überschneiden sich.«

»Es sieht ganz so aus. Aber es gibt nur einen Weg, um Gewißheit zu erlangen. Wir müssen herausfinden, wer der Eigentümer von Tenki Associates ist.«

Tanaka Gin schwieg eine Zeitlang. Sie wurden von der elektronisch verstärkten Musik überflutet, und es schien, als ob das Schweigen in eine andere Dimension verbannt worden wäre. Man konnte nicht atmen, ohne die tanzenden Körper zu sehen, und jede Empfindung wurde von dem tiefen, markerschütternden Takt der digitalen Bässe und der Synthesizer-Percussion begleitet.

»Sie meinen, daß das für mich der einzige Weg ist.« Tanaka Gin stand nahe bei Nicholas. »Ich fange langsam an, etwas zu verstehen, Linnear-san: Sie haben Ihre eigene Methode, die Dinge zu sehen.« Sein Nicken glich fast einer formellen Verbeugung. »Wenn man Ihre Talente in Betracht zieht, ist das vielleicht noch nicht einmal unerwünscht. Aber ich hoffe, daß Ihnen folgendes klar ist: Ich habe geschworen, Recht und Ordnung aufrechtzuerhalten, und obwohl ich davon überzeugt bin, daß Sie in jeder Hinsicht ein Ehrenmann sind, habe ich doch den Eindruck, daß meine und Ihre Vorstellung vom Gesetz nicht immer dekkungsgleich sein werden.«

Die bemerkenswerte Scharfsicht Tanaka Gins verblüffte Nicholas erneut. Der Staatsanwalt hatte nichts mit den Strafverfolgern gemein, die er bisher kennengelernt hatte.

Tanaka Gin hatte ihm das größtmögliche Kompliment gemacht, als er ihm versichert hatte, daß er ihn in jeder Hinsicht für einen Ehrenmann hielt. Es schien, als ob ihre Beziehung eine neue und unerwartete Wendung nehmen sollte. Nicholas erwiderte das Nicken. »Vielleicht haben Sie recht, Gin-san. Aber ich schwöre Ihnen, daß unsere Rechtsvorstellungen nie unvereinbar sein werden.«

Jetzt bedachte Tanaka Gin Nicholas mit einer formellen Verbeugung. Und damit war ihre besondere und sich vertiefende Freundschaft für alle Zeiten besiegelt.

»Ist es möglich, daß Sie mit diesem Individuum sprechen? Ich brauche Sie, um meinen Verdacht zu erhärten.« Tanaka Gins Verhalten war nun wieder rein geschäftlich. Als Nicholas nickte, führte er ihn zur linken Seite der Bar und geleitete ihn durch eine Tür, die wie ein Teil der Wand aussah. Als sich die Tür hinter ihnen schloß, waren der massive Krach und die heftigen Vibrationen plötzlich erloschen. Eine Art raffinierter akustischer Dämpfung, dachte Nicholas.

Aber fast sofort hörte man andere Vibrationen, die auch rhythmisch, aber viel langsamer waren. Die Musik wurde lauter, als sie auf dem Holzfußboden des schwach beleuchteten Korridors entlanggingen. Der Flur schien ein Bestandteil des ursprünglichen Speicherhauses zu sein, in dem sich jetzt die Disco befand. Ein Industrieaufzug mit Metallgittertür brachte sie in das unterste Kellergeschoß. Der langsame und sinnliche Takt der Musik wucherte wie eine Ranke aus der Tiefe.

Der Aufzug entließ sie in einen kleinen Vorraum. Dahinter konnte man eine beleuchtete runde Bühne sehen, auf der eine Frau, deren Haare ihr bis zum Po reichten, über einem demütig hingestreckten Mann kauerte. Bis auf ein Hundehalsband mit Nieten war der Mann nackt. Die Frau trug eine hautenge Lederhose mit Reißverschlüssen, einen beängstigend aussehenden Latex-BH, eine lederne Kapuze und Schuhe mit hohen Pfennigabsätzen. Sie hielt eine Neunschwänzige Katze in der einen und eine Hundeleine, die mit dem Halsband verknüpft war, in der anderen Hand.

»Was kann ich für Sie tun, Gentlemen?« fragte ein gewandt wirkender Japaner mit zurückgekämmten Haaren und scharfgeschnittenem Gesicht.

Die Frau auf der Bühne öffnete einen Reißverschluß und urinierte auf das Gesicht des am Boden liegenden Mannes.

»Wir haben eine Verabredung mit Tento-san.«

Der Mann mit den markanten Gesichtszügen musterte sie kurz. »Tento-san?«

Das war ein Spitzname, ein Witz. *Tento* war ein Slang-Ausdruck für den erigierten Penis. Er war – nicht ganz unangemessen – von dem englischen Wort *tent* – Zelt – abgeleitet worden.

»Er erwartet uns«, sagte Tanaka Gin.

Es war unglaublich, aber der Mann trank den Urin der Frau.

Der Typ mit dem scharfgeschnittenen Gesicht beugte sich gespannt vor. »Und wer sind Sie?«

»Das dürfte Sie bestimmt nicht interessieren. Sagen Sie ihm einfach, daß Gin da ist.«

Der Mann verschwand. Aus dem kleinen Theater hörte man lauen Applaus. Die Lichter erloschen, während das Personal die Bühne für die nächste Vorstellung vorbereitete. Nicholas hoffte, daß sie vor der nächsten Nummer den Laden verlassen hätten. Nach dem, was er gerade gesehen hatte, war eine Sado-Maso-Vorstellung für eine Nacht mehr als genug. Männer mit schwitzenden Gesichtern und zerknitterten grauen Anzügen machten sich auf den Weg zum Aufzug.

Ein fetter Mann in einem glänzenden Anzug, der an jedem Finger Ringe trug, watschelte auf sie zu und verbeugte sich mechanisch.

»Gin-san, wir werden es im Hintergrund bequemer haben«, sagte er mit einer hohen, fast weiblich klingenden Stimme.

Sein Büro war eine fensterlose Schlafkammer. Der einzige Wandschmuck war ein schmutziger Ventilator, hinter dem man das fast ununterbrochene Rascheln von Nagetieren hörte. Es gab einen verbeulten und schadhaften grünen Metallschreibtisch, der entfernt an ein Möbelstück aus amerikanischen Armeebeständen erinnerte, einen billigen Drehstuhl und an der gegenüberliegenden Wand zwei wacklige Aktenschränke. Entsprach das Tentos Vorstellung von Bequemlichkeit? Vielleicht hatte er nur gemeint, daß sie hier ungestört waren.

Es war eine weise Entscheidung, daß Nicholas den Drink ablehnte, den der fette Mann ihm anbot. Tento blies Staub aus einem Glas mit schmierigen Fingerabdrücken.

»Tento-san, als wir uns das letzte Mal unterhielten, haben Sie mir erzählt, daß Sie Giai Kurtz vor ihrem Tod mehrfach in Ihrem Club gesehen haben.«

Tento zog eine Flasche Suntoray-Scotch aus einer Schreibtischschublade hervor und schenkte sich eine zweifingerbreite Portion ein.

Tanaka Gin zog ein Foto von Giai Kurtz aus der Tasche und legte es auf den Schreibtisch. »Sind Sie absolut sicher, daß es diese Frau war?«

Tento beäugte das Foto und blickte dann den Staatsanwalt an. »Es gibt zwei Gebiete, auf denen ich unschlagbar bin. Erstens kann ich mit Geld umgehen. Und zweitens kann ich mir Gesichter merken. Ich kann Ihnen versichern, daß ich jedes Gesicht wiedererkenne, das ich öfter als einmal in meinem Club gesehen habe.« Er gestikulierte mit dem Zeigefinger. »Sie war ungefähr ein halbes dutzendmal hier.«

»In der Disco oder hier unten?«

»A Bas.« Tento kippte den Scotch hinunter. »Das ist der Name dieses Lokals. ›A Bas‹ ist der französische Ausdruck für ›nach unten‹.«

»Die Vorstellungen gefielen ihr also?«

Tento neigte den Kopf. »Wer ist Ihr Begleiter?«

»Ein Freund der Familie«, antwortete Tanaka Gin. »Beantworten Sie bitte einfach seine Fragen.«

Der fette Mann spitzte die Lippen. »Ich habe nie mit ihr gesprochen. Aber wenn ich eine Vermutung anstellen müßte, würde ich sagen, daß sie die Sado-Maso-Nummern nicht mochte. Ich erinnere mich, daß sie gewöhnlich das Gesicht abwandte. Aber bei ihrem Begleiter war das eine völlig andere Geschichte.«

»Beschreiben Sie ihn bitte«, sagte Tanaka Gin.

»Aber ich habe doch schon . . .«

»Wiederholen Sie es.«

Tento beschrieb den Mann sehr genau. Es war völlig klar, daß er Mick Leonforte meinte. Tanaka Gin und Nicholas wechselten rasch einen anerkennenden Blick.

»Ihm gefiel die Sado-Maso-Show«, sagte Nicholas, als Tento ausgeredet hatte.

»Allerdings.« Der Fettsack schenkte sich einen weiteren Drink ein. »Er hat die Nummern förmlich mit den Augen verschlungen. Ich sehe hier eine Menge Typen, und ich erkenne einen, wenn er mir unter die Augen kommt.«

»Einen was?« fragte Tanaka Gin.

»Einen Sexsüchtigen.« Tento stellte das leere Glas sehr vorsichtig beiseite. »Er ist manchmal ohne die Frau zurückgekommen und hat extra bezahlt, um die Dominas nach der Vorstellung mit nach oben nehmen zu können. Manchmal zwei oder drei gleichzeitig.«

»Und was geschah dann?« fragte Nicholas.

Tento verzog das Gesicht. »Mist, glauben Sie, daß ich ein Perverser bin? Ich habe nicht gefragt, weil ich es nicht wissen wollte. Diese Art von Sex . . . aber gut, jeder nach seiner Façon.«

»Sonst noch was?« fragte Tanaka Gin.

Tento dachte einen Moment lang nach. »Nur noch eines: Londa, die Domina, die er am liebsten mochte, hat uns vor ungefähr drei Monaten verlassen, und ich hatte das Gefühl, daß dieser Typ irgend etwas damit zu tun hatte.«

»Haben Sie ihre Adresse?« fragte Nicholas.

»Ja, bei diesen Leuten kann man ja nie wissen.« Tento setzte sich hinter seinen Schreibtisch und wühlte die Schubladen durch. Er zog ein großes Notizbuch hervor, blätterte darin herum, bis er den Eintrag gefunden hatte, den er suchte, griff nach Papier und Stift und schrieb etwas auf. Dann riß er den Zettel ab und reichte ihn über den Schreibtisch.

»Das war's dann.« Tanaka Gin nahm das Foto von Giai Kurtz vom Schreibtisch und war schon halb aus dem Raum, als Nicholas sich noch einmal zu Tento umwandte.

»Sie sagten, daß der Mann manchmal ohne die Frau zurückkehrte.«

»Richtig.«

»Heißt das, daß er manchmal auch *mit* ihr zurückgekommen ist?‹

Tento nickte. »Ja. Er hat dann immer nach Londa verlangt, und die Frau ist mit den beiden nach oben gegangen.«

»Hat Sie das nie gewundert?«

Tento blickte sehnsüchtig auf die Whiskyflasche. »Daß sie zu dritt hochgingen? Nein. Warum sollte mich das erstaunen?«

»Was denken Sie?« fragte Tanaka Gin, während sie auf den Aufzug zugingen.

»Ich weiß es nicht.« Nicholas öffnete die Tür des Lifts, und sie traten ein. Zum Glück hatte die nächste Nummer auf der Bühne noch nicht begonnen. »Aber Sex und Tod sind für Mick irgendwie unentwirrbar miteinander verbunden. Das war mein stärkster Eindruck, als wir in jener Nacht im Hause Kurtz waren. Ich glaube, es wäre mir die Zeit wert zu versuchen, Londa ausfindig zu machen.«

Tanaka Gin schüttelte den Kopf. »Nicht ohne mich.«

»Hören Sie zu, Gin-san. Diese Domina arbeitet in einer völlig anderen Welt.« Sie waren im Erdgeschoß angekommen und traten durch den dichten Tumult des Mudra den Rückweg an. »Ihre Arbeit ist vielleicht nicht grundsätzlich illegal, aber wenn sie sich mit Mick Leonforte einläßt, steht sie auf der anderen Seite des Gesetzes. Ich glaube nicht, daß sie irgend etwas mit Ihnen zu tun haben will.« Sie gingen an der Bar vorbei. »Übrigens, ich habe einige Hinweise für Sie, die Sie durchsehen sollten. Sie betreffen das Personal Ihrer Abteilung.«

Tanaka Gin wollte gerade antworten, als sich sein Pager meldete. Er studierte die Flüssigkristall-Anzeige, und sein Gesichtsausdruck hellte sich auf.

»Lassen Sie uns gehen«, sagte er mit einiger Erregung. »Es ist etwas passiert, das uns beide interessieren könnte.«

Es hatte wieder zu regnen begonnen, und auf den nassen Straßen der Stadt spiegelte sich der Schimmer der Neonreklamen, dessen längliche, pastellfarbene Streifen sich von der Schwärze des Asphalts abhoben. Nicholas folgte Tanaka Gins Honda in west-nordwestlicher Richtung quer durch die Stadt. Sie fuhren durch den ziemlich langweiligen südlichen Grenzbezirk Tokios, wo etablierte Bürger wohnten, in das glitzernde Roppongi, das ein hochmodernes Ghetto für Ausländer und umherstreifende Motorradbanden war. In der japanischen Umgangssprache wurden sie insgesamt nur mit dem Singular als *Nihonin* – Nihilist – bezeichnet.

Er folgte dem Honda in eine Seitengasse, die durch Polizeiwagen abgesperrt worden war. Die flackernden bunten Lichter der Polizeisirenen erhellten die Gebäude, und die Lichtblitze wurden von der feuchten Straße gespiegelt und bewegten sich träge wie Blut.

Nicholas stieg vom Motorrad. Direkt vor sich sah er einen weißen Mercedes, auf dessen breiter Motorhaube ein gespreizter männlicher Körper lag. In dem gespenstischen Licht warf Nicholas einen Blick auf das Gesicht des Toten. Er erkannte den Mann trotz der dunklen, glitzernden Masse, die ihm aus dem Mund hervorquoll, und trotz des blutigen vertikalen Halbmonds, der ihm mitten in die Stirn eingeritzt worden war.

»Ikuzo-san!«

Das war das Signal für Tanaka Gin. »Kannten Sie diesen Mann?«

»Ja. Er war der Eigentümer des japanischen Stahl- und Metallurgie-Firmenkonglomerats, das seinen Namen trägt.« Nicholas trat näher an die Leiche heran. »Gin-san, dieser Mann war Mitglied bei Denwa Partners.«

»Man hat ihm Herz, Leber und sonst noch was rausoperiert. Was hat er da im Mund?« fragte Tanaka Gin.

»Das ist seine Milz«, antwortete ein hagerer Arzt.

Tanaka Gin nickte. »Das Ganze ähnelt zu sehr dem Mord an Kurtz, als daß es sich um einen anderen Täter handeln könnte.«

Nicholas atmete tief durch. »Ist die Leiche schon von jemandem berührt worden?«

»Sie ist bisher nur fotografiert worden«, sagte der Arzt.

»Das ist alles. Ich hatte Anweisungen, auf Gin-sans Ankunft zu warten.«

»Ich will die Wunden untersuchen.«

Tanaka Gin nickte und gab dem Gerichtsmediziner ein Zeichen, der daraufhin mit mehreren Assistenten sprach. Sie zogen Gummihandschuhe über, ehe sie die Leiche vorsichtig von der Motorhaube des weißen Mercedes hoben und auf eine Bahre legten.

Nicholas bat um eine Taschenlampe, die ihm kurz darauf gereicht wurde. Er beleuchtete die Wunden aus nächster Nähe. »Sehen Sie sich diese Stelle an . . . und diese.« Er wies auf einige der schwersten Wunden. »Es ist wie bei Rodney Kurtz. Die Punktur stammt von einer breiten Klinge, die ihm mit großer Wucht in den Körper gerammt worden ist.« Er zeigte mit dem Finger auf eine andere Stelle. »Sehen Sie hier. Ein glatter Durchstich. Die Haut ist nicht so zerrissen oder aufgeschlitzt, wie es bei einer normalen Messerklinge der Fall gewesen wäre.«

»Und um was für eine Tatwaffe handelt es sich?«

»Ich vermute, daß man ihn mit einem seltenen Dolch getötet hat.«

Tanaka Gin blickte ihn an. »Was?«

»Die Klinge sieht etwa so aus.« Er steckte den Zeigefinger seiner linken Hand zwischen den Mittel- und Ringfinger der rechten und ahmte eine Stoßbewegung nach. »Wenn man mit einer solchen Waffe zusticht, sitzt die ganze Körperkraft dahinter. Daher kann die Waffe Fleisch, Sehnen, Muskeln und sogar Knochen durchdringen.« Er wies auf eine Wunde. »Sehen Sie sich diese Punktur an. Eine saubere Wunde, die charakteristisch für diese Art von Dolch ist.« Er zeigte auf die Stelle, wo die Organe entfernt worden waren. »Aber diese Wunden ähneln beinahe chirurgischen Schnitten. Wenn Sie genau hinsehen, können Sie die Spuren der Klinge erkennen.«

Die beiden Männer standen auf. Auf Tanaka Gins fragenden Blick hin nickte Nicholas. Der Staatsanwalt gab den Ärzten ein Signal, daß sie die Leiche wegschaffen könnten. »Ich brauche so schnell wie möglich einen detaillierten Bericht, Doktor«, sagte Tanaka Gin.

»Morgen früh um neun«, antwortete der Arzt. Tanaka Gin beobachtete, wie Ikuzos Leiche in den Krankenwagen verfrachtet wurde.

»Eine auffällige Mordmethode, oder?«

»Ja«, antwortete Nicholas. »Und dann die Sache mit der Milz in seinem Mund. Das sieht fast nach einer Warnung aus.«

»Für uns oder für jemand anderen?«

»Vielleicht beides.«

Die beiden Männer fröstelten. Sie waren müde, aber insgesamt viel zu gerädert, um an ihr Bett und an Schlaf zu denken. Außerdem dämmerte es schon fast. Sie fuhren nach Tsukiji. Der Fischmarkt war bereits geöffnet, und die Flut der Lichter und Bewegungen wirkte belebend nach der klaustrophobischen Dunkelheit zuvor. Sie gingen zu einem Imbißstand in der Nähe, wo sie vor dem Regen geschützt waren, und bestellten dampfende Fleischbrühe, die mit frischem Gemüse, Scheiben gerösteten Schweinefleischs und Glasnudeln angereichert war.

»Wir müssen beide extrem vorsichtig sein«, sagte Nicholas.

Trotz seines teilnahmslosen Gesichtsausdrucks war Tanaka Gin so aufmerksam wie immer.

»Der vertikale Halbmond ist das rituelle Symbol eines bestimmten Stammes im vietnamesischen Bergland.«

»Sie meinen die Nungs.« Tanaka Gin nickte. »Ich weiß Bescheid.«

Nicholas Kopf wirbelte herum. »Sie haben es die ganze Zeit gewußt.«

»Ich wollte Ihnen vertrauen, Linnear-san. Und ich wollte, daß Sie mir vertrauen.« Tanaka Gin stopfte sich einige Nudeln in den Mund und kaute nachdenklich darauf herum. »Letzten Endes läuft doch alles ganz in unserem Sinn, oder?«

Nicholas lachte. »Ich denke schon.« Er schlürfte die delikate, sättigende Fleischbrühe. »Dann kennen Sie ja auch das Ritual der Nungs, die Macht eines Feindes dadurch zu absorbieren, daß man seine wichtigsten Organe ißt.«

»Ja. *Ngoh-meih-yuht*. Der Halbmond.«

»Er hat hier noch eine andere Bedeutung. Bei den alten Messulethe verwies das Symbol des Halbmonds – der Gim – auch auf das zweischneidige Schwert. Sie malten sich die Gesichter an, um sich selbst – und die Körper ihrer Feinde – zu kennzeichnen.«

Tanaka Gin schluckte schwer und legte die Eßstäbchen nieder. »Wollen Sie damit sagen, daß Michael Leonforte ein Messulethe ist?«

»Ich weiß es nicht. Er hat seit 1968 mit Unterbrechungen in Vietnam und Laos gelebt. Und die längste Zeit davon im tiefen Dschungel, wo die Nungs siedeln. Das Ritual kennt er offensichtlich. Aber das bedeutet nicht zwangsläufig, daß er eine Initiation durch den Stamm erfahren hat.«

Tanaka Gin nahm seine Stäbchen wieder auf und begann, noch gemächlicher und nachdenklicher zu essen.

Nicholas hatte das Gespräch geistig nochmals Revue passieren lassen. »Gin-san, Sie haben mich nicht gefragt, was ein Messulethe ist. Das bedeutet, daß Sie es bereits wissen.«

Tanaka Gin lächelte. »Während meiner unruhigen Jugend habe ich ein Jahr im vietnamesischen Bergland verbracht. Ich studierte bei einem Anthropologie-Professor, der auf Vor-Ort-Exkursionen versessen war. Ich habe ihn im Sommer nach Vietnam begleitet und bin erst nach einem Jahr zurückgekehrt.«

»Dann sind Sie also auch den Nungs begegnet.«

»Wir haben fast die ganze Zeit unter ihnen gelebt. Es sind faszinierende Menschen, die mit den Geistern und den alten Göttern in Kontakt stehen. Zumindest glauben sie das.« Tanaka Gin schob den Ärmel seines Mantels hoch, knöpfte die Manschette seines langärmeligen Hemds auf und krempelte es bis zum Ellbogen hoch. Auf der Innenseite seines linken Handgelenks sah man die grobe Tätowierung eines vertikalen Halbmonds.

Nicholas atmete tief durch. Kein Wunder, daß er den Eindruck gehabt hatte, Tanaka Gin wisse mehr, als er zugeben wollte. Er war selbst ein Schüler der Nungs.

»Wir müssen Michael Leonforte daran hindern, noch einen Mord zu begehen«, sagte Tanaka Gin mit flacher Stimme.

»Alle Fäden laufen bei Denwa Partners zusammen. Mick will das Unternehmen kontrollieren. Und er will auch die vid-byte-Technologie in seinen Besitz bringen.« Nicholas dachte einen Moment lang nach. »Ich glaube, daß es jetzt wichtiger denn je ist, daß ich mit Londa rede, der Domina, auf die Mick so scharf ist.«

»Vielleicht ist das keine besonders gute Idee.« Tanaka Gin krempelte den Ärmel seines Hemdes wieder über die Gim-Tätowierung. »Ist Ihnen aufgefallen, daß Giai Kurtz' ›Autounfall‹ vor einem Club passierte, wo Mick Stammgast war? Normalerweise würde man sagen, daß das eine Dummheit und ein Fehler ist. Die meisten Kriminellen sind dumm, wenn auch gerissen, und deshalb können wir sie hin und wieder verhaften. Aber wir wissen ja bereits, daß dieser Mann anders ist. Hier handelt es sich nicht um einen Fehler, oder?«

»Nein. Er hat bewiesen, daß er einen tödlich scharfsinnigen Geist hat.«

»Was sollen wir tun?«

Nicholas atmete die Luft ein, die nach Salz und Fisch roch. Der Regen hatte die Luft zum großen Teil vom Ruß und Kohlenmonoxyd gereinigt, und die Morgenluft war, wenigstens für kurze Zeit, angenehm. »Ich vermute, daß er uns über einen vorgezeichneten Pfad führt. Über das, was er wirklich will, kann im Moment noch jeder seine eigenen Theorien aufstellen.« Er überlegte einen Augenblick. »Aber vielleicht haben Sie recht. Ich habe über die Waffe nachgedacht, die er bei den Morden benutzt hat. Wenn es stimmt, daß es sich um einen seltenen Dolch handelt, weiß ich wahrscheinlich, wer ihn geschmiedet hat. Ich sollte besser schnell bei dem Mann vorbeischauen, damit ich in Erfahrung bringe, ob Mick noch andere Überraschungswaffen für uns bereithält.«

»Ich mag keine Leute, die sich als Götter aufspielen.« Tanaka Gin stellte seine Schale ab und legte die Eßstäbchen auf den Rand. »Sie kennen ihren Platz in der Welt nicht.«

Nicholas blickte Tanaka Gin an. »Das ist die beste Charakterisierung von Mick Leonforte, die ich mir vorstellen kann.« Aber er konnte nicht umhin, sich zu fragen, ob es auch eine zutreffende Charakterisierung seiner eigenen Persönlichkeit war.

Mick streichelte Honnikos Brüste, und sie bewegte sich wie eine Schlange. Sie war nackt, und ihr Körper glänzte durch das duftende Öl. Honniko war an den Handgelenken, Oberschenkeln und Fußknöcheln festgeschnürt, und über ihre Augen und unter und über ihren Brüsten waren Seidenschals gebunden, so daß sich ihr Busen wie reife Früchte auf einem Straßenmarkt aufdrängte. Außerhalb des schmalen Fensters trommelte der Regen militärisch gegen das gewölbte Glas. Der Stuhl, auf dem sie sich vereinigt hatten, ächzte unter ihren Bewegungen. Mick roch die Hitze, die sie wie Weihrauch ausströmte.

Honniko fuhr mit ihrer Zunge über die Tätowierung des dunkelblauen Halbmondes auf der Innenseite seines Handgelenks. Die primitiven Bambusnadeln hatten dauerhafte Löcher in seiner Haut hinterlassen, als ob dies der einzig wahre Weg wäre, ihn auszuweisen.

»Männer wie ich werden mißverstanden«, sagte Mick. Er war in ihr und sog den Geruch des Öls und des Moschus ein. »Die Gesellschaft fürchtet sich vor der Leidenschaft, und die Gesellschaft hat nichts anderes im Sinn, als zuerst, zuletzt und ausschließlich sich selbst zu schützen.« Seine Hand fand eine ihrer erigierten und fügsamen Brustwarzen. »Selbst wenn sich diese Gesellschaft längst überlebt hat.«

Honniko fühlte, daß er tief in ihr war. Sie war daran gewöhnt, daß er so redete. Seine Philosophie glich einer beschwörenden Zauberformel, und sie konnte sich vorstellen, daß Apollo und Dionysos vielleicht einst, vor langer, langer Zeit, so gesprochen hatten. Das Ganze war ein Bestandteil des Rituals. Es war seine Gewohnheit, aus allem ein Ritual zu machen, was auf Honniko einen solchen Eindruck machte, daß sie benommen war.

»Ich erforsche das Leben, genau wie Caesar, Napoleon und Nietzsche. Genau wie sie werde ich gefürchtet, und wenn nicht, dann doch verachtet.« Während Mick auf ihr wie auf einem Sattel saß, starrte er aus dem kleinen, genormten Apartment auf den Naigai Capsule Tower. »Diese Männer waren echte Helden. Sie erfüllten ihre Existenz mit einer Festigkeit und Bedeutungstiefe, die dafür sorgten, daß andere sie fürchteten. Aber die Angst der anderen kümmerte sie nicht; sie war das letzte, was sie im Sinn hatten.« Der Regen rann weiter an den Scheiben herab, und die Stadtsilhouette zerfloß im verschwommenen Licht wie Zuckerguß auf einem Rührkuchen. »Sie hatten nur die Offenbarung der Ehrfurcht vor sich selbst im Sinn, die aus ihren Herzen strömte.« Sein Blick fiel auf ein neues, imponierendes Hochhaus in der Nähe, und er konzentrierte sich auf ein paar spezielle Fenster, hinter deren Scheiben sich eine vertraute Person bewegte. »Aus diesem Grund mußten sie nicht nur die Tradition unterdrücken, sondern auch die Götter, die in ihnen selbst schlummerten. Um glauben zu können.« Die Person knipste das Licht an, und jetzt konnte er Koeis Gesicht erkennen. Er blickte direkt in das Apartment, das Koei mit Nicholas teilte. Sie hob die Arme über den Kopf und schlüpfte aus ihrem Kleid. »Wie ist das möglich?« Mick starrte auf Koeis nackte Brüste und drang tiefer und gewalttätiger in Honniko ein, die zu schreien begann. »Der König Vishvamitra hat die Wahrheit bereits vor Jahrhunderten entdeckt. Die Strenge und Seelenstärke, einen neuen Himmel zu errichten, entspringen den Tiefen der eigenen Hölle.«

Es ist, als ob man ertrinkt, hatte Vesper gesagt, und sie hatte recht. Croaker hatte die Augen geschlossen. Sein Rücken schmerzte von dem Aufprall auf der Tischkante, und er fühlte sich, als stünde er am Rande einer Herzattacke. Er spürte, wie ihn eine unnatürliche Mattigkeit überkam. Vesper hatte das bewirkt, aber wie? Er hatte gehört, daß Leute über dieses Gefühl berichtet hatten, die fast ertrunken und in Tiefen gesunken waren, wo selbst halbtropische Gewässer kalt genug waren, um die Knochen erschauern zu lassen. Dem Tode nahe, wenn die Luft bereits aus den schmerzenden Lungen entwichen war, wurde der Körper von dieser seltsamen Mattigkeit ergriffen, die ihn in die Dunkelheit hinabzog.

Croaker hörte die Schreckensrufe seiner verängstigten Schutzpatrone, aber so gedämpft, als würden die Schreie hinter einem dicken Betonwall ausgestoßen. Nur dunkel war er sich des fieberhaften Bewegungsrausches bewußt, als Vesper die Fähigkeiten einsetzte, die Okami sie gelehrt hatte. Sie hatte Croakers Sinne eingeschläfert und den Anschein des Todes hervorgerufen. Seine Pulsfrequenz sank, und sein Herz schlug immer langsamer. Wie hatte sie das fertiggebracht?

Er wurde auf eine Bahre gehievt, und das grelle Sonnenlicht, das auf seine geschlossenen Augenlider fiel, verwandelte sich in Dämmrigkeit, während er in den privaten Krankenwagen verfrachtet wurde, den sie gemietet hatten. Mit heulenden Sirenen fuhren sie los.

»Wie geht's ihm?«

Croaker erkannte Rick Limòns Stimme. Limòn war ein Experte für Spezialeffekte beim Film, den Vesper durch die ACTF verpflichtet hatte. Limòns Mitarbeiter mimten sogar jetzt noch FBI-Agenten, die die Untersuchung von Croakers ›Tod‹ aufnahmen. *Gut,* dachte Croaker, *ich werde jetzt beginnen, wieder aufzutauchen.*

»Was ist denn mit seiner Hand los? So was habe ich noch nie gesehen.«

Croaker versuchte zu lachen. Der Sanitäter war mehr an seiner biomechanischen Hand interessiert als an den Quetschungen, die die Schüsse verursacht hatten, als sie auf die kugelsichere Weste aufgeprallt waren.

»Wie funktioniert die Hand?«

»Sie sollten ihn wiederbeleben. Vielleicht erzählt er es Ihnen dann«, sagte Limòn verdrießlich.

»Ja, schon gut. Immer mit der Ruhe«, antwortete der Sanitäter.

Croaker hustete und schnaubte, als ihm der Sanitäter das Riechsalz unter die Nase hielt. »Okay, okay, genug«, murmelte er, während er die Augen aufschlug.

Er sah Limòns Gesicht, das sich besorgt über ihn beugte. »Wie fühlt man sich, wenn man von den Toten aufersteht?«

Croaker grunzte. »Ich glaube nicht, daß ich schon so weit bin.«

»So weit, so gut«, sagte eine Stimme im hinteren Teil des Wagens. Das mußte Wayne Forrest sein, der oberste Bundesbeamte, der diesen Fall betreute. Forrest beugte sich ins Licht vor. »Ich will ihn in erstklassiger Verfassung zurückkriegen«, sagte er zur gesamten Belegschaft. Er war großgewachsen und sah wie ein Lineman beim Football aus. Sein Hals besaß den Umfang der Hüften eines Fotomodells. Er hatte kleine Ohren und kurzgeschnittenes blondes Haar, und Croaker wußte, daß sich hinter seinen verspiegelten Brillengläsern strahlende Augen verbargen. Er schob seinen kräftigen Unterkiefer vor. »Alles in Ordnung, Croaker?«

Er hat mit Sicherheit jeden Herbst im College die neue Schönheitskönigin ausgeführt, dachte Croaker. »Geben Sie mir eine Minute, okay?«

»Wir haben keine Zeit zu verlieren«, sagte Forrest in dem harten Tonfall, den man auf der Polizeischule beigebracht bekam. Er beugte sich vor wie ein Quarterback, der im Gewirr Spielzüge anzeigt. »Ich bin seit drei Jahren hinter Caesare Leonforte her.« Er fuhr sich über seinen Bürstenschnitt. »Wegen diesem verkommenen Hurensohn habe ich graue Haare gekriegt. Ich habe die Abschlußprüfung meiner Tochter verpaßt, weil ich in Los Angeles Vorbereitungen traf, jemanden einzuschleusen, und alles, was dabei herausgekommen ist, waren ein Toter und für mich ein blutendes Magengeschwür. Und heute verpasse ich den Geburtstag meiner jüngeren Tochter, weil ich hier bin.« Seine gedrungene Gestalt war hart wie Stein, sein Gesichtsausdruck scharf wie der eines Greyhounds, und mit seinen Muskelpaketen sah er auf unheimliche Weise wie ein mittelalterlicher Wasserspeier aus. »Aber diesmal muß etwas dabei herauskommen. Ich will ihn, Croaker, und – bei Gott – Sie und Vesper werden ihn mir bringen.«

Croaker hatte mit solchen Typen von den Bundesbehörden schon vorher zu tun gehabt und wußte, daß ihr Leben ganz durch den Beruf bestimmt wurde. Manchmal war es am besten, sie einfach zu ignorieren, wenn sie Dampf abließen. Das Dampfablassen war eine relativ neue Methode, die ihnen von Behördenpsychiatern empfohlen und von ihren Vorgesetzten dreifach eingehämmert wurde, um die Ausfallquote der Agenten vor Ort zu reduzieren.

Croaker wandte sich Limòn zu. »Können Sie mich nicht von diesem komischen Apparat befreien?«

Limòn griff hinter ihn, und als Croaker die Schultern hob, löste er die Gurte, die die kugelsichere Weste gehalten hatten.

»Sehen Sie sich diese Löcher an!« sagte der Sanitäter ehrfürchtig. »Direkt über seinem Herzen! Und das Blut sieht echt aus!«

»Es *ist* echt«, sagte Limòn. »Das ist Hühnerblut.« Er steckte einen Finger durch die Löcher in Croakers Hemd. »Wie fühlen sich die Schußwunden an?«

Weil sie Caesare Leonfortes Einfluß kannten, hatten sich weder Croaker noch Vesper wohl gefühlt bei dem Gedanken, die Polizei von Miami um ihre Mitarbeit zu bitten. Limòn hatte für alle Fälle kleine Ladungen an der Weste angebracht, die durch Fernbedienung blutgefüllte Plastiksäckchen öffneten. So hatten sie die Illusion erzeugt, daß die Kugeln, die Vesper abgefeuert hatte, Croakers Fleisch durchdrungen hatten und nicht an der schußsicheren Weste abgeprallt waren.

Croaker zog eine Grimasse. »Wie sollen sie sich schon anfühlen? Als ob ich einen Herzanfall gehabt hätte.« Er setzte sich langsam auf. »Ich würde das Ganze nicht als ständige Übung empfehlen, falls Sie das meinen sollten.«

Er hielt den nackten Oberkörper ruhig, während der Sanitäter seine linke Brusthälfte untersuchte. »Diese Quetschungen sind ganz schön heftig. Sie müssen damit rechnen, daß sie einige Zeit Ihren Körper entstellen.« Der Sanitäter schüttelte den Kopf. »Die Haut ist nicht einmal angekratzt. Erstaunlich!« Er begann, seine Instrumente zusammenzupacken. »Brauchen Sie ein Schmerzmittel? Die Quetschungen werden heute nach ganz schön zu schmerzen beginnen.«

»Nein, danke. Das Zeug macht mich nur träge.«

»Wie Sie wünschen.« Der Sanitäter wollte gerade aufstehen. »Ach, übrigens, darf ich?« Er zeigte auf Croakers biomechanische Hand.

»Natürlich. Warum nicht?« Croaker beugte sich vor. Er ballte die Finger aus Titan und Polykarbonat zur Faust und rammte sie durch die Seitenwand des Krankenwagens.

Der Sanitäter sprang auf wie von der Tarantel gestochen. »Was zum Teufel war das?« bellte der Fahrer in den hinteren Teil des Krankenwagens.

Der Sanitäter sah aus wie vom Blitz getroffen. Er spähte durch den Riß in der Stahlwand. »Großer Gott.«

»Okay, jetzt haben Sie Ihren Spaß gehabt«, sagte Limòn. Er stieß den Sanitäter mit dem Ellbogen aus dem Weg. »Ich habe zu arbeiten.« Er zog eine schwere schwarze Aktentasche herüber und griff in ihr geräumiges Inneres. Er war ein junger Mann, vielleicht gerade dreißig Jahre alt, schlank und gutaussehend mit schokoladenbraunen Augen und kurzgeschnittenem dunklen Haar. Sein bleistiftdünner Schnurrbart schien direkt aus einem Dick-Powell-Film zu stammen. Er kannte seine Spezialeffekte, hatte seinen Spaß an ihnen und war deshalb erfinderisch. Hilfreich war auch, daß er ein Einheimischer war.

»Also«, sagte er und hielt eine Latexnase in die Luft. »Wenn ich mit Ihnen fertig bin, wird Ihre eigene Mutter an Ihnen vorbeigehen, ohne Ihnen einen zweiten Blick zu schenken.« Er wedelte mit der Nase herum. »Ist sie gewöhnlich genug?«

Croaker zuckte die Achseln. »Sie sind der Fachmann.«

»Da haben Sie verdammt recht. Und das schönste ist, daß im linken Nasenloch ein Sender versteckt ist. Ich rate Ihnen also, nicht zu niesen.« Limòn gestikulierte. »Legen Sie sich jetzt auf den Rücken, und halten Sie still. Ich muß eine Totenmaske aus Gips anfertigen, um sicherzustellen, daß alle Prothesen, die ich für Sie anfertige, der Größe und Eigenart Ihres Gesichts entsprechen.«

»Eine Totenmaske.« Croaker legte sich wieder auf die Bahre und lauschte dem Wind, der durch den Riß pfiff, den er mit seiner biomechanischen Hand in die Wand geschlagen hatte. »Das scheint mir nur angemessen zu sein.«

Tetsuo Akinaga war wegen schwebender Anklagen ins Gefängnis gesperrt worden. Nachdem der *oyabun* des *Shikei-*

Clans aus der Untersuchungshaft entlassen worden war, kehrte er nicht in sein Haus oder eines seiner vielen Geschäftsbüros zurück, weil er glaubte, daß alle diese Adressen nach dem Tod Naohiro Ushibas, des höchsten Ministers des MITI, irgendwie gefährlich waren. Akinaga hatte dessen Tod angeordnet, weil Ushiba letztlich mit Mikio Okami paktiert hatte und so Akinagas unversöhnlicher Feind geworden war.

Aber seine Freude an all den vertrauten Umgebungen war nicht nur durch den Mord, sondern auch durch die unmittelbar darauf folgenden Ereignisse vergiftet, besonders durch seine öffentliche Verhaftung durch den Staatsanwalt Tanaka Gin, der ihn im *o-furo,* einem Badehaus, das sein Vater gebaut hatte, festgenommen und in demütigender Weise eingekerkert hatte.

Als Akinaga eine der etwa ein Dutzend Wohnungen betrat, die er in ganz Tokio für sich reserviert hatte, legte er zuerst seinen dreitausendfünfhundert Dollar teuren ausländischen Anzug und alle anderen Kleidungsstücke ab. Er warf sie ins Wasserbecken in der Küche, kippte Kerosin darüber und zündete ein Streichholz an.

Neben der heißen Flamme fühlte er, daß seine Wangen vor Wut über den erlittenen Gesichtsverlust brannten. Er mußte seine Gewohnheiten aufgeben, da die vertrauten Behausungen nicht mehr bewohnbar waren. Wie ein Priester, dessen Kirche völlig entweiht worden war, hatte Akinaga keine anderen Zufluchtsorte mehr als diese Verstecke: anonyme Löcher ohne ästhetischen Reiz. Es war, als ob man diesen Priester zwingen würde, seine Gottesdienste im Keller eines Bürohauses zu zelebrieren.

Die Flammen flackerten und sprühten Funken, aber seine Wut brannte stärker als jedes durch Kerosin genährte Feuer. Der Gestank des Stoffes und der Dunst seines eigenen abgestandenen Schweißes stiegen ihm in die Nase und machten ihn fast verrückt. Sein Zorn wurde immer stärker. Er stand nackt auf seinen kräftigen, gekrümmten Beinen da, und seine Finger umklammerten das warme Porzellan des Küchenbeckens. Sein Geist wurde von Rachegelüsten verzehrt. Akinaga hatte knorrige Gelenke und war so dünn, daß er wie ein Gefangener in einem Konzentrationslager aussah. Er war Mitte Fünfzig, aber die Wechselfälle des täglichen Kampfes um Machterhalt und Einflußnahme hatten dafür gesorgt, daß er älter wirkte. Akinaga trug das Haar unmodern lang, wie die Samurai, und es war auf traditionelle Weise aus der breiten, flachen Stirn zurückgekämmt. Seine tiefstehenden Augen waren unergründlich. Alles in allem war er ein harter Mann, der Schläge einstekken, aber auch austeilen konnte. Er bat um keinen Pfennig und gab auch keinen. Akinaga glaubte an nichts, außer vielleicht daran, daß es heilig war, in einer verrückten Welt ein Außenseiter zu sein.

In diesem Augenblick drehte sich ein Schlüssel im Schloß, und jemand betrat die Wohnung. Er wandte sich nicht um, weil er wußte, wer das sein mußte. Außer ihm hatte nur eine andere Person einen Schlüssel.

»Soll ich Ihnen einen Drink machen?« Wenn man Londas Stimme hörte, wünschte man sich sofort, in ihrem Bett zu liegen.

Er antwortete nicht und starrte weiter in die Flammen, die gerade die Überreste seiner Kleider verzehrten und damit die Überbleibsel der Angst, die ihn erfaßt hatte, als die Repräsentanten des Establishments ihn hinter Schloß und Riegel gebracht hatten. Er hatte sie beschimpft. Dann waren die schweren Stahltüren ins Schloß gefallen, und er hatte nur noch Eisengitter gesehen und gewußt, daß seine Welt auf die Größe der Gefängniszelle zusammengeschrumpft war.

Sehr bald schon würde er Tanaka Gin mit großem Scharfsinn und Vergnügen umbringen lassen. Aber selbst dann würde er ihm nicht verzeihen, daß er ihn einer lähmenden Angst ausgeliefert hatte. Im Gefängnis hatte sich Akinaga hilflos gefühlt, und nichts konnte er weniger ertragen als dieses Gefühl.

Londa stand jetzt hinter ihm und schlang ihre extrem langen Haare um seine Kehle. Sie zog ihn auf diese Weise vom Wasserbecken zurück, vom Rand der einzig wahren Furcht und seiner nagenden Rachegelüste.

»Ich brauche ein Bad«, sagte er.

»Später. Wenn ich mit Ihnen fertig bin, werden Sie noch mehr stinken.«

Er hatte bereits eine Erektion. Von ihrer Seite erforderte das nicht viel: Er fühlte ihr Haar und ihre Lederhandschuhe auf seiner nackten Haut, und manchmal genügte sogar das stahlharte Blitzen in ihrem Blick. Akinaga wußte, was ihn erwartete, und daß er sich völlig entspannen würde. Er würde die Einflußnahme, das Geld, die Korruption und die geschäftlichen Entscheidungen vergessen und sich unter ihren kundigen Händen wieder wie ein Kind fühlen. Doch auch wenn Londa ihm half, den Kampf um den Machterhalt vorübergehend zu vergessen, war das Ganze eine extrem erschöpfende Angelegenheit.

Die Fenster, die vom Fußboden bis zur Decke reichten, waren so schmal wie Säulen in einer mittelalterlichen Kirche. Man blickte über Roppongi, eine Gegend des zeitgenössischen Japan, wo niemand daran dachte, einem traditionalistisch eingestellten Mann wie Akinaga auch nur einen Blick zu schenken. Die Wohnung befand sich in einem Hochhaus, und er hatte einen fast perfekten Blick auf den Nogi-Jinja-Schrein, der zu Ehren eines Generals der jüngeren Vergangenheit errichtet worden war, der sich trotzdem wie ein echter Samurai verhalten und nach dem Tod des Kaisers Meiji im Jahr 1912 zusammen mit seiner Frau auf rituelle Weise Selbstmord begangen hatte. Das Nebeneinander des Geistes der Samurai und des von Ausländern beherrschten Stadtteils Roppongi entsprach genau der Art von Ironie, die Akinaga schätzte. Seine Einstellung dem Leben gegenüber war durch und durch zynisch und spöttisch.

Er legte seinen Kopf auf den groben grauen Berberteppich und fand es nicht merkwürdig, weiter auf den Nogi-Jinja-Schrein zu starren, der in der Nacht wie ein Leuchtturm wirkte. Er kniete sich auf den Teppich, den Hintern in der Luft. Sein Penis baumelte zwischen den schlaksigen Beinen. Er roch seinen Körpergeruch, was alles in allem nicht einmal unangenehm war, und dann roch er Londa, die ihm den Pfennigabsatz ihres Schuhs in den Hintern rammte und sich über ihn beugte.

Es war seltsam, daß er diese Behandlung überhaupt nicht als demütigend, sondern nur als überaus erleichternd empfand. Demütigend war es, wenn man im Badehaus seines Vaters von Tanaka Gin in der Öffentlichkeit verhaftet wurde. Und es war unwürdig, von einem professionellen Strafverfolger bloßgestellt zu werden, der seine – Akinagas – Macht kannte und vielleicht sogar Geld in einem seiner Spielkasinos verloren oder eine müßige Stunde mit einem seiner Mädchen verbracht hatte. Früher hatten sie ihn gefürchtet, aber nun mußte er nackt vor ihnen erscheinen und sich seine zusammengerollten Kleider vor die Genitalien halten. Er war nur ein weiterer alter Mann, ein Krimineller, der weder die Macht noch den Einfluß hatte, einen Gefängnisaufenthalt zu vermeiden.

Sein Penis war schlaff geworden. Gut, das war kein Wunder. Die Demütigung pulsierte wie eine Droge in seinen Venen. Er wünschte sich so sehr, aus seiner Haut schlüpfen zu können und ein völlig neuer Mensch zu werden. Londa würde dafür sorgen, wie nur sie es konnte. Aber in dieser Nacht wollte er weitergehen und alles auslöschen, was man ihm angetan hatte. Er wollte heute nacht ein anderer Mensch *sein* und es nicht nur für ein paar Stunden vorgeben. Kurzum, er wünschte, was ihm niemand geben konnte, und er ballte die Fäuste und schlug wütend und frustriert auf den Berberteppich ein.

»Bist du soweit?« Londa faßte ihm zwischen die Beine und streichelte ihn. Aber fast im gleichen Moment spürte er einen scharfen, schmerzhaften Schlag auf seinem Hintern. Das Blut rauschte in verwirrender Weise durch seinen Kopf. »Noch nicht«, summte sie. »Aber wir werden dich schon soweit bringen, oder?«

Natürlich. Das war ihre Spezialität, und deshalb war er süchtig nach ihr geworden. ›Sucht‹ war das richtige Wort. Er hatte sie in dem Nachtclub getroffen, von dem jeder sprach, und als er ihre Nummer einmal gesehen hatte, war alles entschieden gewesen. Er hatte sie einfach besitzen müssen, und er hatte sie auch bekommen, wenn auch nicht so oft, wie es ihm gefallen hätte. Sie hatte so viele einflußreiche Leute als Verehrer, daß sogar er, Tetsuo Akinaga, warten mußte, bis er an der Reihe war.

Aber ungefähr einen Monat vor seiner Verhaftung war etwas passiert. Er hatte freier über sie verfügen und sie fast jeden Tag treffen können, wenn er Lust hatte. Allerdings nur zu besonderen Zeiten, die sie festsetzte. Was tat sie in der Zeit, wenn sie nicht mit ihm zusammen war? Er hatte entschieden, daß es besser war, nichts darüber zu wissen. Warum sollte man eine Illusion zerstören, mit der es sich so gut leben ließ?

Der Schmerz war stark genug, um ihn zum Stöhnen zu bringen, und sein Glied richtete sich auf wie eine Schlange. Die dunklen und demütigenden Gedanken in seinem Kopf verflüchtigten sich. Die Schmerzen gingen weiter, aber es war ein besonderer Schmerz, der sich mehr und mehr in Lust verwandelte, bis die Grenze zwischen Schmerz und Lust völlig verschwommen war. Beides, Lust und Schmerz, verschmolz zu einer Kugel, die sich von seinen Lenden aus nach außen wölbte.

Londa bearbeitete ihn, wie nur sie es konnte, und er stöhnte. Er fühlte, wie ihr Schweiß wie heißes Wachs auf seinen nackten Rücken tropfte, und jeder Tropfen marterte ihn und verstärkte die schmerzhafte Lust. Sie kauerte wie ein riesiger Krebs über ihm, und dann tat sie etwas, das ihm die Augen aus den Höhlen treten ließ. Aus seinem tiefsten Inneren kam ein dumpfes Stöhnen, und er war sich sicher, daß er zusammenbrechen würde. Aber wie immer brach er natürlich nicht zusammen, weil sie ihn dann mit der Beendigung ihrer Dienste strafen würde, und das hätte er nicht ertragen. Statt dessen schwankte er auf seinen Knien und Ellbogen, und seine Oberschenkel zitterten so sehr, daß ihm die Zähne aus dem Mund zu fallen drohten. Nur noch ein Augenblick, und er würde . . .

Er hörte ein fremdartiges Geräusch, daß nichts mit der Sphäre von Schmerz und Lust zu tun hatte, die Londa schuf. Es war ein scharfes, metallisches Geräusch, das klang, als ob ein Schnappschloß geöffnet würde.

»Was war das?« murmelte er undeutlich.

»Nichts.« Sie quälte ihn weiter mit dem Pfennigabsatz,

bis er einen Geschmack im Mund spürte, der ihn an den Tod erinnerte.

Wieder hörte er ein Geräusch, und er fragte sich zaghaft, ob Londa die Tür hinter sich geschlossen hatte, nachdem sie die Wohnung betreten hatte. Natürlich. Sie schloß die Tür immer. Aber diesmal, hatte er es gehört oder . . .?

Seine tränenden Augen erblickten ein Paar schwarzer, glattpolierter und teurer Schuhe, die nicht Londa gehörten: Es waren Männerschuhe.

»Was? Wer . . .« Er versuchte, seine Stellung zu ändern, um über die Umschläge der Hose hinaus nach oben blicken zu können, aber Londa hatte ihn fest im Griff. Er konnte sich nicht bewegen und war in ihrer exotischen Umklammerung gefangen.

»Akinaga-san«, sagte eine männliche Stimme. »Wie angenehm, Sie nach so langer Zeit endlich persönlich kennenzulernen.«

Akinaga war immer noch durch die erotische Verwirrung benebelt und bemühte sich, seine Gedanken zu sammeln, aber Londa hatte ihn fest im Griff. Das Blut pulsierte in seinen Venen. Das Testosteron wütete, und ihm war, als höre er weit entfernte Stimmen durch das Krachen und Funkensprühen eines Waldbrandes.

»Wer . . .«

»Mein Name ist Michael Leonforte. Sagt er Ihnen etwas?«

Akinaga versuchte, den Kopf zu schütteln. »Nein«, antwortete er schwach.

»Kein Problem. Ich habe eine Menge über Sie gehört.« Die Schuhe bewegten sich etwas. »Ich denke, daß wir ins Geschäft kommen können. Wir können uns gegenseitig helfen.«

»Ich brauche keine Hilfe.«

Mick lachte. »Sie sollten sich sehen, Akinaga-san. Ihre Stellung ist wirklich zum Totlachen. Sind Sie sicher, daß Sie keine Hilfe brauchen?«

»Ich werde Sie beide umbringen.«

»Mit ihrem Absatz im Hintern? Das glaube ich kaum.«

»Wenn Sie irgend etwas über mich wissen . . .«

»Ja. Ich weiß alles über die Yakuza. Aber Sie sind nicht mehr so mächtig wie früher. Der innerste Beraterkreis des Kaisho, dessen Mitglied Sie waren, existiert nicht mehr – er ist wie so viele Herbstblätter weggeblasen worden. Und was ist zurückgeblieben? Ihre Macht ist zerbrochen, Sie werden sie nie zurückgewinnen. Das haben Sie Nicholas Linnear und Ihrem eigenen Kaisho – Mikio Okami – zu verdanken. Sie hätten Okami nicht vertreiben dürfen. Und als Sie einen Killer auf ihn ansetzten, haben Sie ihn ernsthaft verärgert. Sie haben ihn gezwungen, die Ehrenschuld von seinem früheren Partner – Colonel Denis Linnear – einzufordern. Er hat sie von Nicholas – dem Sohn des Colonel – eingefordert. Linnear hat Sie schon fast völlig vernichtet. Sie gehen auf dem Zahnfleisch.«

»Was?«

»Das sagt man in Amerika, wenn jemand in ernsthaften Schwierigkeiten ist, Akinaga-san.«

»Ich habe immer noch Macht und Beziehungen. Dadurch habe ich die Anklage des Oberstaatsanwalts zu Fall gebracht. Ich bin wegen Verfahrensfehlern aus dem Gefängnis entlassen worden. Hätten *Sie* das unter den gleichen Umständen bewerkstelligen können?«

»Ich würde es niemandem gestatten, mich in eine solche Lage zu bringen.«

»Reden ist leicht«, fauchte Akinaga. »Das ist doch nur das dumme Geschwätz eines unfähigen und törichten Mannes.«

Akinagas Kopf wurde so abrupt an den Haaren hochgerissen, daß seine Zähne aufeinanderschlugen. Er starrte in Mick Leonfortes Gesicht.

»Ich werde Ihnen sagen, was dumm ist«, sagte Mick. Er flüsterte hart und rauh. »Sie halten hier Ihren Hintern in die Luft und lassen sich von einer Frau übervorteilen, die Sie kaum kennen.«

»Wovon reden Sie?«

»Londa arbeitet für mich. Sie ist mein wichtigster Aktivposten, finden Sie nicht? Ich habe sie beauftragt, Sie einzuwickeln, als Sie in dem Nachtclub Ihre ungezügelte Lust so offen zeigten.« Mick schüttelte den Kopf. »Wie kann man den Wert der Dinge nach den Kategorien Schmerz und Lust bemessen? Diese Denkmethode ist oberflächlich. Ich bin mir der gestaltenden Kräfte des menschlichen Geistes bewußt. Und derjenige, der sein furchtbares *Potential* erkennt, kann nur Verachtung empfinden, wenn er sieht, wie Sie es geschafft haben, Ihre Macht zu verschleudern.« Er zog Akinagas Gesicht näher vor seines. »Ist es Ihnen immer noch nicht klar? Hier, in diesem Zimmer *Ihrer* Wohnung, bin ich der Shogun. *Sie* verbeugen sich vor *mir*.«

Akinaga sagte nichts. Dieser Mann, der so wild und fordernd war und sich fast an der Grenze zum Wahnsinn zu bewegen schien, fing an, ihn neugierig zu machen.

»Friedrich Nietzsche hat geschrieben, daß der Mensch zugleich *Kreatur* und *Schöpfer* ist. Verstehen Sie, Akinaga-san? Die *Kreatur* ist der Mensch im Rohzustand: der Ton, Fragmente anderer Zeiten und Leben, Dreck, Unsinn und Chaos, die Exzesse von Lust und Schmerz. Und dann ist da der *Schöpfer*: der Visionär, der den Ton und das Chaos in *etwas anderes* verwandelt. Die harte Persönlichkeit, die die schmerzhafte Feuerprobe der Erfahrung besteht und einen neuen Menschen schmiedet. Die zuschauende Gottheit, die das Gewöhnliche herausfordert, das Auswendiggelernte, das Erledigte. Die Persönlichkeit, die formt und zerstört, erneut schmiedet, verbrennt, zur Weißglut bringt und dann die *Kreatur* läutert, sie durch all das Leiden verändert und aus ihr einen *überlegenen* Menschen macht.«

Mick ließ Akinagas Haare los, und im selben Augenblick befreite ihn Londa aus ihrem Griff. Akinaga brach stöhnend zusammen und rollte sich auf den Rücken. Schwer keuchend starrte er Mick Leonforte an.

»Sie reden nicht wie ein *iteki*. Und Sie denken und handeln auch nicht wie ein Fremder.« Akinaga legte eine Pause ein. »Ich hätte Sie umbringen lassen können. Hier und jetzt. Es hätte mir nichts ausgemacht – nichts.«

Mick kauerte sich neben ihn. »Dummes Geschwätz eines unfähigen und törichten Mannes.«

Akinaga warf den Kopf zurück und lachte. Seine Ausrufe der Heiterkeit hallten wie das Dröhnen eines Donners durch die Wohnung. »Ich will Reiswein!« brüllte er.

Während Londa den Wein holte, setzte er sich auf. »Sie sind ein faszinierender Mann. Ich frage mich, wo jemand wie Sie herkommt.«

»Aus dem Hexenkessel der Erfahrung.«

Akinaga nickte kurz. »Alles in allem eine angemessene Antwort.«

Londa brachte den Reiswein und einen seidenen Bademantel, den Akinaga anzog. Nachdem sie alle drei ihre Gläser geleert hatten, ergriff Akinaga wieder das Wort. »Sie haben eben erwähnt, daß wir uns gegenseitig helfen könnten.«

»Ich will etwas, Sie wollen etwas. Ein einfacher Tauschhandel, der so alt wie die Menschheit ist.«

Akinaga beäugte ihn vorsichtig. »Ich glaube, daß bei Ihnen nie etwas einfach ist.« Er nickte. »Aber reden Sie nur weiter. Sie haben meine ungeteilte Aufmerksamkeit.«

Mick starrte in Akinagas dunkle und verschleierte Augen. »Aber die Sache ist einfach«, sagte Mick. »Ich brauche Zugang zu Sato International.«

Für einen kurzen Augenblick herrschte absolutes Schweigen im Raum. Dann fing Akinaga plötzlich überraschend so stark zu lachen an, daß ihm Tränen in die Augen traten. Er mußte sich den Bauch halten und nach Luft schnappen. »Das ist alles?« fragte er schließlich. Er wischte sich die Augen und zeigte auf Londa, die es sich im Hintergrund des Raumes bequem gemacht hatte. »Es tut mir leid, daß Sie sich einen so raffinierten Plan ausdenken mußten. Aber Sie sind auf dem Holzweg. Ich hätte selbst gern Zugang zu Sato International, aber ich habe ihn nicht.«

Mick schenkte sich Reiswein nach. Er schien die Worte des *oyabuns* nicht gehört zu haben. »Erlauben Sie mir, Ihnen eine Geschichte zu erzählen. Sie ist ungefähr ein Jahrzehnt alt. Damals schloß ein sehr ehrgeiziger Unter-*oyabun* ein Geschäft ab. Er wollte unbedingt die Kontrolle über einen Clan gewinnen, von dem er zu Recht annahm, daß er ohne adäquate Führung dahintrieb und vom *Yamauchi*-Clan unter Druck gesetzt wurde. Es war ein Geschäft, wie es, wenn wir ehrlich sind, tagtäglich abgeschlossen wird. Unter Japanern. Wie dem auch sei, dieser spezielle Handel wurde zwischen dem Unter-*oyabun* und einem *iteki* abgeschlossen. Und der Partner war nicht irgendein Ausländer, sondern ein sehr mächtiger Industrieller. Er wollte seine Unternehmen in Japan etablieren und keine Verzögerungen durch die endlosen protektionistischen Verordnungen, Strafzölle und die Bürokratie in Kauf nehmen. Im Gegenzug hat er zugestimmt, diesen Unter-*oyabun* an der Börse von Tokio zu einem reichen Mann zu machen.«

Das Schweigen lastete schwer im Raum. Akinaga starrte auf den Schrein des Generals Nogi. »Das ist eine erbauliche Geschichte, aber was hat sie mit mir zu tun?«

»Warten Sie, es wird noch besser.« Micks Verhalten glich dem eines blutrünstigen Wolfes. »Der ehrgeizige Unter-*oyabun* ergriff alle erforderlichen Vorsichtsmaßnahmen, um die illegalen Transaktionen gründlich zu verschleiern. Er eröffnete ganz legal ein Konto bei einem ganz legalen Brokerunternehmen und verpflichtete einen Börsenmakler, über den er alle Geschäfte abwickelte. Er brachte eine kleine Summe eigenen Geldes auf, dessen Herkunft leicht zurückzuverfolgen war, die er als Sicherheit auf einem Konto hinterlegte. Und dann eröffnete er ein anderes Konto. Er sorgte dafür, daß die Gewinne der spektakulären Investition und des unverhofften Glücksfalls seinen Zwillingssöhnen zugute kamen.«

Akinaga zuckte leicht, aber merklich zusammen, als die Zwillinge erwähnt wurden.

Mick neigte fragend den Kopf. »Wissen Sie jetzt, was die Geschichte mit Ihnen zu tun hat, Akinaga-san?« Der *oyabun* antwortete nicht. »Sie sehen ja, daß ich ein sehr eifriger Student menschlichen Verhaltens bin. Ich weiß, was Sie sich mehr als alles andere wünschen.«

»Und das wäre?« Mick bemerkte, daß sich ein mürrischer Unterton in Akinagas Stimme eingeschlichen hatte.

»Daß Ihre Nachkommen Ihre Stellung übernehmen. Sie wollen, daß Ihre Söhne den *Shikei*-Clan kontrollieren, wenn Sie nicht mehr unter uns sind. Und dann soll es immer so weitergehen, bis eine Dynastie gegründet worden ist, die mit dem zwei Jahrhunderte herrschenden Tokugawa-Shogunat konkurrieren kann.«

»Ich glaube, daß Sie mich gründlich mißverstanden haben«, sagte Akinaga leise.

Mick zuckte die Achseln. »Dann ist es eben mein Gesichtsverlust. Aber, zum Teufel, lassen Sie mich meine Karten offenlegen. Ich habe zufällig gewisses Material über die Börsentransaktionen in der Hand. Für den Industriellen spielt das keine Rolle mehr. Er hieß Rodney Kurtz und ist diese Woche eines ziemlich gewaltsamen Todes gestorben. Ich hatte eine enge Beziehung zu seiner Frau. Kurtz hat sie ernsthaft unterschätzt. Ich habe ihm Hörner aufgesetzt, und sie hat glücklich, freiwillig und begeistert seine Geheimnisse ausgespuckt.« Mick winkte ab. »Aber das ist eine andere Geschichte. Wir sollten auf Sie zurückkommen. Durch Ihre zahllosen Beziehungen im japanischen Justizapparat werden Sie es eventuell schaffen, mit der Mindeststrafe aus der Sache herauszukommen. Man wird Sie zu einer Geldstrafe verurteilen, und ich zweifle nicht daran, daß Sie den Betrag nicht vermissen werden, wenn Sie ihn bezahlt haben. Aber ich fürchte, daß Ihre Zwillingssöhne nicht so viel Glück haben werden. Vielleicht können Sie schließlich Ihren Schutz auf sie ausdehnen, aber in der Zwischenzeit wird ihre Reputation unwiderruflich gelitten haben. Sie werden weder *oyabun* des *Shikei*-Clans noch eines anderen Clans werden.«

Mick steckte sich gemächlich eine Zigarre an und ließ Akinaga Zeit, mit der neuen Situation zurechtzukommen, in der er sich plötzlich befand.

»Ich hätte Sie umlegen können. Alles wäre mit einem Wimpernschlag vorbei gewesen.«

»Zweifellos. Aber die Umstände sprechen nicht für Sie, Akinaga-san. Tanaka Gin ist hinter Ihnen her und wird nicht eher ruhen, bis er Sie wieder ins Gefängnis gebracht hat.«

»Zum Teufel mit Gin«, fauchte Akinaga. »Ich werde mich um ihn kümmern.«

»Aber dann ist da noch Nicholas Linnear«, fuhr Mick fort, als ob er nicht unterbrochen worden wäre. »Er hat das gleiche Vertrauensverhältnis zu Okami wie früher sein Vater. Und das bedeutet, daß er auch Ihr Feind geworden ist.«

Mick zog an seiner Zigarre. »Ich glaube, daß Sie neue Verbündete brauchen, Akinaga-san. Verbündete, die Okami und Linnear genauso hassen wie Sie und deren philosophische Ansichten mit Ihren vereinbar sind.«

Akinaga wirbelte den Kopf herum. »Verbündete wie Sie.«

Mick verbeugte sich leicht.

Der *oyabun* blickte zu Londa hinüber. »Sieht ganz so aus, als ob Sie Ihre Trümpfe clever ausgespielt hätten, *iteki*.« Er lächelte grimmig. »Ich habe mein Schicksal schon einmal mit einem Ausländer verknüpft. Warum nicht ein zweites Mal?«

Mick hob das Glas, während er dem *oyabun* Reiswein einschenkte. »Auf unser neues Bündnis.« Die beiden Männer tranken, während Londa sie schweigend wie ein Stein beobachtete.

»In Ordnung«, sagte Mick brüsk. »Erzählen Sie, wie Sie bei Sato International eingedrungen sind.«

Akinaga blickte ihn lange an. Er plauderte Geheimnisse nicht so leicht aus. »Es gibt dort einen Mann, der Kanda Torin heißt«, sagte er endlich. »Er hat Nangis Vertrauen gewonnen, als Linnear im Ausland war. Torin arbeitet für mich.«

9
West Palm Beach / Tokio

»Wo zum Teufel hattest du meine Knarre her?« brüllte Caesare.

»Aus deiner Sammlung, woher sonst?« antwortete Vesper. »Oder habe ich kein Recht, mich selbst zu beschützen?«

»Du brauchst jetzt keine verdammte Knarre mehr«, donnerte er. »Du hast mich.«

Er raste vor Wut, und Vesper wollte den Grund erfahren. »Wie sich gezeigt hat, war es doch verdammt nützlich, daß ich eine Waffe hatte. Wo liegt das Problem?«

»Problem?« Ich werde dir sagen, was mein verdammtes Problem ist. Du bist es! Frauen sollten keine Waffen tragen, *das* ist das verfluchte Problem.« Er schlug sich mit der flachen Hand gegen die Stirn. »Himmel, das sieht doch ein Blinder. Es gibt bestimmte Gesetze in der Welt, die nicht verletzt werden sollten. Männer erledigen Männersachen und Frauen ihre. Sie sollten nicht durch die Gegend ziehen und Leute abknallen. Herrgott, das ist doch so deutlich wie eine Schwarzweißzeichnung.«

Sie waren in die weiße Villa in West Palm Beach zurückgekehrt. Caesare hatte fast eine Stunde lang telefoniert. Er hatte Fäden gezogen, bei höheren Instanzen Privilegien eingefordert und durch subtile Überzeugungstaktiken sichergestellt, daß alle Untersuchungen hinsichtlich Croakers Tod kurz und oberflächlich ausfallen würden.

»Dieser verdammte Croaker war ein Ex-Bulle vom New York Police Department«, hatte Caesare während des letzten Telefongesprächs festgestellt. »Er hatte doch sicher viele Feinde. Haben diese Typen immer. Einer von ihnen hat ihn kaltgemacht. Punkt. Und *das* werden Sie den Bundesbeamten erzählen oder den Typen, die sonst noch mit der Untersuchung beschäftigt sind. Und Sie sorgen dafür, daß keinerlei Zeugen auftauchen, verstanden? Ende der Nachforschungen, Ende des Gesprächs.« Er hatte den Hörer aufgelegt. »Diese elenden Bullen«, hatte Caesare gemurmelt und sich an niemand Bestimmten gewandt. »Wenn sie erst einmal Commissioner sind, glauben sie, alles zu wissen.«

Er wandte sich wieder Vesper zu und schüttelte den Kopf. »Du bist komplett verrückt, ist dir das eigentlich klar? Was zum Teufel soll ich mit einer Frau anfangen, die einen Ex-Bullen umlegt?«

»Was kümmert's dich. Soweit ich es beurteilen kann, hattet ihr beiden nichts füreinander übrig.«

»Er war dumm wie Scheiße.« Caesare stemmte die Hände in die Hüften und blickte sie an.

»Ich war total angewidert von dem Kerl, okay?« Ihre Stimme klang plötzlich weich, und er sah, daß Tränen in ihren Augenwinkeln zu glitzern begannen. »Du wirst die Sache doch regeln, oder, Caesare?«

Er nahm sie in die Arme und streichelte ihr glänzendes goldenes Haar. Es erfüllte ihn mit Stolz, daß sie ihn jetzt als Schutz brauchte. Sie war verwundbar, und er sehnte sich danach, ihr sein Vertrauen zu schenken. Sie war eine Traumfrau, die ihm jeden Tag andere erfreuliche Seiten ihrer Persönlichkeit enthüllte. Er würde jetzt alles tun, damit sie an seiner Seite blieb.

»Mach dir keine Sorgen. Ich glaube, daß wir alles geregelt haben.«

Er wiegte sie in seinen kräftigen Armen, und sie fühlte, wie die Ausstrahlung seiner Macht sie in Wellen überströmte. Aber das Seltsame und Schreckliche war, daß sie sich *wirklich* beschützt fühlte. Sie fühlte eine Sicherheit, die sie weder in ihrem Elternhaus noch auf der Straße, noch bei der heiligen Jungfrau im Haus von Marbella kennengelernt hatte. Nur bei Okami hatte sie diese Sicherheit empfunden. Nichts in ihrem Leben hatte sie auf diese Erfahrung vorbereitet, deshalb war sie für einen Augenblick entwaffnet. Der Riß in ihrer selbstgeschaffenen Rüstung war wieder aufgebrochen und hatte ihre Sehnsucht entblößt.

Caesare küßte sie. »Paulie ist angekommen. Ich muß ihn begrüßen. Es geht ums Geschäft.«

Sie nickte.

Er legte einen Daumen unter ihr Kinn und hob ihren Kopf an. »Alles in Ordnung? Schließlich hast du einen Typ umgelegt, der nicht gerade ein unbekannter Penner war. Mußt du kotzen?«

Sie lächelte. »Ich habe mich bereits übergeben, während du telefoniert hast.«

Er nickte. »Dann ist ja alles in Ordnung. Das Leben geht weiter. Es ist vorüber. Geh in die Küche und laß dir von Gino etwas kochen.«

»Das kann ich selbst erledigen.«

»Himmel, ich weiß, daß du kochen kannst. Aber was kannst du eigentlich *nicht*? Was soll ich machen? Das ist Ginos Job. Willst du, daß ich ihn entlasse?«

Sie lachte. »Nein.« Ergeben senkte sie den Kopf. Das war notwendig, um ihn in der Vorstellung zu bestärken, daß er sie vollkommen in der Gewalt hatte, eine Frau wie sie. Das war für ihn das wirkungsvollste Aphrodisiakum, das man sich vorstellen konnte. »Okay, ich werde Gino bitten, mir etwas zu kochen.« Sie löste sich aus seiner Umarmung. »Willst du nicht mit mir essen?«

»Nein. Ich werde auf dem Weg zu Paulie etwas in mich reinstopfen. Er und seine Freundin ... Wie hieß sie noch, ich kann mich nie an ihren Namen erinnern. Auf jeden Fall sind sie im Gästehaus.« Er ergriff ihre Hand und küßte sie. »Es kann eine Zeitlang dauern, okay?«

Sie lächelte ihn an. »Okay.« Dann scheuchte sie ihn aus der Tür. »Geh. Kümmere dich um deine Geschäfte.«

Tatsächlich verbrachte Caesare nur eine sehr kurze Zeit mit Paul Chiaramonte. »Wie geht's?« fragte er. »Du hast ganze Arbeit geleistet, als du die Braut und die Kleine aus New York hierher gebracht hast.« Dann verpaßte er Paulie eine Kopfnuß. »Du bist ein verdammter Idiot, einfach einen Bullen vom New York Police Department kaltzumachen. Nur Scheiße im Hirn.«

»Aber es hat mich doch niemand gesehen«, protestierte Paul Chiaramonte. »Wenn man von der Frau und dem Mädchen absieht. Ich habe eine gestohlene Knarre benutzt, deren Herkunft nicht identifiziert werden kann. Die New Yorker Polizei kann mich mal.«

»Es sind nicht die Bullen, die mir Sorgen machen, Paulie. Es ist deine verdammte Tarnung. Du hast sie zerstört. Du warst mein Maulwurf in der Goldoni-Familie.«

»Aber du übernimmst doch jetzt ihre Geschäfte. Wen kümmert das Ganze da noch einen Dreck?«

Caesare versetzte ihm einen weiteren Stoß, der hart genug war, um Paulies Kopf dröhnen zu lassen. »Hast du deine Geschichtsbücher nicht gelesen? Was glaubst du, wie die Römer ihr Reich so erfolgreich ausgedehnt haben? Durch Infiltration ihrer Feinde. Glaubst du, daß die Kapos der Goldoni-Familie einfach überlaufen und sich von mir den Bauch kraulen lassen? Sie werden vorgeben, loyal zu sein, und dann versuchen, mir bei der ersten Gelegenheit den Dolch in den Rücken zu stoßen. Und jetzt kannst du mich nicht mehr im voraus über alles informieren.«

Paul senkte den Kopf. »Tut mir leid.«

»Ach, zum Teufel, die Sache mit der Frau von Tony D. hast du gut erledigt.«

Paul hob den Kopf wieder. »Dann können wir also alles vergessen?«

»Leider nicht. Hör zu, Paulie, ich will, daß du dich an jede Einzelheit genau erinnerst. Und das soll keine Buße sein, verstanden? Du mußt lernen, einen Fehler nie zu wiederholen. Alles klar?«

»Natürlich.«

Caesare streckte die Hände aus und zog den jüngeren Mann an sich. Seine Hände umfaßten sein Genick. Er küßte Paul auf die Stirn. »Du bist ein guter Junge. Und loyal. Loyalität ist für mich absolut vorrangig. In der Zwischenzeit solltest du etwas Plinius lesen, ich bitte dich.« Er blickte sich im Gästehaus um, das von irgendeinem ortsansässigen Innenarchitekten in neutralen Farben eingerichtet worden war. Er haßte es. Aber er mußte ja schließlich nicht darin wohnen. »Wo ist Margarite?«

»Im Schlafzimmer.«

»Okay. Du behältst die Kleine im Auge. Ich will nicht gestört werden, verstanden?«

Paulie nickte und ging ins Schlafzimmer, wo er Francie befreite, die an die Klinke der Toilettentür gefesselt war.

»Komm schon, Kleine. Wir werden jetzt essen.«

Francie warf einen Blick auf Margarite, deren Handgelenke und Knöchel an die Pfosten des riesigen Bettes gefesselt waren. »Aber was ist mit meiner Mutter?«

»Um die kümmere ich mich«, sagte Caesare, der gerade den Raum betrat. »Wie geht's, Francie.«

Francie schüttelte den Kopf und antwortete nicht. Paul drängte sie aus dem Zimmer.

Caesare hatte eine Dose Cola Light in der Hand. Er stand am Fußende des Bettes und beobachtete Margarite. »Was für ein trauriger Anblick.«

Margarite blickte ihn fest an. »Es war eine Sache, daß du hinter Tony her warst. Aber indem du meine Tochter und mich attackiert hast, hast du alle Gesetze unserer Welt verletzt. Du bist ein Paria, ein Aussätziger, der keinerlei Respekt mehr verlangen kann.«

Caesare kratzte sich die Schläfe. »Bist du fertig? Niemand wird dir dein Gefasel abkaufen, und ich werde dir auch erklären, warum. Du hast dir deinen Kummer selbst zuzuschreiben, Margarite. Konntest die Geschäfte ja nicht Tony D. überlassen und mußtest deine Nase in Sachen reinstecken, die dich nichts angingen. Bei Ausflügen nach Washington hast du dich mit Dominics alten Kumpels getroffen und wohl versucht, neue Allianzen für Tony zu schmieden. Und dann, als Krönung des Ganzen, hast du dich auf die Affäre mit Lew Croaker eingelassen. Um Himmels willen, mit einem Ex-Bullen von der New Yorker Polizei.« Er schüttelte den Kopf. »Es ist mir völlig schleierhaft, warum Tony D. gegen diesen Amoklauf nichts unternommen hat. Nun sind wir Feinde, wie Tony mein Feind war. Und was deine Tochter angeht – was für ein liebliches Geschöpf sie doch geworden ist –, hast du mir keine Wahl gelassen. Als du die beiden Typen aus meiner auswärtigen Mannschaft kaltgemacht hast, mußte ich dich so schnell wie möglich herbringen lassen. Ich mußte Paul ins Spiel bringen, und das gefiel mir nicht. Aber du hast mir – wie gesagt – keine andere Wahl gelassen. Du warst viel zu gefährlich geworden. Meiner Meinung nach war Francine das verläßlichste Mittel, um dich in meine Gewalt zu bringen.«

»Du bist eine jämmerliche Kreatur.«

Caesare kam um das Bett herum. »Wenn man bedenkt, wer hier spricht, sehe ich das als Kompliment an.« Er bot ihr die Dose an. »Möchtest du einen Schluck?«

»Ich würde lieber vor Durst umkommen.«

Caesare lächelte. »Typisch Frau. Überreaktionen und übertriebene Gefühle.« Er schüttelte den Kopf. »Es war ein Fehler, daß du das Geschäft zu deiner Angelegenheit gemacht hast, Margarite. Ich denke, daß du das jetzt einsiehst.«

»Ich habe nichts mehr zu sagen.« Sie drehte den Kopf zur Wand.

»In dieser wie in jeder anderen Hinsicht liegst du falsch.« Er setzte sich neben sie. Du bist hier nicht im Urlaub. Aber ich habe auch nicht vor, dich zu erledigen. Du bist hier, um jedes intime Geheimnis auszuspucken, das Tony D. dir anvertraut hat. Ich will alles, was Dominic früher hatte: seinen Einfluß in Washington und in Übersee. Ich will die Nishiki-Akten mit den dreckigen Privatgeschichten, die er benutzt hat, um so viele von den großen Tieren unter seine Fuchtel zu bringen. Du wirst mir diesen Gefallen doch tun, Margarite?«

»Vergiß es.«

Er stand abrupt auf und schlug ihr mit der Aluminiumdose ins Gesicht. Sie schrie auf, aber er ignorierte sie und ihre blutende Wange. »Du wirst mir alles erzählen, Margarite. Bei Gott, sonst werde ich Francine herbringen und ihren wunderschönen, unbefleckten Körper vor deinen Augen mit einer brennenden Zigarette Zentimeter für Zentimeter verstümmeln.«

Das Sonnenlicht flutete durch die hohen Fenster, und die in der Luft flimmernden Stäubchen glichen kleinen Tänzern, die herumgewirbelt wurden und funkelten, wenn das Licht sie traf. Weit unter ihnen, in der Dämmerung seiner an einen Vulkankrater erinnernden Kammer, beugte sich

Kaichi Toyoda über das Stahlstück, das er gerade bearbeitete. Mit seinem breiten, runden Rücken wirkte er wie eine Schildkröte, und seine riesigen Schultern, der voluminöse Brustkasten, seine schlanken Hüften und die Taille trugen wenig dazu bei, diesen Eindruck zu zerstreuen.

Toyoda schob eine Stahlstange in seinen Schmiedeofen, und ein Hitzeschwall versengte die Werkstatt, in der es ohnehin schon unangenehm heiß war. Werkzeuge schmückten die gefärbten und flammenversengten Betonwände wie Girlanden. Toyoda war ein Waffenschmied, der aus soliden Stahlbarren wundervolle und tödliche Klingen herstellte. Er hämmerte die weißglühenden Stahlbarren, bis sie eine längliche und schmale Form annahmen. Dann faltete er sie um, beschlug sie wieder und erhitzte sie, bis die zwei Stränge untrennbar verschmolzen waren. Diesen Vorgang wiederholte er wieder und wieder – manche behaupteten, Tausende von Malen –, bis die zusammengeschmiedete Klinge fertig für den Schliff war. Als einziges Volk der Welt hatten die Japaner die Schwertschmiedekunst perfektioniert. Sie benutzten besonders harten Stahl, um die Schneide und das Rückgrat der Klinge zu formen. Dadurch bekam man eine außerordentlich scharfe Schneide und zugleich eine Waffe von extremer Haltbarkeit. Der harte Kern wurde mit Stahl ummantelt, der weich genug war, um die Erschütterung der härtesten Schläge abzufangen. Um der Klinge Flexibilität zu verleihen, legte man Schichten Stahls mittlerer Härte darum. Erst so gewann sie die erforderliche Stärke und Geschmeidigkeit, um Rüstung und Knochen zu spalten, ohne entzweizubrechen.

»Ein Stoßdolch«, antwortete Toyoda auf Nicholas' Frage. »Heutzutage besteht nach dieser Art von Waffen keine besondere Nachfrage.« Der Waffenschmied war, wie Nicholas schätzte, mindestens siebzig Jahre alt. Er hatte ein rundliches Gesicht, und seine Haut war so faltig und lederartig wie der Panzer eines Gürteltiers. Toyoda trug einen weißen, strähnigen Kinnbart.

»Aber Sie sind kürzlich nach einem Stoßdolch gefragt worden, oder?«

Toyoda zog den Stahlbarren aus dem Schmiedeofen.

Eben wollte er anfangen, ihn mit dem Hammer zu bearbeiten, als ihm offensichtlich etwas auffiel. Er bemerkte, daß sich ein Riß zu bilden begann, und warf das nunmehr nutzlose Metallstück in ein Faß, das mit kaltem Wasser gefüllt war. Der Dampf zischte wie eine wütende Schlange.

Der Waffenschmied wischte sich die schweren und grobfingrigen Hände an seiner dicken Schürze ab. Dann ging er zur Eingangstür des Ladens und schloß sie ab.

»Lassen Sie uns nach hinten gehen.«

Er führte Nicholas durch einen kurzen Flur. Hinter der Wand stand der Schmiedeofen, und der Korridor war so heiß wie eine Sauna, die auf vollen Touren betrieben wird. Am Ende des Gangs befand sich ein offener Raum. Von hier aus blickte man auf einen kleinen Garten, der an drei Seiten von hohen Mauern eingefaßt war. In der unfruchtbaren Umgebung blühte eine einzige dunkelgrüne Hinokoi-Zypresse. Toyoda ließ die fleckigen Bambusjalousien so weit herab, daß nur noch ein kleiner Teil des Gartens zu sehen war. Es war so heiß, daß die Luft wie in der Wüste zu flimmern schien.

Der Raum war klein und wie eine Mönchszelle eingerichtet. Toyoda war Zen-Buddhist, und da war weniger immer mehr. Es war wie mit der einen Zypresse, er brauchte keinen reicher bepflanzten Garten.

Die beiden Männer setzten sich. Toyoda hatte eine lange weiße Narbe an der Innenseite des linken Beins. Vor einem Jahrzehnt hatten die Chirurgen einen Teil der Vene entfernt, um einen Bypass um zwei verstopfte Arterien in der Herzgegend zu legen. Toyoda bot ihm Tee an, und Nicholas nahm gerne an. Sie tranken eine Zeitlang schweigend und blickten auf die Zypresse.

»Wir kennen uns schon so lange, Linnear-san.« Toyoda stellte seine Teetasse zur Seite und signalisierte so, daß die Zeit des Schweigens vorbei war. »Ich habe viele Waffen für Sie geschmiedet. Gefährliche und einzigartige Waffen.«

»Ich hätte mich nie an einen anderen gewandt, Toyoda-san.«

Der Waffenschmied zuckte die Achseln. »Ich war eine verläßliche Quelle.« Er meinte, daß er die *einzige* Quelle war. Er fabrizierte Waffen, von denen andere nur träumen konnten. Einen Augenblick lang schien er nachzudenken. »Ich habe für einen Kunden eine gefährliche Waffe hergestellt.«

»Einen Stoßdolch?«

Toyoda nickte.

»Haben Sie ihn entworfen?«

Toyoda blickte auf die Zypresse, die dem gleißenden Sonnenlicht ausgesetzt war. »Das war ja das Interessante bei der Sache, Linnear-san. Ich habe nach seinem eigenen Entwurf gearbeitet. Die Skizze war roh, aber ziemlich erfindungsreich und insgesamt funktionell.«

»Funktionell?«

»O ja.« Der Kopf des alten Mannes hob und senkte sich. »Mit diesem Stoßdolch könnte man, wenn man kräftig und entschlossen genug ist, einen wilden Eber erstechen.«

»Kann der Dolch schnitt- und punkturartige Stichwunden verursachen?«

Ein kurzes, geheimnisvolles Lächeln belebte Toyodas Gesicht. »Ich habe Ihnen ja gesagt, daß der Entwurf sehr erfinderisch war. Ja, die Klinge hinterläßt eine deutliche Handschrift.«

Nicholas zog einen Block und einen Stift aus der Tasche. »Sieht sie so aus?« Er zeichnete die Klinge einer Waffe, die Wunden wie die verursachen konnte, die Ikuzos Körper gezeichnet hatten.

Der Waffenschmied richtete seinen Blick auf die Zeichnung. »Ja. Genauso.«

Nicholas zeigte ihm den Abzug eines Fotos der amerikanischen Armee, auf dem Mick Leonforte zu sehen war. Auf dem Bild war er ein gutes Stück jünger, hatte kurzes Haar und wirkte ziemlich förmlich. Aber der Schnitt seines Gesichts, die sinnlichen Lippen und der verschleierte Blick seiner dunklen Augen waren unverwechselbar.

Toyoda starrte das Bild lange an, bevor er antwortete. »Das ist der Mann.«

»Hat er Ihnen seinen Namen genannt?«

»Ich habe ihn nicht danach gefragt.«

»Warum nicht?«

»Namen deuten auf Absichten hin, und das lenkt mich nur von meiner Arbeit ab.«

»Haben Sie noch andere Waffen für ihn hergestellt, Toyoda-san?«

»Nein.«

Nicholas verstaute das Foto, den Block und den Stift. »Warum haben Sie diesen Dolch geschmiedet?«

»Ich dachte, das wäre klar. Ich stelle jede Waffe her. Und wenn sie fertig ist, ist sie ein Kunstwerk.«

»Ich habe keinen Hunger«, sagte Francie, während Paul Chiaramonte mit ihr auf die Küche zuging.

»Okay.« Er blickte sie an. »Bist du wegen Bad Clams nervös?« Als sie nicht antwortete, änderte er die Taktik. »Wie wär's, wenn wir 'ne Runde schwimmen würden? Der Pool sieht gut aus.«

Francie zuckte die Achseln. »Ich habe keinen Badeanzug.«

»Kein Problem.« Er führte sie in ein anderes Schlafzimmer. Sie war passiv wie ein Schaf und beobachtete ihn, wie er die Kleiderschränke aus gebleichtem Holz durchwühlte. »Hier.« Er zeigte ihr einen türkisfarbenen Badeanzug. »Der sieht aus, als ob er passen könnte.«

Sie ergriff den Badeanzug und tippelte auf die Tür des Badezimmers zu. Im Türrahmen drehte sie sich zu ihm um. »Wollen Sie zusehen?« fragte sie mit einem völlig ernsthaften Gesichtsausdruck.

»Herrgott, Kleine, das ist wirklich die Krönung.« Er wurde sofort nervös. Aus ihrer Miene konnte man schließen, daß es ihr Spaß machte, ihn zu provozieren. »Geh da rein und mach dich fertig, okay?‹

»Und was ist mit Ihnen?«

Er zog eine riesige Badehose aus einem anderen Schrank hervor, die mit tropischen Fischen in grellen Farben bedruckt war. Francie kicherte. »Ich werde mich hier umziehen«, sagte er.

Francie schloß hinter sich die Tür, und Paul sackte mit einem Seufzer der Erleichterung auf das Fußende des Bettes. Dieser Auftrag wuchs ihm allmählich über den Kopf.

Zuerst hatte er den Detektiv vom New York Police Department umgelegt und dann diese Goldoni-Wildkatze den ganzen Weg von New York hierher gebracht. Er war sich wie ein Wächter vorgekommen, der sein widerstrebendes Opfer zur Schlachtbank führen mußte. Und dann mußte er noch mit dieser Sechzehnjährigen fertigwerden, die sich für schlau hielt und aller Wahrscheinlichkeit nach cleverer war als er. Aber für ihn war das Mädchen eine ganz besondere Sechzehnjährige, weil eine reelle Chance bestand, daß sie Jaqui getroffen und vielleicht sogar mit ihr gesprochen hatte.

Jaqui lebte.

Bei diesem Gedanken jagten Stromstöße durch seinen Körper. Aber vielleicht war seine Besessenheit auch nur eine jahrzehntealte Täuschung. Wie auch immer, er mußte Sicherheit haben und irgendwie das Vertrauen der Kleinen gewinnen, um weitere Informationen aus ihr rauszupressen. Aber andererseits mochte er sie auch wirklich sehr. Sie war clever, geistig beweglich und verdammt lustig. Es war selten, daß Paul jemandem begegnete, der ihn zum Lachen brachte. Wenn er ehrlich war, mußte er sich eingestehen, daß sein Leben ein einziger Schlamassel war. Er spielte den Maulwurf für Bad Clams und betrog die Abriola-Familie, die ihn wie einen der Ihren aufgenommen hatte. Und sein Privatleben konnte man erst recht vergessen. Seit dem Augenblick im Jahr 1962, als er sie getroffen hatte, war er auf Jaqui fixiert. Seither konnte niemand an die makellose Erinnerung heranreichen, die sich wie eine Melodie in seinem Kopf festgesetzt hatte und sich immer aufs neue wiederholte. Es hatte ihn verrückt gemacht.

Er begann sich auszuziehen und atmete dabei ein paarmal scharf aus, wie er es in einem Yogakurs gelernt hatte. Die Methode sollte als Streßkiller wirken. Paul wußte, daß er den extremen Streß, unter dem er stand, in den Griff kriegen mußte, weil er sonst mit Sicherheit einen Herzinfarkt erleiden würde. Er hatte schon jetzt gesundheitliche Probleme, und der Arzt hatte ihn mehr als einmal vor seinem viel zu hohen Blutdruck gewarnt. Die Yoga-Methode würde ihm sicher helfen. Der nächste Schritt, Meditation.

Er hatte Hose und Hemd ausgezogen, und seine Boxershorts hing ihm auf den Knöcheln, als sich die Tür des Badezimmers öffnete und Francie heraustrat.

»Madonna!« Er wurde rot und bedeckte seine Blöße mit der grellen Badehose.

Francie stand in dem türkisfarbenen Badeanzug im Türrahmen. Sie hatte den Gesichtsausdruck einer Katze, die gerade den Kanarienvogel verschlungen hat. Ein angedeutetes Lächeln spielte um ihre Lippen, so daß sie der Mona Lisa ähnelte.

»Bist du jetzt zufrieden?« Er blickte sie finster an.

»Gefalle ich Ihnen?« Sie posierte wie irgendein Fotomodell in einem dieser Frauenmagazine, Vogue oder Cosmopolitan. Und zwar sehr professionell und sexy. Paul mußte sich zweimal ins Gedächtnis rufen, daß sie noch nicht einmal siebzehn war. Aber wenn man ihren Körper sah, der ihm in die Augen sprang, war es fast unmöglich, das zu glauben.

»Ja, natürlich«, sagte er mürrisch. »Warum solltest du mir nicht gefallen?«

Sie kam auf ihn zu, setzte sich neben ihn auf das Bett und blickte ihm direkt in die Augen. »Warum ziehen Sie nicht Ihre Badehose an. Ich will jetzt schwimmen.«

»Was denkst du denn? Du starrst mich die ganze Zeit an.«

»Ja und? Ich sehe das nicht zum erstenmal.«

Paul schüttelte den Kopf. »Um Himmels willen, Kleine. Dreh dich wenigstens um.«

Francie willigte ein, und Paul schlüpfte in seine Badehose. Aber er hatte Angst, daß sie sich umdrehen und ihn beobachten würde. Er hatte einige Schwierigkeiten, und war erschrocken und sehr beschämt, daß sein Glied sich zu versteifen begann. *Herrje,* dachte er, *das hat mir gerade noch gefehlt.*

»Okay.«

Sie wirbelte herum und kicherte. »Sie sehen süß aus.«

»Warum bedeckst du deine Reize nicht etwas mehr?« fragte er mürrischer als beabsichtigt.

Francie blickte an sich herab. »Gefällt Ihnen mein Körper nicht?«

Er rollte mit den Augen. »Das Problem ist, daß er mir *zu sehr* gefällt, Kleine.«

Sie biß auf ihrer Unterlippe herum und dachte darüber nach. Dann stellte sie sich vor den Spiegel, der über der Frisierkommode hing, und strich sich mit der Hand über ihren flachen Bauch und die Hüften. »Im letzten Jahr hätte ich alles dafür gegeben, dünner als dünn zu sein. Einen Finger, ein Auge, *alles*.«

»Hört sich ziemlich übertrieben an.«

Sie drehte sich um und sah ihn an. »Es ist die nackte Wahrheit.« Wenn sie wie jetzt ihre Augen auf ihn richtete, drückte ihr Blick so sehr unverhüllte Gefühle aus, daß man sicher war, daß sie nie zu lügen gelernt hatte.

»Sie müssen das verstehen, außer meinem Körper gehörte mir nichts. Alles andere wurde von meinen Eltern kontrolliert, und meine Eltern kamen nicht miteinander aus.« Sie lächelte traurig. »›Nicht miteinander auskommen‹ beschreibt ihr Verhältnis nicht einmal ansatzweise. Sie waren ständig im Kriegszustand. Meine Mutter war zu clever – sie hat ihr eigenes Unternehmen –, und mein Vater hatte beschlossen, sie für ihre Intelligenz zu bestrafen. Er hat sie geschlagen. Regelmäßig.«

»Ja.« Paul nahm es nickend zur Kenntnis. »Wird schon stimmen.«

Francie atmete tief durch. »Irgend etwas tief in meinem Inneren sagt mir, daß mit meinen Eltern alles besser werden würde, wenn ich sehr, sehr dünn bliebe.« Sie heftete ihren Blick auf ihn, vielleicht um zu sehen, ob er sich über sie lustig machte. »Es war, als ob ich einen Handel mit Gott abgeschlossen hätte. Aber ich habe lange gebraucht, bis ich begriff, daß ich in Wirklichkeit einen Pakt mit dem schlimmsten und dunkelsten Teil meines Ichs abgeschlossen hatte. Ich habe mich selbst für den Krieg zwischen meinen Eltern bestraft.«

Sie ließ sich so nah neben ihm hinfallen, daß es ihn aus der Fassung brachte. Paul fühlte sich, als würde er von Flammen versengt. »Ich habe mich selbst gehaßt, meinen Körper, fast alles. Deshalb ist mir mein Körper jetzt so wichtig. Ich bin stolz auf ihn und will ihn zeigen.«

»Gut, Kleine, aber du solltest ihn Kindern in deinem Alter zeigen.« Sie begann zu lachen, und er bemerkte seinen Fehler sofort. »Nein, so habe ich das nicht gemeint. Du solltest ihn im Moment *niemandem* zeigen. Ich habe es ja schon in der letzten Nacht gesagt, du solltest es mit dem Erwachsenwerden nicht zu eilig haben. Es ist nicht alles so, wie es sein sollte.«

Er blickte auf die Uhr. »Los, laß uns jetzt schwimmen gehen.«

Im Wasser ähnelte sie jenen Delphinen, die Paul im New York Museum auf Coney Island gesehen hatte. Sie war groß, schlank, verspielt und liebte das Wasser: seine Auftriebskraft, seine kühle, klare, blaue Tiefe. Sie schwamm um ihn herum und zog ihr langes, tiefrotes Haar wie einen Tierschwanz oder die Rückenflosse eines der exotischen Fische, die auch seine Badehose zierten, hinter sich her. Er haßte die riesige Badehose, und es störte ihn, daß sie sich durch Luftblasen wie eine Clownshose aufblähte.

Seine Fingerkuppen sahen aufgequollen aus, und schließlich paddelte er erschöpft zum Beckenrand. Sorgfältig registrierte Paul, welche Routen die Wachposten mit ihren Hunden nahmen, die die Grenzen des Grundstücks und die Gegend um das Gästehaus beobachteten.

Er fragte sich kurz, was wohl in dem hinteren Schlafzimmer zwischen Bad Clams und Margarite Goldoni DeCamillo vorgehen mochte. Es war besser, es nicht zu wissen, befand er und wandte den Blick vom Gästehaus ab, als Francie so plötzlich auftauchte, daß das Wasser spritzte.

»Was ist passiert? Sie haben zu früh aufgegeben.«

»Ich fürchte, daß ich nicht mehr der Jüngste bin.«

Sie schwamm zu der Stelle am Beckenrand, wo er sich mit den Ellenbogen abstützte. Das Wasser war ihr Element. Sie war schnittig wie ein Torpedo, aber als sie sich ihm näherte, spreizte sie ihre Gliedmaßen wie ein Seestern und hielt sich mit Armen und Beinen links und rechts von ihm fest.

»Das ist nicht der Grund«, sagte sie. »Sie sind nicht daran gewöhnt, sich zu vergnügen.«

Er öffnete den Mund, um etwas zu sagen, klappte ihn

aber sofort wieder zu. Sie hatte recht. Von ihrem geschmeidigen Körper gingen Wellen aus, die bis tief in sein Herz hämmerten.

»Ja, vielleicht gibt es in einem Leben wie meinem nicht allzuviel Raum für Spaß.« Er war in der Defensive. »Ich trage für vieles die Verantwortung. Die Jungs zählen auf mich.«

»Typen wie Bad Clams.« Er antwortete nicht. »Haben Sie deshalb gesagt, daß das Erwachsenwerden nicht alles ist?«

Er gestikulierte mit den Händen. »Wo hast du nur diese verrückten Ideen her?«

Aber sie gab keinen Zentimeter nach. »Ich habe recht, stimmt's? Der Job bei Bad Clams ist nicht gerade super, oder? Sie müssen Leute bespitzeln, die Ihnen vertrauen und sich auf Sie verlassen.« Ihre außergewöhnlich intelligenten Augen fixierten ihn weiterhin. »Ich wette, daß es Sie nervt.«

Sie hat wieder recht, dachte er. Aber er wäre verdammt, wenn er es vor ihr oder einem anderen eingestehen würde. »Ich habe mir dieses Leben ausgesucht«, sagte er standhaft. »Es ist das richtige Leben für mich.«

»Lügen, betrügen und anständige Leute über den Tisch ziehen? Wollen Sie mir verkaufen, daß *Sie* dieses Leben gewählt haben?«

Jetzt begann sie ihn ernsthaft zu verärgern. »Kleine, es ist mir scheißegal, was . . .«

»Ich glaube, daß dieses Hundeleben *Sie* gewählt hat.«

Er gab einen höhnischen, kehligen Laut von sich. »Zum Teufel, wovon redest du?«

»Das werden Sie schon wissen.«

»Gefällt es dir, in Rätseln zu reden?« Er versuchte den Kopf abzuwenden, schaffte es aber nicht. Genauso, wie eine Kobra bei dem Angriff eines Mungos dem Tod nicht entgehen kann, war auch er nicht fähig zu fliehen.

»Vielleicht. Aber ich weiß, daß Sie innerlich von allem zerfressen werden, was Sie nicht ausleben können: Haß, Rache, Liebe.«

»Liebe?« fragte Paul erstaunt. *»Liebe?«*

Sie kam mit ihrem Kopf so nah an ihn heran, daß er die

sanfte Bewegung ihrer Augenlider wie Engelsflügel auf seinen Wangen spürte. »Ich weiß über die Sache mit Jaqui Bescheid«, sagte sie mit gedämpfter Stimme.

Paul hatte bis jetzt wenigstens noch den Anschein wahren können, daß er die Situation im Griff hatte, aber nun fühlte er, wie sich sein Herz im Brustkasten zusammenzog. »Was hast du gesagt?« Seine Fingerspitzen fühlten sich wie Eiszapfen an. Er hatte sich den Kopf zerbrochen, wie er es aus ihr rauspressen sollte, und jetzt wurde es ihm überraschend ins Gesicht geschleudert.

»Ich glaube, daß ich mich falsch ausgedrückt habe«, flüsterte Francie. »Ich habe sie kennengelernt. Sie heißt jetzt Schwester Marie Rose. Ich habe mit ihr gesprochen und bin von ihr erzogen worden. Von der Frau, die Sie zu finden versucht haben und die Sie lieben.«

Paul war sicher, daß er den Verstand verlieren würde. Er hatte so viele Jahre lang Nachforschungen angestellt und war in Sackgassen gelandet, aber er war sich sicher gewesen, daß Jaqui lebte und daß eine andere bei dem Autounfall getötet worden war. Daß die Mutter Oberin im Kloster Santa Maria seine Verschwörungstheorien nur belächelte, hatte ihn jedoch zunehmend verwirrt. Er hatte sich erst als Reporter und später als Assistenzarzt eines nahegelegenen Krankenhauses ausgegeben und in der zweiten Hälfte des Jahres 1962 versucht, die Fotos der Toten aus dem Büro des Arztes in seinen Besitz zu bringen. Aber er war jedesmal abgewiesen worden. Obwohl er um sie getrauert und sie niemals vergessen hatte, war er sich im Grunde seines Herzens sicher gewesen. Und jetzt war diese Bombe als cleverer Schachzug dieses Mädchens explodiert, das er, wie ihm bewußt war, besser nicht unterschätzen sollte. Aber zu seinem großen Leidwesen hatte er ja schon vermutet, daß sie für ihn eine Nummer zu groß war, weil er in ihrem schutzlosen Blick bereits sein Schicksal vorausgesehen hatte. Er sah sich selbst als Schlafwandler, der schon jetzt zu weit auf einem Pfad vorangeschritten war, auf dem sie ihn nur zu gerne weiterführen würde.

Er sammelte sich, so gut er konnte. »Lügst du mich an, Kleine?«

»Nein.«

Er erkannte, daß diese knappe Antwort der Wahrheit entsprach, so wie er auch gemerkt hatte, daß sie ihn in der letzten Nacht im Flugzeug angelogen hatte, als er sie nach der unverwechselbaren Nonne gefragt hatte, deren Augen so grün waren wie das tiefe Meer. Jaqui.

»Mein Gott«, hauchte er.

»Wollen Sie sie wiedersehen?« flüsterte Jaqui. »Möchten Sie mit ihr reden?«

»Mehr als alles andere.« Er hätte sich dafür hassen sollen, daß ihm das rausgerutscht war, aber er war plötzlich in einer gehobenen Stimmung, die so stark war, daß seine eben noch tauben Fingerspitzen sich durch die neugefundene Energie erwärmten.

»Das ist möglich. Ich werde Sie zu ihr führen. Aber Sie müssen meine Mutter und mich hier rausbringen.«

Das war sein Schicksal, und er war die Straße schon zu weit hinabgeschritten, um noch umkehren zu können. Seit dem Moment, als sie Jaquis Namen erwähnt hatte, war ihm klargewesen, was sie im Gegenzug von ihm fordern würde. Sie war viel zu clever, um weniger zu verlangen. Und das wirklich Fürchterliche war, daß er wußte, daß sie ihren Teil des Abkommens einhalten würde. Er konnte es in ihren Augen sehen, und jede Faser ihres Körpers strömte es aus. Sie wollte ihm helfen, und es glich einer fast völligen Kapitulation, als er endlich einsah, daß er ihr im Gegenzug auch helfen wollte.

Das war eine Premiere für ihn. Die Umstände seines Lebens hatten ihn gelehrt, immer und ausschließlich an Paul Chiaramonte zu denken und alle anderen über den Tisch zu ziehen. Er war von seinem eigenen Vater und Faith Goldoni selbst über den Tisch gezogen worden und sogar von seiner leiblichen Mutter, die Black Paul nicht an sich binden konnte, weil ihr Judentum ein Makel war.

Er *wollte* Francie helfen, obwohl er wußte, daß ihn das mit Sicherheit teuer zu stehen kommen würde. Vielleicht würde er sogar – schließlich kannte er Bad Clams – mit dem Leben bezahlen müssen. Aber, bei Gott, es würde ihm Spaß machen, die beiden Frauen zu befreien.

Langsam wie im Traum hob er die Hand und ergriff die des Mädchens. Das war die einzige Art und Weise, wie er sie berühren konnte, ohne Unbehagen zu empfinden. Es war vollbracht. Das Abkommen wurde schweigend besiegelt – ein verstörender Pakt.

Im Nipponshu Sake Center an der Harumi-dori blätterte Koei die Bildschirmseiten eines Computers durch. Das Geschäft war einen Block von der gigantischen Ginza-Yonchome-Kreuzung entfernt. Hier konnte man alles über das japanische Nationalgetränk erfahren, das aus fermentiertem Reis hergestellt wurde. Nicholas liebte Reiswein, und das Computerprogramm half Koei bei der Auswahl der Sorte, die seinem Geschmack am besten entsprechen würde.

Ein Schatten fiel auf den Monitor. Sie blickte hoch und sah Mick Leonforte. Es war, als ob er aus dem Dunstkreis einer Fata Morgana hervorgetreten wäre, einem dunklen und teuflischen Bereich ihres Inneren.

»Hallo, Koei«, sagte er. »Was für eine Überraschung, dich hier zu treffen.« Diesen Tonfall hatte sie nur zu gut während der Zeit kennengelernt, als sie mit Mick zusammengelebt hatte. Sie hatte sich elend gefühlt und sich selbst gezüchtigt. Er war die ganze Zeit zügellos gewesen, und sein Geist wurde durch absurde und verstörende Vermutungen beherrscht, die ihre sexuellen Beziehungen betrafen. Der Tonfall seiner Stimme hatte ihr alles verraten, was er ihr mitteilen wollte: Dieses Zusammentreffen war kein Zufall und er selbst alles andere als überrascht.

Draußen gingen Tausende von Menschen vorbei. Sie eilten über die nasse Straße; schwarze Regenschirme bedrängten einander, tänzelten und pendelten hin und her. Koei überlief ein Schauder, der sie von den vorbeieilenden Passanten isolierte und diesem unheimlichen Tier, das sie nur zu gut kannte, auslieferte.

Er lächelte wie ein Junge auf dem Weg zu einem Promenadenkonzert. »Bist du nicht glücklich, mich zu sehen? Es ist doch lange her, daß wir zusammengelebt haben. Du hast dich auch sehr lange versteckt.« Er blickte sie spöttisch und fast traurig an, aber die Scheinwerfer unter der Decke enthüllten seine Gebärden auf merkwürdige Weise. Sie wirkten verzerrt, wächsern. »Wie kommt es, daß du deine Ansichten geändert hast?«

Koei blickte sich mechanisch um, um festzustellen, wer in der Nähe war. Sie waren von vielen Menschen umgeben, aber niemand schenkte ihnen die geringste Aufmerksamkeit.

Mick, dessen Gefühle sehr wechselhaft waren, lachte. »Du bist nicht besonders nervös, oder?« Er breitete die Arme aus. »Aber warum solltest du auch nervös sein? Nur weil du mich heiraten solltest und es dann nicht getan hast? Wenn meine Erinnerung mich nicht täuscht, hast du bei Mikio Okami Hilfe gesucht, und er hat dich irgendwo verschwinden lassen, wo ich dich nicht finden konnte.« Er streckte seinen Arm aus, der so stark und drohend wie die stählernen Gitterstäbe in einem Gefängnis war, und sie zuckte zurück. Er bemerkte es, und es schien ihn zu befriedigen. »Ich habe versucht, dich zu finden, und alle Mittel eingesetzt, die mir zur Verfügung standen. Ich habe einer Menge Leute übel mitspielen müssen, um an Informationen zu kommen. Und was hat mir der ganze Ärger und Zeitaufwand eingebracht? Absolut nichts. Du hattest dich wie eine Rauchwolke in nichts aufgelöst. Dieser Bastard von Okami ist ein wahrer Zauberer.«

Er kam näher und drängte sie gegen den Monitor des Computers. »Das entspricht nicht ganz der Wahrheit«, fuhr er fort. Er genoß ihr wachsendes Unbehagen. »Ich *habe* eine Gegenleistung für meinen Ärger und den Zeitaufwand bekommen. Die Demütigung. Es kam soweit, daß jeder, den ich traf, wußte, wie sehr ich dich zurückwünschte. Ich habe die Sache ausgeschwitzt, während sie hinter meinem Rükken wahrscheinlich über mich gelacht haben.« Seine Miene verdüsterte sich plötzlich. »Sie haben über mich gelacht.«

»Das tut mir leid.«

»Unsinn.« Er schüttelte den Kopf und durchbohrte sie mit seinem Blick. »Dir tut gar nichts leid. Du hast nur getan, was dir gefiel. Immer schon. Du hast dich nie um mich gekümmert, du hast immer nur an dich gedacht.« Sein Gesicht war wutverzerrt. »Mach dir keine Sorgen, ich werde dich nicht verletzen. Mir tut nur der arme Bastard leid, der jetzt mit dir zusammenlebt.«

Er war schon verschwunden, bevor sie antworten konnte. Koei fühlte sich gekränkt und elend. Sie drehte den Kunden im Laden den Rücken zu und blätterte abwesend die Bildschirmseiten durch, gab sich aber nicht mehr die Mühe, sie zu lesen. Sie fühlte, wie heiße Tränen in ihr aufstiegen, und bemühte sich, sie zurückzuhalten. Doch die Tränen tropften eine nach der anderen auf die Tastatur. Sie wollte nach Hause rennen, um Nicholas alles zu erzählen, aber sie wußte, daß sie das nicht durfte. Sie erinnerte sich nur zu gut an seine Reaktion, als sie ihm erzählt hatte, daß Mick sich einst in sie verliebt hatte.

Der Computer piepte. Sie wischte sich die Tränen ab und sah, daß sie auf der letzten Seite angekommen war. Sie hatte den idealen Reiswein für Nicholas gefunden. Aber das war jetzt völlig unwichtig.

Ich muß herausfinden, warum mein Leben parallel zu dem von Mick Leonforte zu verlaufen scheint, dachte Nicholas, während er quer durch die Stadt fuhr. Sein Ziel war die Adresse der Domina Londa, die Tento ihm gegeben hatte. Zuvor hatte er einen Beobachtungsposten auf der anderen Straßenseite gegenüber dem Restaurant Pull Marine eingenommen und nach Mick Ausschau gehalten. Nach dem Diebstahl der TransRim-CyberNet-Daten hatte ihn die Spur hierher geführt, und er war sicher, daß Mick irgendwann auftauchen würde.

Er fühlte Mick als einen Halbschatten, als den Schatten seines Spiegelbildes, das die dunklen Mächte noch zurückhielt. Und diese Überlegung führte ihn zu dem wahrlich furchteinflößenden Gedanken, daß Mick die Personifikation des *kshira* war, die wie eine Springflut in ihm anwuchs und ihn durch immer heftigere Anfälle seiner geistigen Gesundheit zu berauben drohte. Was war *kshira* denn anderes als die Verschmelzung der dunklen Mächte, die die Ketten sprengten, welche er ihnen in seinem Geist angelegt hatte? Alle Männer und Frauen dieser Welt kannten diese dunklen Mächte: teuflische, selbstsüchtige, geizige, eifersüchtige und zornerfüllte Gedanken. In den meisten Fällen blieben sie Gedanken, durch das Bewußtsein treibend wie Wolken, die für Augenblicke das Sonnenlicht verdunkelten. Aber die Sonne kam immer wieder zum Vorschein. Außer bei den Individuen, bei denen die düsteren Gedanken wirklich wurden und sich in Taten verwandelten. Das waren die Menschen, die von der Polizei wie Tiere gehetzt und für den Rest ihres Lebens eingesperrt wurden. Zu einem solchen Menschen hatte sich Mick entwickelt. Stimmte es wirklich, daß er teilweise spiegelte, was in Nicholas' Innerem verborgen war?

Der grell an- und abschwellende Klang einer Polizeisirene riß Nicholas aus seinen Gedanken. Er blickte in den Rückspiegel und sah, daß ihm ein Polizist auf einem Motorrad mit flackerndem Signallicht folgte. Weil er zuvor beschleunigt hatte, bremste Nicolas nun etwas ab. Er versuchte, eine Lücke im Verkehr zu finden, um sich aus der engen Straße herauszuschlängeln, fand sie endlich und steuerte direkt zwischen zwei Toyotas hindurch. Nun blickte er im Rückspiegel nach dem Polizisten. Er sah dessen Gesicht und erkannte es, da sich der Abstand verkürzt hatte. Es war Jochi, der klobige Angestellte des Restaurants Pull Marine, wo Honniko arbeitete. Warum spielte er einen Polizisten?

Nicholas hielt nach einer Lücke im Verkehrsstrom Ausschau. Das Gummi der quietschenden Reifen qualmte, und aus dem Auspuff kam eine bläuliche Abgaswolke, als Nicholas eine beängstigend enge Lücke zwischen anderen Fahrzeugen nutzte und die Kawasaki beschleunigte, um Abstand zu Jochis schwerem Polizeimotorrad zu gewinnen.

Jochi schaltete die Sirene ein und nahm die Verfolgung auf. Jetzt konnte Nicholas durch einen Härtetest überprüfen, ob sein Tuning der starken Kawasaki sich bewähren würde. Sowie sich der Verkehr vor Jochi gelichtet hatte, stellte er die Sirene ab. Das war sinnvoll, denn seine Polizistenmaske war bereits durchschaut, und er konnte kein Interesse daran haben, durch die Sirene die Aufmerksamkeit echter Polizisten auf sich zu ziehen.

Mit Jochi im Nacken sauste Nicholas am Südausgang des Shinjuku-Bahnhofs vorbei. Er ließ den Bahnhof so lange wie möglich links liegen, um dann im letzten Moment über den Grünstreifen zu rasen, wobei er beinah frontal mit einem roten Mitsubishi zusammengeprallt wäre. Ein Hupkonzert verfolgte ihn, als er auf den Bürgersteig fuhr und die Fußgänger auseinanderjagte. Wieder auf der Straße, steuerte er auf den Shinjuku-Gyoen-Park zu, wo es sowohl westliche und japanische Gärten als auch einen mittlerweile ziemlich heruntergekommenen chinesischen Pavillon aus dem Jahr 1927 gab.

Er riskierte einen Blick in den Rückspiegel und sah, wie Jochi knapp hinter ihm die Sirene kurz aufheulen ließ und die Kurve nahm, die Nicholas auf so gefährliche Weise geschnitten hatte. Nicholas grinste in den starken Fahrtwind und raste in den Park. Da sich der Park in schlechtem Zustand befand, war er nur spärlich besucht, und die wenigen Spaziergänger sprangen, früh genug gewarnt, zur Seite, als die schwarze Kawasaki und das Polizeimotorrad vorbeidonnerten.

Nicholas riß die Maschine hoch und flog über einen kleinen, mit Steinen eingefaßten Weiher. Er landete auf der anderen Seite, geriet kurz ins Schleudern, konnte sich aber fangen und raste weiter, direkt auf den Pavillon zu, der zu Ehren der Hochzeit von Kaiser Hirohito gebaut worden war. Jochi schaffte den Sprung über den Weiher sicher, hätte aber fast den Motor abgewürgt, als sein Motorrad mit einem dumpfen Aufschlag landete. Wie ein Profi setzte er seinen linken Stiefel ein, riß die Maschine herum, gab Gas und jagte hinter Nicholas her.

Der Pavillon kam näher, Nicholas steuerte direkt darauf zu. Jochi erkannte den Wahnsinn, bremste und entschloß sich, einen anderen Kurs als Nicholas zu wählen.

Als es schon so schien, als ob eine Kollision unvermeidlich wäre, riß Nicholas die Maschine so kurz vor der Ecke des Pavillons herum, daß ein Holzklotz seinen Helm streifte. Sein Kopf wurde hart herumgerissen, und einen Moment lang flammten in seinem Nacken Schmerzen auf. Beinahe hätte er die Rampe für die Arbeiter verfehlt, die aus Bambus-Sägeböcken und daraufgenagelten Holzplanken bestand. Er fuhr parallel zum Pavillon über die Rampe und sah Jochis Silhouette hinter der Fassade verschwinden.

Das Knattern seines Auspuffs wurde von der Gebäudewand zurückgeworfen. Einen Augenblick später tauchte das Motorrad an der anderen Seite des Pavillons wieder auf. Er mußte die Planken verlassen und scharf nach links abbiegen, wobei die Sägeböcke und Planken unter den durchdrehenden Rädern seiner Maschine wie Stroh in einem Mähdrescher zur Seite spritzten.

Nicholas jagte am Französischen Garten vorbei; fast hatte Jochi ihn eingeholt. Als sie wieder auf der Straße dahinrasten, versuchten die Autos in alle Richtungen auszuweichen. Begleitet von weiterem Hupen und Passantengeschrei, fuhren sie die breite Treppe zu einem großen Platz hoch und rasten oben über die Granitplatten. Vor ihnen ragte die glitzernde, an ein Raumschiff erinnernde Kuppel des neuen Tokyo-kan-Gebäudes auf, einer riesigen, unterirdischen Geschäftspassage, die auch über ein Zentrum für virtuelle Realität und Sportanlagen verfügte.

Es gab keine Türen, sondern nur eine rechteckige Öffnung in der Kuppel, die einem klaffenden Maul gleichen sollte.

Nicholas schoß hinein und sprang mit dem Motorrad über die Barriere, die normalerweise mittels Magnetkarten geöffnet wurde. Er raste über eine bevölkerte Rampe, und die Menschen rannten, auf der Suche nach irgendeiner Deckung, in alle Richtungen davon. Nicholas kam an Sporthallen für Gewichtheben, Sumoringen, Sprinten und Marathon-Konditionstraining vorbei. Hinter ihm verschwammen Boutiquen jeder Art und Größe. Er hatte seine Kawasaki so eingestellt, daß Gaspedal und Bremsen auf die geringsten Druckveränderungen äußerst sensibel reagierten, und das kam ihm jetzt zugute, als er im Zickzack-Kurs zwischen verängstigten Besuchern und oktagonalen Betonsäulen hindurchfuhr, die an beiden Seiten über die ganze Länge die Promenade säumten.

Nicholas jagte mit Raketengeschwindigkeit durch die Einkaufspassage, und die Säulen flogen rechts und links an ihm vorbei. Doch da tauchte Jochi auf seinem großen Polizeimotorrad wieder auf. Vor ihnen lag eine lange Rampe, die zum anderen Eingang der Anlage führte. An ihrem hinteren Ende befanden sich auf der einen Seite die Virtual-Reality-Räume, auf der anderen die größte Sporthalle. Wegen der besonderen geographischen Eigenschaften der Stadt endete die Passage dort oben auf Straßenniveau und erstreckte sich nicht unterirdisch wie hier.

Nicholas fuhr Schlangenlinien über die ganze Breite der Passage und näherte sich immer mehr den Säulen. Er öffnete sein *tanjian*-Auge und forderte zum erstenmal *kshira* direkt heraus. Die Welt kollabierte, und die Farben nahmen dunkle und unheimliche Töne an, wie im Inneren eines Hochofens, der wochenlang ohne Pause betrieben worden war.

Er raste an einer Säule vorbei und hätte sie fast gerammt. Jochi folgte ihm, stürzte beinahe und war gezwungen, sich um zwei Autolängen zurückfallen zu lassen, um die Maschine unter Kontrolle zu kriegen.

Darauf hatte Nicholas gezählt. Er schoß auf die lange Rampe zu, bog im letzten Augenblick nach rechts ab und krachte durch eine Schwingtür. Er jagte über den polierten Holzfußboden einer großen Sporthalle. Die Athleten rannten davon und ließen ihre Geräte und Sporttaschen liegen. Direkt vor sich sah er eine Wand mit einem riesigen runden Fenster, das auf den Shinjuku Central Park blickte. Das Erkerfenster befand sich ungefähr sechs Meter über dem Boden.

Nicholas befand sich immer noch im Zustand des *kshira*. Er verlagerte sein Gewicht auf der Kawasaki nach hinten, und als er zwei Drittel des Wegs durch die Halle zurückgelegt hatte, riß er die Maschine hoch und trat hart auf das zweite Gaspedal, das er selbst angebracht hatte. Die Kawasaki richtete sich auf.

Nicholas lehnte sich über den Lenker des Motorrads wie ein Skispringer, der sich über seine Bretter beugt. Einen Augenblick lang dachte er, er würde es nicht schaffen und mit dem Kopf gegen die Betonwand der Sporthalle krachen. Dann stabilisierte sich die Maschine. Als er mit dem

Vorderrad durch das Fenster schoß, spritzten die Glassplitter in alle Richtungen. Er landete auf einem grasbewachsenen Erdhügel und rutschte aus. Das Motorrad wäre fast gegen eine Zypresse geschleudert, doch dann griff die hintere Bremse. Er trat aufs Gaspedal, jagte durch den Park auf die belebte Straße zu und fädelte sich in den Verkehrsstrom ein. Jochi blieb im Staub der dem Chaos preisgegebenen Sporthalle zurück.

Die Öffnungszeit des Shitamachi-Museums an der Fuzoku-Shiryokan-Straße war nahezu abgelaufen. Es blieben nur noch zwanzig Minuten, und fast alle Besucher waren bereits gegangen. Unter den Zurückgebliebenen war Mikio Okami. Er liebte es, dieses Museum zu besuchen, um sich auszuruhen und nachzudenken. Und er liebte die wundervollen Nachbauten der Shitamachi-Läden aus vergangenen Jahrhunderten – ein Mietshaus, das Kontor eines Kaufmanns und einen Laden, in dem *dagashi* genannte Bonbons verkauft wurden. Okami saß vor diesem Geschäft.

Er kam von einem Treffen mit Jo Hitomoto, dem gegenwärtigen Finanzminister, der zusammen mit dem stark rechtsorientierten Kansai Mitsui, Tetsuo Akinagas Favoriten, einer der aussichtsreichsten Kandidaten für die vakante Position des Premierministers war. Sie hatten sich in der Nakamise-dori getroffen, einer Einkaufsstraße in einem der Bezirke der Senso-ji, wo der Asakusa-Kannon-Tempel lag. Oberst Linnear hatte Okami von seinem Alkoholismus kuriert, aber Okami war trotzdem eine suchtgefährdete Persönlichkeit, und da gab es dieses zweihundert Jahre alte Geschäft in der Nakamise-dori, das *dagashi* verkaufte. Er besuchte es, sooft er nur konnte.

Das war nur ein weiterer Grund, dachte er, warum es so gut war, wieder zu Hause in Tokio zu sein. Er war erstaunt, wie sehr er die Stadt vermißt hatte. Ähnlich wie in diesem Museum lebte in Tokio seine Vergangenheit fort, die einer mit glitzernden Gegenständen und Geschehnissen angefüllten Schatzkammer glich und weiterhin Einfluß auf die Gegenwart ausübte.

Jetzt lutschte er in dem fast verwaisten Shitamachi-Museum genußvoll und nachdenklich seine Bonbons, während er die Fassade des detailgetreu nachgebauten Geschäfts studierte, das auf *dagashi* spezialisiert war.

Okami dachte über Jo Hitomoto nach und darüber, ob er wirklich der richtige Mann war, die Zügel der Macht zu übernehmen. Aber besser er als Mitsui, der gefährlich faschistische Ansichten über den Krieg äußerte und die schlimmsten Aspekte der japanischen Weltsicht vertrat.

Er dachte über Nicholas Linnear und seinen langen Kampf nach, in dem er seinen Vater, sein Schicksal und seine eigene komplexe Persönlichkeit zu verstehen suchte. Aber hauptsächlich erinnerte er sich an seinen alten Freund Denis Linnear. Der Colonel hatte ihm alles bedeutet: Er war sein Freund, Vertrauter und Mentor, aber auch sein Feind gewesen. Es war sonderbar und nicht wenig verstörend zu erkennen, daß all diese unvereinbaren Facetten seiner Persönlichkeit in einem einzigen menschlichen Wesen beheimatet waren. Aber der Colonel war auch ein ziemlich außergewöhnliches Exemplar der menschlichen Gattung. Er hatte Japans Zukunftschancen erkannt, sein riesiges Potential, von dem nicht nur Japan, sondern auch der Westen profitieren konnte. Um dieses Ziel zu erreichen, hatte er Okami benutzt und Teile der Yakuza für seine Zwecke manipuliert. Diejenigen, die ihm im Weg standen, hatte er beseitigt. Letztlich hatte er alle Strukturen Japans benutzt – Bürokratie, Industrie und die politischen Parteien –, um seine Ziele zu erreichen.

Obwohl er ein fürchterlich moralischer Charakter war, konnte der Colonel, wenn es die Umstände erforderten, auch skrupellos sein. Seine Neider glaubten, daß seine Moral schwankend war und daß er sie ebenso geschickt manipulierte, wie er jeden in seiner Umgebung manipulierte. Wahr oder nicht, das hing, wie bei allen menschlichen Angelegenheiten, vom jeweiligen Standpunkt ab, dachte Okami. Sein eigener hatte im Lauf der Zeit wieder und wieder geschwankt, aber das hing mit sehr persönlichen Gründen zusammen, die er lieber nicht analysieren wollte. Wenn es um die Familie ging, gab es eine Grenze, die niemand überschreiten durfte. Colonel Linnear hatte dies getan, und selbst jetzt – an diesem zeitlosen Ort – war Okami unfähig, ihm aus tiefstem Herzen zu verzeihen.

»Ein Museum ist genau der richtige Platz für Sie, alter Mann.«

Eine andere Person hatte sich am jenseitigen Ende der kühlen Steinbank neben Okami gesetzt.

»Sieh an«, sagte Mick Leonforte, »der mächtige Kaisho sitzt hier wie ein alter Obdachloser, lutscht Bonbons und grübelt über die Vergangenheit nach.« Er legte kurz die Hand aufs Herz. »Wie anrührend.« Mick zeigte auf die Papiertüte mit den Bonbons. »Deshalb konnte ich Sie finden. Ich bin Ihnen den ganzen Weg von Asakusa bis hierher gefolgt. Sie sind ein gieriges Leckermaul. Vielleicht wären Sie mit einer Leberzirrhose noch besser dran gewesen.«

»Ich kenne Sie.«

»Allerdings.« Mick hob den Zeigefinger und tippte sich an die Lippen. »Lassen Sie mich überlegen, worüber Sie hier, von der Vergangenheit umgeben, nachgedacht haben.« Er beugte sich plötzlich zu Okami herüber. »Sie haben über *ihn* nachgedacht, stimmt's?«

»Ihn?«

»Über Colonel Linnear. Ihren Kumpel.« Mick sah, daß Okamis Blick plötzlich matt und erloschen wirkte. »Sie haben darüber nachgedacht, was er Ihnen angetan hat.« Okamis Körper verhärtete sich, als ob er der Medusa ins Auge geblickt hätte und versteinert worden wäre. »Ja«, sagte Mick in einem umgänglichen Tonfall. »Ich weiß Bescheid.« Er rückte näher an Okami heran. »Mich interessiert, warum Sie einfach alles geschehen ließen. Es stimmt, am Anfang hatten Sie noch keine Ahnung. Aber später . . .« Er schnalzte mit der Zunge. »Ich frage mich, was Sie damals für Entschuldigungen haben konnten, nicht zu handeln.«

»Was wollen Sie?« Okamis Tonfall war so matt und erloschen wie der Ausdruck seiner Augen. Er hatte den Blick immer noch nicht von dem Nachbau des Süßigkeitengeschäfts abgewendet.

Mick rutschte so nah auf der Bank an ihn heran, daß sein Oberschenkel Okamis Bein fast berührte. »Die Wahrheit«, flüsterte er Okami ins Ohr.

Okami schien plötzlich lebendig zu werden. »Die Wahrheit«, höhnte er. »Es scheint mir, daß Sie die Wahrheit bereits kennen – oder zumindest die Version, die Ihren Bedürfnissen am besten entspricht. Es sieht so aus, als ob Sie Ihre eigene Variante der Wahrheit fabrizieren. Sie zerhacken die Vergangenheit in so kleine und nichtssagende Fragmente, daß die Geschichte keinen Sinn mehr macht. Aber diese Zerstörung historischer Zusammenhänge entspricht ja gerade Ihren Absichten, weil Sie die Bruchstücke dann sorgfältig aufsammeln und zu Ihrem eigenen Bild der Geschichte zusammensetzen können. Wie nennen Sie sich noch gleich?«

»Einen Dekonstruktivisten.«

»Für mich gleicht das eher einem faschistischen Nihilismus. Ihr Geschäft ist die Zerstörung. Die Ausmerzung der bestehenden politischen und sozialen Institutionen, die Sie durch Ihre eigenen ersetzen wollen.«

Mick grinste. »Verwandte Ansichten erkennt man bei anderen schnell.«

»Wie bitte?«

»Entsprach das nicht genau Colonel Linnears Absichten, die er mit Ihnen als treuem *buddy* 1947 verwirklichen wollte? Genauso war es.«

»Was ist ein *buddy*?«

Mick stieß die Luft zwischen den Zähnen aus. »Ein Adjutant, ein Lakai, ein *Freund*. Hängt ganz vom jeweiligen Standpunkt ab.«

»Ich weiß nicht, wovon Sie reden.«

Mick schnaubte. »Mit passivem Widerstand werden Sie bei mir nicht weit kommen, Kaisho. Colonel Linnear hat versucht, Japan fast allein *nach seinem Bild* wiederaufzubauen. Wollen Sie das etwa abstreiten?«

Okami starrte stumm auf den Nachbau des historischen Süßigkeitenladens, aber der Geschmack der *dagashis* in seinem Mund war bitter geworden.

»Eine faschistischere Vision kann ich mir schwerlich vorstellen.« Mick nahm Okami die halbleere Tüte mit den Bonbons aus der Hand und steckte sich eins in den Mund. »Wir sollten also nicht voreilig mit Steinen werfen.«

»Das ist doch Ihre Spezialität, oder etwa nicht? Sie verdrehen die Wahrheit, bis der Tag zur Nacht und das Gute teuflisch wird. Die Moral verwandelt sich in eine gesichts lose Rumpelkammer, die man nicht mehr erkennen und auf die man sich nicht mehr verlassen kann.«

»Nun gut. Lassen Sie uns über Moral reden. Ich werde Seizo und Mitsuba Yamauchi wiederbeleben und sie wie Tote aus dem Grab auferstehen lassen. Sie waren Yakuza-Mitglieder, die Ihren Plänen im Wege standen. Wollen Sie leugnen, ihren Tod geplant zu haben? Und was war mit Katsuodo Kozo, dem *oyabun* des *Yamauchi*-Clans, der gefunden wurde, als er mit dem Gesicht nach unten im Sumida trieb? Haben Sie sein Ableben etwa auch nicht organisiert? Soll ich fortfahren? Es gibt noch genug weitere Beispiele.«

»Ich werde das Spiel der Moral nicht mit falschen Würfeln spielen.«

»Sie haben meine Fragen noch nicht beantwortet. Aber das ist okay, Kleinkram. Ich habe auch nicht wirklich damit gerechnet. Ich weiß, daß die Beschuldigungen zutreffen, und da die Toten Ihre Gesetzesbrüche nicht mehr bezeugen können, fungiere ich hier gleichzeitig als Staatsanwalt, Geschworener und Richter.«

»Gesetz. Welches Gesetz meinen Sie?«

»Das Gesetz, daß Sie mich am Arsch lecken können«, sagte Mick, während er Okami die Mündung einer Betäubungspistole an die Schläfe drückte.

»Ich kenne Typen wie Sie.« Okami atmete durch den Mund ein und durch die Nase aus, als ob die Nähe des schädlichen Subjekts neben ihm die Luft verpesten würde. »Was Sie Moral nennen, ist nur Selbstvergötterung. Was immer Sie bedroht, sehen Sie als Bedrohung für die ganze Welt an.«

»Ja. Ich werde die Ehre neu erschaffen, genau wie die Moral. Die Lügner sind die gewöhnlichen Typen, die wie Köter über die Straßen streifen. Nicht ich.«

»Natürlich nicht. Sie gehören zu den Auserwählten. Und Sie verkörpern die Wahrheit wie die Patrizier des antiken Griechenlands. Sehen Sie sich nicht selbst so?«

Mick drückte die Mündung der Waffe fester gegen Okamis Schläfe. »Es gibt viele Leute, die ihr rechtes Bein dafür geben würden, in der Situation zu sein, in der ich jetzt bin.

Ich muß bloß auf den Abzug drücken, und schon sind Sie nur noch ein weiterer Teil der Geschichte. *Meiner* Geschichte.«

»Und für dieses Gefühl des Glanzes, der unbegrenzten Macht und der Wonne höchster Anspannung leben Sie. Darin besteht letzten Endes Ihre Lebensaufgabe, das, was Sie sind und jemals sein werden.«

Micks Wangen blähten sich auf wie der Körper eines giftigen Kugelfisches. »Glauben Sie, daß es Sie rettet, wenn Sie Nietzsche zitieren, Kaisho? Denken Sie noch mal nach.«

»Wenn Sie mit Nietzsche so vertraut sind, müßten Sie eigentlich die Wikinger-Sagen kennen. Die Maxime ihres obersten Gottes, Wotan, entsprach Ihrer Lebensphilosophie: ›Wer in seiner Jugend kein hartes Herz hat, wird es nie haben.‹«

»Wie hart muß Ihr Herz gewesen sein, alter Mann, der Sie schon in so jungen Jahren gemordet haben.«

»Ich habe getötet, um Verrat zu rächen. Ich habe die Feinde meines Vaters getötet, die sich gegen ihn verschworen hatten, um ihn umzubringen.« Okamis Stimme schwankte nicht. »Nicht mehr und nicht weniger. Was ich getan habe, war ich meiner Pflicht als Sohn schuldig.«

»Ich hatte recht«, triumphierte Mick. »Sie sind wirklich ein harter Mann.«

»Ist in Ihrer Seele kein Platz für Mitleid?« flüsterte Okami.

»Mitleid, Kaisho?« Mick lächelte höhnisch. »Sie haben Ihren Nietzsche nicht gut genug gelesen. Die Menschen, deren Herzen durch Wotans Maximen gestählt worden sind, sind nicht fürs Mitleid geschaffen. Mitleid ist Schwäche. Mitleid ist etwas für die niedrigen Kreaturen, die Lügner und die Erniedrigten mit der Sklavenmoral, die wie eingeschüchterte Köter um die Abfälle auf den dunklen Straßen herumstreifen. Sie setzen Macht mit Gefahr gleich und sehen den Kampf des Guten gegen das Böse, wo beides nicht existiert. Mitleid ist etwas für gutmütige Schafe, die leicht zu Betrügenden, die etwas Schwachköpfigen und diejenigen, die vor menschlicher Wärme überfließen und jederzeit eine helfende Hand ausstrecken. Kurzum, Mitleid ist nur etwas für diejenigen, deren Schicksal darin besteht, Menschen wie mir zu gehorchen.«

»Wie selbstgefällig Sie sind. Und wie sicher, daß Sie die Gleichung der universellen Prinzipien verstehen.«

»Warum auch nicht?« Mick grinste schief. »Die Gleichung ist einfach genug.«

»Und hier irren Sie sich. Die Gleichung ist viel komplizierter, als Sie es sich vorstellen können.«

Mick blickte ihn spöttisch an. »Aber *Sie* kennen die Gleichung, alter Mann, oder?«

»Ich?« Okami schien erstaunt zu sein. »Ich kenne die Gleichung so wenig wie jeder andere.«

Mick verzog das Gesicht. »Ihre konfuzianische Demut ist traurig anzuschauen. Aber ich weiß, was sich tief unter der konfuzianischen Maske verbirgt.«

»Natürlich. Sie wissen ja alles.«

Mick drückte auf den Abzug der Betäubungspistole. Das Geräusch war nicht lauter als ein diskreter Furz. Mick fing Okami auf, bevor er von der Bank fallen konnte.

»Alles«, sagte Mick, als könnte er den Lauf der Zeit anhalten und diesem Augenblick ewige Dauer verleihen.

Durch den Zwischenfall mit Jochi kam Nicholas vierzig Minuten zu spät zu dem vereinbarten Treffen mit Okami. Das Shitamachi-Museum hatte bereits geschlossen, und von dem alten Freund war keine Spur zu sehen. Nicholas wählte Okamis CyberNet-Nummer, erreichte ihn aber nicht. Er hinterließ ihm eine Nachricht, daß er so schnell wie möglich Kontakt mit ihm aufnehmen sollte. Dann rief er im Finanzministerium an, aber man sagte ihm, daß Jo Hitomoto, Okamis Kandidat für das Amt des Premierministers, nicht in seinem Büro sei und heute nicht mehr zurückerwartet werde. Im Augenblick war das alles, was Nicholas tun konnte. Er setzte sich zögernd wieder auf sein Motorrad und fuhr los.

Tento, der Besitzer des Sado-Maso-Clubs A Bas, hatte gesagt, daß Londa in Meguro wohne, einem der niedrig gelegenen westlichen Stadtteile Tokios, die sich im immerwährenden Dunst verloren. Der Bezirk war nicht weit von der

Märchenschloß-Fassade des Meguro Club Sekitei entfernt, des berühmtesten und am leichtesten zu erkennenden Stundenhotels Tokios.

Nicholas brauchte längere Zeit, um dort hinzugelangen, da er einige Male anhalten mußte, weil das *kshira*, das er heraufbeschworen hatte, in ihm wütete. Es verzerrte seine optische Wahrnehmung und seinen Tastsinn, verfeinerte aber seine Erkenntnisfähigkeit auf andere Weise. Er sah beispielsweise das gesamte Straßennetz Tokios unter sich, das ihm so klein wie eine Briefmarke und so kompliziert wie der Flügel einer Wespe erschien. In jedem Bezirk konnte er das Pulsieren der Stadt und die Energie spüren, die die Menschen von ihrem Ausgangspunkt zu ihrem Ziel trieb. Er fühlte nicht die elektrisierende Kraft der Großstadt, sondern die psychische Energie der unzähligen Leute, die wie Ameisen in ihrem Bau zusammengepfercht waren. Das Pulsieren der Energie übertrug sich auf ihn und erfüllte ihn mit düsteren Illuminationen, während *kshira* machtvoll wütete.

Während einer seiner Pausen meldete sich sein Kami. Er sah, daß Kanda Torin ihn sprechen wollte. Nicholas ignorierte den Anruf, weil er nicht in der Stimmung war, sich mit dem jungen Vizepräsidenten zu unterhalten.

Schließlich, als das *kshira* wie Adrenalin brannte, senkte er die Geschwindigkeit seines Stoffwechsels. Er erreichte sein Ziel und stieg vom Motorrad ab. Meguro war kein Stadtteil für reiche Leute, und die enge Gasse, in der Londa wohnte, gehörte nicht zu den besten in der Gegend. Lieblos errichtete Häuser aus der Nachkriegszeit, als die Gebäude fast mit Lichtgeschwindigkeit aus dem Boden gestampft worden waren, drängten sich in den Straßen und feuchten Seitengassen, die in den rußigen Dunst von Industrieabgasen gehüllt waren. Ein paar Motorradfahrer, die schwarze Lederjacken mit glänzenden Chromknöpfen trugen, starrten Nicholas an, als er vor dem Gebäude hielt. Die Fassade bröckelte, und das ganze Haus wirkte baufällig und unbewohnbar.

Er fand den Hausmeister in dessen Apartment im Keller. Der Mann hatte anscheinend geschlafen und wirkte ernsthaft irritiert, daß man ihn störte. Er behauptete, nichts über die Frau namens Londa zu wissen, die zu merkwürdigen Zeiten und meistens nachts arbeite. In dem trüben Licht glotzte er Nicholas an, und je mehr Fragen dieser stellte, desto aggressiver wurde der Mann.

»Halbblut«, schnauzte er endlich, »ich habe Ihnen nichts zu sagen.« Er knallte Nicholas die Tür vor der Nase zu.

Als er wieder auf der Straße war, standen ein paar von den jugendlichen Nihonin bewundernd vor seiner Kawasaki.

»Geile Karre«, sagte einer. Er war ein kleiner, aber muskulöser Japaner mit Nasenring, Bürstenschnitt, weißgefärbten Haaren und jadefarbenen Augen. Seine schlaffe Haltung ähnelte der Form eines Fragezeichens. Auf der Rückseite seiner Lederjacke war eine aufgehende Sonne abgebildet. Er blickte Nicholas von der Seite an. »Sieht ganz so aus, als ob Sie hier arbeiten.«

»Ab und zu.«

Der Nihonin nickte verständig und zeigte auf die vielen Modifikationen von Nicholas' Motorrad. Dann blickte er endlich wieder zu Nicholas auf. »Ich heiße Kawa. Haben Sie gefunden, was Sie gesucht haben?«

»Nein.« Es machte keinen Sinn, den Grund seines Besuchs zu leugnen. Er fiel auf wie ein Amerikaner bei einem Sumo-Wettkampf. Er sah Kawa an. Der Name bedeutete ›Haut‹. »Hängt ihr immer hier rum?«

»Dann und wann«, sagte Kawa unverbindlich. Das trug ihm ein Lachen von einigen seiner Kumpels ein.

»Kennst du eine Frau, die Londa heißt? Sie hat vielleicht nachts gearbeitet.«

»Nachts gearbeitet!« sagte Kawa höhnisch. »Die Hure. Ja, sie hat hier gewohnt. Aber vor ein paar Monaten ist sie dann umgezogen. Sie zieht jetzt die Typen aus der Oberschicht vor.«

»Bist du sicher?«

»Allerdings.«

»Weißt du, wo sie jetzt lebt?«

»Vielleicht.« Kawa wandte sich seinen Kumpels zu, die die Achseln zuckten oder finster grinsten. Sie gestikulierten heftig. Er drehte sich wieder zu Nicholas um. »Sie haben eine verdammt scharfe Maschine, Kollege.« Er lutschte auf seiner Unterlippe herum und streckte dann die Zunge raus, die ebenfalls von einem Ring durchbohrt war. »Dann wollen wir mal sehen, ob die Karre ein Teil Ihrer selbst oder nur ein Spielzeug ist. Wenn Sie mithalten können, bringen wir Sie zu ihr. Abgemacht?«

Die Gang hieß WarPaint, und der Name war ihnen wie allen Nihonin wichtig, weil er ihre Ersatzfamilie bezeichnete. Diese Jugendlichen waren die Abkömmlinge der Bürokraten und Geschäftsleute, die das Unternehmen Japan in den vorangegangenen Jahrzehnten aufgebaut hatten. Ihre Nachkommen waren gelangweilt, ruhelos, reich und so verwestlicht, daß sie lieber Big Macs als *sushi* aßen. Sie lebten ihr Leben mit der enormen Geschwindigkeit, die sie von den interaktiven Videospielen kannten, denen sie verfallen waren.

Die Nihonin starteten in einer bestimmten Formation. Nicholas fuhr an der Spitze, so daß ihn alle sehen konnten. Er wußte, was von ihm erwartet wurde. Sie wollten mit dem Establishment nichts zu tun haben, und wenn sich herausstellte, daß er dazugehörte, würden sie innerhalb einer Minute abhauen und ihn ohne Information zurücklassen.

Er vollführte eine Reihe trickreicher Manöver, fädelte sich furchtlos in den Verkehrsstrom ein und scherte dann wieder aus. Hochtourig jagte er an roten Ampeln vorbei und raste in Gegenrichtung durch enge Einbahnstraßen, in denen jedes falsche Manöver lebensgefährlich war. Die Jugendlichen liebten eskalierende Gefahr nur zu sehr, und als er mit dem Motorrad über drei Autos sprang und auf dem verwaisten, rissigen Bürgersteig landete, hatte er sie endlich auf seiner Seite. Sie folgten ihn begierig und machten Rabatz, von Ohr zu Ohr grinsend und vor Begeisterung hingerissen.

Er hatte ihren Tag gerettet, und sie hielten Wort. Eine Stunde später brachten sie ihn nach Sunshine City, zu einem Gebäudekomplex in Ikebukuro. Sunshine City war auf dem Terrain erbaut worden, wo früher das Sugamo-

Gefängnis gestanden hatte, in dem fast alle der bekanntesten japanischen Kriegsverbrecher interniert worden waren. Einige waren sogar zum Tod durch den Strang verurteilt worden. Es gab Apartmenthäuser und einen gigantischen Gebäudekomplex – lang wie ein Straßenblock –, der ein Hotel, ein Museum, ein Kulturhaus und ein sechsstökkiges Bürogebäude beherbergte.

Kawa nannte Nicholas die Nummer von Londas Apartment. Offensichtlich empfand er einen Groll, hartnäckig wie Juckreiz, der nach Linderung verlangte. »Sie hat uns manchmal als Leibwächter beschäftigt«, erzählte er Nicholas. »Aber seit sie zu den reichen Typen gehört, hat sie nichts mehr mit uns im Sinn.«

Nicholas dankte Kawa. Als die Nihonin davondonnerten, sah er, daß Kawa sich nach ihm umdrehte. Seine schneeweißen Haare erinnerten an einen Heiligenschein. Nicholas parkte seine Kawasaki und betrat das Foyer des Gebäudes, das sie ihm gezeigt hatten. Die Innentür war verschlossen, und an einer Wand befand sich eine Unzahl von Klingeln, die alle mit einem Buchstaben und einer Nummer versehen waren. Namen gab es nicht. Er drückte auf die Klingel, die zu dem Apartment direkt über Londa gehörte. Keine Antwort. Er versuchte eine andere Klingel und hatte wieder kein Glück.

Die äußere Tür öffnete sich, und eine alte, mit Paketen beladene Dame betrat das Foyer. Sie war dankbar, daß er die Pakete hielt, während sie den Schlüssel ins Schloß der Innentür schob. Nicholas stieß die Tür auf und gab ihr die Pakete zurück. Sie nickte dankbar.

»Ich suche Mrs. Okushimo«, sagte er. »Kennen Sie sie? Sie wohnt im Apartment E 29.«

Die Frau blickte ihn an, als er durch die Tür schritt, antwortete aber nichts. Er ließ sie allein den Lift benutzen und zog die Treppen vor. Nicholas erreichte Londas Etage ohne Zwischenfälle und ging den anonym wirkenden Gang hinab, der aussah wie in jeder anderen Großstadt der Welt.

Vor Londas Apartment blieb Nicholas stehen. Er klopfte hart und schnell mit den Knöcheln an die Tür.

»Wer ist da?« fragte eine gedämpfte Stimme kurz darauf.

Er klopfte erneut, und die Tür öffnete sich.

Die Frau hatte mandelförmige Augen, und ihr langes schwarzes Haar reichte ihr bis zu den Pobacken. Sie trug einen informellen Kimono und war barfuß.

»Herrgott noch mal.« Mit erstaunter Miene starrte sie ihn an.

Sie hatte allen Grund dazu. Die Frau im Türrahmen war Honniko.

Sie nahm die Perücke ab und enthüllte ihr kurzgeschnittenes blondes Haar.

»Ich will nicht wissen, wie Sie mich gefunden haben«, sagte sie. »Aber Sie hätten nicht kommen sollen.«

Doch ihre Augen sprachen eine andere Sprache.

»Wollen Sie mich nicht hereinbitten?« Er spielte mit den Gefühlen, die sie so verzweifelt zu verbergen versuchte.

»Ich glaube nicht, daß das eine besonders aufregende Idee ist.«

Aber wie bei ihrem ersten Zusammentreffen im Restaurant Pull Marine wußte sie, daß er nicht gehen würde.

Sie nickte stumm und trat zur Seite. Nicholas fand sich in einem hellen Apartment mit zwei Schlafzimmern wieder. Die Räume waren klein, mit den typischen niedrigen Decken. Die Wohnung war spärlich, aber teuer eingerichtet, mit Lack, einem Sofa aus Zypressenholz, Clubsesseln und einem Eßzimmertisch samt dazugehörigen Stühlen. Es gab keine Gemälde, aber an einer Wand hing an einer Kette ein Kruzifix. In einem Bücherregal stand eine kleine Marmorstatue der Jungfrau Maria. Der Fußboden war aus hellem, kühlem grünen Granit. Die stuckverzierten Wände hatten einen fahlen Bronzeton, und es gab eine Reihe von Bücherregalen, die mit Bänden aller Größen und Arten bestückt waren. Kurz, das Ganze sah nicht wie das Zuhause einer Domina oder einer Restaurant-Angestellten aus.

Honniko verschränkte die Arme vor der Brust und beobachtete Nicholas mit einem leicht ironischen Lächeln. Sie war eine Frau, die sich im Schatten hielt und daran gewöhnt war, ihre intimen Gedanken und Gefühle tief in ihrem Innern zu verschließen. Vielleicht war sie einst dazu gezwungen worden.

»Es steht Ihnen überdeutlich ins Gesicht geschrieben. Sie können meine Beschäftigung nicht gutheißen. Und jetzt können Sie abhauen! Ich bin nicht das arme kleine, verlorene Mädchen, für das Sie mich in Roppongi hielten und das Sie bemitleiden konnten. Sie haben sich in meine Welt gedrängt, und jetzt, da Sie sie kennen, gefällt Sie Ihnen nicht. Mein Job und meine Persönlichkeit erfüllen Sie mit Ekel und Verachtung.«

Sie stieß die Worte atemlos hervor und wich gleichzeitig zurück, bis sie sich hart gegen die Wand mit dem Kruzifix preßte. Sie blickte ihn an, hatte sich aber so weit von ihm entfernt, wie es der Raum erlaubte.

»Eine interessante Theorie, aber sie entspricht überhaupt nicht meinen Gedanken. Entspricht sie dem, was *Sie* denken?«

»Was?«

»Über sich selbst.« Er schritt quer durch den Raum auf sie zu. »Vielleicht empfinden Sie Selbstverachtung und Selbstekel. Hassen Sie sich selbst, Honniko? Oder soll ich Sie Londa nennen?«

»Ganz wie Sie wollen.« Sie wandte den Kopf ab. »Es spielt keine Rolle.«

»Wirklich nicht?« Er beobachtete sie mit einiger Neugier. »Irgendwo unter der zynischen Rüstung schlägt das Herz einer Frau.«

»Schweigen Sie.«

»Einer Frau mit scharfem Verstand, einzigartigen Einsichten, einer Weltansicht, Vorlieben und Abneigungen . . .«

»Ich habe gesagt, daß Sie schweigen sollen!« brüllte sie.

Er blieb vor ihr stehen. »Lust und Schmerz. Träume und so viele Ängste. Sie haben eine Unzahl von Fassaden, Persönlichkeiten und Masken aufgebaut, um sich zu schützen. Wer sind Sie, wissen Sie es überhaupt selbst?«

»Bastard!« Dann stieß sie sich förmlich von der Wand ab und schlang die Arme um ihn. Hinter ihr klirrte das Kruzifix an der Kette. Sie preßte ihre zitternden Lippen hart auf seinen Mund, und sie fühlten sich nachgiebiger an, als sie ihren Mund öffnete und ihre heiße Zunge seine suchte. Sie schien dahinzuschmelzen.

Dann stieß sie sich abrupt wieder ab, krachte gegen ein Regal, und die Bücher flogen durch die Gegend, während sie auf den Boden fiel. Honniko rappelte sich wieder auf und starrte ihn an, als ob eine Vision ihrer ureigenen Hölle plötzlich in erschreckender Weise zum Leben erwacht wäre.

»Mein Gott, was tue ich nur? Ich empfinde etwas für Sie. Ich habe einen Eid geleistet, niemals etwas für einen Mann zu empfinden. Ich habe mir geschworen . . .«

Nicholas erriet einen Gedanken, der plötzlich die Oberfläche ihres Bewußtseins streifte. »Ist noch jemand hier? Vielleicht ein Kunde?« Er ging auf die Schlafzimmertür zu, öffnete sie und sah eine schlanke, hellhäutige Frau mit tiefgrünen Augen. Es war die Sorte von Augen, in denen man während eines Herzschlags ganze Welten aufleuchten und erlöschen sehen konnte. Ihre Augen waren intelligent, gelassen und gütig, aber sie drückten noch etwas mehr aus, das zu ihrem tief verwurzelten Einfühlungsvermögen in Kontrast zu stehen schien. Sie schien Mitte bis Ende Vierzig zu sein und strahlte jene Art von Schönheit aus, von der man, wenn man sehr glücklich ist, träumt, die man aber nie findet. Ihre Schönheit war so zerbrechlich und fiebrig, daß man fast sagen konnte, sie sei nicht von dieser Welt.

Sie trug ein einfaches schwarzes Kostüm und umklammerte eine schwarze Lederhandtasche. Die Frau lächelte freundlich, und Nicholas fühlte, daß sie Ruhe und Entschlossenheit ausstrahlte. Diese Frau war mit Sicherheit keine Kundin.

»Hallo.« Sie streckte die Hand aus. Er ergriff sie. »Ich bin Schwester Marie Rose.«

»Nicholas Linnear.« Ihre Hand fühlte sich fest, trocken und etwas rauh an, und er fühlte ihre körperliche Stärke und ihr psychisches Feuer.

Sie nickte ihm leicht zu und schenkte ihm ein weiteres kleines Lächeln, als sie ihre Hand zurückzog. Nicholas bemerkte die dünne Halskette mit dem handgearbeiteten Kreuz.

»Kenne ich Sie?« fragte Nicholas.

Schwester Marie Rose antwortete ihm mit einem Blick ihrer meeresgrünen Augen.

»Marie Rose . . .«

»Ist schon in Ordnung, Honniko-san«, sagte Marie Rose in perfektem Japanisch. »Es kann nicht ewig ein Geheimnis bleiben, daß ich hier wohne. Ich muß mit meiner Arbeit weitermachen.«

»Und was für eine Arbeit ist das?« fragte Nicholas.

»Gottes Arbeit.«

Als Schwester Marie Rose an ihm vorbeiging und das Wohnzimmer betrat, nahm er den schwachen Duft von Rosenparfüm war. Benutzten Nonnen Parfüm?

»Marie Rose ist die Mutter Oberin des Klosters Sacred Heart of Santa Maria«, sagte Honniko. »Der Orden residiert in Astoria, Queens.«

»Dann sind wir ja beide weit von der Heimat entfernt, Mutter Oberin.«

»Mr. Linnear, ich bin das Oberhaupt des Ordens der Donà di Piave«, sagte Marie Rose mit fester Stimme. »Sagt Ihnen der Name des Ordens etwas?«

»Sollte er mir etwas sagen?«

»Vielleicht nicht.« Ihr Blick flackerte ein wenig. »Ich dachte, daß der Colonel den Orden vielleicht erwähnt hätte, bevor er starb.«

»Mein Vater?« Nicholas schüttelte den Kopf. »Nein.«

Marie Rose lächelte. »Sie hatten recht, Honniko-san. Jetzt sehe ich die Ähnlichkeit. Sie gleichen Ihrem Vater so sehr, Mr. Linnear. Das längliche, sympathische Gesicht, die dunklen, nachdenklichen Augen. Aber Ihre Statur unterscheidet sich doch sehr von der seinen.«

»Woher will eine von Ihnen denn wissen, wie mein Vater aussah?«

»Von meiner Mutter«, sagte Honniko. »Sie kannte Colonel Linnear aus dem *toruko*.«

»Dem ›Seifenland‹ in Roppongi. Aus dem Tenki.«

»Ja.«

»Dann haben Sie mich bei unserem gemeinsamen Essen nicht angelogen. Der *toruko* hat wirklich existiert?«

»Das Tenki? O ja.«

»Ich höre den Namen immer häufiger. Worin liegt die Bedeutung des Tenki? Das ist der Name des *toruko*, wo Ihre Mutter gearbeitet hat. Aber auch der von Michael Leonfortes Tarnfirma. Das kann kein Zufall sein. Was hat er mit diesem *toruko* zu tun?«

Seine Wahrnehmung der Wirklichkeit brach zusammen, und die Farben verschwammen, als ob man Lack verschüttet hätte. Er sank durch die Erdkruste in ihr geschmolzenes Inneres. *Kshira* stellte die Wohnung auf den Kopf und polte sein Bewußtsein um. Er hörte Michael Leonfortes Stimme: *Ich verkörpere die Zukunft. Ich stehe für Fortschritt, Durchschlagskraft und Sicherheit. Ich bin für Gott, das Vaterland und die Familie. Als gläubiger Christ werde ich die Abtreibung verbieten. Ich bin gegen Ausländer und unbeschränkte Einwanderung. Ich stehe für die Entfaltung des neuen Faschismus. Sie sind in mein Kriegsbanner eingehüllt. Wir sind alle in einem Kreis eingeschlossen, dessen Peripherie sich langsam zu schließen beginnt. Wir werden bald den gleichen Raum besetzen. Aber wir können nicht den gleichen Raum besetzen. Was wird dann geschehen? Ich weiß es. Wissen Sie es auch?*

Nicholas öffnete die Augen. Er lag in einem Durcheinander verstreuter Bücher auf dem Fußboden von Honnikos Apartment. Honniko starrte auf ihn herab. Sie wirkte bleich und betroffen. Sie hatte geweint, und auf ihren Wangen sah man noch Spuren getrockneter Tränen. Über ihr sah er die prächtige Gestalt von Marie Rose, die ihn mit ihren ruhigen, meergrünen Augen anblickte.

»Als Sie umfielen, dachte ich, Sie wären tot«, sagte Honniko. Er spürte ihre Handfläche auf seiner Brust. »Dann fühlte ich Ihren starken Herzschlag. Aber er war so langsam!«

»Honniko . . .«

Schwester Marie Rose legte ihr eine Hand auf die Schulter. »Sie kennen Ihre Pflichten.« Honniko bewegte sich langsam vor und zurück, als ob sie sich selbst beruhigen wollte.

»Pflichten?« wiederholte Nicholas. Durch den Ausbruch des *kshira* war er immer noch halb betäubt. Diesmal war der Anfall stärker gewesen, vielleicht, weil er es vor kurzer Zeit freiwillig zugelassen hatte, daß die dunklen Elemente sich ansammelten. »Was für Pflichten?«

Die meergrünen Augen schienen vor ihm zu schweben. »Honniko ist Mitglied im Orden der Donà di Piave, Mr. Linnear. Genau wie ihre Mutter vor ihr. Sie ist Gott und den Zielen des Ordens verpflichtet.«

»War der Orden zu Lebzeiten meines Vaters in Japan aktiv?«

»Ja.« Marie Rose lächelte. »Ihr Vater hat meine Vorgängerin Bernice kennengelernt.«

»Ich verstehe nicht.«

»Ich weiß«, sagte Marie Rose in ihrem gütigsten Tonfall. »Aber in ein paar Augenblicken werden Sie es verstehen. Honniko wird Ihnen alles erzählen. Über das Tenki und was in dem *toruko* passiert ist. Über Ihren Vater und wie ihre Schicksale sich unwiderruflich miteinander verknüpften.« Marie Rose kniete nieder und ergriff seine Hand. »Aber obwohl wir uns gerade erst getroffen haben und Sie mich nicht kennen können, muß ich Sie um Ihr Vertrauen bitten.«

Durch die körperliche Nähe spürte er ihre Ausstrahlung, die hart wie Eisen und heiß wie die Sonne war. Aber er fühlte einen kühlen – nein, kalten, eiskalten, tödlich kalten – Unterton. Sie hatte vor irgend etwas entsetzliche Angst. Aber vor was?

»Ich vertraue Ihnen, Mutter Oberin.«

»Ja.« Sie drückte seine Hand stärker. »Sie vertrauen mir.« Sie nickte. »Dann blicken Sie mir in die Augen, Mr. Linnear. Sagen Sie mir, was Sie darin sehen.«

Das war eine merkwürdige Frage, aber er tat, worum sie ihn gebeten hatte. Plötzlich fiel ihm die Frage ein, die er ihr gestellt hatte: *Kenne ich Sie?* Er hatte die stumme Antwort in ihrem Blick wahrgenommen. Nein, er kannte sie nicht, nicht wirklich, aber die Ähnlichkeit ... Vor seinem geistigen Auge öffnete sich eine Tür, und jemand trat ein.

Schwester Marie Rose sah, wie sich die schockierende Erkenntnis in seinem Blick niederzuschlagen begann. Sie nickte. »Durch Ihre außerordentliche psychische Kraft haben Sie es intuitiv erahnt, oder? Sie haben die Familienähnlichkeit erkannt.

Ich habe den Namen Marie Rose angenommen, als ich mein Gelübde abgelegt habe, aber mein Geburtsname ist Jaqui. Ich bin Michael Leonfortes Schwester.«

Der Toruko

Entliehene Rüstung, alt,
die meinem Körper angepaßt wird –
oh, es ist so kalt!

Buson

Tokio
Herbst 1949

Nach Colonel Denis Linnears Meinung war der *toruko* der ideale Ort, um Geheimnisse zu bewahren. Das Haus lag in Roppongi, Tokios blühendem neuen Vergnügungsbezirk für Ausländer. Die japanische Variante eines Türkischen Bades befand sich in einem anonym wirkenden Haus, und an diesem Ort ging es schlicht und einfach um puren Sex. Deshalb war das Haus an sich schon eine Heimstatt der dunkelsten Geheimnisse. Und Colonel Linnear war der Ansicht, daß nichts auf der Welt so viele Geheimnisse hervorbrachte wie die Sexualität. Keine andere menschliche Neigung machte den Körper so frei und zugleich verletzlich und die Seele so anfällig für verborgene Grillen. Fantasie, Perversion, kleine Sünden, Kindereien, beschämende Erinnerungen, alles trat beim Sex zutage und blieb auch nach einem Akt zurück, wie in heißes und blendendes Scheinwerferlicht getaucht.

In dieser dunklen und überhitzten Atmosphäre konnten Colonel Linnear und Mikio Okami ihre Geheimnisse so sicher wie Goldbarren in einer Stahlkammer verbergen.

Dabei hatten ihre Geheimnisse nichts mit Sex zu tun, zumindest am Anfang nicht.

Der *toruko* hieß passenderweise Tenki, was der japanische Ausdruck für ›tiefes Geheimnis‹ war. Das Etablissement wurde von einer Frau namens Eiko Shima geführt. Sie war eine ansehnliche, kleine und gedrungene Frau, die auf trügerische Weise begriffsstutzig zu sein schien. Manchmal glaubte der Colonel, daß sie seinen Worten nicht recht folgen könne, aber bald darauf mußte er feststellen, daß sie ihm fast immer weit voraus war.

Okamis Leute hatten Nachforschungen über sie angestellt. Eiko kam aus Osaka, wo viele Frauen die ganze Arbeit verrichteten, während die Männer nichts anderes taten, als während der Shinto-Hochzeitszeremonie den Familiennamen ihrer Gattin anzunehmen. Sie war eine gewiefte Geschäftsfrau und zugleich eine scharfsinnige Beobachterin menschlicher Angelegenheiten. Während andere *torukos* systematisch von der Yakuza übernommen wurden, hatte Eiko ihre Einwilligung verweigert. Sie hatte die Schmeicheleien und Drohungen der Unterwelt gekontert und diese mit ihren eigenen Waffen geschlagen. Eiko hatte die Unterwelt mit so unerhörten Behauptungen überzogen, daß selbst der Oberkommandierende der Besatzungsverwaltung der alliierten Mächte nicht einfach wegschauen konnte.

Da die Yakuza bei vielen anderen Geschäften weniger Schwierigkeiten hatte, hielt sie sich im Abseits, was Colonel Linnear gut ins Konzept paßte. Die Feinde des Colonels in der G-2 hatten in letzter Zeit seine bekannten Schlupfwinkel überwacht, und das Tenki, das keinerlei Verbindung zu seiner Welt hatte, war der ideale Ort für Rendezvous und geheime Treffen.

Eiko stellte dem Colonel und Okami ein paar kleine Räume im hinteren Teil des Gebäudes zur Verfügung, und dorthin zogen sie sich sofort zurück. Sie mußten über vieles diskutieren. Im Februar 1947 war ihnen eine Schwarzmarktorganisation von beunruhigender Größe aufgefallen. Zu dieser Zeit schossen die Schwarzmarktringe wie Weizen auf den Feldern von Kansas aus dem Boden, aber diese Organisation war anders. Sie war größer und besser organisiert. Ihr Chef war ein Amerikaner, der es irgendwie geschafft hatte, eine Allianz mit einem *oyabun* der Yakuza zu schmieden. Dieser Mann war ein Captain der amerikanischen Armee und nannte sich Jonathan Leonard. Aber einige emsige Recherchen Okamis hatten seinen wirklichen Namen enthüllt: Johnny Leonforte. Leonforte hatte für einen gewissen Leon Waxman gearbeitet, aber trotz erschöpfender Nachforschungen hatten weder der Colonel noch Okami irgend jemand mit diesem Namen ausfindig machen können.

Als Okami im folgenden April mit Johnny Leonforte zusammengetroffen war, hatte er auch dessen Freundin kennengelernt. Diese Frau, die Faith Sawhill hieß, war angeblich Krankenschwester in der amerikanischen Armee.

Okami hatte Leonforte während einer gewaltsamen Auseinandersetzung getötet, aber nur, um anschließend zu entdecken, daß Faith die Operationen organisierte. Sie hatte Okami eine geschäftliche Zusammenarbeit angeboten, und er hatte zugestimmt. Okami hatte behauptet, daß Faith nichts über einen Mann namens Leon Waxman wisse, und dem Colonel drängte sich schließlich die Schlußfolgerung auf, daß der Name eben nur ein Name war: eine Fiktion, die Johnny Leonforte in die Welt gesetzt hatte, um bedrohliche polizeiliche Nachforschungen von seiner Person abzulenken.

Kurz darauf hatte Okami entdeckt, daß Katsuodo Kozo, der *oyabun* des *Yamauchi*-Clans, insgeheim hinter der Leonforte-Organisation gestanden hatte. Er hatte sich mehrerer Unter-*oyabuns* bedient, die vermutlich ihre Bürgerrechte verloren hatten. Diese hatten ihre *kobun* – Straßenkämpfer – eingesetzt, so daß kein bekanntes Mitglied des *Yamauchi*-Clans mit Leonforte in Verbindung gebracht werden konnte. Im Laufe des Sommers waren der Colonel und Okami übereingekommen, Katsuodo Kozo verschwinden zu lassen, und kurz darauf war der *oyabun* gefunden worden. Er trieb mit dem Gesicht nach unten im Sumida.

Aber fast sofort danach war die Schwarzmarktorganisation selbst in den Hintergrund gedrängt worden, weil Okami entdeckt hatte, daß Faith in Wirklichkeit eine ganz andere Rolle spielte. Sie gehörte zu einer Gruppe, die geheimdienstliche Erkenntnisse über Armeeangehörige aus Generalmajor Charles Willoughbys Büro nach Amerika weitergab. Willoughby war dem Colonel ein Stachel im Fleische, seit er einige Monate zuvor von ihm an die Seite gedrängt worden war. Er war der Chef der G-2, der Geheimdienstabteilung der Armee während der Besatzungszeit. Es war bekannt, daß Willoughby ein Faschist war, der einflußreiche Freunde in Washington hatte. Sein ehemaliger Adjutant Jack Donnough – der Mann, von dem Okami entdeckt hatte, daß er die undichte Stelle war, durch die die Informationen zu Faith gelangten – war nach einem Desaster befördert worden, das zu Willoughbys Versetzung geführt hatte. Und dieses Desaster – die Vernichtung einer

Gruppe von Kriegsverbrechern, die Willoughby ausgebildet hatte, um für G-2 zu spionieren – war von Mikio Okami eingefädelt worden.

Die Gruppe um Faith verfügte über ein sicheres Haus, das Okami einmal besucht hatte. Aber danach hatte Faith ihn gewarnt, nie wieder dorthin zurückzukehren. Das Haus lag in einem Industriegebiet, das sich entlang des Sumida-Flusses erstreckte. Es war ein Privathaus, zwischen zwei fensterlosen Speichergebäuden eingezwängt.

Okami erinnerte sich an das außergewöhnliche Haus mit den gewölbten Decken, Kristallkronleuchtern, alten Möbeln und den Bücherregalen, die vom Boden bis zur Decke reichten. Sie waren mit faszinierenden Büchern über Kriegsführung und Geschichte, aber besonders mit philosophischen Titeln bestückt. Wessen unkonventioneller literarischer Geschmack spiegelte sich in dieser Sammlung? Warum glaubte Faith, daß es für ihn gefährlich wäre, hier gesehen zu werden? Und wem erstattete Faith letztlich Bericht?

Das waren Fragen, die Okami dem Colonel in dem *toruko* stellte. Colonel Linnear, der über eine unheimliche Fähigkeit verfügte, die Wahrheit aufzustöbern, hatte bereits bedeutende Fortschritte gemacht. Er informierte Okami jetzt darüber, daß er unter anderem deshalb Eikos *toruko* ausgewählt hatte, weil Donnough hier seinen unappetitlichen sexuellen Neigungen nachging. Er war pädophil und mochte kleine Mädchen, bevorzugte aber Jungen, die noch nicht in der Pubertät waren.

Donnough war auf seine Art eine stattliche Erscheinung. Er hatte windzerzaustes sandfarbenes Haar, eine hohe Stirn, grüne Augen und einen markanten, schmallippigen Mund. Der Colonel konnte ihn sich vorstellen, wie er eine Jacht steuerte, die in den Hafen von Newport einlief. Er sah aus, als stamme er aus wohlhabenden Verhältnissen, aber deshalb war er noch kein leicht zu beeinflussender Mensch. Er war hart wie Stahl und ein politisches Urgestein, wie man es in der Armee selten fand. Er hatte seinen Vorgänger Charles Willoughby überlebt.

Er blieb ziemlich ruhig, als der Colonel ihm einen Stapel

von Fotos präsentierte, die ihn in einer schwülen sexuellen Umarmung mit einer Anzahl offensichtlich minderjähriger japanischer Jungen zeigten.

»Dieses gefällt mir besonders gut«, sagte Donnough. Er hielt ein Foto hoch. »Können Sie mir vielleicht eine Vergrößerung machen lassen?«

Der Colonel, der das Maß der Dinge kannte, beobachtete, wie Donnough die Fotos sorgfältig wieder in den Umschlag schob und diesen vor seinen Füßen auf den Boden fallen ließ. »Gibt es irgendwo einen Kamin, wo ich die Bilder verbrennen kann?« Dann erschauerte er leicht und wandte sein sonnengebräuntes Gesicht dem Colonel zu, der still wie eine Katze dastand. »Was wollen Sie?«

Der Colonel stopfte seine Pfeife und wartete, bis sie zu seiner Zufriedenheit brannte. »Was ein Mann in seinem Privatleben anstellt, ist seine Sache, Major Donnough. Aber man muß für alles im Leben bezahlen, und zwar nicht immer auf die einleuchtendste Weise.« Er blies eine Wolke aromatischen Rauchs in die Luft. »Ich bin nicht hier, um über Sie zu richten oder Sie aus der Armee werfen zu lassen. Nein, Sie müssen auf subtilere Weise für Ihre Vergnügungen bezahlen.«

Donnough schenkte ihm ein verzerrtes Lächeln, das eher zu einem Geizhals zu passen schien. »Ich zögere zu fragen, aber können Sie mir ein Beispiel geben?«

Der Colonel überlegte einen Moment. Dann nahm er die Pfeife aus dem Mund. »Dieser Informationsstrom über die Aktivitäten der G-2 – über den persönlichen Hintergrund der Armeeangehörigen –, wohin fließt er?«

»Kennen Sie eine Krankenschwester namens Faith Sawhill, die für das Militär arbeitet?«

Der Colonel seufzte, schritt durch den Raum und setzte sich neben Donnough. »Dieses Verhör kann einfach oder schwierig werden. Das liegt ganz bei Ihnen.«

Donnough kickte den Umschlag mit den Fotos quer durch den Raum, als ob er ihn unter der Fußleiste verschwinden lassen könnte. »Haben Sie je von Senator Jacklyn McCabe gehört?« fragte er schließlich. »Wahrscheinlich nicht. Also, er war bis gegen Ende des Jahres 1947 Captain der Armee und während des Krieges ein guter Offizier. Dann kehrte er nach Minnesota zurück und stilisierte sich selbst zum Kriegshelden. Er wurde Kandidat der Republikaner und zog dem amtierenden demokratischen Senator bei der Wahl die Hosen aus.«

Sehnsüchtig blickte Donnough auf den Tabakrauch, den der Colonel ausstieß. »McCabe hat keine Zeit verschwendet, um sich auf dem Capitol Hill einen ziemlichen Namen zu machen. Er wurde zum selbsternannten Verteidiger der Amerikaner gegen das, was er ›die heimtückische und durchdringende Bedrohung durch den Kommunismus‹ nannte. Dieser Schweinehund ist auf das Scheinwerferlicht scharf, und Capitol Hill ist das ideale Forum für ihn. Er hält fast ohne Unterlaß Reden, und zwar immer über dasselbe Thema.« Donnough lehnte sich zurück. Er wußte nicht, was er mit seinen Armen anfangen sollte, und verschränkte sie vor der Brust. »Ich glaube, daß er Dossiers über alle Leute zusammenstellt, die ihm in die Finger geraten. Was er mit dem Material anfangen wird, kann man sich schon denken.«

»Was vermuten Sie?«

Donnough blickte ihn kurz an und zuckte dann die Achseln. »Ich habe nicht besonders lange darüber nachgedacht, aber wenn ich eine Vermutung anstellen müßte, würde ich sagen, daß er plant, in den Vereinigten Staaten eine Hexenjagd anzuzetteln, die die Gesellschaft von Leuten reinigen soll, die auch nur ansatzweise linke Neigungen zeigen. Ich persönlich glaube, daß das gar nicht mal so übel wäre.«

Der Colonel dachte einige Augenblicke lang über seine Worte nach. »Hat Faith Sie so geködert? Die Informationen gehen direkt an Senator McCabe?«

»Ich habe meine persönlichen Ansichten, aber ich bin kein Ideologe. Nein, es tut mir leid, die Wahrheit ist viel irdischer. Ich weiß all die schönen Dinge im Leben zu schätzen, die man mit einem Armeegehalt nicht bezahlen kann. Faith hat mich mit Geld gekauft.« Donnough schlug die Beine übereinander. »Ich könnte für eine Zigarette sterben.«

Der Colonel verließ den Raum und kam einen Augenblick später mit einem Päckchen Chesterfield und einem Sturmfeuerzeug zurück. Donnough nahm beides dankbar entgegen, riß das Päckchen auf und fischte eine Zigarette heraus. Er schien sich zu beruhigen, während er die Zigarette anzündete, als ob sein Gast die verhängnisvolle Situation, in der er sich befand, verarbeitet und seinen Frieden mit ihr geschlossen hätte.

»Wissen Sie, an wen Faith Sawhill die geheimdienstlichen Informationen weiterleitet?« fragte der Colonel plötzlich.

»Nein, aber nicht direkt an McCabe. Er weiß nicht einmal, daß sie existiert.« Er stieß den Rauch mit einem in die Länge gezogenen Zischen aus. »McCabe spricht nicht auf solche Art mit Frauen. Er ist ein Mann für Männer, wenn Sie verstehen, was ich meine. Die Frauen haben ihren Platz, und damit hat sich's. Er würde nie auf den Ratschlag einer Frau hören, das kann ich Ihnen versichern.«

Der Colonel schwieg. Er hatte die Verhörtaktiken bei den besten Fachleuten gelernt, als er während des Krieges in Singapur stationiert gewesen war. Das Schweigen gehörte zu den unterschätzten Waffen im Arsenal desjenigen, der ein Verhör führen mußte. Die verhörte Person mußte das Gefühl bekommen, daß man sich in sie hineinversetzte.

Donnough entfernte einen Tabakkrümel von seiner Unterlippe und nahm dann einen tiefen Zug aus seiner Zigarette. »Wem *erstattet* sie Bericht?« Er ließ den Rauch durch die Nasenlöcher entweichen. »Zuerst habe ich geglaubt, daß es sich um diesen legendären Mafia-Kapo handelt, Caesare Leonforte. Er ist der *patrón* und hat zwei Söhne, Alphonse und John. Er und dieser Kapo, wie war noch mal sein klangvoller Name ...?« Er schnippte ein paarmal mit den Fingern. »Genau, Black Paul Mattaccino. Beide Kapos wollten Verbindungen zu der zunehmend mächtigen faschistischen Gruppe in Washington aufnehmen.« Er zog wieder an seiner Zigarette. »Vielleicht habe ich recht, und Faith erstattet Caesare Leonforte Bericht. Aber wenn das stimmt, gibt es noch einen anderen, von dem Leonforte nichts weiß.«

»Sie meinen, daß Faith eine Doppelagentin ist?«

»Nicht in dem Sinn, den Sie und ich normalerweise vermuten würden. Sie arbeitet nicht insgeheim für die Kommunisten oder so etwas. Aber ich habe den Eindruck, daß sie die Leonfortes nicht mag.«

»Sie hat mit einem von ihnen zusammengelebt. Wußten Sie, daß sich hinter Captain Leonard in Wirklichkeit Johnny Leonforte versteckt, Caesares Sohn?«

»Wirklich?« Donnough starrte auf die Glut seiner Zigarette. »Nun, *das* ist interessant.« Er klammerte sich verbissen an seine Zigarette und sog den Rauch tief in die Lunge ein. »Aber Zusammenleben und Liebe sind zwei verschiedene Dinge. Möglicherweise hat sie Johnny Leonforte bis aufs Blut gehaßt, nach allem, was wir wissen.«

Dieses ›wir‹ war bei jedem Verhör ein gutes Zeichen. Der Verhörte machte einen wichtigen Sprung. Es hieß nicht mehr ›ich gegen sie‹, sondern ›wir gegen sie‹.

»Das ist wahr«, sagte der Colonel. »Ich weiß praktisch nichts über sie. Vielleicht sollte ich mit ihr reden.«

»Dann alles Gute. Sie hat keinerlei Ähnlichkeit mit irgendeiner Frau, die mir je begegnet ist. Sie ist hart wie Stahl und zweimal so bösartig. Sie weiß, was sie will.« Er drückte seine Kippe aus und zog sofort die nächste Zigarette aus dem Päckchen. »Ich habe den deutlichen Eindruck, daß Faith Sawhill ihr ganzes Leben im voraus geplant hat.«

Der Colonel wechselte für einen Moment das Thema und fragte Donnough, ob er irgend etwas über das Haus am Sumida wisse, das zwischen den beiden Speichergebäuden eingeklemmt sei. Donnough hatte keine Ahnung. Der Colonel erzählte Donnough nicht, daß Okami das Haus besucht hatte und daß es ein sicherer Hafen für Faith, aber offensichtlich nicht für Okami war. Das war der merkwürdigste Punkt. Aber wenn Donnoughs These stimmte, daß Faith für Caesare Leonforte *und* für einen anderen arbeitete, ergab es Sinn, daß sie über einen sicheren Zufluchtsort verfügte, der für Okami nicht sicher war.

Der Colonel erhob sich. »Das wär's fürs erste.«

Donnough blickte zu ihm auf. »Wollen Sie damit sagen, daß ich gehen kann?«

»Natürlich.«

Donnough stand gemächlich auf. Sein Blick glitt fast zögernd zu dem Umschlag mit den Fotos, der auf dem Boden lag.

»Nehmen Sie die Bilder mit, wenn Sie wollen. Ich habe noch andere.«

Donnough schenkte dem Colonel ein gequältes Lächeln, während er zur Tür ging. »Muß nicht sein. Mir bleiben immer noch die Erinnerungen.«

Der Colonel wartete, bis Donnough schon fast aus der Tür war. »Ach, Major.« Donnough zögerte und wandte sich dann um. »Ich würde es zu schätzen wissen, wenn Sie Ihr Bestes gäben, um herauszufinden, wem das Haus im Bezirk mit den Speichergebäuden gehört.«

Donnoughs grüne Augen wurden wieder von dem Umschlag mit den Fotos angezogen. Er nickte und verließ den Raum.

Später an diesem Abend bestätigte Okami die meisten der Informationen, die Donnough dem Colonel über die Mafia-Hintergründe gegeben hatte. Okami war von der Ähnlichkeit zwischen der *omertà* – dem sizilianischen Ehrenkodex der Loyalität und des Schweigens – und dem Treuekult der Yakuza besessen, und das Studium der italienischen und amerikanischen Mafia war sein Hobby. Nach seinen Auskünften gab es eine schwerwiegende und bittere Rivalität zwischen den Leonfortes und den Mattaccinos, und die Auseinandersetzung verlagerte sich zunehmend nach Washington. Beide Familien versuchten verzweifelt, ihren Einfluß auf die Regierung auszudehnen, deren Mannschaft ständig wechselte und die deshalb für Infiltration, Bestechung und Erpressung anfällig war. Wer Senator Jacklyn McCabe, den jüngst aufgestiegenen Star, für sich gewänne, hätte den Haupttreffer erzielt.

»Ich will, daß Sie sich mit Faith Sawhill beschäftigen«, sagte der Colonel.

»Auf welche Weise?« fragte Okami.

»Jack Donnough glaubt, daß sie eine Doppelagentin ist, die für die Leonfortes und einen anderen arbeitet. Wer könnte das sein?«

»Black Paul Mattaccino?«

Der Colonel nickte. »Vielleicht.«

Okami blickte aus dem Fenster des *toruko.* »Es ist eine fantastische Idee, aber wahrscheinlich können wir unsere Verbindung zu Faith nicht aufrechterhalten.«

»Warum nicht?«

»Seit ich John Leonforte getötet und mit ihr gemeinsam die Organisation übernommen habe, will sie mich auf Distanz halten. Ich habe alles versucht, um herauszufinden, was sie wirklich vorhat.« Okami wandte sich um und blickte den Colonel an. »Sie ist verschlossen wie eine Muschel und seit Johnnys Tod so einsam wie eine Nonne. Wenigstens glaube ich das. Obwohl ich mindestens zweimal pro Woche mit ihr telefoniere, habe ich sie seit fast zehn Monaten nicht mehr gesehen.«

»Wo zum Teufel ist sie denn? In Sizilien?«

»Ich habe keine Ahnung. Alle meine Nachforschungen haben zu nichts geführt.«

»Bleiben Sie dran. Es muß einen Riß in der Rüstung dieser mysteriösen Frau geben.«

»Ich werde mich bemühen«, sagte Okami in bester konfuzianischer Tradition.

Zwei Wochen später aber war Okami mit der Enttarnung von Faith' Geheimnissen noch keinen Schritt weitergekommen. Der Colonel starrte auf die graue Skyline von Tokio, die sich täglich so drastisch änderte, als betrachte man sie durch ein Kaleidoskop. Seine Räume in dem *toruko* waren für ihn eine Art zweites Zuhause geworden, als hätte der Einfluß seiner Feinde einen Belagerungsring geformt. Er hatte über Faith Sawhills sicheren Zufluchtsort in der Gegend der Speicherhäuser nachgedacht. Wem gehörte das Haus? Da kam ihm der Gedanke, daß er vielleicht selbst einen Blick auf das Haus werfen sollte. Als er den Korridor hinabging, kam er an dem Zimmer vorbei, in dem Eiko arbeitete, wenn sie nicht gerade selbst mit ihren Kunden weniger alltäglichen Beschäftigungen nachging. Sie schrieb mit ihrer Schönschrift etwas in ihre Geschäftsbücher und überwachte das Kommen und Gehen ihrer Mädchen.

»Colonel-san.« Sie verschluckte die ›l‹s in seinem Titel.

Er steckte den Kopf durch die Tür. Eikos Lächeln wurde durch den weiten Ärmel ihres Kimonos halb verborgen. »Ich wollte gerade Tee trinken. Wollen Sie mir nicht Gesellschaft leisten?«

Eiko hatte weder den Colonel noch Okami je zuvor zum Tee eingeladen, und der Colonel war auf alles neugierig, was in dem Haus passierte, das ihm eine sichere Zuflucht bot. Die Einladung war so ungewöhnlich, daß er glaubte, sie nicht abschlagen zu können.

Er verbeugte sich formell. »Vielen Dank, Eiko-san.«

Sie räumte die Papiere vom Tisch, der ihr als Schreibtisch diente. Eiko verfügte über eine Spannkraft, als ob tief in ihr eine zusammengedrückte Sprungfeder steckte. Hing das mit ihrem Ehrgeiz zusammen oder damit, daß sie sich gegen männliche Geschäftsrivalen verteidigen mußte, einschließlich der Yakuza? Der Colonel wußte es noch nicht.

»Sie arbeiten Tag und Nacht, die Zeit scheint für Sie keine Rolle zu spielen. Wann haben Sie je Zeit für Ihre Gattin Cheong oder Ihren Sohn Nicholas? Wann ruhen Sie sich aus?« Sie stellte ein Tablett auf den Tisch und setzte dann Wasser in einem Kessel auf, den sie auf einen *hibachi* stellte. Ihre Hände waren schlank und stark, und ihr schmales Gesicht über dem Schwanenhals wirkte aristokratisch. Der Colonel konnte sie sich gut als willensstarke Gattin eines mächtigen *daimyo*-Kriegsherrn der Feudalzeit vorstellen.

»Es tut mir leid, aber es gibt soviel zu tun und so wenig Zeit, alles zu erledigen.«

»Sie reden wie ein echter Brite«, sagte sie, während sie geschickt *macha* in zwei Tassen füllte. Das war die feinste und teuerste unter den grünen Teesorten. Der Colonel fand das interessant. *Macha* wurde normalerweise nur bei der Teezeremonie oder wichtigen Treffen serviert, wenn der Gastgeber seine oder ihre Gäste beeindrucken wollte. Oder aber, wenn es entscheidende Angelegenheiten zu diskutieren galt.

Eiko wandte den Blick ab und senkte den Kopf. »Ich hoffe, daß ich Sie nicht beleidigt habe. Sie sind in vielerlei Hinsicht sehr japanisch.«

Er verbeugte sich. »Danke, aber ich verdiene kaum soviel Lob. Nein, Sie haben mich nicht beleidigt. Im Grunde meiner Seele fühle ich mich letztlich immer noch ein wenig als Brite.«

»Aber Ihr Herz ist japanisch?« Eiko goß das kochende Wasser in die Tassen und rührte den Tee mit einem Schneebesen, bis bleicher und delikater Schaum entstand. Sie hielt ihm eine Tasse hin, und er ergriff sie mit beiden Händen. Eiko wartete, bis der Colonel den ersten Schluck genommen hatte. Erst danach berührte sie ihre eigene Teetasse.

Das Schweigen zog sich in die Länge. Eiko starrte in ihren Tee, als könnte sie dort ein ganzes Universum beobachten. Dann stellte sie ihm ein paar höfliche Fragen über Cheong, Nicholas und seinen Garten, von dem sie wußte, daß der Colonel ihn liebte, auch wenn er kaum Zeit fand, ihn zu genießen. Sie tranken ihren Tee aus, und Eiko bereitete die nächste Tasse vor. Der Colonel wußte, daß es wichtig war, die Geduld zu bewahren. Worüber Eiko auch immer mit ihm sprechen wollte, es würde sich ihm schon offenbaren.

»Ich bin nicht ganz ahnungslos, was Ihre hiesigen Aktivitäten angeht, Colonel-san.« Sie zuckte die Achseln. »Ich gebe mir keine besondere Mühe zu spionieren, aber man kommt nicht umhin, die Vielzahl von Leuten zu registrieren, die Sie und Okami zu Treffen und anderen Zwecken hierher einladen.« Sie machte eine Pause und wartete. »Ich persönlich begrüße Ihre Anstrengungen im Namen meines Landes und bin erfreut, auf bescheidene und unbedeutende Art dazu beitragen zu können.«

Eiko schenkte Tee nach und bot ihm eine Auswahl pastellfarbener Süßigkeiten an, die aus Sojabohnen-Paste bestanden und in die Form von Ahornblättern gepreßt waren. Der Colonel probierte sie und trank einen Schluck Tee dazu. Das Nebeneinander von konzentrierter Süße und intensiver Bitterkeit ergab ein befriedigendes Ganzes, was in den Augen der Japaner auch für das ganze Leben galt.

»Ich habe da einen bestimmten Kunden«, sagte Eiko. »Ich kümmere mich selbst um ihn, weil er mich mehr als irgendeines meiner Mädchen mag.«

Der Colonel spitzte die Ohren. Normalerweise war es ein ehernes Gesetz, daß Eiko nie über ihre Kunden sprach, und die Tatsache, das sie jetzt dieses Gesetz brach, war von großer Bedeutung.

Sie schien plötzlich unsicher zu sein, wie sie fortfahren sollte. »Verstört Sie irgend etwas an diesem Kunden, Eiko-san?«

Sie nickte. »Genau das ist es.« Sie hob den Zeigefinger und berührte ihre Wangen. »Der Mann hat Narben.«

»Das kann am Krieg liegen. Vielleicht ist er ein Veteran, der durch Schrapnells verwundet worden ist.«

»Nein. Ich kenne solche Wunden. Sie haben ein spezielles Aussehen. Und dazu kommt noch, daß solche Wunden in Feldlazaretten nicht gerade erstklassig vernäht werden.« Sie schüttelte erneut den Kopf. »Nein, diese Wunden sind perfekt behandelt worden, und sie sind fast gleichmäßig verteilt. Die Haut zwischen ihnen hat immer eine etwas andere Färbung.« Sie nahm den Finger von ihrer Wange und hob ihn. »Ich hatte solche Wunden schon zuvor bei einer Bekannten gesehen, die sich für häßlich hielt.«

»Wollen Sie damit sagen, daß Ihr Kunde sich einem plastisch-chirurgischen Eingriff unterzogen hat?«

»Ja.«

»Verstehe ich Sie richtig, daß es sich um einen Weißen handelt. Einen Amerikaner?«

»Ja.«

Der Colonel blickte sie an. Warum hielt sie es für wichtig, diesen Mann, der sich einer Gesichtsoperation unterzogen hatte, ihm gegenüber zu erwähnen?

»Es geht nicht nur um plastische Chirurgie«, fuhr Eiko fort. »Es sieht so aus, als ob sein ganzes Gesicht verändert worden wäre. Man hat Knochen zerbrochen und sie neu angeordnet. Es wurde auch Knorpel entfernt und an anderer Stelle implantiert.« Ihre Fingernägel trommelten stakkatohaft auf die Tischplatte. »So sind zum Beispiel seine Wangen vergrößert worden, und die Furchen seiner Stirn wurden verändert. Mit seiner Nase hat man sich ausgiebig beschäftigt, sie ist mehr als einmal operiert worden. Die Haut um seine Augen ist abgenäht worden, um den Augen selbst eine etwas andere Form zu geben.«

»Hört sich an, als ob der Mann etwas zu verbergen hätte.«

»Ja.«

Der Colonel senkte den Kopf. »Wissen Sie, worum es sich handelt?«

»Er hat mich gefragt, ob ich einen Mann ausfindig machen könne, den er sucht. Er hat herausgefunden, daß ich Beziehungen und viele Freunde habe, und mir eine große Summe angeboten, wenn ich diesen Mann für ihn finde.«

»Wen sollten Sie denn finden?«

Eikos Blick traf jetzt den des Colonels, und er konnte eine Spur von Angst in ihren Augen erkennen. »Okami-san.«

Der Colonel wollte lachen. »Es gibt viele Leute, die mit Okami-san sprechen wollen.«

»Dieser Mann will nicht mit dem *oyabun* sprechen. Er will ihn umbringen.«

Der Colonel neigte den Kopf. »Ihn umbringen? Hat er Ihnen das erzählt?«

»Natürlich nicht. Aber sein Haß auf Okami-san war so nackt wie ein neugeborenes Baby.«

Der Colonel nickte. »In Ordnung, ich werde mich darum kümmern. Hat Ihr Kunde einen Namen?«

»Er heißt Leon Waxman.«

Als erstes hatte der Colonel Eiko auf absolute Verschwiegenheit eingeschworen. Er hatte kein Interesse daran, daß irgend jemand – am wenigsten Okami – erfuhr, daß Leon Waxman, ein Mann, der sich einer umfassenden Gesichtsoperation unterzogen hatte, plötzlich wieder aufgetaucht war, nachdem Johnny Leonforte seinen Namen zwei Jahre zuvor in Umlauf gebracht hatte.

Im Jahr 1947 hatte der Colonel den Verdacht gehegt, daß Leon Waxman nichts anderes als eine Fiktion war. Aber wenn das stimmte, wer war dann dieser Leon Waxman aus Fleisch und Blut?

Der Colonel bat Eiko, ihre Freundin zu fragen, wo sie sich der plastisch-chirurgischen Operation unterzogen hatte. Das war der Ausgangspunkt. In den folgenden zwei Wochen besuchte der Colonel jede Klinik und jeden Chirurgen, die auf plastische Chirurgie spezialisiert waren. Aber er hatte kein Glück. Es gab nicht besonders viele Spezialisten, und er begann mit dem Gedanken zu spielen, daß sich Leon Waxman außerhalb Tokios der Operation unterzogen hatte. Angesichts der besseren medizinischen Institute der Hauptstadt war das allerdings unwahrscheinlich. Dann traf er sich ein zweites Mal mit einem Chirurgen namens Hiigata. Das erste Gespräch mit ihm war vorzeitig abgebrochen worden. Der Arzt war informiert worden, daß einer seiner neueren Patienten während der Rekonvaleszenz einen Blutsturz erlitten hatte. Doch er hatte eingewilligt, sich fünf Tage später erneut mit dem Colonel zu treffen.

Hiigata war ein kleiner, eindrucksvoller Mann mit stahlgrauen Haaren und einem schmalen, abgemagerten Gesicht. »Ich habe über Ihr Problem nachgedacht«, sagte er, während sie in seinem kleinen, engen Büro Platz nahmen. In fast allen Regalen und auf jeder horizontalen Oberfläche sah man Bücher und Totenköpfe. »Sie haben alle Ärzte, die sich mit plastischer Chirurgie beschäftigen, aufgesucht, weil Sie offensichtlich den Eindruck haben, daß dieser Mann ... Wie hieß er noch gleich?«

»Leon Waxman.«

»Genau, Waxman. Sie glauben, daß er sich der Operation aus eigenem Entschluß unterzogen hat.« Dunstiges Sonnenlicht sickerte durch ein kleines Fenster, das schon vor einem Jahr dringend eine Reinigung nötig gehabt hätte. Es sah aus, als ob es selbst zu einem Experiment außerhalb des Labors geworden wäre. »Was wäre, wenn Ihre Annahme nicht stimmt?«

Der Colonel beugte sich vor. »Wie meinen Sie das?«

Dr. Hiigata faltete die Hände. »Ich meine folgendes. Wenn er in irgendeinen Unfall verwickelt war, etwa in einen ernsthaften Autounfall oder auf schlimme Weise eine Treppe hinuntergefallen ist, dann ist er vielleicht anderswo behandelt worden. Dann wäre er einer umfangreichen nervenchirurgischen Behandlung unterzogen worden, inklusive Knochen-, Knorpel- und Hautrekonstruktion. Sagen Sie, Colonel, haben Sie es beim Hospital für Nervenchirurgie versucht, das der Todai-Universität angegliedert ist?«

Es verging eine weitere Woche, bevor der Colonel Dr. Ingawa, an den ihn Dr. Hiigata verwiesen hatte, befragen konnte. Ingawa war Chefarzt der Klinik für Nervenchirurgie.

»Leon Waxman? Ja, ich glaube, er war für ungefähr zehn Monate unser Patient.« Dr. Ingawa konsultierte seine Akte. »Ja, sogar etwas länger.«

Das Herz des Colonels begann zu rasen. »Wann ist er entlassen worden?«

»Letztes Jahr.« Dr. Ingawa blickte auf und lächelte höflich. »Zur Zeit der Kirschblüte.«

Das wäre Mitte April des Jahres 1948 gewesen und bedeutete, daß er etwas weniger als ein Jahr zuvor eingeliefert worden war.

Der Puls des Colonels pochte in seinen Schläfen. »Haben Sie vielleicht Fotos, die Mr. Waxman vor der Operation zeigen?«

»Natürlich.« Der Arzt klappte abwehrend die Akte zu. »Aber sie sind vertraulich.« Dr. Ingawa war dünn wie eine Bohnenstange und für einen Japaner hochgewachsen. Er hatte große, knochige Hände, bei denen man jedes Gelenk sehen konnte. Seine kleine Brille mit runden Gläsern betonte unglückseligerweise seine schmalen, immer gespitzten Lippen und die kleine Nase. Seine Ohren standen vom Kopf ab und wirkten wie auf das Bord eines Insektensammlers gespießte Schmetterlingsflügel. Der Professor verströmte den ziemlich modrigen Dunst von Kreide und akademischen Debatten. Jeder Blick und jede Geste verriet, daß er auf einer höheren Ebene als seine Mitmenschen schwebte.

»Es handelt sich um offizielle Nachforschungen der Armee der Vereinigten Staaten«, sagte der Colonel extrem freundlich. »Wir müssen Mr. Waxman wegen einer Reihe von Kapitalverbrechen verhören. Es geht um Schmuggel und Totschlag. Zwingen Sie mich bitte nicht, mit der Militärpolizei zurückzukommen.«

Die akademischen Intrigen innerhalb der Universität hatten Dr. Ingawas politische Instinkte offensichtlich geschärft. Er wußte, wann er geschlagen war. Trotzdem zögerte er exakt so lange, bis dem Colonel klar war, daß sie sich in seinem Reich befanden und daß er das vertrauliche Material aus freiem Willen und nicht auf Druck der amerikanischen Armee herausrückte. Das war seine Art, dem Gesichtsverlust vorzubeugen, und der Colonel gestattete es ihm, das Beste aus der Situation zu machen. Geduldig wartete er auf die Akte.

Erst als Dr. Ingawa die Akte auf den Schreibtisch legte und sie herüberschob, ergriff der Colonel wieder das Wort. »Ich danke Ihnen für Ihre Kooperation, Herr Doktor.« Er wartete den erforderlichen Moment ab, bevor er nach der Akte griff, und beugte damit seinerseits einem Gesichtsverlust vor.

Er legte die Akte auf seine Oberschenkel und öffnete den Deckel. Das Blut gefror ihm in den Adern. Er blickte auf das Gesicht Johnny Leonfortes, der als verstorben galt.

»Als er hierher gebracht wurde, sah er schlimm aus. Offen gesagt habe ich nicht geglaubt, daß wir ihn retten könnten. Er war ...«

»Entschuldigen Sie, Herr Doktor. Wer hat ihn gebracht?«

»Ich bin nicht sicher.« Der Arzt brummelte vor sich hin, während er sich zu erinnern versuchte. »Ich glaube, die Frau hat behauptet, sie sei Nonne.«

»Eine Nonne?« Das war merkwürdig. »War sie Japanerin?«

»Nein, Amerikanerin.« Dr. Ingawa nickte. »Ich erinnere mich wegen ihrer Augen an sie. Sie hatten eine prachtvolle Farbe. Eine Art von elektrischem Blau. Wirklich außergewöhnlich.«

»Hat sie ihren Namen genannt?«

Dr. Ingawa zuckte die Achseln. »Vielleicht, aber ich erinnere mich nicht mehr.«

»Wollen Sie damit sagen, daß ihn niemand aufgeschrieben hat?«

Dr. Ingawa hob den Kopf und verfiel in den hochmütigsten Tonfall. »Mein lieber Colonel, der Mann, den sie einlieferte, war unsere einzige Sorge. Er war dem Tode nah, hatte viel Blut verloren und viele schwere Wunden. Ich weiß nicht, was für eine Katastrophe ihm widerfahren war, aber es muß eine Tortur gewesen sein. Meine Mitarbeiter und ich haben uns völlig auf den Patienten konzentriert.« Seine schmalen Schultern hoben und senkten sich. »Als ich das erste Mal aus dem Operationssaal kam, war sie längst gegangen.«

»Und sie ist nie zurückgekehrt und hat auch nicht angerufen, um sich nach Mr. Waxmans Gesundheitszustand zu erkundigen?«

»Meines Wissens nicht. Niemand hat sich je nach Mr. Waxman erkundigt. Und ich glaube, daß Mr. Waxman es so wollte, wenn ich ganz ehrlich sein soll.«

Der Colonel war mit dem Durchblättern der Akte fertig. »Wie kommen Sie darauf, Doktor?«

»Oh, ich habe keine konkreten Hinweise. Aber ich habe den Patienten beobachtet. Obwohl er fast jede Nacht furchtbare Alpträume hatte, hat er es abgelehnt, mit dem Psychologen zu sprechen, dem ich empfohlen hatte, ihn aufzusuchen.« Dr. Ingawa machte eine Pause. »Und dann war da noch die Tatsache, daß er nie telefonierte, selbst als er auf dem Weg der Besserung war und wieder gehen konnte. Er hat sich weder mit den anderen Patienten noch mit Leuten vom Personal angefreundet. Er sprach praktisch mit niemandem, wenn man von mir und ein paar Krankenschwestern absieht. Und auch dann redete er nur, wenn es unumgänglich war. Ja, wenn man darüber nachdenkt, schien er ein sehr einsamer Mann zu sein.«

»War er isoliert?«

»Ja. Aber freiwillig.«

Der Colonel überlegte einen Augenblick. »Sein Gesicht ist total rekonstruiert worden.«

»Ja.« Dr. Ingawa nickte. »Von seinem früheren Gesicht ist nichts übrig geblieben.« Er sagte das auf eine unangenehm selbstgefällige Weise, als ob Waxman sein preisgekröntes Meisterstück wäre. Und der Colonel vermutete, daß das nicht weit von der Wahrheit entfernt war.

»Sie haben erwähnt, daß er viele schwere Wunden hatte.«

»Genau.«

»Mußten Sie deshalb sein Gesicht völlig neu gestalten?«

»Nein, warum? Ich habe seine Verletzungen während der ersten chirurgischen Operation behandelt. Wir brauchten ungefähr vierzehn Stunden, weil die neurochirurgische Arbeit so kompliziert war. Die drei folgenden Operationen, bei denen sein Gesicht verändert wurde, wurden nur auf seinen ausdrücklichen Wunsch durchgeführt.«

»Da ist noch eine andere Sache«, sagte Eiko ein paar Nächte später. »Waxman versucht, hier Freunde zu finden.«

Der Colonel, der gerade seine Pfeife gestopft hatte, schwieg einen Augenblick. »Unter den Kunden, meinen Sie?«

»Ja.«

Er wußte, was das bedeutete. Das Tenki war eine Art heimlicher Treffpunkt geworden, wo die unterschiedlichsten sexuellen Bedürfnisse befriedigt wurden. Das *Who's who* des amerikanischen Besatzungspersonals las sich wie eine Gästeliste des Tenki. Nicht nur Leute von der Armee kamen hierher, sondern auch die Flut der Techniker, Ökonomen, Politiker und Geschäftsleute, die wöchentlich eingeflogen wurden, um den wirtschaftlichen Wiederaufbau Japans zu unterstützen. In jeder beliebigen Nacht besuchte ein Zehntel der Topleute aus Washington das Tenki. Der Colonel hatte die meisten von ihnen gesehen.

»Das also ist der wahre Grund, warum er hier ist«, grübelte er.

Eiko nickte. »Nach meinen Beobachtungen würde ich das so sehen.«

Sie hatte ihm *sushi* aus einem Laden gebracht, der ein paar Schritte entfernt lag und Tag und Nacht geöffnet hatte, um jederzeit Eikos Kunden versorgen zu können, die ausnahmslos ausgehungert waren, wenn sie das Tenki verließen. Der Colonel aß weniger, als er wollte, von dem kalten Fisch und dem gepreßten Reis. Er ließ etwa ein Drittel übrig, so daß Eiko auch etwas essen konnte. Sie kaufte nie genug für sich selbst.

»Mit wem genau hat er denn Kontakt aufgenommen?«

»Ich habe eine Liste aufgestellt.« Sie zog ein gefaltetes Stück Papier aus dem weiten Ärmel ihres Kimonos und reichte es ihm.

Er entfaltete das Blatt. »Ich bin satt, Eiko-san«, sagte er in der ungezwungensten Weise.

»Entschuldigung. Ich habe zuviel gekauft.«

Der Colonel bemühte sich, sie nicht finster anzublicken. »Sie würden mir einen Gefallen tun, wenn Sie es aufessen.«

»Danke, Colonel-san, aber ich bin wirklich nicht hungrig.«

Er zündete seine Pfeife an und las dann die Liste der Namen, die sie in ihrer ordentlichen, steilen Schönschrift angefertigt hatte. »Waxman gibt sich ja nur mit der Elite ab«, stellte er fest. »Was denken Sie, was er mit den Leuten vorhat?«

»Er braucht Kontakte«, sagte Eiko prompt. »Ich glaube, daß er seine eigenen Geschäfte starten will.«

›Aber was für Geschäfte?‹ dachte der Colonel. Er blickte auf. »Das haben Sie gut gemacht, Eiko-san. Es wäre schön, wenn Sie über Waxmans Kommen und Gehen Buch führen würden. Wenn die Zeit reif ist, will ich wissen, wann ich ihn bei Ihnen finden kann.«

Sie nahm das Tablett mit den *sushi* und wollte gerade den Raum verlassen.

»Oh, Eiko-san, da ist diese Frau, Faith Sawhill. Vermutlich ist sie ein Captain der amerikanischen Armee, eine Krankenschwester. Aber Okami und ich haben Grund zu der Annahme, daß sie auch noch eine andere Rolle spielt. Obwohl sie miteinander Kontakt halten, hat Okami sie seit zehn Monaten nicht mehr gesehen. Würden Sie Ihre Beziehungen einsetzen, um festzustellen, was Sie über sie herausfinden können?«

»Es ist mir ein Vergnügen, Colonel-san.«

Später, als er endlich soweit war, nach Hause zu gehen, schlich der Colonel leise den Flur hinab. Vor Eikos Zimmer blieb er einen Augenblick stehen. Er bemerkte Bewegungen im Raum und änderte seine Stellung etwas, bis er einen passenden Blickwinkel hatte und ins Zimmer spähen konnte. Eiko saß vornübergebeugt am Tisch und aß die restlichen *sushi.* Ihr Gesichtsausdruck verriet schieres Entzükken, so daß er sich eines Lächelns nicht erwehren konnte.

Am nächsten Tag fragte Major Jack Donnough den Colonel, ob er ihn nach Feierabend sehen könnte. Sie trafen sich im Tenki. In Tokio gingen mit dem Anbruch der Nacht gerade die Lichter an.

Donnough kam sofort zur Sache. »Ich habe herausgefunden, wem das seltsame Haus im Speicherhaus-Bezirk gehört.« Er stand nervös zappelnd vor dem Schreibtisch des Colonels und war so aufgeregt, daß er sich nicht setzen konnte. »Sie werden es nicht glauben, aber der Eigentümer ist Senator Jacklyn McCabe.«

»McCabe? Was zum Teufel fängt er mit Immobilien in Tokio an? Besonders mit einem Haus, das der Mafia als sicherer Hafen dient?«

Donnough zuckte die Achseln. »Es war ein Schock für mich, das können Sie mir glauben.«

Der Colonel kniff die Augenbrauen zusammen. »Sind Sie sicher?«

»Hundertprozentig. Meine Quelle ist absolut zuverlässig.«

»Mein Gott.« Der Colonel stand auf und starrte gedankenverloren aus dem Fenster. Sein Gehirn raste wie wild, während er versuchte, die einzelnen Aspekte zusammenzuführen. Aber nichts ergab einen Sinn. Es sei denn ... Donnough hatte behauptet, daß sowohl die Leonfortes als auch die Mattaccinos höllisch scharf darauf waren, Allianzen mit den Faschisten in Washington zu schmieden. War es möglich, daß eine der beiden Parteien sich bereits mit dem Oberfaschisten von Capitol Hill geeinigt hatte?

Eine Stunde, nachdem Donnough sich verabschiedet hatte, betrat Okami den Raum. Man mußte ihn nur anblikken, um zu sehen, daß er bei der Suche nach Faith Sawhill kein Glück gehabt hatte. Der Colonel hatte über einen merkwürdigen Einfall nachgedacht. »Ich habe Faith nie gesehen«, sagte er. »Was hat sie für eine Augenfarbe?«

»Blau«, antwortete Okami.

Das ist ja interessant, dachte der Colonel, als er wieder

allein war. Es war eine vage Vermutung, aber im Moment standen ihm nur vage Vermutungen zur Verfügung. Er hatte über sein Gespräch mit Dr. Ingawa nachgedacht, dem Neurochirurgen, der Waxmans Gesichtsoperation durchgeführt hatte. Der Arzt hatte erzählt, daß Waxman von einer Frau eingeliefert worden war, die behauptet hatte, Nonne zu sein, und sich nur an ihre außergewöhnlich blauen Augen erinnert. Und Okami hatte behauptet, daß Faith Sawhill seit dem angeblichen Tod Johnny Leonfortes wie eine Nonne lebte. Sie hatte blaue Augen. War das ein Zufall, oder war sie diejenige gewesen, die ihren Liebhaber ins Krankenhaus gebracht hatte? Haßte sie Leonforte wirklich, wie Donnough glaubte, oder liebte sie ihn und schirmte ihn in seiner neuen Identität ab?

Drei Nächte später wollte der Colonel Eiko aufsuchen. Da sie nicht in ihrem Zimmer war, nahm er an, daß sie einen Kunden hatte. Der Colonel ging zum Tisch, um ihr eine schriftliche Nachricht zu hinterlassen, daß sie ihn aufsuchen solle, sobald sie einen Augenblick Zeit habe. Er setzte sich und wühlte die Papierstapel durch, um ein leeres Blatt zu finden, auf das er seine Botschaft schreiben konnte. Als er einen Papierstapel auf der rechten Tischseite teilweise hochgehoben hatte, sah er etwas Metallisches glitzern. Er legte die Papiere zur Seite und starrte auf ein silbernes Kruzifix an einer dünnen Kette. War Eiko Katholikin? Er hatte keine Ahnung gehabt, und nichts hatte dafür gesprochen, daß sie keine Buddhistin war. Sie hatte ihm mehrmals vom Shinto-Ritus der Läuterung durch Wasser – *misogi* – erzählt, an dem sie periodisch teilnahm. Außerdem waren ihre Kleidung und ihr Verhalten auf so traditionelle Weise japanisch, daß er sich nicht vorstellen konnte, daß sie zu einer westlichen Religion konvertiert war. Aber warum verbarg sie die Wahrheit, wenn sie wirklich Katholikin war?

Er wollte den Papierstapel gerade wieder zurücklegen, als er aus der Richtung der Tür eine Stimme hörte.

»Colonel-san?«

Er legte die Papiere auf den Tisch. »Ah, Eiko-san, ich wollte gerade eine Notiz für Sie schreiben.«

Sie kam ins Zimmer. »Wollten Sie mich sprechen?«

»Allerdings.«

Sie blickte kurz auf das immer noch sichtbare Kruzifix. »Jetzt kennen Sie also mein Geheimnis.«

Der Colonel stand auf. »Ich habe die Religionszugehörigkeit nie für eine geheime Angelegenheit gehalten, Eiko-san.«

Sie blickte ihn eindringlich an. Aus seiner Perspektive ließ ihr schmales Gesicht mit den dunklen Augen, das von schwarzem Haar eingerahmt wurde, sie wie eine clevere Krähe aussehen. »Sie sind Halbjude, Colonel-san, und Sie geben sich alle erdenkliche Mühe, das zu verbergen.«

Der Colonel nahm sich keine Zeit für Spekulationen, woher sie diese Hintergrundinformationen hatte. Selbst Okami wußte nichts über seine jüdische Abstammung. »Dafür gibt es Gründe, Eiko-san. Viele Menschen glauben, daß Juden andersartig seien. Es gibt eine weitverbreitete Diskriminierung, auch wenn viele das bestreiten. Und es würde zweifellos unangenehme Rückwirkungen geben, wenn meine jüdische Herkunft allgemein bekannt wäre.«

»Sie brauchen sich keine Sorgen zu machen. Ich bin diskret. Wir haben alle unsere Geheimnisse.« Eiko ging auf einen Stuhl zu, setzte sich und schlug in klassisch westlicher Art die Beine übereinander. Wenn sie ihren Kimono geöffnet und einen Penis zwischen ihren Beinen entblößt hätte, wäre der Colonel auch nicht stärker geschockt gewesen. Sie wechselte in die englische Sprache, die sie sehr gut beherrschte. »Sehen Sie, Colonel, ich gehöre zu einem Orden, der genauso wütend und beständig wie die Juden verfolgt wird.«

Er runzelte die Stirn. »Die Katholiken? Ich glaube nicht . . .«

»Ich spreche von Frauen.«

Es herrschte ein tödliches Schweigen im Raum. Dann und wann konnte der Colonel durch die Wände das gedämpfte Zischen des Verkehrs auf der nahegelegenen Straße hören, und dann vernahm er ein sanftes Stöhnen eindeutiger Herkunft, das wie Weihrauch durch den Flur wehte.

Der Colonel setzte sich schließlich. »Können Sie mir das erklären, Eiko-san?«

Sie beugte sich leicht vor und stützte sich mit den Ellbogen auf den Oberschenkel, den sie über ihr linkes Bein geschlagen hatte. »Ich habe ein paar Informationen über Ihre Faith Sawhill. Okami hat sie seit fast zehn Monaten nicht mehr gesehen, weil sie nicht mehr in Japan ist.«

»Ist sie in die Vereinigten Staaten zurückgekehrt?«

»Ja. Vor ihrer Abreise hat sie sich in dem Gebäude im Speicherhaus-Bezirk aufgehalten.«

Dem Colonel gefror das Blut in den Adern, weil plötzlich alles zusammenzupassen begann. »In einem Haus, das von zwei Speicherhäusern eingeklemmt wird?«

Eiko nickte. Wenn seine Frage sie überrascht hatte, ließ sie es sich nicht anmerken.

»Ich muß herausfinden, was los ist«, sagte er mehr zu sich selbst. »Ich muß mir Zutritt zu diesem Haus verschaffen.«

Eikos dunkle Augen blickten zu ihm auf. »Wäre es Ihnen jetzt gleich recht?«

Zuerst fiel dem Colonel auf, daß die Haustür aus rostfreiem Stahl war. Sie sah wie eine normale Haustür aus, aber als Eiko den Türklopfer benutzte, verriet der Klang dem Colonel die Wahrheit.

Die Wahrheit. Deshalb war er jetzt hier, in dem Haus, wohin Faith Okami einmal mitgenommen hatte, um ihm dann aber zu erzählen, daß eine Rückkehr für ihn zu gefährlich wäre. Wer wartete drinnen auf ihn? Faith? Caesare Leonforte? Senator Jacklyn McCabe? Oder vielleicht sogar Leon Waxman – Johnny Leonforte?

Die Tür öffnete sich.

Eiko stellte ihm eine junge Frau namens Anako vor, die nicht älter als zwanzig Jahre war. Anako führte sie durch ein reizendes, ovales Foyer, das von einer breiten Treppe beherrscht wurde, die in den ersten Stock führte. Sie gingen durch einen Flur mit wundervoller Kirschholztäfelung und betraten eine beeindruckende Bibliothek. Die Inneneinrichtung war durch und durch exquisit und ließ auf großen Reichtum schließen. Es war wie mit der Stahltür. Die unattraktive Fassade des Hauses täuschte darüber hinweg, was sich dahinter verbarg.

Die Bibliothek wirkte durch die hohe, gewölbte Decke, an der ein österreichischer Glaslüster hing, sehr geräumig. In Mahagoniregalen, die sich vom Boden bis zur Decke erstreckten, standen Tausende von Büchern. Auf dem Boden lag ein Perserteppich in üppigen Rubin-, Saphir- und Smaragdtönen, der groß genug für ein Landgut gewesen wäre. Darauf waren Ledermöbel angeordnet: Zwei Sofas standen sich gegenüber, und es gab ein paar Sessel mit passenden Fußbänken. Die Lampen waren mit grünen Schirmen bespannt. In einer Ecke stand ein außergewöhnlicher französischer Sekretär aus Birnenholz, der einem Ausstellungsstück in einem Museum glich. Eine kleine, aber reich mit Gold verzierte Uhr stand auf einem Kaffeetisch aus Bronze und Glas. Die Uhr schlug zur vollen Stunde und begann dann wieder, die Sekunden zu zählen. Man sah dicke dunkelgrüne Samtvorhänge, aber der Colonel wußte, daß sich keine Fenster dahinter verbargen.

Er wandte sich Eiko zu. »Was für ein Haus ist das?«

»Ein Zuhause fern der Heimat«, sagte eine volle dunkle Frauenstimme. »Eine Oase für Fremde in einem seltsamen Land.«

Der Colonel blickte sich um und sah eine große, stattliche Frau mit rosigen Wangen, kastanienbraunem Haar und den außergewöhnlichsten Augen, die er je gesehen hatte. Dr. Ingawa hatte recht gehabt: Man konnte ihren Farbton nur als ›elektrisches Blau‹ bezeichnen. Die Frau schritt durch den Raum, und die schwarzen Röcke ihrer Ordenstracht raschelten. Als der Colonel ihre ausgestreckte Hand ergriff, fühlte sie sich trocken, hart und kräftig an. Eine seltsame Hitze durchflutete ihn, und er begann zu blinzeln.

Die Nonne lächelte. »Willommen in unserem herrschaftlichen Haus, Colonel Linnear. Ich heiße Bernice und bin im Auftrag des Klosters Sacred Heart of Santa Maria hier.«

»Sie haben ...« Er stotterte und war beinahe sprachlos. »Sie haben Johnny Leonforte das Leben gerettet.«

Bernice hielt weiterhin seine Hand und lächelte wie die Augustsonne. »Alles zu seiner Zeit, Colonel. Alles zu seiner Zeit.« Sie blickte Eiko an. »Es stimmt, was Sie mir über ihn erzählt haben, Schwester.«

Eiko verbeugte sich. »Danke, Bernice.« Sie sprach auf völlig westliche Weise, und der Colonel mußte an ihre Worte denken: *Auch ich gehöre zu einem Orden, der genauso wütend und beständig wie die Juden verfolgt wird.*

Sie wandte sich wieder dem Colonel zu. »Also, Colonel, was haben Sie für eine Meinung über mich?«

Er fühlte immer noch ihren festen Händedruck und sagte, was ihm als erstes in den Sinn kam. »Sie sind die wundervollste Kriegerin, die mir je begegnet ist.«

Bernice lachte. »Beim Schwert der Donà di Piave, ich glaube, daß ich Sie mögen werde, Colonel Linnear!«

Sie zeigte auf einen der Lederstühle mit hoher Rückenlehne. »Machen Sie es sich bequem.« Sie setzte sich auf den Stuhl, der zu dem französischen Sekretär gehörte, thronte aufrecht auf der Stuhlkante und glich einem Zaunkönig, der auffliegen will. Bernice legte ihre blassen, langfingrigen Hände in den Schoß. Sie hatte Fingernägel wie eine Landarbeiterin, dachte der Colonel. Was immer diese Nonne auch sein mochte, er kam zu dem Schluß, daß sie keine bürokratische Natur war. Wenn man es in der Schachsprache ausdrücken wollte, glich sie eher dem Springer oder dem Läufer, die die Attacken einleiten.

»Darf ich Ihnen etwas anbieten, Colonel? Tee? Kaffee? Brandy?«

Er entschied sich für Tee, und sie schloß sich seinem Vorschlag an. Eiko verschwand, und wenige Augenblicke später erschien Anako mit einem Teeservice aus ziseliertem Silber. Der Tee wurde im englischen Stil serviert. Es gab frische, dünne Zitronenscheiben, Vollmilch, frisch gebackene Brötchen und eine Cremespeise, vermutlich zu seinen Ehren. Es war ein erstaunlicher und unvermuteter Hochgenuß, und er begann sich wohl zu fühlen.

Schließlich lehnte er sich satt und zufrieden zurück. »Ich brauche Erklärungen, Schwester.«

Ihre Augen, die so lebendig wie die eines Vogels waren, richteten sich auf ihn, und sie breitete die Arme aus. »Wie kann ich Ihnen helfen?«

»Was haben Sie in einem Haus verloren, das der Mafia als sicherer Hafen dient und Senator Jacklyn McCabe gehört?«

»Eine exzellente Frage, Colonel«, sagte eine dröhnende Baritonstimme.

Der Oberst drehte sich so weit auf seinem Stuhl um, daß er einen Blick auf die Person werfen konnte, die im Rahmen der Bibliothekstür stand. Er sah einen breitschultrigen, weit über ein Meter achtzig großen Mann in einem prachtvollen Nadelstreifenanzug, der den Colonel einen Augenblick lang sehnsüchtig an das Leben in Zivil denken ließ. Der Mann trug ein gestärktes weißes Hemd, eine Krawatte und handgearbeitete, glänzende schwarze Schuhe.

»Ich hatte vor, sie zu beantworten.«

Er hatte eine dunkle, olivfarbene Haut, gelocktes, dichtes schwarzes Haar und trug einen Schnurrbart. Der Ausdruck seiner lebhaften und beweglichen Augen erweckte den Eindruck, als ob das Leben für ihn das köstlichste und berauschendste Spiel wäre, das man sich vorstellen konnte. Er war ein gutaussehender Mann Anfang Dreißig mit vorstehenden Wangenknochen, einem kräftigen Unterkiefer und einer breiten Stirn.

Er schritt mit der Haltung eines Mannes auf sie zu, der die Welt gesehen hatte und in ihr zu Hause war. »Die schlichte Wahrheit ist, daß wir mit dem Teufel im Bett liegen.«

Sein breites Lächeln galt Bernice und dem Colonel. »Ich meine nicht den Teufel im wörtlichen Sinn, weil Bernice dem vielleicht nicht zustimmen würde.« Er blieb vor dem ziselierten Silbertablett stehen, tauchte einen Finger in die Cremespeise, steckte ihn zwischen seine ziemlich sinnlichen Lippen und leckte ihn ab. Der Mann verwandelte eine ziemlich unhöfliche Haltung mit unaffektierter Nonchalance in eine – für ihn – völlig natürliche Aktion. Er war eine wahre Naturgewalt, was dem Colonel nicht entging.

Der Mann zog ein Taschentuch aus Leinen hervor und wischte sich die Hand ab. »Ich meine den Teufel, der in schlechten Menschen steckt.« Er setzte sich abrupt auf eine Fußbank, die er in die Mitte zwischen den Colonel und Bernice zog. »Und der Senator Jacklyn McCabe ist so ein schlechter Mensch. Er ist ein wahrer Hurensohn. Entschuldigung, Bernice. Seine Arbeit ist natürlich gut, aber das macht ihn nur um so gefährlicher.«

»Gott setzt den Fanatikern Augenklappen auf«, sagte Bernice. »Das ist unbestreitbar.«

Der Mann streckte eine Hand aus, und als der Colonel ihm die seine reichte, drückte er sie begeistert. »Ich heiße Paul Mattaccino. Aber alle nennen mich Black Paul.« Er lachte erfreut und zeigte auf seine Wange. »Wegen meiner dunklen Haut. Vielleicht sind ein paar Schwarze aus Afrika durch Agrigent gekommen. Wer kennt sich mit so weit zurückliegenden geschichtlichen Ereignissen schon aus.«

»Sie schweifen vom Thema ab, Paul«, sagte Bernice sanft. »Der Colonel ist ein vielbeschäftigter Mann.«

»Natürlich!« dröhnte Black Paul. »Ich weiß.« Er zwinkerte dem Colonel zu. »Er ist hier, weil er so ein hochgestellter Dreckskerl ist.«

»Paul . . .« Bernices Stimme glich der eines Kindermädchens, das die Ungezogenheiten eines ungebärdigen Kindes verurteilt.

»Okay, okay.« Black Paul seufzte. Er wußte, daß es Zeit war, übers Geschäft zu reden. »Ich habe eine Organisation benutzt, die meine Familie hier aufgebaut hat, um enge Kontakte zu McCabe herzustellen. Er hat mich im Gegenzug mit einer Menge von den hohen Tieren in Washington zusammengebracht. Aber ich mußte auch einen hohen Preis zahlen. Meine Organisation hat ihn durch mich mit Informationen über alle Befehlshaber in der SCAP-Besatzungsverwaltung gefüttert.«

»Senator McCabe stellt Dossiers über alle zusammen, die in der militärischen Hierarchie oben stehen«, sagte Bernice. »Er hat Paul kürzlich anvertraut, daß er die Militärs jetzt unter Kontrolle hat und dieselbe Art von Dossiers über das Personal im State Department anlegen will.«

»Verdammter Angeber«, bellte Black Paul.

Der Colonel blickte Bernice an, die sich an den Lästereien des Kapos nicht zu stören schien. Eine seltsame Nonne, dachte er.

»McCabe war nützlich«, fuhr Black Paul fort. »Durch ihn habe ich Kontakte zu Leuten, die zählen und die Nation führen. So weit, so gut. Aber jetzt sind mir Gerüchte zu Ohren gekommen, daß McCabe im Kongreß eine Anhörung über unamerikanische Umtriebe in der Regierung fordern möchte. Wenn das stimmt, ist das ein ekelhaftes Geschäft, mit dem ich nichts zu tun haben will.«

»Sie sind bereits in die Sache verwickelt«, bemerkte der Colonel.

»Vielleicht haben wir uns durch eine Art Übereifer schuldig gemacht«, sagte Bernice.

Was für eine Untertreibung, dachte der Colonel. »Das bringt mich auf einen anderen Punkt. Weshalb liegen *Sie* mit der Mafia im Bett?«

»Hey, Kumpel«, sagte Black Paul. »Sie sollten verdammt respektvoll sein, wenn Sie mit der Schwester sprechen.«

»Ruhe jetzt, Paul«, mahnte Bernice.

»Ich wollte Sie nicht beleidigen«, sagte der Colonel. »Aber aus meiner Sicht ist das eine so bizarre Allianz, die man sich kaum vorstellen kann.«

Bernice lächelte. »*Unheilige Allianz* ist der Ausdruck, der einem dazu einfällt.«

Der Colonel erwiderte ihr Lächeln. »Daran habe ich auch gedacht.«

»Hey, hey.« Black Paul fuchtelte bedrohlich mit dem Zeigefinger herum. »Sie sollten wissen, daß meine Familie seit langer Zeit Kontakte zum Orden der Donà di Piave hat.« Er beugte sich vor, und sein wundervoller Anzug warf Falten. »Die Mattaccinos haben *Beziehungen,* Colonel.« Er faltete die Hände vor dem Gesicht. »Beziehungen, die Sie sich nicht einmal vorstellen können.«

»Leute wie die Mattaccinos sind nützlich, Colonel.« Bernice breitete die Arme aus. »Wir sind ein Frauenorden, und Frauen haben mit allen Beschränkungen zu kämpfen, die ihr Geschlecht ihnen auferlegt. Wir sind in der einen oder anderen Weise durch die Jahrhunderte verfolgt worden.«

Ihre elektrisch blauen Augen fixierten ihn, und der Colonel fragte sich, ob sie etwas über seine jüdische Abstammung wußte. »Gott hat der Donà di Piave in seiner unendlichen Weisheit einen Auftrag erteilt, der die Jahrhunderte überlebt hat. Wir erledigen den Auftrag Gottes in der Weise, die er bestimmt.« Sie lächelte. »Wo wir schwach sind, verleiht er uns Stärke.«

»Und an diesem Punkt kommen wahrscheinlich die Mattaccinos ins Spiel. Wollen Sie mir erzählen, daß es Gottes Willen entspricht, daß Sie sich mit Gangstern einlassen? Mit der Mafia?«

»Wir sind alle Gottes Kinder, Colonel«, sagte Bernice. »Würden Sie sich von den Sünden abwenden? Alle Menschen brauchen Erlösung. Durch unseren Einfluß bewegen wir sie dazu, die Kirche und ihre Gemeinden zu unterstützen. Sie bringen viele Menschen vor Gefahren in Sicherheit.«

»Und plündern genauso viele andere aus.«

»Ich habe es Ihnen ja gesagt!« explodierte Black Paul. Er sprang auf. »Ich muß mir dieses Geschwätz . . .« Er biß sich auf die Lippen, um den Fluch zu ersticken. »Das Ganze war ein gottverdammter Fehler! Ich habe es gewußt.«

Bernice blickte weiter den Colonel an und bewahrte die Ruhe. Als Black Paul keine blasphemischen Sprüche mehr einfielen, ergriff sie wieder das Wort. »Wer von uns ist kein Sünder, Colonel? Wollen Sie den ersten Stein werfen?«

Der gemaßregelte Colonel schwieg. Bernice hatte recht. Er selbst hatte Gesetze gebrochen, gemordet und sich – im Namen seiner Vorreitermission – sogar mit der Yakuza verbündet. Was gab ihm das Recht, vor diesen Leuten den großen Moralisten zu spielen?

»Was wollen Sie?« fragte er schließlich.

Black Paul starrte auf ihn herab und blickte dann Bernice an. Er war offensichtlich erstaunt.

»Wir brauchen Ihre Hilfe für einen Kurswechsel. Was wir von Senator McCabe wollten, haben wir gekriegt. Aber jetzt, mit dem wachsenden Risiko seiner antikommunistischen Hexenjagd, wird er eine Bedrohung«, sagte Bernice mit erstaunlichem Pragmatismus.

Black Paul beugte sich über sie und ballte eine Hand

zur Faust. »Es wird Zeit, daß wir ihn in den Boden stampfen.«

»Und Sie wollen, daß ich Ihnen dabei helfe?« fragte der Colonel.

»McCabe wird Anfang nächster Woche hier in Tokio eintreffen«, sagte Bernice.

»Na prima«, sagte der Colonel und erhob sich. »Ich werde meine Knarre zücken und ihn umlegen.«

»Madonna!« Black Paul schlug sich mit der Handkante gegen die Stirn. »Wofür brauchen wir diesen Typ, Bernice?«

Sie blickte ihn einen Moment lang an. »Weil wir es ohne ihn nicht schaffen. Weder Sie noch ich dürfen uns irgendwo in der Nähe von Senator McCabe blicken lassen.«

»Teufel oder nicht«, sagte der Colonel. »Ich werde bei diesem Mord nicht mitwirken.«

»Was für ein Mord?« Black Paul wirbelte wie ein Derwisch mit den Händen. »Wer hat irgendwas von Mord gesagt?«

Der Colonel trieb ihn in die Enge: »›Es wird Zeit, daß wir ihn in den Boden stampfen‹, haben Sie gesagt.«

»Ja, aber . . .«

»Setzen Sie sich wieder.«

Sie folgten Bernices Befehl.

»Colonel«, sagte sie mit ihrer tiefen, beruhigenden Stimme, »wir müssen einen Weg finden, um Senator McCabe zu neutralisieren, nicht mehr. Wir wollen ihn nicht umbringen, sondern ihn nur seines Einflusses berauben.«

Der Colonel dachte lange darüber nach. Er zog seine Pfeife hervor und brachte kostbare Augenblicke damit zu, sie zu stopfen, anzuzünden und zu ziehen, bis sie zu seiner Zufriedenheit brannte. »Vielleicht ist das machbar. Aber es hat seinen Preis«, sagte er schließlich.

»Geld spielt keine Rolle«, warf Black Paul ein.

»Oh, machen Sie sich nicht lächerlich, Paul«, sagte Bernice. »Der Colonel ist ein hochgradig pragmatischer Mann. Ich bin sicher, daß Geld bei unserem Geschäft unwichtig ist.«

»Wirklich?« fragte Black Paul verunsichert. »Was dann?«

Der Colonel blickte beide an. »Zuerst will ich mit Faith ...«

»Nein!« brüllte Black Paul. »Kommt nicht in Frage! Ich bin dagegen! Faith wird aus dieser Diskussion rausgehalten.«

Der Colonel wandte sich Bernice zu.

»Paul hat recht. Faith ist nicht mehr hier. Sie ist in die Vereinigten Staaten zurückgekehrt.«

»Sie könnte alles bestätigen«, sagte der Colonel.

»Sehen Sie?« Black Pauls Arme glichen Windmühlenflügeln. »Dieser Bastard glaubt uns kein Wort. Er ist wie alle anderen Outsider, mit denen ich Kontakt hatte.« Er wandte sich wutentbrannt dem Colonel zu. »Sie haben ihr Wort. Um Himmels willen, sie ist eine verfluchte Nonne!«

»Das reicht jetzt, Paul.«

Black Paul drehte sich um, stolzierte mit steifen Beinen auf die Vorhänge zu und starrte sie an.

»Es tut mir leid, Colonel, aber über diesen Punkt können wir nicht verhandeln«, sagte Bernice bestimmt. »Faith ist abgereist. Sie müssen das akzeptieren.«

»Sie wissen, was Sie von mir verlangen, Schwester. Unterscheidet sich das so sehr von Mord? Sie wollen, daß ich Senator McCabes *Leben* zerstöre. Ohne seine Karriere und mit einem ruinierten Ansehen wird er sich vielleicht eine Pistole an die Schläfe halten und Selbstmord begehen.«

»Um so besser für uns alle«, sagte Black Paul von der anderen Seite des Raumes. »Dieser Wahnsinnige ist ein Teufel. Glauben Sie mir. Ich habe mit dem Hurensohn Brot gebrochen und wäre fast daran erstickt.«

Bernice und der Colonel ignorierten seinen Wutausbruch.

»Sie wissen, was McCabe Amerika antun kann, wenn alles nach seinen Vorstellungen läuft?« fragte Bernice. »Er wird alles zerstören. Freundschaften, Familien, Reputationen und Karrieren ruinieren. Hunderte, Tausende. Und wozu?«

»Spekulationen genügen nicht«, antwortete der Colonel. »Letztlich läuft doch alles darauf hinaus, daß ich den Dreck aufwischen soll, den Sie mitverursacht haben.«

Bernice schüttelte den Kopf. »Darum geht es überhaupt nicht.« Sie wandte sich um. »Eiko-san«, rief sie mit lauterer Stimme.

Eiko betrat den Raum, einen blaßgelben Schnellhefter in der Hand. Sie brachte es nicht fertig, dem Colonel in die Augen zu blicken, reichte Bernice die Akte und eilte aus dem Zimmer wie ein Mensch, der vom Schauplatz einer Katastrophe flieht.

Bernice reichte dem Colonel schweigend die Akte. Er ergriff sie, und sie schien ihm die Hände zu versengen.

»Was tun Sie da?« fragte Black Paul, der sein Exil vor den Vorhängen verließ. »Ich dachte, daß wir uns verständigt hätten . . .«

Bernice hob die Hand, und ihre weiche, dunkle Stimme hatte plötzlich einen eisigen Unterton. »Er soll es wissen.«

Bestürzt öffnete der Colonel den Schnellhefter. Es war seine G-2-Akte. Sie enthielt bekanntes Material, und er entspannte sich – bis er das Ende der Akte erreichte, der zwei Seiten als vertraulicher Nachtrag hinzugefügt worden waren. Die Papiere hatten keinen amtlichen Briefkopf, waren aber mit dem offiziellen Stempel versehen. Der Colonel mußte mit wachsendem Entsetzen Einzelheiten über seine Partnerschaft mit Mikio Okami zur Kenntnis nehmen. Dann las er die zweite Seite. JÜDISCHER ABSTAMMUNG. Er brauchte nicht mehr weiter zu lesen. Die Worte traten auf der Seite hervor, als ob sie eingebrannt und nicht auf einer Armeeschreibmaschine getippt worden wären. Verse aus Shakespeares Richard III. kamen ihm in den Sinn: *Mord, grauser Mord, im fürchterlichsten Grad, Jedwede Sünd, in jedem Grad geübt, Stürmt an die Schranken, rufend: Schuldig! Schuldig!*

»Das ist die Kopie aus dem G-2-Büro«, sagte Bernice sanft. »Paul hat Senator McCabe ein Duplikat übergeben.« Der Colonel sah auf und bemerkte ihren standhaften Blick. »Sie wissen doch, was passieren wird, Colonel? Ein Jude. McCabe wird Sie aus dem einfachen Grund als kommunistischen Verschwörer anschwärzen, weil verschiedene prominente Juden bekanntlich mit der Sowjetunion sympathisieren. Und obendrein sind Sie noch ein britischer Staatsangehöriger, der in der SCAP-Verwaltung dient. Allein aufgrund dieser Tatsache haben Sie in Washington schon mächtige Feinde. Diese Leute würden einen Tanz um Ihren Scheiterhaufen aufführen.« Bernice nahm ihm die Akte aus der Hand. »Jetzt ist die Bedrohung von Karriere und Ansehen nicht mehr so weit entfernt, oder? Jetzt sind Sie selbst in der persönlichsten Weise betroffen, Colonel.«

Der Colonel räusperte sich. »Was ist mit G-2? Hat die nachrichtendienstliche Abteilung die Akte gesehen?«

»Nicht, seit sie aktualisiert worden ist.« Bernice riß die letzten zwei Seiten aus dem Schnellhefter und hielt sie hoch. »Sollen wir?«

Der Colonel nickte betäubt. Er nahm ein schweres silbernes Feuerzeug und hielt es an die untere Ecke der Papiere. Die Flammen züngelten auf und vernichteten das Beweismaterial. *Hat mein Gewissen doch viel tausend Zungen, Und jede Zunge bringt verschiednes Zeugnis, Und jedes Zeugnis straft mich einen Schurken.* Richard III. hatte ja so recht, dachte der Colonel, während er Bernice beobachtete, die die graue Asche auf das Teetablett aus ziseliertem Silber fallen ließ.

Bernice bekreuzigte sich. »Es ist vollbracht. Also, was werden wir jetzt tun?«

Major Jack Donnough war in aufgeräumter Stimmung, als er die Räume des Colonels im hinteren Teil des *toruko* betrat. »Sie werden nie erraten, wer nächste Woche der spezielle Gast der G-2 sein wird. Die Information ist geheim. Wenn ich Ihnen erzähle, wer . . .«

Er kreischte wie ein Hühnchen, dem der Hals umgedreht werden soll. Seine hervorquellenden Augen erkannten sein schreckliches Schicksal, als der Colonel ihn durch den Raum schleuderte. Sein Kopf knallte schmerzhaft gegen die Wand, und seine Zähne klapperten. Er sah Sterne. Bevor er wußte, wie ihm geschah, hatte der Colonel schon einen Stuhl herbeigezogen und ihn darauf gestoßen. Donnough kniff die Augen zu und hoffte, daß der Alptraum vorübergehen würde, aber als er das harte, metallische Klicken hörte, riß er die Augen wieder auf.

»Was . . .?«

Dann spürte er den Lauf seines eigenen Dienstrevolvers im Mund. Der Geschmack und die Länge des Laufs machten ihn verrückt. *Christus, Christus am Kreuz!*

»Ich zähle jetzt bis drei«, sagte der Colonel. Er brachte sein Gesicht dicht vor das Donnoughs. »Und dann wird Ihr Gehirn quer über die Wand spritzen. Ist das deutlich genug, Donnough?« Der Major erstarrte, als ob völlige Bewegungslosigkeit ihn irgendwie retten könnte.

»Anschließend werde ich Ihnen diese Waffe in die Hand drücken, überall Fotos verbreiten und dann die Militärpolizei benachrichtigen. Die können dann zusehen, was für einen Reim sie sich auf die Sache machen.«

Donnough begann zu würgen.

»Na los, machen Sie schon.« Der Colonel preßte die Mündung der Pistole gegen Donnoughs Gaumen. »Sie werden an Ihrer eigenen Kotze ersticken.«

Donnough fing sich und versuchte, das Würgen zu stoppen.

»Sie haben mir das angetan, oder? Was hat Sie zu dieser Verzweiflungstat getrieben? Haben Sie gedacht, daß ich nicht merken würde, wie Sie meine G-2-Akte manipuliert haben? Faschistischer Bastard.«

Der Colonel zog plötzlich die Pistole zurück und ohrfeigte den Major so hart, daß der vom Stuhl kippte. Er kauerte mit gesenktem Kopf in einer Ecke, preßte seine Knie gegen die Brust und begann zu heulen.

Dieser Zusammenbruch widerte den Colonel an. Er zog den Stuhl herüber, setzte sich verkehrt herum darauf, legte die Unterarme lässig auf die Rückenlehne und blickte auf Donnough hinab. »Nun? Ich warte, Major.«

Donnough schnüffelte und wischte sich seine laufende Nase mit dem Ärmel ab. »Ich hatte Angst und wußte nicht, was ich sonst tun sollte. Ich mußte versuchen, mich selbst zu retten.«

»Das ist alles?«

Er nickte stumm.

Warum nicht, dachte der Colonel. Die banalen Antworten entsprachen meistens der Wahrheit.

»In Ordnung, hören Sie zu«, sagte der Colonel munter. »Ich weiß, daß Senator McCabe Anfang nächster Woche nach Tokio kommt, ohne daß der Nachrichtendienst Bescheid weiß. Und ich kenne auch einige seiner speziellen sexuellen Vorlieben.« Er machte eine kurze Pause. »Ich weiß auch einiges über *Sie*, Donnough.« Der Major hob den Kopf, und seine blutunterlaufenen Augen trafen den Blick des Colonels. »Sie und McCabe haben dieselben sexuellen Neigungen, oder? Deshalb wissen Sie soviel über ihn. Aus der Zeit, als er noch in der Armee war.« Das war ein weiterer Leckerbissen, mit dem ihn McCabes frühere Partner versorgt hatten. Eines mußte man ihnen lassen, sie verfügten wirklich über eine Menge nützlicher Informationen.

Der Colonel stand auf und schob den Stuhl zur Seite. Dann packte er Donnough an der Uniform und zog ihn hoch. Der Major stank vor Angst aus dem Mund. »Sie werden jetzt genau tun, was ich Ihnen sage.« Er hob die Pistole, so daß Donnoughs Kopf zurückschnellte. »Und ich sage Ihnen etwas. Wenn Sie versuchen, mich in irgendeiner Weise über den Tisch zu ziehen, werde ich Ihnen die Knarre ins Maul pressen und abdrücken. Ist das klar?«

Donnough nickte. Er war immer noch halb betäubt.

»Und noch etwas«, sagte der Colonel. »Meine G-2-Akte ist ohne Ihren Nachtrag wieder zurückgebracht worden. Wenn Sie versuchen sollten, sie noch mal zu manipulieren . . .«

»Nein. Ich schwöre es.«

»Es tut mir leid, aber in meinem Zimmer wird die Rohrleitung repariert«, sagte Eiko zu Leon Waxman, als er im *toruko* eintraf. »Wir müssen ein anderes nehmen.«

Waxman zuckte die Achseln. Er dachte nur an das Vergnügen, das er genießen würde, sobald ihn die Japanerin ausgezogen hatte.

Eiko führte ihn in den hinteren Teil des Gebäudes. Als sie am Büro des Colonels vorbeikamen, hörte Waxman eine Stimme. »Es ist mir verdammt egal, was Sie für das Beste halten. Ich nehme die Sache in die Hand.« Stille. Der Mann telefonierte offensichtlich. Johnny verlangsamte seinen

Schritt. »Allerdings«, sagte der Colonel. »Jetzt hören Sie mir mal gut zu, Mr. Mattaccino ...«

»Oh, Mist!« Waxman schlug sich sanft mit der Hand an die Schläfe, und Eiko wandte sich um. »Ich habe das Autolicht angelassen.« Durch sein Lächeln verfärbten sich seine Narben weißlich. »Hör zu, Süße. Du gehst ins Zimmer und bereitest alles vor. Ich werde gleich dasein.«

»Okay.« Eiko zeigte ihm den Raum, verbeugte sich leicht und schlenderte den Flur hinab.

Waxman drehte sich um und ging ein paar Schritte durch den Korridor zurück. Aber als er hörte, daß sich die Zimmertür schloß, kehrte er um und wartete vor dem Büro des Colonels, um mehr von der Unterhaltung mit dem verlogenen Hurensohn Black Paul Mattaccino mitzubekommen.

»Mr. Mattaccino, Sie strapazieren meine Geduld arg ... Wirklich ... Solche Drohungen höre ich gar nicht gerne ... Sehen Sie, ich habe Sie ausgesucht, um ... Hallo? Hallo?« Der Hörer wurde auf die Gabel geknallt. »Verdammter Mist!«

Johnny Leonforte hatte genug gehört. Er lächelte verstohlen und hinterlistig. Dann klopfte er an die Tür. »Herein«, murmelte eine Stimme. Johnny Leonforte betrat das Büro.

Der Colonel blickte auf. »Kann ich Ihnen helfen? Ich glaube, Sie haben sich im Raum geirrt.«

»Nein, das glaube ich nicht.« Johnny zog mit dem Fuß einen Stuhl heran und ließ sich darauffallen.

»Und wer sind Sie?«

Ein Brite, dachte Johnny. Und ein Colonel obendrein. »Leon Waxman.« Er streckte nicht die Hand aus, weil er sich vage daran erinnerte, wie formell die Engländer waren.

»Colonel Denis Linnear.« Der Colonel nickte ihm kurz zu und schloß die Akte, in die er gerade etwas notiert hatte. Er schob den Ordner in die oberste linke Schublade seines Schreibtisches und knallte sie zu. Dann faltete er auf der Schreibtischplatte die Hände. »Wie kann ich Ihnen helfen, Mr. Waxman?«

»Ich glaube, Sie sehen die Sache von der falschen Seite«, sagte Johnny mit einem leichten Grinsen.

Der Colonel hob die Augenbrauen. »Wirklich?«

»Ja. Ich habe gehört, daß Sie Probleme mit einem Mann namens Black Paul Mattaccino haben.«

»Nie von ihm gehört.«

»Nun, ich schon. Tatsächlich kenne ich den Bastard in- und auswendig. Vielleicht sogar besser als seine eigene Mutter.«

»Das ist ja alles sehr interessant, aber . . .«

In diesem Augenblick stürmte Eiko atemlos und schwitzend ins Zimmer. »Colonel-san«, schrie sie, »kommen Sie bitte schnell. Zwei Kunden prügeln sich. Einer blutet, und der andere . . .«

»Entschuldigung, Mr. Waxman. Ich bin gleich zurück.« Der Colonel sprang auf und war mit zwei Schritten aus dem Raum. Johnny hörte, wie die beiden den Flur hinabrannten.

»Ist schon in Ordnung«, sprach er in den leeren Raum. »Lassen Sie sich Zeit.« Er stand auf, und nachdem er einen Blick in den verlassenen Flur geworfen hatte, setzte er sich hinter den Schreibtisch des Colonels. Er öffnete die obere linke Schublade und zog die Akte hervor, in die der Colonel etwas geschrieben hatte. Sie war mit einem *Top-Secret*-Stempel der G-2 versehen. Der Nachrichtendienst der amerikanischen Armee, dachte Johnny. Er öffnete die Akte und fand den Plan, Senator Jacklyn McCabe zu Beginn der nächsten Woche nach Tokio zu bringen. In der linken Spalte hatte jemand mit hastiger Handschrift notiert: *Donnough bringt McC am Dienstag um elf Uhr nachts. Raum sieben. Wasserdichte Sicherheitsmaßnahmen.*

Johnnys Herz hämmerte hart in seinem Brustkasten. Senator McCabe würde das Tenki besuchen, und er wußte alles: das Datum, die Zeit, den Ort. Das war die Chance seines Lebens. Weder sein Vater noch sein Bruder Alphonse hatten es geschafft, McCabe zu treffen. Jetzt war er an der Reihe. Die Familie Leonforte hatte dem Senator eine Menge zu bieten, und McCabe war nichts anderes als ein Pragmatiker. Johnny blickte auf. *Danke, Colonel Linnear*, dachte er.

Als er Stimmen im Flur hörte, klappte er die Akte zu und schob sie in die Schublade, die er wieder schloß. Er stand auf und saß gerade wieder auf seinem Stuhl auf der anderen Seite des Schreibtisches, als der Colonel das Büro betrat.

»Sie sind immer noch hier?« fragte der offensichtlich verärgerte Colonel. Er setzte sich hinter den Schreibtisch und schrieb hastig Notizen nieder.

»Gibt's Ärger?« fragte Johnny nonchalant.

»Nichts, womit ich nicht fertig würde.«

»Glauben Sie mir, mit Black Paul Mattaccino wird es nicht einfach werden.«

Der Colonel blickte auf. »Ich habe Ihnen doch erzählt, daß ich den Mann nicht kenne.«

»Ja, in Ordnung.«

»Hören Sie, Mr. . . .?«

»Waxman.«

»Mr. Waxman, wir verschwenden nur unsere Zeit.«

Johnny hob die Hände und stand auf. »Okay. Vielleicht haben Sie recht.« Er lächelte den Colonel kurz an. »Wir sehen uns.«

In der Nacht von Dienstag auf Mittwoch war der Colonel nervös. Es hing alles von diesem Plan ab, der so zerbrechlich wie verwegen war. Es gab so viele Faktoren, die zusammentreffen mußten, und so viele Unwägbarkeiten. Alles konnte schiefgehen.

»Zerbrechlich.« Eiko ließ sich das Wort auf der Zunge zergehen, während der Oberst seinen Sorgen Ausdruck verlieh. Dann schüttelte sie den Kopf. »Ich glaube nicht daran. Es ist alles eine Sache der menschlichen Natur, oder? Und die menschliche Natur ist das Verläßlichste auf der Welt.« Sie lächelte ihn an. »Machen Sie sich keine Sorgen, Colonel-san. Was ist denn das Schlimmste, was passieren kann?«

»McCabe geht straflos aus und kreuzigt mich, weil ich ein Jude bin, der die Kommunisten liebt. Und Okami findet heraus, daß ich Johnny Leonforte vor ihm verheimlicht habe.« Er blickte sie über den Pfeifenkopf hinweg an.

»Zwei größere persönliche Katastrophen kann ich mir gar nicht vorstellen.«

»Gut, aber wenigstens haben Sie sie jetzt ins Auge gefaßt«, sagte Eiko bedächtig. Der Colonel konnte ihrer Stimme und ihrem Gesichtsausdruck entnehmen, daß sie stolz war, in seine Aktivitäten eingeweiht zu sein. Und das gab ihm den Schuß zusätzlichen Selbstvertrauens, den er brauchte.

»Danke, Eiko-san.«

Sie senkte den Blick, als er sie ansah. »Ich habe keinen Beitrag geleistet, Colonel-san.«

Er legte die Handflächen auf die Schreibtischplatte und stand auf. »Wie immer die Sache auch ausgeht, Eiko-san, ich werde Sie heute nacht zu dem besten *sushi* einladen, das Sie je gegessen haben.«

Sie schwieg, was aber bei ihr bedeutete, daß sie die Einladung angenommen hatte.

Donnough brachte Jacklyn McCabe Punkt elf Uhr nachts ins Tenki. McCabe war ein fetter, glatzköpfiger Mann mit einer hohen Stirn und Hängebacken, die wegen seiner Bartstoppeln ständig bläulich glänzten. Über seinem Hemdkragen hing ein schweres Doppelkinn. Er roch nach Eau de Cologne und Schweiß und blickte mit seinen zu eng beieinanderstehenden Schweinsaugen finster, mißtrauisch und aggressiv auf seine Umgebung.

Dennoch hatte er eine unbestreitbare persönliche Ausstrahlung und eine sonore Stimme, die selbst das Telefonbuch interessant gemacht hätte, wenn er sich entschlossen hätte, daraus vorzulesen. Und auf dieses Charisma kam es offensichtlich am meisten an.

McCabe blickte sich um wie ein Kriegsbefehlshaber, der seine Truppen inspiziert. Der Colonel konnte fast sehen, wie ihm bei den Vorbereitungen das Wasser im Munde zusammenlief.

»Solche Dienstleistungen gibt es bei uns in Amerika natürlich nicht«, sagte McCabe zu Donnough. »Da kann man höchstens erwarten, daß man einen alten Sack zu stoßen bekommt. Wenn keiner hinguckt.« Er lachte brüllend.

Schließlich wurde er Eiko vorgestellt. »Haben Sie irgendwelche Jungs in dieser Mausefalle? Richtig stramme Jungs?« Er lachte wieder laut los und genoß seine Vorstellung. Vielleicht machte ihn die lockere Atmosphäre des *toruko* nach den intensiven Gesprächen mit hochstehenden Persönlichkeiten im Hauptquartier der SCAP unbesonnen.

»Sie sind alle erstklassig«, sagte Eiko in bestem Pidgin-Englisch. »Es sind alles . . .«

»Stramme Jungs!« brüllte McCabe. Er machte eine unzüchtige Geste mit der halbgeöffneten Faust. Eiko nickte energisch und führte ihn in Raum sieben. Er wandte sich zu Donnough um, als ob sie nicht anwesend wäre. »Dies scheint der Höhepunkt einer sehr bitteren Reise zu sein, Jack.« Er legte die Hand auf die Türklinke. »Hau jetzt ab und warte, bis ich fertig bin«, sagte er in abweisendem Tonfall. »Anschließend können wir zusammen essen gehen.«

In Raum sieben war alles vorbereitet, und man wartete auf ihn. Hinter dem durchsichtigen Spiegel schoß der Colonel ein Foto nach dem anderen. Der behaarte, übergewichtige Senator führte ihm eine Reihe wahrlich erstaunlicher sexueller Gymnastikübungen mit einem japanischen Jungen vor, der nicht älter als zwölf war. Der Colonel hatte viel zu lange im Orient gelebt, um angesichts solcher Dinge noch empfindlich zu sein. Und doch hatte er jedesmal den tiefen, plötzlichen Schmerz der Frustration gefühlt, daß man nichts gegen diese Praktiken ausrichten konnte. Jetzt spürte er keinen Zorn mehr, weil er vor einiger Zeit seine Vorurteile abgelegt hatte, die mit dem Wort *Mißbrauch* zusammenhingen. Sex war ein kulturelles Phänomen, und er hatte weder eine legale noch eine moralische Möglichkeit, Recht zu sprechen oder einzugreifen.

Als der nackte Johnny Leonforte den Raum betrat, gestattete sich der Colonel ein kurzes, befriedigtes Lächeln. Die menschliche Natur, wie Eiko gesagt hatte. Der japanische Junge war schlafend auf dem Boden zusammengesunken, aber der Senator hatte noch genug Energie übrig und nach dem nächsten geklingelt.

»Mutter Gottes«, sagte er, als er Johnny sah. »Sie sind verdammt zu alt.«

Johnny lachte, streckte die Hand aus und stellte sich vor. »Senator Jacklyn, es gibt eine Menge, worüber wir uns unterhalten müssen.«

»Tatsächlich?« McCabe blickte nervös auf den japanischen Jungen.

»Allerdings.« Johnny schenkte ihm sein breitestes Grinsen. »Ich werde persönlich dafür sorgen, daß Sie sich jede Nacht mit Sex besoffen machen können. Oder mit etwas anderem, worauf Sie jede Nacht der Woche Lust haben.«

McCabes Blick war skeptisch. »Ich lebe in den Vereinigten Staaten, Mr. Waxman. In Washington, um genau zu sein. Und die Typen drüben sind nicht allzu nachsichtig gegenüber dem, was mir Vergnügen bereitet.«

»Aber das ist ja gerade das Schöne, Senator Jack. Ich bin in der Vermittlungsbranche.« Er verbeugte sich tief. »Ich bin Ihr persönliches Genie. Ihr Wunsch ist mir Befehl.«

Der Colonel beobachtete diesen ersten persönlichen Kontakt durch den durchsichtigen Spiegel, und er mußte Johnny Leonfortes Nerven bewundern. Dies war der schwierigste Teil seines Plans gewesen, weil er darin keine Rolle spielen konnte. Er hatte sich darauf verlassen müssen, daß Leonforte Kontakt zu McCabe aufnehmen würde, um eine Liaison zu schmieden, die eng genug war, um ihn – und die ganze Familie Leonforte – dem Untergang zu weihen. Und das war der Fall, wenn er jedem Mitglied des Ethik-Ausschusses im Kongreß die Fotos zuspielte, die McCabe zeigten, wie er einen zwölfjährigen Jungen umarmte.

Er spähte durch den Spiegel auf die Parade minderjähriger Japaner, die Johnny durch die Tür führte, und der Colonel sah, daß seine Sorgen überflüssig gewesen waren. Johnny Leonforte war ein cleverer und erfindungsreicher Mensch.

»Es ist vorbei«, sagte Eiko, während sie glücklich eine große Platte mit *sushi* verzehrte. »Sie haben sich gleichzeitig um Senator McCabe *und* die Leonfortes gekümmert. Bernice und Paul sind Ihnen sehr dankbar.«

»Ich hoffe, Sie sorgen dafür, daß sie ihren Teil der Abmachung einhalten«, sagte der Colonel. Eikos hemmungslose Freude am Essen machte ihn glücklich.

»Da können Sie ganz sicher sein.« Eiko nahm ein fettes Stück *toro* zwischen ihre Eßstäbchen, tunkte es in die delikate Sojasoße und steckte es in den Mund. Sie schloß die Augen, während sie langsam und methodisch kaute. »Dies *ist* das beste *sushi*, das ich je gegessen habe. Wie haben Sie das Restaurant gefunden?«

»Es gehört Okami.«

»Ah, Okami.« Sie wischte sich die Lippen ab. »Haben Sie ihn erfolgreich aus der Sache rausgehalten?«

»Es war nicht einfach. Und ehrlich gesagt bin ich auch nicht glücklich darüber. Ich kann nur hoffen, daß dieser Betrug sich nicht eines Tages rächt und mich verfolgt. Aber Okami ist ein Heißsporn. In dem Moment, wo ich ihm erzählt hätte, daß Leon Waxman Johnny Leonforte ist, hätte er ihn gejagt, und dieses Mal hätte er den Job wirklich zu Ende gebracht. Das hätte nicht in meine Pläne gepaßt. Ich brauchte Johnny, um alle Leonfortes zu erledigen.«

»Ich hoffe, daß es sich gelohnt hat, ihn am Leben zu lassen. Meiner Meinung nach ist er ein sehr gefährlicher Mann.«

Das waren prophetische Worte, aber der Colonel sollte nicht mehr erleben, wie sie sich bewahrheiteten. Er starb im Herbst des Jahres 1963, woraufhin alles, wofür er so bedächtig gearbeitet hatte, langsam wieder zerfiel.

Viertes Buch

JENSEITS VON GUT UND BÖSE

»Das habe ich getan«, sagt mein Gedächtnis. »Das kann ich nicht getan haben«, sagt mein Stolz und bleibt unerbittlich. Endlich – gibt das Gedächtnis nach.

Friedrich Nietzsche

10
Tokio

Nicholas fand Tanzan Nangi in einem Hinterzimmer von Kisokos Stadthaus. Der Raum lag im obersten Stock und roch modrig, weil er lange nicht benutzt worden war. Die Spinnweben vor den Fenstern wirkten wie Gitter eines Gefängnisses. Von irgendwo her hörte man das sonore Ticken einer Uhr mit riesigem Pendel, und der Schatten des Pendels fiel wie ein mahnender Finger über den staubigen Holzfußboden.

Nangi lag auf einem alten Bett aus tiefschwarzem Ebenholz. Die weißen Laken, in die er eingewickelt war, waren stark verfärbt, und als Nicholas sich näherte, sah er Blut, das so schwarz wie die Nacht oder das Ebenholz des Bettes war.

Er rief Nangis Namen, aber es war, als ob irgend etwas in den Wänden seine Stimme verschluckte. Das Ticken der Uhr. Oder war es Nangis Herz? Er beugte sich nieder, hob Nangi hoch und drehte sich mit ihm, um ihn wegzuschaffen.

Das Ticken nahm einen metallischen Klang an. Im Halbdunkel sah er, wie ein anderer Schatten die schwingende Klinge des Pendels durchschnitt. Er ging langsam wieder durch den Raum zurück. Der Weg schien ihm sehr lang zu sein, und Nangis grauer Körper wurde mit jedem Schritt schwerer.

»Wer ist da?« rief Nicholas. »Wer ist da?« Aber die Wände fingen seine Stimme abermals ein und absorbierten ihren Klang.

Dann bemerkte er eine Bewegung, und der Schatten des Pendels verblaßte. Irgend jemand – er konnte nicht sehen, wer – schien im Schneidersitz auf dem Boden zu sitzen. Die Person versperrte den einzigen Ausgang des Zimmers.

Nicholas öffnete sein *tanjian*-Auge und erweiterte seine Psyche, um einen Eindruck zu gewinnen, wer ihm den Weg versperrte.

Das funktionierte hier nicht.

Dann war das *akshara* auf unerklärliche Weise beendet. Er schrie leise auf, als ob er seinen Arm in eine unbekannte Dunkelheit ausgestreckt hätte, aber nur, damit er ihm von der Schulter abgehackt würde. Als das *tanjian*-Auge sich unfreiwillig schloß, durchfuhr ihn ein kalter Schauer.

In diesem Augenblick der Panik sah er, daß die sitzende Person vom Boden aufschwebte. Sie schwebte und schwebte, und man hörte das Echo eines sanften Lachens, das von den Wänden widerhallte, die seine eigene Stimme verschluckt hatten. Dann schoß die Person mit so bösartiger Kraft auf ihn zu, daß er instinktiv einen Arm über sein Gesicht legte ...

Er erwachte und saß kerzengerade da.

»Nicholas, ist alles in Ordnung?«

Er blickte in Honnikos ängstliches Gesicht. »Wo bin ich?«

»In meinem Apartment in Sunshine City. Sie hatten einen – wie soll ich es nennen – Anfall, wie kurz vor und während unseres Essens. Marie Rose und ich haben es geschafft, Sie auf meinen Futon zu legen, bevor Sie völlig weggetreten waren.« Honniko kniete sich auf das Bett und wischte ihm die Stirn ab. »Sie schwitzen. Vielleicht sind Sie krank.«

Er schüttelte den Kopf. »Nein. Es war nur ein Alptraum.« Aber ein furchtbar realer Alptraum, dachte er. Er legte seinen Kopf in ihre Hände und versetzte sich in den Zustand der *prana*, um sein Atmungssystem zu reinigen. Die krankhaften *kshira*-Anfälle wurden schlimmer. Er konnte sich an diesen nicht mehr erinnern. Es schien klar zu sein, daß die freiwillige Herausforderung des *kshira* die ungebetenen Anfälle verschärfte.

»Wo ist die Mutter Oberin?«

»Sie ist gegangen. Ich weiß nicht, wohin.« Honnikos Tonfall gab ihm zu verstehen, daß sie nicht nachfragen durfte.

Er blickte zu ihr auf. »Die Geschichte, die Sie mir erzählt haben, über Ihre Mutter, Eiko, meinen Vater und Johnny Leonforte ...«

»Das war keine Geschichte. Es ist die Wahrheit.«

»Warum haben Sie sie mir erst jetzt erzählt? Als wir uns zum erstenmal getroffen haben, müssen Sie bereits gewußt haben, wer ich bin. Warum haben Sie mir da nicht alles erzählt?«

»Ich wollte, aber . . .« Sie hielt plötzlich inne und wandte den Kopf ab. »Ich habe zu viele Geheimnisse«, flüsterte sie.

»Zum Beispiel Ihre Rolle als Londa.«

Sie nickte, und ihr blondes Haar glänzte. »Ich wollte nicht, daß Sie es wissen – oder auch nur ahnen.« Sie atmete rauh ein, als ob etwas Gemeines und Ekelhaftes in ihrer Brust schlummerte. »Ich wollte nicht, daß Sie mich mißverstehen – oder mich hassen.«

»Warum tun Sie es? Sie müssen sich nicht mit der Sexclub-Szene abgeben.«

»Ich muß nicht?« Sie lachte fast. »Ich *will* es.« Ihr Lächeln erlosch. »Jetzt *habe* ich Sie geschockt.« Er sagte nichts. Sie blickte ihn an, und ihre Augen analysierten ihn. »Vielleicht auch nicht. Ich bin wie meine Mutter. Sie hat in dem *toruko* gearbeitet, weil sie es wollte. Und es war das, was der Orden von ihr verlangt hat. Sie hat Gottes Werk getan. Wie ich.«

»Ich verstehe nicht. Gott verlangt, daß Sie sich auf sexuelle Handlungen mit Männern einlassen?«

»Gott verlangt, daß ich Geheimnisse anhäufe, und fordert von mir, daß ich dazu beitrage, die Macht des Ordens zu vermehren. In unserer Welt bewegt sich die Arbeit der Frauen in vorgeschriebenen Bahnen. Es hat sich seit Jahrhunderten nicht besonders viel geändert.«

»Dann ist dieses Leben letztlich doch nicht so hart.«

Honniko lachte. »Ich habe Sie sofort gemocht. Es gibt da einen Unterschied. Einen . . .« Sie beugte sich impulsiv über ihn und küßte ihn energisch auf die Lippen.

Nicholas ergriff ihre Schultern und blickte ihr tief in die Augen. »Ich mag Sie auch. Seit dem Augenblick, als ich Sie zum erstenmal in dem Restaurant sah.« Sie küßte ihn wieder mit einem so nackten Verlangen, daß es ihm das Herz erwärmte. Er löste sich von ihr. »Aber das ist keine besonders gute Idee.«

»Ich bin keine Hure.« Sie blickte ihn wieder herausfordernd an.

»Es wäre mir egal, wenn Sie eine wären.« Er blickte auf die kleine Madonnenstatue auf einem hohen Regal. »Sie haben Ihren Glauben nicht verloren.«

»Nicht den an Gott«, sagte sie, während sie seinem Blick folgte. »Aber Männer können solche Bastarde sein.« Sie streckte die Hände aus und berührte ihn. Er glaubte, wieder das nackte Verlangen in ihrem Blick zu erkennen, aber vielleicht unterschätzte er sie immer noch. Es ging ihr nicht um Sex. Aus ihrer Sicht war Sex eine abgewertete Ware.

Er lächelte, ergriff ihre Hand, küßte sie und ließ sie dann los. »Es ist nach acht Uhr.« Er stand vom Futon auf, und sie umkreiste ihn, um ihn anzusehen. »Ich muß gehen.«

»Sie sollten sich besser erst mal waschen«, sagte sie. »Sie sehen aus, als ob Sie aus dem Krieg kämen.«

Er blickte einen Moment lang auf sie hinab. *Ich habe zu viele Geheimnisse*, hatte sie gesagt. Wie viele weitere mochte sie noch verbergen? »Übrigens, haben Sie eine Ahnung, warum Jochi, Ihr Kollege aus dem Pull Marine, mich umbringen wollte?«

»Wovon reden Sie?«

»Ich habe heute früh auf sehr gefährliche Art auf dem Motorrad mit ihm Fangen gespielt. Er fuhr ein Polizeimotorrad, und so, wie er mir im Nacken saß, schien er äußerst entschlossen zu sein.«

»Nein, ich ...« Sie sah überrascht und sogar geschockt aus. »Und was ist passiert?«

»Ich habe es geschafft, durch ein Loch in der Wand zu entkommen. Er nicht.«

»Ich bin froh, daß Sie sich nicht verletzt haben.« Ihr Entsetzen schien sich zu vertiefen. »Was Jochi angeht, habe ich keine Ahnung, was er vorhatte.«

Sie hatte keine Vorstellung, aber er war sich sicher. Honniko, Jochi, das Pull Marine, sie waren alle eng mit Mick Leonforte verbunden. Vielleicht war Mick sogar der Besitzer des Restaurants. Das kleine Versteckspiel, das Nicholas mit Honniko gespielt hatte, verriet ihm eines: Sie wußte wirklich nichts über Jochis jüngste Aktionen. Vielleicht konnte er ihr nicht völlig vertrauen, aber obwohl sie im Lager seiner Feinde stand, war sie selbst nicht seine Feindin.

»Denwa Partners verlangt ein sofortiges Treffen«, sagte Kanda Torin, während Nicholas sein Büro bei Sato International betrat. Die Belegschaft der Nachtschicht war da, und die Geschäftsräume waren so von Leben erfüllt, als ob es mitten am Vormittag wäre. »Ich habe versucht, Sie über das Kami zu erreichen, während ich über mögliche Reaktionen unsererseits nachdachte. Ich wollte nicht gehen, ohne mit Ihnen gesprochen zu haben.«

»Sagen Sie bei Denwa Partners ab.« Nicholas sah schnell die elektronische Post durch, die nicht automatisch auf sein Kami überspielt worden war. Weitere Probleme in Saigon. Unveränderte Instabilität in Südamerika. Er fand drei weitere Nachrichten von Terrence McNaughton, dem Lobbyisten der Gesellschaft in Washington. Die letzte war dringend. Nicholas sah, daß McNaughton den Kreis der Kandidaten für das Präsidentenamt bei Sato-Tomkin auf drei Personen eingeschränkt hatte. Sato-Tomkin war Nicholas' amerikanische Firma, die mit Nangis Sato International fusioniert hatte.

»Ich kann nicht absagen. Der Vertrag, den wir mit ihnen abgeschlossen haben, macht zur Bedingung, daß wir sie alle dreißig Tage persönlich informieren müssen. Wir sind bereits fünf Tage überfällig.«

»Vertrösten Sie sie noch ein paar Tage. Wir können ja noch gar nicht viel über das CyberNet zu berichten haben. Es ist erst seit vier Tagen in Japan in Betrieb.«

»Linnear-san, sie haben dieses Treffen verlangt, weil sie schwere Zweifel an der langfristigen Überlebensfähigkeit von Sato International hegen. Das CyberNet hat uns – zusammen mit den Glasfibergeschäften in Südamerika – finanziell ausgeblutet.«

Nicholas blickte auf und konzentrierte sich zum erstenmal voll. »Das ist eine Überreaktion. Wir brauchen nur eine kurzfristige Finanzspritze, um die nächsten sechs Monate zu überstehen.«

Torin zögerte, und in seinem Blick war augenscheinlicher Schmerz zu erkennen.

»Na los. Spucken Sie's aus.«

»Entschuldigen Sie, Linnear-san, aber in ihren Augen sind Sie zu unzuverlässig, um Ihnen die Investition anzuvertrauen. Denwa hat hundertfünfzehn Miliarden Yen in unser Unternehmen gesteckt.« Das waren ungefähr zwei Milliarden Dollar. »Sie drohen mit gerichtlichen Schritten, wenn wir uns nicht so schnell wie möglich mit ihnen treffen.« Torins Blick war trostlos. »Sie werden uns verklagen, um die Kontrolle über das CyberNet zu erlangen.«

»Das wäre fast das Ende von Sato International. Mein Gott, wie sind wir nur in diesen Schlamassel hineingeraten?« Aber Nicholas wußte es. Er hätte in Tokio sein sollen. Weil Nangi so krank war, hatte Torin ganz allein den Karren aus dem Dreck ziehen müssen. Der ehrgeizige Torin, der, wie er sich erinnerte, die Kooperation des CyberNet mit Denwa Partners eingefädelt hatte. Er dachte einen Augenblick lang nach. »Okay, setzen Sie den Termin für zehn Uhr morgen früh fest.«

Er blickte wieder auf seine Unterlagen und las sie zweimal, bevor er feststellte, daß er sich an kein einziges Wort erinnern konnte. Torin hatte den Raum verlassen, um den Auftrag zu erledigen. Sollte er ruhig warten, entschied Nicholas.

Er versuchte, McNaughton zu erreichen, aber es war nicht die richtige Zeit. Er las die Aufforderung, seinen Code einzugeben, um die Dateien über die Kandidaten für den Job in Washington zu überspielen. Nicholas stöpselte sein Kami ein und übertrug die Daten. Währenddessen suchte er nach einer Nachricht von Okami. Er fand keine. Was war ihm zugestoßen? Das Telefon klingelte. Der Nachtmanager des Büros in Osaka hatte ein Problem mit den Glasfiberverträgen, und als Nicholas es gelöst hatte, war Torin zurück. Nicholas hatte keine Zeit, McNaughtons Informationen durchzusehen, und steckte sein Kami in die Tasche. Er setzte eine erwartungsvolle Miene auf, während er hochblickte. Torin stand wieder pflichtgetreu an seinem Platz.

»Sie hatten die Idee mit Denwa Partners, die sich als brillant oder als katastrophal erweisen wird«, sagte Nicholas. »Aber wie konnten Sie es Nangi erlauben, einen Vertrag mit so lästigen Klauseln zu unterzeichnen?«

»Ich habe nichts getan«, sagte Torin in bester japanischer Manier. »Denwa Partners hat uns keinerlei Spielraum für Verhandlungen gelassen. Sie wußten, daß wir verzweifelt bemüht waren, das CyberNet in Betrieb zu nehmen, und sonst niemanden hatten, an den wir uns wenden konnten.«

»Wenn ich hier gewesen wäre, hätte ich vielleicht amerikanische Partner gefunden, die nicht so scharf darauf gewesen wären, uns die Hölle heiß zu machen.«

»Ich wünschte, daß Sie hier gewesen wären. Dann hätten wir Ihre Weisheit und Erfahrung einsetzen können. Ich gebe zu, daß ich vielleicht in nicht geringem Maß durch Nangi-sans übergroßen Enthusiasmus beeinflußt worden bin.« Torin senkte ehrerbietig den Kopf. »Aber auch das hatte sehr viel mit Ihnen zu tun. Die vid-byte-Technologie, die uns von unserer amerikanischen Abteilung für Forschung und Entwicklung zur Verfügung gestellt wurde, hat ihn angefeuert. Die Rezession war eine lange und aufreibende Affäre, und dazu kam noch die fortschreitende politische Destabilisierung. Ich glaube, daß nicht wenige Leute seines Alters befürchtet haben, das Land befinde sich am Rande des Zusammenbruchs.«

»Unter der abgestreiften Haut des Alten beginnt sich wie eine zweite Haut etwas Neues zu bilden. Wir sollten keine Angst davor haben.« Nachdem Nicholas dies ausgesprochen hatte, bemerkte er, daß man seine Worte auch auf seine persönliche Situation beziehen konnte.

Lassen Sie die Dunkelheit auf sich zukommen.

Kshira.

Er blickte zu Torin auf und traf eine Entscheidung. »Nangi-san hat sich sehr deutlich ausgedrückt. Ich soll Ihnen vertrauen und werde Ihnen also erzählen, was ich morgen bei dem Treffen mit Denwa Partners vorhabe. Nach meinen Erkenntnissen werden sie versuchen, uns die Kontrolle über das CyberNet zu entreißen. Wir dürfen das nicht zulassen. Ich werde Ihre Hilfe brauchen, damit wir uns gegen Denwa Partners durchsetzen können.«

Torin nickte. »Ich fühle mich sehr geehrt, daß Sie mich ins Vertrauen ziehen, Linnear-san. Seien Sie versichert, daß ich mein Bestes geben werde, um mich Ihres Vertrauens würdig zu erweisen.«

Kanda Torin kehrte nach der Arbeit nicht nach Hause zurück. Statt dessen ging er zu seinem Auto und kontaktierte über das Kami kurz eine kodierte Adresse. Dann fuhr er fast ziellos durch die regennassen Straßen. Mehr als zweimal schlug er auf seiner Tour einen Haken und blickte in den Rückspiegel, um festzustellen, ob ihm irgendwelche Autos folgten. Er bemerkte keinerlei Verfolger.

Schließlich erreichte er ein Stahlbetongebäude in Toshima-ku, das mit Antennen und einer Satellitenschüssel versehen war. An einer Ecke des Hauses sah man einen großen und unpassenden Spiegel hervorspringen, der so ausgerichtet war, daß er die Sonne einfing und ihre Strahlen auf einen winzigen Garten neben dem Eingang des Gebäudes reflektierte, der sonst im Schatten erstickt wäre. Am hinteren Ende des Blocks flackerte die Neonreklame einer Bar wie ein Augenlid mit nervösem Tick.

Er blickte auf die Uhr am Armaturenbrett und sah, daß er zu früh war. Torin schaltete das Radio ein und lauschte den aktuellsten politischen Nachrichten. Die Börse sah den Reaktionär Kansai Mitsui beim Rennen um das Amt des Premierministers in Führung. Anscheinend würde Hitomoto, der Finanzminister, nicht genügend Unterstützung durch die Koalition erhalten. Und während die kämpfenden politischen Parteien zauderten, ging die Wirtschaft zum Teufel. Totes Gewebe, dachte Torin.

Am Fenster zischten Autos vorbei und ließen kurzzeitig Wasserfontänen aufspritzen, die in der überhellen Großstadtnacht regenbogenfarben erleuchtet wurden. Zwei Scheinwerfer zerteilten den Regen, und die Straßenlichter spiegelten sich auf der Motorhaube eines großen vorbeifahrenden Lastwagens. Stille.

Torin blickte auf die beleuchtete Uhr und verließ den Lexus. Er ging den Block entlang und betrat die Bar, wo er sich auf den letzten Hocker setzte und Suntory Scotch mit Wasser bestellte. Der Drink wurde ihm auf einem kleinen, gefalteten Stück Papier auf der dunklen Holztheke serviert. Ein Betrunkener sang falsch die Karaoke-Version von Frank Sinatras ›My Way‹ mit. Torin beobachtete den Mann mit einem gewissen Neid. Es war ein typischer japanischer Angestellter mit einem langweiligen Job, einem guten Gehalt und weiteren Vergünstigungen. Zweifellos warteten zu Hause eine Frau und Kinder auf ihn. Was wußte er von hochrangigen Intrigen, Industriespionage und einem so schrecklichen Mann wie Nicholas Linnear, der jeden seiner Schritte argwöhnisch verfolgte? Für diesen Mann da war das Leben einfach: Am Ende des Tages konnte er singen und sich bis zum Umfallen betrinken.

Torin nahm einen winzigen Schluck von seinem Scotch und stellte das Glas ab. Er war sich der Quelle des Selbstmitleids bewußt, die in ihm zu sprudeln begann. *Bleib ruhig,* dachte er. *Wer große Ambitionen hat, muß große Risiken eingehen. Das wolltest du doch, oder?* Er nippte erneut an seinem Drink. Als er das Glas wieder auf die Theke stellte, griff er nach dem Papier. Er entfaltete es in seinem Schoß und las die Anweisungen. Der Betrunkene sang mittlerweile ›Strangers in the Night‹, und es war quälend. Torin ließ das ungeleerte Glas Scotch auf der Theke stehen, bezahlte und verließ die Bar.

Der Nogi Jinja war wie eine Bühne erleuchtet, aber Torin dachte, daß in vielerlei Hinsicht alles in Roppongi einer Bühne glich. Tagsüber glänzte es durch die aktuellste Mode, den teuersten Schmuck und die extravagantesten Kunstwerke. Nachts glitzerte es im Regen, und man hörte den pochenden Rhythmus des Hip Hop, kühlen Acid Jazz und das vielstimmige dumpfe Dröhnen der glänzenden Motorräder. Roppongi glich einer lebenden Skulptur, einem ultramodernen Torso, dem man, je nach Tageszeit und dem Zeitgeist der Epoche, viele Köpfe aufsetzen konnte.

Er fand Akinagas Versteck ohne Schwierigkeiten und

fuhr mit dem Aufzug aus rostfreiem Stahl und geschliffenem Glas in den obersten Stock des schmalen Hochhauses. Die Tür zur Wohnung des gerade entlassenen *oyabun* stand offen. Das hätte ihn mißtrauisch machen sollen. Er betrat den Flur.

Die Dunkelheit in der Wohnung schien zu leben und auf ihn zu warten. Es war heiß, stickig und so eng wie im Inneren eines Sarges. Er atmete flach durch den Mund ein. Es stank wie nach verwesenden Blumen, als ob der Tod seine Hand ausstreckte. All das ließ ihn erschauern. Dann ging das Licht an, und Torin blinzelte.

»Guten Abend, Torin-san«, sagte Mick Leonforte, während Torin nähertrat. Hinter ihm schloß und versperrte jemand die Tür und verschwand dann in einem anderen Raum. Es war Jochi, der sich von der Hochgeschwindigkeits-Motorradverfolgungsjagd mit Nicholas erholt hatte. Mick hatte ihn auf Nicholas angesetzt, um diesen von dem Treffen mit Mikio Okami im Shitamachi-Museum fernzuhalten. Er hatte als Teilhaber von Denwa Partners Zugang zu einem Kami und zum TransRim CyberNet und hatte Okamis Videopost an Nicholas gelesen. Dann hatte er Jochi losgeschickt, um Nicholas so lange vom Ort des Treffens fernzuhalten, wie er brauchte, um Okami zu entführen.

»Entschuldigen Sie«, sagte Torin. »Kenne ich Sie?«

Mick verbeugte sich höhnisch; die Geste war eine beleidigende Parodie des japanischen Brauchs. »Ich kann Ihre Überraschung und Verwirrung verstehen, Torin-san. Sie haben erwartet, daß Akinaga-san Sie an der Tür begrüßt.« Er lächelte unangenehm. »Der große *oyabun* ist anderweitig beschäftigt, aber er hat mich gütigerweise über Ihr bevorstehendes Eintreffen informiert.« Mick führte ihn ins Wohnzimmer. »Er läßt sich entschuldigen und hat mich gebeten, seinen Platz einzunehmen. Er und ich haben eine gewisse Vereinbarung getroffen.«

»Und wer sind Sie?« Torin blieb auf der Stelle stehen, und es verschlug ihm den Atem. »Großer Gott.«

Er stand wie angewurzelt da und starrte auf den alten Mann, der nackt und kopfüber an einer Kette unter der Decke hing. Seine Haut war milchweiß, außer am Hals und im Gesicht, die vor Blut rot waren. Fast der ganze Körper war mit komplizierten Tätowierungen versehen, die wie Wandteppiche in einer großen Halle verteilt waren. Man sah mythische Gestalten, weibliche Sirenen, gepanzerte Krieger, die glänzende Waffen schwangen, Feuer, Eis und windgepeitschten Regen. All das war sorgfältig in die Haut eintätowiert und kündete beredt von der japanischen Vorstellung des Machismo: nach innen gewendete Gewalt, eine exotische Form des Masochismus.

Neben dem alten Mann stand ein Infusionsgerät aus rostfreiem Stahl, an dem eine weiche Plastiktüte mit einer bernsteinfarbenen Flüssigkeit hing, die tröpfchenweise in die Vene an der Innenseite des linken Handgelenks einsikkerte. Die Hand war gekrümmt wie die Klaue eines Tieres.

»Was hat das zu bedeuten?« flüsterte Torin heiser. Er konnte den Blick nicht von dem furchtbaren, aber unwiderstehlichen Anblick des auf groteske Weise gefesselten und erniedrigten menschlichen Wesens abwenden.

»Das«, trompetete Mick mit der großen Geste eines Zirkusdirektors, »ist Mikio Okami, der *oyabun* der *oyabun*, der Kaisho.«

»Der Kaisho«, sagte Torin, der seine Augen immer noch nicht losreißen konnte. »Ich dachte, er wäre ein Mythos.«

»Das war die Vorstellung einer kugelförmigen Erde einst auch.«

Torin löste seinen Blick endlich vom Kaisho und starrte Mick an. Er merkte, daß dieser Mann die Situation sichtlich genoß. »Ich verstehe überhaupt nichts.«

Mick grinste böse. »Alles zu seiner Zeit.« Er verbeugte sich wieder auf respektlose Weise. »Michael Leonforte. Ich bin gerade dabei, Akinagas Imperium zu übernehmen.«

Torin glotzte ihn an. »Akinaga-san gehört zur oberen Ebene der Yakuza. Selbst wenn ich daran glauben würde, daß er freiwillig die Führerschaft des *Shikei*-Clans aufgibt, was aber ziemlich unwahrscheinlich ist, könnte er Sie nie als *oyabun* für seine Nachfolge bestimmen. Sie sind ein *gaijin*, kein Japaner.«

»Zum Teufel. Dies ist die schöne neue Welt – und eine schöne neue Weltordnung. Ihr Typen seid nicht mehr *ichi-*

ban, die Nummer eins. Das Spiel ist jetzt weltumspannend, Kollege. *Alles* ist miteinander verbunden. Und wenn man clever genug ist, bedeutet das, daß alles möglich ist!«

Mick schlang seinen Arm um Torins Schultern, was ein weiterer fürchterlicher Bruch der japanischen Etikette war. Torin duckte sich förmlich. Mick gefiel sein Unbehagen sehr. »Sie sollten sich besser auf neue Allianzen vorbereiten. Strategisch wichtige Partner sind das einzige, was Sie retten kann.« Er drückte brutal Torins Schulter. »Glauben Sie mir, ich bin nicht beleidigt. Wenn Sie mich erst besser kennen, werden Sie verstehen, daß für mich *alles* möglich ist.«

Torin befreite sich aus Micks gemeiner Umarmung und zeigte auf Mikio Okami. »Warum haben Sie das getan?«

»Gehört alles zum großen Plan, Torin-san, machen Sie sich keine Sorgen. Konzentrieren Sie sich nur auf Ihre Rolle.«

Torin wandte sich um. »Meine Rolle?«

»Natürlich.« Mick klopfte ihm auf den Kopf. »Deshalb sind Sie doch hier, oder?«

»Ich bin gekommen, um Akinaga-san zu treffen.«

»Ja, Sir, allerdings. Sie arbeiten für den großen *oyabun*, stimmt's?« Mick breitete die Arme aus. »Das bedeutet, daß Sie jetzt für mich arbeiten.«

»Wo ist Akinaga-san?« Torin blickte sich um. »Ich will . . .«

Er brach ab, und sein Herz klopfte wie ein Hammer in seinem Brustkasten. Mick preßte die Mündung einer automatischen 38er hart gegen seine Schläfe.

»Jetzt wollen wir uns erst mal über die grundlegenden Gesetze einigen. Sie haben nichts mehr zu wollen, außer dem, was ich Ihnen auftrage. Verstanden?«

Torin nickte.

»Durch Akinaga-sans Geld und seine mildtätige Hand sind Sie wie ein Phönix aus der Asche auferstanden«, fuhr Mick in einem ruhigen und einstudierten Tonfall fort. Verwundert nahm Torin zur Kenntnis, daß Mick seine Stimme wie ein Chamäleon die Hautfarbe variieren konnte und verschiedenartige und zwingende Emotionen hervorrief.

»Diese Hand hat Sie von der Straße geholt, aus der Gesellschaft der jungen Nihilisten, deren Eltern in den Augen ihrer Sprößlinge zu hart gearbeitet, zuviel Geld verdient haben und zu erfolgreich waren, um ihnen nachzueifern. Und anstatt es mit Papa aufzunehmen und zu scheitern, sind Sie ausgeflippt und haben sich geistlosen, selbstzerstörerischen Kultbewegungen angeschlossen. Sie haben die Tage verschlafen und sind nachts ohne Ende durch die Straßen gerast. Sie haben sich Drogen und Sex hingegeben, an nichts geglaubt und sich selbst in Fetzen gerissen.«

Es entstand eine Pause, und Torin versuchte erfolglos, nicht auf Mikio Okamis tätowierten Körper zu blicken.

»Das beschreibt doch sehr schön den Zustand, in dem Sie sich befanden, als Akinaga Sie von der Straße holte, oder?«

Torin schwieg entsetzt.

»Er hat Ihnen ein Zuhause gegeben, eine Ausbildung ermöglicht und ein Ziel gezeigt.« Mick zuckte die Achseln. »Was könnten Sie mehr verlangen oder brauchen?« Dann lachte er rauh. »Ich werde Ihnen war erzählen. Der verfluchte Akinaga ist ein Geizkragen. Glauben Sie, daß er sich um Sie sorgt? Nein. Es ist ihm egal, ob Sie leben oder sterben, solange Sie ihm nur nützlich sind. Bei mir ist nur der Himmel die Grenze, verstanden? Sie können Ihr Glück machen, und das meine ich wörtlich. Sie können sogar ein Chef werden, wenn Sie die richtige Einstellung haben.« Er griff Torin zwischen die Beine. »Und die nötige Potenz. Interessiert?«

Torin nickte erneut.

Mick ließ die Pistole verschwinden.

»Also dann«, sagte Mick scheinbar besänftigt. »Unser Geschäft. Sie sind ein Insider bei Sato International und deshalb wertvoll für mich. Ich kontrolliere Denwa Partners.« Er lachte. »Sie sollten Ihr Gesicht sehen, Torin-san. Schauen Sie nicht so überrascht. Ich manipuliere den Gang der Dinge schon seit einiger Zeit. Ich habe Rodney Kurtz umgelegt, es aber vorher noch an so vielen Orten und in so vielen Stellungen mit seiner Frau getrieben, wie man es sich nur vorstellen kann. Giai Kurtz verachtete ihren Mann und war nur zu glücklich, all seine Geheimnisse auszuspucken. Ich habe Kurtz' Anteil an Denwa Partners aus seinem Nachlaß übernommen und den einzigen Gegner meiner Pläne innerhalb von Denwa Partners überwältigt ...«

»Sie haben Ise Ikuzo ermordet.«

»Ja. Und ich habe es auf eine besondere Art und Weise getan.« Er lachte. »Was glauben Sie, wer um das morgige Treffen zwischen Linnear und Denwa Partners gebeten hat? Mit freundlichen Grüßen. Dann werde ich die Kontrolle über alles übernehmen – über Denwa, das CyberNet und Sato International.«

Torins Augen folgten Mick, als dieser sich in Bewegung setzte. »Ich glaube Ihnen nicht.«

Mick ging auf eine Anrichte zu. Als er an Okami vorbeikam, boxte er ihm lässig in den Bauch. Der Kaisho gab ein dumpfes Stöhnen von sich. Dann stand er vor einem kleinen Chirurgietisch aus Metall, auf dem eine Reihe von Ampullen und Tuben standen. Er füllte einige Flüssigkeiten in zwei kleine Teetassen, ging mit ihnen zu Torin zurück und hielt sie hoch.

»Okay. In einer Tasse ist gefärbtes Wasser. In der anderen ist der Stoff, den wir Ihrem Techniker Kappa Watanabe eingeflößt haben.« Er zeigte auf sein Opfer. »Und dem großen Kaisho.« Mick lächelte höflich. »Die Substanz heißt Ban Tomh. Möchten Sie mal probieren?«

Torin zuckte zurück. »Was ist das?«

»Wie ich schon sagte, nur gefärbtes Wasser.«

»Was ist in der anderen Tasse?«

Mick zuckte die Achseln. »Sie haben gesagt, daß Sie mir nicht glauben, als ich ihnen erzählt habe, daß ich Sato International morgen unter meine Kontrolle bringen werde.«

»Ich *kann* es nicht glauben.«

»Sie meinen, daß Sie es nicht glauben *wollen*.« Mick blickte ihn finster an und wurde nachdenklich. »Warum weigern sich die Menschen, an die Wahrheit zu glauben, die sie mit ihren eigenen Augen sehen? Warum erschafft das Bewußtsein von sich aus sichere kleine Königreiche, wo die Welt doch ein äußerst *gefährlicher* Ort ist?« Er hielt erneut die beiden Teetassen hoch. »Okami-san wird langsam mit einem extrem ekelhaften Gebräu vergiftet, das ich in Vietnam kennengelernt habe. Sie glauben mir nicht, und es ist wichtig, daß Sie das tun. Also trinken Sie!«

»Ich glaube Ihnen«, sagte Torin, der sich nicht von der Stelle rührte. Er hatte die Augen weit aufgerissen, und sein Puls raste.

»Eben nicht. Ich sehe Ihren Blick und *weiß Bescheid.*«

Mick hob eine Hand, stürzte den Inhalt der Tasse in Sekundenschnelle hinunter, ließ sie auf den Boden fallen und leckte sich die Lippen. Dann schnellte seine Hand vor und ergriff Torins Handgelenk mit urwüchsiger Kraft.

Er zog ihn langsam und unnachgiebig an sich heran.

»Trinken Sie.« Er hielt Torin die zweite Tasse vors Gesicht. *»Trinken Sie!«* befahl er. Die Porzellantasse stieß gegen Torins Vorderzähne.

»Entweder werden Sie mein Partner, oder Sie werden niedergetrampelt, Torin-san.« Mick grinste. »Jetzt oder nie. Ich bin die Zukunft. Was haben Sie zu sagen?«

Torin öffnete protestierend oder zustimmend den Mund, und Mick schüttete ihm das bleiche, bernsteinfarbene Getränk mit einer geübten Bewegung in den Rachen. Torin hustete und wäre fast erstickt. Er wollte sich erbrechen, aber Mick preßte seine Kiefer fest zusammen.

»Sie werden davon nicht sterben, Dummkopf«, zischte Mick Torin ins Ohr. »Aber Sie *werden* mein Gefolgsmann werden.«

Mick ließ ihn plötzlich los, und Torin schwankte leicht. Er starrte Mick, der vor seinen Augen verschwamm, verwirrt an und blinzelte stark. Er versuchte zu gehen, aber seine Beine waren schwer wie Bleigewichte. Und zu seinem Entsetzen mußte er feststellen, daß sein Arm wie gelähmt war und zitterte. Es war, als ob er um fünfzig Jahre gealtert wäre. Der Gedanke war beängstigend. Er versuchte nur zu atmen und hörte, wie sein Puls mühsam das Blut durch seine Venen und Arterien pumpte. Sein Pulsschlag wurde langsamer, wie eine Uhr aus Großvaters Zeiten, die nicht aufgezogen worden war.

Und dann fand er mit einem fast hörbaren ›Pop!‹ wieder in den normalen körperlichen Zustand zurück. Sein Pulsschlag beschleunigte sich, das Blut raste durch seine Venen, und er konnte sich wieder bewegen. Stumm und fragend blickte er auf Mick, der ihm zuzwinkerte und nickte.

»Etwas mehr von dem Stoff, und es gibt kein Zurück mehr. Verstanden?«

Torin, vor Furcht wie versteinert, starrte Mick an, als ob diesem ein zweiter Kopf gewachsen wäre.

»Jetzt wissen Sie, daß es kein Zurück gibt. Nangi und Linnear werden nicht länger den gemeinsamen Vorsitz bei Sato International innehaben. Nie mehr. Haben Sie sich das eingeprägt?«

Torin schluckte schwer und nickte. »Linnear hat für das Treffen morgen früh einen Plan. Er glaubt, daß wir die Kontrolle über das CyberNet und vielleicht sogar den *keiretsu* selbst verlieren.«

»Da hat er ganz recht. Aber er hat die Kontrolle über die Situation schon verloren. Nichts, was er jetzt noch tun kann, wird das Unaufhaltsame aufhalten.« Mick zog Torin nah an sich heran. »Das sind meine Absichten für morgen früh. Ich habe Denwa Partners in der Tasche. Was immer ich auch vorschlage, sie werden mir folgen. Aber ich brauche jemanden innerhalb von Sato International, der mir Rückendeckung verschafft. Sie haben Nangis Vertrauen, das weiß jeder. Die Vizepräsidenten haben außerhalb ihrer Abteilungen keine wirkliche Macht. Nangi und Linnear haben das so eingerichtet, und ich mache ihnen daraus keinen Vorwurf. Die Grundvoraussetzung ist, daß die Vizepräsidenten keine Macht haben, mich zu bekämpfen. Und wenn Sie gutheißen, daß ich Interimspräsident werde . . .«

»Haben Sie nicht Nicholas Linnear vergessen?«

»Nein.« Mick grinste wie ein Wolf. »Ich habe ihn nicht vergessen.« Er breitete die Arme aus, als ob er die surreal wirkende Wohnung umschlingen wollte, wo Mikio Okami mit dem Kopf nach unten wie eine Rinderhälfte von der Decke hing. »Nur darum geht es, Schlaumeier. Es geht nur um Nicholas Linnear.«

Nicholas und Tanaka Gin gingen eine Straße in Jimbocho entlang, dem Buchhändlerviertel von Shitamachi. Während der Geschäftszeiten konnte man hier jede Art von Büchern finden: die gelehrtesten wissenschaftlichen Texte, Schätze der Weltliteratur, aber auch reine Pornographie.

Der feine Nieselregen, der vom Himmel fiel, war eher nebelartig und umhüllte die Straßenlaternen. Sie wirkten surrealistisch, als ob sie nicht wirklich, sondern der Fantasie eines René Magritte entsprungen wären.

»Es ist ein Kreis. Mick Leonforte hat Ise Ikuzo umgebracht«, sagte Nicholas. »Und das bedeutet, daß er auch Rodney Kurtz ermordet hat und seine Frau töten ließ.« Er erzählte Tanaka Gin von seinem Besuch bei dem Waffenschmied Toyoda.

»Reicht das, um ihn zu verhaften?«

»Das bleibt eher Ihrer Einschätzung als meiner überlassen. Aber wir wissen folgendes: Toyoda hat Mick auf dem Armeefoto wiedererkannt, das Sie ausgegraben haben, und hat den Dolch nach Micks Entwürfen geschmiedet. Er hat mir erzählt, daß die Klinge so konstruiert ist, daß sie sowohl Schnittwunden als auch Punkturen verursachen kann. Ich habe die Einstiche aufgezeichnet, und er hat auch das bestätigt. Er hat übrigens gesagt, daß man mit diesem Dolch einen wildgewordenen Eber erledigen kann.«

Tanaka Gin pfiff leise vor sich hin. »Genau die richtige Waffe für ein Messulethe-Ritual.«

Nicholas nickte. »Allerdings.«

»Dann haben wir ihn.«

»Vielleicht. Wenn wir ihn finden können.«

»Wir werden ihn finden.« Tanaka Gins Augen leuchteten. »Weil er will, daß wir ihn finden. Er hat uns den ersten Hinweis gegeben, als er Giai Kurtz vor dem Mudra umbringen ließ. Ich habe es ja schon gesagt, er hätte es überall in ganz Tokio geschehen lassen können. Warum ließ er sie vor einem Club überfahren, wo er Stammgast war? Und warum benutzte er einen so ausgefallenen Dolch, um seine Opfer auf rituelle Weise abzuschlachten?« Tanaka Gin blieb stehen. »Er kennt Sie, Linnear-san, und wußte, daß Sie einen langen und genauen Blick auf die Wunden werfen und dann Bescheid wissen würden. Ich glaube, daß er den Dolch bei Toyoda-san schmieden ließ, *weil* er wußte, daß Sie ihn kennen.«

Nicholas nickte. »Fahren Sie fort.«

»Leonforte spielt ein düsteres Spiel. Er tanzt um Sie herum wie die Motte ums Licht und kommt näher und näher.«

»Und was passiert, wenn er mir zu nahe kommt?«

Tanaka Gin zuckte die Achseln. »Wer weiß?«

Sie gingen weiter, und Nicholas dachte darüber nach. »Da ist noch etwas«, sagte er schließlich. »Kurz bevor wir uns trafen, habe ich Kanda Torin, den jungen Spitzenmanager von Sato International, verfolgt. Er war in einer Bar in Toshima-ku und fuhr dann zu einem Haus in Roppongi, das den Nogi Jinja überblickt. Torin ging hinein.« Nicholas beschrieb detailliert den Ort und das Aussehen des Gebäudes, weil es in Tokio keine eigentlichen Adressen gab.

»Das ist ein Anhaltspunkt. Ich weiß, wen Torin aufsuchen wollte«, sagte Tanaka Gin. »Tetsuo Akinaga.«

»Sind Sie sicher?«

Tanaka Gin nickte. »Ich habe sein Leben durchleuchtet. Er besitzt viele Unternehmen, die meisten unter falschen Namen. Oder er benutzt Tarnfirmen. Eine dieser falschen Firmen erregte vor ungefähr drei Jahren unsere Aufmerksamkeit. Sie schien keinen speziellen Zweck zu haben. Allerdings nur, bis ich die Sache etwas intensiver untersuchte. Es scheint, als ob Akinaga diese Firma benutzte, um in ganz Tokio eine Reihe von Wohnungen zu kaufen. Er benutzt sie alle von Zeit zu Zeit, und diese Wohnung gehört dazu.«

»Dann hatte ich also recht, Torin nicht zu trauen. Er arbeitet für Akinaga.«

»Sieht so aus.«

Nicholas schüttelte den Kopf. »Wie konnte er Nangi-san nur so hinters Licht führen? Nangi-san kann Menschen so gut beurteilen.«

»Dies ist nicht nur eine schlechte Nachricht. Sie kennen jetzt wenigstens das Gesicht Ihres Feindes.«

»Die Gesichter, meinen Sie.« Nicholas blickte Tanaka Gin an. »Es sieht so aus, mein Freund, als ob wir von vielen Feinden umgeben wären.«

Nicholas folgte den Informationen, die ihm Mikio Okami

gegeben hatte, und führte Tanaka Gin in eine Seitenstraße. Die Fenster waren hell erleuchtet. In den Wohnungen saßen die Menschen nach dem Abendessen vor eingeschalteten Fernsehgeräten und sahen die Nachrichten oder eine dieser albernen Gameshows, wo jeder Kandidat begierig darauf war, sich vor zehn Millionen Zuschauern zu erniedrigen.

Es war in jeder Hinsicht eine ganz normale Straße, die tausend anderen in Tokio glich. Tanaka Gin spürte einen kurzen, aber deutlichen plötzlichen Schmerz. Wie leicht hätte das Leben dieser Menschen sein eigenes sein können: eine kleine Wohnung in einer ruhigen Seitenstraße, eine Ehefrau und zwei Kinder, ein tägliches Abendessen und Wochenendausflüge, zweimal im Jahr Urlaub – Skifahren in Hokkaido, Sonnenbaden in Hawaii –, Fondsanteile für die Ausbildung der Kinder. Einfach, ordentlich, bequem.

Tanaka Gin spürte, daß ihm der kalte Schweiß ausgebrochen war. Er glaubte, daß sich die Tiere im Zoo in ihren Käfigen etwa genauso fühlten, und er stellte sich vor, daß es seinem rätselhaften Begleiter ebenso erging.

Sie erreichten die Adresse, die man ihm genannt hatte, und klingelten. Unter der Klingel befand sich ein ordentlich beschriftetes Schild: J. KANAGAWA. Der Türöffner summte, und einen Augenblick später standen sie vor der Wohnungstür.

Kanagawa war ein eleganter Herr Mitte Sechzig. Er hatte graues Haar und trug einen Schnurrbart. Sein Gesicht war rundlich, der Körperbau kräftig. Kanagawa begrüßte sie förmlich und stellte sie seiner Frau und seinem zwölfjährigen Enkel vor, der zu Besuch war. Dann führte er Nicholas und Tanaka Gin in seine Bibliothek.

Die Wohnung war größer, als Nicholas erwartet hatte. Es gab drei Schlafzimmer und einen weiteren Raum, den Kanagawa in sein Heiligtum verwandelt hatte. Er war teuer möbliert. Kanagawas Frau servierte grünen Tee und Sojabohnen-Süßigkeiten. Dann verschwand sie so leise, wie sie gekommen war. Durch die Wände der Bibliothek, die in einem angenehm ruhigen Grüngrau gestrichen waren, konnte man den gedämpften Ton des Fernsehers hören.

Kanagawas Heiligtum war mit Büchern vollgestopft, und die Wände waren mit Diplomen und Auszeichnungen der Todai-Universität in Tokio geschmückt, der angesehensten Bildungsinstitution des ganzen Landes. Es gab auch Fotos, die Kanagawa mit zahlreichen Würdenträgern und Prominenten zeigten. Tanaka Gin erkannte einige von ihnen, etwa ehemalige Premierminister oder den neuen Kaiser. Andere Gesichter sagten ihm nichts.

Sie setzten sich und tranken Tee. Nachdem der rituelle Austausch von unverbindlichen Höflichkeiten erledigt war, ergriff Kanagawa das Wort. »Sie sagten am Telefon, daß Ihr Anliegen ziemlich dringend sei. Darf ich fragen, was die Bank von Japan von mir will?«

Das war Tanaka Gins Deckmantel gewesen. Er hatte Kanagawa nicht alarmieren wollen und deshalb weder das wahre Thema des Gesprächs noch seine Identität preisgegeben.

Nicholas verschränkte die Arme über der Brust, während Tanaka Gin sein Notizbuch aufschlug. »Sie sind Quästor der Todai-Universität, Kanagawa-san.«

»Ja.«

»Und wie lange haben Sie diese Stellung schon?«

»Fünfzehn Jahre.«

»Und was waren Sie vorher?«

»Vize-Quästor.« Kanagawas Augen verengten sich. »Sehen Sie, all das ist allgemein bekannt. Ich denke, daß Sie es bereits gewußt haben, bevor Sie kamen.«

»Allerdings.« Tanaka Gin blickte sich um. »Und wieviel Miete bezahlen Sie für diese Wohnung?«

»Verzeihung?«

Kanagawas Gesichtsausdruck verriet allmählich Beunruhigung. Unter anderen Umständen hätte Tanaka Gin Mitleid mit ihm empfunden. Sein Leben war vor dem heutigen Abend zweifellos so ruhig wie die Wasseroberfläche eines unbewegten Sees gewesen. Zu schade.

»Ich denke, daß all diese Möbel sehr teuer waren«, fuhr Tanaka Gin unbarmherzig fort. »Was verdienen Sie als Quästor?« Er klappte sein Notizbuch zu und starrte mit einem harten Blick auf Kanagawas errötendes und erstauntes Gesicht. »Machen Sie sich keine Gedanken. Ich weiß es sowieso.« Er schob ihm seine schriftlichen Unterlagen hinüber, und Kanagawa senkte den Blick, um sie zu lesen. »Es tut mir leid, aber Sie sind in ernsthaften Schwierigkeiten, Kanagawa-san.«

Der ältere Mann sah ihn verängstigt an. Tanaka Gin glaubte, in Kanagawas Blick lesen zu können, wie er alle seine Sünden Revue passieren ließ, die jetzt aus der Vergangenheit aufstiegen und ihn verfolgten.

»Wie ernsthaft?« fragte er mühsam. Sein Blick, der ihn vollends verriet, schweifte zur Tür seines Heiligtums, hinter der seine Frau und sein Enkel saßen, ohne etwas von der Dunkelheit zu ahnen, die sich plötzlich über die Wohnung senkte.

»Das hängt davon ab, ob Sie entschlossen sind, uns bereitwillig und so umfassend wie möglich zu unterstützen«, sagte Nicholas scharf.

»Und wenn ich auf Unwissenheit plädiere?«

Tanaka Gin beugte sich vor. »Lassen Sie mich die Karten aufdecken, Kanagawa-san. Sie haben systematisch Geld von Tetsuo Akinaga angenommen und im Gegenzug bestimmten jungen Männern, die Akinaga Ihnen über die Jahre geschickt hat, die Zulassung zur Universität ermöglicht. Zusätzlich haben Sie dafür gesorgt, daß diese Männer einen Abschluß erreichten, und wenn es notwendig war, haben Sie die Diplome gefälscht. Das sind keine Spekulationen meinerseits, ich habe Akten und Abschriften. Und ich habe Zugang zu Ihren Bankkonten – zu allen sechs. Neben den allseits bekannten Strafen für Steuerhinterziehung kann und wird wegen schwerer krimineller Delikte Anklage gegen Sie erhoben werden, weil Sie den Aktivitäten eines bekannten *oyabun* der Yakuza Vorschub geleistet haben.«

Tanaka Gin blickte sich sehr bedächtig im Raum um. »All dies, Kanagawa-san, wird verloren sein: Ihr Komfort, Ihre Sicherheit und Ihre Stellung in der akademischen Welt.«

Kanagawa erschauerte. Er schien den Tränen nahe zu sein, und Tanaka Gin konnte das sehr gut verstehen. Für einen Mann wie ihn waren Komfort, Sicherheit und besonders sein wissenschaftliches Ansehen alles.

»Sie haben einen dummen Fehler gemacht«, sagte Nicholas im selben harten und befehlshaberischen Tonfall. »Komplizieren Sie die Sache nicht, indem Sie einen weiteren machen.«

»Was wollen Sie wissen?«

»Es gibt in meiner eigenen Abteilung einen Mann, der wie Sie auf Akinagas Gehaltsliste steht«, sagte Tanaka Gin. »Nennen Sie mir seinen Namen.«

»Und dann?«

»Versuchen Sie nicht, mit uns zu handeln«, fauchte Nicholas. »Langsam stinkt's mir.«

Kanagawa wandte den Blick von Nicholas ab und leckte sich die Lippen. »Sie müssen das verstehen, Herr Staatsanwalt. Außer dieser Information halte ich nichts Wertvolles in Händen. Geben Sie mir etwas dafür. Bitte.«

»Wie heißt der Mann?«

»Hatta.« Kanagawa spuckte das Wort fast krampfartig aus. »Takuo Hatta.«

Tanaka Gin saß einige Augenblicke lang still und schnellte dann wie eine Sprungfeder hoch. Er wartete auf Nicholas, der ihn begleiten sollte. »Sehr gut, Kanagawa-san. Von jetzt an werden Sie alle Verbindungen mit dem *oyabun* Tetsuo Akinaga abbrechen. Sie werden keinerlei Kontakte mehr mit ihm unterhalten. Wenn Sie sich nicht daran halten, werde ich es erfahren und Ihre Beziehungen bekanntmachen. Dann sind Sie ruiniert.«

»Aber . . .« Kanagawa blickte die beiden Männer verängstigt an. »Wenn ich jetzt alle Brücken abbreche, wird er wissen, was ich getan habe.«

»Aber dann wird es zu spät für ihn sein«, sagte Tanaka Gin. »Das sind meine Bedingungen. Entweder – oder.«

»Ich will mein Leben nicht verlieren«, sagte Kanagawa.

»Dann nehmen Sie Ihre Chance wahr«, sagte Nicholas, während sie zur Tür gingen. »Und denken Sie daran, daß Sie es fast verloren hätten.«

Die Treppe roch nach Betonstaub und Regen. Sie folgten den feuchten Fußstapfen.

»Was denken Sie?« fragte Tanaka Gin. »Ist er verängstigt genug, um mit seiner Vergangenheit zu brechen?«

»Ich glaube, er würde eher einen Arm opfern, als noch mal mit Akinaga zu sprechen.«

Draußen die Straße war regenüberströmt. Am Bordstein parkte eine große schwarze Toyota-Limousine. Als Nicholas und Tanaka Gin das Haus verließen, öffneten sich alle Türen gleichzeitig, und vier Männer verließen den Wagen: zwei uniformierte Polizisten, ein Beamter in Zivil und Ginjiro Machida, der Oberstaatsanwalt von Tokio, Tanaka Gins Vorgesetzter.

»Machida-san!«

Tanaka Gins Gruß glich fast einem kriegerischen Salut. Nicholas stand direkt rechts hinter seinem Freund und erkannte, daß Tanaka Gin die ganze Szene mit einem einzigen Blick erfaßt hatte.

»Gin-san.« Machida verbeugte sich mechanisch. Die Uniformierten flankierten ihn, und der Beamte in Zivil stand hinter ihm. Er hatte den hungrigen, erwartungsvollen Gesichtsausdruck eines Sekundanten aus einem altmodischen Duell im Wilden Westen.

Machida breitete die Arme aus, als ob er sich entschuldigen wollte. »Ich habe so lange wie möglich gewartet.« Hinter ihnen zischte ein Wagen vorbei, aber zwischen den beiden Männern gab es einen stillen Zwischenraum, der so tief wie ein Abgrund war. »Tetsuo Akinaga ist aus der Haft entlassen worden. Seine Rechtsanwälte haben Ihre Anklageschrift zu Fall gebracht.« Tanaka Gin nahm mit sinkendem Mut zur Kenntnis, daß er ›Ihre Anklageschrift‹ anstatt ›unsere Anklageschrift‹ gesagt hatte. Kein Zweifel, Machida war aus Gründen der Schadensbegrenzung hier.

»Gin-san, kommen Sie freiwillig mit?«

»Wohin wollen Sie mich bringen?«

»Ins Hauptquartier der Polizei«, sagte der Beamte in Zivil. Die beiden Uniformierten traten einen Schritt vor.

»Natürlich. Aber warum?«

Der Beamte in Zivil wollte gerade antworten, aber eine kurze Bewegung Machidas ließ ihn verstummen. »Es gibt Verdachtsmomente, Gin-san. Und dazu kommen Aussagen, daß jemand aus *meiner* Abteilung auf Akinagas Gehaltsliste steht.«

Zwei weitere Autos fuhren vorbei, und das angenehm leise Geräusch klang wie das Rascheln eines Frauenrocks. Der Abgrund zwischen den beiden Männern vertiefte sich.

»Sie glauben, daß ich schuldig bin?« fragte Tanaka Gin schließlich mit sanfter Stimme.

»Akinaga ist wegen der Irrtümer in Ihrer Anklageschrift freigelassen worden.« Machida zuckte die Achseln. »Sie sehen, wie die Lage aussieht.«

»Aber ich war derjenige, der ihn damals verhaftet hat.« Als Tanaka Gin diese Worte aussprach, wußte er sofort, daß sie töricht klangen. Er bemerkte, daß der Beamte in Zivil ihn verächtlich ansah, und Machida blickte auf einen Punkt irgendwo über seiner linken Schulter. Nicholas ignorierte er völlig.

»Es gibt eine Anklage gegen Sie«, sagte Machida. Dann ging er auf die Rückseite des schwarzen Toyotas zu, als ob er sich von allem weiteren distanzieren wollte.

»Würden Sie bitte einsteigen?« fragte der Beamte in Zivil in einem neutralen Tonfall. Tanaka Gin blickte auf seinen Chef. Er hatte nicht im geringsten zu verstehen gegeben, daß er ihm vertraute.

Als Nicholas sah, daß Tanaka Gin sich gleich in Bewegung setzen würde, zog er dem Staatsanwalt mit zwei Fingern geschickt die Brieftasche aus der rechten hinteren Tasche. Es sah so aus, als ob Tanaka Gin sie in der nächsten Zeit nicht vermissen würde, und wo Nicholas hinwollte, konnte er eine offizielle Identität vielleicht gut gebrauchen.

»Halten Sie sich aufrecht«, flüsterte Nicholas Tanaka Gin ins Ohr, aber der Staatsanwalt antwortete nicht. Als Tanaka Gin in den Wagen stieg, begann der Regen auf das Dach des Autos zu trommeln. Die Uniformierten standen bereits neben dem Wagen und warteten auf den Beamten in Zivil.

»Ich kenne Sie«, sagte der zu Nicholas. Aber seinem Tonfall war nichts zu entnehmen. Überhaupt nichts.

11
West Palm Beach / Tokio

Als Margarite den Schuß hörte, schrie sie auf und sprang aus dem Sessel hoch. Sie befand sich immer noch in demselben Zimmer, wo Paul Chiaramonte sie mit gespreizten Gliedern an die Bettpfosten gefesselt hatte. Nach Caesares erstem Verhör hatte sie einige Stunden unruhig geschlafen. Er hatte sie losgebunden und ihr gestattet, von allen Annehmlichkeiten, die das Haus zu bieten hatte, sooft sie wollte, Gebrauch zu machen. Caesare hatte ihr sogar gestattet zu duschen. Gott, wie sie gestunken hatte. Der Gestank der Angst auf ihrer Haut hatte sie gedemütigt und krank gemacht, und sie hatte sich genauso besessen eingeseift, wie Lady Macbeth das imaginäre Blut von ihren Händen zu spülen versuchte. Doch dann war das Verhör weitergegangen, auch wenn sie Gott sei Dank nicht wieder an Handgelenken und Fußknöcheln an die Bettpfosten gefesselt worden war. Obwohl sie Caesare angefleht hatte, durfte sie nicht einmal einen flüchtigen Blick auf Francine werfen. Ihr Herz hatte vor düsterem und furchtbarem Kummer geschmerzt. Ihr Kind. Ging es Francie gut? Sie wußte, wie sie sich entscheiden würde, wenn es darauf ankam, zwischen ihrem Kind und der Preisgabe der Geheimnisse des Nishiki-Netzwerks zu wählen. Sie konnte vielleicht noch ein wenig auf Zeit spielen, aber dann würde Caesare die Geduld verlieren, und wenn er Francie herbringen und ihr eine Pistole an die Schläfe halten würde, würde sie ihm alles erzählen.

Sie hatte zu weinen begonnen. Vielleicht hätte sich Dominic anders verhalten. Er hätte zweifellos einen Ausweg aus dieser Zwangslage gefunden, aber ihr erstes und einziges Gebot als Mutter bestand darin, das Leben ihrer Tochter zu retten.

In der Nacht hatte sie sich, von Anfällen unruhigen Schlafs überwältigt, an den Kleidern wundgerieben, die Caesare ihr nach dem Duschen gebracht hatte. Es waren keine neuen Kleider. Sie gehörten einer anderen, vielleicht Caesares augenblicklicher Geliebten? Darin würde eine gewisse Ironie liegen. Aber sie hatte etwas Vertrautes in der Dunkelheit wahrgenommen. Es waren nicht die Kleider selbst, deren Farben besser zu einer Blondine als zu ihrem dunklen Haar paßten. Doch irgend etwas kam ihr trotzdem ganz vertraut vor. Was nur?

Ihre Nasenlöcher hatten sich weit geöffnet. Es war der Geruch. Wessen Geruch? Er gehörte jemandem, den sie kannte und der ihr nahestand. Wem? Sie kam nicht darauf, obwohl sie die frühen Morgenstunden damit verbracht hatte, sich das Gehirn zu zermartern. Doch ihre Überlegungen waren in eine Gedankenwelt eingezwängt, die von Panik gekennzeichnet war.

Am Morgen war Caesare dann selbst mit Kaffee und ihrem Frühstück ins Zimmer gekommen, und es hatte sie erneut gedemütigt, daß sie wie ein verhungerndes Tier aß. Sie wußte, daß er sie beobachtete wie ein Dompteur im Zoo seinen Schützling.

Sie hatte ungefesselt in einem Sessel gesessen, und Caesare hatte das Verhör wieder aufgenommen, aber schnell die Geduld verloren. Er hatte die Kaffeekanne durch den Raum geschleudert und war aus dem Zimmer gestürmt.

Einen Moment später hatte sie den Pistolenschuß gehört.

Sie sprang auf und rüttelte töricht und irrational wie ein wilder Gorilla am Türknopf. Sie konnte nur daran denken, daß er Francie die Waffe an den Kopf hielt. »Nein! Nein! Nein!« schrie sie und begann, sich mit der Schulter gegen die Tür zu werfen. Jeder Zusammenstoß ließ sie schmerzhaft erschauern, aber sie machte trotzdem weiter, bis sie hörte, daß sich der Schlüssel im Schloß drehte. Sie trat zurück und setzte sich in einem letzten klaren Augenblick in den Sessel, wo sie gesessen hatte, als er aus dem Zimmer gerannt war. Ihr Körper war so gespannt wie eine Sprungfeder, und ihre Schultern und Rippen brannten vor Schmerz.

In dem Moment, als Caesare mit der Waffe in der Hand im Türrahmen erschien, verlor sie völlig die Kontrolle und sprang mit einer solchen Geschwindigkeit und Wildheit aus dem Sessel hoch, daß Caesare keine Chance hatte auszuweichen. Ohne sich um die Pistole zu kümmern, warf sie sich gegen ihn, und sie stürzten gemeinsam im Wohnzimmer auf den Boden. Sie krallte sich an ihm fest, bearbeitete ihn mit den Fäusten. Endlich hatte sie ihr Knie zwischen seinen Beinen und trat zu.

Caesare blieb die Luft weg, und Margarite rannte mit weit aufgerissenen Augen auf und davon. »Francie! Francie!« Sie sprang völlig außer sich durch das Haus und suchte Francie verzweifelt in jedem Zimmer, aber alle Räume waren leer. Schließlich fand sie sich schweißüberströmt und keuchend im Wohnzimmer wieder und starrte auf ein frisches Einschußloch in einem der Sofas.

Sie wirbelte herum und sah einen zerzausten Caesare, der sich mit einer Hand an einer Stuhllehne festhielt und die andere in die Leistengegend preßte. Er starrte sie düster an.

»Du Bastard!« Sie wollte schreien, hatte aber keine Kraft mehr. Der Adrenalinstoß der Angst, der sie durchzuckt hatte, als Caesare sie glauben machte, daß er Francie erschossen hatte, war vorüber. Sie fühlte sich schwach und erschüttert und brach mit dem Kopf in den Händen auf dem Sofa zusammen.

»O mein Gott«, flüsterte sie.

»Du bist im falschen Film«, sagte Caesare. »Es war wirklich verrückt zu glauben, daß du die Familie zusammenhalten könntest, nachdem ich Tony umgelegt hatte. Du hättest die weiße Fahne hissen sollen.«

»Und wann hätte ich das tun sollen?« fragte sie, ohne ihn anzublicken. »Bevor oder nachdem deine Typen meinen Fahrer direkt vor meinen Augen ermordet haben?«

»Zum Teufel, wovon redest du? Du hast den Bullen angerufen. Und Paul hat mir erzählt, daß du persönlich einen meiner Männer umgepustet hast. Ich glaube, daß er dich dafür bewundert.«

Sie hob den Kopf, und ihr düsterer, wilder Blick erstaunte Caesare. »Hör auf, mich für dumm zu verkaufen. Du hattest deine Offensive gegen mich bestens geplant. Und zwar schon, bevor du wußtest, ob ich aufgeben würde oder nicht. Du hast mir mein Unternehmen genommen.«

»Das gehört zum Geschäft, Margarite.« Er zuckte die Achseln. »Ich sah eine gute Chance und habe sie genutzt.«

»Unsinn.« Sie strich sich die Haare aus dem Gesicht. »Du wußtest, was mir mein Unternehmen bedeutet. Ich habe es von Grund auf selbst aufgebaut.«

Caesare breitete die Arme aus. »Um Himmels willen, es ist doch nur eine Firma.«

»Sie war mein ein und alles, du Idiot.« Margarite ballte die Fäuste. »Die Firma hat mich geprägt und zu dem gemacht, was ich bin. Neben meiner Tochter ist das Unternehmen das einzige in meinem Leben, auf das ich je stolz gewesen bin.« Sie gestikulierte mit der Hand. »Aber warum rege ich mich auf? Du würdest das in einer Million Jahren nicht verstehen.«

Aber in Wahrheit verstand Caesare sie und respektierte sie mehr, als es bei dem *gavonne* Tonny D. je der Fall gewesen war. Was Dominic in ihm gesehen hatte, würde er nie herausbekommen, aber diese Frau konnte ihm das Wasser reichen. Sie hatte alles weggesteckt, was er ausgeteilt hatte. Man hatte auf sie geschossen, aber sie hatte mutig zurückgefeuert und war sogar kühn genug gewesen, den Polizisten vom New York Police Department anzuheuern. Hätte es Paul Chiaramonte nicht gegeben, wäre sie ihm entkommen. Und dann hatte sie der psychischen Folter standgehalten.

Aber jetzt lag sie zusammengekrümmt auf dem Sofa, und Caesare wußte, daß er sie in seiner Gewalt hatte. Er mußte nur die Kleine herbringen lassen und offen mit körperlicher Brutalität drohen. Dann würde Margarites Widerstand wie ein Kartenhaus zusammenbrechen.

Jetzt war der Augenblick gekommen, Paul im Gästehaus anzurufen und ihn zu bitten, die Kleine herzubringen. Er ging, immer noch unter Schmerzen, zur Gegensprechanlage und versuchte dreimal, Paul zu erreichen, erhielt aber keine Antwort. Er rief zwei Leibwächter und befahl ihnen, zum Gästehaus zu eilen und die Sache zu untersuchen.

Es schien eine Ewigkeit zu dauern, bevor die Sprechanlage summte. Caesare drückte den Knopf mit dem Lauf seiner Pistole. »Ja?« bellte er.

»Sie sind verschwunden«, sagte eine metallische Stimme.

»Was zum Teufel soll das heißen?«

»Wir haben sie überall gesucht«, sagte die krächzende und emotionslose Stimme. »Im Haus, auf dem Grundstück, einfach überall. Chiaramonte und das Mädchen sind abgehauen.«

»Wie ist das möglich?«

»Ich weiß nicht, Boß. Sie müssen ...«

Caesare brüllte wutentbrannt auf. Er richtete die Pistole auf die Gegensprechanlage und drückte ab.

»Er wird meine Mutter umbringen.«

Paul Chiaramonte starrte in ihre wachen, intelligenten Augen. »Nein, das wird er nicht«, sagte er mit all der Überzeugungskraft, die er aufbringen konnte.

»Unsinn.« Francie blickte auf die sanfte Parade leichtbekleideter Menschen, die über den Ocean Boulevard in South Beach spazierten.

»Das ist kein Unsinn. Du warst das Druckmittel. Deshalb kam es zuerst auf dich an. Deine Mama würde alles für dich tun, sogar ihre eigenen Leute betrügen. Bad Clams weiß das.« Paul fuchtelte mit den Armen. »Hey, komm vom Fenster weg. Willst du ihnen ein Zeichen geben?« Er schüttelte den Kopf. »Wie ich schon gesagt habe, ohne dich ...«

»Ohne mich hat sie für ihn keinen Wert.« Francie drehte sich um und blickte auf das Hotelzimmer, das im vornehmen Art-déco-Stil eingerichtet war. Die blauen, grünen und rosa Farben taten den Augen weh. »Wir hätten nicht ohne sie abhauen dürfen.«

»Wir hatten eine Chance und haben sie genutzt. Nur darum geht es im Leben.«

Francie schüttelte den Kopf. »Es geht im Leben nicht darum, Menschen im Stich zu lassen, die man liebt. Dafür kann es keine Gründe geben.«

»Erzähl das meinem Vater«, sagte Paul düster. »Er hat mich und meine Mutter verlassen, als es für ihn zu heiß wurde.«

»Und das ist für Sie ein Grund, den Mitgliedern der Abriola-Familie, die Sie wie einen ihrer Söhne behandelt haben, dasselbe anzutun?«

Er steckte die Hände in die Hosentaschen und erwiderte nichts.

Francie senkte den Kopf. »Haben Sie es nicht begriffen?« fragte sie sanft. »Ohne mich wird meine Mutter Caesare nichts erzählen, und er wird es ihr heimzahlen. Es wird ihm gleichgültig sein, ob sie lebt oder stirbt.«

Paul verfluchte sie auf jede erdenkliche Art und blickte sie starr an. »Du traust deiner Mutter nicht halb soviel zu, wie sie verdient.«

»Vielleicht. Aber was ist, wenn Sie sich irren?« Ihre Blicke trafen sich. »Ich glaube, daß Caesare aus anderem Holz geschnitzt ist.«

Paul dachte gerade, daß sie vielleicht recht hatte.

»Wir sollten zurückgehen«, sagte Francie.

»Wie bitte?« Er schüttelte den Kopf. »Ich habe Wachs in den Ohren. Ich glaube, daß du gesagt hast, daß wir zurückgehen sollten.«

Francie nickte. »Genau. Wir kehren um und befreien meine Mutter.«

Paul glotzte sie an. »Sie werden uns alle umlegen.«

Sie schüttelte den Kopf. »Nein. Caesare will mich.«

»Natürlich.« Paul rollte die Augen. »Aber wir wollen nicht, daß er dich kriegt«, sagte er langsam und bedächtig. »Und wenn wir zurückkehren . . .« Er warf die Hände in die Luft, als ob er es mit einem unbelehrbaren Kind zu tun hätte.

»Nicht unbedingt.«

»Was?« Paul drehte sich so schnell um, daß seine Wirbel knackten.

»Hören Sie zu.« Francie verließ ihren Thron auf dem Fensterbrett. »Ich habe eine Idee.«

»Schon gut, ich will nichts hören. Du wolltest, daß wir sofort zum Flughafen fahren. Da hätte Bad Clams uns sofort aufgespürt.«

»Okay, vielleicht war das ein blöder Einfall.« Francie zog ihn auf das Bett hinab. Das Muster des Bezugs erinnerte an eine Skizze, die von Frank Lloyd Wright hätte stammen können. »Aber es ist keine dumme Idee, zurückzukehren.«

»Du bist verrückt, ist dir das klar? Dort wimmelt es von Revolverhelden. Wie sollen wir an denen vorbeikommen?«

»Kein Problem. Sie werden uns reinlassen.« Francie grinste. »Sie pressen mir Ihre Knarre an die Schläfe und erzählen ihnen, daß ich abgehauen bin und Sie mich wieder eingefangen haben. Sie bringen mich einfach zurück.«

Paul legte die Hände auf seine Oberschenkel. »Also gut, du Neunmalkluge. Und was dann?«

»Dann befreien wir meine Mutter und hauen ab.«

Paul seufzte. »Und Bad Clams wird sich wohl zurücklehnen und mich gewähren lassen.«

»Natürlich nicht.« Francie ahmte mit einer Hand eine Pistole nach. »Wenn er versucht, uns zu stoppen, werden Sie ihn erschießen.«

Paul lachte. »Du überschätzt mich, Kleine.«

Sie schob den Unterkiefer vor. »Zu feige, Schlappschwanz?«

Paul sprang auf. »Sprich um Gottes willen nicht wie . . .«

»Was?« Ihre Stimme war herausfordernd und hart wie Blech.

Seine Hände beschrieben kleine Kreise. »Hör auf, wie ein Typ zu reden, verdammt. Warum benimmst du dich nicht wie ein Mädchen?«

»Hat Jaqui das getan?«

Er spitzte die Lippen und stieß die Luft aus. »Was?«

»Sich wie ein Mädchen benommen?«

»Natürlich.« Aber das war eine Lüge, und sie wußten es beide. Paul fuhr sich mit der Hand durch die Haare und setzte sich plötzlich. »Ach, Unsinn.« Er blickte sie an. »Seit dem Augenblick, wo ich dir begegnet bin, sitze ich in der Patsche.«

»Sie haben schon vorher in der Patsche gesessen.« Sie ging zur Minibar und öffnete den Eisschrank. »Wollen Sie irgendwas?«

»Nein. Hast du schon mal einen Blick auf die Preise geworfen, die sie für den Dreck verlangen? Sechs Dollar für eine Cola? Was für ein Betrug.«

»Was kümmert's Sie?« Francie warf ihm eine Dose zu und holte für sich eine Cola Light aus dem Eisschrank. »Wahrscheinlich werden Sie sie eh nicht bezahlen.«

Er lachte, und sie öffneten ihre Dosen fast gleichzeitig. Paul trank einen Schluck, und es ging fast so gut runter wie Bier. Tatsache war, daß er in ihrer Gegenwart nicht trinken wollte. Er wußte, daß das wahrscheinlich unsinnig war, aber er konnte sich nicht helfen. Er fühlte sich als ihr Beschützer, als ob sie seine eigene Tochter wäre.

»Woher kommt es, daß du so gescheit bist?«

»So gescheit bin ich gar nicht.« Sie leckte mit der Zunge die Tropfen auf der Oberseite der Dose ab. »Ich habe nur einige Sachen ziemlich schnell spitzbekommen, muß aber zugeben, daß mir einige Menschen geholfen haben. Meine Mutter, nachdem sie mit sich selbst im reinen war. Onkel Lew. Und je länger ich darüber nachdenke, auch Schwester Marie Rose. Äh, Jaqui.« Sie schlug die Beine übereinander, wippte leicht und beobachtete die Bewegung ihrer Zehen. »Ich habe sie gehaßt. Damals erzählte ich meiner Mutter gewöhnlich, daß sie ein kleiner Hitler sei. Vorschriften, Disziplin, Gottes Gesetze. ›Sie hätten Uhrmacherin werden sollen‹, habe ich ihr einmal geraten. ›Oder Befehlshaberin auf einem Exerzierplatz.‹« Sie blickte auf und sah Paul an. »Wissen Sie, was sie mir geantwortet hat? ›Es wurde Zeit, daß du mir ein Kompliment machst.‹« Francie schüttelte ungläubig den Kopf. »Ich glaube, daß ich mit einer Gipsstatue der Jungfrau Maria nach ihr geworfen habe. Sie zerbrach in tausend Stücke.«

»Das war aber gar nicht nett.«

Francie trank einen weiteren Schluck Cola Light. »Sollte man annehmen. Aber Schwester Marie Rose wurde nie wütend. Egal, wie ekelhaft ich mich benahm. Das war clever, wie ich jetzt weiß. Ich glaube, daß ich sie zum Wahnsinn treiben wollte, aber als ich bemerkte, daß sie nicht zurückschlug, verlor ich die Lust, mich als Biest aufzuspielen.« Sie nippte wieder an ihrer Cola. »Das war der eine Teil. Der andere war, daß sie meiner Mutter nie erzählte, wie schlimm ich mich ihr gegenüber verhalten habe. ›Schwester Marie Rose sagt, daß du ein wahrer Engel bist‹, erzählte mir meine Mutter eines Tages. ›Ich wünschte, ich wüßte ihr Geheimnis.‹« Francie leerte ihre Dose und stellte sie ab. »In dem Augenblick wußte ich Bescheid. Schwester Marie Rose stand auf meiner Seite, was auch geschehen mochte. Und das machte einen großen Unterschied. Als mich meine Mutter zum erstenmal zu ihr brachte, war ich acht Jahre alt. Ich sah sie regelmäßig. Später war ich dann krank, die Bulimie und alles andere ... Es war eine wirkliche Geisteskrankheit, verstehen Sie? Ich brauchte jemanden, der mich nicht verurteilte.«

»Ja, aber da waren all diese Gesetze, die sie dir auferlegt hat.«

»Aber das waren nicht *ihre* Gesetze. Es waren Gottes Gesetze.« Francie faltete die Hände, als wollte sie beten. »Ich fand heraus, daß Schwester Marie Rose keine persönlichen Gesetze kannte, und begann sie zu lieben. Sie war genau mein Typ.« Sie lachte etwas verwirrt. »Stellen Sie sich das vor, eine Nonne. Aber sie war die einzige, mit der ich reden konnte, bis Onkel Lew auftauchte.«

»Das ist wohl Lew Croaker, der Ex-Polizist.«

»Kennen Sie ihn?«

Paul schüttelte den Kopf. »Ich habe nur bei Bad Clams einiges über ihn aufgeschnappt. Glaubst du, daß der Typ in Ordnung ist?«

Francies Augen leuchteten. »Ja.«

Er stand auf und stellte seine halb geleerte Cola-Dose auf die Minibar. Dann wischte er sich die Handflächen an der Hose ab, zog seine Waffe und begutachtete das Magazin. Er tauschte es aus und wandte sich Francie zu. »Vielleicht bin ich verrückt, aber ...« Er nickte und grinste sie schief an, und Francie entschied, daß sie ihn sehr mochte. »Also, laß uns zurückgehen. Wir werden deine Mama aus der Höhle des Löwen befreien.«

»Sie sind wunderschön.«

Nicholas lächelte den schlanken Europäer mit den kurzen Haaren und sinnlichen Lippen an.

»Wollen Sie nicht mitkommen? Gleich um die Ecke gibt es ein Hotel.«

»Tut mir leid«, sagte Nicholas. »Ich habe bereits eine Verabredung.«

»Dann vielleicht ein anderes Mal.« Der Europäer stahl sich davon und setzte seinen Raubzug nach einem anderen Kandidaten fort.

Nicholas ging zur Bar und bestellte Scotch mit Soda. Er war im Twenty-One Roses, einer Schwulenbar in Shinjuku. Viele Blicke wanderten in seine Richtung, aber er fühlte sich in dieser Atmosphäre nicht bedroht. Die Liebe zwischen Männern – *nanshoku* – hatte in Japan eine lange und geheiligte Tradition. Unter den Samurai galt die Zuneigung zu Frauen als Zeichen der Schwäche. Die Neigung, sich einen jungen Mann oder sogar einen Jüngling als Liebhaber zu halten, stammte aus der Kultur des antiken Griechenlands, wo der männliche Körper verehrt wurde. In Japan wurde weithin vermutet, daß die Homosexualität dem Einfluß buddhistischer Mönche aus China zuzuschreiben war.

Nicholas bezahlte seinen Drink. Er wandte sich um und suchte den Raum nach Takuo Hatta ab. Der Staatsanwalt war berüchtigt dafür, daß er ein paar Nächte pro Woche in der einen oder anderen Homosexuellen-Bar seines Stadtteils verbrachte. Nicholas hatte sich bei Hattas Ehefrau vergewissert, daß er nicht zu Hause war. Dies war jetzt die vierte Bar, die Nicholas in dieser Nacht aufgesucht hatte. Die männlichen Paare bewegten sich langsam auf der winzigen, überfüllten Tanzfläche, und vor der Bar standen die Leute in drei Reihen. Überall preßten sich Körper lasziv gegeneinander. Das Lokal war dunkel und verräuchert und erinnerte vage an die dreißiger Jahre. Die Stammgäste fanden die heruntergekommene Dekadenz stimulierend und angenehm.

Nicholas wurde noch zweimal angesprochen und ein weiteres Mal unzüchtig berührt. Er war gerade zu der Ansicht gekommen, daß die Bar ein wahrer Fleischmarkt war, als er jemanden aus der Toilette kommen sah, der Hatta ähnelte. Mit einiger Mühe bahnte er sich den Weg durch die wogende, schwitzende Menge. Irgend jemand grabschte nach seinem Hintern, und als er die Tanzfläche überquerte, küßte ihn ein japanischer Angestellter mit Trauring hart auf den Mund.

Nicholas überlebte es, und als er den kaum kontrollierbaren Tumult hinter sich gelassen hatte, entdeckte er, daß der Mann tatsächlich Takuo Hatta war. Aber unglücklicherweise hatte der ihn erkannt. Die Augen hinter seinen Brillengläsern weiteten sich, und Hatta stieß zwei junge Männer zur Seite, die sich befingerten. Unbeholfen rannte er los.

Hatta war glitschig wie ein Aal und schaffte es, den Ausgang zu erreichen, bevor Nicholas ihn einholen konnte. Er stürzte auf die Straße. Nicholas fühlte sich wie im Traum, da er so langsam wie auf Treibsand vorankam. Er setzte seine Ellbogen ein, zwängte sich in einen der beiden großen Gänge der Bar und wurde wohl durch die Zentrifugalkraft zum Ausgang gewirbelt.

Als er auf der Straße stand, sah er, daß Hatta die Hintertür einer großen schwarzen Mercedes-Limousine aufriß, die am Bürgersteig parkte. Nicholas brüllte, während er auf den Wagen zurannte. Hattas Kopf wirbelte herum, und seine Augen waren vor Angst weit aufgerissen. Er warf sich auf den Rücksitz des Mercedes, während der Fahrer den Gang einlegte und aufs Gaspedal trat.

Der Wagen fuhr mit quietschenden Reifen los, wurde aber kurz gestoppt, als er gegen die Stoßstange eines vorbeifahrenden Taxis prallte, geriet ins Schlingern und beschrieb dann einen größeren Bogen.

Nicholas nutzte dies aus und warf sich nach vorne, als der Fahrer den Wagen wieder beschleunigte. Er atmete tief durch, streckte sich und klammerte sich am Rahmen des offenen Autofensters fest, während der Mercedes über die regennasse Straße raste.

Hinter dem Steuer saß ein drahtiger *kobun* der Yakuza. Er riß das Lenkrad heftig herum und wäre beinahe mit dem Kühlergrill eines vorbeifahrenden Lastwagens kollidiert. Nicholas' Körper schlug hart gegen die Seitenwand des Mercedes. Die Stoßdämpfer des Wagens vibrierten, und während ein schrilles Hupen erklang, korrigierte der *kobun* den Kurs und raste die Straße hinab. Er fuhr im Zickzack-Kurs. Jedesmal wenn der Wagen nach rechts ausbrach, schrammten Nicholas' Schuhe über den Asphalt, und wenn er sich nach links wendete, wurde der Staatsanwalt hart gegen die Tür geschleudert. Als das Auto erneut nach links ausscherte, schien das nur ein weiteres Ausweichmanöver zu sein.

Nicholas tastete weiter in das Wageninnere, um besseren Halt zu finden, als er im Augenwinkel undeutlich etwas Schwarzes erblickte. Er drehte den Kopf, sah die Dunkelheit der engen Seitengasse schnell auf sich zukommen und wußte, daß er nicht bleiben konnte, wo er sich befand. Die Gasse war so schmal, daß der Mercedes allein sich kaum hindurchzwängen konnte.

Ein Frontscheinwerfer des Wagens schrammte mit knirschendem Geräusch an der rußverkrusteten Wand eines Hauses vorbei, und das bedeutete, daß der Wagen gleich in die Seitenstraße einbiegen würde. Ohne Zeit zu verlieren, ließ Nicholas seine Beine fallen, kam mit den Hacken schmerzhaft auf dem Asphalt auf und stieß sich wieder ab. Dies wiederholte er mit mehr Schwung, um sich auf das Dach des Autos zu schwingen.

Der Mercedes jagte durch die Gasse, und das Metall protestierte bei jedem Aufprall mit Quietschen und hellem blauen Funkenwirbel. Nicholas lag auf dem Bauch und klammerte sich mit gekrümmten Fingern an der oberen Kante der Windschutzscheibe fest.

Als ihn eine Explosion neben seinem Ohr zwang, seine Lage zu ändern, hätte sich sein Griff fast gelöst. Er hörte einen weiteren Knall und sah, daß ein Teil des Daches durchlöchert war. *Der Bastard schießt auf mich!* dachte er. Er rollte sich in entgegengesetzter Richtung über das Dach, als ein dritter Schuß das Metall durchschlug.

Der Mann hinter dem Steuer legte die Waffe auf den Beifahrersitz, um das Lenkrad mit beiden Händen zu umklammern. Dann stieg er voll in die Bremsen. Befriedigt sah er, daß Nicholas vom Dach geschleudert wurde und vor ihm auf der Straße lag. Er griff nach der Pistole, aber in diesem Moment rannte Nicholas direkt auf ihn zu. Der *kobun* trat aufs Gaspedal. In dieser engen Gasse gab es keinerlei

Möglichkeit, sich in Sicherheit zu bringen. Das Auto würde Nicholas in einer Zehntelsekunde überrollen. Der *kobun* liebte das Geräusch, wenn Stahl sich in einen menschlichen Körper bohrte, aber das Gefühl selbst liebte er noch mehr. Es war ein Machtrausch, der so stark war ...

Der Fahrer zuckte reflexhaft zurück, als Nicholas mit den Absätzen voran gegen die Windschutzscheibe krachte. Das Sicherheitsglas glich einem Spinnennetz. Es wölbte sich nach innen, hielt aber noch. Der *kobun* hörte, wie Hatta auf dem Rücksitz schrie. Dadurch war er lange genug abgelenkt, daß Nicholas mit einem mächtigen zweiten Tritt das Sicherheitsglas durchstoßen konnte. Eine Flut von Glassplittern ergoß sich über den *kobun*. Sein Finger krümmte sich um den Abzug der Waffe, und er feuerte auf die Person, die sich ihm näherte.

Nicholas fühlte die sengende Hitze der Kugel, und seine Ohren dröhnten von dem betäubend lauten Schuß. Er spürte, daß etwas das Schulterpolster seiner Jacke zerfetzt hatte, als ob er an einem Stacheldraht hängen geblieben wäre. Dann rutschte er halb auf den Sitz. Der *kobun* trat auf die Bremse, was gleichzeitig Selbstschutz und ein Angriffsmanöver war. Nicholas knallte gegen das gepolsterte Armaturenbrett. Die Rückseite seines Kopfes krachte gegen den CD-Player, und seine Beine verhedderten sich mit dem Schaltknüppel.

Schmerz explodierte in seiner Rippengegend. Nicholas stöhnte und hatte einen metallischen Geschmack im Mund. Dann spürte er durch einen Wall von Schmerzen den zweiten Schlag, und wachsende Taubheit kroch an einer Seite seines Körpers hoch. Er versuchte, den Hieben auszuweichen, und preßte sich hart gegen das Handschuhfach.

Die Augen des Fahrers waren glänzend, fiebrig und weit aufgerissen, als ihn ein erneuter Adrenalinstoß durchfuhr. Er war ein junger Mann Anfang Zwanzig. Sein Kopf war kahlgeschoren, und an den Wölbungen seines glänzenden Schädels sprangen die Adern hervor. Nicholas konnte an seinen geweiteten Pupillen erkennen, daß er Drogen genommen hatte, wahrscheinlich Kokain. Seine Stärke war übermenschlich.

Der *kobun* schlug erneut zu. Diesmal war der Hieb, der ihm die Rippen brechen sollte, noch bösartiger. Nicholas versuchte weder auszuweichen noch den Schlag abzuwehren. Statt dessen packte er die Hand des Fahrers, und dabei rutschte der Ärmel von dessen Jacke am Unterarm hoch. Nicholas erkannte den Ansatz einer komplizierten Tätowierung, die für die Mitglieder der Yakuza fast die Bedeutung einer Uniform hatte. Wenn er mehr davon sehen könnte, wüßte er, zu welchem Clan der Mann gehörte.

Im Moment hatte er allerdings andere und dringendere Sorgen. Der *kobun* beugte sich vor und nutzte seine bessere Position, um Nicholas in den leeren Raum zwischen Handschuhfach und Beifahrersitz zu pressen. Im vollen Bewußtsein seines Vorteils übte er langsam und unerbittlich immer mehr Druck aus.

Beinahe neugierig sah er, wie Nicholas' Bein vorschnellte und er ihm das Knie in die Rippen rammte. Es gab ein scharfes, krachendes Geräusch. Die Neugier verwandelte sich in Ungläubigkeit und dann in eine Art von Enttäuschung, die an Erstaunen grenzte, als der *kobun* merkte, daß seine Rippen gebrochen waren.

Der Fahrer wurde von einer Welle unbändigen Zorns durchflutet, die durch die Drogen noch verstärkt wurde. Er versuchte, seine Schmerzen zu ignorieren, und bedrohte Nicholas mit einem Stilett, das er aus dem Hosenbund gezogen hatte.

Nicholas mußte hinnehmen, daß der *kobun* ihn an der Schulter erwischte, aber dann rammte er ihm den Ellbogen gegen den Adamsapfel. Er drehte sich zur Seite, während der *kobun*, der bereits würgte, ihn in einem verzweifelten Reflex mit dem Messer zu treffen versuchte. Der Schaltknüppel bewegte sich, die Klinge sprang ab und blieb im glänzenden Leder der Rückenlehne stecken. Dann versuchte Nicholas, den *kobun* mit seiner Hüfte einzuklemmen.

Das war ein Fehler. Der Fuß des Fahrers rutschte von der Bremse, und er trat krampfhaft aufs Gaspedal. Der Mercedes schoß nach vorne, streifte zwei Wände, und es gab einen rauhen, blauweißen Funkenregen. Dann raste er mit beängstigender Geschwindigkeit aus der Seitengasse.

Auf dem Rücksitz schrie Hatta. Nicholas machte einen verzweifelten Versuch, das Lenkrad unter Kontrolle zu bekommen, aber der *kobun* schaffte es, das Stilett aus der Rükkenlehne zu ziehen, und versuchte erneut, Nicholas aufzuschlitzen.

Der Mercedes, der mehr oder weniger außer Kontrolle war, rammte die Rückseite eines Nissan, schleuderte mit quietschenden Reifen auf den gegenüberliegenden Bordstein und fuhr auf zwei Rädern auf dem Bürgersteig weiter. Die Fußgänger wurden auseinandergetrieben und brüllten, während ein vielstimmiges Hupkonzert erschallte.

Die Messerklinge fuhr so nah an Nicholas' Hals vorbei, daß er die Hitze eines Hochofens zu fühlen glaubte. Dann brach Nicholas dem *kobun* mit einem brutalen Ruck das Handgelenk. Und während der Fahrer noch vor Schmerzen jaulte, setzte Nicholas seinen Ellbogen ein und zertrümmerte dem Mann das Nasenbein. Das Blut spritzte, und der Fahrer wurde auf dem Sitz zurückgeschleudert. Dann brach er über dem Lenkrad zusammen.

Nicholas riß den Körper des Mannes zurück und versuchte, seinen Fuß vom Gaspedal zu treten. Er schaffte es, den Mercedes wieder auf die Straße zu steuern, aber da war es auch nicht sicherer, weil sie sich jetzt auf der Gegenfahrbahn befanden, wo ihnen Autos entgegenkamen, und auf die Kreuzung mit der breiten Meiji-dori zusteuerten.

Nicholas brach der Schweiß aus, während er versuchte, das Gaspedal oder die Bremse zu erreichen, aber der Fuß des *kobun* war fest eingeklemmt. Nicholas fühlte sich schwindlig und hörte ein Summen in seinem Kopf. *Nein!* schrie es in seinem Geist. *Nicht jetzt!* Er kämpfte den beginnenden *kshira*-Anfall nieder. Hatte er einen Augenblick lang einen Blackout gehabt? Er sah die Breitseite eines Lastwagens, der auf die Kreuzung fuhr und mit beängstigender Geschwindigkeit auf sie zukam. Nicholas gab seine Anstrengungen auf, an die Pedale zu kommen, legte statt dessen den Leerlauf ein und schaltete den Motor ab.

Die Längsseite des Lastwagens sah so breit wie eine Hausfassade aus, während sie darauf zuschossen. Der Motor war zwar abgestellt, aber der Wagen rollte immer noch mit beträchtlichem Tempo. Nicholas riß das Steuer hart herum, und der Mercedes drehte sich um hundertachtzig Grad. Durch die Fliehkraft stieg ihm das Blut in den Kopf. Hatta schrie weiter verängstigt auf dem Rücksitz herum, und dann war die Welt nur noch ein einziges verschwommenes Bild. Farbige Lichter strichen vorbei und vermischten sich. Dann zogen sich die Bilder in die Länge und verschwanden bald darauf ganz. Es entstand eine neue und auf seltsame Weise erheiternde Realität. All dies geschah innerhalb eines Sekundenbruchteils, aber das Gefühl, die Kontrolle völlig verloren zu haben, war befreiend. Nicholas fühlte, wie sein Herz schnell und heftig in seiner Brust pochte. Er dachte weder an Gefahr noch an den bevorstehenden Tod.

Dann war alles vorbei, und der Wagen wurde unsanft angehalten. Der Aufprall war nicht hart, aber stark genug, um Hatta gegen die Rückenlehne des Vordersitzes zu schleudern. Nicholas' Backenzähne schlugen aufeinander. Aber weil der Motor abgestellt war, hatte die Geschwindigkeit des Wagens stark nachgelassen, so daß Nicholas endlich den Mercedes unter seine Gewalt bekam und schließlich am Straßenrand stoppen konnte.

Er nahm einen strengen Geruch im Innenraum des Autos wahr. Das Geräusch des überkochenden, heißgelaufenen Motors wurde langsam von Sirenengeheul und dem Absatzgeklacker rennender Passanten übertönt. Nicholas drehte sich mühsam um und sah, daß Hatta halb vom Sitz gerutscht war und sich übergab. Er hatte die ganze Rückbank vollgekotzt.

Die Geräusche der Polizeisirenen wurden lauter. Rasch ergriff Nicholas das Messer, um den Jacken- und Hemdsärmel des *kobun* aufzuschlitzen und die wundersame Tätowierung zu studieren. Er nahm die Clanzugehörigkeit des Fahrers zur Kenntnis, stieg aus dem Auto und öffnete die Hintertür. Die Polizei war mittlerweile eingetroffen. Nicholas zog Tanaka Gins Brieftasche hervor, um den Beamten seinen Dienstausweis zu zeigen. Er pochte auf die Sonderrechte eines Staatsanwalts und zog den zusammengekauerten Hatta vom Rücksitz.

Ein leichter Regen, so sanft wie der Kuß eines Engels, benetzte Nicholas' Gesicht und verschaffte ihm einen klaren Kopf. Die Polizeilichter flackerten so fröhlich wie auf einer Karnevalsveranstaltung, während sich langsam eine Menschenmenge anzusammeln begann. Einige Polizisten zogen los, um die Neugierigen zu zerstreuen und den Verkehr zu regeln, der sich über die ganze Länge der Straße gestaut hatte. Andere warteten darauf, daß Nicholas seine Aussage machte. Dann tauchte ein Krankenwagen auf, und seine Lichter trugen zu der düsteren Karnevalsatmosphäre bei. Niemand schlug Nicholas vor, sich ärztlich behandeln zu lassen. Die Notärzte stiegen aus der Ambulanz aus, spähten in den Mercedes und bereiteten sich darauf vor, den verkrümmten Körper des *kobun* hinter dem Steuer hervorzuziehen.

Nicholas bemerkte die Schleuderspuren auf dem Asphalt, die auf der regennassen Straße so dunkel wie Narben wirkten, und nur langsam wurde ihm bewußt, daß er sie verursacht hatte. Sein Geist begann, wieder normal zu funktionieren. Während er tief die Nachtluft einsog, beugte er sich zu Hatta. »Jetzt gehören Sie mir, Verräter«, flüsterte er. »Und wenn Sie nicht wollen, daß ich Sie sofort der Polizei übergebe, werden Sie genau das tun und sagen, was ich Ihnen erzähle. Ist das klar?«

Der bleiche und völlig erschöpfte Hatta nickte, und Nicholas wandte sich dem geduldig wartenden Sergeant zu. »Ich bin jetzt bereit, meine Aussage zu machen.«

12
West Palm Beach / Tokio

Zwei mit 38er-Pistolen bewaffnete, bullige Männer stürmten das Zimmer 421 im Aquamarine-Hotel in South Beach. Kaum hatten sie den Raum betreten, zogen sie ihre Waffen. Einer durchsuchte das Badezimmer, der andere die Wandschränke. Während ein Mann unter das Bett spähte, betrat der andere wieder den Flur und gab ein Zeichen.

Caesare Leonforte betrat den Raum; Vesper stand direkt hinter ihm. »Wo ist der kleine Spitzel?«

Niemand – nicht einmal Vesper – wußte, ob er Francie oder Paul Chiaramonte meinte.

»Wie zum Teufel konnten sie entkommen?« fragte Caesare einen der stämmigen Männer. Der Typ hatte öliges, gelocktes Haar, und seine Augen standen zu dicht beieinander.

»Er hat uns erzählt, daß die Kleine eine Cola Light wollte, und so sind sie in die Küche des Gästehauses entwischt.« Der Mann keuchte immer noch, weil er vier Stufen auf einmal genommen hatte, während der Boß und seine Freundin mit dem Aufzug hochgefahren waren. Er schwitzte stark und war angewidert, da sie niemanden gefunden hatten. Der Leibwächter fuchtelte mit seiner Pistole herum, als ob er jemanden suchte, auf den er die Waffe richten konnte.

»Steck die elende Knarre weg«, sagte Caesare. »Willst du vielleicht die verdammten Kakerlaken erschießen?«

»Okay. Wir gingen in die Küche des Gästehauses«, sagte der Mann. Er steckte die Waffe in das Halfter unter seiner verschwitzten Achselhöhle. »In der Küche war niemand. Also gingen wir nach draußen. Weder die Kumpels noch die Hunde haben irgend jemanden gesehen.« Er warf die Arme in die Luft. »Was sollten wir tun?«

Caesare verschwendete keine Zeit damit, auf diese traurige Geschichte zu antworten. Er starrte auf die leeren Dosen auf der Minibar. »Cola und Cola Light«, sagte er sanft. »Alles klar, sie waren hier.«

»Aber niemand hat gesehen, wie sie das Hotel verlassen haben«, sagte Vesper.

»Ja.« Caesare nickte und zog die Augenbrauen zusammen. »Warum haben sie es plötzlich so eilig?«

»Wir sollten sie suchen«, sagte einer der bulligen Männer. Er brannte darauf, seine Knarre zu benutzen.

»Die Flughäfen, Bushaltestellen und Bahnhöfe werden von meinen Leuten überwacht«, sagte Caesare mehr zu sich selbst. »Und die Autovermieter rufen an, wenn ein Mann, der Paul ähnelt, versucht, eine Karre zu mieten. Die anderen Möglichkeiten, daß sie einen Schlitten stehlen oder einen gebrauchten kaufen, schließe ich aus. Paul wäre ein Idiot, wenn er das Risiko eingehen würde, die Bullen zu alarmieren. Und ich bin sicher, daß er nicht genug Kohle hat, einen Gebrauchtwagen zu kaufen.«

»Du weißt doch nicht mal, ob er mit der Kleinen abgehauen ist oder sie nur zu finden versucht«, wandte Vesper ein.

Caesare zeigte auf die leeren Cola-Dosen. »Es ist völlig klar, daß sie zusammen abgehauen sind«, sagte er im ekelhaftesten Tonfall. »Ich weiß nicht, was Paul vorhat, aber du kannst verdammt sicher sein, daß er sich wünschen wird, nie daran gedacht zu haben.« Er machte eine knappe Handbewegung. »Ihr beiden übernehmt die Straßen in der Nachbarschaft. Überprüft alle Bars und Restaurants. Und die Hotels. Bleibt im Umkreis von acht Straßenblöcken. Wenn das Hotelpersonal glaubt, daß sie immer noch in diesem Loch wohnen, können sie noch nicht lange weg sein.«

»Akinaga nimmt keine Anrufe entgegen. Er will nicht gestört werden«, sagte Hatta, während er den Hörer in der öffentlichen Telefonzelle einhängte. Er steckte die Hände in die Taschen und krümmte die Schultern, während er den Bürgersteig hinabschlurfte. »Das bedeutet, daß er im Both Ends Burning ist.«

»Ich muß Akinaga in die Finger kriegen, und zwar noch heute nacht«, sagte Nicholas. »Und ich werde Sie nicht aus den Augen lassen, bis Sie mich zu ihm gebracht haben.«

Sie waren in der Nähe der Kreuzung in Shinjuku, wo

sich die Meijidori und die Yasukunidori treffen. Nicholas beobachtete, wie der Regen in den breiten Straßen das Licht der Neonreklamen verzerrte und es von der dunklen Oberfläche aus auffahren ließ wie davonschwebende Papierdrachen am Kindertag. »Ist das Both Ends Burning ein Sado-Maso-Club oder eine Schwulenbar?«

Hatta zögerte, bis Nicholas sich umdrehte. Dann warf er ihm einen flüchtigen Blick zu. »Ein Sado-Maso-Club nur für Mitglieder. Ein ganz besonderes Lokal. Sämtliche Prominenten sind Mitglieder.«

Nicholas hielt nach den großen, glänzenden Autos Ausschau, die von den *kobun* der Yakuza gefahren wurden. Die Erfahrungen mit dem Fahrer heute nacht reichten ihm völlig, und er wollte es nicht darauf ankommen lassen. Hatta genoß persönlichen Geleitschutz, und der erste Leibwächter war jetzt außer Gefecht gesetzt. Vielleicht wartete irgendwo hier draußen jemand auf die Chance, Hatta wieder zu übernehmen. Nicholas dachte auch über den Namen Both Ends Burning nach. Das war der Club, vor dem jemand mit dem Mord am Ise Ikuzo ein Exempel statuiert hatte, vielleicht Michael Leonforte. »Prominenz?« fragte Nicholas.

Hatta zögerte erneut etwas. Er sah abgerissen aus und stank fürchterlich. Aber Nicholas hatte ihm keine Gelegenheit gegeben, sich zu waschen. Er glaubte, daß Demütigung die Seele manchmal besser als alles andere läuterte.

Hatta nickte. »Allerdings. Politiker, Bürokraten, Geschäftsleute. Angestellte haben keinen Zutritt.« Damit meinte er die Manager der unteren und mittleren Ebene. »Das Both Ends Burning schöpft den Rahm ab, und jeder, der Einfluß hat, will Mitglied werden. Der Club ist praktisch Akinagas inoffizielles Zuhause.«

Nicholas dachte nach. Irgend etwas nagte an ihm, seit Hatta seine korrupte Beziehung zu Tesuo Akinaga eingestanden hatte. Hatta war *oyabun* des *Shikei*-Clans, aber die Tätowierung hatte ihm verraten, daß der *kobun*, der Hatta beschützen sollte, zum *Yamauchi*-Clan gehörte. Dieser Clan wurde von einem Triumvirat von Unter-*oyabuns* geführt, seit sein letzter *oyabun*, Tachi Shidare, getötet worden war.

Keiner von ihnen hatte innerhalb des Clans genug Unterstützung, um seine Macht zu festigen. Versuchte Akinaga vielleicht, die Führung des Clans zu übernehmen? Es hatte Gerüchte gegeben, daß er versucht hatte, Shidare zu erledigen. Auf jeden Fall hatte Akinaga wenigstens einmal versucht, ihn – Nicholas – umbringen zu lassen. »Wenn Akinaga im Both Ends Burning verkehrt, was ist dann mit den anderen *oyabuns* der Yakuza?«

Hatta nickte. »Natürlich. Fast alle sind dort. Aber nur *oyabuns* und Unter-*oyabuns*.«

Die Teile des Puzzles trieben in der Dunkelheit, aber vielleicht fügten sie sich jetzt zusammen. »Sind Sie auch Mitglied?«

Hatta zögerte wieder, nickte dann aber bestätigend.

Nicholas schwieg und beobachtete, wie zwischen den riesigen gläsernen Hochhäusern von Shinjuku der silbrige Regen fiel. »Sie sind immerhin wichtig genug, um eine direkte Beziehung zu Akinaga zu haben, und wissen, wo er sich aufhält. Dann wollen wir mal sehen, wie gut man Sie dort kennt.«

Hatta war tatsächlich Clubmitglied und so bekannt, daß er nicht einmal seinen Mitgliedsausweis vorzeigen mußte. Man kannte ihn vom Sehen. Nicholas mußte sich in ein Gästebuch eintragen und benutzte Mick Leonfortes Namen. Sie erhielten beide eine Plastikkarte mit Hologramm.

»Warum bringen Sie mich her?« winselte Hatta, während sie eine lange Steintreppe hinabstiegen. Die Stufen waren schlüpfrig und durch jahrzehntelangen Gebrauch abgenutzt. »Das kann nur schlimm enden.«

»Zweifellos«, stichelte Nicholas. »Aber Sie haben den Anfang gemacht und versucht, Tanaka Gin zu vernichten. Da ist es nur gerecht, wenn Sie auch am Ende dabei sind.«

Die Treppe wurde durch eine Reihe flackernder Neonröhren beleuchtet, die in Nischen mit Metallgittern angebracht waren, was an ein Gefängnis erinnerte. Die unangenehme, monochrome Beleuchtung ließ ihre Haut so fahl und wächsern wie die einer zwei Wochen alten Leiche aussehen. Markerschütternde Rockmusik drang durch den Steinboden, durchbohrte ihre Fußsohlen und stieg ihnen wie Nadeln die Beine hoch.

Vor ihnen lag ein langer, schmaler Gang, dessen Ende in Dunkelheit gehüllt war. Der Gang bestand aus flachen Steinen, die sich ein wenig über einen dunklen, gekräuselten Wasserstrom erhoben. Dieser wurde durch Wasser gespeist, das von den Wänden rieselte, die sich in der Höhe zu einer Art gotischem Gewölbe vereinigten. Die schwachen Glühbirnen in Drahtummantelungen verbreiteten fahle Lichtflecken. Sie schienen eine unterirdische Höhle zu beleuchten, die wahrscheinlich nur knapp über der U-Bahn lag.

Sie gelangten schließlich zu einem Metalltor, das an ein Fallgatter in einem Schloß erinnerte. Dahinter saß ein riesenhafter Sumo-Ringer. Er stand auf, während sie sich näherten, und nahm dann die Plastikkarten entgegen, die sie ihm durch das Gatter reichen. Er führte die Karten in eine Maschine ein. Das Fallgatter mit der verborgenen Kardanaufhängung öffnete sich still und sanft, und der Türsteher gab ihnen die Karten zurück.

Die Musik war jetzt spürbar lauter und glich einem Stammesrhythmus, der so beharrlich wie ein Herzschlag war. Sie waren in einem kurzen, gekrümmten Gang, der zum Eingang führte und mit sich bewegenden Leibern verstopft war. Nicholas und Hatta zwängten sich durch die Menge und standen bald in einem länglichen, niedrigen Raum. Die Hitze und der Schweiß von Hunderten menschlicher Körper verursachten einen dichten, tropischen Dunst. Bunte Lichter flackerten, und das Stroboskop blitzte in unregelmäßigen Abständen. Der Rhythmus des Acid-Jazz blies durch die schwankenden Körper wie feuchter Wind durch einen Bambuswald. Acid-Jazz bestand aus Jazz-Elementen, die mit einem Hip-Hop-Beat und gelegentlichen Rap-Einlagen kombiniert wurden.

Während er sich mit Hatta durch die Menschenmenge drängte, bemerkte Nicholas die Prominenten: Er sah den Minister für Handel und Industrie, die Minister für Textilhandel, kommerzielle Angelegenheiten und die Entwicklung des internationalen Handels. Als er auch noch den Direktor des Ministeriums für internationalen Handel entdeckte, hörte er zu zählen auf. Dann waren da noch die Mitglieder der Liberalen Demokratischen Partei, der Sozialisten und der Partei des Neuen Landes. Er sah auch den stellvertretenden Justizminister; die Liste war praktisch endlos. Hier und da erblickte man Mitglieder der zehn wichtigsten industriellen *keiretsus* und ein paar *oyabuns* der Yakuza.

Nicholas ging in ihre Richtung und blickte sich nach Tetsuo Akinaga um. Er sah einen ihm unbekannten, ziemlich jungen *oyabun,* der mit dem Chef des Amtes für die Konsumgüterindustrie sprach, und fragte sich, was für ein Geschäft hier abgeschlossen werden sollte. Hatta versuchte, sich zu entfernen, aber Nicholas hielt ihn fest.

»Wo ist Akinaga?« zischte Nicholas.

»Ich weiß es nicht.« Hatta mußte in dem Lärm fast brüllen.

Sie kamen an einer halbkreisförmigen Bar vorbei, vor der in sechs Reihen lärmende Männer standen, die alle in der Industrie, in Institutionen oder bei illegalen Geschäften die Befehle gaben. Es war kurios und verwirrend, wie sie sich nach ihren Drinks drängten und wie Warenhändler an der Börse brüllten und gestikulierten.

»Ist das hier jede Nacht so?« fragte Nicholas.

Hatta nickte.

Wie viele Geschäfte werden hier im Schatten besiegelt? fragte sich Nicholas. Hier wurde in jeder Nacht mehr über Japans Zukunft entschieden als in den Kammern der *Diet,* des Parlaments. Hier konzentrierte sich die Macht, und durch diese große, düstere Maschinerie tuckerte Japan weiter die eingefahrenen Gleise entlang. Man konnte das ganze Gerede von den Reformen vergessen, auch die Lippenbekenntnisse, daß die herkömmlichen Mißbräuche abgestellt und neue Wege gefunden würden, um die Geschäfte innerhalb des eisernen Dreiecks von Industrie, Bürokratie und Politik abzuwickeln. Hier wechselten zu große Geldsummen die Besitzer, und es wurden zu viele Darlehen vergeben. Das Netz von Freundschaft und Vetternwirtschaft war zu dicht geknüpft, dehnte sich in alle

Richtungen aus und entzog sich den forschenden Blicken der Öffentlichkeit. Die Gäste – und nicht nur die Mitglieder der Yakuza – hatten es sich in dieser feuchten Dunkelheit zu bequem gemacht, wo die Macht wie ein Amulett von Hand zu Hand weitergereicht wurde und alles möglich war.

Nicholas ließ den Blick über die Menschenmenge schweifen, als er bemerkte, daß Hatta sich leicht versteifte. Ohne den Kopf zu drehen, sah er in die gleiche Richtung wie Hatta. Er registrierte zuerst nur einen Dunst von Rauch, Hitze und Klangwellen und untersuchte das Halbdunkel mit den Augen. Dann erweiterte er seine Wahrnehmung, öffnete sein *tanjian*-Auge und spürte, daß etwas, so glitschig wie eine Kaulquappe, seinem Bewußtsein entglitt. Er versuchte, der Spur zu folgen, wurde aber von zu vielen sinnlichen Eindrücken überschwemmt und schloß das *tanjian*-Auge wieder.

In diesem Augenblick geschah etwas Seltsames. Als das Licht des *tanjian*-Auges verblaßte, nahm er nicht die gewohnte Dunkelheit, sondern einen Mahlstrom wahr. Zehntausend Bienen summten, und der Chor schwoll an. Nicholas zuckte instinktiv vor dem *kshira*-Anfall zurück.

Aber diesmal fühlte er sich beschützt, als ihm die Worte in den Sinn kamen, die Kisoko ihm zugeflüstert hatte: *Lassen Sie die Dunkelheit auf sich zukommen.*

Sie senkte sich herab, und es öffnete sich ein dunkles Auge. Der Schleier der Düsternis schirmte ihn von den psychischen Tumulten Hunderter anderer Seelen ab. Schweigen. Doch dann wurde das Schweigen von einem Blitz durchzuckt, als ob die Flosse eines Fisches die Wasseroberfläche teilte. Es war eine Kräuselung in der Dunkelheit, und Nicholas bewegte sich über einen phosphoreszierenden Pfad. Er glitt zwischen dicht aneinandergepreßten Leuten hindurch, die sich ernsthaft berieten, liebevoll umarmten oder bedeutungslosem Small-Talk hingaben. Er registrierte schweißtreibende Verhandlungen, korrupte Schiebereien, heimtückische Betrügereien und gefährliche Allianzen.

Es war ein kompliziertes Lexikon menschlichen Verhaltens. Nicholas drängte Hatta, den Verleumder und Feigling, durch die Menge wie ein blökendes Schaf zum Markt.

In der düsteren Stille des *kshira* identifizierte Nicholas Tetsuo Akinaga nicht mit den Augen, sondern durch seine intuitiven Geisteskräfte. Das dunkle Auge des *kshira* durchbohrte ihn, als ob er eine ganze Köcherladung Pfeile auf ihn abgeschossen hätte. Nicholas nahm ihn ins Visier, durchquerte den Raum und näherte sich ihm aus einer Richtung, die ein Entkommen stark erschweren würde. Bald war er so nah bei Akinaga, daß er durch die Menge einen Blick auf ihn werfen konnte. »Das ist das Ende«, sagte er zu Hatta.

Er stand schon fast so dicht neben dem *oyabun,* daß er die Hand ausstrecken und ihn berühren konnte. Nicholas zog Hatta näher an sich heran, damit der nicht plötzlich fliehen konnte. Akinaga war tief in eine strategische Beratung mit einem hochrangigen Mitglied der Partei des Neuen Landes und mit Kansai Mitsui versenkt, dem Favoriten des *oyabuns* für das Amt des Premierministers. Offensichtlich hatte Akinaga Nicholas noch nicht bemerkt, der immer noch etwas manövrierte, um ihm keinen Raum zur Flucht zu lassen. Diese Möglichkeit wollte er ausschließen.

Er konzentrierte sich ganz auf Akinaga, als er seinen Namen hörte und kurz darauf in die linke Seite gestoßen wurde. Er wandte sich um und sah Honniko.

»Nicholas«, rief sie. »Nicholas!«

In diesem Moment nahm er direkt rechts neben sich eine Bewegung wahr. Hatta schrie auf und stürzte, buchstäblich von den Beinen gerissen, gegen ihn. Nicholas fühlte einen Blutstrahl und wirbelte herum. Er spürte Jochis heißen Atem. Hatta wand sich wie ein Fisch am Bootshaken, und ein weiterer Blutstrahl schoß aus seinem Körper.

Jochi grunzte und stieß Hatta noch härter gegen Nicholas' rechte Seite. Im selben Augenblick sagte ihm das dunkle Auge des *kshira,* daß Akinaga vor dem Aufruhr in die Dunkelheit zu einem der fast direkt hinter ihm liegenden Notausgänge flüchten wollte.

Nicholas wich Jochis Attacke aus und zog Hatta mit sich fort. Die lange Messerklinge löste sich aus Hattas Seite, und er begann wie ein gestochenes Schwein zu bluten. Die

Menschen um sie herum waren in ihre dicht versiegelten Welten eingeschlossen und beachteten den Vorfall nicht. Sie tanzten weiter, rempelten sich an und wogten auf und ab. Sie tranken und rauchten und redeten und verhandelten über Geschäfte.

»Honniko!« schrie Nicholas. Er ließ Hatta loß, packte Honniko an den Handgelenken und zog sie durch das Dikkicht der Körper an sich heran. »Hatta-san ist verletzt. Jochi hat ihn mit dem Dolch verwundet.«

Ihre Pupillen weiteten sich.

»Ich glaube, daß er hinter mir her war.« Nicholas wandte sich um und sah eine große, schlanke Frau, die Hatta wiegte. Ihr Schoß war blutüberströmt. Während er sie anstarrte, hob sie den Kopf und fixierte ihn mit ihren weit auseinanderstehenden grünen Augen. Was hatte die Mutter Oberin hier zu suchen? fragte er sich.

»Kümmern Sie sich um ihn«, sagte Nicholas zu Honniko. »Rufen Sie einen Arzt oder einen Krankenwagen. Am besten beides.«

Honniko kniete neben dem verwundeten Hatta und Schwester Marie Rose. Sie blickte auf. »Wo sind Sie . . .?«

Aber Nicholas war bereits von der Menge verschluckt worden.

Lew Croaker sah zehn Jahre jünger und so farblos aus, wie es sich für den Gehilfen eines Blumenhändlers gehört. Als sie Caesare Leonfortes Grundstück erreichten, befand er sich im hinteren Teil des grüngelben Lieferwagens der Floristenfirma Amazonia, die den Eigentümer der weißen Villa täglich mit frischen Blumen versorgte. Rick Limòn, der Fachmann für Spezialeffekte beim Film, hatte recht gehabt: Selbst seine eigene Mutter würde ihn nicht mehr erkennen. Die Latex-Prothesen – Nase, Wangen, Stirn und die kleinen, aber wichtigen Stellen um die Mundwinkel – waren perfekt. Rick hatte sie nach Croakers ›Totenmaske‹ angefertigt.

»Diese Prothesen sind so beschaffen, daß sie grellem, heißem Licht nur widerstehen, wenn fast ständig nachgebessert wird«, hatte er Croaker gewarnt. »Ich rate Ihnen also dringend, sich nicht der Mittagssonne auszusetzen. Und was Sie auch tun, drücken Sie erst dann auf die linke Seite Ihrer Nase, wenn Sie Verstärkung brauchen.«

Der Lieferwagen hielt wie gewöhnlich direkt hinter dem Eingangstor, damit die Leibwächter die Ladung überprüfen und die Hunde jeden und alles beschnüffeln konnten. Ein Hund kam auf Croaker zu, und einen fürchterlichen, unvernünftigen Augenblick lang war er besorgt, daß das Tier das Latex wahrnehmen könnte. Es stellte sich jedoch heraus, daß der Leibwächter mit den behaarten Händen ein größeres Interesse an ihm hatte, weil er unter den üblichen Zulieferanten ein neues Gesicht war.

»Morty macht Urlaub«, sagte der Fahrer des Wagens.

»Wirklich?« Der Mann mit den beharrten Händen starrte Croaker an, als ob sie in ein Duell um die größere Willensstärke verstrickt wären. »Wohin ist Morty denn abgehauen? Ins verdammte Alaska, um der Hitze zu entgehen?«

»Er ist mit seinen Kindern nach Disneyland gefahren.«

»Was erzählst du da?« Der Leibwächter hob die Augenbrauen. »Ich hätte nicht gedacht, daß der gute alte Morty je einen hochgekriegt hätte.«

»Ne, ich bin der Schlappschwanz«, sagte der Fahrer, der sich offensichtlich an diese Art von Kreuzverhör gewöhnt hatte.

Sie lachten beide, und auch Croaker riskierte ein Lächeln, aber der Typ mit den behaarten Händen belohnte ihn nur mit einem finsteren Blick. Der andere Leibwächter zog den Hund zurück, und der Behaarte knallte die Tür des Lieferwagens zu. »Fahrt los. Der Boß kann den Geruch verwesender Blumen nicht ausstehen.«

Croaker war wirklich erleichtert. Er zog die biomechanische Hand, die er während der Überprüfung versteckt hatte, aus der Tasche.

»Mach schon«, drängte er den Fahrer.

Es war kurz nach zwei Uhr mittags, und Croaker war zugleich ängstlich und verärgert. Er hatte sich darauf vorbereitet, um acht Uhr morgens mit dem Wagen von La Petite Bakery auf Bad Clams' Gelände vorzudringen. Die Bäckerei lieferte täglich frische Croissants, Brötchen und Baguettes. Durch einen puren Glücksfall hatte Croaker entdeckt, daß der Lieferant versuchte, Bad Clams zu informieren. Das anschließende Verhör des Mannes wurde von dem Verstärkungsteam geführt, das aus Agenten der Bundesbehörde bestand. Vesper hatte die Leute angefordert. Das Verhör hatte ergeben, daß der Mann auf Bad Clams' Gehaltsliste stand. Alle Beteiligten – Croaker eingeschlossen – hatten ein ungutes Gefühl gehabt. Wieviel von der örtlichen Infrastruktur hatte Bad Clams unter seiner Fuchtel? Man konnte es nicht wissen. Nachdem sie in das Amazonia-Gebäude eingedrungen waren, wurden jedenfalls alle rausgehenden Telefongespräche sorgfältig überwacht.

Sie verbrachten die nächsten vierzig Minuten damit, die Blumenarrangements vom Vortag zu entfernen, und ersetzten sie durch die Ladung des Lieferwagens. Croaker befand sich in einem der oberen Wohnzimmer und legte gerade bei einem tropisch wirkenden Blumenarrangement letzte Hand an, als der Typ mit den behaarten Händen in den Raum schlenderte.

»Wo haben Sie denn Ihren Hund gelassen?« fragte Croaker, der gerade einen feuerroten Papageienschnabel feststeckte.

»Sehr lustig.« Der Behaarte stand so dicht neben Croaker, daß dieser den säuerlichen Geruch der Reste des Mittagessens wahrnehmen konnte. Der Leibwächter wies mit einem dicht behaarten Wurstfinger auf eine Blume. »Was ist das?«

Croaker blickte ihn an.

Der Behaarte zeigte noch nachdrücklicher auf eine weiße Blume. »Wie ist der Name?«

Croaker hatte keine Ahnung. »Delphinium«, antwortete er. »Wo ist das Klo? Ich muß mal pinkeln.«

Der Leibwächter blickte ihn finster an. »Den Flur runter. Ich komme mit.«

Croaker betrat gehorsam den Korridor und ging in die Richtung, die ihm der Behaarte wies. Er spürte den Mann wie eine Backsteinmauer im Rücken. Croaker öffnete die Badezimmertür und rammte dem Leibwächter im gleichen

Augenblick den Ellbogen in den Solarplexus. Der Mann wirbelte herum, aber bevor Croaker ihm mit seiner biomechanischen Hand an die Kehle gehen konnte, traf ihn ein Handkantenschlag am Kinn.

Er wurde zurückgeschleudert und landete mit einer Hüfte auf den kühlen Kacheln des Badezimmerbodens. Der Behaarte war sofort über ihm, schüttelte ihn hin und her und knallte ihn dann gegen die Seitenwand der Porzellanbadewanne. Croaker gab ein unartikuliertes Geräusch von sich und spürte, daß die Schmerzen wie Speerstiche in seinen Körper stachen.

Der Leibwächter beugte sich grinsend über ihn, aber Croaker ballte seine biomechanische Hand zur Faust und traf das Schlüsselbein des großen Manns. Es brach durch die Wucht des Schlags, und Croakers Finger aus rostfreiem Stahl und Polykarbonat öffneten sich wie die Blüte einer giftigen Blume. Er packte den Gegner im Nacken. Der riesige Mann fiel auf die Knie und wirbelte weiter mit den Händen, die noch Schaden anzurichten versuchten, aber Croaker schlug ihm mit der anderen Hand auf den Nasenrücken. Der Leibwächter brach blutüberströmt zusammen.

Croaker versuchte aufzustehen und rutschte auf den Kacheln aus. Dann fing er sich, indem er sich am Rand des Waschbeckens festklammerte. Die Fratze, die ihn im Spiegel anstarrte, gefiel ihm gar nicht. Er keuchte, und seine Seite schmerzte höllisch. Croaker wollte sich das Gesicht mit kaltem Wasser vollspritzen, aber wegen der Prothesen und des Make-ups kam das nicht in Frage. Seine Nase war etwas schief, und er versuchte, sie so gut wie möglich zu richten.

Dann wandte er sich wieder dem Mann mit den behaarten Händen zu, zog ihn aus und hievte den grunzenden Leibwächter in die Badewanne. Croaker zog mehrere Plastikschnüre aus der Tasche und fesselte sein Opfer an den Handgelenken und Fußknöcheln. Dann leerte er die Taschen seines grüngelben Amazonia-Overalls, entkleidete sich, rollte die Klamotten zusammen und warf sie in die Badewanne. Er zog den Duschvorhang aus Plastik zu, der mit einem französischen Gartenfestmotiv im Stil Toulouse-Lautrecs bedruckt war.

Croaker zog die Kleidung des Behaarten an und roch sofort nach Zwiebeln und Pfeffer. Dann studierte er seine Erscheinung im Spiegel. Die Hose war zu groß, aber als er den Gürtel enger geschnallt hatte, fand er, daß sie gar nicht so schlecht aussah.

Er stopfte seine persönlichen Gegenstände in die Taschen der neuen Kleider, steckte die stubsnäsige 38er des Mannes in das Halfter unter seiner Schulter und richtete es aus. Jetzt war alles erledigt. Er blickte sich ein letztes Mal im Badezimmer um und korrigierte hier und da noch eine Kleinigkeit. Dann betrat er den oberen Korridor und schloß hinter sich die Tür.

Hinter ihm bewegte sich etwas. Zwei Leute kamen die Treppe herauf. Er drehte sich um und wäre fast mit Caesare Leonforte zusammengeprallt.

»Draußen ist es so heiß wie neben einem gottverdammten Ofen«, sagte Caesare, während er durch den Flur im zweiten Stock seines Hauses ging. Als er einen seiner Männer streifte, der dort stand, wollte er gerade nach Vesper rufen, die hinter ihm hereilte. Es wäre zuviel gesagt, daß Caesare sich an den Mann erinnerte – er hatte ihm nur einen sehr flüchtigen Blick zugeworfen –, aber irgend etwas prägte sich seinem Gedächtnis ein und flatterte dort herum wie ein Papieranschlag an einem Pfosten.

Caesare betrat sein Büro und stellte das Thermostat, das die zentrale Klimaanlage kontrollierte, sofort auf sibirische Kälte ein.

»Dieser verfluchte Paul«, sagte er. »Ich habe ihm alles gegeben, was ein Mann sich nur wünschen kann – Geld, Perspektiven, eine Chance, seine Cleverneß unter Beweis zu stellen. Und was tut er? Er dreht sich um und fickt mich in den Arsch.« Wie immer, wenn er aufgeregt war, bröckelte die Fassade der Kultiviertheit, um die er sich sorgfältig bemüht hatte, und sein Straßenslang trat stärker hervor. »Aber ich will nicht, daß wegen dieser Geschichten unser Treffen mit Milo ins Wasser fällt«, sagte er über die Schulter, während er auf seine goldene Patek Philippe blickte.

»Ich muß den Handel in weniger als einer Stunde abwickeln und eine Rechnung begleichen.« Er schlug mit seinen riesigen Fäusten auf den Schreibtisch ein, und man hörte ein dumpfes Geräusch. Caesare starrte aus dem Fenster. »Ich habe von den Jungs in South Beach nichts gehört, und ich mag es nicht, Sachen unvollendet zu lassen.«

Er zog ein Mobiltelefon hervor und wählte eine Nummer. »Mist!« Er warf das Handy auf den Schreibtisch. »Keine Antwort. Entweder sind sie außer Reichweite, oder sie haben den Verstand verloren. Wie auch immer, sie haben Paul und die Kleine nicht geschnappt.«

Vesper wartete einen Moment. »Du hast mir nicht erzählt, warum dein Kumpel Paul die Tochter seiner Freundin kidnappen sollte.«

»Und ich würde es vorziehen, wenn du deine Nase da raushältst.« Caesare starrte immer noch mit leerem Blick aus dem Fenster, als ob er die beiden durch bloße Willenskraft zurückbringen könnte. »Du hast natürlich recht. Die Geschichte, die ich dir aufgetischt habe, ergibt keinen Sinn.« Er seufzte. »Die Braut ist nicht Pauls Freundin, sondern eine geschäftliche Konkurrentin. Sie wurde etwas zu ehrgeizig und ist aus der Reihe getanzt. Ich habe Paul eingesetzt, damit er sie und ihre Tochter hierher bringt.«

»Warum denn die Kleine?«

»Um sie zu überzeugen. Das Mädchen bedeutet ihr mehr als die Geschäfte.«

»Das ist ziemlich niederträchtig, oder? Ich denke, daß die Sizilianer Gesetze gegen solche Aktionen haben, oder?«

»Zum Teufel mit den Gesetzen!« brüllte Caesare. »Gesetze sind nur etwas für alte Säcke mit schwarzen Anzügen und Arthritis.« Er pochte sich gegen die Brust. »Ich bestimme hier die Gesetze und werde jeden fertigmachen, dem das nicht paßt.«

Vesper bemerkte plötzlich, daß er sich wie ein Jagdhund, der Witterung aufnimmt, straffte.

»Heiliger Kuhmist, sieh dir das an!«

Vesper trat hinter ihn und blickte über seine Schulter auf die Szene, die sich draußen abspielte. Ihr Herzschlag beschleunigte sich. Sie sah durch das Fenster, wie Paul Chiaramonte Francie über das Gelände führte. Zwei von Caesares Ganoven begleiteten sie. Einer der Hunde zerrte wie wild an seiner Kette und beschnüffelte Francies Knie. Als sie sich dem Haus näherten, konnten Vesper und Caesare erkennen, daß Paul Francie an der Rückseite ihrer Bluse festhielt.

»Was glaubst du, was das zu bedeuten hat?« fragte Caesare, während er eine 38er aus der Schreibtischschublade zog und den Zylinder überprüfte.

»Sieht so aus, als ob er sie zurückbringt. Vielleicht hattest du mit deiner Meinung über ihn unrecht.«

»Ja?« Caesare ließ den Zylinder wieder einrasten. »Das werden wir dann ja sehen.«

Als er sich vom Fenster abwandte, meldete sich sein Mobiltelefon. Einen Augenblick lang dachte er daran, den Anruf zu ignorieren, aber dann nahm er das Gespräch an.

»Was gibt's?«

»Weißer Wolf.«

Caesare verdrehte die Augen. Der Polizeichef, der auf seiner Gehaltsliste stand, las zu viele Spionageromane. Er bestand darauf, Codenamen und etwas, das er Parolen nannte, zu verwenden. Durch den Austausch der Geheimnamen, die regelmäßig gewechselt wurden, konnten zwei andernfalls anonyme Stimmen an beiden Enden der Telefonleitung identifiziert werden.

»Grüner Delphin«, antwortete Caesare. Seine Gedanken waren bei Paul Chiaramonte, und er fragte sich, ob der ihn betrogen hatte oder nicht.

»Es geht um den Mord an Lewis Croaker, dem Ex-Polizisten vom New York Police Department.«

»Ja, was gibt's? Ich habe Ihnen doch gesagt, daß Sie sicherstellen sollen, daß die polizeiliche Untersuchung . . .«

»Vergessen Sie die Untersuchung. Das waren die oberflächlichsten Nachforschungen, die ich je gesehen habe. Aber dafür gibt es auch einen guten Grund. Croaker wurde nie in ein Krankenhaus in der Gegend eingeliefert.«

»Natürlich nicht. Ich habe Croaker ja umgelegt.« Caesare lachte.

»Da wäre ich mir nicht so sicher. Ich habe eben mit dem

Gerichtsmediziner gesprochen, und auch der hat keinen schriftlichen Bericht über die Leiche. Und ich habe die ersten Berichte vom Tatort durchgeblättert. Von der Mannschaft, die den Tatort absichert, wird verlangt, sich bei allen Anwesenden an Ort und Stelle nach den näheren Umständen zu erkundigen. Und das schloß die Besatzung des Krankenwagens mit ein. Ich rief im Hospital an und erhielt eine offizielle Auskunft. Dann erledigte ich einige inoffizielle Telefonate, wenn Sie verstehen, was ich meine, und man versetzte mir folgenden Fußtritt: Der Krankenwagen am Tatort war keine echte Ambulanz.«

Alle Gedanken an Paul Chiaramonte und Francine Goldoni DeCamillo waren wie weggeblasen. Caesare drehte sich langsam um, bis er Vesper direkt in die Augen blickte. Es gab jetzt zwei Möglichkeiten, und sie gefielen ihm beide nicht. Entweder war Croaker tot, und die Bundesbeamten hatten seine Leiche. Dann würde es eine gründliche, geheime Untersuchung geben, von der nicht feststand, ob er sie beeinflussen konnte. Oder das Ganze war eingefädelt worden, und Croaker lebte noch. Und das bedeutete, daß Vesper, die immerhin auf ihn geschossen hatte, nicht das war, was sie vorgab.

»Wer hat die Leiche denn abgeholt?«

»Ich weiß es nicht. Glauben Sie mir, mehr konnte ich nicht rauskriegen.«

Caesare atmete tief durch. »Sind Sie sich bei allem, was Sie mir erzählt haben, wirklich sicher?«

»So sicher, wie man in dieser unsicheren Welt sein kann.«

Caesare nickte bedächtig. »Danke. Sie waren eine große Hilfe.«

»Weise Worte. Ich habe keine Kontrolle über das, was jetzt passieren kann. Wir sollten jede weitere Kommunikation einstellen, bis die Sache erledigt ist.« Der Polizeichef lachte, aber mit zweideutigem Unterton. »Berücksichtigen Sie mich in Ihrem Testament.«

Caesare unterbrach die Verbindung, und in seinem Geist flatterte etwas umher, das jenem Zettel an dem Pfosten glich. Er dachte an den Mann, mit dem er im Flur beinahe zusammengestoßen war. Caesare sah sein Gesicht fast vor sich. Er konnte sich an nichts Außergewöhnliches erinnern, nur daran, daß er das Gesicht nie zuvor gesehen hatte.

Mit einem angeekelten und wütenden Knurren riß er die Tür auf und trat so heftig dagegen, daß sie gegen den Türstopper aus Gummi knallte und wie ein Flitzebogen schwirrte.

»Der Typ!« Caesare stürmte in den Korridor. Vesper war direkt hinter ihm. »Wo ist der verfluchte Typ?«

Der Ganove, der gerade Wache schob, blickte seinen Boß an. »Welcher Typ?«

»Der *Typ!*« schrie der wie verrückt gestikulierende Caesare. »Die Gestalt, mit der ich vor ein paar Minuten fast zusammengestoßen wäre.«

»Wen meinen Sie? Mikey, Joey, Fredo? Wen?«

»Keinen von denen, du Idiot!« brüllte Caesare, stieß ihn zur Seite und donnerte die Treppe hinab. Caesare wollte den Mann beschreiben, mußte aber erkennen, daß es da nichts zu beschreiben gab. Er war eben nur ein Typ: groß und muskulös, aber ohne auffallende Gesichtszüge. »Dieser Dreckstyp!« schrie er frustriert. »Einer von euch Schwachköpfen muß ihn gesehen haben. Wofür bezahle ich euch denn? Damit ihr hier rumhängt und euch die Eier krault?«

Er stieß zwei weitere Männer im Korridor des Erdgeschosses zur Seite, als sich die Eingangstür öffnete. Mit der Grazie eines Ballettänzers wirbelte er herum und hob die 38er. Caesare hatte erwartet, Paul und Francie gegenüberzustehen, aber statt dessen trottete Joey herein. Sein Gesicht sah gerötet und verwirrt aus, und das war bei ihm nicht der Normalzustand.

»Ein Helikopter fliegt auf das Haus zu, Boß!«

Caesare hob die Hände. »Ja und? Hier fliegen doch ständig Hubschrauber rum.«

»Ich habe ihn durch die Brille beobachtet«, sagte Joey, der ein Fernglas meinte. »Es ist ein Hubschrauber der Bundesbehörde.«

»Ein Helikopter der Bundesbehörde?« Caesare konnte es nicht glauben, aber Joeys Kopf wackelte auf und ab wie der

Schädel von einem dieser nervenden Plastikhunde, die man nicht selten hinter den Heckscheiben von Autos sah. Eine kurze, fast ehrfurchtsvolle Stille erfüllte das große Foyer der Villa, als ob der Schatten des Todes Einzug gehalten hätte.

»Ja«, sagte Joey noch ein wenig atemloser. »Das Ding sieht wie einer dieser verfluchten Hubschrauber aus Vietnam aus. Lauter Heckenschützen und Typen mit halbautomatischen Waffen in Tarnanzügen. Der Hubschrauber kommt immer weiter runter, er schwebt schon direkt über den Baumkronen.«

»Komm!« Caesare packte Vesper und steuerte durch das mittlerweile belebte Foyer auf einen im hinteren Teil des Hauses gelegenen Korridor zu, der zur Küche führte. Sein Kopf fühlte sich an, als ob ein Ballon darin aufgeblasen würde, und er konnte das Pochen in seinen Schläfen nicht kontrollieren.

»Hierher«, zischte er, während er ihren Arm ergriff und sie gewaltsam in eine Vorratskammer zog. Hier war es kühl und dunkel, und das tat gut. Caesare kannte jeden Zentimeter des Raumes wie ein Blinder, der sich in seinem Haus zurechtfand, weil er persönlich den Bau überwacht hatte. Er tastete sich in die rechte hintere Ecke vor. Am unteren Ende der Regale, die vom Fußboden bis zur Decke reichten, stieß er zwei Dosen zur Seite und drückte mit den Fingerspitzen auf einen Knopf. Während er die Dosen wieder an ihren Platz stellte, schlug ihnen schweflige Luft entgegen wie der Atem eines Dämons.

»Runter«, flüsterte er, während er eine Hand auf Vespers Hinterkopf legte. Er stieg hinter ihr die flachen Treppenstufen hinab und tastete dann nach einem weiteren Knopf. Die Schiebetür über seinem Kopf schloß sich wieder.

Hier unten stank es wie in den Abgründen der Hölle. Das war typisch für die Häuser in Florida, weil der Grundwasserspiegel so nah an der Erdoberfläche lag. Aber nachdem eine seiner Dachgesellschaften das Gelände gekauft hatte, hatte er dafür gesorgt, daß dieser unterirdische Fluchtweg angelegt wurde. Er hatte den Bauarbeitern erzählt, daß das Rohr für bereits vorhandene und in der Zukunft zu installierende Glasfiberstränge und zusätzliche elektrische Leitungen erforderlich sei, hatte aber auch sichergestellt, daß es groß genug war, um als Fluchtweg zu dienen.

Er führte Vesper durch die Dunkelheit und drückte ihr mit einer Hand auf den Rücken, damit sie sich in dem niedrigen Rohr duckte. Aber er wollte auch die Kontrolle über sie behalten. Sie war jetzt das einzig Wichtige in seinem Leben, das er kontrollieren konnte. Er hatte sie in seiner Gewalt, und das war in jedem Fall von Bedeutung, gleichgültig, ob sie die war, die zu sein sie vorgab, oder ob sie ihn betrogen hatte und in die Verschwörung verwickelt war, die Croaker und die Bundesbeamten gegen ihn angezettelt hatten.

Grundsätzlich machte das keinen Unterschied, dachte Caesare, während er durch das feuchte, nach Schwefel riechende PVC-Rohr kroch und sich von seinem Haus, seinem Grundstück und den Beamten der Bundesbehörde entfernte. Es zählte nur, daß Vesper bei ihm war. Sie glich einem magischen Amulett und war – mit den Worten des Polizeichefs – sein Schutz in einer unsicheren Welt. Sie würde entweder seine Geliebte oder seine Geisel sein. Croaker und die Bundesbeamten konnten ihn mal.

Croaker fühlte sich wegen der Prothesen steif und unbehaglich. Er stürmte durch die Eingangstür in die glühende Hitze Floridas und begann sofort zu schwitzen. Und als er sich an Rick Limòns Ermahnung hinsichtlich der Auswirkung der Hitze auf seine Maske erinnerte, schwitzte er nur um so stärker.

Er näherte sich den beiden Ganoven, die den dunkelhäutigen Mann vor sich hertrieben, der Francie eine Pistole in die Seite preßte. Croaker hatte schon immer geglaubt, daß Angriff die beste Verteidigung sei. »Was zum Teufel geht hier vor?« schnauzte er.

»Ich habe das Balg nur für einen Augenblick aus den Augen gelassen«, sagte der dunkelhäutige Mann. »Sie können Bad Clams stecken, daß ich die Kleine gefunden habe. Es war meine Schuld. Aber – Ende gut, alles gut.«

»Wer zum Teufel sind Sie denn?« fragte der Ganove, der den Hund an der Kette festhielt.

»Joey Hand«, antwortete Croaker. Er streckte seine biomechanische Hand aus und ignorierte geflissentlich den Blick Francies, die für einen Moment ihre Augen weit aufriß. Aber er wunderte sich, warum sie dem dunkelhäutigen Mann mit dem Ellbogen in die Rippen stieß, während ihn die Ganoven weiterhin anstarrten.

»Ich kenne keinen Joey Hand«, sagte einer der Leibwächter. Der Hund kümmerte sich nicht um seine Erregung und winselte, während er an der Leine zerrte. Es sah aus, als ob er scharf darauf wäre, seine Zähne in Croakers Oberschenkel zu schlagen.

»Ich gehöre zur Mannschaft aus New York«, sagte Croaker, der schnell improvisieren mußte. »Der Boß hat mich gerufen, damit ich ihm helfe, die DeCamillo-Braut und ihre Brut zu bearbeiten.«

»Der Typ hier heißt Paul Chiaramonte«, sagte der andere Ganove. »Er gehört zum Team in New York. Und er hat die Braut und ihre Brut hergebracht.« Er blickte die beiden nacheinander an. »Also, wie sieht's aus? Kennen Sie sich?«

Croaker sah, daß Paul Chiaramonte den Mund öffnete und fast etwas gesagt hätte, aber in diesem Moment trat ihm Francie auf den Fuß. Er lächelte, und seine Augen tränten etwas. »Natürlich. Wer in New York kennt Joey Hand nicht?« Er streckte die Hand aus. Croaker ergriff sie, während ihre Blicke sich trafen. »Wo haben wir uns nur kennengelernt? Es muß in Bensonhurst gewesen sein, bei der Donelli-Hochzeit.«

»Genau«, antwortete Croaker, der fühlte, wie ihm eine Reihe von Schweißtropfen den Rücken herabrann. »Die Trauung bei den Donellis. War 'ne großartige Party, oder?« Wie brachten Schauspieler es nur fertig, sich buchstäblich Tonnen dieses Drecks ins Gesicht zu schmieren, ohne daß das Ganze wie Kerzenwachs schmolz?

»Herrje.« Paul setzte die Darbietung fort. »Erinnern Sie sich an Rose?« Er wölbte den Brustkasten vor.

»Und an Lucia, die wie eine betrunkene Wahnsinnige gesungen hat.«

»Okay«, sagte der Ganove mit dem Hund. »Jetzt reicht's mit den bewegenden Lebensgeschichten.« Er wandte sich Croaker zu. »Der Boß ist sich bei Chiaramonte nicht sicher. Was sollen wir wohl seiner Meinung nach mit den beiden in der Zwischenzeit anfangen? Sollen wir sie ins Hauptgebäude bringen?«

»Ich will meine Mama sehen!« schrie Francie, die Paul in Richtung des Gästehauses zu ziehen begann.

Croaker segnete sie für ihre schnelle Auffassungsgabe. »Nein«, sagte er. »Der Boß will, daß die Braut und ihre Kleine zusammen eingesperrt werden. So können wir besser ein Auge auf sie haben.«

Der andere Ganove nickte. »Hört sich gut an. Wir wollen auf keinen Fall, daß die noch mal türmt. Der Boß würde uns bei lebendigem Leibe rösten.«

Sie schritten über den smaragdgrünen Rasen, der von hohen Ligusterhecken und ordentlichen Buchsbaum-Reihen gesäumt wurde, die Blumenbeete umschlossen. Ihre Schuhsohlen erzeugten auf den Ziegeln um den Swimmingpool ein hohles Geräusch, und Croaker registrierte plötzlich das schnelle Klackern der langen Nägel des Hundes. Über ihren Köpfen flatterte ein Vogel durch den kühlen Raum zwischen den Blättern; er brauchte sich um die Grausamkeit von Menschen geschaffener Krisen nicht zu kümmern.

Croaker sah das hellweiß glänzende Gästehaus und dachte an Margarite. In welchem Zustand mochte sie sein? Ging es ihr gut? Er mußte sich beherrschen, um nicht loszurennen, und fühlte, wie das Adrenalin durch seinen Körper schoß.

Während sie über den Ziegelweg gingen, der auf den Eingang zuführte, hörten sie die Propellergeräusche. Sie blickten auf und sahen einen tieffliegenden Helikopter, der einem Militärhubschrauber glich und sich schnell näherte.

»Was zum Teufel ist das?« fragte der erste Ganove, während der Hund zu bellen und wie besessen in die Luft zu springen begann.

Croaker rammte dem Gangster seine biomechanische Hand in die Seite, und der Mann brach zusammen. Der

Hund wirbelte beinahe mitten in der Luft herum. Seine Augen waren weit aufgerissen, und seine Kiefer versuchten zuzuschnappen. Croaker zog einen Plastikmaulkorb aus der Tasche und stülpte ihn dem Hund über die Schnauze. Dann drückte er ihm die Spitze eines kleinen Pfeils mit einem Tranquilizer in den Nacken.

»Hey!« schrie der zweite Ganove, und als Croaker sich umdrehte, sah er die klaffende Wunde in der Schläfe des Mannes, die ein Schuß aus Paul Chiaramontes Pistole verursacht hatte.

Paul blickte Croaker an. »Sie wissen, wer ich bin, aber wer zum Teufel sind Sie?« Er mußte brüllen, weil der Krach des Helikopters lauter wurde.

»Onkel Lew«, schrie Francie und warf sich in seine Arme. »Ich wußte, daß du uns finden würdest.«

Paul blickte die beiden an, und Croaker fand, daß sein Gesichtsausdruck irgendwie traurig war. Er schien in diesem Augenblick sehr weit von der Ganovenwelt entfernt und so abgeschieden wie eine Eisscholle in der Arktis zu sein.

»Ich weiß alles über Sie, Kollege«, sagte Croaker, während sie in den Türeingang drängten.

»Nicht alles, Onkel Lew«, sagte Francie.

Paul streichelte ihr Haar. »Ich weiß, daß ich großen Mist gebaut habe. Aber ich habe ein Abkommen mit Francie und ihr versprochen, sie und ihre Mutter hier rauszuholen. Was ich auch tun werde.«

Überall wurden Blätter umhergeschleudert, und Windwirbel rüttelten an den Fensterscheiben. Croaker blickte auf den immer niedriger fliegenden Hubschrauber. »Da haben Sie aber noch einiges vor sich.« Er wies mit dem Kopf auf das Haus. »Wie viele Wachen sind da drin?«

»Zwei. Aber das war, bevor ich mit der Kleinen abgehauen bin. Vielleicht sind es jetzt mehr.«

»Okay«, sagte Croaker. Er hielt die Pistole in der Hand, die er dem Leibwächter im Obergeschoß des Hauptgebäudes abgenommen hatte. »Dann wollen wir mal.«

Während Paul an die Tür klopfte, wandte er sich zu Francie um und schob sie aus der Gefahrenzone. »Versprichst du mir, hier zu warten?«

Sie starrte auf Paul und dann auf den Hubschrauber, aus dem Männer mit Tarnanzügen sprangen. »Onkel Lew, was ist hier los?«

»Bleib einfach hier«, sagte Croaker, während sich die Eingangstür öffnete. Paul knallte sie, so hart er konnte, nach innen.

Croaker stürmte in den Flur und sah, wie ein Wächter aus dem hinteren Schlafzimmer kam. Er warf sich zur Seite, während der Ganove zielte und einen Schuß abfeuerte, der in einem Schrank einschlug. Croaker landete auf einer Schulter und schoß dreimal. Der Leibwächter wurde in den Türrahmen zurückgeschleudert. Er ging zu Boden und stand nie mehr auf.

Croaker drehte sich gerade rechtzeitig um und sah, daß Paul mit dem Mann kämpfte, der die Tür geöffnet hatte. Der Wächter versuchte, Paul mit einer Rechten niederzustrecken, doch Croaker hob einen Stuhl hoch und schleuderte ihn in Richtung des Ganoven, der sich duckte und direkt von Pauls Faust erwischt wurde. Er sank auf die Knie, und Paul versetzte ihm einen bösartigen Hieb ins Genick.

Croaker durchsuchte nacheinander alle Zimmer, fand aber niemanden. Er gab Paul ein Zeichen, sich zurückzuhalten, und betrat dann durch die offene Tür vorsichtig das hintere Schlafzimmer. Rechts stand ein riesiges Bett, und zu seiner Linken befanden sich eine Tür und eine Frisierkommode, über der ein Spiegel hing. Das Badezimmer lag direkt vor ihm.

Er sah, daß Margarite auf dem Bett kniete. Ihre Augen waren weit aufgerissen und starrten ihn an, und ihr Mund öffnete sich zu einem stummen Schrei. In fast demselben Moment sah er aus den Augenwinkeln einen dunklen Fleck, der im Spiegel reflektiert wurde. Jemand hatte sich hinter der offenen Tür versteckt. Croaker ging einen Schritt auf Margarite zu und feuerte über seine linke Schulter in Richtung der Tür. Die Kugel durchschlug das innen hohle Holz, und er hörte einen dumpfen Aufprall. Er ging zur Tür, zog sie in seine Richtung und sah den dritten Wächter, der sich hier versteckt hatte. Croaker kickte dem Mann mit der Schuhspitze die Pistole aus der Hand und beugte sich dann über ihn, um seinen Puls zu fühlen. Es gab keinen Puls mehr.

»Wer . . .?«

Er kam hinter der Tür hervor und war schon dabei, seine Nasenprothese abzunehmen. »Ich bin's, Margarite. Lew.«

»Mein Gott!« Sie kletterte vom Bett und warf sich in seine Arme. »Lew.«

Er küßte sie auf den Hals, während sie sich an ihn schmiegte. Es war lange her, daß er sie zuletzt in den Armen gehalten hatte, und Croaker genoß den Augenblick.

»Es ist alles vorbei«, sagte er. »Du bist in Sicherheit. Und Francie auch.«

Tetsuo Akinaga war nirgendwo zu sehen, aber Nicholas erhaschte einen Blick auf Jochi, der durch einen Notausgang im linken hinteren Teil des Both Ends Burning verschwand.

Der Ausgang führte nicht auf eine Seitengasse oder die Straße, sondern in einen lichtlosen, stickigen Korridor, an dessen Ende sich eine weitere, spaltbreit geöffnete Tür befand. Vorsichtig schlich Nicholas durch die Dunkelheit. Er erreichte die Tür, die aus lackiertem Metall bestand – eine Feuertür –, stieß sie etwas weiter auf und spähte auf eine verlassene Seitengasse. Nicholas fragte sich, ob Jochi und Akinaga diesen Weg genommen hatten.

Er ging in den Flur zurück, öffnete sein dunkles Auge, und die Finsternis wich. Nicholas nahm das Rechteck in der Decke wahr, die Falltür und das Seil, das von ihr herabhing. Als er daran zog, senkte sich eine eiserne Trittleiter herab, die er hochstieg. Er duckte sich nach vorne, um sich durch die enge Falltür zwängen zu können.

Nicholas fand sich im Hinterzimmer einer Spielhalle mit Videospielen und bahnte sich zwischen aufgestapelten Kartons und den Wracks älterer Apparate seinen Weg. Er öffnete eine Tür und sah Reihen von Apparaten mit komplexer Graphik, die urgewaltige Geräusche extrem brutaler Computerkriege von sich gaben. Hypnotisierte Teenager beugten sich über die von Pixeln beherrschten Bildschirme. Viele von ihnen waren Nihonin – Nihilisten – in schwarzer

Ledermontur, mit Tätowierungen und Nasenringen, und trugen entweder einen Bürstenschnitt oder lange Haare. Ihre Augen glänzten aufgrund der simulierten Gefahr, durch die sie ein Übermaß an unausgefüllter Freizeit auszugleichen versuchten.

Nicholas überblickte den Raum, dessen Größe sich von der anderer Spielhallen nicht unterschied. Unter den Dekken überall im Raum liefen von Neonröhren illuminierte Leuchtbänder, auf denen in riesigen Buchstaben vielfach die Markennamen der Gerätehersteller prangten.

Hier war das Leben der Jugendlichen auf den Punkt gebracht: Sie kontrollierten kleine Männchen auf kleinen Bildschirmen, und das Spiel um Leben und Tod, das mit Amphetamingeschwindigkeit gespielt wurde, bestand aus einem Farben-, Licht- und Klanggewitter. Sie hatten das hochgradig geregelte Leben ihrer Väter verschmäht und sich für eine andere Existenz entschieden, die keinerlei Sinn für Verantwortung kannte, aber auch den eigenen Niedergang nicht wahrnahm. Zwischen diesen Maschinen, auf deren Bildschirmen sich das Leben ihrer Gegner immer wieder erneuerte, waren sie unsterblich und der Zeit enthoben. Eine Nacht war wie die andere, und die Jugendlichen vergaßen die Zukunft genauso gründlich wie die Vergangenheit.

Ohne links oder rechts etwas wahrzunehmen, schritt Nicholas durch die Spielhalle, auf der Suche nach Jochi. Er ging an der Kassiererin vorbei, die in einem Turm aus Neon und Plastik saß, und stieg dann eine steile Treppe hinauf. Dort war eine überfüllte, verräucherte Bar, aber der blendend kolorierte Bildschirm eines populären Videospiels führte in einen anderen Raum, der ruhiger, ja fast still war. Die gedämpften Farbtöne der holzkohlengrauen und holzbraunen nackten Wände waren mit riesigen Schwarzweißfotografien von Jack Kerouac, Alan Ginsberg und Lawrence Ferlinghetti geschmückt. Man sah einen von Schmerz gepeinigten jungen Marlon Brando in ›The Wild One‹ und einen entfesselten Jim Morrison in voller Ledermontur, der auf der Bühne sein Mikrofon umklammerte, und ein weich beleuchtetes, sorgfältig retuschiertes Studiostandfoto von Lawrence Harvey. Ein erhitzter James Dean schwitzte das erschreckende Verlangen des nur zeitweise befriedigten Räubers aus, und es gab auch ein grobkörniges Bild von T. E. Lawrence, dessen von der Wüstensonne versengte Teakholzhaut einen scharfen Kontrast zu seinem weißen arabischen Burnus bildete.

In dem kühlen, schwach beleuchteten Raum war eine Anzahl kleiner Tische verteilt, und auf einer winzigen Plattform, die den Namen ›Bühne‹ kaum verdiente, latschte ein junger Mann mit schwarzen Boots, Röhrenhose, T-Shirt und Lederweste herum. In seinem Mundwinkel hing eine halbgerauchte Zigarette, und er rezitierte etwas, das viele im Raum irrtümlicherweise für Poesie hielten. Alle tranken Kaffee, Espresso oder Cappuccino. Der Raum war rauchgeschwängert und ganz von der wiederbelebten Atmosphäre der Beat-Generation erfüllt.

Nicholas betrat eine Küche mit Geräten aus rostfreiem Stahl, die so lang und eng wie ein Korridor war. Im grellen Neonlicht blinzelnd, ignorierte er die Fragen, die ihm einer der Köche stellte, und durchsuchte alles gründlich, aber es schien eine Sackgasse zu sein. Als er wieder in der Café-Bar war, warf er einen langen, forschenden Blick um sich.

Er sah weder Akinaga noch Jochi, aber dafür entdeckte er jemanden, den er kannte. Er schritt durch den Raum, holte sich aus dem hinteren Teil einen Stuhl und schob ihn neben den Nihonin und seine Kumpels.

Kawa blickte ihn teilnahmslos an. »Hey«, sagte er und ergriff Nicholas' Hand wie ein amerikanischer Motorradfahrer. Sein schneeweißes Haar wirkte in dem Zwielicht unheimlich.

Nicholas wies mit dem Kopf auf die winzige Bühne. »Gefällt dir das Zeug?«

»Es nervt«, antwortete Kawa, und die Typen an seinem Tisch kicherten. Er zuckte die Achseln. »Aber die Atmosphäre ist im Augenblick genau richtig.«

Nicholas beugte sich zu Kawa vor. Er roch nach Gewürznelken und Haschisch, und Nicholas fragte sich, ob er noch andere Drogen genommen hatte. »Habt ihr jemanden gesehen, vielleicht auch zwei Leute, die hier vor kurzer Zeit durchgerannt sind?« Er gab ihnen eine kurze Beschreibung von Jochi und Akinaga.

Kawa riß die Augen weit auf. »Auf Jagd?« fragte er auf seine seltsam knappe Weise.

Als Nicholas nickte, beriet er sich mit seinen Kumpels, und das Eis war gebrochen. »Maya hat vielleicht etwas in der Richtung gesehen, aber sie hat nicht besonders darauf geachtet. Die anderen haben keine Ahnung.«

Nicholas wandte sich Maya zu. Sie war ein japanisches Mädchen mit blondgefärbten Haaren, fiebrigen Augen und geweiteten Pupillen. Aber Kawa hatte recht. Was immer sie auch gesehen haben mochte, es lag Lichtjahre hinter ihrem drogenvernebelten Blick.

»Hey, regen Sie sich nicht auf.« Kawa blinzelte Nicholas zu. »Wenn sie hier durchgekommen sind, habe ich eine Ahnung, wo sie sein könnten.«

»Zeig's mir.«

Nicholas folgte Kawa wieder in die Küche. Der scharfe Duft frisch gekochten Espressos hing in der Luft und vermischte sich mit dem Geruch gerade aufgeschnittener Zitronen. Die Espressomaschine zischte wie ein Natternnest. Hinter der stinkenden Toilette war ein Raum, in dem der Abfall ordentlich in Plastiktüten gestapelt wurde. Dahinter befand sich, wie Nicholas schon festgestellt hatte, eine nackte Wand.

Aber nun bemerkte er, daß keine der Tüten an die Wand gelehnt war. Er beobachtete Kawa, der auf einen verborgenen Knopf drückte. Die verputzte Wand glitt zur Seite und gab den Blick auf einen kleinen Aufzug frei.

Nicholas starrte ihn einen Augenblick lang an, wie er es bei einer Natter getan hätte, die ihre Giftzähne zeigt. »Wohin geht's hier? Auf die Straße?«

»Nein«, sagte Kawa. »Der Aufzug fährt nach oben. Da ist ein exklusives Restaurant.«

Nicholas hatte eine leise Vorahnung. »Kennst du den Namen?«

»Klar. Pull Marine.«

Das Restaurant, wo Honniko und Jochi zeitweise als Oberkellner arbeiteten und sich im Dienst für Mick Leonforte abplagten. Das Pull Marine, wo die Fäden zusammenliefen. Er blickte Kawa an. »Glaubst du, daß der Manager des Restaurants in der Nähe ist?«

»Ich habe ihn vor einer Weile gesehen, und er schien das Gebäude verlassen zu wollen. Aber warten Sie eine Minute, ich werde mich darum kümmern.«

Kawa verschwand durch den Dampf von Kaffee und aufgeschäumter Milch. Nach einem Augenblick kehrte er mit einem kleinen, glatzköpfigen Mann mit scharfgeschnittenen Gesichtszügen und listigen Augen zurück. »Das ist Suta-san«, sagte Kawa, und der kleine Mann verbeugte sich.

Nicholas erwiderte die Verbeugung und zog Tanaka Gins Dienstausweis hervor, bevor Kawa ihn vorstellen konnte. Er bemerkte, daß Kawa einen Blick auf die geöffnete Brieftasche warf. Wenn er überrascht war, ließ er es sich jedenfalls nicht anmerken.

»Womit kann ich Ihnen dienen?« fragte Suta.

»Die Staatsanwaltschaft untersucht mehrere Morde«, sagte Nicholas wahrheitsgemäß. »Die Spur hat uns in dieses Gebäude zurückgeführt. Können Sie mir sagen, wem das Haus gehört?«

Suta rieb sich die Handflächen, glücklich, daß er nicht von den Nachforschungen betroffen war. »Zunächst einmal ist dies ein Gebäudekomplex. Er besteht aus drei Häusern, die durch ein Netz sehr alter, unterirdischer Gänge verbunden sind. Wenigstens hat man mir das erzählt.« Seine Hände ahmten eine Waschbewegung nach. Nicholas war darauf vorbereitet, daß Suta sagen würde, daß die Gebäude einem Unternehmen gehörten, deren Spur er bis zu Tetsuo Akinaga zurückverfolgen konnte.

»Die Geschichte der Gebäude ist möglicherweise interessant«, fuhr Suta fort. »Wenn auch nur, wie ich annehme, für einige wenige. Eine Aktiengesellschaft namens Sterngold Associates war für viele – vielleicht zehn – Jahre der Eigentümer. Kürzlich wurde der Gebäudekomplex von einer Firma namens Tenki gekauft.«

Nicholas' Geist arbeitete auf Hochtouren. Rodney Kurtz, der deutsche Industrielle, den Mick rituell ermordet hatte, war der Besitzer von Sterngold gewesen. Und Tenki war Micks eigene Firma.

»Ich nehme an, daß Sterngold die drei Häuser einzeln erworben hat«, sagte Nicholas.

Suta schüttelte den Kopf. »Nein, sie wurden bereits als Paket veräußert, als Sterngold sie gekauft hat.«

»Darf ich fragen, woher Sie das alles wissen?«

»Natürlich.« Der Glatzkopf nickte. »Mein Vater hat ein bescheidenes Immobiliengeschäft aufgebaut, das jetzt von mir geführt wird.« Suta machte eine Handbewegung. »Dieser Club ist für mich nur ein Hobby. Meine Frau ist vor mehreren Jahren gestorben, und ich finde mein Leben angenehmer, wenn es ausgefüllt ist.«

»Dann war also Ihr Immobilienbüro mit diesen Transaktionen befaßt?«

Suta nickte. »Ja.«

Nicholas' Gedanken rasten. »Von wem hat Sterngold die drei Gebäude gekauft?«

Suta trat von einem Fuß auf den anderen, als ob ihm die Füße weh täten. »Das sollte ich wirklich nicht sagen.«

Das war interessant. »Warum denn? Vor den Beamten der Staatsanwaltschaft gibt es keine Geheimnisse.«

»Nein, nein, nichts in der Art.« Er fuchtelte wieder mit den Händen herum. »Aber ich zögere, ein Individuum in diese Sache hineinzuziehen . . .«

»Alle drei Gebäude haben einer Person gehört?«

Suta nickte. »Ja, seit sehr langer Zeit. Schon vor dem Krieg im Pazifik. Die Person heißt Okami-san.«

Nicholas fühlte sich, als ob man ihm einen Schlag in den Magen versetzt hätte. Er atmete vorsichtig durch. »Meinen Sie Mikio Okami, den Yakuza-*oyabun?*«

»Nein. Seine Schwester Kisoko.«

In seinem Geist wirbelten dunkle Bruchstücke herum, Räder innerhalb anderer Räder innerhalb . . . »Wollen Sie damit sagen, daß die Familie die Gebäude verkauft hat?«

»Nein. Ich mußte die Urkunden vor dem Geschäftsabschluß überprüfen. Sie lauteten auf den Namen Kisoko Okami.«

Nicholas verlor sich in seinen Gedanken. Was hatten

Rodney Kurtz, Mick Leonforte und Kisoko Okami gemeinsam? Er konnte es sich nicht vorstellen. Ganz plötzlich hatte sich die Wirklichkeit um neunzig Grad gedreht, und die nun disparaten Einzelteile paßten nicht mehr zusammen. Nichts war mehr so, wie es vor fünf Minuten ausgesehen hatte. Einen Augenblick später bemerkte Nicholas, daß Suta ihn erwartungsvoll anblickte.

Nicholas verbeugte sich. »Sie haben mir sehr geholfen, Suta-san«, sagte er förmlich. »Ich werde das in meinem Bericht vermerken.«

Sutas Gesichtsausdruck zeugte erneut von großer Erleichterung. Er verbeugte sich unaufhörlich, aber schließlich ließ er die beiden doch allein in der Küche zurück. Sie standen vor der geschlossenen Aufzugstür.

»Die Verfolgungsjagd ist gerade etwas interessanter geworden«, sagte Kawa, und Nicholas registrierte, daß ein Funke der Anteilnahme Kawas eisigen nihilistischen Gesichtsausdruck einen Moment lang erleuchtete.

»Kann man wohl sagen.«

Kawa senkte den Kopf. »Fahren Sie hoch?« Er meinte das Pull Marine.

»Ich habe keine andere Wahl.« Nicholas streckte die Hand aus und drückte auf den einzigen Knopf. In der Küche sprudelte und zischte es weiter, aber sie konnten das Surren des Aufzugs hören.

»Er kommt runter«, sagte Kawa.

Die Tür öffnete sich, und Nicholas betrat den Lift. Als er sich umwandte, um auf die sich schließende Tür zu blikken, sah er, daß Kawa einen Daumen hochhielt.

»Hey. Heute nacht wird Blut fließen.«

Die Tür des Lifts schloß sich, und Nicholas fuhr in der Dunkelheit nach oben. Die enge Kabine roch schwach nach einem würzig-süßen Damenparfüm und einem maskulinen Duft. Falls es in dem Aufzug Lichter gab, so funktionierten sie nicht. Nicholas hatte keinen Knopf gedrückt, aber der Lift bewegte sich nach oben. War der Aufzug automatisch eingestellt, und bewegte er sich wie die Gezeiten zwischen der Café-Bar und dem Pull Marine auf und ab?

Nicholas spürte einen Luftzug auf der Wange. Konnten

irgendwelche Winde bis in den Aufzugsschacht vordringen? In dem Labyrinth der drei miteinander verbundenen Gebäude war das eher unwahrscheinlich. Sein Blick trübte sich, und er verlor das Gleichgewicht.

Kshira?

Nein. Diesmal hörte er nicht das charakteristische Summen der zehntausend Bienen. Sein Geist war unbewegt wie die Wasseroberfläche eines Sees im Sommer und völlig still. Ohne Willens- oder Entscheidungskraft.

Sein letzter Gedanke, zusammenhanglos und so unangebracht wie ein Clown auf einer Beerdigung, bestand aus einem einzigen Wort: Gas.

Dann wurde die Welt plötzlich von tiefer Dunkelheit verschlungen.

13
West Palm Beach / Tokio

Caesare stieß einen Haufen Dreck, Schlamm, Sand und verrottende Blätter zur Seite, der sich zur Hälfte schon in Humus verwandelt hatte. Das hintere Ende des PVC-Rohrs führte, mehr als einen Häuserblock von Caesares Anwesen entfernt, wieder ans Tageslicht, neben einem privaten Dock am Lake Worth. Er zwängte sich aus dem Rohr und klopfte sich die dunkle Schicht von Dreck und Insekten von der Kleidung. Dann wandte er sich um und reichte Vesper die Hand.

Während Caesare auf das Boot kletterte, blickte Vesper sich um. Caesares Grundstück glich dem Schauplatz eines Militärmanövers. In dem Augenblick, als der Hubschrauber der Bundesbehörden gelandet war, waren die Agenten herausgesprungen, und eine durch Megaphon verstärkte Stimme hatte die Anwesenden aufgefordert, ihre Waffen niederzulegen und mit erhobenen Händen stehenzubleiben.

Vesper bangte um ihre Freunde. »Interessiert es dich überhaupt kein bißchen, was dort passiert?«

Caesare hatte dafür gesorgt, daß das Schiff aufgetankt worden war. Er löste die Leine am Bug. »Wenn ich in meinem Leben irgend etwas gelernt habe, dann das, nie zurückzublicken.«

»Aber das sind deine Leute. Sie riskieren ihr Leben für dich. Schuldest du ihnen nicht etwas?«

Caesare blickte sie an. »Wenn du mich fragst, sind diese Typen gierig, dumm und vor allem faul.«

»Aber sie sind loyal.«

Caesare hob die Hand. »Dafür könnte ich mir auch einen Hund anschaffen.« Er winkte sie ungeduldig heran. »Komm schon, komm schon. Und mach die Leine am Bug los, wenn du an Bord gehst.«

Einen Augenblick später ließ Caesare die Maschine an, und sie verließen das Dock. Sie hielten sich erst in östlicher

Richtung und beschrieben dann einen präzisen Bogen nach Süden. Das aufgewühlte Kielwasser war weiß und schaumig. Als sie die kleine Insel passiert hatten, auf der die Gebäude der amerikanischen Küstenwache standen, beschleunigte Caesare. Der Bug des Schnellboots hob sich, und das Kielwasser begann in hohem Bogen zu gischten. Die Motorengeräusche dröhnten über die See, und bald hatten sie die Lichter und den Lärm des entstandenen Chaos weit hinter sich gelassen.

Wayne Forrest stieg mit klopfendem Herzen aus dem Helikopter aus. Er trug einen Tarnanzug und hielt eine Maschinenpistole in der rechten Hand. Als das elektronische Signal von Croakers Sender bei ihm eingegangen war, hatte er sofort den Befehl gegeben, den Hubschrauber zu starten.

Seine Leute kreisten bereits diese italienischen Ganoven ein, die angesichts der Feuerkraft der Regierung der Vereinigten Staaten vor Ehrfurcht erstarrten. Forrest duckte sich und blickte argwöhnisch auf den rotierenden Propeller. Dann sprach er im Befehlston Anweisungen in das Mikrofon, das in seinen Helm eingebaut war. In Wahrheit fühlte er sich in seinem kugelsicheren Anzug übergroß und dicklich, aber Dienstvorschrift war Dienstvorschrift, und er hatte nicht vor, eine Ausnahme zu machen. Er hatte am Vortag mit seiner Tochter telefoniert und sie bei ihrer Geburtstagsparty gestört. Forrest hatte die Musik und Hintergrundgeräusche gehört und ein flaues Gefühl im Magen gehabt. Sie hatten sich fünf Minuten unterhalten, aber nachdem er den Hörer aufgelegt hatte, wurde ihm bewußt, daß er sich an nichts erinnern konnte, was sie ihm erzählt hatte. Er war zu sehr mit dem Wunsch beschäftigt gewesen, bei ihr zu sein und wenigstens einmal einen wichtigen Augenblick im Leben seiner Tochter mitzuerleben. Aber so war eben sein Job, er hatte es nie geschafft. Nichts von der Unterhaltung war ihm im Gedächtnis geblieben. Er hatte impulsiv reagiert und sofort zurückgerufen, aber seine Tochter war irgendwo draußen gewesen. Ein Freund hatte ihm versprochen, sie zu holen, aber nachdem er fünf Minuten nur Musik und lautes Gelächter gehört hatte, legte er den Hörer auf. Er hatte sowieso genug zu tun.

Jetzt ließ er seine Männer eifrig ausschwärmen und schritt wie General Lee bei der Schlacht um Chancellorsville über das Gelände. An seiner Seite war ein bewaffneter Posten. Unter der Aufsicht seiner Leute strömten Caesares Ganoven aus dem Hauptgebäude, und andere Männer wurden aus den Grenzgebieten des Geländes abgeführt, wo sie sich versteckt oder zu fliehen versucht hatten. Es war nicht ein einziger Schuß gefallen.

Andererseits war aber auch von Caesare Leonforte nichts zu sehen, und Forrest befahl, das Hauptgebäude sofort gründlich zu durchsuchen. Im Gästehaus fand er Croaker, der drei Männer überwältigt hatte, Bewacher einer ansehnlichen, aber zerzausten Frau mit dunklen Haaren und hellen Augen. Forrest erkannte sie sofort. Sie hatte den Arm um ein Mädchen gelegt, das ungefähr achtzehn Jahre alt war; er nahm an, daß es sich um ihre Tochter handelte. Es war noch ein anderer Mann im Raum, aber Forrest kannte ihn nicht und ignorierte ihn.

»Margarite Goldoni DeCamillo«, sagte er in dem förmlichen Tonfall, der ihm in der Akademie von Virginia beigebracht worden war, wo er den letzten Teil seiner Ausbildung absolviert hatte. »Ich klage Sie hiermit des Mordes an einem gewissen Franco Bondini an, der ›der Fisch‹ genannt wurde.« Er zog die Handschellen aus der Tasche. »Drei verschiedene Augenzeugen haben Sie als die Frau identifiziert, die Mr. Bondini auf der Park Avenue erschossen und . . .«

»Wie bitte?« Margarite wirkte erstaunt. »Das war doch Notwehr.«

»Vielleicht, vielleicht auch nicht.« Forrest ließ die Handschellen zuschnappen und klärte sie über ihre Rechte auf.

»Aber ich bin unschuldig!« schrie Margarite. Sie blickte zuerst Forrest und dann Croaker an. »Lew«, flehte sie.

Croaker war vollauf damit beschäftigt, die restlichen Prothesen zu entfernen. »Was zum Teufel tun Sie da, Forrest? Das ist doch totaler Blödsinn, und Sie wissen es. Sie haben ihren Fahrer umgelegt . . .«

»Ihren Leibwächter«, korrigierte Forrest höhnisch. »Was glauben Sie denn, mit was für Geschäften sie sich abgibt?«

Croaker ging einen Schritt auf den Bundesbeamten zu. »Sie haben den Mann ermordet, der neben ihr stand, und wollten danach sie exekutieren.« Sein Make-up glänzte im Licht. »Kein Gericht in diesem Land wird sie schuldig sprechen. Noch nicht einmal ein Bezirksstaatsanwalt wird sie anklagen. Nach dem Gesetz hat sie das Recht, sich selbst zu verteidigen, wenn sie um ihr Leben fürchtet. Wie sie schon gesagt hat, es war Notwehr.«

»Sie haben Ihren Part gespielt, und jetzt erlauben Sie mir bitte gnädigst, daß ich meine Aufgabe erledige. Verdammt noch mal, gehen Sie mir aus den Augen.«

»Den Teufel werde ich tun.«

»Sehen Sie, Croaker, die Bundesbehörde hat mich beauftragt, gegen die verbleibenden Familien Anklage zu erheben, und sie ist eine Goldoni.«

»Das ist keine Anklage, das ist eine Farce. Glauben Sie wirklich, daß die Regierung es zulassen wird, am Ende als Trottel dazustehen? Sie wird einen Sündenbock brauchen, und der werden Sie sein. Und dann ist Ihre Blitzkarriere im Eimer.«

Die Muskelstränge in Forrests Stiernacken zuckten. »Ich habe doch schon gesagt, daß Sie sich mir nicht in den Weg stellen sollen.«

Croaker trat einen weiteren Schritt auf Forrest zu und senkte die Stimme. »Um Himmels willen, nehmen Sie ihr die Handschellen ab, Mann. Sie ist hier durch die Hölle gegangen. Bad Clams hat sie und ihre Tochter entführt.«

Forrests Augen flackerten wie die einer Puppe in einer Geisterbahn. »Und ich sage Ihnen, daß Sie endlich zur Seite treten sollen. Anderenfalls werde ich Sie zusammen mit Mrs. DeCamillo verhaften.« Er streckte die Hand nach der Kette zwischen den Handschellen aus und zerrte so hart daran, daß Margarite vorwärts stolperte.

»Mama!«

»Ruhig, Kleine.« Paul versuchte sie festzuhalten, aber Francie duckte sich und rannte los. Mit wedelnden Armen stürzte sie sich auf Forrest.

»Haltet sie mir vom Leib!« brüllte Forrest, doch bevor einer der anderen Bundesbeamten reagieren konnte, hatte Croaker sie schon gepackt. »Laß es«, flüsterte er Francie ins Ohr. »Das bringt nichts.«

Francie weinte und wand sich so lange in Croakers Armen, bis sie ihren Kopf an seiner Schulter vergraben hatte. Er sah, daß es Margarite das Herz brach, und ihm ging es nicht anders. Hatte sie je darüber nachgedacht, was es bedeutete, verhaftet zu werden? fragte er sich. Und wenn sie darüber nachgedacht hatte, so war ihr mit Sicherheit nicht die Möglichkeit in den Sinn gekommen, daß die Verhaftung vor den Augen ihrer Tochter stattfinden würde. Bisher hatte sie sich noch gut gehalten, aber als Forrest sie durch die Tür auf das bewachte Gelände abführte, verlor Margarite fast die Beherrschung.

Nicholas hörte ein Summen, aber es kam aus weiter Ferne. Das Summen hielt an, ein körperloses Geräusch, das sich nach und nach zu einer Melodie entwickelte, die in der Dunkelheit umherschwebte. Die Melodie entfaltete sich wie ein schwarzes Segel. Sie war kompliziert und kam ihm seltsam vertraut vor. Nicholas hatte sie schon früher gehört. Es war ein Lied aus Gustav Mahlers Zyklus ›Das Lied von der Erde‹.

Er stieg wie ein Taucher aus den Tiefen auf und fühlte das elementare Bedürfnis, Atem zu schöpfen. Er versuchte es, aber nichts geschah. Seine Lunge streikte. Er versuchte, sich zu konzentrieren und sein *tanjian*-Auge zu öffnen, aber irgend etwas hielt ihn zurück wie ein Spinnennetz. *Kokoro,* das Zentrum aller Dinge, war unerreichbar. Sein Geist schien in Bernstein eingeschlossen zu sein. Es war extrem schwierig, einen Gedanken nach dem anderen zu fassen.

Seine Lider fühlten sich an wie zugeklebt. Mühsam öffnete er die Augen und fand sich in einem kahlen Raum. Einen Moment lang verfiel er in nackte Panik. Dann bemerkte er, daß er mit dem Kopf nach unten an der Decke hing. Sein Herz pochte heftig. Neben der gegenüberliegenden Wand hing Mikio Okami in der gleichen Position an der Decke. Aus einem Infusionsgerät tröpfelte eine Flüssigkeit in Okamis linken Arm, und als Nicholas den Kopf ein wenig drehte, bemerkte er, daß aus einem ähnlichen Apparat auch etwas in seine eigenen Venen floß. In dieser Position konnte er sehen, daß sich an der Wand rechts neben ihm eine dritte Kette und ein weiteres Infusionsgerät befanden. Aber dieser Platz war noch leer.

»Okami-san«, flüsterte er eindringlich. »Okami-san!«

Der Kaisho öffnete seine tränenden Augen. Er blinzelte einige Male, wie eine Eule im hellen Tageslicht.

»Linnear-san.« Er seufzte tief, und seine Aussprache war unter dem Einfluß der Droge undeutlich. »Sie sind in der gleichen Falle gefangen.«

»Geben Sie die Hoffnung nicht auf. Wir werden hier rauskommen.«

Okamis Blick jagte ihm einen Schauer über den Rücken.

»Der Tod wartet auf jeden von uns«, sagte der Kaisho schleppend. »Unsere einzige Pflicht besteht darin, ihm einen Sinn zu verleihen.«

»Hier wird niemand sterben«, gelobte Nicholas.

Mikio Okami versuchte zu lächeln. »Wir müssen dem Tod einen Sinn verleihen«, krächzte er. Seine Augen begannen sich unter der betäubenden Wirkung der Droge schon wieder zu schließen.

»Okami-san!«

Okami reagierte nicht, und Nicholas kämpfte mit seinen Gedanken. Was war geschehen? Er war in dem Sado-Maso-Club Both Ends Burning gewesen. Hatta war von Jochi mit dem Messer verletzt worden, und er hatte die Verfolgung aufgenommen. Korridore, Geräusche, helle Lichter, sich bewegende Schatten, der üppige Duft frisch gekochten Kaffees – diese und andere Eindrücke bildeten in seinem Geist ein Durcheinander. Dann nahm er in der Dunkelheit ein flackerndes Licht wahr und erinnerte sich daran, daß er mit dem Lift nach oben gefahren war und ein Luftzug seine Wange gestreift hatte. Der Aufzug war eine Falle: Er war mit Gas vergiftet worden. Honniko, Kawa, Suta: Waren sie alle in die Sache verwickelt?

Blitzartig erinnerte sich Nicholas an Kawas Gesicht, an

die Geste mit dem erhobenen Daumen und an seine rätselhaften Abschiedsworte: *Heute nacht wird Blut fließen.*

Das deutsche Lied setzte wieder ein, und jetzt wurde Nicholas bewußt, daß noch jemand im Raum war. Die Person bewegte sich, arbeitete fleißig und summte die ganze Zeit emsig vor sich hin. In genau diesem Augenblick drehte sich der Mann um. Er kam zu Nicholas herüber und zog seinen Kopf an den Haaren hoch.

»Haben wir ein nettes Nickerchen gehalten?« Er rüttelte an dem Infusionsgerät. »Ist es nicht gemütlich in unserer kleinen Höhle?«

Ein bleicher Lichtstrahl sickerte von oben herab und hob die Gesichtszüge des Mannes hervor. Nicholas erkannte Mick Leonforte.

»Und es ist unsere kleine Höhle. Wir sind im Tenki, dem ehemaligen *toruko,* wo Colonel Linnear direkt nach dem Krieg so emsig seine kleinen Spinnennetze gewoben hat.« Mick grinste. »Ich muß schon sagen, das war ja eine ziemliche Odyssee, bis du hier gelandet bist.« Er spitzte in gespielter Trauer die Lippen und schüttelte den Kopf. »Zu schade, daß du im Gegensatz zu Odysseus keine Gottheit hast, die dir Ratschläge gibt.« Er breitete die Arme aus. »Es gibt keine Athene und niemanden, der dich hier rausholen wird. Und deshalb wirst du hier bleiben, während ich meinen unblutigen Anschlag auf dein riesiges, weitverzweigtes Geschäftsimperium durchführe.« Er streichelte Nicholas' Wange. »Rache ist süß.«

Er zog die Hand zurück, und sein Tonfall änderte sich abrupt. Seine Stimme klang jetzt deklamatorisch. »Zugegeben, du hast ganze Arbeit geleistet. Du hast Geld, Macht und Tomkin Industries geheiratet und das Unternehmen genau zum richtigen Zeitpunkt mit Sato fusioniert. Du hast die Produktpalette von den Computerchips bis hin zur Hardware und den Glasfiberkabeln erweitert und alle wachsenden Märkte besetzt, die erreichbar waren. Und dann kam die Krönung: das TransRim CyberNet.« Mick nickte. »Ja, du hast ganze Arbeit geleistet. Du warst fast so gut, wie ich es gewesen wäre, wenn ich mich nicht hätte im Schatten halten müssen, um dem langen Arm des Gesetzes zu entgehen.« Er lachte laut los. »Welches Gesetz? Was rede ich da? *Ich* bin das Gesetz.«

Er ließ Nicholas' Kopf los. »Aber du hast den Bogen überspannt.« Mick blickte auf Okami. »Und dann hast du dich auf den Alptraum dieses Opas eingelassen und ihn vor den Killern beschützt. Deshalb konntest du das Sato-Projekt fünfzehn Monate lang nicht betreuen. Und das ist heutzutage und in dieser Epoche viel zu lang. Zum Teufel, in unserem Geschäft darf man noch nicht einmal *zwei* Monate lang abwesend sein. Du hast den Kontakt verloren und die Veränderungen nicht mitgekriegt. Du hast deine Stärken vergessen, und deine Auffassungsgabe hat gelitten.« Mick grinste wieder und stellte irgend etwas an dem Infusionsgerät ein. »Du hast deine verwundbare Stelle selbst geschaffen, Nicky-Boy, und weil ich ein räuberisches Tier bin, habe ich meine Kiefer in dein Fleisch gehauen. Das war ein gutes Gefühl, aber ...« Mick blickte finster drein. »Ich muß zugeben, daß ich mich erst daran gewöhnen mußte. In einer bestimmten Weise war es so, als ob ich mich selbst mit Blut beschmieren würde. Wir beide haben eine spezielle Beziehung. Warum? Weil unsere Väter sich das Leben gegenseitig zur Hölle gemacht haben. Sie haben gespielt und herumgepfuscht und sich gegenseitig ins Elend gestoßen. So wie ich es jetzt mit dir mache. Ich habe wieder und wieder und wieder mit deiner Frau geschlafen, und was sie dir auch erzählen mag, sie hat es genossen.«

Er schnippte mit den Fingern. »Aber du brauchst meinen Worten nicht zu glauben.« Er drehte sich um und stöberte so lange herum, bis er einen tragbaren Kassettenrecorder gefunden hatte. Dann legte er eine Kassette ein, drückte auf den Startknopf und hielt Nicholas das Gerät ans Ohr.

»Hör gut zu ...«

Nicholas versuchte, seine Gedanken in eine andere Richtung zu lenken oder sein Bewußtsein völlig auszublenden, aber die Droge hatte jetzt von seinem ganzen Körper Besitz ergriffen, und er hatte keine Zeit zu versuchen, ihren Einfluß zu neutralisieren. Und mit jedem Tropfen aus dem Infusionsgerät wuchs die Dosis der Droge in seinen Venen. So mußte er sich in seiner Agonie das Keuchen und Ächzen, die geflüsterten Zärtlichkeiten und das obszöne Anschwellen des Stöhnens, Schreiens und Kreischens anhören. War das wirklich Koeis Stimme? Er wußte es nicht, weil die Aufnahme verzerrt und seine eigene Wahrnehmung durch die Droge vernebelt war. Aber es konnte durchaus so sein, und für Micks Absichten reichte diese Möglichkeit aus.

»Ah, ich sehe es an deinem Gesichtsausdruck, der Messerstich hat gesessen.« Mick schaltete den Kassettenrecorder ab und kniete sich vor Nicholas nieder. »Du solltest aber über eines Bescheid wissen, und das ist das wichtigste in meinem ganzen kleinen Plan: Was ich dir, denen, die du liebst, und deinem über so viele Jahre aufgebauten Lebenswerk antue, hat nichts mit dem Streit zwischen unseren Vätern zu tun.« Er machte eine Handbewegung, als winke er einer unsichtbaren Menge zu. »Ihre Geister sollen, egal in welcher Hölle sie auch schmoren mögen, ihre tiefverwurzelte Feindschaft unter sich ausmachen. Ich bin Dekonstruktivist und fühle mich durch das, was vor meiner Zeit geschah, nicht gebunden.« Er ballte langsam die Faust. »Ich benutze die Geschichte in meinem eigenen Sinn. Ich interpretiere die Historie korrekt und verbrenne die sogenannten geschichtlichen *Fakten* zu Asche. Diese werden von einer Clique von Kriminellen konstruiert, die sich selbst aufrührerisch *Historiker* nennen. Sie sind deshalb aufrührerisch, weil ihre Lügen dazu dienen, den Wandel der Menschheit zu behindern.«

Micks Kopf kippte zurück, und in dem schwachen Licht erinnerten seine Gesichtszüge an ein düsteres und gefährliches Seeungeheuer, das zum erstenmal an die Oberfläche kommt. »Wir sind letztlich in der Hauptsache Heralde, ungenau markierte Würfel in dem großen Zufallsspiel, das von Zeus, Jupiter oder Odin gespielt wird, wie immer du Heraklits göttliches Kind auch nennen willst. Auch wir sind Kinder des großen Philosophen Heraklit, Nicky-Boy, weil wir wissen, was er gesagt hat: Zufall und Streit sind die natürlichen Gesetze des Universums.«

Mick ließ den Kopf nach vorne schnellen und entblößte seine glänzenden Zähne. »Ich kann und werde nicht rächen, was Colonel Linnear meinem Vater angetan hat. Das würde ein Gewissen voraussetzen, und es ist eine schlichte Tatsache, daß ich kein Gewissen habe. Der Gesellschaftsvertrag, Nicky-Boy, den die Zivilisation so sehr verehrt, war die schlimmste Veränderung, der die Menschheit je unterworfen wurde. Ich würde mich lieber freiwillig den erfundenen ›Schrecken‹ eines Konzentrationslagers aussetzen, über die überall falsche Geschichten verbreitet werden, als den besten Teil meines Menschseins der Gesellschaft zu opfern. Wer weiß, ob es die Konzentrationslager überhaupt gegeben hat.

Wenn man von einem Menschen verlangt, eine gesellschaftliche und pazifistische Kreatur zu werden, dann ist das genauso, als ob man einen Fisch an das Landleben gewöhnen wollte. Leute wie du haben uns die wichtigste *Essenz* geraubt, die uranfängliche, narkotisierende Flüssigkeit, die durch die Venen der Götter strömte und mit der wir beschenkt wurden. Von Nietzsche habe ich gelernt, daß wir einst glücklich an eine Existenz gewöhnt waren, die der der Götter nahekam. Wir streiften frei durch die ursprüngliche Wildnis, zogen in den Krieg und fraßen uns aus Abenteuerlust oder wegen Streitigkeiten gegenseitig auf.«

Mick blickte in Nicholas' drogenvernebelte Augen. »Verstehst du, all das entsprach unserer angeborenen Natur und unseren Instinkten. Und was hat der Gesellschaftsvertrag bewirkt? Er hat diese Instinkte von Anfang an geächtet und als teuflisch, beschämend und ungesund gebrandmarkt. Der Gesellschaftsvertrag hat die Menschheit nicht nur kastriert, sondern auch in eine Zwangsjacke gesteckt. Aber hier sind die Wahrheit und das Geheimnis hinter jeder großen Tat: Die Gesellschaft konnte unsere Instinkte zwar knebeln, aber nicht ausrotten.«

Er wischte sich die Hände an der Hose ab, während er aufstand. »Und dann begann das verfeinerte Spiel der Sublimierung und der kleinen, heimlichen Befriedigungen, die käuflich und pervers sind und an die Stelle der offenen Bedürfnisse traten, an die wir gewöhnt waren und auf die wir einen Anspruch hatten. Aber es ging alles schief. Die

Zwänge und der ständige Mangel an äußeren Feinden haben den Menschen verändert; er verfolgt und terrorisiert sich jetzt selbst. Du hast lange genug in Japan gelebt, und ich bin sicher, daß du dir der Tatsache bewußt bist, daß es eine spezielle Gewalttätigkeit gibt, die sich bei Menschen aufbaut, die ihre Triebe brutal unterdrücken. Wenn der Trieb sich dann schließlich befreit, ist das ein fürchterlicher und grausamer Anblick. Das ist nun geschehen. Der Mensch wurde seiner natürlichen Jagdgründe beraubt, und man hat ihm eingeredet, daß seine räuberischen Instinkte kriminell seien. Die Menschheit wurde langsam verrückt.«

Mick vollführte eine große Geste mit den Armen, die wieder so wirkte, als wäre er von einer Zuhörerschaft umgeben. »Du mußt dir nur den Weltzustand ansehen, um zu wissen, daß ich die Wahrheit sage. Wohin sollen wir unseren Blick richten? Nach Bosnien, Ruanda, Kambodscha, Rußland, in die Ukraine, den Irak? Nach Haiti, Kolumbien, Italien, Deutschland oder in die Vereinigten Staaten? Soll ich fortfahren?« Er drehte den Kopf. »Wo liegt da der Sinn? Der Haß fließt wie vergiftetes Blut über den ganzen Erdball. Der Wahnsinn beschleicht uns. Absoluter, totaler Wahnsinn.«

Mick zog den Dolch hervor. Die Klinge aus Damaszener-Stahl war dunkel wie die Nacht und von einem dünnen Ölfilm überzogen. Er bog den Dolch, so daß die geriefte Klinge das Licht einfing. »Jetzt sind wir beide also hier, und wir sind Spiegelbilder der Dunkelheit und des Lichts, der Sonne und des Schattens.« Er horchte, als ob er auf eine imaginäre Antwort wartete. »Was erzählst du da von Gut und Böse?« Er schüttelte weise den Kopf. »Nein, Nicky-Boy, dieser spezielle Vergleich besagt gar nichts. Wir beide haben diese Vorstellung überschritten. Wir befinden uns jenseits von Gut und Böse, in einer völlig anderen Sphäre. Wenn es Gut und Böse gäbe, müßten wir einander hassen, und das tun wir doch gar nicht, oder?« Er zuckte die Achseln. »Zumindest hasse ich dich nicht. Gott allein weiß, wie du über mich denkst.« Er lachte, und der brutale und unheimliche Klang wurde wie ein Baseball mit viel Effekt von den Wänden zurückgeworfen. »Nicht, daß das eine Rolle spielt, weil für einen Vergleich ein wichtiges Element fehlt. Wir sind entgegengesetzte Charaktere, aber nicht ebenbürtig. Und weißt du auch warum, Nicky-Boy?«

Mick ergriff mit seiner freien Hand erneut Nicholas' Haare, und diesmal zerrte er seinen Kopf gewalttätig vor und zurück. »Weil du Jude bist. Dein Vater war verbissen auf diesen fatalen Makel fixiert. Ich glaube, er hat ihn oft genug zu verbergen versucht, und bei dir ist es nicht anders. Was hast du dir eigentlich vorgestellt? Selbst wenn du so lange in Asien lebtest, bis deine Haut gelb wäre, würde das keine Rolle spielen. Du kannst deine Abstammung nicht verleugnen, so sehr du es auch versuchen magst. Du siehst also, daß ich dich gar nicht hassen kann, weil du minderwertig bist. Du stehst viel zu weit unter mir, um derart starke Gefühle hervorzurufen.«

Mick drehte sich ohne ein weiteres Wort auf dem Absatz um und schritt quer durch den Raum. Er blieb vor Mikio Okami stehen und starrte ihn mit seinen dunklen Augen an. Es schien ihn eine merkwürdige Ruhe zu überkommen, und irgend etwas tief in Nicholas' drogenvernebeltem Gehirn begann zu schreien. *Nein! Das kannst du nicht tun!* Denn Nicholas erkannte die ersten Schritte des Schamanenrituals. Dies hier war die Anrufung der Macht, die einen Akt urzeitlicher Magie hervorbringen würde.

Nicholas versetzte sich in einen Zustand des Wahnsinns. Er wollte den Einfluß der Droge überwinden, die in seinen Venen pulsierte. Was folgen würde, wußte er so sicher, als ob er in die Zukunft blicken könnte. Sein Geist schrie nach einer Reaktion seines Körpers, aber es reichte nur für ein sanftes Klimpern der Kette.

Auf der gegenüberliegenden Seite des Raums begann Mick leise zu lächeln. »Es kommt. Und du weißt es.«

Er hatte recht. Nicholas hatte einige Erfahrungen mit den Messulethe und ihrer uralten Psychomagie gesammelt, und er hatte die grausamen Spuren von Micks Beschwörungsritualen aus nächster Nähe gesehen. *Du mußt denken!* schrie Nicholas' Geist. *Es ist, als ob du gehen würdest. Du mußt einen Gedanken nach dem anderen fassen.* Er ging von den Symptomen aus und dachte darüber nach, um welche Drogen es sich nicht handeln konnte. Es war ein Nervengift, das sich aber auch in seine Gefäße eingeschlichen hatte. Wenn man in Betracht zog, daß ihm die Droge von Mick Leonforte verabreicht worden war, standen die Chancen gut, daß es sich um das Banh-Tom-Gift handelte, das auch Kappa Waranabe injiziert worden war. Da er Watanabes Leben gerettet hatte, wußte er, wie er die chemischen Bestandteile neutralisieren konnte, aber er befand sich jetzt in einer völlig andersartigen Situation. Das Gift drang langsam weiter in seinen Blutkreislauf ein, daher war er praktisch gefesselt.

Dennoch mußte er es versuchen. Er knirschte im Geist mit den Zähnen und begann mit dem Neutralisierungsprozeß, aber sein Stoffwechsel war durch die Droge so verlangsamt, daß die chemischen Veränderungen nur eine geringe oder gar keine Wirkung erzielten.

Die Atmosphäre im Raum war mittlerweile so feucht und düster, als kröchen schwarze Nebelschwaden an den Wänden empor. Sie schienen sich auf das schwache Licht zuzubewegen und es zu verwandeln, bis es so aschgrau wie ein Leichentuch war.

»Es kommt!«

Micks Schrei glich dem Triumphgeheul eines Wolfs, der sich auf den Unterleib eines Hirsches stürzt.

Nein!

Mick bewegte sich urplötzlich. Die Hand mit dem Dolch schoß nach vorne, und er rammte Mikio Okami die dunkle Klinge aus Damaszener-Stahl in den Brustkasten. Die Luft wurde zerrissen, als wäre eine Seele, die Qualen ausstehen muß, oder eine zu lange geschlossene Tür aufgebrochen worden. Der Gestank nach Eingeweiden, der an ein Schlachthaus erinnerte, verbreitete sich wie eine schädliche Ausdünstung, und Blut, so dunkel wie Öl, begann den Raum zu überfluten.

14
Küste von Florida / Tokio

Auf offener See war Caesare Leonforte ein anderer Mensch. Wie bei einem ins tiefe Meer zurückgekehrten Hai gehorchten seine Bewegungen einem tieferen, beinahe ursprünglichen Gebot. Da das schlanke Schnellboot schlingerte und krängte, stand er mit gespreizten und leicht gebeugten Beinen hinter dem Steuer. Er konsultierte Karten und manövrierte sicher und geschickt. Vesper gewann den Eindruck, daß er alle Sorgen hinter sich gelassen hatte.

Zumindest hätte sie das geglaubt, wenn Caesare Leonforte ein anderer Mensch gewesen wäre. Aber das war nicht der Fall. In den letzten Tagen und Nächten hatte sie ihn vielleicht besser kennengelernt, als sie es sich je gewünscht hatte. Tatsächlich kannte Caesare keine Sorgen. Überhaupt keine. Loyalität war ihm fremd, und er kümmerte sich um nichts und niemanden. Außer um sich selbst. Wenn er je die menschliche Fähigkeit zu lieben besessen hatte, dann war sie ihm durch die Umstände und seine einstudierte perverse Natur ausgetrieben worden. Er verachtete seinen Vater und sehnte sich doch danach, es ihm gleichzutun. Er sprach offen geringschätzig über seine Schwester Jaqui und brauchte in mancherlei Hinsicht doch ihren Beifall. Er bestand aus einer kochenden Masse von Widersprüchen, die sich aber nicht gegenseitig aufhoben, sondern in einem ständigen Kriegszustand befanden. Und das war eine explosive und unvorhersehbare Mischung.

»Die verdammten Bullen«, sagte er, als sie mit dem Schnellboot zu dem unvermeidlichen Treffen mit dem Kutter der Küstenwache mit dem Kennzeichen CGM 1176 fuhren. »Sie sitzen mir ständig im Nacken. Ich dachte, ich hätte sie eingeschüchtert und in die Tasche gesteckt. Aber die Bundesbehörde hat mehr Köpfe als eine verfluchte Hydra.« Er sprach ruhig, grimmig und eher zu sich selbst. Vesper, die hinter der von Wind und Wasser gepeitschten Windschutzscheibe stand, fragte sich, ob er sich ihrer Anwesenheit überhaupt bewußt war. »Ich muß alles neu organisieren, Begünstigungen einfordern und die Fäden so ziehen, daß alle wieder nach meiner Pfeife tanzen.«

Vesper legte die Hand über die Augen und sah in der Ferne den Kutter der Küstenwache. Das Schiff schien still auf dem Meer zu liegen; die Maschinen waren auf Leerlauf geschaltet. Auch Caesare hatte das Schiff gesehen. Er drehte nach Backbord und steuerte darauf zu. Dann verlangsamte er die Geschwindigkeit und stellte nach knapp hundert Metern die Maschinen ab. Er befahl Vesper, den Anker zu werfen, und sie betätigte die elektronische Winde. Der Anker löste sich aus seiner Halterung und fiel mit einem leisen Platschen ins Wasser.

Der Kutter der Küstenwache war nicht weit entfernt; Vesper konnte die Nummer lesen: CGM 1176. Es war das Schiff, auf dem Milo Captain war. Sie hörte das kehlige Gurgeln der Dieselmaschinen und sah dann eine Wolke aus bläulichem Rauch am Heck des Kutters, der jetzt langsam auf sie zusteuerte.

Ohne Zwischenfall legten sie an das andere Boot an. Milo befahl, noch etwas zurückzusetzen. Caesare schien ihn kaum wahrzunehmen. »Bei mir im Haus ist alles schiefgelaufen. Wir werden nicht mehr zurückkommen.« Das waren seine einzigen Worte.

Milo nickte. In seiner gestärkten weißen Uniform und mit dem kurz gestutzten Bart sah er so schmuck wie ein Windhund vor dem Rennen aus. Seine Augen schweiften einen Augenblick lang zu Vesper, als suchte er bei ihr nach weiteren Erklärungen. Sie lächelte ihn an, und während Caesare im Heck die Waffenlieferung überprüfte, die gegen das Kokain eingetauscht werden sollte, rückte Vesper im Führerhaus näher an Milo heran.

»Was zum Teufel ist denn los mit ihm?« fragte Milo aus den Mundwinkeln. Um seine Augen und den Mund sah man ein feines Gewebe von Fältchen. Die Augen selbst waren wie gewöhnlich hinter einer verspiegelten Sonnenbrille verborgen.

»Die Bundesbeamten haben das Gelände überfallen«, sagte sie leise. »Sie kamen mit einem gepanzerten Hubschrauber und haben alle Register gezogen. Wir sind um Haaresbreite entkommen.«

Milos schmale Lippen wurden noch schmaler, und das bedeutete, daß er sich schwere Sorgen machte. »Ich sollte lieber mit ihm sprechen. Die ganze Verbindung könnte gefährdet sein.« Aber er hielt inne, als Vesper ihm eine Hand auf den Arm legte.

»An Ihrer Stelle würde ich im Moment seine Nähe meiden. Er wird Ihnen den Kopf abreißen.«

»Alles klar.«

Milo machte eine Pause, um dem Steuermann eine Kurskorrektur durchzugeben. Dann nickte er Vesper zu, und sie folgte ihm in einen etwas abgeschirmteren Teil des Cockpits. »Hören Sie zu«, zischte er. Er brachte sein Gesicht nah vor ihres. »Meine ganze Karriere . . . Mist, was rede ich da? Ich habe mein ganzes *Leben* mit dieser Operation verbunden.«

»Sie meinen die Waffengeschäfte, deren Spur zur DARPA führt?« Sie sprach von dem höchst geheimen Regierungsprojekt für fortgeschrittene Waffentechnologie, wo Caesare die Produkte abzweigte, die er dann den Meistbietenden in Übersee verkaufte.

»Ja, ja.« Milo blickte sie an und lächelte höhnisch. »Glauben Sie, daß ich meine Zeit mit Kokainschmuggel vergeude? Keine Chance. Für diese Latinos gibt es nur den *machismo,* und einen Anglo-Amerikaner in dem Geschäft würden sie umlegen, sobald sie ihn nur zu Gesicht bekämen. Nein, ich bin wegen der Waffen in diesem Geschäft. Das ist mein Hobby, wissen Sie.«

Vesper wußte es nicht, aber sie gab ein paar zustimmende Geräusche von sich.

»Wie dem auch sei«, sagte Milo. Er leckte sich die Lippen. »Ich habe einen Einsatz in dem Geschäft stecken. Einen *hohen* Einsatz, wenn Sie verstehen, was ich meine. Mist, am Anfang ist der große Boß nur durch meine Beziehungen in das Geschäft gekommen, und deshalb kriege ich jetzt bei allen Geschäften meinen Anteil. Ich bin ein Mitspieler und kein verdammter Esel. Aber jetzt, wo Ärger angesagt ist, will ich nicht, daß irgend etwas an mir hängenbleibt.«

»Mit anderen Worten, Sie wollen also jede Verantwortung abstreiten.«

Vesper sah, daß sich die Fältchen um Milos Augen vertieften. »Zum Teufel, ich will sauber aus der ganzen Sache rauskommen.«

Vesper ahnte, wie verängstigt er war. Der Mann stand am Rande der Gesetzlosigkeit. Er liebte seinen Job, aber vielleicht hatte er sich gelangweilt und sich nach mehr gesehnt. Und als sich ihm die Chance geboten hatte, war er gesprungen, ohne daran zu denken, wie tief er fallen konnte. Er hatte es ja selbst gesagt – er war ein Mitspieler und kein Esel. Das hatte er die ganze Zeit gewollt, aber jetzt, wo alles schieflief, war er nicht darauf vorbereitet.

»Man sollte kein Verbrechen begehen, wenn man keine Zeit hat, die Strafe abzusitzen.«

Milo sprang hoch, als hätte ihn ein Stromschlag getroffen. »Was zum Teufel . . .? Ich werde nicht sitzen.«

»Ich kann das arrangieren.«

»Wirklich? Wer sind Sie denn, die verdammte Königin von Saba?«

»Ich bin die einzige, die dafür sorgen kann, daß Sie Ihre Verantwortung abstreiten können.« Vesper blickte ihn an. »Sie wollen doch Ihren Hals retten, oder?«

Sie hörte, wie er erleichtert ausatmete. Er bewegte den Kopf, und obwohl Vesper seine Augen nicht sehen konnte, wußte sie, daß er nach Caesare Ausschau hielt. Noch bevor er etwas gesagt hatte, war Vesper klar, daß er das Lager wechseln würde. Warum auch nicht? Caesare zeigte gegenüber seinen Leuten keinerlei Loyalität. Warum sollten sie ihm gegenüber also loyal sein, wenn es hart auf hart ging?

»Wenn er wüßte . . .«

Milo sprach von Caesare, und Vesper wußte es. »Er wird nichts erfahren. Überlassen Sie ihn mir.« Sie wartete einen Augenblick. »Sind Sie dabei?«

Milo bewegte wieder den Kopf, und das Sonnenlicht blitzte auf seinen verspiegelten Gläsern. »Sofort. Reicht das?«

»Garantiert.«

Milo leckte sich die Lippen und nickte. Vesper beschloß, an Ort und Stelle und in allen Einzelheiten aus ihm rauszupressen, wie sie es geschafft hatten, die Sicherheitsvorkehrungen der Regierung zu knacken. Doch in diesem Moment rief Caesare sie ins Heck. Sie zog mit der Gehorsamkeit eines Hundes los und schenkte Milo keinen Blick mehr.

Caesare fuchtelte wie wild mit den Armen herum. »Willst du dir das nicht mal ansehen?« Sein Brüllen übertönte das Brummen der Maschinen. Er hatte den Deckel einer Kiste aufgebrochen, der mit Regierungssiegeln und offiziellen Warnaufklebern versehen war. Caesare zeigte auf die Kiste.

Vesper beugte sich vor, und Caesare packte sie so brutal am Genick, daß sie Sterne sah. Bevor sie durchatmen konnte, rammte er ihre Stirn gegen die Kante der offenen Waffenkiste. Milo, der die Szene aus dem Schatten des Cockpits beobachtet hatte, wandte sich ab.

Vesper war halb benommen und verletzt. Sie hörte ein metallisches Klicken und fühlte, wie sich die Mündung seiner Pistole schmerzhaft in ihr Ohr bohrte.

»Du verfluchte kleine Hure«, keifte er. Sein Gesicht war eine wutverzerrte Maske. »Hast du gedacht, daß du damit durchkommst?«

Sie hatte große Mühe zu sprechen, schaffte es aber schließlich, eine Antwort zu formulieren. »Womit durchkommen?«

Caesare puffte sie gegen den Hinterkopf. »Du hast mich an die elenden Bullen ausgeliefert!«

Nicholas sah eine vage an ein Dreieck erinnernde Form, die so dunkel wie der Tod glänzte. Er roch etwas und fühlte, daß sein Magen trotz der Droge rebellierte. Er versuchte, das Banh-Tom-Nervengift zu neutralisieren, aber er war nicht schnell genug.

»Hier ist sie! Die Macht!«

Mick Leonforte hielt Mikio Okamis Herz in der Hand, und Nicholas beobachtete entsetzt, wie er hineinbiß. Mick hatte sich in einen Schlächter verwandelt und war blutüberströmt. Es war Mikio Okamis Blut. Nicholas wollte nicht auf den schaukelnden Körper auf der anderen Seite des Raumes blicken, auf die leblose Hülle. Okami war einst der Kaisho der gesamten Yakuza gewesen, und jetzt war er genauso sterblich wie der erstbeste Passant. Nein, noch schlimmer, er war nur noch ein Stück Fleisch.

Mick kaute gemächlich, gedankenvoll, ekstatisch, schweigend. Nicholas war klar, daß die Zeit der Reden vorbei und die des Handelns gekommen war. Er wußte eine Menge über den Schamanismus, zum Beispiel, daß die menschlichen Organe demjenigen, der sie aß, eine übernatürliche Kraft und Ausdauer verliehen. Und je größer der Krieger gewesen war, dessen Organe man verzehrte, desto größer war der Gewinn an Kraft und Ausdauer. Aber es steckte noch mehr dahinter. Indem man seinem Feind die lebenswichtigen Organe raubte, sie aufaß und ihn dadurch total zerstörte, beraubte man ihn auch der Chance auf eine Wiedergeburt.

Mick war mit dem Herz fertig. Er schlenderte zu der Leiche hinüber und machte mit raschen Hieb aus dem Handgelenk einen weiteren präzisen Schnitt. Als er wieder zu Nicholas zurückkehrte, hielt er ein tief rosafarbenes, glitschiges Organ in der Hand. Es war Okamis Leber, und er preßte sie Nicholas wie einen Breiumschlag gegen den Brustkasten. Mick begann in einem seltsamen vietnamesischen Dialekt zu singen.

»Du bist krank. Ernsthaft krank. Das liegt an deinem Judentum, das einer Blutvergiftung gleicht. Es hat dich beschädigt und zu einem minderwertigen Leben verdammt. Wenn es mir gefällt, kann ich dich vielleicht retten.« Er lachte auf, aber das war zum Teil nur ein blubberndes Glucksen. Seine Lippen und das Kinn waren durch das Blut dunkel verfärbt.

Er begann wieder zu singen. Seine Augen hatten sich zu Schlitzen verengt, und er bewegte sich wie in Trance. Dann schnappte er sich die Leber und biß knurrend ein Stück ab, dann ein weiteres. Es war seltsam, daß er nicht kaute, sondern die Bissen im Mund behielt.

Nicholas sah sein stinkendes Gesicht direkt vor sich. »Iß! Iß!« sagte Mick mit vollem Mund.

Er bot ihm die Leber an, aber Nicholas hielt die Lippen

fest geschlossen. Mick lächelte fast freundlich, und dann rammte er Nicholas die Faust in den Solarplexus. Die Luft entwich aus Nicholas' Mund. Mick gab Nicholas einen entsetzlichen Kuß und spuckte ihm die Leberstücke in den Rachen.

Nicholas Kiefer schnappte zu; er würgte. Mick preßte ihm den Mund zu. »Schlucken, Nicky-Boy, oder du wirst an Okamis Überresten ersticken.«

Nicholas schluckte krampfhaft.

»Schon besser.« Mick nickte. »Viel besser.« Er aß die Leber auf, fletschte die Zähne und blickte wild um sich. »Ich bin noch nicht fertig mit dir. Wir müssen noch einen weiteren Akt aufführen, bevor es vollbracht ist.«

Er berührte Nicholas sanft und fast zärtlich. »Ruhe dich jetzt aus«, sagte er mit unnatürlicher Ruhe und Gelassenheit. »Du wirst in den nächsten Stunden alle Kraftreserven brauchen.«

»Geschäft? Was für ein Geschäft?«

Wade Forrest blickte Croaker nicht einmal an. Sie standen mitten auf Caesares Grundstück, und Forrest verdaute fleißig die Berichte seiner Offiziere. Es gab nur schlechte Nachrichten. Caesare Leonforte war nirgendwo zu sehen, und niemand hatte die geringste Ahnung, wie er hatte entkommen können. Jeder der herumstehenden Männer mußte fünf Minuten lang Forrests ungezügelten Zorn über sich ergehen lassen. Und selbst die härtesten unter seinen Leuten, die bis an die Zähne bewaffnet waren, schienen sich zu ducken.

Durch schiere Willenskraft gelang es Croaker, so lange seinen Mund zu halten, bis er erfahren hatte, daß Vesper ebenfalls entkommen war. Er wußte, wo sie war, und er wußte auch, wo Bad Clams war. Oder, genauer gesagt, er wußte, wo Caesare sich in etwas über einer Stunde aufhalten würde: an Bord des Kutters der Küstenwache mit dem Kennzeichen CGM 1176. Das war Croakers bester und letzter Trumpf, um Margarite zu retten. Irgendwo tief in seinem Inneren betete er, wie er es als kleiner Junge jede Nacht getan hatte.

Überall um sie herum sah man das glorreiche Chaos, das die Regierung der Vereinigten Staaten anrichten konnte, wenn Gefahr bestand oder eine Kriegserklärung abgegeben wurde. Bewaffnete Männer in Tarnanzügen und mit bemalten Gesichtern rannten auf dem Grundstück herum. Sie brüllten Befehle oder hörten Funksprüche mit aktualisierten Geheimdienstmeldungen ab. Caesares Ganoven hatten die Hände hinter dem Kopf verschränkt und wurden von bewaffneten Männern abgeführt. Das Funkgerät des Hubschraubers reicherte die allgemeine Kakophonie mit Störgeräuschen an. Forrest stand aufrecht mitten in diesem Chaos und dirigierte seine Leute mit dem selbstsicheren Gehabe eines Zeremonienmeisters im Smoking. Croaker spürte förmlich seine Befriedigung. Es war, als ob er sagen wollte: *Was für ein Abenteuer! Es ist wieder Krieg.*

Aber wie alle Kriege hatte auch dieser seine Kehrseite: Obwohl die Elitetruppen ihr Bestes getan hatten, war ihnen die wichtigste Jagdbeute entgangen.

»Ich habe Ihnen ein Geschäft anzubieten, Forrest«, wiederholte Croaker in dem allgemeinen Getöse.

»Ich mache keine Geschäfte«, antwortete Forrest knapp.

»Natürlich werden Sie das tun, Sie wissen es nur noch nicht.«

Forrest entließ einen seiner Männer, drehte sich dann um und blickte Croaker an. Croaker hatte genug Zeit in Gerichtssälen verbracht und sich die wirkungsvollsten psychologischen Taktiken der Strafverteidiger und Staatsanwälte angeeignet. Er drückte Francine fest an sich. Sie weinte, und er fühlte, daß sie zitterte. Croaker wußte, daß ihr Blick auf ihre gefesselte Mutter gerichtet war. Er haßte es, sie in dieser Weise ausnutzen zu müssen, aber es war in ihrer aller Interesse.

Forrest grunzte ungläubig. »Sie träumen wohl, Kollege.«

»Vielleicht, aber eigentlich glaube ich das nicht.«

Croaker schritt auf Forrest zu, damit er seine Stimme senken konnte, und vergewisserte sich, daß Francie immer noch an seiner Seite war. »Sehen Sie, Forrest, wir haben die besten Voraussetzungen für ein perfektes Geschäft. Sie haben das, was ich will: Margarite DeCamillo.«

»Ja, ich habe sie, und sie wird bei mir bleiben.«

Forrests kühler Skeptizismus konnte nicht ganz verbergen, daß er ansatzweise interessiert war. »Was haben Sie denn schon anzubieten, was mich interessieren könnte.«

»Caesare Leonforte.«

Forrests typisch amerikanisches Gesicht verdüsterte sich. »Ich sage es Ihnen jetzt gleich, Kumpel. Wenn Sie irgendwelche Informationen haben, die Leonfortes Aufenthaltsort betreffen, sollten Sie mich am besten sofort unterrichten. Andernfalls werde ich Sie mit einem Vollstrekkungsbefehl der Bundesbehörde konfrontieren, weil Sie sich der Gerechtigkeit in den Weg gestellt haben.«

»Drohen Sie mir nicht, Wade«, sagte Croaker sanft. »Was immer Sie auch tun, das sollten Sie nicht versuchen.«

Vielleicht reagierte Forrest auf Croakers Tonfall oder darauf, daß er seinen Vornamen benutzt hatte, jedenfalls war er nun etwas weniger aggressiv. »Ich werde Mrs. DeCamillo nicht laufenlassen. Vergessen Sie es.«

Aber es entging Croaker nicht, daß Forrest jeden direkten Blick in Francies verheultes Gesicht vermied. »Dann lassen Sie Leonforte also davonkommen.«

»Wenn's sein muß.« Forrest schluckte Galle hinunter.

»Und die Kokaingeschichte lassen Sie auch auf sich beruhen.«

»Zum Teufel damit.« Er blieb hart. »Wir werden schon andere finden, die wir einlochen können.«

»Und was ist mit der Spur, die ins Waffenreservoir der DARPA führt?«

Forrest zuckte zusammen, als Croaker die DARPA erwähnte. Er biß sich auf die Unterlippe und wollte gerade etwas sagen, als einer seiner Lakaien neben ihn trat, um ihm Bericht zu erstatten. Forrest hätte ihm fast den Kopf abgerissen, und der Mann wich mit aschfahlem Gesicht zurück. Forrest kaute weiter auf seiner Unterlippe herum, wie ein verwirrtes Tier in einem zu engen Käfig, das bereit war, sich die Glieder zu zerreißen. Schließlich blickte er Francine für einen sehr langen Moment an, und seine ruhelosen Augen leuchteten auf.

»Mist«, sagte er. »Mist, Mist, Mist.«

»Du hast wohl den Verstand verloren«, sagte Maya. »Was weißt du denn schon über ihn?«

»Daß er mit einem verdammten Motorrad umgehen kann«, antwortete Kawa.

Er stand direkt vor dem kleinen Aufzug, der Nicholas vor einiger Zeit ins Pull Marine befördert hatte. Kawa war in die Café-Bar zurückgekehrt und hatte der Beat-Poesie gelauscht, ohne sie wirklich zu hören. Er hatte weiter an Nicholas denken müssen und daran, ob ihm etwas zugestoßen war. Irgend jemand hatte gelacht und ihn etwas gefragt, aber er schenkte ihm keine Aufmerksamkeit. Und er hatte auch nicht wahrgenommen, daß Maya ihn von der anderen Seite des Tisches anblickte. Als er plötzlich aufgestanden und in die Küche gegangen war, war sie ihm gefolgt.

Jetzt drückte Kawa auf den Knopf, und der Aufzug begann zu summen.

»Er kann also mit einem verdammten Motorrad umgehen«, sagte Maya. »Aber warum solltest du dich in irgend etwas hineinziehen lassen?«

»Weil ich daran denken muß. Außerdem nervt der Poet.« Er grinste sie an.

Die Tür des Aufzugs öffnete sich, und er steckte vorsichtig den Kopf hinein.

»Mist«, sagte Maya. »Da drin stinkt's.« Sie wandte sich Kawa zu. »Du fährst hoch, oder?«

Er starrte sie an. Maya schüttelte den Kopf und drückte ihm etwas in die Hand. Er blickte auf den Gegenstand und umschloß ihn mit den Fingern. »Hey«, sagte er.

Kawa schöpfte Luft, hielt den Atem an und betrat den Lift. Als er sich umwandte, sah er nur Mayas drogenvernebelten Blick. Dann schloß sich die Aufzugtür, und er fuhr nach oben.

Die Tür öffnete sich, und Jochi hätte ihm mit einem mächtigen Schwinger fast den Kopf vom Rumpf gerissen. Kawa duckte sich und fühlte, wie die Faust an seiner Schläfe entlangschrammte und seine Haut zerfetzte. Er beugte sich vor, ließ das Messer aufschnappen und ging zum Angriff über.

Jochi packte seinen Arm und hätte ihn fast gebrochen. Das Messer knallte auf den Boden. Kawa merkte, daß dies alles kein Scherz und keine coole Inszenierung wie in der Spielhalle war. Er tat, was ihm gerade in den Sinn kam, und biß Jochi in die Wange. Der lähmende Druck auf seinem Arm ließ gerade so weit nach, daß er sein Knie einsetzen konnte. Doch das hatte nur eine geringe oder gar keine Wirkung. Jochi knurrte und preßte ihn gegen die Wand.

Kawa grunzte, Jochi grinste, und es schien Kawa, als ob sich sein Tod in den Augen des älteren Mannes spiegelte. Jochi versetzte ihm einen Handkantenschlag gegen den Solarplexus, und der Nihonin krümmte sich vor Schmerzen. Seine Knie gaben nach, und er glitt zu Boden. Als er nach dem Messer greifen wollte, trat Jochi ihm brutal auf die Hand. Kawa schrie auf.

Jetzt hatte Kawa wirklich die Nase voll. Er verscheuchte die Schwaden des Haschischs, das er früher am Abend geraucht hate, aus seinem Kopf. Er setzte die ganze Kraft seiner angezogenen Beine ein und traf Jochi unterm Kinn. Jochis Kopf wurde zurückgerissen, und er stolperte einen Schritt zurück. Kawa ergriff das Messer und rammte Jochi die Klinge zwischen die Rippen. Der Nihonin weinte ein wenig.

Jochi gab ein unartikuliertes Geräusch von sich und versuchte, das Messer zu ergreifen. Er stolperte zurück, und Kawa ließ den Messergriff los. Jochi starrte mit weit aufgerissenen Augen auf seinen Brustkasten und blickte dann Kawa an. Er murmelte etwas vor sich hin, kam mit einem schwankenden Schritt auf den Nihonin zu und knallte dann direkt auf sein Gesicht.

Jochi lag lange Zeit da, ohne sich zu bewegen. Kawa keuchte. Er weinte immer noch, nahm es aber nicht wahr. Er biß sich auf die Unterlippe und fuhr sich mit der zitternden Hand durch das schneeweiße Haar. Immer noch starrte er auf Jochi hinab. Warum bewegte der sich nicht? Und dann begriff er. Die Erkenntnis flackerte wie ein Blitz über sein Gesicht, und er mußte kotzen. Er würgte selbst dann noch, als es nichts mehr gab, was er noch hätte erbrechen können.

Endlich fühlte er sich besser. Er dachte an Maya, die unten auf ihn wartete, und wäre beinahe umgekehrt. Fast hätte er auf den Liftknopf gedrückt, um in seine vertraute, anarchistische Welt zurückzukehren. Aber jetzt hatte sich etwas geändert. Plötzlich begriff er, daß auch das, was er und seine Kumpels für rebellische Anarchie hielten, einem vorgezeichneten Muster folgte. Tatsächlich war ihr Leben genauso sicher und zahm, als wenn sie fünf Tage in der Woche zur Arbeit gegangen wären. Und jetzt schien es leer zu sein.

Er dachte an den Grund, warum er gekommen war, und begann Nicholas zu suchen. Schließlich fand er ihn in einem Hinterzimmer des Restaurants. Der Raum sah aus, als ob er jahrzehntelang nicht benutzt worden wäre – bis heute nacht.

Als er das Beinhaus betrat, war Kawa auf eine perverse Weise dankbar dafür, daß er in dieser Nacht hatte einen Mann töten müssen. Andernfalls hätten der Anblick und der Geruch in dem Raum seinen Geist mit Sicherheit in Stücke gerissen.

»Und was wäre, wenn du unrecht hättest?«

»Ich werde dir was erzählen, Baby. Die Welt funktioniert nicht nach dem Schema ›Was wäre, wenn‹. Und deshalb verschwende ich auch nie einen zweiten Gedanken an ein Problem.«

Vesper hörte über dem dumpfen Tuckern der Dieselmotoren des Kutters, daß ihr Puls heftig in ihren Schläfen pochte. Sie roch den Salzgeruch des Meeres, das voller Fische und von Leben erfüllt war. Gischt befeuchtete ihr Haar. Sie wußte, daß der entscheidende Augenblick gekommen war. Caesare wollte sie töten; sie war sich so sicher, als ob er es selbst gesagt hätte. Seine extreme körperliche Anspannung verriet es ihr. Er war schlicht und einfach wütend, weil sein Imperium zerfiel. Und sie zog seinen Zorn an wie ein Magnet. Aber es war typisch, daß sie, wie immer, wenn sie mit Caesare zusammen war, noch etwas anderes wahrnahm, und sie wußte, daß sie daraus Kapital schlagen mußte, wenn sie die Chance nutzen wollte, am Leben zu bleiben.

»Erschieß mich doch jetzt gleich.« Sie spuckte aus. »Mach schon, dein Vater hätte genauso reagiert.«

Sie fühlte, daß ihn ein flüchtiges Zögern wie eine kleine Welle durchfuhr. Vesper setzte ihre psychologischen Fähigkeiten bis an die Grenzen des Möglichen ein, um seine rasende Wut in eine andere Richtung zu lenken.

Er preßte ihr die Mündung seiner Pistole so brutal ins Ohr, daß sie aufschrie. »Was hat mein Vater denn damit zu tun?«

»Erinnerst du dich nicht daran, daß ich für ihn gearbeitet habe? Ich war einer seiner Eliteagenten vor Ort.« Es machte sie schwindlig, daß sie gleichzeitig die tödliche Spannung aushalten und ihre eingeschränkten Talente einsetzen mußte. Sie biß die Zähne zusammen und machte weiter. »Dein Vater war von seiner geheimen Identität so besessen, daß er an Verfolgungswahn litt. Exekutionen waren bald eher die Regel als die Ausnahme. Du erinnerst mich an ihn, wenn du dich so aufführst.«

Wieder die Welle, aber diesmal etwas deutlicher. »Wenn ich mich so aufführe? Was willst du damit sagen?«

»Du weißt es doch«, sagte sie im ungezwungensten Tonfall. »Dein Verhalten ist irrational.«

Ihr war bewußt, daß sie ein Risiko einging. Aber sie spürte, daß sie am Rande der Klippen entlangtaumelte. Sie würde entweder in eine ewige, unermeßliche Leere fallen oder überleben. Es gab keinen Mittelweg.

»*Irrational.*« Caesare sprach das Wort aus, als ob er eine Speise kostete. »Okay. Ja, mein Vater konnte verdammt irrational sein. Auch wenn ich mich an seine Art nicht erinnern kann, weil er nie zu Hause war, als wir aufwuchsen.« Er nickte. »Ja, er konnte ein ekelhaftes Schwein sein. Aber er war auch clever. Clever genug, um die Bundesbehörden jahrzehntelang an der Nase herumzuführen.«

Vesper konzentrierte sich. Sie nahm jetzt beide Aspekte wahr, die Dunkelheit und das Licht. Caesare empfand seinem Vater gegenüber zugleich Mut und Bewunderung und konnte die widerstrebenden Gefühle nicht miteinander versöhnen. Fast konnte sie in ihrem Geist hören, wie die beiden Meinungen die Klingen kreuzten und ihren endlosen Krieg fortsetzten. Vor diesem Hintergrund war Caesares im großen und ganzen schwarz-weiße Weltsicht nicht weiter verwunderlich. Alles andere hätte für ihn gänzliches und totales Chaos bedeutet.

»Ja, du hast recht, er war clever«, sagte Vesper. »So clever, daß du ihn nie kontrollieren konntest. Und ich denke, daß du es versucht hast.« Ihr Rücken schmerzte von der Verrenkung, und ihr Kopf tat weh, weil er ihre Wange brutal gegen die Holzkiste preßte, in der die DARPA-Waffen waren.

»Was zum Teufel erzählst du da? Ich habe nie versucht . . .«

»Natürlich hast du es versucht. Du wolltest deinem alten Herrn zeigen, was er verloren hatte, weil er abgehauen war und die Familie im Stich gelassen hatte. Und du wolltest ihn mit der Nase auf deine außergewöhnlichen Fähigkeiten stoßen.«

Caesare knurrte. »Unsinn. Warum hätte ich ein Interesse daran haben sollen?« Er wurde wieder von einem Schauer erfaßt und verminderte unbewußt den Druck der Pistolenmündung an ihrem Ohr.

»Weil du ihm beweisen wolltest, daß du besser und cleverer als er warst.«

»Ich stand in keinem Konkurrenzverhältnis zu meinem Vater.«

»O doch. Es war ein Konkurrenzverhältnis, und zwar eines der übelsten Art. Die Sache hat dich durch und durch vergiftet. Du wolltest Rache, Caesare, und ihn verletzen. Du wolltest es ihm heimzahlen, weil er dich verlassen hat.«

»Er hatte keine andere Wahl«, brüllte Caesare. »Er hatte eine Verpflichtung übernommen, und es ging um das Wohl der Familie.«

»Das ist Unsinn, und du weißt es.« Vesper machte weiter Druck. »Er war ehrgeizig. *Zu* ehrgeizig, um sich um das Wohl der Familie zu scheren. Er hatte geheiratet und Kinder, aber damals wußte er bereits, daß er einen Fehler gemacht hatte. Er wollte kein liebender Ehemann und Familienvater sein. Ihm lag nichts an der Beständigkeit, er betete die Veränderung an. Er wollte Macht, Geld und auf dem Gipfel leben.«

»Nein, du hast unrecht.« Caesare zog die Pistole zurück. »Ich *weiß*, daß du dich irrst!«

Von Angst und Schmerzen halb betäubt, bemerkte Vesper, daß Caesare verändert aussah. Jetzt war nicht mehr sie der Magnet. Sie hatte seine Wut sorgfältig von sich auf ihn selbst umgelenkt.

»Ich irre mich nicht, Caesare.« Ihre Stimme klang ruhig und klar. »Dein Vater hat seinen Weg durch die Betten von Tokio gemacht. Im Jahr 1947 schlief er mit Faith Goldoni. Diese Beziehung endete, als er aus dem Krankenhaus entlassen wurde, aber es gab noch viele andere. Eine Frau folgte der anderen. Es war eine endlose Kette von Röcken – so nannte er die Frauen.«

Caesare war bleich und gelähmt, weil er mit seiner stärksten Angst konfrontiert wurde, die er so viele Jahre lang hatte unterdrücken können. Jaqui hatte von Anfang an recht gehabt: Er *war* wie sein Vater. Aber hatte er das nicht gewollt? Ja und nein. Er hatte einen Vater zum Idol erhoben, den er überhaupt nicht gekannt hatte, als er aufwuchs. Caesare hatte lange und komplizierte Geschichten über das Untertauchen seines Vaters erfunden, von denen er niemandem etwas erzählt hatte. Er hatte diese Fantasien – im Gegensatz zu Jaqui – gebraucht, um ihren Vater nicht zu hassen, weil dieser sie verlassen hatte.

Eine Frau nach der anderen – eine endlose Kette von Röcken. John und Caesare Leonforte, Vater und Sohn – zwei von derselben Sorte. Jesus!

In Caesare braute sich ein emotionales Gewitter zusammen. Vesper spürte es wie das erste Aufleuchten eines weit entfernten Blitzes und wie das leise Donnern, das sich bald und vielleicht ohne Vorwarnung zum Zusammenbruch seiner Welt verstärken würde.

»Du lügst«, flüsterte Caesare heiser, aber in seinen Worten lag keinerlei Überzeugung. Sein Blick verriet ihr, daß er ihr jedes Wort glaubte. Jetzt wurde er von seiner eigenen Eingebung geleitet. Sie hatte ihn entwaffnet, wenn nicht im wörtlichen, so doch im übertragenen Sinn. Der Teil seines Geistes, der seine Gefühle so lange unterdrückt hatte, war jetzt durch seinen donnernden Zorn tödlich geschwächt worden. »Du bist so jung. Woher willst du das wissen?«

Vesper ging einen Schritt auf ihn zu. »Weil er es mir erzählt hat. Er hat mit seinen Eroberungen vor mir *angegeben*. Das war für ihn auf sprachlicher Ebene dasselbe, als ob man ihm den Gürtel aufgemacht hätte. Indem er es mir – einer Frau – erzählte, bestätigte das in seinen Augen seine Männlichkeit.«

Caesare starrte in ihr Gesicht, aber er sah sie nicht an, sondern blickte durch sie hindurch in eine andere Zeit und auf einen anderen Schauplatz.

Vesper kam noch einen Schritt näher, und ihre Stimme blieb ruhig und ohne Schwankung. »Wenn ich etwas über deinen Vater weiß, dann, daß er sich um nichts und niemanden kümmerte. Es war fast, als ob er kein menschliches Wesen gewesen wäre.«

Caesare blinzelte. »Kein menschliches Wesen?« Er schwankte leicht wie in Halbtrance.

Sie stand jetzt direkt vor ihm. »Er war unfähig, Liebe zu empfinden, zu geben oder anzunehmen. Die Liebe war ihm so fremd wie das Atmen im Wasser.«

Er stolperte zurück, und sie folgte ihm erbarmungslos. Jetzt kam der letzte Akt in diesem verwickelten Spiel der Leidenschaften – der anklagende Zeigefinger seines eigenen Gewissens. »Und du bist genau wie er, Caesare.«

»Nein!«

Sie schritt weiter auf ihn zu. Ihre Augen leuchteten elektrisch, und ihr Haar wehte wie das einer Rachegöttin im Wind. »Du kennst keinen Gott, keine Loyalität, gar nichts. Von allem entblößt, bist du nur das, was auch dein Vater war – ein einziges Ich. Ich blicke dich an und sehe einen Schlund und die Leere.«

Caesare schüttelte den Kopf, aber Worte erreichten ihn jetzt nicht mehr. Er starrte sie mit weit aufgerissenen Augen an. Sie faszinierte ihn, stieß ihn aber durch das, wofür sie stand, gleichzeitig ab.

»Was glaubst du denn, warum deine Schwester nicht mehr mit dir gesprochen hat? Nur, weil du sie geschlagen hast?«

»Ich würde es gern wissen.« Seine Worte waren ein jämmerliches Flüstern, das von dem salzigen Meereswind davongetragen wurde.

»Aber du weißt es, Caesare. Du hast es die ganze Zeit gewußt. Sie hat all dies in dir gesehen, und es hat sie entsetzt. Sie hätte dich lieben können, Caesare, und ich bin sicher, daß sie dich einst auch geliebt hat. Aber du hast diese Liebe durch deine Gleichgültigkeit und Gefühllosigkeit zerstört. Selbst damals warst du schon wie dein Vater, und das konnte sie nicht ertragen.« Sie zeigte mit dem Finger auf ihn. »Du warst es. Du hast Jaqui vertrieben, und jetzt ist sie tot.«

Vesper sah aus dem Augenwinkel, daß Milo aus dem Cockpit kam. Er wollte ihnen gerade etwas zubrüllen, aber als Vesper abwinkte, wies er statt dessen in Richtung Heck auf den sonnenhellen Himmel. Sie riskierte einen Blick und sah, daß der Helikopter auf sie zuflog.

Croaker, dachte sie und konnte gerade noch einen Seufzer der Erleichterung zurückhalten. *Ich weiß, daß er es ist.*

In diesem Augenblick hörte sie einen Schuß und fuhr zusammen. Milo rannte weg, und Vesper blickte auf den Boden. Caesare war auf den Knien und hielt sich die Pistole an die Schläfe. Er schwankte, und einen Augenblick lang dachte Vesper, daß er Selbstmord begangen hätte. Aber nein, es war immer noch zuviel Ego zurückgeblieben. Vesper kniete sich hin und berührte ihn mit den Händen. Ihr Herz pochte und schien fast zu brechen. Seine große und mächtige Aura war auf den Umfang einer Faust zusammengeschrumpft, die jetzt so tief in ihm begraben war, daß Vesper wußte, daß sie nie wieder zum Vorschein kommen würde.

»Ich will es tun«, flüsterte er. Sein Finger zitterte am Abzug. »Ich will es.«

»Nein. Du willst es nicht.« Vesper konnte die Düsternis in seinem Inneren spüren, das bittere Gefühl, ein Paria zu sein, und die Vertrautheit dieser Empfindung bewirkte, daß sie sich einen Augenblick lang krank fühlte. Die Falken in ihrem Inneren flogen auf wie eine Handvoll Reis auf einer Hochzeit. Es stimmte, daß sie sich ihm verbunden fühlte, aber nicht in der Art, wie sie es befürchtet hatte. Es war ihre eigene innerliche Wildheit, der Ruf der schreienden Falken, den auch Caesare jetzt hörte, als sie all ihre psychische Kraft aufbot, um eine Verbindung herzustellen und ihn vom Rand des Vergessens zurückzuholen. Das Geräusch des Hubschrauberpropellers wurde lauter, und das Meer um den Kutter hatte sich geglättet und glich einer sonnengebadeten Scheibe. Sie riß die Falken nieder und gruppierte sie um sich und um ihn, bis selbst das harte Scheppern des Hubschraubers verschwand. Wenn sie das fertigbrachte, würde sie alle Hoffnungen erfüllen, die Mikio Okami in sie gesetzt hatte. Überall um sie herum bewegten sich Menschen auf dem Kutter, aber sie hielt die Bewegungen von ihnen zurück wie Moses das Rote Meer. Sie fühlte, daß sich eine Verbindung zwischen ihnen aufbaute und die besondere Anspannung von ihm abfiel. Etwas in seinem Inneren antwortete ihr, weil es eine Ähnlichkeit erkannte, die jenseits seines Fassungsvermögens lag. Sie blickte auf. »Die Leute von der Bundesbehörde kommen«, sagte sie zu Milo. »Stellen Sie die Maschinen ab, und sagen Sie Ihren Leuten, daß sie sich ergeben sollen.« Milo nickte grimmig.

Vesper wandte sich wieder Caesare zu. Sein Blick hatte einen weichen Ausdruck, den sie schon vorher bei Sterbenden gesehen hatte. Wo waren seine Gedanken?

»Jaqui?«

Und da wußte sie es. Sie antwortete ihm, weil er verzweifelt darauf angewiesen war. »Ich bin hier, Caesare.«

»Jaqui, es . . . es tut mir leid.«

»Ich weiß.«

Sie löste seine Finger nacheinander vom Griff der Pistole und nahm die Waffe an sich. Die Luft donnerte, als ob Engel mit ihren Flügeln schlügen.

»Jaqui . . .« Er atmete erschauernd.

»Es ist alles gut, Caesare.« Sie nahm seinen Kopf in die Hände, drückte ihn an ihre Brust und wiegte ihn sanft. »Jetzt ist alles gut.«

»Sie sehen aus wie gestorben und nicht wiederauferstanden.«

»Du hast mich wiedererweckt.« Nicholas lächelte flüchtig und ergriff Kawas Hand. »Danke, daß du gekommen bist.«

»Keine Ursache.«

Sie kauerten in einem der hinteren Lagerräume des Restaurants Pull Marine. Keiner von ihnen erwähnte das Beinhaus in dem hintersten Raum. Und das war auch besser so. Kawa wollte nicht wissen, wem der verstümmelte Körper des alten Mannes, der dort hing, gehört hatte, und Nicholas hatte im Moment auch keine Lust, sich daran zu erinnern. Wie er vermutete, würde er gezwungen sein, künftig noch viele Nächte daran zu denken.

»Mann, ich sollte Sie in ein Krankenhaus bringen.«

Nicholas schüttelte den Kopf. Er fühlte sich besser, seit Kawa ihn von dem Infusionsgerät befreit hatte, und er neutralisierte das Banh-Tom-Gift, so schnell er konnte. Aber er war noch weit davon entfernt, wieder er selbst zu sein.

»Ich habe noch etwas zu erledigen, das keinen Aufschub duldet.«

Vor seinem geistigen Auge blitzte Micks blutverschmiertes Gesicht auf. *Ich bin noch nicht fertig mit dir. Wir müssen noch einen weiteren Akt aufführen, bevor es vollbracht ist.*

Er erinnerte sich, wie das Banh-Tom-Gift aus dem Infusionsgerät in seine offene Vene gesickert war. Und im Hintergrund sah er die dritte Kette an der Decke, an der noch niemand gehangen hatte. Auch neben dieser Kette stand ein Infusionsgerät mit einer Plastiktüte voll bernsteinfarbenem Gift, dessen Kanüle auf ein weiteres Opfer wartete.

»Hey, Mann, ich will Sie nicht beleidigen«, sagte der Nihonin. »Aber Sie sehen viel zu fertig aus, um irgendwo anders hinzugehen als ins Bett.«

Ich bin noch nicht fertig mit dir.

Nicholas hatte durch den Dunst der Droge hindurch die Antwort gefunden. Er wußte, wo Mick hingegangen war. Als er aufstand, fühlte er sich wie in einem Aufzug, der sich in freiem Fall befand. Kawa sprang auf, faßte ihn um die Taille und half ihm, als seine Knie nachgaben.

»Sehen Sie? Was habe ich Ihnen gesagt?«

Nicholas wandte sich dem Nihonin zu. »Der Mann, der

das getan hat, Kawa-san, läuft frei herum. Und ich mache mir sehr große Sorgen, daß er wieder töten wird.«

Kawa starrte ihn an. »Auf die gleiche Weise?« Sein schneeweißes Haar verlieh ihm ein gespenstisches Aussehen, und Nicholas konnte sich vorstellen, daß er einen japanischen Mythos nachlebte und ein Krieger war, der von einem schelmischen Dämon vor dem Tode gerettet wurde.

»Ja.«

Kawa schauderte.

»Ich werde etwas Hilfe brauchen.«

»Hey«, sagte Kawa mit einem schiefen Grinsen. »Diese Nacht war doch bis jetzt schon ein Erlebnis, wie man es nur einmal im Leben hat. Und warum sollten wir jetzt aussteigen?«

Koei schlief, aber es war kein fester Schlaf. Im Gegensatz zu Nicholas' Annahme schlief sie nicht gut, wenn er nicht zu Hause war. Sie lag auf dem Rücken und starrte gegen die Decke des Schlafzimmers, auf der sich die Lichter des nächtlichen Tokio spiegelten wie ein Traum. Sie versuchte, die Lichter zu zählen, und beobachtete anschließend, welche Muster sich bildeten. Dann schloß sie die Augen und öffnete sie wieder. Es war schon fast fünf Uhr morgens, und Nicholas war immer noch nicht zurückgekehrt. Aber sie machte sich keine Sorgen, weil er oft die ganze Nacht über wegblieb, besonders seit der CyberNet-Krise vor einer Woche.

Koei setzte sich auf und bemerkte, daß sie vergessen hatte, die Vorhänge zuzuziehen. Vielleicht hatte sie wegen der Lichter der Stadt nicht einschlafen können. Sie stand auf, ging zu dem hohen Fenster und blickte hinaus. Sie sah den Naigai Capsule Tower direkt unter sich, scheinbar so nahe, daß man ihn mit der Hand berühren konnte. Das Stahlskelett wirkte wie das Zuhause einer gigantischen Spinne. Koei erinnerte sich an die Metabolismus-Bewegung der siebziger Jahre. Sie hatte die Absicht, verschiedene Teile der Stadtlandschaft voneinander abzutrennen, immer für einen unheimlichen Versuch gehalten, die Menschen weiter von ihrer Umgebung zu isolieren. Sie fragte sich, wie es wohl war, in einer dieser metallummantelten Kapseln zu wohnen, aber dann kam sie zu dem Schluß, daß sie es lieber nicht wissen wollte.

Sie seufzte. An Schlaf war jetzt nicht mehr zu denken. Der Himmel hatte sich in ein austernfarbenes Grau verwandelt. Vielleicht würde die Sonne heute die Wolkendecke durchbrechen. Koei streifte ein kurzes *yukata* aus Baumwolle über, zog den Gürtel um die Taille zu und ging dann zur Treppe. In diesem Augenblick hörte sie ein Geräusch.

»Nicholas?«

In der Stille und Dunkelheit suchte sie vergeblich nach Antworten.

Sie stand sehr ruhig da. Ihre Hand lag auf dem Treppengeländer, das sich dunkel und kühl krümmte und nach unten in das unbekannte Schattenreich führte. Wie hatte das Geräusch geklungen? Nach einem metallischen Klang, nach dem Rascheln von Kleidern oder nach Schritten? Oder waren es nur die Vorhänge gewesen, die von einem Luftzug bewegt über den Boden schleiften? Sie wußte es nicht zu sagen.

Koei schlich langsam und still die Stufen hinab. Es war, als versänke sie in einem Meeresgraben. Hier unten waren alle Vorhänge zugezogen und die Lichter der Stadt nicht zu sehen. Hatte sie das selbst getan, bevor sie nach oben ins Bett gegangen war? Aber die meisten sich oft wiederholenden Handlungen führte man aus, ohne darüber nachzudenken. Koei konnte sich nicht entsinnen.

In der Dunkelheit fühlte sie, wie ihr Atem zitterte. Sie stand am Fuß der Treppe und starrte so intensiv in die pechschwarze Dunkelheit, daß ihre Augen zu schmerzen begannen. Irgend jemand war in der Wohnung, dessen war sie so sicher, daß sich ihr Herz schmerzhaft in der Brust zusammenzuziehen begann.

Dann hörte sie ein Geräusch, als ob sich Kleider an einem Körper rieben.

»Koei . . .«

Sie erschauerte und griff nach einer Lampe.

»Schalten Sie das Licht bitte nicht ein.«

Irgend etwas an der Stimme veranlaßte sie, den Schalter der Lampe loszulassen.

»Im Moment ist die Dunkelheit passender.« Es war eine klare und volle weibliche Stimme. An der angenehmen Sanftheit ihres Tonfalls erkannte Koei eine Frau, die es gewohnt war, daß man ihr gehorchte.

»Ich heiße Marie Rose. Aber Michael Leonforte kennt mich unter dem Namen Jaqui.«

Koei schnappte nach Luft, und als sie fühlte, daß ihre Knie weich wurden, tastete sie mit der ausgestreckten Hand nach einem gepolsterten Stuhl hinter sich, auf den sie sich setzen konnte. »Jaqui, seine Schwester?« Sie thronte auf der Stuhlkante wie ein Vogel, der gleich losfliegen wollte.

»Genau.«

Koei schaffte es kaum, ihre Stimme zu kontrollieren. »Aber er hat mir erzählt, daß Sie vor langer Zeit gestorben seien.«

»Es ist jemand gestorben, aber das war nicht ich.« Koei mußte sich anstrengen, um zumindest etwas von ihren Gesichtszügen erkennen zu können. »Ich bin von Gott erwählt worden, die Mutter Oberin des Ordens der Donà di Piave zu werden.«

Koei atmete erleichtert auf. »Der Orden . . .«

»Sie kennen ihn. Seit der Orden aus Italien in die Vereinigten Staaten übergesiedelt war, wurde er von den Goldonis finanziert. Weil ich aber eine geborene Leonforte bin, mußten wir eine List anwenden, damit ich meinen Platz einnehmen konnte. Und so geschah es.« Sie bewegte sich etwas, und ihre Kleidung raschelte leicht. »Seit der Zeit direkt nach dem Zweiten Weltkrieg war der Orden auch in Japan aktiv. Kisoko Okami, Eiko Shima, ihre Tochter Honniko und viele andere waren eingeweiht und Steinchen in einem großen Mosaik.«

»Aber warum sind Sie jetzt hier? Es ist fünf Uhr morgens. Sie haben mich halb zu Tode erschreckt.« Koei runzelte die Stirn. »Und wie sind Sie in die Wohnung gekommen?«

»Ich habe das Schloß geknackt – um Ihre letzte Frage zuerst zu beantworten.« Die Modulation ihrer Stimme hatte sich geändert, als ob sie die Klangfarbe und den Tonfall von Koei annehmen wollte. »Ich habe viele solcher überraschenden Talente. Ich werde Ihnen erzählen, warum ich jetzt hier bin. Mein Bruder braucht mich.«

»Michael? Kommt er her? Aber woher wissen Sie das?«

»Gott hat es mir verraten.« Koei bemerkte, daß Jaqui durch die Finsternis auf die Vorhänge zuging.

Die Fensterscheibe zerbarst mit einem donnernden Krachen, und die schweren Vorhänge wurden zurückgeschleudert. Koei sprang mit einem leisen Schrei auf. Aber sie hielt inne, als sie Mick auf der Fensterbank kauern sah. Er trug einen seltsamen mattschwarzen Anzug mit einem breiten ledernen Sattelgurt, an dem Seile zu hängen schienen, die in die austerngraue Dunkelheit hinabfielen.

»Michael, was . . .?«

Koei stutzte, als sie Jaquis perfekt akzentiertes Japanisch hörte. Sie fühlte sich wie im Traum, als ob sie sich selbst sprechen hörte. Das war offensichtlich ein weiteres von Jaquis sogenannten überraschenden Talenten.

»Es wird Zeit, daß alle Schulden beglichen werden, Koei«, sagte Michael mit kehliger Stimme.

Koei erstickte einen Schrei, als er Jaqui packte, eines der Seile ergriff und durch das zerschmetterte Fenster verschwand. Sie erhaschte einen flüchtigen Blick durch die wie wild umherschwingenden Vorhänge und sah, daß Jaquis Haar ihrem eigenen glich und daß sie Kleidungsstücke aus ihrer Garderobe trug.

»Michael!« schrie Koei. Sie eilte durch das Durcheinander der Glassplitter und lehnte sich aus dem Fenster. Koei sah, daß er Jaqui über der Schulter trug und mit ihr in einem System von Seilen und Flaschenzügen hinabglitt, das an der Spitze des Naigai Capsule Tower befestigt war. Jetzt erkannte sie die Wahrheit. Jaqui hatte sich geopfert, damit ihr, Koei, nichts geschah. Jaqui hatte Michael getäuscht, indem sie ihn glauben machte, daß sie Koei sei.

Als Nicholas elf Minuten später in Begleitung eines seltsam aussehenden Nihonin mit schneeweißem Haar in die Wohnung stürmte, hatte sie ihm viel zu erzählen.

Die Energie des Kaisho erfüllte Micks Magen und Gedärme wie ein implodierender Stern, und sie hatte seine Sinne in übermenschlicher Weise aufgeputscht. Das alles harmonierte mit der Droge, die Mick eingenommen hatte und ohne die das Nung-Ritual wirkungslos blieb. Die Droge bestand aus Kräutern und dem Panzer eines gehörnten Käfers, der in den Berggebieten von Vietnam heimisch war. Das Insekt, das so groß wie eine Kinderhand war, wurde gefangen und dann eine Woche lang in die Sonne gehängt, wo es sich schwarz wie vulkanisches Glas verfärbte. Dann wurde der Rückenschild sorgfältig abgelöst und im steinernen Mörser mit einem Stößel zu Mehl verkleinert. Die Hörner dienten als Inneres der heiligen Rassel der Schamanen.

Aufgrund seiner gesteigerten Geisteskräfte nahm Mick wahr, daß er verfolgt wurde. Er seilte sich vom Dach des Capsule Tower ab und löste einen Metallclip über seinem Kopf, während er sofort wieder an Nicholas Linnear dachte. Dies hatte er schließlich gewollt: eine Chance, Nicholas alles zu entreißen, was er liebte, und ihn dann Schritt für Schritt zu vernichten. Das war wichtig, weil Nicholas all das verkörperte, was Mick nicht war. Er verkörperte alles, wonach Mick sich gesehnt hatte, als er als liebeskranker junger Mann im Garten des Klosters Sacred Heart of Santa Maria gestanden hatte. Seine Herkunft und die üblen Umstände hatten es ihm verwehrt, die eine Frau zu lieben, für die er glücklich gestorben wäre. Er hatte versucht, seine Erinnerungen, seine Liebe, seine Vergangenheit und alles, was er je war und hätte werden können, zu vergessen. In der Wildnis von Vietnam hatte er versucht, seine Erinnerungen zu begraben und einen völlig neuen Michael Leonforte zu erschaffen, aber er hatte nur ein bösartiges Schamanen-Schmorgericht und einen sprechenden Alptraum auf zwei Beinen zusammengebraut. Er war ein Golem, ein Doppelgänger mit leerem Blick und leerer Seele. Wie sehr er es auch versucht hatte, der alte Michael Leonforte konnte nicht begraben bleiben. Und dieser Michael Leonforte hatte in sein jugendliches Herz geblickt und war auf das Unvorstellbare gestoßen:

Er würde niemals eine vertraute Partnerin haben, niemals so lieben können, wie er sich verzweifelt nach der Liebe zu ihr sehnte.

Es stimmte, was er zu Nicholas gesagt hatte: Wie sehr man sich auch bemühte, man konnte seiner Herkunft nicht entkommen.

Er erreichte die äußere Hülle des Tower, kroch durch einen Zwischenraum zwischen den Stahlträgern und kletterte auf das schwarze Metallgitter des Treppenabsatzes.

Mick schnallte das Bergsteigerseil ab und lief mit dem schweren Bündel auf seiner Schulter über die Treppen hinab. Er befand sich im achtzehnten Stock, und während er weiterging, schritt er durch dichte Schattenzonen und schwache Lichtstreifen, die aus einer anderen Welt in das Gebäude zu fallen schienen. Der Wind rauschte durch das Stahlskelett, und das Geräusch klang wie das unverwechselbare Weinen eines Kindes. Es wurde vom Summen und Gurgeln aus den Leitungen und Rohren des Hochhauses akzentuiert, durch die Aufzüge, Heizungen, Klimaanlagen, Wasser, Toiletten, Elektrizität, Telefone und Fernseher funktionierten. Die Leitungen für diese Versorgungsleistungen waren auf allen Etagen in dicken Kabelbündeln aus flexiblem PVC verlegt, und das Ganze glich den Venen und Arterien eines aufgeschlitzten Körpers. Micks Kopf fuhr herum, als ein Vogel durch das Stahlskelett flog und mit wild flatternden Flügeln in Panik geriet, bis er seinen Weg gefunden hatte. Mick wischte sich den Schweiß von der Stirn und lauschte.

Nicholas hatte ein Handtuch aus dem Badezimmer geholt und es um die Nylonschnur geschlungen, die sich von einer Stelle direkt unter seinem zerbrochenen Wohnzimmerfenster bis zum Dach des Naigai Capsule Tower spannte. Er ergriff die beiden Enden des Handtuchs und glitt in das perlfarbene Licht der Dämmerung.

Diese außergewöhnliche Methode des Hinabgleitens bot ihm keine Möglichkeit zu bremsen oder seine Geschwindigkeit auf andere Weise zu kontrollieren. Er hatte gerade ein Drittel seines Weges zurückgelegt, als er den Geruch des versengten Tuches wahrnahm. Er blickte auf und sah eine unheilverkündende Ranke grauen Rauchs aus dem Handtuch aufsteigen. Die starke Reibung hatte bewirkt, daß der Stoff zu versengen begann.

Er hatte den halben Weg hinter sich gebracht, als die erste Flamme emporzüngelte und an dem Baumwolltuch leckte. Aufgrund seiner großen Geschwindigkeit wurde die Flamme wieder ausgeblasen, aber beinahe sofort brachen weitere Flammen aus dem Stoff hervor, und er spürte, wie das Handtuch nachgab. Jetzt hatte er ungefähr drei Viertel seines Weges zum Tower zurückgelegt. Unter ihm gab es bis auf die mit Antennen und Satellitenschüsseln bestückten Dächer niedrigerer Gebäude nichts als gähnende Leere und feuchte Luft. Es wäre zweifellos ein fataler Fall.

Er roch den strengen Gestank des versengenden Stoffes und begann, unter der Nylonschnur hin- und herzuschwingen, während er nach dem sich schnell auflösenden Handtuch griff. Dann blickte er nach vorne und sah, daß er es nicht schaffen würde. Da er spürte, daß das Handtuch in wenigen Sekunden endgültig zerreißen würde, warf er seinen Oberkörper und die Beine zurück, um Schwung zu bekommen. Er schleuderte die Beine in einem Bogen über seinen Kopf, bis seine Schuhe die Nylonschnur umklammerten. Die enorme Reibung begann sofort, seine Schuhe zu zerstören, aber die Hälfte seines Gewichts hing jetzt nicht mehr an dem brennenden Handtuch. Dadurch gewann er zwei oder drei wertvolle Sekunden.

Unter ihm ragte die Spitze des Capsule Tower auf, und das sanfte Licht der beginnenden Dämmerung kroch durch die geometrischen Lücken zwischen den Trägern. Das Gebäude sah einen Augenblick lang wundervoll aus: ein Bauwerk wie eine Maya-Pyramide, das sich als kraftvoll primitives Puzzleteil an der hierfür ausersehenen Stelle der Stadtlandschaft erhob. Rasch kam er näher. Nur noch ein paar Sekunden, mehr brauchte er nicht.

Es sollte nicht sein. Die Flammen züngelten durch die Mitte des Handtuchs, und es zerriß in seinen Händen.

Kopfüber stürzte er nach unten und hing senkrecht an der Nylonschnur, nur noch durch die Kraft seiner Füße gehalten, die die Schnur umklammerten. Er glitt schneller und schneller abwärts, und seine stahlharten Bein- und Fußmuskeln begannen sich zu verkrampfen. Nicholas spürte bereits den Schmerz, als sich die Nylonschnur durch das Leder seiner Schuhe und die dünnen Baumwollsocken fraß. Auf der Haut seiner Füße bildeten sich Blasen.

Da ihm keine andere Wahl blieb, bereitete er sich schon auf den Sprung vor, als er an die Stelle kam, wo Mick den Metall-Clip gelöst hatte. Die Nylonschnur zerriß und wurde heftig in die andere Richtung geschleudert. Nicholas spreizte die Beine und versuchte, auf einen schrägen Pfeiler zu springen, aber er verpaßte ihn. Mit der Schulter schlug er gegen einen anderen, streckte die Arme aus und klammerte sich dann an einem dritten Träger fest.

Er schwang wie ein Pendel und kämpfte gegen den Schmerz und die Müdigkeit nach einer langen, praktisch schlaflosen Woche an und gegen den aufgeschobenen Schock über Mikio Okamis entsetzlichen Tod. Weiterhin versuchte er, die Reste des Banh-Tom-Giftes zu neutralisieren, die sich noch in seinem Körper befanden. Allmählich beruhigte er sich und versuchte, das Pochen in seinem Kopf zu unterdrücken, das durch das Kopfüberhängen und die verschiedenen in seinem Körper wirkenden Toxine hervorgerufen worden war.

Er zog sich in sein Inneres zurück, und das Innerste seines Wesens entschied sich gegen das *tanjian*-Auge und für *kshira*. Das dunkle Auge öffnete sich und blickte auf eine brutal veränderte Welt. Er sah den Capsule Tower als das, was er wirklich war: der erfolglose Versuch, das Dauerhafte mit dem Vergänglichen, die Dunkelheit mit dem Licht zu vereinigen. Die Stadt wirkte wie ein riesiger und weit entfernter grauer Ozean. Jetzt existierten nur noch der Tower, so dunkel wie der Kopf einer Krähe, und die drei Menschen, die darauf herumkletterten wie Ameisen auf dem Fuji.

Das dunkle Auge richtete sich nach oben und durchdrang die Zwischenräume des Hochhauses. Er sah Mick und begann nach oben zu steigen.

»Michael . . .«

Mick kauerte auf dem Metallgitter eines äußeren Ganges und ruhte sich etwas aus. Er hatte sich auf Nicholas' Näherkommen konzentriert, der, soweit er wußte, die hinterhältige Falle mit dem Metall-Clip und das waghalsige Abseilmanöver überlebt hatte und sich auf dem Naigai Capsule Tower befand.

»Michael . . .«

Diese Stimme. Sie glich überhaupt nicht Koeis Stimme, und doch kannte er sie besser als alles andere in seinem Leben. Sein Herz überschlug sich schon in seiner Brust, bevor er noch begonnen hatte, die Antwort herauszufinden. Er starrte geschockt auf die Frau, die die Perücke abnahm. Sie trug Koeis Kleider, aber sie war nicht Koei.

Er starrte in ihre tiefen, meergrünen Augen. Die Erinnerung an sie hatte er aus Selbstschutz im Ozean des Vergessens treiben lassen. Einige Reminiszenzen waren zu schmerzhaft, mußten beiseite geschoben und in eine Dunkelzone verbannt werden. Jetzt erhoben sie sich wieder wie Gespenster auf einem Friedhof. Er riß die Augen weit auf.

»Ja.« Sie nickte. »Ich bin's. Jaqui.«

»Mein Gott, das ist doch unmöglich.« Er fühlte sich wie in Eiswasser getaucht und als ob jemand sein Inneres nach außen gestülpt hätte. Sein Zweifel machte ihn unsicher. »Du bist doch tot.«

Sie kam einen Schritt auf ihn zu. »Wirklich?«

Er duckte sich, als sie die Hand ausstreckte und ihn berührte.

»*Ahhhh!*« schrie er. »Mein Gott, was ist nur los?«

»Gott hat uns zusammengeführt.« Jaquis weiche und beruhigende Stimme vermischte sich mit dem sanften Gemurmel des Windes und den Geräuschen des Towers. Sie zwickte Michael in den Arm. »Du siehst doch, daß ich lebe und daß es mir gutgeht. Mein ›Tod‹ war eine List, damit ich in den von den Goldonis kontrollierten Orden eintreten konnte.«

Er lehnte an dem Geländer, das die äußeren Gänge einfaßte. »Aber warum?«

»Wegen der unversöhnlichen Feindschaft zwischen den

Goldonis und den Leonfortes. Niemand weiß genau, wann sie begonnen hat. Wie bei den meisten dieser Vendettas wurde der Haß durch schreckliche Geschichten aufrechterhalten, die über Generationen weitererzählt wurden. Und je öfter sie erzählt wurden, desto schrecklicher wurden sie, und schließlich hielten sie Einzug ins Reich der Mythen.

Großvater Caesare wußte das, und er wünschte sich sehr, den Streit zu beenden. Aber er wußte nicht, wie, bevor ich geboren wurde. Er hatte ein enges Verhältnis zu den früheren Äbtissinnen des Ordens, und als er beobachtete, wie ich aufwuchs, sah er in mir das Samenkorn einer Antwort.

Er hat Mama überzeugt, mich in das Kloster zu bringen, als ich ein bestimmtes Alter erreicht hatte, und er hatte recht. Gott hat mich erwählt, dem Orden beizutreten, und mich zu Höherem bestimmt. Nach meinem inszenierten Tod bin ich unter dem Namen Schwester Marie Rose ausgebildet worden, um die Stellung der damaligen Schwester Oberin zu übernehmen. Und das wäre alles nicht möglich gewesen, wenn ich nicht ›gestorben‹ wäre. Die Goldonis hätten es nicht zugelassen, und Onkel Alphonse auch nicht.«

»Ich erinnere mich . . .« Micks Stimme hatte einen traumähnlichen Tonfall angenommen. »Onkel Alphonse war verärgert, als er aus dem Kloster zurückkam. Er war sicher, daß er dich zurückholen könnte, und hat geschworen, es eines Tages zu tun. Nicht lange danach bist du dann gestorben.«

Jaqui nickte. »So war es.« Sie trat einen weiteren Schritt auf ihn zu und streckte die Arme aus. »Michael, ich bin hier, um ein für allemal alle Vendettas zu beenden und um dich zu heilen.«

»Ah, nein!« Er hielt sich die Ohren zu, während er sich hinkniete. »Gott bewahre mich vor meinen eigenen Gedanken.«

Jaqui erkannte seine seelische Qual und kniete sich neben ihn. »Ich bin auch hier, um dich zu beschützen, Michael. Du hast fürchterliche und böse Taten begangen, und du bist nicht mehr der Bruder, mit dem ich Abende auf dem Dach verbracht und mit dem ich meine Träume geteilt habe.«

Mick schüttelte energisch den Kopf. »Hast du es nicht begriffen? Wir haben gar nichts geteilt. Und alles, worüber wir geredet haben, war Unsinn.«

»Warum sagst du das? Wir haben den gleichen Traum geträumt und wollten das Leben der Leonfortes so weit wie möglich hinter uns lassen. Du erinnerst dich doch, oder?«

»Ah, Jaqui. Den einzigen Traum, der mir je etwas bedeutet hat, konnte ich nicht mit dir teilen.« Er blickte auf und sah ihre wundervollen, meergrünen Augen, die ihn so gefangengenommen hatten.

»Wie war der Traum? Erzähl es mir. Ich bin jetzt hier. Erzähl es mir.«

Er verzog das Gesicht. »Ich ... ich kann nicht.«

»Doch, du kannst es. Gott wird dir die Kraft geben.«

»Gott.« Sein Gesicht verzerrte sich noch stärker. »Ich habe mich so sehr von Gott abgewandt, daß er nicht mehr existiert.«

Jaqui streckte die Hände aus. »Er existiert, Michael. Nur wegen ihm bin ich jetzt hier. Glaube mir, er existiert.«

»Du bist so rein, so gut, sogar heilig. Wie ein Schamane, der die Unterkante des Himmels berührt hat.« Er kniff die Augen zu. »Für dich existiert Gott.«

»Er existiert für alle, Michael, und das schließt dich ein.«

Er fühlte die Berührung, und sein Wunsch, zurückzuweichen und sein Gesicht zu verbergen, verschwand. »O Jaqui, ich bin wie ein Aussätziger. Sei vorsichtig. Mein Schweiß muß vergiftet sein.« Aber sie drückte ihn nur fester an sich. Um sie herum rauschten die Stimmen des Windes, während der Morgen dämmerte.

»Erzähle mir deinen Traum« flüsterte sie.

Er erschauerte. »Wenn ich das tue, werde ich sterben.«

»Du kannst nicht sterben, solange ich dich festhalte, und du brauchst dich vor nichts zu fürchten, Michael.«

»Aber ich habe Angst. Ich fürchte mich vor mir selbst und – Gott stehe mir bei – vor dir.«

»Vor mir? Warum?«

»Wegen dem, was du über mich denken wirst, wenn ich dir den Traum erzähle.« Er zitterte, als hätte ihn ein Malariafieber gepackt. »Du wirst mich hassen.«

»Dann sag nichts und hör mir einfach zu.« Sie drückte ihn an sich. »Als wir jünger waren, war ich in dich verliebt. Und in einer Nacht habe ich geträumt, daß du in mein Zimmer gekommen seist. Es war sehr still, als ob wir weit entfernt von Ozone Park gewesen wären. Vielleicht habe ich aus der Ferne das Donnern der Brandung gehört, ich weiß es nicht. Du kamst in mein Zimmer, und obwohl der Raum pechschwarz war, wußte ich, daß du es warst. Ich fühlte, wie deine Haut meine versengte, als du dich neben mich legtest. Du flüstertest meinen Namen, und ich wisperte deinen, und dann haben wir miteinander geschlafen.«

Während sie sprach, hatte Mick sich in ihren Armen entspannt. Er fühlte sich weich und kraftlos. In ihm loderte eine Hitze, die er nicht länger kontrollieren konnte, und obwohl seine Augen fest zugekniffen waren, verbrannten Tränen seine Wangen. Jetzt hören zu müssen, wonach er sich all die Jahre gesehnt hatte, war zuviel für ihn. Es war, als ob er sein Herz wiedergefunden hätte, aber nur, damit es erneut in Stücke zerschmettert wurde.

Als er dazu in der Lage war, erzählte er ihr von seinem Traum, in dem sie zusammen auf einer von Laternen beleuchteten Terrasse an einer unbekannten mediterranen Küste getanzt hatten. »Ich liebte dich, ich wollte dich, aber ich konnte dich nicht besitzen«, schloß er. »Es war unmöglich, fürchterlich und beängstigend. Ich war sicher, daß ich in der Hölle verschmoren würde, und doch war ich so sklavisch an die Vorstellung gebunden, daß ich nicht davon ablassen konnte und immer daran denken mußte. Dann gingst du ins Kloster, und ich wußte, daß ich so weit wie möglich weggehen mußte.«

»O Michael, wie habe ich dich im Stich gelassen.« Sie weinte.

»Nein, nein.« Nach all der Zeit war er erstaunt, welche Zärtlichkeit er für sie empfand und was für eine mächtige Kraft sie in seinem Leben geblieben war. Und er bemerkte mit schmerzendem Herzen, daß sie die einzige war, die je

Macht über ihn gehabt hatte. Die zweite Haut, mit der er so sorgfältig die Asche seiner alten Existenz umschlossen hatte, löste sich auf, und er blieb atemlos und verletzlich zurück.

Dann küßte ihn Jaqui. War es Leidenschaft oder nur schwesterliche Zuneigung? Er konnte es nicht sagen und merkte, daß er es gar nicht wissen wollte. Und damit begann die Folter wieder von vorne.

Mit einem animalischen Schrei stieß er sie von sich, vielleicht zu grob, denn sie stürzte nach hinten. Mick erkannte einen Schatten auf dem Gang, der ihm so vertraut war wie sein eigener. Er sah Nicholas, seinen Doppelgänger.

Obwohl Jaqui schrie, er solle stehen bleiben, rannte Mick ungestüm auf Nicholas zu. Warum sollte er innehalten? Mick war doch bereits verurteilt und durch seine Gefühle verdammt, die er auf keine Weise mehr ändern oder kontrollieren konnte. Er liebte Jaqui aus ganzem Herzen, und diese Tatsache war ihm jetzt mit dem schwindelerregenden Hochgefühl bewußt, das man in einem dahinrasenden Auto empfindet, über das man keine Kontrolle mehr hat. In dem Sekundenbruchteil vor dem Aufprall schien alles möglich zu sein. Die Gesetze des Universums waren außer Kraft gesetzt, und selbst die Begriffe des Lebens und des Todes hatten im Mahlstrom dieses freien kosmischen Falls nur noch eingeschränkte Bedeutung.

Er versuchte, Nicholas so hart wie möglich zu treffen, um ihn ins Wanken zu bringen. Das war zumindest seine Absicht, aber als er selbst gegen das Geländer prallte, bemerkte er, daß Nicholas zur Seite getreten und der Wucht des Schlages ausgewichen war. Er lächelte, als er das dunkle Auge des *kshira* wahrnahm. Es war das Lächeln eines antiken Gottes, der aus einem langen Schlummer erwacht war, das Lächeln eines Satyrs, der sich an der Dunkelheit der Nacht ergötzte.

Er schleuderte ihm seine psychischen Energien entgegen, wie eine Rakete in den Äther jagte. Und als er die Überraschung sah, die sich auf Nicholas' Gesicht abzeichnete, rammte er ihm dreimal beide Fäuste ins Gesicht, bis

Nicholas rückwärts über dem Geländer hing. Dort schwankte er einen Augenblick, während Mick versuchte, ihn über die oberste Stange des Geländers zu stoßen.

Nicholas kämpfte geistig und physisch gegen Micks Attacken. Der Großteil seiner Verteidigungskraft war in dem Moment zusammengebrochen, als er die Implosion von Micks psychischem Angriff gefühlt hatte. Er hatte die letzten Überreste des Banh-Tom-Gifts in seinem Körper neutralisiert, aber dieser Prozeß hatte einen Großteil seiner psychischen Energie erschöpft. Er hatte seit Stunden hart mit tödlichen Problemen kämpfen müssen, aber auch seine Kraft hatte Grenzen, die jetzt überschritten waren.

Als Mick ihn über das Geländer heben wollte, verlor Nicholas jedes Gleichgewichtsgefühl, und das dunkle Auge des *kshira* begann zu blinzeln. Mick erkannte das, verdoppelte seine Anstrengungen, und Nicholas wußte, daß er über das Geländer ins Leere fallen und von einer Antenne oder etwas ähnlichem auf einem Dach weit unter ihnen aufgespießt werden würde.

Als er schon fast mit dem Kopf nach unten hing und Mick versuchte, ihn endgültig hinabzustoßen, fühlte er etwas. Es handelte sich weder um *kshira* noch um *akshara*, aber doch um ein psychisches Phänomen. Vielleicht war es die Hand Gottes, die ihn in der Dämmerung der Industriestadt Tokio berührte und ihn beruhigte. Er hatte im Moment keine Zeit, das Phänomen zu ergründen, aber er bediente sich seiner.

Nicholas umklammerte Micks Hüften mit den Beinen und traf ihn mit der Faust an der Halsschlagader. Mick gab ein geschocktes Geräusch von sich, und die Intensität seines Klammergriffs ließ nach. Nicholas stieß ihn zurück, und Mick taumelte gegen ein Bündel dick isolierter PVC-Rohre. Er zückte ein kleines Messer und hielt es vor seinen Körper.

»Nein, Michael!« schrie Jaqui.

Er ignorierte sie und stürmte auf Nicholas zu, der der Attacke auswich. Mick wandte sich um und rannte wieder auf ihn zu. Er täuschte rechts an und traf links mit der Klinge Nicholas' Unterarm. Jetzt war dessen Verteidigung geschwächt, und Mick wollte ihm die Kehle durchschneiden.

Nicholas hob die Hand und schlug mit voller Kraft auf eins der PVC-Rohre, das an einer Schweißnaht auseinanderbrach. Eine stechende Dampfwolke schoß aus der Leitung hervor. Er richtete den Strahl direkt auf Mick, der voll ins Gesicht getroffen wurde. Mick schrie und taumelte so stark zurück, daß er vom Geländer abprallte und das Gleichgewicht verlor. Als er ein zweites Mal dagegen stieß, geschah das mit einer solchen Wucht, daß er vom Tower fiel und kopfüber abstürzte, der tief unter ihnen liegenden Stadt entgegen.

Jaqui schrie nicht auf; lange Zeit stand sie regungslos da. Sie biß so hart auf ihre Knöchel, daß es blutete. Es zischte immer noch aus der defekten Rohrleitung, und der Dampf stieg durch das Bollwerk des Außenskeletts des Wolkenkratzers in den Himmel. Nicht weit entfernt durchschnitt das Geräusch von Polizeisirenen die leisen Geräusche der Stadt.

Nicholas kauerte dort an der Wand, wo Mick zuletzt gestanden hatte, und versuchte sich zu fassen. Er war verwirrt und traurig. Schließlich blickte er zu Jaqui auf. »Es tut mir leid, daß ich ihn nicht retten konnte.«

Sie hörte auf, ihren blutigen Knöchel zu zerbeißen, und ihre meergrünen Augen blickten ihn an. »Sie waren nicht dafür verantwortlich.« Irgend etwas an ihrem erstaunlichen Blick hatte sich geändert, und zwar das außergewöhnliche Leuchten ihrer Augen, das er wahrgenommen hatte, als er sie bei Honniko und dann kurz im Both Ends Burning gesehen hatte. In diesem Augenblick wurde er sich über etwas anderes klar.

Er stand mit wackligen Beinen auf und mußte sich an der Wand abstützen. Sein Unterarm schmerzte dort, wo Mick ihn mit dem Dolch erwischt hatte. »Sie haben mich gerettet, oder?«

Jaqui kam auf ihn zu, riß einen Ärmel ihrer Bluse ab und band seinen Arm direkt über der Wunde ab. »Ich weiß nicht, wovon Sie reden.«

»Ich glaube doch.« Er beobachtete sie. »In dem Moment, als Ihr Bruder mich über das Geländer stoßen wollte, habe ich etwas gefühlt. Als ob eine Hand mich festhalten würde, irgend etwas in der Art.«

»Vielleicht war es Michael selbst«, sagte sie, während sie auf das Geländer zuging. »Er hat sich auf seinen Reisen offenkundig außergewöhnliche Fähigkeiten angeeignet.«

»Wie könnte er es gewesen sein? Er hat verzweifelt versucht, mich zu vernichten.«

Sie blickte in die Ferne und dann auf die Polizeiwagen, die weit unten durch die Straßen krochen und sich ihren Weg zum Fuß des Wolkenkratzers bahnten. Ein rosafarbenes Glühen, das durch den Abstand gemildert wurde, erleuchtete ihr Gesicht. Sie schüttelte den Kopf. »Er wollte nicht Sie vernichten, Mr. Linnear. Es ging um einen Teil seines eigenen Ichs, den er nicht länger ertragen konnte.«

»Vielleicht wissen Sie nichts über die Verbrechen, die er begangen hat.«

Ihr Mund verzog sich zu einem ironischen Lächeln. »Ich weiß mehr als das, Mr. Linnear. Ich weiß über alles Bescheid, wozu Michael imstande war.«

Er wandte sich ab und blickte auf die Stelle hinab, wo Mick wie ein erloschener Stern lag, der die unglaubliche Energie verloren hatte, die bis vor kurzem so hell in der Nacht geleuchtet hatte. »Sein Tod war wie sein Leben, oder? Er war spektakulär, theatralisch und glich einem Kunstwerk – genau wie es das *Buch der Samurai – Kagakure* – vorschreibt.«

Er schwieg eine Zeitlang. Was mochte sie fühlen? Sie hatte nicht eine Träne wegen ihres Bruders vergossen. Wie tief waren die Gefühle, die sie für ihn empfand?

Sie preßte ihren Rücken gegen das Geländer und wandte sich ihm zu. Der Wind frischte aus der Richtung des Sumida-Flusses auf und kräuselte ihr Haar. Da konnte Michael die tiefe Trauer erkennen, die in ihr Gesicht wie eingemeißelt war. Sie würde nie mehr wie früher aussehen. Würden diese meergrünen Augen je wieder so funkeln wie zuvor?

»Ich werde Ihnen etwas Komisches erzählen, Mr. Linnear. Komisch auf eine zugleich ironische und tragische Weise. Michael war sich so sicher, daß ich rein und unbefleckt wäre. Er nannte mich heilig. Das entsprach der Traumvorstellung, die er von mir hatte, seiner Fantasie. Aber dieses Bild stimmte mit der Wirklichkeit natürlich nicht überein.« Sie verschränkte die Arme vor der Brust, als ob sie sich selbst umarmen wollte. »Wollen Sie meine Beichte hören?«

»Ich bin kein Priester und glaube nicht . . .«

»Bitte!«

»In Ordnung.« Wie konnte er einer Frau mit solchen Augen irgend etwas abschlagen? »Wie Sie wünschen.«

»Nicht, wie ich wünsche, Mr. Linnear. Es geht um Gottes Willen.« Sie schloß die Augen und atmete tief durch. »Michael hat schreckliche Verbrechen begangen, aber ich auch.«

»Entschuldigen Sie, Mutter Oberin, aber Ihr Bruder war ein Mörder.«

»So wie ich.«

Ihre meergrünen Augen hielten seinen Blick fest.

»Mutter Oberin . . .«

»Erinnern Sie sich an Nguyen Van Truc, der die gestohlenen CyberNet-Daten an Honniko weitergeben sollte, damit diese sie dann an meinen Bruder weiterreichen konnte?«

Nicholas blinzelte. »Woher wissen Sie etwas über die gestohlenen Daten und Nguyen . . .?« Und dann wußte er, daß Honniko es ihr erzählt hatte.

»Sie haben Van Truc verfolgt und ihn gestellt«, fuhr Jaqui fort. »Dann haben Sie die Diskette manipuliert und ihn hypnotisiert, damit er sich später nicht mehr daran erinnern sollte, daß Sie ihn gestellt hatten. Aber irgend etwas ist schiefgegangen, und einige Stunden, nachdem er Honniko die Diskette übergeben hatte, hat er ihr erzählt, daß er sich zu erinnern begann, was geschehen war.«

Nicholas konnte seinen Blick nicht von ihr abwenden. »Honniko hat Ihnen das also erzählt.«

»Ja.«

»Und was geschah dann?«

»Ich tat, was ich tun mußte. Michael durfte vor der Zeit nichts über unsere List wissen. Wir hatten bereits begonnen, unsere Pläne umzusetzen.«

»Was für Pläne?«

»Das werden Sie schon herausfinden, wenn die Zeit gekommen ist.«

Er blickte sie weiter an. »Sie haben Van Truc getötet, stimmt's?«

»Wie ich schon sagte, ich habe getan, was getan werden mußte.« Ihr Blick hatte jetzt einen anderen, neuen Ausdruck. »Van Truc mußte zum Schweigen gebracht werden.« Es lag etwas in der Luft, das so dunkel und mysteriös wie die Schrifttafeln eines unbekannten Volkes war.

Nicholas ahnte, was kommen würde, und streckte schon die Hände nach ihr aus, als sie sich über das Geländer schwang. Sie klappte wie eine Puppe aus Pappmaché zusammen, ließ sich über das obere Geländer gleiten und stürzte.

Nicholas erreichte das Geländer, beugte sich vor und schaffte es gerade noch, ihr Handgelenk zu ergreifen.

»Mutter Oberin, das ist nicht die richtige Lösung.«

Sie sah zu ihm auf, und ihr Blick war trüb und düster. »Ich bin nach Tokio gekommen, um Michael zu retten und zu heilen, aber ich habe versagt. Ich habe vor meinem Orden versagt und bin meinem heiligen Schwur gegenüber Gott nicht gerecht geworden.«

Sie wirkte so zerbrechlich, als sie dort an seiner Hand baumelte, und als Nicholas sich in ihre Psyche hineinversetzte, fühlte er, wie tief sie verletzt war. »Was immer Sie auch getan haben mögen, Mutter Oberin, ich kann nicht daran glauben, daß Gott wünscht, daß Sie deshalb Ihr Leben wegwerfen und Ihre ewige Seelenruhe gefährden.«

Der Wind blies ihr das Haar ins Gesicht, und ihre meergrünen Augen waren teilweise verdeckt. Es wurde jetzt hell, und das harte und grelle Licht spiegelte sich auf den Fenstern der Wolkenkratzer, nachdem es die Wolken verdrängt hatte.

»Ich habe noch nicht alles gebeichtet. Das Schlimmste habe ich verschwiegen.«

»Dann beichten Sie und lassen Sie es auf sich beruhen. Sie sollen leben.«

»Ich bitte Sie, lassen Sie mich fallen. Gott kann nicht wünschen, daß ich mit dieser Schuld im Herzen weiterlebe.«

»Es ist Gottes Sache, darüber zu entscheiden«, sagte er, während er sie behutsam über das Geländer zog und in Sicherheit brachte. »Nicht Ihre.«

Erntemond

Wohin eilst du? Du wirst in dieser Nacht immer nur denselben Mond sehen, wo du auch hingehst!

Izumi Shikibu

Tokio / New York

Tetsuo Akinaga kam zum Begräbnis des Kaisho. Dreist betrat er den Nichiren-Buddhisten-Tempel, zusammen mit einem Gefolge von zwanzig *oyabuns* und Unter-*oyabuns*, die sich zuvor draußen im nachmittäglichen Sonnenschein versammelt hatten. Es ging um mehr als nur darum, dem Kaisho die letzte Ehre zu erweisen – es war eine Machtdemonstration. Nach dem internen Streit zwischen Mikio Okami und seinem innersten Beraterkreis war nur Akinaga übrig geblieben, und der große, abgemagerte Yakuza-Boß wollte alle wissen lassen, daß er seine Macht gefestigt hatte.

In der Pause zwischen dem Gottesdienst und der Beerdigung pflanzte er sich breitbeinig vor Nicholas Linnear auf, und er und sein Gefolge begannen mit dem Yakuza-Ritual. Sie begrüßten Nicholas und nannten ihre Namen, ihren Rang und ihre Clan-Zugehörigkeit. Nachdem die Prozedur vorüber war, verlor Akinaga keine weitere Zeit. »Ich nehme an, daß Sie nach mir gesucht haben.«

Der rotgoldene Innenraum des Tempels erschien leer und zur gleichen Zeit so strahlend und grell wie eine Neonreklame an der Ginza. Akinaga hatte mit Bedacht gewartet, bis die wenigen Trauergäste, die zu der Zeremonie eingeladen worden waren, den Tempel verlassen hatten. Aber Honniko stand noch in der Nähe und beobachtete die Auseinandersetzung. Sie lauschte gespannt, wie die beiden Männer die Klingen kreuzten. Koei sah, daß Nicholas so verloren wirkte wie eine Insel in der Sturmflut. Sie wollte zu ihm treten, aber er machte ihr mit der Hand ein Zeichen. Zögernd trat Koei in den Sonnenschein hinaus, und ihre Umrisse waren so undeutlich wie auf einem alten, überbelichteten Foto.

»Tanaka Gin war gerade dabei, die letzten Beweise gegen Sie zusammenzustellen«, sagte Nicholas, der seine Feindseligkeit sorgfältig zu kaschieren versuchte. »Er hat mir das ganze Material anvertraut. Sobald Okami-san begraben ist, werde ich es dem Oberstaatsanwalt persönlich übergeben.«

»Ja, ich weiß.« Akinaga wirkte gleichgültig. »Ein schönes Märchen bleibt trotzdem ein Märchen.«

»Ich *habe* die Beweise.«

Akinaga senkte den Kopf. »Da habe ich keine Zweifel. Und ich weiß über Ihre Verabredung mit Ginjiro Machida Bescheid. Ich rate Ihnen allerdings dringend, diesen Termin abzusagen und mir das Beweismaterial zu übergeben.«

»Sie sind verrückt.«

»Ganz und gar nicht. Hatta-san ist tot und kann nicht mehr aussagen, daß er – und nicht Ihr ekelhafter Freund Tanaka Gin – auf meiner Gehaltsliste stand. Ohne Hatta wird Tanaka Gin für sehr lange Zeit im Gefängnis vermodern. In diesen Zeiten öffentlicher Erregung kann es sich die Regierung nicht leisten, Nachsicht gegenüber einem ihrer eigenen Leute walten zu lassen, der sich mit der Yakuza eingelassen hat.«

»Die Anklage gegen Tanaka Gin ist nicht schwerwiegend«, sagte Nicholas, der aber bereits ahnte, in welche Richtung das Gespräch lief. Sein Mut sank. Er sehnte sich nach der Sonne und nach Koeis warmem und einfühlsamem Wesen.

Akinaga zuckte die Achseln. »Vielleicht haben Sie recht, aber das spielt eigentlich keine Rolle. Die Regierung hat die Pflicht, die Öffentlichkeit zu beschwichtigen. Und üblicherweise spielt die Wahrheit dabei keine Rolle. Sie können sicher sein, daß man Tanaka Gin zum Sündenbock machen wird, und wenn er für schuldig erklärt wird, bekommt er die Höchststrafe. Ich habe meine Informationen.«

Nicholas sah, wie die Geistlichen und die Trauergäste – Kisoko, Nangi, Koei – wie Wasser, das einen Hügel hinunterfließt, auf den Friedhof zutrieben. Er blieb allein mit Akinaga zurück. Nur Honniko stand noch still wie eine Statue im Halbdunkel einer Tempelecke.

»Und falls ich Ihnen das Beweismaterial übergebe?«

»Nicht falls, Linnear-san, sondern wenn. Dann werde ich eine öffentliche Erklärung abgeben und Tanaka Gin entlasten.«

»Wer wird Ihnen glauben?«

»Ich werde einen Zeugen mit tadellosem Leumund präsentieren, der jedes meiner Worte bestätigen wird. Tanaka Gin wird innerhalb von vier Stunden ein freier Mann sein. Dafür garantiere ich.«

Tanaka Gins Leben für das Akinagas. Das war kein faires Tauschgeschäft, dachte Nicholas, aber wann gab es das im Leben schon?«

»Ich werde mich eine Stunde nach der Beerdigung mit Ihnen treffen«, sagte Nicholas. »An der Nogi Jinja in Roppongi.«

»Ein angemessener Ort.« Akinaga senkte den Kopf. »Es wird mir ein Vergnügen sein.« In diesem Augenblick betrat einer von Akinagas Männern, die an beiden Seiten des Eingangs aufgereiht standen, den Tempel und reichte Akinaga ein Mobiltelefon. Akinaga sprach in kurzen und bündigen Sätzen und reichte dem *kobun* das Handy zurück. Der Mann verschwand nach draußen.

»Sie werden jetzt gehen, oder?«

Akinaga drehte seinen schmalen, an einen Totenkopf erinnernden Schädel, als ob er sich über das unaufhörliche Gezwitscher eines Singvogels ärgerte. »Dieses Gespräch war so angenehm, daß ich es gerne verlängern würde. Aber – wie das so ist – meine Anwesenheit ist an anderer Stelle dringend erforderlich.«

Akinaga vollführte eine kaum merkliche Verbeugung, die fast einer Beleidigung gleichkam. Dann drehte er sich um und wollte gerade den Raum verlassen, als etwas ihn veranlaßte, noch einmal zurückzukehren. »Ich muß mich entschuldigen, aber ich habe Ihnen nie zum Tode Ihrer Frau kondoliert.«

»Aber das ist über ein Jahr her.«

»Ja, ich weiß.« Akinaga schien einen Moment lang in Gedanken versunken zu sein. »Linnear-san, in bestimmten Kreisen behauptet man, daß nichts Sie zu einer emotionalen Reaktion bewegen könne. Ich frage mich, ob das stimmt. Sie haben auf der Beerdigung Ihrer Frau nicht geweint, und ich darf wohl sagen, daß Sie heute auch hier nicht weinen werden.« Er hob seinen knorrigen Zeigefinger. »Aber wenn Sie einen Augenblick Nachsicht mit mir üben wollen, würde ich doch sehr gerne einen weiteren Beweis dieses wahrlich *japanischen* Stoizismus sehen.« Seine Augen leuchteten. »Ihre Frau – sie hieß Justine, oder? – starb bei einem Autounfall.«

Nicholas' Herz zog sich zusammen. »Das stimmt.«

Akinaga neigte sich etwas zu ihm hin, so daß Nicholas seinen nach Fisch und Sojapaste stinkenden Mundgeruch wahrnahm. »Eben nicht. Einer meiner Leute ist ihr damals gefolgt. Sie hat ihn gesehen, ist in Panik geraten und frontal mit einem Lastwagen zusammengestoßen.«

Nicholas fühlte, wie Wut in ihm aufstieg. Er wußte, daß Akinaga ihn quälen wollte. Es hatte ihn geärgert, daß Nicholas sich so schnell mit dem von ihm angebotenen Handel abgefunden hatte. Er wollte Nicholas bestrafen, um eine Reaktion hervorzurufen, und ihm bei lebendigem Leibe die Haut abziehen, bevor das Geschäft besiegelt wurde.

Akinaga schüttelte den Kopf. »Das muß hart für Sie gewesen sein. Ich bewundere Männer, die einen Schlag in die Eingeweide hinnehmen, ohne zurückzuschrecken. Schön für Sie.« Er lächelte schwach. »Hier kommt ein weiterer Schlag. Dieser Freund von ihr, der mit ihr im Auto saß, als der Wagen in Flammen aufging – wie hieß er noch? Ach ja, Rick Millar. Er war ihr früherer Chef. Sie kamen gerade aus seinem Hotelzimmer und hatten es die ganze Nacht bis zum Wahnsinn miteinander getrieben.« Er beobachtete Nicholas' Gesichtsausdruck wie ein Wolf, der sich auf feindlichem Terrain befindet. »Es stimmt, sie hat Sie betrogen. Vielleicht habe ich Ihnen letzten Endes noch einen Gefallen getan.« Dann drehte er sich auf dem Absatz um und verschwand mit dem großtuerischen Gehabe eines modernen Shoguns. Seine Männer folgten ihm auf dem Fuße wie der leuchtende Schweif eines durch Sonnenlicht erhitzten Kometen.

Nicholas stand neben Kisoko in der Bibliothek ihres Hauses. Durch die leeren Bücherregale wirkte der Raum eintönig. Auf dem vernarbten Holzfußboden standen ordentlich aufgestapelte Kisten, und der Perserteppich war zusammengerollt, eingepackt und verschnürt worden. Die Kunstwerke waren in Lattenkisten verstaut und die Möbel teils schon weggeschafft, teils mit weißen Tüchern zugedeckt. An der Stelle, wo einst der Kandelaber aus geschliffenem Glas gehangen hatte, verströmte jetzt eine nackte Glühbirne ein rauhes, melancholisches Licht, das den Raum kahl erscheinen ließ. Man nahm schon den etwas modrigen Geruch des Abschieds wahr.

»Ich hoffe, daß das Treffen mit Denwa Partners gut verlaufen ist?«

»Ja«, sagte Nicholas. »Da Mick sie nicht mehr einschüchtern kann, haben sie zugestimmt, uns mehr Zeit zu geben. Aber ich denke, daß Nangis Erscheinen auch etwas damit zu tun hatte. Und Kanda Torin hat sich als große Hilfe erwiesen. Er kennt diese Leute besser als ich.«

»Das ist gut«, sagte Kisoko. »Sie sollten zu Torin-san ein gutes Arbeitsverhältnis entwickeln.«

»Wir werden sehen.« Nicholas studierte ihren Gesichtsausdruck. »Wußten Sie, daß Torin in Akinagas Schuld stand und daß er schon für den *oyabun* gearbeitet hatte, bevor er zu Sato International kam?«

»Nein.« Sie schüttelte den Kopf. »Ich hatte keine Ahnung. So wenig wie Okami-san und Nangi-san.«

»Ich habe es herausgefunden und Torin erzählt, daß ich Bescheid weiß. Er verachtet Akinaga, lebte aber in Furcht vor ihm.« Nicholas lächelte. »Ich glaube, daß er sich jetzt eher vor mir fürchtet. Aber wie ich schon gesagt habe, er war sehr kooperativ.«

Kisoko wirkte in dem staubigen Licht noch bleicher als gewöhnlich. »Denken Sie, daß Sie ihn feuern sollten?«

»Schon möglich, vielleicht aber auch nicht. Torin weiß mehr über Akinaga, als ich allein je herausfinden könnte. Ich kann sein Wissen gebrauchen. Und Nangi-san hatte recht, Torin ist sehr scharfsinnig.«

Nicholas wandte sich ab, weil er keine Lust hatte, noch länger über Kanda Torin zu sprechen. Er hatte andere Dinge im Kopf. Das Leben war schon fast aus dem Haus gewichen, das nur noch von Geistern bewohnt zu sein schien. Nicholas stellte sich seinen Vater in diesem Haus vor. Es war besser, jetzt an den Colonel zu denken als an das, was Akinaga ihm erzählt hatte. Und es war auch besser, an Koei, Nangi, Tanaka Gin oder Torin zu denken als an Akinagas entsetzliche Prahlerei. Ja, zum Teufel mit ihm, es war Prahlerei gewesen, daß er letztlich für Justines Tod verantwortlich sei und so viel über ihr Leben gewußt habe, daß er über die Beziehung zwischen Justine und Millar besser informiert gewesen sei als Nicholas selbst. Was aber, wenn er recht hatte, fragte sich Nicholas, wenn Justine ihn betrogen hatte? Sie war so unglücklich und verloren gewesen, und er hatte sie in Tokio allein gelassen, als er seine Ehrenschuld eingelöst und Mikio Okami beschützt hatte. Sie hatte ihn angebettelt, ihn nicht zu verlassen. Nicholas hatte sie in jener Nacht zweimal angerufen und keine Antwort erhalten. War sie nicht zu Hause oder so außer sich gewesen, daß sie nicht mit ihm sprechen wollte? Hatte sie mit Rick im Bett gelegen? Er wußte, daß es so gewesen sein konnte. Die Wahrheit. Aber was war die Wahrheit? Er hatte es nie gewußt, aber andererseits wollte er es auch nicht wissen. Honniko hatte die Eingebung gehabt, sich ihm in der tödlichen Stille des Nichiren-Tempels nicht zu nähern, nachdem Akinaga die Luft verpestet und die Heiligkeit des Ortes entweiht hatte. Sie hatte ihn schweigend wie eine Buddha-Statue angestarrt und gefühlt, wie weißglühende Asche von Wut und Trauer von ihm sprühten wie bei einem Feuerwerk.

Und jetzt, Stunden später, befand er sich in einem Raum, der einem abgeernteten Feld ernster Erinnerungen glich, und es kam ihm zum erstenmal in den Sinn, daß die Ehre eine grausame und eigenwillige Gebieterin war.

Kisoko ging zu einem Sideboard, auf dem eine halbvolle Flasche Scotch und zwei Gläser aus geschliffenem Kristall standen. Nicholas wurde aus seiner unangenehmen Grübelei gerissen.

»Wohin werden Sie und Nangi-san fahren?« fragte er.

»Irgendwohin, wo er sich völlig erholen kann.« Kisoko goß Whisky in die Gläser. »Mein Sohn Ken ist in die Vereinigten Staaten gegangen, so daß mich im Moment nichts mehr hier hält.« Sie kam mit den Gläsern auf ihn zu, und ihre Absätze klackten auf dem Parkett. Nicholas war nicht überrascht, daß sie keinen Tee gekocht hatte. Der Augenblick erforderte eine andere Stärkung. Kisoko war ganz in der Trauerfarbe Weiß gekleidet: Sie trug ein Shantung-Seidenkostüm, Handschuhe und einen Pillbox-Hut mit Schleier, der in den sechziger Jahren modern gewesen und jetzt wieder aktuell war. Die abendländische Kleidung ließ sie sehr elegant erscheinen. Nicholas blickte in ihre traurigen Augen, während sie anstießen. Sie tranken auf die Erinnerung an Mikio Okami.

»Zum Teufel«, sagte sie und schleuderte ihr leeres Glas quer durch den Raum. »Er hatte ein langes und faszinierendes Leben.«

Nicholas blickte auf das zerbrochene Glas. »Ich wünschte, ich hätte ihn retten können.«

»In gewisser Weise haben Sie ihn gerettet. Zumindest haben Sie ihn erlöst. Er hat Sie im Laufe der Zeit zu lieben gelernt, Linnear-san, und er hat Sie geliebt wie keinen anderen, mich eingeschlossen.« Es lag keine Eifersucht und mit Sicherheit auch kein Neid in ihrer Stimme. »Er konnte ein sehr schwieriger Mann sein und war ganz bestimmt ein schwieriger Bruder. Ich wollte mich um ihn kümmern, weil ihn schon seit jungen Jahren die Gefahr wie ein Wirbelsturm umgab, aber dieses Verhalten hat ihn nur wütend gemacht. Er hat die Gefahr angebetet und ist in ihr wirklich aufgeblüht. So habe ich versucht, im Dunkel zu tun, was ich konnte – wenn er gerade nicht hinsah.« Sie lächelte.

»Mit *tau-tau.*«

»Ja.«

»Wußte er, daß Sie das *tanjian*-Auge haben?«

»Ich habe keine Ahnung. Das war ein Thema, über das wir nicht gesprochen haben. Vielleicht wußte er es.«

»Wegen *kshira* . . .«

»Ja. Ich dachte mir, daß Sie darauf zu sprechen kommen würden.« Sie ging zum Sideboard. Kisoko sah, daß dort keine weiteren Gläser mehr standen. Nicholas bot ihr sein Glas an, und sie war ihm dankbar. Sie goß sich mehr Scotch ein, trank ihn aber gemächlicher als beim ersten Glas. »Ich muß vorsichtig sein. Ich fürchte, daß der Alkoholismus in der Familie liegt.«

Sie setzte sich auf einen abgedeckten Stuhl und schlug die Beine übereinander. Das Bild wirkte, als ob sie für ein Porträt posierte, und Nicholas fühlte, daß Nangi ein glücklicher Mann war. »All die düsteren Geschichten, daß *kshira* die Menschen wahnsinnig macht ... Ich habe gesehen, daß das vorgekommen ist.«

Sie blickte zu ihm auf. »Da habe ich keine Zweifel. *kshira* ist nicht für jeden *tanjian*. Verglichen mit *akshara* ist *kshira* mit Abstand die mächtigere der beiden *tau-tau*-Varianten. Und deshalb wird sie auch kaum verstanden.« Sie beschloß, ihre guten Vorsätze aufzugeben, und stürzte den Scotch in einem einzigen langen Schluck hinunter. »Ich bin eine Eingeweihte, Linnear-san. Glauben Sie mir also, wenn ich Ihnen sage, daß *kshira* nur diejenigen wahnsinnig macht, die es nicht kontrollieren können. Wenden Sie sich nicht von ihm ab, dann wird *kshira* Ihnen kein Leid zufügen. Lernen Sie aus Ihrem eigenen Innenleben. Erforschen Sie es sorgfältig, und Sie werden reich belohnt werden.« Sie lächelte ihn rätselhaft an. »Aber ich denke, daß Sie diese Lektion bereits gelernt haben.«

»Und existiert die Herrschaft von *shuken*, der Kombination von *akshara* und *kshira*?«

Kisoko beobachtete ihn schweigend und verschmitzt. »Was glauben Sie?«

»Ich denke, daß ich nicht genug darüber weiß, um mir ein Urteil zu erlauben.«

»Oh, Sie wissen weit mehr als die meisten *tanjian*, Linnear-san.« Sie stand auf und stellte das Glas auf das Sideboard. Die Whiskyflasche war fast so leer wie das Haus, und Nicholas fragte sich, ob der Blick, den Kisoko ihr zuwarf, Sehnsucht ausdrückte. Kisoko wandte sich um und sah ihn an. »Wissen Sie, die Antwort auf Ihre Fragen liegt in Ihrem Inneren.«

»Wie meinen Sie das?«

Kisoko kam quer durch den Raum auf ihn zu. Einen langen Moment stand sie da und beobachtete ihn feierlich. Nicholas spürte, daß ein plötzliches Gefühl in ihr aufwallte und daß sie sich am Rand einer persönlichen Offenbarung und geteilten Intimität befanden, die er sich nie hatte vorstellen können. »*akshara* und *kshira* existieren gemeinsam in Ihnen, Linnear-san.«

Er stand erstaunt und wie angewurzelt da. Natürlich hatte sie recht. Die Antwort nach der Frage der Existenz von *shuken* hatte die ganze Zeit verborgen in seinem Inneren gelegen. Er war der lebende Beweis dafür, daß die Integration der beiden Formen des *tau-tau* möglich war. Kansatsu, sein *sensei,* hatte sich verkalkuliert. Er hatte nicht daran geglaubt, daß Nicholas stark genug wäre, *kshira* zu beherrschen, weil er selbst durch diese Kraft wahnsinnig geworden war. Erleichterung überkam Nicholas, und er wünschte, daß Koei hier gewesen wäre, um diesen Augenblick mit im zu teilen.

Sonnenstäubchen tanzten in der Luft, und jedes einzelne schien eine Vergangenheit und eine Geschichte zu haben. Die Stäubchen glichen hellen Funken im Meer der Zeit.

»Kisoko«, sagte er schließlich, »Sie waren sehr gut zu mir.«

»Mein Bruder hat Sie wie seinen eigenen Sohn geliebt, und ich empfinde genauso.« Ihr offener Blick erinnerte ihn an den Koeis. Er fühlte sich seltsam wohl bei ihr und war plötzlich traurig, daß sie Tokio verließ. »Sie haben eine besondere Bestimmung und ein bedeutsames Karma. Ich fühle es wie die Sonnenstrahlen auf meinem Rücken.«

»Wie mein Vater.«

»O nein.« Sie schien schockiert zu sein. »Überhaupt nicht wie er. Ihr Vater war ein Architekt und wie alle Architekten ein Träumer. Und deshalb waren er und mein Bruder so ein gutes Team. Der Colonel erträumte die Zukunft, und Okami hat seine Vorstellungen in die Wirklichkeit umgesetzt. Er war der Macher. Aber die Pläne Ihres Vaters für ein friedfertiges und mächtiges Japan waren von Anfang an dazu verdammt, teilweise fehlzuschlagen.«

»Warum?«

»Nur Gott kann die Zukunft voraussehen und gestalten.« Kisoko starrte auf das gebündelte Sonnenlicht, das schräg durch das Fenster in den Raum fiel und so dicht war, daß man den Eindruck hatte, darauf laufen zu können. »Letztlich bleiben Menschen immer nur Menschen«, sagte sie mit der verträumten Stimme einer Frau, die sich Erinnerungen hingibt. »Wie außergewöhnlich sie auch sein mögen. Sie sind unfähig, alle Möglichkeiten vorauszusehen. Es gab zu viele Unwägbarkeiten in dem Plan Ihres Vaters, als er die Liberale Demokratische Partei, die Bürokratie, das große Geschäft und die Yakuza zu einer monolithischen Struktur verschmolz. Die menschliche Natur hat sein Lebenswerk vernichtet.«

Sie wandte sich um und starrte Nicholas an. Einen Augenblick lang waren ihre Gesichtszüge so erleuchtet, daß Nicholas sie so vor sich sah, wie sie in ihrer glanzvollen Jugend gewesen sein mochte. »Ihr Vater war kein gieriger Mann, und deshalb konnte er sich auch nicht vorstellen, daß seine großartigen Pläne durch Gier zunichte gemacht würden. Aber die Menschen sind eine gierige Meute und wollen alles mögliche anhäufen: Geld, Grundbesitz, Ehrenschulden, Einfluß und Macht. Die Gier hat die Liberale Demokratische Partei vernichtet, und sie ist auch für die gegenwärtige Rezession verantwortlich. Die Gier hat die Regierung gelähmt und aus starken Politikern Schwächlinge gemacht. Sie hat zu dieser unbeholfenen Koalitionsregierung geführt, in der keiner die Kontrolle hat und Kompromisse jede Anstrengung vereiteln.«

Nicholas dachte einen Moment lang nach. »Aber der Plan, den mein Vater entworfen hat, war großartig, und er ist in einem großen Ausmaß erfolgreich umgesetzt worden.«

»Ja.« Sie zog ihr Pudertäschchen hervor und begann Lippenstift aufzulegen. Diese Geste ließ Nicholas ahnen, daß das Thema damit beendet war.

Er wartete einen Augenblick, während sich Kisoko ihre karmesinfarbenen Lippen abtupfte, und dann beobachtete er, wie sie durch den Raum ging und die Ränder der Bücherregale und Gesimse berührte, als wären es alte Freunde, die von ihr beruhigt werden müßten. Aber vielleicht war sie es, die auf eine Beruhigung angewiesen war.

»Ich habe einige Fragen«, sagte er.

Sie sagte nichts. Ihre Hand lag auf einer polierten Holzfläche.

»Die Mutter Oberin sagt, Sie seien Mitglied des Ordens.«

Ihre Finger tasteten jede Krümmung und Biegung des geschnitzten Holzes ab, das durch sein Alter dunkel und mysteriös wirkte. »Das stimmt.«

»Und der Gebäudekomplex, in dem sich einst der *toruko* namens Tenki befand und der heute neben dem Pull Marine und dem Both Ends Burning noch andere Etablissements beherbergt, gehörte Ihnen und nicht Ihrem Bruder.«

Kisoko blickte zu ihm auf. »Ja, im Grundbuch stand mein Name, aber das Geld kam von dem Orden.«

Nicholas schüttelte den Kopf. »Ich verstehe das alles nicht. Weshalb war der Orden während der Besatzungszeit hier aktiv?«

»Ich brauche frische Luft«, sagte Kisoko, die sich plötzlich von dem Raum lösen wollte. »Wollen Sie mich begleiten?«

Nicholas folgte ihr, während sie zu einem der Vorhänge ging, hinter dem sich eine Ziegelmauer befand. Sie drückte auf einen Knopf, und es öffnete sich eine Tür. Nicholas trat hindurch und fand sich in einem wahrlich erstaunlichen Garten wieder.

Die gewundenen Kieselwege, die vom tagelangen Regen noch feucht waren, führten durch eine Reihe von kleinen Ahorn- und Nadelholzbäumen. Der Garten wirkte wie ein Erholungsort an einer Gebirgsstraße. Wasser plätscherte in einem kleinen Bassin, in dem gefleckte Karpfen träge im Kreis schwammen. Das Speicherhaus, das an die Wohnung grenzte, war offensichtlich nur eine leere Hülse, in der dieses gärtnerische Juwel angelegt worden war.

»Gefällt er Ihnen?« fragte Kisoko plötzlich mit liebenswerter Schüchternheit.

»Sehr.«

Sie schien befriedigt zu sein. »In Tokio gibt es so wenige Plätze, wo man atmen kann.« Sie seufzte. »Dies ist der einzige Ort, um den es mir leid tun wird.«

Sie setzte sich auf eine Steinbank ohne Rückenlehne, und etwas an ihrer Körperhaltung oder dem tapferen Stoizismus ihres Gesichtsausdrucks erinnerte ihn an die Fotos von Jacqueline Kennedy auf der Beerdigung ihres Mannes. Hier draußen, im gelblichen Licht des Nachmittags, schienen die Jahre wie eine leblose Haut von ihr abzufallen und die junge Frau zu enthüllen, die der Colonel einst gekannt hatte. Aber sie war immer noch derselbe Mensch.

»Der Orden hat in jeder Hinsicht versucht, Gott zu dienen.« Sie blickte auf die behandschuhten Hände in ihrem Schoß. »Er wurde gegründet, um Gottes Willen zu erfüllen.« Sie wandte den Kopf in eine andere Richtung, und Nicholas kam zu der Annahme, daß sie in die Vergangenheit blickte. »Und das ist häufig nicht einfach. Gottes Wege sind rätselhaft, aber er hat den Auserwählten des Ordens gelegentlich Zeichen gegeben, die immer in Visionen bestanden. Diese Visionen lassen jedoch Interpretationen zu. Und manchmal . . .« Sie hielt plötzlich inne und strich sich mit der Hand übers Gesicht. »Manchmal handelt es sich um falsche Visionen.«

Sie blickte Nicholas an, und ihr Blick war völlig unergründlich. »Mary Margaret, die im Jahr 1947 die Mutter Oberin des Ordens war, hatte eine solche Vision und schickte Bernice in einer schwierigen und gefährlichen Mission nach Tokio. Die Vision hate Mary Margaret offenbart, daß ein Offizier der Besatzungsverwaltung in Japan in die Vereinigten Staaten zurückkehren, sich der Politik zuwenden und zum Demagogen entwickeln würde. Er würde auf Haß, Furcht und Paranoia setzen, um Präsident zu werden. Die Vision war apokalyptisch: Es handelte sich um eine Art Antichristen, der Amerika in einen Krieg mit der Sowjetunion treiben wollte.«

Nicholas dachte an die Geschichte, die Honniko ihm erzählt hatte. »Und dann hat der Orden Jacklyn McCabe gesucht, identifiziert und ins Visier genommen.«

Kisoko nickte. »Die Vision traf in jeder Hinsicht auf ihn zu. Aber während wir uns auf ihn konzentrierten, blieb die wahre Gefahr unentdeckt.«

»Senator Joe McCarthy.«

Sie nickte. »Als wir unseren Fehler bemerkten, waren wir wie versteinert. Sie müssen verstehen, Nicholas-san, daß die Bedrohung durch sowjetische Infiltration und Kontrolle in jener Zeit nur zu real war. Und das hat McCarthy bei einem großen Teil der Regierung und der Bevölkerung Glaubwürdigkeit verschafft. Es hat uns einige Zeit gekostet, diese Glaubwürdigkeit zu zerstören, aber da war schon viel Schaden angerichtet worden.«

Während der Abend dämmerte, wurde die Luft immer dunstiger und unbehaglich kühl. Kisoko streifte sich mit langsamen, rhythmischen Bewegungen die Handschuhe von den Fingern. Irgendwo in der Nähe summte eine Hummel. »Die wahre Gefahr bestand darin, daß *etwas* von dem, wogegen McCarthy kämpfte, eine reale Bedrohung verkörperte. Wir entschieden, Ihrem Vater bei der Ereichung seines Zieles zu helfen, Japan wieder zu einem starken Land zu machen. Japan war ein Bollwerk gegen die Ausbreitung des Kommunismus im pazifischen Raum. Die Sowjetunion hatte bereits die Kurilen beschlagnahmt, und diese Inseln gehören zu Japan. Wer konnte schon wissen, was sie noch konfiszieren wollte?« Kisoko strich sich eine Haarsträhne aus dem Gesicht und hinters Ohr. »Der herkömmliche Faschismus eines Hitler oder Mussolini war tot, doch den neuen Faschismus entschuldigte man, und die Regierung der Vereinigten Staaten hat ihm im Ausland Vorschub geleistet.« Sie hob die Hand. »Aber das Rad des Lebens dreht sich weiter, und heute wird der Faschismus in der Verkleidung religiöser Rechthaberei und ethnischer Intoleranz wieder gesellschaftsfähig.«

Sie stand auf und strich den Rock ihres Kostüms glatt. Die Sonne war untergegangen, und die Nacht brach schnell herein. »Wir haben Michael Leonforte gestattet, all seine Karten auszuspielen, ohne zu wissen, was für ein Blatt er hatte und wie er es nutzen würde. Es war Gottes Wille, und es gab fürchterliche Konsequenzen, aber es gibt immer fürchterliche Konsequenzen, wenn derart dunkle Kräfte in Bewegung gesetzt werden.«

Einen Augenblick lang, als sie an ihm vorbeiging, spürte er eine dunkle, wirbelnde Strömung, einen kalten Fleck, tief und düster, wie einen Schatten in der Ecke eines sommerlich hellen Kinderschwimmbassins.

»Kisoko-san . . .?«

»Ja?« Sie wandte sich erwartungsvoll zu ihm um, aber als ihr Blick seinem begegnete, zerriß der Schleier, der sich vor ihre Emotionen gelegt hatte, und sie hielt inne.

»Über Michael Leonforte gibt es doch noch mehr zu erzählen, oder?«

Eine Lerche, die sich irgendwo im Laubwerk der Bäume versteckt hatte, begann zu singen. Kisoko zog ihre makellos weißen Handschuhe mit der Präzision eines Chirurgen an, der den Operationssaal betritt.

»Sie haben natürlicht recht.« Kisoko hob den Kopf. »Michaels Großvater hat vor langer Zeit eine kleine Geldsumme bei dem Orden investiert, und als er starb, kam noch eine weitaus größere Summe hinzu. Der Großvater glaubte, daß Michael für große Taten bestimmt sei, und er wollte, daß alles vorbereitet war, wenn er soweit wäre.«

»Aber Mick ist durch Drogengelder reich geworden, die er bei der von der Regierung der Vereinigten Staaten unterstützten Rauschgiftverbindung in Laos abgezweigt hat.«

»Aber er brauchte unseren Einfluß. Und das Geld wurde, ohne daß er die Quelle je gekannt hätte, für ihn investiert. Damals, als er noch in der Armee war und bevor er desertierte und seine Laufbahn als Renegat begann. Wie hätte er sonst in der Lage sein sollen, die Militärs so lange zu überlisten? Zu dieser Zeit hatte er bereits die notwendigen Beziehungen gefestigt und war der Militärjustiz immer einen Schritt voraus.« Sie wich seinem Bick aus. »Sie sehen also, daß es für das Interesse des Ordens, Michael auszuschalten, sehr naheliegende Gründe gab.«

»Dann hat die Mutter Oberin . . .«

Kisoko nickte. »Sie war verpflichtet, den Tod ihres eigenen Bruders in die Wege zu leiten.«

Als sie wieder im Haus waren, klang das Echo wie in einer Kathedrale. »Und das war um so schlimmer, weil Marie Rose, wie sie bestimmt gemerkt haben, eine ganz besondere Beziehung zu Michael hatte. Sie kam hierher, um ein letztes Mal zu versuchen, ihn zu retten. Aber ich bin mir ziemlich sicher, daß sie im Grunde ihres Herzens wußte, daß sie keine Chance hatte.« Sie schenkte ihm ein kleines

Lächeln. »Aber es gibt immer Hoffnung, oder? Darin besteht der Schmerz und die Freude, ein Mensch zu sein.«

»Mein Gott, wie ich dich vermißt habe!« Margarite drückte Croaker an sich.

Er küßte sie auf die Wange und umarmte sie. Croaker fühlte sich unbehaglich in diesem Garten. Sie waren von den weißen Mauern des Klosters Sacred Heart of Santa Maria umgeben, und die Wände leuchteten wie frisch gereinigt im Sonnenlicht. Zwischen den Bäumen flogen Vögel umher, und das Summen der Bienen in den Rosenstöcken hatte einen trägen, nostalgischen Klang.

»Francie hat diesen Ort immer geliebt«, sagte Margarite. »Er war ein sicherer Hafen für sie, als sie ein Kind war, aber später, als sie so krank und das Verhältnis zwischen Tony und mir auf dem Tiefpunkt war, hat sie wahrscheinlich jede Sicherheit zurückgewiesen.«

Sie verfielen in ein angenehmes Schweigen. Auf dem Rückflug von Fort Lauderdale in Richtung Norden hatten sie jede Menge Zeit gehabt, über ihr Leben nachzudenken und darüber, wieviel sie einander bedeuteten. Und Margarite hatte auch Zeit gefunden zu entscheiden, was ihr am wichtigsten war. Sie wollte ihre Firma zurückgewinnen, selbst dann, wenn das eine gerichtliche Auseinandersetzung bedeutete. Durch Vespers eifrige Arbeit und Milos Zeugenaussage saß Caesare im Gefängnis und sah einer wasserdichten Anklage wegen Waffen- und Drogenschmuggels und vielfacher Verletzung des Außenhandelsgesetzes entgegen. Vesper war befördert worden. Sie stand nun ihrer eigenen Einheit bei der ACTF vor und mußte nur dem Direktor Spaulding Gunn noch Bericht erstatten. Durch Vesper hatte Margarite mit dem stellvertretenden Justizminister, der für die ACTF politisch verantwortlich war, Kontakt aufnehmen können, und dieser hatte versichert, daß sie exzellente Chancen habe, einen Richter zu bekommen, der Caesares Übernahme ihrer Firma aufgrund Vorspiegelung falscher Tatsachen annullieren würde. Da Caesare offenbar zudem einen geistigen Zusammenbruch erlitten hatte, brauchte sie von ihm nichts mehr zu befürchten. Aus den Geschäften ihres Bruders wollte sie sich allerdings zurückziehen. Margarite hatte bereits die Hebel in Bewegung gesetzt und eine Kommission gebildet, der die drei Familienbosse angehörten, die den Goldonis gegenüber am loyalsten gewesen waren. Es stimmte, daß diese Männer nicht daran gewöhnt waren, Entscheidungen in einem Komitee zu treffen, aber für Margarite schien festzustehen, daß sie alle – die drei Bosse eingeschlossen – lernen mußten, ihrem Leben neue Gesetze zu geben.

Croaker sah, wie sie schließlich ihr Gesicht der Kapelle mit den hohen, schmalen Fenstern zuwandte, die so sehr an eine wehrhafte Burg erinnerten.

»Bist du beunruhigt?« fragte er.

»Beunruhigt? Nein.« Sie lächelte schwach und ergriff seine Hände. »Gut, vielleicht ein bißchen.« Ihre Miene verdüsterte sich. »Was wäre, wenn ich Francie verlieren würde, Lew? Das wäre doch ungerecht, oder? Wo wir uns doch gerade erst wiedergefunden haben. Und jetzt, wo du bei uns bist. Sie hatte eigentlich nie einen richtigen Vater.«

Croaker küßte sie auf den Handrücken. »Ich denke, daß du ihr einfach ein bißchen vertrauen mußt. Sie hat genug durchgemacht, um sich langsam selbst zu kennen. Ihr Leben beginnt gerade erst, Margarite. Nach allem, was ihr zugestoßen ist, hat sich in ihrem Inneren etwas verändert, und etwas Neues wird das Alte ersetzen. Was auch immer dabei herauskommen wird, laß es geschehen.«

Paul Chiaramonte stand allein in der Kapelle des Klosters Sacred Heart of Santa Maria und trat nervös von einem Fuß auf den anderen. Die Kapelle roch schwach nach Mörtel und Weihrauch. Es war kühl und dämmrig, aber Paul schwitzte. Das leise Echo der lateinischen Gebete machte ihn nervös. An geweihten Orten mußte er an die Beichte denken, und bei diesem Gedanken kamen ihm all die Sünden ins Gedächtnis, die er begangen hatte.

»Paul.«

Er wandte sich um, als er den Klang ihrer Stimme hörte, und sein Herzschlag setzte einen Moment lang aus. In der schwarz-weißen Ordenstracht der Mutter Oberin wirkte

Jaqui fast königlich. Er war überrascht, hinter ihr Francie zu sehen, die einer mittelalterlichen Lady im Wartestand glich. Sie trug ein einfaches schwarzes Gewand, das ihr vom Hals bis zu den Knien reichte. Ihr Gesicht mit den rosafarbenen Wangen wirkte auf den ersten Blick feierlich, aber als sie näher kam, sah er, daß ihr Gesichtsausdruck gelassen war. Sie schenkte ihm ein kleines, heiteres Lächeln.

»Ich habe es gewußt«, sagte Paul. Er blickte in Jaquis meergrüne Augen, die ihn so lange verfolgt hatten. »All die Jahre habe ich gewußt, daß du lebst.«

Jaqui streckte die Hände aus, und er ergriff sie flüchtig. Sie küßten sich nicht, aber Francie fühlte die außergewöhnliche Wärme zwischen ihnen wie die von heißen Bürgersteigen aufsteigenden Hitzewellen im August.

»Ich muß mich entschuldigen, Paul.«

»Wofür?«

»Für das, was in jener Nacht in der Werkstatt im Garten geschehen ist, als wir . . .«

»Nein«, sagte er nachdrücklich. »Entschuldige dich nicht. Obwohl ich selbst damals schon wußte, daß ich dich nicht für immer besitzen konnte, habe ich dich in jener Nacht begehrt, und es war richtig. Es war richtig, Jaqui.«

Sie bewegte sich etwas, als er sie bei ihrem Geburtsnamen nannte. Es war nicht so, daß sie nicht damit gerechnet hätte, aber die Nennung ihres Mädchennamens hatte mehr Macht über sie, als sie geglaubt hatte. Sie mußte an ihren Bruder Michael denken und daran, wie sie auf dem Dach ihres Hauses in Ozone Park zusammen getanzt hatten. Oder war das in Michaels Traum gewesen? Oder in ihrem Traum? Sie konnte sich jetzt nicht mehr erinnern. Alles verschmolz miteinander, und die Erinnerung und die Träume bildeten ein untrennbares Ganzes.

»Danke«, sagte sie. »Ja. Es war richtig.«

Trotz ihres Gelübdes war tief in ihrem Herzen noch etwas von Jaqui Leonforte übrig geblieben, und das würde auch immer so bleiben. War das bei den Äbtissinnen des Ordens immer so gewesen? Sie legte den Arm um Francie und ließ sowohl das Mädchen als auch Paul an der Wärme ihrer Ausstrahlung teilhaben. Gehörte Francie zu den Auserwählten?

War sie eine Kraft der Veränderung, wie ihre Vorgängerinnen? Wenn ja, dann war sie im Begriff, einen herausfordernden und schwierigen Pfad zu beschreiten. Vielleicht, dachte Jaqui, war das genau das Richtige für sie.

Paul räusperte sich. »Es war nett von dir, mich zu empfangen.«

»Du warst eine Zeitlang ihr Beschützer.« Er wußte, daß Jaqui von Francie sprach. »Und deshalb bist du für unseren Orden wichtig. Ich danke dir von ganzem Herzen.«

Ihre Augen waren eine Welt, in der er sich noch immer verlieren konnte. Paul dachte lange darüber nach, was er verloren und was er auf seiner Lebensreise gefunden hatte. Es schien ihm jetzt, daß die wichtigsten Lektionen immer in der nächsten Umgebung, wo es am schmerzlichsten war, gelernt werden mußten.

Er blickte in Jaquis Augen und wußte bereits, was sie auf seine Frage antworten würde. Aber er stellte sie trotzdem. »Werde ich dich wiedersehen?«

»Du wirst Francine wiedersehen, da bin ich ganz sicher.« Er verließ sie, vielleicht für immer, und Jaqui wußte es. »Gott segne dich.«

Durch den Riß der Wolken, die so dunkel wie blaue Flekken waren, sickerte gebrochenes Licht. Von dem mit Blättern übersäten Boden und den pockennarbigen Grabsteinen stieg Nebel auf, als ob es früh am Morgen wäre.

»Sag etwas.« Koei stand wie ein Wachsoldat an seiner rechten Seite. »Dein Schweigen ängstigt mich.«

Der Friedhof, auf dem der Kaisho beerdigt worden war, lag still da, wenn man von den leisen Trauergesängen absah, die auf einem unsichtbaren Lichtstrahl zu schweben schienen. Koeis Haar wurde von einer Brise gekräuselt, die sich dann in der feuchten Hitze des Nachmittags auflöste.

»Akinaga hat mir alles über ihre letzten Tage erzählt, als ich nicht in Tokio war.« Nicholas sprach in einem fast seufzenden Tonfall, und sein zärtliches Bedauern bewirkte, daß sich Koeis Herz zusammenzog. »Und er hat die Wahrheit gesagt.«

»Was hat er dir erzählt?« fragte sie beinahe gegen ihren Willen.

Die erschöpften Schatten, die von Baumwurzeln und den kleinen Grabsteinen gebrochen wurden, erstreckten sich über die Wege und erloschen neben einer dunklen japanischen Zeder.

»Daß es sich bei Justines Tod nicht um einen Unfall gehandelt hat und daß sie eine Affäre mit ihrem früheren Chef hatte.«

»Und du denkst jetzt: Wie konnte sie mich nur betrügen.«

»Ein Teil von mir denkt so.«

»Aber sie hat dich nicht betrogen.« Koei stand jetzt direkt vor ihm und wartete, bis sein wandernder Blick auf ihren traf. »Was immer zwischen dir und ihr gewesen ist, war eine Sache des Intellekts und des Herzens.« Sie berührte leicht seinen Kopf und seine linke Brust. »Und wenn sie ganz am Schluß eine Affäre hatte, dann nur deshalb, weil eure Beziehung schon tot war. Sie wußte es, und das Problem besteht darin, daß du es erst gemerkt hast, nachdem es geschehen war. Und da liegt der Ursprung deiner Schuld.«

»Aber Akinaga . . .«

»Vergiß Akinaga.« Sie hielt seinen Blick fest. »Du solltest das alles einen Augenblick lang vergessen und nur auf deine innere Stimme hören.«

»Ich kann Mikio Okami nicht vergessen. Er war . . .«

»Du mußt zuerst Justines Tod akzeptieren, bevor du ihn oder irgendeinen anderen betrauern kannst.«

Ein Kiebitz sang im Licht, das durch eine aufgerissene Wolkenbank Okamis Grabstein erleuchtete. Er verweilte einen Augenblick und trippelte dann davon. Und in diesem Moment erkannte Nicholas, daß Koei recht hatte. Er durfte Akinaga nicht erlauben, das zu zerstören, was zwischen ihm und Justine in den Zeiten ihres gemeinsamen Glücks gewesen war. Die Erinnerungen beherrschten wie Träume, wie eine einzige Landkarte voller Symbole und Vorahnungen sein Inneres, und Akinaga konnte sie nicht vernichten.

Welche Umstände auch immer dafür verantwortlich gewesen waren, daß sie sich einander entfremdet hatten, man konnte das Problem nicht auf einen einfachen Nenner wie ›Schuld‹ reduzieren. Es gab weder eine noch zehn Ursachen. Eher war es so, daß sich in ihrem Inneren ein großes Netz von Gründen entwickelt hatte, das für ihre unausweichliche Entfremdung verantwortlich war. Er hätte sein Innerstes nach außen stülpen können, aber das Ergebnis wäre trotzdem das gleiche gewesen. Was auch geschehen war, es ließ sich nicht mehr ändern. Karma.

Er streckte eine Hand aus, und Koei ergriff sie. »Ich werde sie vermissen.«

»Ja. Das glaube ich auch.«

Sie knieten gemeinsam vor dem Grabstein nieder und rezitierten ein Totengebet. Dann standen sie auf.

Er wandte sich zu ihr. »Koei, du bist wundervoll.«

Der Trauergesang war verklungen, aber der Zauber der Melodie hing noch immer wie glitzernde Tränen in den Bäumen. Koei lehnte ihren Kopf gegen seine Schulter. »Nicholas, du hast dich so lange selbst in dein Inneres zurückgezogen.« Und dann fühlte sie mit großer Erleichterung, daß sein Körper und sein Geist – sein ganzes Wesen – mit ihrem verschmolzen.

Ein glühender Mond, der die Farbe einer Dattelpflaume hatte, brach durch die indigofarbenen Wolken, die tief am Horizont hingen. Tetsuo Akinaga lag nackt und entspannt da und sah, wie der Erntemond den Schnee auf dem Gipfel des Fuji mit einem bleichen, bläulichen Schatten färbte.

Akinaga liebte die Nacht des Erntemondes. Sie hatte für ihn eine ganz besondere Bedeutung, weil er vor vielen Jahren mit dem *kobun* einer rivalisierenden Familie in einen bösartigen Straßenkampf verwickelt gewesen war. Sie waren beide ernsthaft verletzt worden. Akinaga war mit blutigen Händen durch die Gosse gekrochen, aber er hatte es geschafft, seinen fast bewußtlosen Gegner haßerfüllt mit seinen Klauen zu würgen. Mit großer Befriedigung hatte er zur Kenntnis genommen, wie die Zunge seines Feindes zwischen den blutigen Lippen hervorkam, und hatte das schreckliche, schwere Gurgeln seiner Lungen gehört, das durch den Sauerstoffmangel hervorgerufen wurde. Dann hate er einen durchdringenden Gestank wahrgenommen, weil sein Feind sich in die Hose gemacht hatte.

In seinem Rücken hörte Akinaga Londas liebliche Altstimme. Sie sang ein Lied, das er nicht kannte, und ihre Stimme klang so sanft wie der Hauch einer Brise während des Sonnenaufgangs. *»Watching the moon at dawn, solitary, midsky, I knew myself completely, no part left out.«* Akinaga spürte, während er weiter auf den Mond starrte, daß sie gleich hinter ihm sein würde.

Ihre starken und erfahrenen Hände glitten wie Öl über seinen Körper. »Es ist ein Luxus, daß Sie bei mir sind«, sagte er, »und es dient mir zur Mahnung. Ich habe in meinem Leben viele Feinde gehabt, aber keiner von ihnen hat lange gelebt.« Er seufzte; die Arbeit ihrer Hände rief ein seelisches und körperliches Wohlgefühl hervor. »Sie hatten alle nur einen Gedanken – sie wollten mich vernichten. Und sie haben es auf mehr Arten versucht, als ich zählen kann.« Er lachte in sich hinein. »Aber ich bin immer noch da und der einzige Überlebende. Sogar Mikio Okami, der Kaisho, ist tot. Es stimmt wirklich. Ich war auf seiner Beerdigung. Und warum auch nicht? Er verdiente die Ehre, wenn nicht zu Lebzeiten, dann doch mit Sicherheit jetzt, wo er tot ist.« Er gackerte wie eine alte Dame, die über ihrem religiösen Tick verrückt geworden ist. »Und ich muß zugeben, daß es ein Vergnügen war, Nicholas Linnear zu begegnen und sicher zu sein, daß er mir nichts anhaben kann. Er hat keine Beweise gegen mich, und er weiß nichts außer dem, was ich ihm erzählt habe. Ich habe mit ihm gespielt wie mit einem Affen im Zoo. Der arme Bastard.« Akinaga seufzte. »Londa, Sie sind Ihr Gewicht in Gold . . .«

»Halt's Maul.«

Honniko, in der Maske der Domina Londa, schlang ihm das Seidenband um den Hals. Ein Schauer sexueller Erregung durchrieselte Akinaga, und er hatte plötzlich eine stahlharte Erektion. Er genoß die schiere Ekstase, völlig hilflos zu sein. Akinaga wurde wieder zum Kind an der Mutterbrust. Sie war weich, warm und behaglich, und er fühlte sich hilflos und sog ihren blumigen, sanften Duft ein. Sie war jetzt seine Mutter. Er schloß die Augen.

Sie zog die Schlinge des Seidenbands enger, und er fühlte durch den Schmerz und die nahende Atemnot hindurch, daß die Ekstase bald kommen würde. Ein heißer Schauer jagte ihm wie geschmolzenes Eisen vom Rückgrat bis in die Lendengegend. Die Stärke seiner Erektion ließ ihn erzittern, und er erschauerte, als ob ein Blitz zwischen seinen Füßen eingeschlagen wäre. Die Süße des Schmerzes. O ja, Londa war gut, sehr gut.

Er riß die Augen auf und blinzelte wie ein Kind, das in die Sonne blickt. Hatte sie das Band etwas zu fest zugezogen, oder war das nur Einbildung? Er öffnete den Mund, um etwas zu sagen, aber er brachte keinen Ton heraus, weil die Schlinge sich noch stärker zusammenzog. Sein Kopf wurde hochgerissen, und an seinen Schläfen traten die Adern hervor. Er versuchte sich hochzurappeln, aber sie drückte mit ihrem Knie fest seinen Hintern nieder. Und wie eine Natter, die man problemlos hochheben kann, wenn man sie im Nacken gepackt hat, konnte er zwar um sich schlagen, aber weder aufstehen noch sich umdrehen.

Was war nur los? Er versuchte, Luft in seine brennenden Lungen zu saugen, aber es war unmöglich. Wenn er nicht bald Sauerstoff einatmen konnte ...

Er sah, daß der Mond, der die Farbe einer Dattelpflaume hatte, größer und größer wurde, wie ein Ballon, der aufgeblasen wurde. Er blähte sich auf, bis sich sein Umriß verzerrte und der Mond bald überhaupt nicht mehr wie ein Mond aussah.

Honniko beobachtete, wie Akinagas haßerfülltes Gesicht rot anlief und sich wie der Erntemond verdunkelte. Das Blut sang in ihren Adern. Und als er tot war, blickte auch sie zum Mond empor, dachte an Nicholas Linnear, seinen Kummer und Zorn, seine einsame und verlorene Gestalt im Tempel, und sang die letzte Strophe des Liedes ein weiteres Mal: *»I knew myself completely – no part left out.«*

Ihre sanfte und unaussprechlich liebliche Stimme stieg wie ein von göttlichem Atem erfüllter Kiebitz in den tintenfarbenen Himmel auf.

Danksagung

Zu Dank verpflichtet bin ich den nachfolgend genannten Autoren, Verlegern und Agenten für die Erlaubnis, die im Roman verarbeiteten Texte zu verwenden:
k.d. lang/ Ben Mink: »Constant Craving«. © 1992 Polygram International Publishing, Inc., Bumstead Productions U.S., Inc., und Zavion Ent. Inc. Genehmigter Nachdruck. Alle Rechte vorbehalten.
Taniguchi Buson für den Haiku aus: Harold G. Henderson: »An Introduction to Haiku«. © 1958 Harold G. Henderson. Nachdruck mit Genehmigung von Doubleday, Verlagsgruppe Bantam Doubleday Dell Publishing Group, Inc.
Izumi Shikibu für die zwei Haikus – der zweite ist der »Song«, den Honniko am Ende des Romans singt – aus: Jane Hirshfield / Mariko Aratani; The Ink Dark Moon. © 1990 Jane Hirshfield und Mariko Aratani. Nachdruck mit Genehmigung von Random House, Inc.
Schließlich ist der Autor auch drei Werken zu Dank verpflichtet, die ihm halfen, Michael Leonfortes neonietzscheanische Philosophie zu formulieren:
Friedrich Nietzsche: »Jenseits von Gut und Böse«
Friedrich Nietzsche: »Die Geburt der Tragödie«
Friedrich Nietzsche: »Die Entstehung der Moral«.